茅盾文学奖
获奖作品全集
典藏版
The Mao Dun Literature Prize

鹿眼

你在高原 第四部

张炜 著

人民文学出版社

目 录

卷 一

第一章 　　　　　　　　　　　　　　　　3
　　手捧鲜花的孩子　小路　大李子树·鲛儿

第二章 　　　　　　　　　　　　　　　　43
　　廖萦卫一家　那个岛　林泉

第三章 　　　　　　　　　　　　　　　　77
　　我的初恋　父亲的海　分别

卷 二

第四章 　　　　　　　　　　　　　　　　121
　　芳邻　背叛　筑爱巢　平原岁月　黑夜

第五章 　　　　　　　　　　　　　　　　177
　　控告　一毫米　座谈会　失眠

第六章 　　　　　　　　　　　　　　　　221
　　科主任蓝珂　女医师　在悬崖上　太阳落山

卷 三

第七章　　　　　　　　　　　　　　281
　　沉重的故事　族长与海神　挽救　飞鸟

第八章　　　　　　　　　　　　　　326
　　父亲　炒杏仁　金黄色的菊花　依偎和叮嘱

第九章　　　　　　　　　　　　　　372
　　包家　公司之歌　兽医小传　火车

卷 四

第十章　　　　　　　　　　　　　　429
　　昏沉　住院　坠落　鹿眼

第十一章　　　　　　　　　　　　　475
　　永恒的原野　寻找　手捧鲜花的孩子

缀章:墨夜独语　　　　　　　　　　512

你在高原 鹿眼

卷一

第 一 章

手捧鲜花的孩子

一

这或许不是梦境,而是少年时代的一个真实经历:黎明前,我香甜地睡着,她又一次蹑手蹑脚地走近了。她的步子是这样轻盈,没有一点声音……先是站在近前注视了一会儿,然后就低下头亲吻我的额头、两颊,最后又触动我的嘴唇。她吻得浅浅的,很轻很轻,弄得我痒痒的——就这样给惊醒了,猛地睁开,马上看到的就是那双美丽的鹿眼……我的双臂环住了她热乎乎的、润滑的长颈,再也不愿松开。黎明前的沉迷和簇拥让我泪花闪闪。

我最熟悉这双鹿眼。在我们家周边的林子里,如果我大着胆子走到最深最密处,就会遇到一只小鹿。它早就与我相熟了,我们已经成为好朋友。我渐渐发现它像我一样孤单,独来独往,到底从哪里来的,谁也不知道。它的眼睛清澈明亮地看过来时,让我心上颤颤的。我抱住它的脖子紧紧簇拥时,它就一下下蹭着我的脸颊。我们在林子里奔跑,一块儿找果子和蘑菇,冒着被蜇的危险去采一坨野蜜……就这样一直玩到天地乌黑一片,最后险些摸不到回家的路径。

只要我忙着上学没去林子,一大早就会出现那个梦境。它想起了我,也就跑到了我的梦里。我告诉它我去小屋了,我不能不去,因为我真的着迷了,我再也离不开了……它欣喜而困惑,好奇地询问——什么样的小屋?小屋里有什么人?

是这样,每天从早晨开始,我都在盼望和等待。匆匆地吃过饭,然后带上书包就出门了——"星期天也这样吗?""嗯,星期天是最好的一天。"我穿过空空的校园,一直走向那个小屋……

我不知谁拥有过这样的幸福,有点莽撞,还有点胆怯;随着接近,我的脚步变得迟缓了,心中的那个小兔子又开始扑扑撞人了。我把一大束鲜花从包中掏出来,它因为有硬纸筒保护起来,一叶一瓣都没有折损。我站在门前一声不吭,屏住了呼吸。就这样伫立了一会儿,然后伸手敲门。多么羞怯的声音:笃、笃笃。啊,我听到了她的脚步声,接着门打开了……

她将我和怀中的鲜花一起拥住。

那一刻我相信自己的脸色也好似那一束鲜花,因为我觉得满脸都在灼烫。"老师……"一声呼唤小到了只有自己才听得见。我依偎在她的胸前。时间一秒一秒滑过,每一秒价抵千金。我害怕自己语无伦次,紧紧咬住牙关。这是人世间最温暖的地方啊,她身上的芬芳早已盖过了那束鲜花。我急促的呼吸让自己无法隐藏,一句话也说不出:其实是不知道要说什么。我只想永远待在这儿。

可是我天一黑还要回那个小茅屋,那才是自己的家。

…………

在我的经验里,一个人的童年缺少了父亲是非常不幸甚至是非常危险的。他这一生很可能会遭逢许多意想不到的困厄、一些不可思议的奇遇……不管怎么说,这肯定会影响他的一生。

首先是,一个人过早地离开了父亲会有难言的孤寂。这孤寂来自他人闪闪烁烁的眼神,来自内心的怯懦,也来自想象和思念。好奇心开始折磨他了,他要一遍又一遍地想象那个给了自己生命却又远离了自己的人。他就这样过早地进入了思考的童年、孤单的童年。他因为幻想和不安而独处,形单影只……

我从懂事的时候起就不记得父亲。后来随着一点点长大,更加固执地想弄明白那个父亲是怎样一个人。这真不容易。因为当时家里人谁都不愿提起他,在外人面前又不敢提起他。

我只大致知道:父亲先是一个英雄,后来又是一个罪犯。他从拘押地放出以后才有了我——他与一家人相处的时间并不长,大约只有两年,然后又走开了。他正在南部大山里做工。

对于父亲来说,这是一段更加持久的苦役,是与全家人更漫长的一次分离。我们家从此只有这三口人:我、母亲和外祖母。关于父亲的事情谁都比我知道得多,她们只是不说。而我又不能乱问,因为我从小就发现,所有牵涉到父亲的话题都是真正的禁忌。我不能问,我一看她们突然垂下的眼睛就会明白。

我们的居所是丛林中的一座小茅屋,它大概搭在了天底下最偏僻的一个角落。这就使我们一家显得更加可怜,使我变得更加孤单。只是许久之后,特别是我长大了之后,才觉得这多少有点神奇,或许还算是一个奇迹呢。因为当我全部得知了小茅屋的来历,并且能够从自然地理的位置上加以回视的时候,才明白这是上苍送给我们的一个恩惠:在一家人最困窘最危厄之时,即我们被驱逐出城而又无处可去之时,正是这座荒原上的小小茅屋接纳了全家。

也就是说,它是先于我们而存在的,有人仿佛有个预知似的,提前搭好了它。如今,动手搭这座茅屋的人早就过世了。我一直把他想象成童话里才有的那种老爷爷,一张慈祥的脸,白须飘飘。家里人告诉:他一辈子独身,年轻时是外祖母家的一个仆人,后来带着主人赠与的一大笔钱,独自到荒原上谋生来了。他在没有人烟的野林子里垦荒种植,历经万般艰辛草创了这个温暖的小窝。让我们想象一下:他出其不意地与主人一家相会时,该是多么惊喜。那一刻百感交集，双泪长流……接下来的这种荒原岁月该别有一番滋味。可惜他迎来自己不幸的主人一家之后，没有几年就故去了。好像他费尽心力打造的这个小窝、精心栽培的这片果园，只是为了这种等待和安置似的，等来了，完成了，他也就走了。世上有多少出人预料的好人，又有多少不幸的人啊。

关于那位老人的事情，每次说起来都让母亲和外祖母热泪盈眶，于是她们索性就不怎么提他。可是这位老人的故事，却让我一生都不能忘怀……我不能忘记的还有外祖母告诉的另一些事，是父亲刚刚从监禁地回来的情景：那时的父亲啊，一解下铐子就扑到了那座海滨城市去找自己的家了。可怜的他在大街上转悠了许久，要找原来的街巷，找那座府邸——它早就被改建了，原来的主人已经落荒而逃，逃进海边莽林里去了。他后来好不容易才知道是这样，于是就一路跌跌撞撞找了来……一家人就这样团聚了。

只可惜这不是苦难的结束，而是它的开端。他在荒原小屋里只过了两年，然后又得离开。这一次谁也说不准父亲的苦役会有多长。对我们全家来说，这段等待的日子可真难熬啊。

我们无时无刻不感激那位给了一家人居所的老爷爷。孤苦的老人哪，当年硬是在一片无边的丛林里垦出了土地，栽种了各种果树，一座挺好的茅屋就搭在了花园般的果林中间。这种燕子衔泥似的劳碌辛苦而幸福，这是筑园啊。老人凭一己之力在这儿创造了一个童话。这个童话曾经是迷人的。如果没有后来的那一切，只停留在这一截上，那我们全家也就生活在老爷爷创造的这个童话里了。很可惜，世界上总是没有这么便宜的事，没有这么美好的事。凡是美好的东西就一定要打碎它，一定是这样。为什么？不知道。反正一定会把美好的东西，比如这个童话，给彻底打碎，让它一点屑末都不留……

五十年代初期，国家开始了垦荒，那是一个大规模的像打仗一样的运动。结果茫茫海滩上的林子毁了多半,草地和灌木烧掉了,有的地方种了地,有的地方种植了果树。这个运动的结果就是在离我们的茅屋不远处组建了一处很大的园艺场,并且把我们的小果园也给圈在了场内,最终成为它很小的一部分——我们那么好的园子给取走了,我们一家人却给抛弃了。因为父亲的缘故,我们这一家人不能算做园艺场的人,而顶多是做点零工。在离我们小茅屋几十米远处,园艺场的人盖了一座坚固的泥屋,里面住了两个护园的人,但他们只在收获季节才到泥屋里过夜。几年之后,小泥屋才有了真正的定居者,他们是园艺场的一对新婚夫妇:老骆和达子嫂。

园艺场无偿地取走了我们的小果园,却只让妈妈到园艺场做临时工。外祖母操持家务,空闲时就到林子里采蘑菇。显而易见,我更多的时间只能和外祖母在一起。

那片无边无际的林子啊,它让我经历着任何人都不曾遇到的一些奇迹——当外祖母忙得无暇照料我的时候,我最好的去处当然还是那片林子。多少人在里面迷过路,包括那些带狗的猎人;我却不会。我嘛,哪一棵奇怪的树长在什么地方,上面常常落下什么鸟儿;哪几棵橡树总是分泌糖汁,会引来火红色的大个头黄蜂,我都一清二楚。

这样的日子里尽管要想念父亲,要一人独处,可有时候也会把一切都忘掉,只剩下愉快。因为林子里的一切都与我结成了朋友,野果子、各种小动物、神奇的花、不为人知的小溪,都与我有了特别的默契。它们在春夏秋冬四个季节都善待了我,这儿从来没有发生外祖母和妈妈所担心的事情。她们啊,什么都怕,怕林子,怕野兽和人,当一闲下来发现我不在身边时,就立刻到处喊我找我……而我也就在这些日子里,结识了那只同样孤单的小鹿。

二

　　父亲从南山水利工地回来的那一年我刚刚七岁,正是上学的第二年。盼星星盼月亮,就盼来这样一个父亲。我哪里知道,他这个人其实才是真正可怕的,伴他一起来到的还有更大的灾难。他带给小茅屋无边的恐惧、懊丧、绝望,留给我一生难忘的恐怖。我得说,他带给我们一家的简直就是毁灭,或者说他不声不响地把我们一家推到了毁灭的边缘……我只有这时候才明白,我过去对于他的全部想象都破灭了,我往昔的思念显得多么可笑啊。

　　十几年后我还记得他归来的那一天、那个时刻,记得第一眼看到他时心底里泛起了怎样的惊惧:这分明是一个完全陌生的人,这会是我的父亲?瘦弱、衰老,甚至是丑陋。我当时除了惊愕,还感到了一种难言的耻辱——直到许久许久之后,每当我想到第一眼看到的那副僵僵的眼神、吊在干腿上的半截黑裤,心里还要为他害臊……当然了,一切都需要慢慢改变,需要一点点扭转——可惜到了那一天,到了自己因为有这样一个父亲而感到骄傲的时候,一切都已经太晚了。

　　刚刚归来的父亲并未因为长年累月的苦役、因为无穷无尽的汗水而稍稍洗去了一点罪恶,而是相反,他变得更加罪孽深重了。我们全家很快从那些不断闯到小茅屋来的审讯者、监视者,从他们的声声呵斥和峻厉的眼神中明白了一切。每逢来了这样的人,外祖母就留下母亲支应他们,然后把我揽到屋内一个角落里。她一边护住我,一边听着隔壁的质问和大声怒斥。

　　那些长长的冬夜,北风吹响了林梢,好像怒涨的海水随时都会覆盖过来。我偎在外祖母身边,听着父亲在隔壁一声连一声咳嗽,母亲压低声音说话……那些夜晚啊,不一定什么时候,来自园艺场或附近林子里的民兵就要闯进来,他们照例什么都不解释,只吆喝着将父亲一把拉走。

"民兵",这是我小时候最害怕的两个字。我们茅屋四周总有挎枪的人,他们是被指派来监视父亲的。其实全家人都在他们的盯视之下。我们不得不小心翼翼地做事,连走路都轻轻的,说话时声音也要压得低低的。父亲平时要被喊到离我们家五六华里的一个小村去做活,因为他没有资格在园艺场做工,做临时工也不行。

可以想象,父亲如果早一年回来,我上学的事肯定会化为泡影。妈妈当时为了让我上学费了多少心思。因为总要上学啊。可是除了园艺场子弟小学之外,离这儿最近的学校也有二十华里。妈妈一次次央求,好说歹说才被应允。我终于要上学了,这是我们在当年惟一一件值得庆幸和纪念的事情。

上学前,妈妈和外祖母一遍遍叮嘱我:千万要听话啊——听各种人的话,老师的,同学的,反正无论是谁都不要招惹,千万别招惹别人啊。她们说求得这样一个机会多么不易,稍有闪失,这辈子就再也别想上学了——还有一件最重要的事,这是我必须记住的,即在外面千万不能提到他,不能提到父亲。

就这样,我心里装着一大堆禁忌,战战兢兢背上了书包。尽管如此,出门后全身都是难言的兴奋,还有一点紧张和胆怯,心跳一个劲儿顶撞胸脯。难忘那个春天的早晨,当我翻过小果园后面的沙岭慢坡,斜穿过一片灌木林,进入更大的一片果园时,一眼就会看到一片红砖房子。那儿有冬青树墙,有垂柳,有水泥筑成的乒乓球台和草地。操场很大,边上长了可爱的法桐树。一排排穿得花花绿绿的学生正从红砖房里走出来,唱着歌。我像看着神话中才有的这一切,激动得一声不吭。

三

可能因为我太沉默了吧,从第一天开始,学校里的人都用一种奇怪的眼神看我。我每时每刻都是拘谨的,尽管我总是想法遮掩它。我试着对同学和老师微笑,或者至少对他们说点什么才好——试了试,很难。我更多地记住了妈妈和外祖母的叮咛,小心翼翼地对待一切。可这样久了,又渐渐觉得自己像个木偶,总是机械地移动,挺可笑的。

从学校出来,一个人踏上那条灌木丛中的小路时,我才重新变成了自己。我又恢复了一个人在林子里的欢快心情,又叫又跳,大声呼喊那只飞在头顶的云雀。当登上沙岭之后,一眼看到那片小果园、园子当心那幢棕黄色的茅屋时,心上立刻一沉,又变得像它一样沉默了。我坐下来,两手按地,然后像只田鼠那样,悄无声息地从沙岭上滑溜下来。

值得庆幸的是,在半年多的时间里,没有一个同学和老师知道我们家的详细情况——我们的茅屋、父亲,这一切奥秘他们都不知道……但我想校长可能知道,因为他的镜片后面有一双好奇的、诡秘的眼睛。我于是像躲避灾难一样躲避着他。

日子一天天过去,我终于有了几个谈得来的同学,他们大概开始把我看成朋友了吧。其中有几个甚至提出要到我们家玩,因为他们都知道我们家不在场内宿舍区,而是在一片林子的深处,并且是一幢茅屋——那该是多么有趣啊!他们嚷着要来,我却非常害怕。我用各种借口阻挡他们,好不容易才挨过了半年。

但可怕的一天还是来了。大约是星期一的早晨,我一进教室的门就觉得有什么不对劲儿。上课铃敲响之前,教室一角的几个人一直喊喊喳喳的,他们一边议论一边往我这边看。我的心开始扑扑跳,只装着低头看书,两只耳朵却在捕捉他们的声音。我听到了"黑子"——全班个子最高、最让人惧怕的一个人,他父亲是场部的民兵头儿——正在高声喊叫——天哪,他在喊我父亲的名字!

我觉得全身的血液轰一下冲上头顶,接下去什么也听不见了。

他们还是喊、哄笑。我仍然低头看书。但我永远不会忘记全班同学的目光一齐投在身上的那种刺疼。那些尖利的目光合在一块儿，重若千斤。

"你们可得离他远点儿，小心沾上毒水！"

"黑子"一喊，我的同桌真的把身子往一边闪了闪。教室内静得很。

只是一会儿工夫，又是一片嗡嗡声。这乱哄哄的声音直到上课开始、老师走上讲台才渐渐平息……

那一天是厄运的开端。从此学校对我而言就像个樊笼和地狱了。"黑子"喊出的话像病菌一样无休止地蔓延开来。我明白许多人都知道了我们家的事情，特别是父亲的事情。我发现所有上课的老师也都把一切搞得清清楚楚了。因为他们上课时偶尔要扫过来一眼，那目光里混合了各种各样的意味：厌恶、好奇，还有一点点怜悯……

但我没有把这些告诉母亲和外祖母。

我只好更多地奔向林子深处。那儿只有我一个人。四野寂静，鸟雀从叶隙里看我一眼，又缩回身子。我倚靠在一棵野椿树上，真想一直待在它的身边。这儿让人如此依恋……正南方那片黛蓝色的山影啊，上面飘着一朵朵白云。我知道，就在那片山的深处，囚禁着可恨而又可怜的父亲。

在家里，首先是外祖母看出了什么，她长时间注视着我，有时手里端着一瓢水就怔住了。"你怎么了孩子？你一整天也没说一句话……"我"嗯"一声躲开了她。

半夜我还是睡不着，一直在床上翻动身子。妈妈过来了，点上灯。我紧闭双眼，不再活动。妈妈熄了灯。我一动也不敢动。可是直到黎明，我仍然没有睡去。我数着窗外的星星，不知不觉吐出了"爸爸"两个字。外祖母的手梳理我的头发。我忍不住了，伏在她的胸前。

"我再也不到学校去了……"

外祖母没有吭声。

早晨,妈妈帮我穿好了衣服。吃过早饭后,她从一旁取了书包,把背带放在我的肩上……

四

就在那些日子里,我发现了一个奥秘:校园里有一个人像我一样孤单。我敢肯定,这个人大概也像我一样,暗暗压着一个可怕的心事。这不仅是当时,以至于后来一生,我都会从人群中发现那些真正的孤单者。

她就是我们的音乐老师。她来这所学校已经一年多了,总是无声无息。她与所有老师都不一样,她在我看来,多么沉默又多么美丽。我觉得她那温柔的眼睛抚慰着每一个同学,特别是投向我的时候,目光里有着深深的慈爱和护佑。

在这所校园里,我正在心底里把她当成了惟一的安慰——还有欣悦。如果不是因为她,也许我早就离开了这里。

她的目光中竟然没有歧视也没有怜悯,而仅仅是一份温煦、一种滚烫烫的东西。对我来说,她真的与别人不同。我不知道她来自哪里,为什么会有这样的目光;我感到特别惊异的,还有她的眼睛,这双眼睛是多么美丽多么温暖……

我一个人走在灌木丛中的小路上,常常想着她。这可以使我遗忘许多,不再沮丧。夜间,在妈妈身边,我因为想着她,因为莫名的感激,常常要一次次紧紧依偎,两眼湿润。这在过去是不可能的,因为我从很小的时候就知道:一个人,特别是一个男人,动不动就这样泪湿淋淋的,是最令人生厌的。我甚至准备一辈子都不哭。可也许是忍得太久了,这泪水一流起来就难以抑止。我很想告诉妈妈一点什么,但最后总是不出一声。

当时学校里除了上课,还要组织同学们到园林里做活,给果树施肥、间果之类。这是令人愉快的时刻,因为一到了树间就被密密的枝叶罩住,谁也看不见谁了。

离学校十几里外有一处小煤矿,那儿有一座矸石山,每到了秋末全班就要去山上捡煤,以供冬天取暖用。因为雨水可以把泥中的煤块冲洗出来,所以越是下雨就越要爬到山上。大家都穿了雨衣,可是"黑子"几个故意不穿,故意溅上满身满脸的黑泥,像恶鬼一样吆吆喝喝。我好不容易才捡到的煤块,一转眼就被他们偷走了。有一次"黑子"走过来,狞笑着看我一会儿,然后猛地喊了一句父亲的名字。雨水像鞭子一样抽打我的脸。我吐出了流进口中的雨水,攥紧了拳头。"黑子"跳到一边,接着往前一拱,把我撞倒在斜坡上。坡很陡,我全力攀住一块石头。这时几个人一齐踢旁边盛煤的篮子、踢我的手。我和辛辛苦苦捡到的煤块一起,顺着陡坡一直滚落下去。

我的头上、手上、全身上下都被尖尖的石棱割破撞伤,雨衣撕得稀烂。我满脸满身除了黑泥就是渗出的血,雨水又把血水涂开来……有几个同学吓坏了,他们一嚷,几个老师也跑过来。

班主任是个三十多岁的男子,他只听"黑子"几个说话,然后转脸向我怒吼。我什么也听不清,只任雨水抽打我的脸。

正在我发木的时候,有一只手扶住了我:音乐老师!她无声无响地把我揽到一边,蹲下,用手绢擦去我身上脸上的血迹,牵着我走开……

她领我快步离开矸石山,头也不回,直接去了场部医务室。我的伤口被药水洗过,又包扎起来。场医与她说了什么,我都没有听清。离收工还有一段时间,她领我去了宿舍。

她的宿舍在第二排砖房的西边第四个小门。我今生第一次来老师的住处:天啊,原来是如此整洁的一间小屋,我大概再也看不到比这更干净的地方了。一张小床、一个书架,还有一个不大的办公桌——我特别注意到桌旁有一架风琴;床上的被子叠得整齐极了,上面用白色的布罩罩住。屋里有阵阵香味儿:水瓶中插了一大束金黄色的花……

她要把我衣服上的泥浆洗掉。因为要换衣服,我要在一道布帘后边待一会儿;还因为要烘干衣服,我只得在这儿耐心地等下去。天黑了,她打来饭让我一起吃。这是我一生中所能记起的最好的一餐饭。我的目光长时间落在了那一大束花上……我想起我们家东篱下也有一丛金黄色的菊花。

第二天上学,我折下最大最好的几枝,小心地藏在书包里。我比平时更早地来到了学校……她看到那一大束菊花,眼睛里立刻有什么欢快地跳动了一下。

我在后来的日子里注意到,老师像我一样,常常一个人来来去去。我像被一根无形的线牵住了,总要随着她移动。有一天傍晚我又一次去了她的小屋,不知不觉就待了下去。我在这儿发现了一本相册,于是看到一些漂亮得不能再漂亮的照片。

相册里有一对中年夫妇,他们的样子很严肃,她告诉那是父母十年前的照片。我还在相册的一个角落里找到了一位军人,年轻英俊,但不知为什么,我不太喜欢这个人——正在我端量他时,她就把相册取走了。

他是谁?我觉得她的目光一看到那个人,立刻就有点异样。

天黑了,我想一直待在她的身边,可她一遍又一遍催促我回家。

"在小果园里,很少有人和你一起玩是吧?"我点点头。可我心里却在说:不,再也没有人比我玩得更好了——林子里有大李子树和山楂树,有各种各样的鸟儿;林子里有多少快活的小动物啊——

有一天我会给你讲那只小鹿的故事……不过我们的确没有邻居,也很少看见一群一群的人。林子里偶尔进来一两个采药的、采蘑菇的、打猎的,他们只一会儿就离去了。大部分时间我只有外祖母和妈妈。妈妈要到园艺场做活儿,外祖母要忙自己的事情,忙着晒干菜,采蘑菇,缝补衣服。

"你在家里也这样默不作声吗?"

我身上有些燥热,我一直在心里喃喃叫着:老师,别问了,别问我们家里的事情了,求求你了。只是我越发不忍离去。可是天实在太晚了……

五

后来的日子我就像有了一个新的功课:把带着露珠的鲜花折下来,每周一次,尽量让每一枝都带上两三片绿叶。我用硬纸壳护住它们,这样装到书包里就不会弄坏。如果上课前没有找到老师,就得小心地藏好。我看到她急匆匆往办公室走去了——她如果在课间休息时回宿舍就好了,那时我就会把花儿交给她。我倚在门框上,咬着嘴唇等待。第一节课下了,她没有返回,我只好等第二节课。课间操时她终于回到了宿舍,可我又要被喊去做操。

直到傍晚我才取出那个硬纸筒,敲响了她的门。门开了——令人惊讶的是,这一次屋里除了她之外还有一个小姑娘。小姑娘坐在她身边,我差不多没有好好看一眼。老师赶紧招呼我坐下,又让我和那个小姑娘认识一下。其实谁都认得她,虽然我们从来没有讲过话。她的一口小牙齿雪白雪白,头发有点黄;一对眼睛让人惊诧——那完全是一只小花鹿的眼睛!那真是和林子里的小鹿的眼睛一模一样啊……我磨蹭着,最后只好把那一束花取出来。"啊,多好啊!"小姑娘叫了起来。

她叫菲菲,是园艺场老场长的外孙女,一个人所周知的宝贝疙瘩,大概早就被人宠坏了。这时她就坐在椅子上看着我,那对鹿眼从我脸上划过的一瞬有些发烫——我装得毫无察觉,只跟老师说话。老场长的小宝贝疙瘩一声不吭地坐在那儿。

这天夜里我照例偎在母亲怀里。她见我不停地翻动身子,就叹起气来。

"你今夜怎么了?"

"我太热了。"

母亲把被子掀开一点。我每夜睡着了都要枕一会儿母亲的胳膊,当我睡去的时候,这胳膊才轻轻抽出。我这天夜里说了梦话。"你一睡着就咕咕哝哝。"母亲说。

"我讲了什么?"

"谁知道呢。"

我又睡着了,可我相信梦中喃喃自语的一切都与那双鹿眼有关。

第二天上课间隙,我正站在那儿发呆,突然有一只手在我的背上拍了一下。是黑子。我身上立刻一抖。"喂,你包里有什么呀?鼓鼓囊囊的?""吃的东西……""给我吃不行吗?""……"

就在他纠缠的时候,有个同学在一边不知怎么说起了父亲如何如何,于是有人就吵吵嚷嚷地问起了"父亲",让我脊背那儿阵阵发凉。有人吆喝着:

"说说你爸爸!"

黑子说:"他没有爸爸。"

"我有爸爸。"

"他干什么?他在哪呀?"

还没容我回答,他就说出了一个侮辱的字眼:穿山甲。"在大山里开洞子不是'穿山甲'吗?哈哈哈……"

我咬住牙关,终于没让泪水涌出来。我只在心里小声呼唤:

"爸爸,爸爸……"从那一刻起,同学们嚷了什么我都没有听见。我的两耳嗡嗡响。我在一片混乱当中捂着书包跑开了。

我一直跑出校门,跑上了那条小路。荆棘划破了我的脚,我跑得大汗淋漓……

有很长时间,妈妈和外祖母都不知道我怀抱一捧鲜花上学的事儿。除了折自家的菊花,我还要在那条灌木丛生的小路上折一些好看的野花。我知道,我的老师最喜欢的就是这一大蓬颤颤的、香气四溢的鲜花——比起我无尽的感激,这只是一份微薄的礼物。我一无所有,我只有一大束鲜花。

春天之后是夏天和秋天,这三个季节都有可爱的花朵;而冬天对我来说真是太漫长了。

我会永远记得春天又一次来临的狂喜——满岭,不,整整一片旷野上都开遍了鲜花。这简直不是别人的事情,不是一个秘而不宣的隐藏,而是无边的大地在与我一起欢呼。这隐秘眼看就要藏不住了,因为它写在了无边无际的野地上。我的采摘啊,我的不倦的采摘啊……那些日子里我总是在老师的屋里待到很晚,总是听她读书、弹那架风琴。

有一天夜里,她像过去一样送我出门,可不同的是这次她一直伴我向前,一直把我送到荒滩小路上。一路上她都沉默不语,像压了一个沉沉的心事。分手时她的手一下下抚摸我的头发,我像过去那样靠在她的胸前。当她挨上我的额头时,我的脸庞变成滚烫烫的赤铁……

两天之后,记得那是个星期天的早晨,我把一束带着露滴的菊花用纸包好,往校园赶去。

那儿空荡荡的,没有一个人。

她的屋门上挂了一把大锁。我站了一会儿,只得失望而归。

第二天那把大锁还在……这样许多天过去,这里一切照旧。

我的心开始慌跳。但我不知发生了什么,又不敢问人。那束花蔫在了书包里。老师啊,你即便回了很远的家里,即便离开,也该告诉我一声啊。你到底怎么了?这里发生了什么?

她再也没有出现。

那束花在书包里化为了粉屑。

小　路

一

一条小路在我眼前蠕动、摇晃……时间飞逝而去,仿佛只一眨眼,当年在这条小路上奔波的少年已届中年……临近黄昏的下午,我捅着背囊,一路风尘奔向平原。走啊走啊,不舍昼夜,仿佛要一口气抵达这片陆地的尽头——当我悬崖勒马般止住脚步,这才发现自己正踏在这条童年的小路上。

就像被一根线牵住了一样,我一直向北,走入了那片小小的果园。先是在了无痕迹的茅屋旧址徘徊,然后又一口气翻过沙岭。我在寻找那所园艺场子弟小学。夕阳下望去,那排红砖瓦房的屋顶依然美丽夺眼……二十多年过去了,这儿的一切竟然形同昨日:我心中此刻泛起的是那遥远而又切近的一幕,是当年音乐老师的那间小屋。至此,我再也无法驻足,无法停留,甚至不能有一分一秒的流连和耽搁。当我匆匆赶到了那一排法桐树下时,扑面而来的一阵清风让我惊讶得差点喊了起来——我又一次听到了,真的,就是它。

那是琴声,一阵风琴声!

我凝神呆立了片刻,竟被它直牵着大步走去,直到不顾一切地拥门而入——屋内是一架风琴,一位女教师正在弹奏——她被猛然闯入者惊呆了,睁着一双黑亮的眼睛望向我……这目光,这就是当年的那双目光啊,它这么熟悉,它直直地盯着我。

面前的女教师二十多岁,身材、脸庞,甚至是说话的声气,都活像当年的那个人!更让人惊奇的是这间小屋,屋里的摆设,包括桌上水瓶中的那一束鲜花,一切都恰似当年。这到底是怎么了?我揉了揉眼睛,又揉了揉眼睛……

最初的尴尬过去之后,我开始对自己的孟浪表示了歉意。可我又没法对自己的这种行为做出合乎情理的解释。我只是说:实在对不起,我是急着找一个熟人、一个朋友,我以为,我找错了……

"您找谁啊?"

"她是、是我的音乐老师……"

她好奇地倾听,渐渐脸上浮现出微笑。

……这就是那一天的情景,就这样,我认识了一个叫肖潇的人,她是今天园艺场子弟小学的老师——音乐老师。

那天我没有马上走开,好像在屋里没有来由地磨蹭了一会儿,甚至有些极不得体的询问:问她的来历、这儿的一切。原来她是从一个大城市来的毕业生,已经在果园子弟小学工作了两年。可我觉得她说话的声音、举止,都与当年的那一位如出一辙。这该不是幻觉吧?我甚至想:天哪,瞧今天,瞧这平原上的一切,它原来宿命般地存在着,这真是不可思议,真是一个奇迹啊……我最后就这样怀揣了一个难解的谜,慌慌张张地退出了。

我住进了园艺场招待所,那儿离小学不远,暮色初起时,常常可以清晰地听到风琴声。这琴声会让我恍若回到了当年,让我一次次从屋里走出来,向那个方向久久眺望着……林中小路旁到处都是色彩斑斓的野花,我忍不住弯腰采摘起来。蓬蓬的一大把香气逼人,摇颤不已,让人一时不知该放在哪儿。有时我捧着花束会一直往前走,当一次次走到那一排校舍时,终于明白自己想做什么了。

　　我站在了那扇小门跟前。只是这一瞬间才让我怔了一下——可是再犹豫下去似乎显得更傻了。我开始笃笃敲门。没有回应。也许她不在更好。可是那扇被雨水淋得发白的门板恰恰缓缓地打开了……"啊,是您……"面前的肖潇脸颊一下变得绯红。我慌慌点头,嗫嚅着。

　　她请我进屋。我进门后首先看到的是桌上那一束鲜花——老天,桌旁还坐着一个小女孩儿!小女孩听到声音转过头看我,一双大眼睛乌黑乌黑:一双鹿眼!

　　这个场景让人猝不及防:又是一次时光的重合,又是宛如昨天的一幕……

　　眼前这个小女孩叫唐小岷,与当年的菲菲从年龄到长相都十分相似——不,她们简直是一个模子里浇出来的!这一瞬我的脑海里闪过这样的念头:时光真会开玩笑啊,它竟然能够、它正在把当年的一切重叠/复制在面前!

　　我在园艺场招待所待了下去,一天天过得真快。在这些日子里,我不止一次去叩响了那扇门。园艺场的人开始注意我了,在他们眼里这可能是一种暧昧的造访。而在这间屋内,随着几天过去,我和肖潇已经可以放松自如地交谈了:我们谈城里、大学,像一对交往了许久的朋友。我从地质学院毕业之后就进了一个地质研究所,因为我一心渴望的就是做一个地质人。在大学的每一个假期里,我都身负背囊穿行在山区和平原上,我的背囊里已经提前置备了一个地质人的全部行头。可是在这个人人羡慕的地质所里我才知道,这儿几乎没有多少时间离开城区。我眼看快要急疯了的时候,总算找个机会挣脱出来,来到了一家环境宽松的杂志社——我长舒了一口气,又可以甩开长腿奔波了……肖潇对我的野外生活十分神往,她甚至想在几分钟里弄懂什么是"正长岩""霏细玢岩"之类,听到"帐篷"两个字就眼睛发亮——我想无须解释她就会明白,那其实并不像听上去那么浪漫,甚至一点都不。

这是一个多么好的秋天。这个难忘的季节让我多年来第一次变得心无阴霾。我在园艺场一连待了一个星期之后,又开始寻找继续待下去的理由。至此我好像刚刚明白:自己无尽的徘徊,永无结束的长旅,似乎注定了要在此有一次滞留啊。这些特殊的日子里,我当然少不了去那条灌木丛中的小路,仔细辨认路旁的一切……

我说过,我们的茅屋已经再无踪影。可是当年护园人的那幢泥屋还在,它已经加了瓦顶,变得更加结实,里面仍然住着当年的那对夫妇:老骆和达子嫂。他们没有亲生子女,如今收养了一个叫骆明的男孩,长得高高爽爽,让我第一眼看到就发出了惊叹:好一个俊美的少年!

我常常看到他——他像我当年一样每天从沙岭上来去,踏着我当年踏出的那条小路上学。我每当在这条路上与他相逢,一抬头就能看到一双清澈的眸子;他的脸庞像红苹果,一双眉毛微微上扬——声音清脆晶莹,那是少年才有的美声……几天了,我几乎每天都能看到从小果园走来的这个孩子,一直看着他登上沙岭,霞光勾勒出的清晰的剪影。

老骆夫妇把我当成了归来的亲人。达子嫂说:"可惜咱家寒酸了一些,要不你住在家里多好啊!这也是你的家啊!"一股热流涌遍了我的周身。我端量着骆明,手扯孩子的双手,像拥抱自己的昨天那样,紧紧地抱住了这个孩子。

二

在那些痛苦的日子里,我开始逃学。外祖母总是责备我,可我不让她告诉母亲,向她保证只待在园子里。但后来我忍不住还是要溜到丛林中——那里面有什么?有我的小鹿,有野花和浆果,有在草叶上蹦跳的甲虫,它们身上白色的、红色的斑点都让人着迷。灌木丛中偶尔还会有人走过来,他们有奇怪的装束、警觉的眼神……

"你又到哪去了?"外祖母每见我出现在大李子树下,就这样问。

"没到哪去。"

"我喊你听见了吗?"

"我在树上睡着了。"

"可不能在树上睡觉。"

"我看见乌鸦在树上睡觉,还有猫。"

我这样回答,一边盯着外祖母的满头银发——她头上有个地方凹下一点,多么奇怪啊,我真想伸手去抚摸一下。

"你呀,睡着了会从树上跌下来……"

我想告诉外祖母真的在树上睡过,也真的跌下来过,不过跌在一片绵软的沙土上,没事——我怕她把我的事告诉妈妈,就闭了嘴巴……我在林子里远比在学校幸福得多,我在这儿可以尽情地瞧它们:一只黑灰色的啄木鸟跳了起来,接着有一只身体像小黄雀那么大、翅膀飞快扑动的鸟儿落在刺槐上。花斑啄木鸟叫一声飞走了。我看到了远处树隙里的乌鸦、一只蓝点颏,它们都在忙忙碌碌。灌木丛里还有花脊背白脑袋的小鸟,它的名字我不知道。有什么在惊慌蹿跳——不久两只雀鹰出现了。它们无望地看着四散飞去的鸟雀,又重新注视野草丛生的沙土。沙土上有沙鼠,有冒险出穴的鼹鼠。茂密的柳林后边是成片的柞树、小叶杨和紫穗槐灌木,它们当中是旺盛的野韭菜和刺蓬菜。一蓬黄紫槿长得多高,开满了小黄花。花旗杆伸出可爱的粉红色花朵,它的茎和叶都长着细细的绒毛,上面还有一只蝉蜕。白茅根的间隙里开了星星点点的花朵,它们看上去像星星一样闪亮:蓝的,粉的,红的,甚至是乌紫的……我的小鹿没有来,它可能等不来我,就游到了远处。

半夜我常常失眠。折腾了许久,怎么也睡不着,外祖母给惊醒了。她安慰我,抚摸我的头发。我不愿让妈妈听见——她在另一间屋里,大概还没有睡,因为我听到了搬弄东西的声音。后来这声音没有了。

"我爸爸这会儿在哪?"

"睡吧孩子,别想心事了。"

"我一定要知道。"

外祖母一声不吭。夜色里我看不见她的脸。我贴紧在外祖母身上,静静地呼吸。我知道她这时也在想父亲。

我没有再问,可是她看着黑漆漆的窗户,一声一声说起了父亲。

她说如今他正在南边开山,日夜不停地劳作。随着她的诉说,我的眼前出现了这样一个形象:一个男人一声不吭,锤子在脸前挥舞,一手扶着钢钎……我真害怕那个锤子砸到他的手上,希望他能及时躲闪——可这锤子还是落到了他的手上。十根手指被打得血肉模糊,血水一下把石头染红了……我叫着爸爸,从梦中醒来还是叫。

整整一个白天我都躲在灌木丛中,想着父亲。父亲——人干吗还要有一个父亲呢?如果没有他,那么一切也就全都不一样了。我想妈妈和外祖母不声不响地做活,我在这林子里跑来跑去,大概都是因为有了一个父亲的缘故。这一天我爬上一棵最高的树,望着南边的山影。我知道那里面就藏着父亲——一个黝黑瘦削的奇怪男人。他不认识我,我也不认识他。我不记得有谁像他这样可怕:一天,十天,一年,只是抡着锤子,一声不吭。

"你怎么这么多天没到学校里来？到底怎么了？"音乐老师有些惊讶地看着我。

我不吭声。

"到底为什么？"

我仍然没有回答。

"以后按时上学好吗？"

我点点头。

可是几天之后，当我再一次迎着黑子的喊叫低下头时，心都碎了。我害怕这里的一切。我跑出了教室。从那以后我就决心一个人在林子里游荡了。我爬到树上，看着松鼠怎样在那儿若无其事地蹿跳——各种各样的小野物在我眼前蹿来蹿去，它们竟然没有发现我。我把书包挂到树杈上，专心等着我的小鹿……

就在这些日子里，我有了一个叫"拐子四哥"的猎人朋友。这片丛林中终于有一个人愿意与我结伴玩耍了。我常跟他一直走向很远。他打了一只野兔、一只野鸡。他打着裹腿，不停地吸烟，坐下来就讲一些奇奇怪怪的故事。

那些故事中，有一个"蜘蛛精"的故事让我心惊肉跳，直到后来很久想起来头发梢还要竖起来……

故事说有一个孩子——就像我一般大，没事了就在松树间跑跑跳跳。他跑过树隙的时候，因为有一些蜘蛛网老要抹在脸上，就揪下一根树条胡乱抽打那些蜘蛛网，这样还嫌不解气，每见网上爬着一些小蜘蛛，就把它们都打死了。他一边打一边往前走，后来突然觉得身后凉飕飕的，回头一看，天哪，一个圆圆的皱巴巴的怪东西在地上飞快滚动着，那是追他来了。他吓得脸都白了，头一下涨大起来。孩子没命地跑啊蹿啊，心里再明白不过，要让这个圆圆的东西沾上边儿，那就算没命了。

孩子跑得慌急，就差没把一颗心跳出来。这样一口气跑到家里——要知道他的家离林子不远,也是树林边上的一间小草房。孩子一头扑进去,他妈妈一看就知道出大事了,焦急中一把攥住孩子,顺手藏到了一口缸里,合上盖子。

妈妈刚把孩子藏好,就有一个老太婆来到了门口。那个老太婆阴着脸,脸上的皱纹像麻线勒的那么深,站在门口往屋内瞥几眼,最后盯住那口缸,张口就说讨水喝。孩子妈急了,心想这可不得了,水缸盖子一揭那还不坏事了。她心里比谁都明白,门口站的这个老太婆可不是个好惹的主儿。她见了老太婆的第一眼身上就冷得打抖。她说:好心的大婶啊,实在对不住您了,您就凑合一下吧,俺家里实在没有一口水了……

老太婆咬着牙说:那就给我一块饼吧,我饿了。孩子妈没话可说,就拿了一块饼递给她。谁知老太婆一抓到饼,几步就蹿到水缸前,一屁股坐在上面,咔嚓咔嚓吃起了饼。她咬一口饼,脸上的深皱就使劲动一下,下巴一抖。一块饼吃完了,老太太拍拍手站起来,话也没说一句,跨出门去就不见了。孩子妈心里挂记着孩子,立刻去揭缸盖儿,谁知她一掀盖子就大喊了一声昏死在地上。

原来那口瓷缸里再也没有孩子了,只剩下了半缸血水。

那个老太婆不是别的东西,原来是一个老蜘蛛精闪化的,来给那些小蜘蛛——她的儿孙们报仇来了……

这个故事让我毛骨悚然。

三

有一天直到很晚我才回家,可是跨进茅屋的时候一下子呆住了——我的老师在这儿……全家人一齐抬起眼睛盯我,那目光里有深深的惊讶。我两手不由得按住了书包。母亲把书包扯过去,急急翻找——那无非是几本课本——不,书包里还有一个圆圆的硬纸筒……母亲把它取出来:硬纸筒里是焦干焦干的一束野花。

老师的眼睛停留在干花上。

"这么久你到哪去了?"母亲绝望地看着我,让我回答。

"……"

我知道自己犯了一个不可饶恕的罪过……外祖母赶紧把我搂到怀里。我在她怀里颤抖。

老师用目光安慰了我。

妈妈让我当着老师的面做出保证:以后每天都到学校里去。我点点头。可是我知道自己的一颗心有多么执拗:我再也不到学校里去了,再也不去了。

老师离开时,全家一起送出来。她让妈妈和外祖母回去,要与我单独走一段路。她扯着我的手,沿着灌木丛中这条小路向前走去。我们并没有直接走向学校,而是走了很远,穿过丛林到了河边。我们都听到了咕咕的野物叫唤声:蒲苇里有扑通扑通的声音,那是大鱼在跳水。多么洁白的河沙,我们坐下来。她抚摸我的头发,一下一下抚摸。后来这只手停下了:"回到学校里来吧,别让家里人伤心。"

我答应了。

我重新迈进校门,发现黑子他们再也不用那种目光注视我了。我知道这是因为她的缘故——她肯定想了什么办法阻止了他们。

我在她屋里又一次遇到了菲菲,菲菲那双鹿眼转向我时,我的脸刷一下红了。

学校放假了,所有外地老师都回家了,音乐老师却没有走。后来我才知道她原来没有父母,家里什么人都没有。我让母亲邀请她到我们家来,可是母亲摇了摇头。

"为什么?"

外祖母盯我一眼。我当然知道这是因为父亲的缘故。好像我们的小茅屋有一种毒菌,别人都是远远躲开这儿的。其实我早就明白了那些陌生的、冰冷的目光在我身上扫来扫去的原因。

我一次次去她那儿。这间小屋有我全部的幸福和温暖。有一天很晚了,分手时她突然告诉我:这些夜晚,有一只野兽总在四周游荡。

"什么野兽?"我问这句话时马上想到自己有个猎人朋友。

"你不认识,你见了也不认识。"

她再也不谈那只野兽了。天已经很晚了,我要离开时,她突然扯住了我:"你能在这里做伴吗?"

我也不知道。我说先要告诉外祖母……

"那你快去吧。"

她送了我一程,然后就在小路那儿等我。

我飞跑回去,又飞跑过来。黑影里她一个人站着,我挨上了她的身体时喘息得那么厉害。我们手扯手向她宿舍里走来。当离宿舍还有几十米远的时候,我真的看到一个黑影在门口一闪而过。

我喊了一声,她赶紧捂住我的嘴巴。

半夜里醒来,我总是倾听窗外的声音。我觉得有什么在蹑手蹑脚地走动。这时候我又想起了那个蜘蛛精的故事,仿佛看到一个阴沉沉的老太婆,她脸上有纵横交织的皱纹——她在这个夜晚总要设法走进来。我紧紧蜷在她的身边。

天亮了,她像我一样一夜少眠,眼睛有点儿浮肿,可能偷偷哭过。

有一天我忍不住把老师门前黑影的事告诉了妈妈,妈妈说那是一些背枪的人——他们就在园艺场里串来串去,有时候我们茅屋四周也有这样的人。"他们就藏在树下。""为什么?""他们是专门在黑夜活动的人,他们要盯着茅屋、盯着一些人……"

我明白了,那些人也开始盯她了。是因为她与我们一家来往吗?是有人以此为借口欺负她吗?不过究竟为什么,我还想不明白。只是从那时起,妈妈总是催促我夜里去她那儿做伴。

有一次我从学校往回走,刚走到半路,突然听到有人在灌木丛中大声喊了一句:"穿山甲!"

我像被石块击中了一样。一阵难忍的痛楚使我蹲下来。我蹲了许久,直等这沉沉的痛楚过去才站起来。喊声响彻在林子深处,它消失得很慢……大雨瓢泼一般降下,我不顾一切往家里跑去。

我病倒了,一连许多天都不能到她的屋子里去了。我病得厉害。外祖母到林子里采来草药,熬了让我喝下去。我觉得浑身一点力气也没有。妈妈说我脸色蜡黄。大约假期的后半截我都是在病中度过的。当我的病稍稍好了一点时,第一件事就是去找老师。可是我刚刚活动了一下,立刻就晕倒了。妈妈和外祖母再不离我的左右。那些日子我常常在树隙里晒太阳,在草垛边上坐一会儿,望着天上飞来飞去的鸟雀、在空中凝住的老鹰。我知道老鹰一动不动的时候就是瞅准了食物。外祖母说当老鹰在你头顶停住时,你一定要躲起来。我想再大的鸟也是怕人的,并不躲闪。外祖母说附近村子里有个小媳妇让孩子自己在门口玩,后来听见外面有扑动翅膀的声音,出去一看,那个老鹰已经叼起她的孩子往林子里飞去了。这个故事使我有点害怕——有几次它似乎真的就要落下来。

我那么思念老师。当我终于可以出门时,第一件事就是急急赶到学校——可是到处找不到她,一连好几天都让我扑了空。

这让我焦虑万分,我想她大概因为等不到人,就到别的地方度假去了。

终于迎来了开学。我采了一大捧鲜花,还带着露珠呢,将其小心地放到硬纸筒里。这一天我去得多早。笃笃敲门,门开了——站在门口的是一个中年男子。

我简直蒙了:"老师呢?"

男子皱皱眉头,冷笑藏在嘴角那儿:"她走了。"

"她不在我们学校了吗?"

"反正你再也找不到她了。"

门重重地合上了。

大李子树·鲛儿

一

父亲的归来,使我们走入了更加无法忍受的日子。因为父亲,也因为老师的消失,上学是不可能了。最后,为了一线生路,更为一个突如其来的变故,我不得不匆匆逃离。从此,流浪他乡的日子就开始了……

在路上,在孤苦一人的时刻,我无论走到哪里都要频频回望。就像仍然在茅屋四周的原野上游玩似的,无论走多么远,都忍不住要回头去找那棵大李子树的梢头。可是我后来越走越远,终于再也望不到它了。不过我走在路上,总能感到一双目光在背后遥遥注视,我知道,那是大李子树在目送我的远行啊。

旅途上,每到了午夜会倍加思念妈妈和外祖母,可是天一亮依旧要奔向陌生的远方。我真的走向了难以返回的远方了。三十年后的今天,每当回想往昔,让我最为感激的就是那个夜晚,是我在疲惫的奔波中接受的那一声召唤——那一声声莫名而清晰的召唤对我来说至今还是一个谜。

那是妈妈去世前的一段日子。当时她在那个小茅屋里已经病危,可是我却仍旧一无所知地行走在大山里。有一天半夜,我刚刚找了个悬石下面的草窝宿了,正似睡未睡呢,突然有什么声音惊了我一下,让我一个骨碌爬起来。一颗心怦怦乱跳,满身都是冷汗,一阵惊惧像波浪般逼过来。我大气不出地呆坐着,只用心倾听着夜声,捕捉刚才传过来的那种声音。

北风里好像隐隐传来了恸哭,而且一阵大似一阵。

这其中有揪心的什么夹杂其中……我听着听着,天哪,我听到了妈妈的呼唤!是的,确定无疑,就是她的声音,尽管已经极其微弱:"我的孩子,你回呀,快回呀……"

我不顾一切地一蹿而起,抓住背囊往后背上一抡,一脚就跨进了夜色里……

我奔跑不息,一直向着北方。一路都听见呜呜的哭声……我恍惚看到小茅屋已被人团团围住,深棕色的屋顶在悲恸中晃动起来。呼唤一阵比一阵急促。我心中有个催促:快跑,快跑啊,因为眼看就来不及了。"我的孩子,快回呀,回呀……"

跑啊跑啊,妈妈等我,妈妈等我啊。跑啊跑啊,我终于在黎明时分踏上了那条灌木丛中的小路……鞋子脱落了,荆棘刺破了我的脚,脚背上的静脉血管在呻吟,血一滴滴淌出来。我只管低头往前,躲避着大李子树责备的目光。

呜呜的哭声越来越响。妈妈!我觉得自己在迎着她张开的手臂扑过去。我看见了大李子树,看见外祖母在大李子树下焦急地遥望,顶着一头白发——她不是已经去世了吗?她为什么又坐在了这儿?

就在看到大李子树的那一刻,我的心中突然一悸:我是千里迢迢赶回来送妈妈的。

一脚踏进院门,哭声骤停。几个人闪开一条路,让这个满脸苍黑的、惟一的儿子跨进茅屋。一个苍老的声音,不知是庆幸还是责怪:"你来晚了,你,什么都晚了……"

这是妈妈惟一的邻居老骆,他目光沉沉地看着我。他已经站在门口,像是预先知道了什么似的,愤愤地站在那儿等我。我的腿软下来,不得不扶住门框。

"按规矩办吧,先买一些黄纸、香。要扎纸人纸马。要做一些元宝……"老骆的老伴已经出不来了,她快要生孩子了。她在屋里指使老骆,为母亲安排后事。

我把眼泪全洒在路上了,这会儿在母亲床边竟然一滴眼泪也流不出。妈妈,我握着她冰凉的手,把脸伏上。所有的人都离开了。不知过了多久,我觉得身上披了一件衣服,这时候才发现已经是半夜了。即将临盆的达子嫂站在旁边。大李子树哭了一夜,它泣哭的声音除了我谁也听不懂。风冰凉冰凉吹透了茅屋。我一刻也不能离开,一刻也不愿离开——我害怕在这片孤独的原野上,只让妈妈一个人安睡。

她因孤独而死。当年她亲手把我送走,从此就失去了自己的儿子。从那一天起她天天盼我回来,盼我踏上那条小路。她等啊等啊,望眼欲穿。

大李子树哭了一夜。黎明时分我走出来,一眼看见大李子树低着头,身边坐着一位老奶奶——外祖母的魂灵为什么偏偏在这个时候出现?这时我才明白:她是来领妈妈的,时候到了,她要领走这个独守茅屋的女儿;现在要做的事只此一桩。她愤怒了,所以她不再理我。"我来领自己的孩子,日后你的妈妈也会来领你的……"这是我听到的外祖母最重要的一句话,是她掺在风中的声音,然而非常清晰。

老骆跑来跑去。他听妻子的话,固执地要按照当地葬仪来落实一个个事项,特别看重纸钱。我忍不住告诉老骆:不必了,妈妈苦寒一生,她花不惯那么多钱,就让她这样走吧。只要她能和外祖母在一起,就比什么都好。"这对受苦受难的人哪,到地下去会合吧。"老骆抹着眼睛。我知道他在说父亲,扫了他一眼。

"孩子你不该回这么晚。"我仿佛看到外祖母从大李子树下站起,开始发出责备。

我的心都碎了。我想告诉外祖母自己怎样跨过千山万水,路实在太远了;告诉她,我深夜听见了北风里的呼喊,马上就踏着荆棘丛生的小路而来……

二

那场飞奔至今还在眼前,仿佛只一闪就过去了这么久,仿佛昨天刚刚送走了母亲。那一次,送别母亲和迎接新生竟是同一趟旅程,这是我永远不能忘怀的一个经历。

那天,邻居家的孩子出生了。送走了母亲,我该找邻居告别了:老骆转悲为喜,在小泥屋前的空地上快乐地忙碌,木格小窗上正冒出白色的蒸汽……

可惜那个孩子后来夭折了。他们再也没能生另一个孩子。

当我再次归来时,看到的是他们收养的骆明。

就像有一个宿命、有一个心照不宣的约定似的,每当秋天来临,我都要踏上回返的里程。如此频繁地来往于城市和故地之间,这在过去是不可想象的。我知道每一次归来都是因为一些人、一些事、一些梦想。是的,对于我来说,小果园就像一个永久的谜、一个关于昨天的全部痛楚和美好的节点、一个真实的存在和象征、一个通向过去的入口和出口。经过了上一个秋天我才知道,就是它使我许多年来一直悬着一颗心,既不能遗忘也不能拥有、不能亲近。但随着年龄的增长,我的生命深处愈加充满了惦念和向往。

这一次踏上平原,一直在心里念叨的是达子嫂的话:"大兄弟,你该来家里住啊,这里就是你的家啊!"于是我真的盘算住在他们家了——我想自己突然出现在他们面前时,一定会给他们一个惊喜。下车后我就直接奔向了那片小果园——就像当年的那个孩子放学回家一样,我也是沿着灌木丛中的那条小路翻过沙岗的。当我站在那儿擦着大滴汗水,一眼看到那棵大李子树、树旁那座黑乎乎的泥屋时,心里立刻涌过一阵无法言喻的激动。

进了小果园,四周一点声音都没有。一棵大山楂树的枝丫上,一只蓝点颏奇怪地瞅着我。多么静啊,静得令人生疑。没有护园狗的叫声,也没有鸡鸭吵闹,一切声息都没有了。到了泥屋跟前,我定了定神才发现:门板上挂了一把大锁。我坐下来等待,心想再有一会儿骆明就该放学回家了。

直到太阳落山,小果园里还是没有一个人影。

我只得像上一次那样,住到了园艺场招待所。第二天一早又来到了小果园,结果还是空无一人。多么奇怪,仅仅是一年后的秋天,这里的一切好像都变了。人哪去了呢？我不得不向园艺场的人打听老骆,他们听了上上下下打量我,支支吾吾的。我的心扑扑跳了几下,"你来晚了孩子,你来晚了……"耳畔好像又响起了老骆当年的那声责备。我犹豫着,本想待一切安排停当的时候再去看肖潇,可这时再也等不下了。

我去了肖潇的那间小屋,她也不在。

第二天等到的是一个多么可怕的消息！招待所的服务员见我心急火燎到处找着老骆,就惊讶地瞪大了眼睛告诉:"老骆啊,他们家出事了！骆明前几天刚刚……""你是说骆明？""就是骆明,他们只这一个孩子,那天突然肚子绞痛,送到医院给耽搁了……"

我蒙在了那儿,直瞪瞪地看着她。后来我不知怎么就出了门,只顾匆匆向前,一口气闯到了小果园里。小泥屋的门上还是挂了一把大锁……像要证实一个荒谬的消息似的,剩下的半天我一直待在泥屋跟前。

那扇门一直关着。我在树下走着,有时长久地倚在那儿。面对一个如同死去的秋天,好像真正的故园已经随着那个孩子失去。

但我仍旧努力地从这片小果园里嗅着昨日气息。我奔跑的足迹早就被阳光擦掉了,可生命中有些东西还是抹不掉的。我今天才发现这片园子是这么小、这么小。园子的西边还是那一排茁壮的洋槐,北面还是沙岗,沙岗下还是埋到半截的梨树和桃树。那棵大山楂树死后补栽的一棵小山楂树,如今已经长得很高很高。南边就是那棵红李子树,东边是长流不息的水渠,渠边有高大的杏树。大李子树就在这座泥屋旁,树下仍旧是那口砖井……一切都没有改变——要寻找当年茅屋的旧址也很容易,因为从大树的方位即可判断——它就在西南方不远处。

　　我如此切近地看着这片小果园,两手揪紧了它的昨天和今天。眼前这仅有的一户人家多么孤单,好像是他们把原来小茅屋中的人替换下来一样。同样的,他们也给小果园留下了深深的印记。这一对护园人为这片小小的园林费尽心思,尽心尽力,瞧衰老的树木被更新,残破的土埂被重砌,一切都井井有条;而他们自己却一直过着清贫的日子,四十多岁才收养了一个孩子。不过令其大喜过望的是,这个孩子长了苹果似的红红的圆脸,大眼睛,手里总拿着一只苹果;他到果园外边玩时,人们问他是哪里的孩子啊?他就答:"俺是小苹果园的。"于是人们都叫他"小苹果孩"。这孩子太好了,似乎不该这一对老实巴交的护园人拥有似的,他如此伶俐如此漂亮,简直是一片园林的精灵化成的。他从来到的那一刻起就成了两个护园人的命,成了他们全部的幸福和希望……

　　突然小泥屋后面的灌木丛中有踏动的声音,我立刻喊了一句:"老骆……"

　　没有回应,但那声音更大了。停了一瞬,竟然有人在灌木丛中嚎叫起来。

　　这声音粗粝吓人。我想退开一步,可又站住了。那人喊着,噼噼啪啪踩断了灌木枝条走出来,渐渐走近了我:一个衣衫不整的人,满脸都是尘土。我对这种人太熟悉了,一眼就看出他是一个流浪汉。

我盯视着他,刚要搭话,又忍住了。

他的眼睛飞快地眨了眨,做出一个奇怪的动作。我马上明白他不是一般的流浪汉,而是一个疯子。我还来不及说什么,他就转过脸,一直向着小泥屋扑来。

他趴在小窗上往里看,然后使劲擂起了门板,一边擂一边呼叫。我看见他的背兜里有几块发霉的玉米饼和瓜干。擂了一会儿,他大概失望了,转过身,又像咕哝又像吟唱,急急走着,再次隐入了林子里。可也只是一会儿,远处又传来了他尖厉的呼喊,那喊声使人心惊肉跳——

"发大水啦!发大水啦——"

如果我不知道呼喊的人是个疯子,那么一定会认为大河决堤了,或者是有了海啸之类的突然事变。

"发大水啦!快跑噢,发大水啦——"

凄怆的声音惊起一群又一群鸟雀。

三

疯子的喊叫远逝了,四周又归于沉寂。我倚着大李子树坐下……关于发大水的记忆、关于它的故事简直太多了。小时候出去玩的时候,外祖母总是叮嘱:过河时千万要先看河的上游,如果看到一道白色水线,那就是大水冲下来了。外祖母的话反而使我充满好奇,我总想看到那条"白色水线"。外祖母还告诉,看到河里滚动的大木头,也千万不要骑上去,那都是水中的精灵变成的,你骑上去它就把你掳走了。

难忘她告诉的那个吓人的故事——有一年发大水,一个贪财的人看见涨起的河水漂来了一根木梁,就爬到了那根木梁上。谁知刚骑上去,这木梁就飞快地滚动起来,而且寒气逼人。他定睛一看,胯下的木梁不知什么时候变成了一条龙,它在水里翻滚搅拧。他吓得面无血色,知道这下完了,长叹一声:"可怜可怜我八十岁的老妈妈吧!"那精灵得知他是一个孝子,不忍将其淹死,就一甩尾巴把他扔到了岸上。胯部火辣辣地痛啊,原来是被龙鳞磨得没有皮了。不过总算保住了一条命啊。外祖母最后总结这个故事说:

"幸亏他临死还牵挂妈妈,要不就没命了。"

外祖母的意思我听得明白,但没有吱声……自从那个瘦干干的老头——我的父亲回来之后,我就恨着他。我恨他又怕他,远远地躲着。我知道当我骑上那条巨龙时,它绝不会对我怜悯的。因为神灵什么都知道,神灵知道我恨着父亲,知道我起过什么念头。

汹涌的河水中发生了多少故事。在大河涨水的日子里,我几次想渡过河去。我一直寻找那个美妙的机会。

这片平原上的人对发大水都有一种深深的恐惧。夏秋天里泡在汪洋中的庄稼,在水中漂动游走的大草垛子,一闭眼就在眼前。那时候屋子泡塌了,猪和羊都从冲毁的圈里逃出,在乱成一团的街巷上蹿跳嚎叫。那时死人的事是最平常不过的了,被水冲走的,被塌墙砸死的,还有被涌来的大水吓死的。各种闻所未闻的水中小兽和飞禽都出现了,它们恣意闹腾,在屋顶上彻夜乱叫,让人心上不停地打颤。外祖母说每次发大水都是有兆头的——肯定有人看见了"鲛儿"。

"什么是'鲛儿'?"我问。

"就是……"外祖母吸着凉气。

那个"鲛儿"的故事让我惊得合不上嘴巴:外祖母说他是雨神的独生儿子,他有一次出来游玩时被旱魃——就是让天下遭受旱灾的妖怪——掳走了。雨神急疯了,从此满世界里找她的儿子啊,结果这个可怜的疯婆走到哪里大水就跟到哪里,所以只要村子里有人看见了一个女人喊着"鲛儿"跑过,知道发大水的日子也就不远了。我问雨神的模样,外祖母说她穿了白衣白裤,骑在大白马上,跑那个快啊,长长的头发和衣袖,还有长长的马尾,都在风中飘着卷着。"那个可怜的女人啊,不管是白天还是黑夜,从野地里一溜烟飞跑过去,无声无响的,她是急疯了。""你见过吗?"她摇头:"有人见过。只要见了,都吓得头发梢竖起来,再也不敢吱声。过不了多久,那地方就发起大水来了。""真有那么灵验吗?""从来不会错的。"

外祖母一讲起那个妖怪旱魃就冷着脸,咝咝吸一口凉气。我知道她从心里害怕和厌恶它。那是一个又脏又贪的家伙,恨不得霸占喝光天底下的甜水才好,一张嘴扁得像簸箕,黑苍苍的脸,浑身长满了白毛,穿了铜钱编织的衣服,一活动哗哗响,一张大嘴腥气满天。这妖怪平时在地底筑一个冰窖藏了,口一渴就咔啦咔啦嚼冰碴儿,把雨神的儿子鲛儿用一根锈铁链子拴上,一天到晚折磨他。外祖母说到鲛儿就叹气:"这孩儿啊,有遭不完的罪啊,算掉到地狱里去了。不知猴年马月才能捉住旱魃,到那时就好了,五谷丰登,鲛儿也该回他妈那儿了……"

我问怎么才能找到旱魃呢?外祖母说这得等到大旱天才行——焦干的大地上如果有个湿乎乎的地方,兴许就是他的藏身处。不过那家伙有妖术,从前有人找到了,四疃八村的人把他围个水泄不通,又找来法师,最后还是让他跑了。旱魃这妖魔实在渴坏了,没有水喝就喝人和牲口的血——"有一年上,村里有个老头起早赶车进城,刚出村,就见前边路上堆了一堆黑乎乎的东西,跳下车一看,以为这一下发财了,那是一大堆生锈的铜钱。老头想也没想就弯腰往车上捧,谁知捧了两捧没捧起,再要伸手就被那个簸箕嘴咬住了胳膊。结果不光老头给活活吞了,就连车上套的牲口也没剩下。村里人等日头升起出门一看,只见地上一溜血珠儿,还有满天的腥气……"

我恨着凶残的旱魃,想象可怜"鲛儿"正在哪里忍受折磨。原来大地上藏了这么多可怕的秘密。我既渴望见到白衣白裤的雨神,可又害怕她真的出现,怕这个疯婆子带来一场大劫。怪不得啊,那些年的雨可真大啊,不停地从屋檐上浇下来,就像小孩哇哇大哭似的。只要雨水不停,走在林子中的老人就会一连声地祷告:"'鲛儿'啊,快回你妈那儿吧,你找不到妈俺也遭了殃。快可怜可怜老妈妈,也可怜可怜咱庄稼人吧!"

一天大雨之后,我瞒着母亲和外祖母跑到了河边上。那儿站了很多逮鱼的人,他们没法到河里抛网,因为巨大的水浪把他们吓住了。水性最好的两三个人也不敢到河心去,他们只在边上打了个旋就上来。雨刚停,天上还有雷鸣电闪,不一定什么时候大雨又会下起来。我在河边站了一会儿,仿佛看到了河里真的游动着巨龙,它们正瞪着暗绿色的眼睛看我。

我长期以来一直有一个隐秘的念头,只不过对谁都没有讲过。可我相信神灵知道。那是些什么样的日子啊,在最艰难最煎熬的时候,我觉得活着或死去都没有多少意思。我在河岸上摇摇晃晃,闭上了眼睛,心里叫着母亲和外祖母的名字,也叫着那个瘦老头的名字,一下跳进了巨浪翻腾的河里——我只想冒死一搏,看看能否游过河去。

我奋力往前击打。岸上的人开始没有察觉,到后来看到了就一齐惊呼起来:"天哪!坏了,坏了!"他们喊我,一齐用手指点着。我头也不回地向前游。眼看就要游到河心了。我觉得那条巨龙真的出现了,它向我抡起了尾巴。强劲的尾巴打在我的腰上,打得我摇摇晃晃支持不住。水流带着我向下游冲去。我哭起来,不过我的哭谁也看不见,谁也听不见。水浪在我的脸上拍来拍去,把泪水洗去。大水的声音掩去了一切屈辱。我知道一切都完了。在那最后的一刻,我首先想到的是妈妈和外祖母。可恨的是我最后还想到了那个瘦干干的小老头——我的父亲……

不知过了多久,太阳暖融融地晒在身上,我醒过来了。天哪,这是在哪里?四下看看,终于认出这是河湾,头顶是水流旋出的一个悬土顶子,我给卷在厚厚的一层杂物和树条堆成的泡沫里,身体那么巧妙地斜倚在一棵粗粗的柳树上,柳树是在上游被连根拔起的。这时我才知道外祖母的故事有多么荒谬——水里哪里有什么巨龙啊,水里分明有一只孤儿的摇篮。

我不会忘记这个经历,也明白了一个人不能轻易地去死。就这样,在黄昏的天色里,我带着满身污浊和擦伤回到了小茅屋……

父亲见我满脸的伤痕、身上乱七八糟的污垢,就瞪着眼睛。他不屑于和我说话,不愿搭理我,连呵斥一声都懒得做——事情就是糟到了这等地步。妈妈疼怜我,一把将我抱到怀里:

"你哪去了?你知道全家为你急成了什么样子——你爸到现在还没吃饭……"那个字眼从她嘴里吐出来把我吓了一跳——那个人竟然因为牵挂我没有吃饭……我咬紧了牙关。我不知为何哭不出来,越是想哭越是哭不出来……

那一场不能遏止的哭泣只在心里,它让我至今难忘。

"发大水啦——发大水啦——"

那个疯子不知什么时候又转回来,他好像也在等一个什么人。他的呼喊又在灌木丛中凄厉地回旋,接着又是奇怪的嚎唱。

剩下的时间里我一直伏在大李子树上,闭着眼睛。

这一刻,我真的梦见了雨神,她白衣白裤,骑在一匹大白马上,从原野上飞驰而过……

四

我从来没有见过这么美丽的女人:洁白的肌肤像是透明,圆脸,两只长长的上挑的眼睛,好像永远在微笑;又黑又长的头发披散在肩上,当她飞驰时就飘扬起来。她在远方是一个小点,这小点渐渐近了,白马长嘶一声,就停在我的面前了。一只温热的手抚摸我,我久久看着她,因为她太美丽了。我心里知道她就是雨神,可是我不说。尽管她看上去像在微笑,其实心里无比悲哀。她在寻找自己的儿子。

"你是'鲛儿'吗?""我不是啊。""可我孩子就像你这么大,眉眼也是这样。""我不是啊,雨神,你真的认错了。""错就错吧,咱们走吧,回家去吧。""雨神啊,求求你了,我不能跟你去啊。""那我怎么办?我总得有个儿子啊。""可是我有妈妈,有外祖母,她们在家里等我。""'鲛儿',我的'鲛儿'啊,妈妈也在这里等你啊。""雨神啊,我们所有人都会帮你捉那个凶恶的旱魃。""真的吗?谁能帮我救出'鲛儿'?""这里的人,整个的平原,一辈一辈都在捉那个旱魃。"

我听到大白马又一声长嘶,眼前的影子没有了。我出了一身冷汗。回味着梦中的对话,真有些后怕。我差一点就被雨神带走了,因为她是一个疯婆子啊。她在最后一刻放开了我,是因为怜惜妈妈和外祖母,因为她也知道失去亲生儿子的滋味。还有,就是我向她转达了整个的平原的承诺:帮她捉住旱魃。

这个承诺是千真万确的。外祖母讲了多少捉旱魃的故事啊,它们都是真实发生的。她说就在我们一家人搬来的前几年,这里还轰轰烈烈闹过一场呢。外祖母说那一次捉旱魃惊动了整个平原,七七四十九乡,一春一夏都在闹这事儿。起因是连年大旱,从前一年就颗粒无收,第二年转过春来树都不愿发芽了,平原上饿死了人。所有人都在骂旱魃,骂这个折腾人的妖怪。老县长左胸口上别了银桃子,让人用大轿抬了四下里看旱情,说:"本县就要捉住那个旱魃。本县不信邪!鸟!"人们又惊又喜,惊的是堂堂一个县长张口就说那样的粗话,喜的是他下决心要捉旱魃了。各村都相互串通,说有钱出钱有力出力,大户人家往外捐银子。

剩下的事情就是发动百姓四出找旱魃了,不漏一丝疑迹。结果不出半月就有了头绪:一个要饭的在一个坟地上发现了一座湿乎乎的坟包。不少人都去瞅了,咬咬牙说:这回准是那妖怪了,不信等着看吧。理由再简单没有:四周大旱连年寸草不生,土地干得像瓦块,可惟有那个坟包湿乎乎像要流水,不是藏了旱魃又当何解?村里差人连夜报了官府,那个老县长又坐着大轿来了,理着胡须看了半天,离开时狠狠一拍膝盖:"着!"

接下的几天,一群和尚道士做起法事来,烟火烧得呛眼,祖坟地方圆五里都插了桃木枝,旁边有法师日夜不停地念咒。村里人知道,这是为了困住旱魃不让它遁去。法事做上半月,法力足壮了,旱魃也困得没了力气,这时村里人就该围上去挖坟了。那会是多大的节日啊,人人都在想象妖怪怎样被捉,俊美的"鲛儿"如何被救。世世代代的大心愿就要实现了,人人激动得不能安眠。

眼看就要大功告成的时候,突然有了波折。起因是几个大户联合起来阻挡,因为祖坟是他们的。大户说:如果挖不出旱魃,那不是白白掘了祖坟?老县长说:捉旱魃可是大事。大户说:里面没旱魃咋办?县长说:没旱魃官家修坟,做个最大的道场,就算你们祖上积德。大户哭着撤了家丁,穿上孝服等着掘坟。

法师一连数日坐在野地里,头发被日头烧焦了,脸上满是白屑。第十五天上,法师们干嚎一声站起,连连踉跄,眼冒金星。七七四十九乡的百姓都来了,破衣烂衫一望无边,拿着锄镰锨镢,一步一步往前挪,嘴里咕哝:"捉旱魃啊! 捉旱魃啊!"法师将桃木枝拔起,往前走几步又插上,念着咒语。黑鸦鸦的人群夜里不睡,举着灯笼火把走走坐坐。这样直到第二天凌晨才算把老坟地围个水泄不通,老县长一喊,镢头铁锨挥动起来。人群往前拥动,都想亲眼见一见妖怪,兵丁不得不往当空里放枪吓唬他们。

太阳出山时,这边掘出了一个大坑。奇怪的是一个湿湿的坟包剖开之后,内里却是焦干的。没有旱魃……哭声冲天,大户人家在嚎哭,黑鸦鸦的人全哭了:"天哪,硬是让那旱魃跑了,完了,完了,这回四十九乡的百姓一个个都得饿死啊!"

这就是那个春夏的事。外祖母说:"什么也没找到,白白踩死了许多人。这一年是庄稼人的一关,饿死了不知多少人。第二年呢?雨神又出来找她的'鲛儿'了,结果就发起大水,沟满壕平,房屋倒塌……"

"发大水了啊——发大水了啊——"

"鲛儿啊——鲛儿啊——"

我伏在大李子树上,只要屏息静气,就能听到无边的荒原上满是呼号,它们此起彼伏,就像涌动涨满的海潮……

第 二 章

廖紫卫一家

一

那个可怕的消息进一步得到了证实,并让我得知悲剧如何降临在小果园里,知道了它的一些细节。

当时是一个下午,天热得让人喘不过气来。骆明说肚子痛,一会儿脸变得蜡黄,鼻子嘴巴都扭到了一块儿,头紧紧抵住桌子。唐小岷跑去叫来老师。接着另两个男同学——怡刚和廖若把他背上,五六个人一块儿到了园艺场卫生室。卫生室里只有一个卫生员,听了听,又量血压,让快些送市医院。市医院离这里有十几里路。一时找不到车,就搞来一辆自行车,七手八脚把他扶到车上。大家一路推着车子飞跑,骆明在车上呻吟。唐小岷哭了。

最大的医院就是市中心偏北一点的那座大楼……人抬进了大门。里面的人多得很,到处都有人排队,走廊里躺满了人。地上有刚吐下的污物。好不容易到了急诊室,里面有两个穿白大褂的,一男一女,指点他们去挂号。

急诊室的女大夫大约有二十来岁,嘴巴尖尖的。她走过来问了几句。骆明一句话也说不出。什么时候发病?什么感觉?哪痛?这里?那里?"你轻些按他!"怡刚横眉冷对。骆明开始出汗了,额头上的汗珠渗出来,鼻子上是更多的汗珠。

"是不是……"那个女的问男的,男的点头。这时他们又去叫另一个值班医生,也是个女的。女医生四十岁左右,很高傲的样子,谁也不理。好像急诊室的这两个人都有点怕她。她走过来听一听,然后把老师叫到一边去。一会儿老师急呼呼转回来,说骆明很可能要手术。如果不马上手术就有生命危险。那个女的走了。一会儿骆明在床上滚动起来,喊的声音越来越大……

那个男大夫问通知家属了没有?"家属?哪里找家属?这是我们的老师……""老师不行,老师能替他交押金吗?""押金?多少钱?"医生说了钱数。天哪,这怎么办?老师差点儿哭起来。

廖若爬起来向外面冲去,要找什么人不知道,只在走廊上喊。几个穿白衣服的走过来,有一个戴着口罩,脸上流着汗,很胖。那个高傲的值班女医生总跟在那个胖子后面。正这时有个人大呼小叫赶过来,把走廊的人都拨到了一边儿。

大家像盼到了救星一样,喊着快呀快呀——都看出那人是骆明的爸爸,他终于赶来了。"快,快去,正找家长呢。"老师在后面喊。老骆闯到这儿闯到那儿,可能是骆明的哭喊把他弄蒙了。"来,这里签字。"有个穿白衣服的人递过来一个表格。"押金带了吗?押金?"老骆说:"我走慌了,慌急了。"他从衣兜里摸着,摸出了三块钱,还有一些钢镚儿。"准备手术!准备手术!"有人在一边嚷。"押金还没交呢!"另一个人喊。"押金!押金!快……"老骆急了,"谁还带了钱?谁还有钱?"唐小岷伸手四处找钱,她甚至把手伸到那个胖子眼前……

快呀,快呀……骆明在床上滚动。"再打一针。"胖医生很冷静地说。又过来打针。

有人回头找他爸——老骆哪去了?唐小岷告诉老骆推上自行车跑了。他去取押金了。胖医生松了口气,"如果顺利的话,他有半个小时就可以赶到。"这时有人推过来一辆轮椅。同学们一块儿围上,把骆明扶上去。一个穿白衣服的人指挥着往前推,七拐八拐,走廊很长很曲折,可是没有灯,脚下坑坑洼洼。一边屋里出来两个人,他们把车子挡住,只让骆明进去了。一会儿里面传来哭声,后来又是尖叫。骆明的声音。大家不顾阻挡一下子拥进去。天哪!这是一间空屋子,里面只有一张床,不是什么手术室——而是等待手术的房间。旁边有一个大夫在那里摆弄针管。骆明被推在一边,谁也不管他。"快啊,快啊!"大家一齐喊。那个胖医生铁青着脸从门口走过,身边一直走着那个漂亮的、高傲的女值班大夫。大家把他俩拦住了。胖医生用听诊器给骆明听了又听,又浑身上下检查了一遍。

骆明不再呼喊了,他蜷着,蜷成了一个球。"骆明……"唐小岷哭起来,拉着他的两只手,想把他蜷起的手伸开。

廖若把骆明紧紧地抱在怀中……

二

"小苹果孩"离我们而去,留下了自己的影子:廖若。他们是一对朝夕相处的伙伴,那天骆明去医院抢救时廖若也在身边,一个死在了另一个的怀中——从那一刻起廖若的精神就不正常了,人们说他的魂儿也随着死者一路走去了……

我在骆明的墓地上看到了廖若:圆圆的脸庞,额头有些大,身材纤细柔弱;如描似画的一双眉毛下,眼睛有点呆滞。那时他望向我,嘴里只重复着几个字,什么也说不清楚。

无论是学校还是家长,都以为廖若会随着时间的延续一点点恢复。谁知随着一天天挨下去,病情反而日渐加重。廖若的父母慌了。

肖潇是廖若一家最好的朋友,她平时差不多把这儿当成了自己的家。就因为她的介绍,我与这一家人在几年前就熟悉了,与廖若的父亲廖紫卫更是相处愉快,甚至已经成为可以深谈的朋友。事情发生得太突兀了,一时让人不知怎样才好。显而易见,骆明的死对一个孩子造成了异乎寻常的打击,肖潇除了要安慰老骆和达子嫂,再就是一天到晚往廖紫卫家跑,与他们夫妇待在一起,陪他们流泪。

我再次去寻找老骆,那个泥屋的门还是紧紧闭锁。后来我随肖潇一起去了廖若家,待了整整一天。

我们不忍心很快走开,只好长时间陪伴这个可怜的孩子,还有手足无措的父母。天很晚了我们才走出来,我一直把肖潇送回宿舍。我一个人在那排红砖房子旁边的垂柳下站了许久。从这儿可以看到肖潇窗户上透出的灯光……身后的原野一片漆黑,远处,更浓的夜色里有一幢幢楼房的影子,那中间就有廖家那幢破旧的公寓楼。

后来的许多天肖潇都和廖紫卫夫妇在一起。这天晚饭后我去了廖紫卫家,他们告诉:肖潇刚回,她实在太累了。夫妇两人似乎对我的到来满怀感激,一直不离左右。他们的热情使我不忍很快走开。廖若入夜后才开始安静下来,整个人疲惫极了,但又不能入睡:一对奇怪的目光不时瞥瞥我。我靠着他的小床坐下……廖紫卫和妍子就在旁边。因为廖若的病,夫妇两人已经许多天没有去学校了。可这变成了他们十几年里最难熬的一段日子。他们要猝不及防地面对一个神经错乱的儿子:廖若从医院回来就没有安宁过,一整天到处胡窜乱叫,长时间处于亢奋状态,有时还一个人不管不顾地跑出去……

窗子外面变得漆黑,廖若慢慢闭上了眼睛。我们把门合上,蹑手蹑脚来到另一间屋子。可是刚刚过了几分钟廖若那里就传出吱吱嘎嘎的床声。这声音不断响下去,夫妇两人在门前听了一会儿,后来推门走进去。

妍子伏在床头,看着儿子那双尖亮的眼睛,抚摸他的脑壳。"妈妈……""让我和你一起睡好吗?"枕边上的一本书落到地上,廖紫卫给孩子捡起来。他摘下眼镜用手帕擦拭,不停地擦拭……廖若贴在母亲胳膊上一动不动了,发出了均匀的呼吸。可惜只过了十几分钟,他的两手又猛地抖动起来,喊:"快呀……快呀……"妍子的胳膊被他不顾一切地扭住,紧紧勒向胸前。她一动不动。

"妈妈!"廖若大睁眼睛望过来,目光凝住了一瞬,从床上一下弹起,扑到了妍子怀里。"妈妈!妈妈……"

"怎么了孩子?"

"我们的船……它又被咬住了……我们的船……"

"孩子,你是做梦了,妈妈在这儿呢!"

"我们的船……"廖若的声音低下来,泪花闪闪。

她轻轻拍着他。母子俩的泪水淌在了一起。我和廖紫卫一直站在旁边,等廖若慢慢安静下来。过了许久,廖若眯着眼睛似睡非睡,歪到了床上,嘴角露出了一丝笑容。妍子的胳膊一直被他抱在怀里。她像个雕塑一样一动不动。

三

廖若这间小屋子整洁无比,有一大一小两个书架:小书架盛了各种杂物,大书架则整整齐齐摆满了书。书架旁边是一张很精致的小桌,紧靠卧床。一张小钢管床镀成了粉红色,床上的被子柔软蓬松。屋子里似乎有一股菊花的香味。靠小床右边的墙上是一排放大了的印刷体英文字母——我注意到床头柜上还有一个小纸盒,里面用橡皮筋扎了一沓沓英语单词卡片。小书包放在桌前的椅子上,里边露出一把口琴、一盒彩色画笔。

当我端量小屋时,妍子从旁边找出了一个很大的纸夹:全是色彩斑斓的图画——每幅画上都标记了时间。这还是他幼儿园时期的作品。这些画用色大胆,总的色调是绿和红,一片绿色又一片绿色。河湾上望不到尽头的绿色蒲苇,青草间开满了野生鸢尾花。还有百合——红的百合、紫的蝴蝶花、杏红色的鸢尾……到处都是。鬼针草的黄色小花、粉色的小蓟花,它们掺杂着结成了一片,多么漂亮。浆果和花朵点缀了无边的草地。这片红色是什么?一片片的茶花。芦青河湾那望不到边的茶花不是自然的白色,而是被朝阳或落日映成了红色的海洋。一只白鸥欢唱着,云雀在头顶飞过——在它徘徊的天空下,总会有一个精致的窝。云雀在看护它的幼雏,等它们长大那一天就会像母亲那样不倦地歌唱……

一个星期过去了。再次见到廖若时,他似乎好了一点,廖紫卫夫妇脸上第一次露出了笑容。

我发现前几天见到的那些画已经被贴在了墙上:那么绚丽的一大片!我忍不住指着墙上那些画:"多么漂亮!"他笑了,调皮地张大嘴巴笑。他的目光不再呆滞。我发觉这孩子的眼睛有点像母亲。四十多岁的妍子看起来只像三十多岁,人还没有发胖,体态还像一个姑娘的样子。而廖紫卫比她显得苍老多了,额上有了一道道清晰的皱纹。他剃了个平头,大概想使自己看上去年轻一点。

"你应该好好吃饭,现在正是长身体的时候……"我对廖若说。

"你要听叔叔的话。"妍子劝他,又转身小声说,"他有好多天没正经吃饭了。过去爱喝麦片粥,现在掺了糖都不吃。水果也不吃。奇怪,他最害怕粥,一见就要嚷上半天。"

廖紫卫从另一间屋里拿来了瓶装的果汁奶。这次廖若含住吸管,像小猫一样吱吱吸了两下,然后衔着那根吸管一动不动了。

"吸呀孩子,吸呀。"妍子说。

廖若仍然一动不动。

我和廖紫卫去了另一间屋子。这个房间稍微宽敞一点儿,还铺了一块肉红色的地毯。除了一张床一个柜子,就是两个触目的大书架。有几本植物学方面的书,更多是文学和音乐。他见我翻弄书架,就说:"我和妍子都是师范学院毕业的。我学中文,她学历史。可是我喜欢歌剧,她那时还喜欢写一点——诗。"廖紫卫笑得有些尴尬,停了一会儿又补充说:"我们和肖潇一起时谈得最多,你知道在这儿,我们三个人是最谈得来的。"

我发现廖紫卫的脸有点红。四十多岁的人还这么怕羞,这在今天是极为罕见的……他说下去:"如果这儿没有肖潇,我们会寂寞得要死。她顶多两天不来,我们就得去找她……"

以前我来这里出差时,我和他们更多的是在学校和园艺场招待所见面,几乎没怎么来这里。如果从公寓外部看上去,谁也想不到里面会有这样一套干净洁雅的居室。它不大,可是收拾装饰得十分舒适。这是一套两间半的居室,廖若一间,再就是这个大间了;那个半间在门厅旁边——它原来是个厨房,不过已经被改造成了琴室,刷了地板漆,也同样铺了地毯,摆了一架钢琴。小屋子一尘不染。五线谱、简谱,还有一些钢琴入门书籍。那间屋子完全是另一种气氛。这会儿妍子进来了。

廖紫卫见我在端量那架琴,就说:"弹不好。"

我想也许这个屋子正需要像以往那样的琴声和笑语呢,这大概对孩子更好一些。我问:"他的同学常来吧?"妍子点头,"唐小岷前一天还来过。"我马上记起了一对美丽的鹿眼。肖潇说过,廖若和唐小岷、怡刚,是骆明最好的几个朋友。妍子说以前他们几个天天在一块儿,课余时间常到海边河边去玩。"唐小岷的琴弹得最好。"妍子说。

四

我们不得不谈论起一个沉重的话题——我发现在这个平原

上，除了肖潇，他们真的找不到其他人来商量如此重要的事情了。"我们想，"廖紫卫的头越沉越低，"是否把孩子送到……林泉？"

我愣了一下。

"我是说，林泉精神病院……"

我当然知道，只是默不作声。我有些担心，那样就等于对孩子和孩子周围的人宣布他是一个精神病人——这事可得好好想一想。我建议先请医生来看一下，也许他目前的样子并没有想象那么严重，不需要住院，可能仅仅需要镇定一下，打打针吃吃药……

妍子已经忍了好久，这时还是流出了眼泪："我们已经请过了很多医生。你知道，到市里去请医生要花很多钱。廖若不愿去医院，我们每次都雇车把医生接回家，可医生开一点儿药就走了。他们都认为不能拖了，最好尽快送到林泉去，说别耽搁了。我们一听'林泉'两个字心就凉透了。这么小的孩子就要送到林泉，他这一辈子……"

我斟酌着，最后说："到林泉去是为了治病，病好了就回来。如果的确需要……反正医生会根据病情从长计议的……"

廖紫卫听了我的话却不停地摇头："他的病不是林泉能治好的！"

妍子看一眼男人，又看看我。

廖紫卫目光凝在地板上，仍然摇头："不是那么简单。孩子的病不是那么简单。我晚上睡不着，差不多一直陪着他失眠，这恐怕不是单纯靠药物……"

我注意到廖紫卫眼圈发青，双眼有些浮肿。

"我睡不着，想了很多。孩子的病根很深……他不是一般的孩子，我是说只有家里人才知道他是怎样的孩子，跟别人说这些他们不会明白的……廖若从小容易激动，思维一直是跳跃式的……"

妍子有些激动："'跳跃式'，那应该不是问题——这与他的病没有关系。我们的孩子是最正常、最聪明的孩子！"

廖萦卫转向我："这孩子真的特别聪明，他非常敏感。我很早就知道，对这样的孩子可不能伤害。我们都小心翼翼地躲避着什么——你知道，有人就是特别敏感，这是一种天性，你不能伤害这样的人，因为他们往往也特别脆弱……"

妍子说："是的，他几乎不能受一点点伤害。记得他刚入学的那一天逮了一只彩色的鸟，爸爸专门为它买了一个鸟笼。可他一转眼就打开窗户把它放掉了。我告诉萦卫说孩子把鸟放掉了，萦卫开始还不信，这么好看的一只鸟怎么舍得呢？他当时沉着脸：它自己飞到你屋里来，这多么巧啊——你怎么马上就把它放了呢？他只说了这样几句，可是一整天廖若的神色都不对，到了晚上还跟我们解释说：彩色的鸟本来就该在林子里，它需要自由自在——它有妈妈爸爸，有奶奶和爷爷，它们会急死的——所以一定要把它放掉，我们不应该为了自己高兴就把它关在一个小笼子里……他这样说着也倒罢了，谁知竟然大哭起来。我到现在也忘不了他当时哭得多么厉害。他大概在想那只鸟儿走失以后，鸟儿的一家人会多么难过着急吧，所以他对爸爸特别生气，也很失望……"

廖萦卫无可奈何地摇摇头。

妍子说下去："你看，我们一直很谨慎地对待他。他多么善良，为一只鸟哭成那样——这个脾性像谁呀？我觉得他爸和我都是粗粗拉拉的人。我们却生出了这样一个孩子。他长到这么大还从来没受过太大的刺激，所以骆明的事情就让他受不了。他和骆明成天在一起，交换书籍看、去影院，一块儿到林子里玩。还有唐小岷——他们三个真是太好了……"

廖萦卫说："他们三个在一块儿谈论看过的影片，谈音乐、莫扎特，"他说着瞥了妍子一眼，"当然是受我们影响……"

我却在想：在这样的一片平原上，从小谈论莫扎特的孩子太少太少了,这在当地大概一个都不会有吧。还有钢琴,这屋子里的摆设和气氛,都与当地人差距甚大。这其实只是一种概念———一种来自西方的"概念化的生活",是他们两个人读书时形成的,这会儿正一点点营造和追求,并努力使之落到实处。这在他们来说是勉为其难的,但他们不愿放弃。我的目光不由得转到了那架钢琴上——那时廖若和几个同学就围在旁边,它叮叮咚咚的敲击声把三个孩子越引越远,他们像蒲公英的种子一样在风中飞升,只等有一天回到泥土上生根……这样的念头只是一闪而过,又有些自责。不过有谁比我更了解这个平原呢?

五

去不去林泉必须权衡——林泉是精神病专科医院,这对廖若也许没有坏处。我知道从精神病学的范畴来讲,连平常的紧张失眠也都属于这类疾患。最后我总算提出了一个建议:按廖若目前的状况看,他应该去林泉诊断一下。

妍子还在固执地反对:"我过去的一个同事就去过林泉,结果更糟。你知道不到万不得已还是应该采取环境和心理疗法。你不知道,再正常的人到了那个地方也受不了。那些人在一块儿,真是奇形怪状,有的……太吓人了……"她的脸红了,但还是把话说完:"有的病人还要接受电击——多可怕呀,通电时全身痉挛……我不能让廖若到林泉去。"

我一时无语。当然,如果是轻微的精神疾患,最好的办法可能还是亲人的抚慰,让他的神经在一种环境中慢慢松弛下来;而那些很重的病人就必须到林泉去,因为别无选择……我这会儿也没了主意。

廖紫卫叹了一口气,一直注视着墙壁。钢琴上方有一幅贝多芬的画像,再旁边是莫扎特、柴可夫斯基……"时间能使一切淡化下来——但愿这个过程能快一些,"他自言自语,"事情离得太近了,他一时还不能解脱。活生生的小伙伴一眨眼没了,他绝对没法接受……骆明是多好的孩子,又聪明又漂亮……我有时想,大概就因为这个世界太脏了,老天爷才不忍心把他留在这里。"

廖紫卫的声音里透出了激愤。妍子看着丈夫。

"我们俩都不善于料理孩子。他一点点长起来,真不容易。家里突然添了一个小家伙让人一下子没有准备。什么身上起痱子了,头上发炎了、起脓疱了,这得一点一点学着照顾……我们一夜一夜吓得不能睡觉,老觉得孩子不会呼吸了——他躺在那儿一点儿声音也没有。我们开灯看看,见孩子挺好地在那儿睡着,这才躺下;可睡着了又担心翻身的时候把孩子压伤。半夜孩子哭了、撒尿了,这本来都很正常,可我们还是担心,因为不懂,总觉得孩子要给憋坏什么的。最怕的是孩子得病,抱着他去排队、去挤医院给孩子打针……你知道,小孩子验血要从脖子那儿抽血,多么吓人!针扎进孩子身体的那一刻就像扎进了自己的心脏。妍子扭着头不敢看。那么小的一个嫩芽,怎么能把一根金属长针扎进里面去?直到现在我还怕回想那一针。我们知道把一个孩子养大有多难。骆明……他是死在廖若的怀里呀。你想一想,一个死在另一个的怀里,一个看着另一个挣扎了好几个小时……"

我听着,十分难过。我在想,如果有哪个科学家发明了分段抹除记忆的方法,一定会被人永远地感激——任何人都可以把某一段可怕的记忆抹掉,如果人类能够做到这一点该是多好。而现在只能把一切都交给时光——可时光是万能的吗?时间能够帮助一个人筛选记忆吗?我们知道,无论如何,它还是不会把真正沉重的记忆变得无足轻重,而顶多只是将它们沉淀到心的底层。

眼前这一对夫妇因为绝望和孤独,像抓一根救命稻草一样抓住了身边的朋友。他们好像在当地并没有很多的朋友,只对我和肖潇寄托了莫大的希望,希望我们更多地陪伴他们并能够出一些主意。

这期间我一直没有见到老骆一家。那儿永远是大锁把门。后来招待所里的人告诉我:因为出了这件大事,他们大概一时半会儿不会回到这个伤心的地方来了。我问:"为什么?""因为难过啊,他们不是去了亲戚家,就是去了别的地方……"

那 个 岛

一

一朵朵白云,背景是瓦蓝的天空。天气晴好时,人的心情会为之改变。我和廖若一起走出来,一直走向海边。

一路上廖若情绪极佳,思路出人预料地有条理,不停地讲以前的故事。他说有一次他们几个来海上玩,在海蚀崖那儿只差一点就撞上了一只海鸥。我知道那个地方:崖上有许多洞穴,每到刮大风的时候就发出呜呜的响声。廖若说:"我们想从崖下转过去。那天涨潮,脚下的路快没了,我们小心地一点点往前挪动。一只海鸥正在崖洞里歇息,我们直走到跟前它还没有发觉,也许正打瞌睡呢,一下被惊起来,嗖一声从我们脸前飞走了。它的翅膀划了我的胳膊一下——那时一回头就得被啄……"

"是啊,那儿有很多鸟。"

"那天我们还捡到了一只小海蜇,瞧它浑身透明,大家就高兴地捧在手里往前走,想带回去养起来。可是一边走它一边滴水,低头一看,它正一点点融化呢。原来它的身体能变成水!"

我发现谈论这些的时候,面前的孩子一切正常。可见大自然有多么强的抚慰力,这甚至使我相信:只要经常走出屋子来到原野,他很快就会康复的……前边就是大海了,我心里的希望正像潮水一样涨起。

廖若一看到海就欢呼着奔跑起来。我也紧随上去。我们试了试水:由于几天来缺乏阳光,手插到水里有点凉。而往常这时候还会是游泳的大好季节。即便是冬天,连续几个晴天后海水也会有一种暖煦煦的感觉。大海把天空映在里面,一片苍蓝,浪花白得耀眼。远处有三两个船影,打鱼的人离我们很远。我们站在那儿看了一会儿又往前走去。老远看见那个凸起在海岸上的山包了——那就是探进海里的山脊,是廖若说的那个海蚀崖。我知道那里地形复杂,栖息了各种野鸟,有时还会发现海豹。这会儿只要顺着海岸一直往前就可以接近它——离它不远就是浅浅的河口,是芦青河的一条支流,叫栾河口;另一条支流是界河:两河与大海之间有一道山脊,山脊的余脉向北伸去,形成一个凸起的山包,迎海的一面就是那个悬崖。那里,长长的一段海岸都由云页岩、铁锈色的石灰砂岩和石灰岩构成,迎向水浪的那一面十分陡峭,大风天里,浪头每拍过来都要射起一丈多高的水溅。今天没有太大的海浪,所以我们可以踏着崖下的小路往前。

崖壁上布满了大大小小的空洞,这些空洞有一半做了鸟窝,结果不断有海鸥被我们惊起,它们扑动翅膀时带起一股风,扑棱棱飞向大海……我扯上廖若一阵快跑,害怕飞鸟带起的碎石会击中我们。

在悬崖旁边,我们找了一片干净的沙地坐下。廖若直直地望着大海,就像凝住了一样。我仰脸看天:"看见那个老鹰了吧?就像一个风筝……"

"那不是老鹰,那是水鸟。"他非常机敏地回应一句。

"对,是一种长腿水鸟,看到鱼就会一个猛子扎下去;水鸟逮鱼使用嘴上的一个弯钩,鱼被挂住就挣不脱,有点像钓鱼钩……"

廖若转脸打断我的话:"包学忠,我们同学,钓鱼的本事可大了。唐小岷不高兴和我们一块儿,她只与骆明在一起。"

我不愿他提到骆明,想把话题引开:"水鸟把鱼抓到,然后就有一顿美餐了……"

"……唐小岷只要和骆明在一块儿,包学忠就骂他们,说早晚用鱼钩把他俩一块儿钩上来。他有很多钩子,一根粗线上面连了很多细线,每一根细线上都有一个带倒刺的钓钩。如果把它们抛出去,就能把他俩钩住。他只这样说,不会那样干的。不过他一直在想法对付骆明。有一次他要把骆明从桥上推下去,还说'淹死这个小女婿'……我们都说'小苹果孩'该死。唐小岷说骆明热爱劳动、热爱劳动人民。我们问她:'小苹果孩'是劳动人民吗?她答不上来。其实他父母才是劳动人民。"

他越说越急,鼻尖上冒出汗粒。这是多么复杂的一沓子道理,我承认连自己也难以回答。我注意到了他们对骆明与唐小岷的友谊有一丝嫉妒——不,那或许是来自少年的深深的嫉妒。

"唐小岷爱上了骆明,提到他就脸红,还故意生气。别装蒜了。我们几个在一块儿的时候,把他俩使劲往一块儿挤……"廖若说到这儿看我两眼,嗓子突然沉下来:"小岷和骆明,这谁都看得出来。她总是护着他。只要我说了骆明什么坏话,她就好长时间不理我。那天我们几个一起来海上游泳,我对骆明说,我们一块儿往深处游,咱可不是胆小鬼……我们潜水,一口气潜了很远。唐小岷站在岸上看,以为我们真要出事了,急得喊哪喊哪。她是个好心眼的胆小鬼,包学忠总叫她'小妞'。他在校外有一伙朋友,那一伙人跟女孩子都叫'小妞',把找她们说成'摽'。我们都会说那种话,一般人听不懂,唐小岷当然不明白了。她听不懂就躲着我们,只和骆明在一块儿。我为了气她,故意和包学忠、和他那一伙朋友一起到公的游乐场去。包学忠的爸爸就在公司的肉联厂里干。包学忠那一伙朋友都是公司的人……"

我注意到"公司"和"游乐场"几个字，但这时不想多问。

廖若一边说一边瞥着我，神色突然慌张起来，后来竟全身发抖。我有些害怕，赶紧把话题移开。这样过了好长时间他的神色才和缓下来，不过还是接着刚才的话往下说："……谁都怕包学忠，唐小岷也怕。有一次包学忠说，瞧吧，早晚有人会抢走那个'小妞'的。'谁都想尝尝那个小妞。摽上她滋味好极了……'他这是跟公司里那一伙人学的，什么都跟他们学，也戴黑眼镜，也抽烟。有一段我真的害怕了……"

他的两道长泪流下来："我想告诉唐小岷提防他们，可她不愿理我，只和骆明在一块儿……我们这儿去年还发生过一起绑架的事儿，作案的都是十几岁的学生。我想让她提防他们。当时都不明白我为什么要和全班最讨厌的人在一起，只有怡刚明白，知道我在成心气她。包学忠一遍遍骂骆明，说早晚杀了这个兔崽子，杀了独霸小妞的人……"

廖若说这些话时一直盯着远处的海面。我却为内心里泛起的那个危险而不祥的判断稍稍痛苦：眼前的廖若心里装了极为复杂的故事，他的病可能不仅仅因为惊吓，而是有着更为复杂的诱因——它或许远远超出我们的想象。

"我们下去游泳好吗？"他突然提议。

"水太凉了……"

"有人冬天把冰砸开照样游——那是冬泳。不过人一冻腿会抽筋，会沉到海底。在海底睡一千年……"

他的思绪又开始变得芜杂零乱了。我扯着他的手站起："我们也许可以试一试。"

海边的水很浅，沙很白。这水还真有点儿冷，我一入水就打起了哆嗦。他却异常勇敢地扎了一个猛子，在另一边露出头来——那个地方水色发黑，已经是深水地带了。我害怕了，招手让他快些游过来，他却进一步往里游去，水性之好令我吃惊。没有办法，我只得快些往里游，不知费了多少劲儿才把他拦上岸。

二

蹲在岸上，廖若一直看着海雾迷茫的远处。后来他咬着嘴唇问："那里面，有个小岛……叔叔知道吗？"

我摇头，不知他指哪个岛。

廖若低低头，像是在镇定自己。一会儿他抬头望着远处："妈妈讲过，那上面一个人也没有，只有一些小动物。有兔子、刺猬什么的。小岛上全是沙子和石头，上面有很多花、草和树。小岛上还有一种动物，叫穿山甲……"他看我一眼，"穿山甲真的能够穿过大山！石头那么硬，它能咬得动石头！可惜我只在电视上见过那种动物，它浑身锃亮，全身盔甲，有什么一动它就鞠起来，紧紧地鞠在一块儿……"

我向远处的迷茫望去。看不到那个小岛的影子。

廖若还在喃喃自语："小岛上没有人烟，永远也不会有。岸上的人有船，可谁也不知道小岛在哪儿。它被掩在雾里，雾散了小岛也散了。有一天晚上下大雨，雨把雾全洗干净了，天一亮就闪出了那个小岛。我们驾着小船，使劲划桨。小船上有我们全家……我想让小船多装一个人。妈妈和爸爸说该把你那些同学叫到船上来，妈妈说船这么小，只加一个人，你叫谁呢？当然是唐小岷……"

我想到了他那天梦醒了呼喊的船，就留意听着。

廖若说到这儿声音高起来："小岛真的有，它就在海里，我们都去过——这是一个秘密，我只跟你说。包学忠一直想把唐小岷骗到那个岛上，其实是绑架……我害怕。他说这不算什么。我怕提她的名字。他一个劲儿问:想不想想不想？还说别让那个'小苹果孩'把她独吞了……"

他一直说到全身颤抖。我不知怎样安慰他。他转过脸仰视我,一声不吭地盯住,像在下一个决心。他哭起来:"叔叔,那一天在岛上包学忠和我一块儿计划了,可我没干,真的没干。后来事情就发生了……"

"发生了什么？"

"我不知道,我什么都不知道……"

他的目光又落在遥远的那片迷茫上,继续自己的喃喃自语:"……妈妈说叫我最好的同学都上船来,要不去了岛上就会孤单……小船嘎吱嘎吱响。大浪哗哗扑过来,我们都没事儿。小船有个底舱,我和唐小岷、骆明,还有怡刚在一块儿。有人晕船呕吐了,是妈妈。我攀上去一看,妈妈的脸蜡黄蜡黄。船摇晃得厉害,爸爸说为什么不把帆落下来？帆落下桅杆还在摆动,这样船要翻的——爸爸咔咔砍断了桅杆。这只船有一百年了,拉帆的滑轮都是木头做的。一拉绳子吱嘎吱嘎响。唐小岷也开始吐,吐了一些绿色的水。她像一只小兔子,吃的净是一些青草和瓜。她把这些东西吐出来就好了。我让她喝糖水,骆明拦住了。我不知他为什么阻止唐小岷吃东西。她要饿坏了。

"离小岛还有一百米,看得越来越清楚了:有树,有野花,还有红果。我们闻见了它的香味。大鸟尾巴有好几尺长,每一只大鸟都像一朵大花。它们落在树上,在阳光下羽毛发亮。小岛上空有一道彩虹,彩虹上面是一些人。他们打扮古怪,用白布缠着脑壳,牵了骆驼……唐小岷说这是从大海的另一面映过来的,它们在很远的大洋那边。我们都同意她的说法。看上去离岛这么近,其实远着呢。划呀划呀,爸爸的胳膊都肿了。妈妈让我们替换爸爸。他的腿流着血:原来刚才两条黑龙把头搭在了船舷上,伤了他。爸爸把东西抛下去喂它们,它们才放船走开。我和怡刚、骆明三个人一块儿摇橹。爸爸的腿还在流血。妈妈给他敷药。一会儿船又动了一下,船头又碰上了黑咕隆咚像骨头一样的东西——它从水里冒起来。妈呀!我吓得把橹扔了。

"它们慢慢从浪里探出了头——我看到了两条青面獠牙的黑龙,它原来这么丑……'它还要什么?'妈妈说舱里没吃的东西了。老龙盯紧了唐小岷。怡刚把唐小岷驮上来了。她什么东西都吐光了,脸白得像纸,头发披在肩上,像一条小美人鱼。黑龙咽了一口唾沫。我喊爸爸。爸爸让我们都到甲板的那一边去,他用身子把大家挡住。妈妈哭起来。黑龙牙齿咔啦咔啦响,那是牙齿相撞的声音。它们要把这个小船掀到水里——小船离那个岛已经不远了,只要上了岛它就没办法了。我们都盼小船快些到。两条黑龙咔嚓咔嚓碰着牙齿。这时爸爸突然喊了一声,跳到了海里……小船四周立刻漂起彤红的血。妈妈哭着喊着,所有人一块儿喊……"

廖若哭成了泪人,好像这一切真的发生过。"爸爸的血染红了一片。我们一边哭一边摇橹。摇啊摇啊,那个小岛眼看就要到了。摇啊摇啊,摇啊摇啊。可是一会儿船又不动了。那两条黑龙又把小船卡住了。怎么办?怡刚和骆明,还有唐小岷,都吓得发抖。妈妈抱着我,把我按在胸口亲了亲,也跳进了海里……

"唐小岷吓得昏过去了,骆明抱着她。船又颠了一下。我们躲过一个大浪。那两条黑龙又出现了,牙齿又咔嚓咔嚓响了。骆明盯着我。他盯了我一会儿,就放下了小岷。我们谁也没有推他,真的,是他自己跳下了大海。只有我们三个人了。怡刚摇橹。马上要登上小岛了,我一伸手就能抓住树丫。可这会儿才发现:靠岸那儿还有两条黑龙,它们大眼瞪着我们,咔嚓!咔嚓!我抱着唐小岷躲进船舱那一会儿,怡刚被恶龙一口吞食了……

"最后只有我和唐小岷逃上了小岛……"

三

廖若讲这个混乱交织的故事让我想起了肖潇的一次真实经历。那一年的夏令营就在一个海岛上举行,肖潇是领队老师。当她向我复述那个夏天的经历时,流露出深深的懊悔。她一直觉得对不起自己的学生,愧疚难当。这个事件甚至使她变得有些胆怯了。与夏令营有关的,似乎还有她不想说出来的别的事情……

他们去的那个海岛并非荒无人烟,不过居民很少。这个海岛只是最近几年才热闹起来,因为有个大公司大手大脚投了很多钱,在岛上建了不少休闲别墅和娱乐设施。传说那里已经成了人间天堂。所以很多人都想找机会去看看。肖潇就是在这样的情形下带领学生登岛的。她后悔的是事先并没对岛上的情况做更详细的了解,结果就做出了一个冒失的决定。

"到底发生了什么?"我后来还是忍不住好奇。

她断断续续地讲了事情的经过。但我知道,整个事件中最重要的部分已经被她隐去了。

那次参加夏令营的并非全部学生,因为每个参加者需要交付一定的费用,所以只得采取自愿报名的方式。廖若和骆明,还有怡刚、唐小岷他们都去了,出乎预料的是包学忠也去了——而他平时总要逃避这一类活动。只要是参加义务劳动、旅游观光之类,他从不沾边。可是这回他一反常态,不光积极参与,而且还在启程前几天为夏令营办了一件好事——公司的人听他说了这事儿,主动提出了资助,希望能和肖潇具体谈谈。这个公司在当地是最大的,董事长是远近闻名的一个人,名字叫"得耳";但平时管事的是一位姓苏的老总。就是这个老总让下边的公关部主任传过话来,说要见见肖潇。她极不习惯与有钱人打交道,结果一犹豫就耽搁下了。谁知对方并未就此放弃,而是再次传话:他们公司在岛上所有的一流的设施，届时一切都对夏令营师生敞开，将免费提供各种服务。那个主任还让人送来一大把花花绿绿的卡片，说到时候可以凭卡用餐和住宿、游玩之类。这一消息传出，学校的许多教职员工都狂热起来，他们认为这种便宜不占白不占。结果参加夏令营的队伍一下变得庞大起来。

登岛后才发现，这里比大家想象的还要热闹。岛上简直什么都有，就是缺水；一幢幢别墅的朱红色屋顶在碧蓝的天空下闪动，让人觉得来到了一个传说之地。树木不算茂盛，一些耐盐碱的杂草却长得生机盎然。岛上的淡水平时定量供应，因为全岛只有两三口时常干涸的水井可以提供饮用水。海水淡化设备正在安装中，所以在大旱时节要不断地从外边往岛上运水。肖潇后悔没有让同学们多带些饮料来——她这次本来事事想得周到，行前一样一样盘点，叮嘱学生该带什么、不该带什么。考虑到可能在海滩上宿营，他们还带来了许多尼龙充气帐篷。尽管那个公司的人许愿要给他们提供最舒适的住处，肖潇还是准备了其他——也许在外面宿营更愉快更有趣呢。

她只是怎么也想不到，后来在这儿得到那个公司的每一点帮助，他们都将付出双倍的代价。

那一天刚黑下来，同学们吃过晚饭正准备到水里去——晚上睡前这一段时间是游泳的最好时机，因为除了上午十点之前、傍晚这段时间，太阳总是让人受不了。大家知道马上就要离开这儿了，都想抓紧时间玩一玩。肖潇叮嘱营长几句，又让几位班委和小组长分别带好自己的一拨人，然后就待在自己的帐篷里。她这些天实在太累了。

大约过了半小时，她突然听到一阵呼喊声，马上跑出帐篷。

喊声是从东边一个紫红色帐篷里传出来的，她一下听出那是唐小岷在喊。她叫了一声，没有回应。她跑过去，还没有挨近帐篷就听到了呜呜的抽泣……唐小岷的衣服已经被扯破了,脖子和胳膊上有许多抓伤。肖潇反身冲到外面,一片漆黑什么也看不见。小岷的哭声越来越大,肖潇抱住她安慰着,询问事情的经过。小岷说因为今晚头有点疼,就留下来休息,谁知刚刚躺下一会儿有人揭开帐篷的帘子,她刚问了一句,那个人就闯进来,用什么东西一下把她的头蒙住了。那人不顾一切地往下拽她的内裤……她与那个人厮打起来,由于呼喊声很大,那个人就慌了,最后拽下内裤就逃掉了……小岷两手掩着裸露的下身,全身剧烈战抖。

"是谁?"

小岷摇头:那个人一开始就蒙住了她的头。

肖潇被这突如其来的袭扰惊呆了。她努力镇定自己,知道本来不该让同学们知道这件事,可又没法隐下来。她不信会是夏令营内部的人干的,但又不能绝对排除。接下去的一段时间她迅速把所有参加游泳的同学集合起来,一个个清点,发现其中惟独缺少包学忠和廖若。问他们的班组长,说廖若请过假,包学忠刚才还在这儿呢——正说着包学忠从黑影里出来了,全身水淋淋的。

"你刚才干什么去了?"

"游泳呀,真是的,我又怎么了?"

肖潇极力想从他的脸上看出什么,很难。"你为什么一个人离开大家?"

"为什么?因为我从来都是一个人!跟他们在一起太没劲,就游那么几米远,我腻歪得慌,我怎么了?"

她又让人去找廖若。廖若出现了,像刚刚睡醒的样子,打了个哈欠,脸色很黄。他一见肖潇就说:"老师,我头疼……"

至此为止,肖潇更多地怀疑起公司那些人。因为这件事,她认为再也不能等了,决心第二天一早就离开这儿——如果公司不派船,他们就设法搭渔船分批撤离。这之前公司说苏老总会来岛上,届时还会来看望夏令营的老师和同学。但肖潇决定不再耽搁了。

这一天晚上她和小岷一个帐篷宿下。小岷不停地打颤,她就拍打她、安慰她。这一夜她们几乎没睡。

....

林　泉

一

从海边回来,廖若的情绪仍然时好时坏。廖紫卫夫妇的心情坏到了极点,再无心做任何事情。同事们来看望,他们也只会唉声叹气。肖潇把越来越多的时间用来陪妍子。有一次她去屋里谈了很久,出来时小声对我说:现在他们已经有些灰心了,不知道怎样才能救他们的孩子……

我知道那是怎样的一种心情。但我不知道该怎样做、又能为他们做些什么。

肖潇说:"廖若和骆明唐小岷以前都是我这个班里的学生。我一直相信他们都是最好的孩子。可是不知为什么,在骆明出事以前廖若就常常躲着我,有点反常……我不知该不该把前后联系起来考虑,我没有说……如果廖若真的精神失常了,这两口子就太可怜了……"

我当然明白事情的后果,我说:"可是……"我想说关于孩子的一切主意最终还是要家长来拿,只可惜他们过于谨慎了。

肖潇叹息:"他们要能再顽强一点就好了。他们甚至打不起精神。我跟他们谈了好多,他们只是应付我。做父母的一旦对孩子失去了希望,那是最糟的了。不过他们非常信赖我们……"

然而这是多么沉重的信赖！虽然我将尽力为他们去做点什么,可是我知道自己并不比廖紫卫夫妇顽强多少。我朦朦胧胧觉得自己和他们都是一样的人——就像同一个家族的人。我们这个家族啊,既脆弱又倔强,更多的时候是不幸……

肖潇因为要回学校上课,就提前走了。看着她的背影,我不知该做点什么才好。真想和她多谈一会儿——很久了,我觉得心里的好多话只有跟她才能谈,每一次谈话之后,我阴郁的心情都会变得舒展一点,而且会长时间愉快,不再沮丧……

可能要急于下一个决心吧,这天下午廖紫卫终于约我到林泉去一次。"我们先去看看吧,如果有可能的话……"

面对着一个焦灼的父亲我能说什么？也许他早就该这样做了。

我对于林泉并不陌生,因为我的一个朋友以前曾在那里待了许久。也正因为如此,当我再次走向它的时候,心情有点格外沉重……

我们找到医生,廖紫卫简单地介绍了廖若的情况。医生则坚持要病人亲自到医院里来一次,说只有通过详细的检查,有些事情才能定下来。廖紫卫不停地摇头。他离开医生时小声对我说:"不不。除非是决定住院,要不就别让孩子到这个地方来,一次也不要来！"

我们想去病区里看看这儿的治疗情况,未被允许。后来我找到了一个熟悉的主治医师,这才被人领进去……正像人们所想象的那样,无论如何这里还是多少有点让人感到可怕、至少是别扭。一些病人这会儿正在空地上活动,那是一些轻度患者。看上去这里的条件倒也蛮好,有石凳,花木,林荫路。以前那个好友住在林泉时,我曾不止一次来过这儿。我每当看到他们痴呆的眼睛、尖利的目光,心里就要发怵。我患病的朋友是一位著名的酿酒师,那时他一天到晚最想干的一件事,就是设法从这里逃出……

前边不远有一个络腮胡子坐在石凳上——他穿着病号服,从石凳这一边很费力地挪蹭到那一边,两眼缓缓地转过来,无比温柔地看着我和廖紫卫。这样看了一会儿,他伸手拍一拍石凳。

我们有些小心地坐下了。

"噢开。"他说。

廖紫卫看了我一眼,对在我耳朵上咕哝了几句。我没有听清。

我仔细看了看,发现这个病人的眼睛非常好看,只可惜那种光泽有点儿不对劲。它像毛玻璃的泛光,而不像正常人的眼睛那样真切和深邃。奇怪的是如果离远一些看,这目光倒显得十分温柔。

他盯住我们看了一会儿,也许终于明白我们是两个生人,是这里的局外人,于是突然就冷漠起来——但也只有一会儿他又重新高兴起来,哈哈大笑,两手合在一块儿,像祷告似的字字清晰地说道:"很好,一切都很好。事物就是这样嘛。你如果懂得了辩证法,你也就懂得了一切、懂得随便的什么。一对粉嘟嘟的奶头……如果下雨天青蛙不叫然而你又是一个色盲……那就很好了。幸亏你们俩懂得辩证法。"

他说这些的时候把手掌翻过来又覆过去,认真对在眼上看。

廖紫卫看着这一切,脸色有点发青,像害冷一样抖了一下,躲开一点。

病人摩擦了一下胡子:"我刚刚修过面,我自己能修——他们以为我会把脸割一道大口子。这是个错误,很严重的错误啊。其实我比他们更小心。我才不会随便下刀呢。割自己的脸?没门儿。我还不到对自己下刀的时候——那样我就算有了精神病。聪明人是不会朝自己下刀的,是吧?"

最后一句在问我们。我点点头。

"不过人太聪明了也就和精神病差不多,"他说着把手掌又翻动一下,"这就是辩证法!"他从石头上站起,做着正步走的样子,一边走一边大声宣讲,"我要组建世界上最大的一支仪仗队,刷刷刷在操场上走、走。所有人都要接受我的检阅——你看所有仪仗队员都要踩着这样的步伐,打着鼓点:嘭嘭嘭、嘭嘭嘭。一律穿上白衣服,戴上高帽子,上面插一个羽毛——要他妈的真正的雄野鸡毛、天鹅毛!"

医生在一边做个手势,大概是让我们离开病人一点。病人说:"你们不要瞒着我谈话了,你们知道这是很不礼貌的。当然啦,你们随便谈谈吧,我也好随便些……那些狗娘养的在无名指上戴个孔雀蓝再不就是猫眼石戒指,你就不得不被活活日死然而……"

我依从医生的手势站起来,他却盯住我上前一步:"你懂哲学吗?"我有些慌,点了点头。"那很好,"他飞快地伸出手,使劲握住了我的手,"咱们才是一家。你知道吗?你知道内因外因和正反两个方面——它们互相转化以及……我就是被一种不好的哲学给害苦了,一天到晚闹肚子,这不,弄到最后不得不来住院。煎熬啊。总而言之是很坏的哲学,你就是用了黄连素都不行……"

我愣了一下——我在这一刻竟然忘记了他是一个精神病患者,认真地看着他。他接上说:"哲学这个东西也有老嫩之分。我们邻居,他动辄可以跟公家要车,我就不能。那天他要的一辆大头车起早走了,结果拉回来的哲学就嫩,刚长出两片小叶子的那种。等到我们慢腾腾去用牛车拉回来,我的天,哪里还有嫩的!我们只得拉回一些老掉牙的——没办法,只得拉回来煮。推到锅里煮上半天也煮不烂。老伴说凑合着吃吧,吃吧,反正都是哲学。结果到了半夜就闹肚子。这不,还是到医院里来了。"

他一边说一边将目光转向操场。那儿有人在医生带动下不断地伸手、挥臂,再往前迈步,十个手指一根一根活动。眼前的络腮胡子看着看着,也学着他们活动起来,越动越快。接着他的手开始抖动,全身都剧烈地抖动起来,医生不得不跑过来……

有一个胖胖的女病人站在一棵木槿树下,嘴里不停地咕哝着,但没有声音。她的手势做得很好很标准。我们本想从她身边绕过去,可她一眼看到了我们,朝我们频频招手。我们只得站下。

她大约三十多岁,不过已经有点发胖了。乍一看她特别安详,是一个温和的女性。她正用无比亲切的目光端详着我们。看了一会儿,她喉咙里突然发出了一声低低的响动,两手在心脏部位抚摸着,然后紧紧按住了自己的乳房——她对我们意味深长地说了一句:"美丽的青春只有一次。"

我看了廖紫卫一眼。

"你们如果需要爱情就告诉我——其实谁不需要呢?谁都需要。没有不需要爱情的是吧,他们——"她用手指一指场子上的医生、护士,包括了所有的病人,"他们都需要。不过我只分给他们一点点,就像面包渣那么一丁点儿。我走哪里就把爱情带到哪里。伟大的爱情啊,像太阳一样照耀大地——"

她像朗诵一样说下去,旁边的人不太在意。

"有人以为扑灭爱情之火有多么难,他错了。只需要多弄一些冰块。把冰块堆成一张大床,然后让人躺上去,爱情那玩意儿立刻就没了。我亲眼见到一个有最多爱情的人,他(她)就被这样整治过——他们把他(她)装进一个铁盒子里,然后再摊上冰块。天多热。苍蝇被赶开了。冰块把整个人都盖住了,铺在身上和身下,接着又把他(她)推到一个小黑屋里。老天你还能怎么办——他们咔嚓咔嚓吃了伸腿瞪眼丸儿了。"

我小声对廖紫卫说:"她是说那个人死了。"

女人盯住我:"你刚才说什么?"

我赶紧摇头。

"你这个被爱情之火烧得脸色苍白的小伙子,真是好样的!"说着她在我们脸前打了个响指,"你真是好样的!"

我们退开一步,她又上前一步,神秘地压低了声音:"喂,你知道什么是处女吗?"

我们连连后退,只差要快些跑开了。

她伸手拦住了我们:"处女比科长大,她能管一个处的人哪。我们那儿有一个处女,扎着两根毛刷刷小辫儿——开始她还不是处女,每天在走廊里用拖把拖地。局长来了她就放下拖把,跑过去给局长提包。后来她就成了处女。我从来没有做过处女。不过我也挺想得开,不准备再这样苦熬下去了……"

我们好不容易才走开。刚走开不远,那个女人突然转过身,迎着场子上三三两两的病人喊起了口令:"一二、一二",还把手指伸在嘴里打了个响亮的口哨,大声吆喝:

"孩儿们,操练起来!"

她大声地呼喊。奇怪的是好多病人对她的口令都立即响应。

二

当转过一排红砖房时,我们被眼前的情景给惊呆了:在三两个男女大夫的陪伴下,有七八个年纪小小的病人正在树底下发怔——他们都是男孩,都在十四五岁上下,见了我们一齐抬头。其中的一个刚一转身看到我们,立刻堵住耳朵大声尖叫。一个四十多岁的女大夫马上走上去制止,他就"啊啊"叫着躺在地上,再也不起来。

女大夫连连呼叫,他理也不理。没有办法,女大夫就转而去叫旁边另一个男孩:"阿虎! 阿虎!"

"阿虎"瘦瘦的,脸色蜡黄,总是咬着下唇。他应也不应,走到仰躺在地上乱滚乱踢的男孩跟前。他只低头看了几眼,那个男孩立刻不滚不叫了,乖乖地站起来。

阿虎咬着下唇,皱着眉头,又低头木木地走开了。

这时曾与我们讨论廖若病情的那个医生也过来了,对廖紫卫说:"这里的条件比过去好多了。这是第六病区……"

廖紫卫不答话,只看着我,脸色惨白。

医生的目光从那个叫"阿虎"的孩子身上扫过,"嗯"了一声,转身对我们说:"其实现在没有孩子了——我是说现在的孩子都在干大人的事儿!说起来简直让人害怕,这个世界上已经再也没有孩子了!"

他的话让人一时不解。他这样说时,眼睛一直盯在阿虎身上。

那个孩子总咬着下唇打转,像一直在低头找什么东西。

"有些未成年精神病人能给社会惹出大乱子,不如早些送进来好……"他这样说时目光一直没有离开阿虎,但我却觉得这多少也在说给我们听。医生长长叹息:"真是没人相信啊!"一边说一边转脸招呼我们一下,"你们看见了吗?那个叫阿虎的才刚刚十五岁,前几个月还杀过两个人呢!"

廖紫卫身上抖了一下。

"他们那一伙都是孩子,最大的才十七……干得很残忍。最后他们把这个阿虎送来了,原来他脑子有毛病。这下给我们添了大麻烦。一开始弄得我们很紧张,让他单独待着,还制定了很多防范措施。不过后来才发现这没多少必要,完全不像想象的那么严重。他很平静。其实不要紧,我们有电击棒!"

医生接下去要说那个案子,廖紫卫害怕似的赶紧摆手说知道——平原上很多人都知道这起恶性案件,因为报纸电视都报道过。当时人们都认为这是平原上亘古未曾发生的一起大案子,最想不到的是案子破了,发现作案的是一些孩子,其主犯就在我们眼皮底下……

我们的目光一直没离这个低头沉默的孩子。我真的怀疑这个黄瘦的、手无缚鸡之力的孩子会做出那样残忍的事情。

阿虎一伙都是初中生,一伙五个,平时在一块儿抽烟、泡娱乐场所,看暴力片和色情片;其中三个有偷窃史,两个强暴过女生——受害者竟然是大他们好几岁的高考插班生……声色犬马一直是他们最喜欢的东西。他们总是逃学,凑在一起弄钱,然后就去"蹦迪",喝酒,看片子,到大街上找录像厅和酒吧,叼着雪茄闲逛,这就是他们的日常生活内容。

有一天黄昏,大约是七点多钟,他们喝了酒,一块儿摇摇摆摆,走到一个宾馆的南墙根下。这儿有粗粗的法桐树,有常绿灌木,地处近郊,安静,车辆少,是恋人们的好去处。几个少年最喜欢做的一件事就是悄悄摸到正在亲热的男女跟前,先不出声看一会儿,然后猛地吆喝一声,把对方吓个半死……这一次他们走了几圈,很失望,没看到什么。后来"呆子"——他们给阿虎取的外号——发现了一辆车,"呆子"说那车停得位置很怪。

几个人悄悄转过去,端量了一下,都说那车很棒,式样也新,简直没见过。这车停在了路旁法桐树和灌木之间,像是要藏起来。

他们商量了一下,决定琢磨一下这辆车。他们很快隐到了大树后面。其中的"老大"十七岁了,长得又黑又壮,满脸疙瘩,总是先下命令让别人干——而这一次有些例外,他自己先摸上去了。他看了一会儿才回来说:"他们在车上正'忙'呢。男的不像'大款',女的三十多岁,有个镶钻石的小提包——里面准有大钱。"

他们都打起了小提包的主意,后来又一块儿认定:这辆车真是馋死人了!

几个人又喊喳了一会儿,决定劫车——把车开出几百里,先兜几天风痛快痛快,然后再出手:那笔钱能让他们乐上好一阵子!说干就干,其中一个马上从包里掏出一根绳子,说到时候必须把两人捆起来……

他们像猫一样爬过去,五个人一块儿上,竟然没有惊动车上的人。直到离车只有一二尺远了,这才透过摇开一半的车窗看到女人的长发。五个人不动了,他们都大张嘴巴看着,忘记了一切。最后是"老大"忍不住了,呼一下跃起,喊着"逮住了",扑了上去。

那男子在惊吓中跳起来,让车顶猛地撞了一下头。就在男子慌慌整衣服时,两个男孩早把绳子套到了他的脖子上。他刚喊出一个字,喉结就被勒住了。他两手空抓,一会儿就蔫下来……女的又喊又叫,正想赤脚跑开,被"老大"一把揪住头发。"'呆子',你他妈的刀子呢?""老大"一吼,"呆子"马上掏出了一把不大的刀子。

女的一见刀子就软了下来。

剩下的时间由"老大"带头,先搜遍了男子身上的口袋,掏空了女人的小手提包,然后又强暴了那个女的。五个人中有一个勉强能开车,就发动起车来。他们把两个人捆好扔下,将车子歪歪扭扭开到路上。车子刚跑了几百米,有一个想起了什么,说:"赶明儿他们把车牌子一报,还不捉住咱们?"

于是他们又返回去。

男子捆在那儿大口喘息,昏迷了。"干脆点吧,'呆子',你来!""老大"把绳子套在他颈上,让"呆子"勒。"呆子"用力勒起来。女人尖声大叫,"老大"和其余三个人就把她的裙子翻上来,遮住脸,然后又把闲下的一截绳子套上去……

破案已是九天之后。

当时这辆车、五个不满十八岁的男孩,已经把车开到了千里之外的一个港口城市……

这个案件在许多方面都创了历史纪录。

少年的残忍。

望着那个十米之外、脸色阴郁的阿虎,廖紫卫下巴活动着想说什么,可是很长时间说不出来。后来他只是重复了一遍那个医生的话,而且有些口吃:"现在真的已经……没有、没有孩子了……"

他的目光一直没有离开阿虎,两眼里全是恐惧。

阿虎对我们全无察觉,他一直咬着下唇在原地打转,像在寻找东西一样,低头细细地看……

三

回去的路上廖紫卫一声不吭。

离那幢灰色的四层楼不远了,我们都看到妍子站在楼前等候。她有些急了,老远就迎上来。她大概在我们离开的时间里又哭过,眼睛红肿。她看看男人,又看看我,嗓子有些哑了:

"他躺在床上,不说话,总是闭着眼睛。我说什么他都不听,有时候爬起来,扳着窗子往外看。我叫他,他就像没听见。我以为他失去了听觉,离近些喊一声,他就猛一转脸。他哭着抱住我,好像从来没有这么伤心过。他一大早就在重复一句话:'妈妈救救我,救救我……我害怕……'我说不怕,妈妈和你在一起呢……"

妍子嘴唇哆嗦,脸色发青。我们赶紧扶她进屋。

廖若躺在床上,闭着眼睛。我退开时轻轻带门,他却低低叫了一声。我赶紧转回,坐在他的旁边。他伸手握住了我的食指,脸上浮出了微笑,这时真不像个病人。我想让他坐起来,想引他说点什么,可他没有任何兴致。我的目光落在那些色彩斑斓的图画上,他似乎高兴了一点。他坐起来,动作麻利地翻动着。这些画除了墙上贴的,还有床头柜里画夹上的——我们一块儿把它们铺在床上。廖若兴奋异常地睁大了一双眼睛。我问他是否还记得这都是什么时候画的、画每一张的具体情形?廖若说当然记得啦。我们一张一张欣赏。

"你最喜欢哪一张呢?"

他指着画了一条狗、一片绿草里挺出一枝浆果的那一张;还有,有一张画了日落黄昏:一片无边的荒原,上面三三两两的脚印;一个很小很小的影子消逝在远方……我觉得它意境深远,表达了一份说不出的孤独和渺茫。如果不是一种临摹的话,那么我敢说这远不该是一个孩子的心境。我问:"这幅画是什么意思?"

廖若迟疑着,"那个黑影就是我啊。"

"怎么只有你一个人?"

"我一个人到海滩上。我想到海的另一边去。"

"哪一边?"

"就是太阳落山的那一边。我有一天走得很远,想走到太阳落下去的地方,看一看那里有什么——我知道有一个岛。我迎着它走了很远。爸爸妈妈找了很久都没找到。他们以为我走丢了,到处喊我。那一次他们找了好久,我把他们吓坏了。当时我只盯着落下去的太阳往前走,什么都忘了。这幅画就是画了妈妈和爸爸那会儿站的地方——从他们那里看,我就是这个样子吧。"

我仔细看了看,发现有暗红色的光芒把那个小小的身影勾勒得非常生动。这幅画仿佛在诉说许多东西、蕴含了许多东西。我甚至觉得这是一幅了不起的少年创作,作者小小年纪,就有了一颗深远孤独的灵魂。可惜,这些对于人的一生来说,它来得还是太早了一点。

廖若沉默着。停了一会儿突然抬起头:"叔叔,什么是'林泉'?"

我心头一怔。因为他这样问让我毫无准备。我不相信他的父母会跟他说这些。我故意问:

"什么'林泉'?"

"不要骗我了。他们这几天老在谈'林泉'。他们在商量是不是把我交给那儿!"

看来一件事情要瞒住自己的孩子是多么困难,他比我们想象的还要敏锐十倍。可我不能告诉刚刚去过的那个地方到底是什么。我想了想,试着对他这样描述:"'林泉'是一个公园的名字,里面有很多动物;一片很大的树林,有灌木、乔木,有各种各样的野花。林子里有泉水,所以叫'林泉'。它们汇聚一起就成了河流,成了小溪,流向大海,汇入芦青河……"

"那儿有大河马吗?"

"也许。不过……"

"那他们为什么还要害怕?我们什么时候去那儿?"

我心里扑扑乱跳,说:"不,你错了……'林泉'很远很远——它简直太远了……"

廖若生硬的目光盯住我:"你在骗人。爸爸和妈妈有一次说:'林泉反正离这儿也不远'——他们这样说过。"

"那离这儿也有几百里吧……"

廖若的目光暗淡下来:"我想到林泉去。"

"……"

"我们快到林泉去吧!"

我心里非常难过——难道这真的是命中注定?不……正这时我突然听到远远的传来一阵呼喊。我伏到窗前,却什么也看不见。

呼喊声越来越近了。我听清了,是以前在小果园听过的那个疯子的声音。

"发大水啦——发大水啦——"

我把窗子关上。可是这声音仍旧穿进屋里。

廖若从床上一跃而起,神往地从窗上看着,说:"你听,你听!"

我让他不要理睬,说那是一个疯子在喊。

"疯子?"

廖紫卫和妍子大概在门外听过了我们的谈话,这会儿进了屋子。妍子安慰孩子:"不要听疯子乱喊,到床上去吧……"

廖若怔怔地看着窗外,像是一点也没有发现爸爸妈妈走进来。

"发大水啦——发大水啦——"

疯子终于离得更近了,他扯着嗓子大喊,在街巷上来回奔跑。这一刻我又想起了那个雨神的故事,眼前闪过她苦苦寻觅鲛儿的身影。可恶的旱魃诱骗并掳走了她的儿子,从此她就骑在马上挟风携雨奔跑不息……

第 三 章

我 的 初 恋

一

　　我不知道今天园艺场的人会怎样看我。当然这并不重要。我只是在匆匆赶路的间隙、在突然涌上心头的愁绪中，才多多少少想到这个问题。他们也许会对一个中年人的无所事事感到费解，怜惜我在游荡中白白流逝的时光。他们不可能知道我心中有一种难以启齿的、却又非常真实的感觉：至今还觉得自己是那个在荒原小路上徘徊的少年。这里的一切对我来说仍如当年，有着无穷无尽的焦盼、无法言表的向往，以及那样执拗的遥望。那里飘来的一阵琴声还在吸引我、诱惑我。那里贮备了整个童年的幸福，还有一个童话般的想念。在我远离它的遥远的旅途上，我留恋它以及与它有关的一切。我最不能接受的一个事实就是人去巢空，是她们消失的背影……

　　一开始我对菲菲时不时出现在老师的小屋里有些厌烦、惧怕甚至拒斥。是的，我与她横亘着一条无法逾越的鸿沟，两人有着迥然不同的命运，分处于完全不同的世界。我几乎完全有理由嫉恨她，尽管她从来没有伤害过我。我起码可以远离她，可以在内心里盼着她快些走开。可惜我没有勇气也没有权利将其赶走，因为老师就像喜欢我一样喜欢她,尽管这是我极不愿承认的一个事实。

最早发现这一切的还是老师,她投向我的目光就是最好的说明。是的,我随时都能读懂她的目光。她的目光是循循善诱的、温暖体贴的。就是这目光渐渐让我感到了一种羞愧——为自己没有说出的嫉妒和恐惧,还有其他……我完全知道,那双小鹿一样的眼睛望向我的时候从来都是友好的,我们之间的紧张关系完全是由我自己造成的。

结果当然好极了,我们三个人在一起,不是在屋里交谈,就是一块儿走向林中小路……

二十多年过去了,今天,当我一遍遍想念老师的同时,也在想念那个美丽的女孩——有时甚至更加强烈。我脑海里那么清晰地闪现她凸起的前额、一双深凹的大眼。我最多回想的场景就是:她坐在老师身边的那只木凳上,黑亮的鹿眼时不时地瞟过来一下。开始的日子里我多么愚蠢,竟然真的想疏远她,最不希望她的气息掺进这个小小的空间。我那时竟然不知道这是多么值得珍惜的一段时光,不知道它会像电火一样稍纵即逝,一切都将从面前消逝……

天哪,世界上还有这样可怕而蛮横的事情,让亲密无间的两个人生生分离,并且永不相逢……

失去老师的日子里,我一个人在这条小路上踟蹰,孤孤单单。从此园艺场子弟小学变成了最可怕的地方,变成了一个痛苦的象征。我已经许多天没有跨入校门,外祖母和妈妈只见我背着书包出门,却不知道我每天就在这条小路上徘徊。我读的不是书,而是这些灌木,是小路旁边的一切……有一天我正站在一棵野椿树下出神,一抬头就看到了一个人呆立在那儿。我很久以后都会记得她那天的模样:穿着裙子,光洁的一截小腿露在外面,脚上还穿了塑料凉鞋,针织红杠线袜。她站在那儿看我,开始的时候神色肃穆,有些费解;再后来她的脸上就漾出了微笑——笑过之后就转身走开了。

我却像被钉在了那儿。她的背影在我的视网膜上结成了永久的视像。

一丛又一丛稠密的紫穗槐棵把她的身影遮去了,我不知该跟上往前走还是站在原地。我在那儿伫立了很久……我在黄昏的天色里想:她为什么出现在这条小路上?她要到哪里去?她如果是来催促我上学,又为什么一声不吭地离开呢?同样令我不解的是,为什么正迎着我走来的她,见了我会突然折回?要知道这条小路只能通向那片小果园,通向我们的茅屋——她原来准备到我们家去吗?那她为什么不打一声招呼就走开了呢?

那一天直到午夜我都在想她,脑海中反复出现她的微笑。我从心里承认她是美丽的。我简直无法将她的微笑从脑海中抹掉。

又一天黄昏,我再一次听到了刷刷的脚步声——这声音就像树丛中跑动的一只花鹿,细小而缓慢,还透着一丝胆怯。我从那棵野椿树下走出,一眼就看到了额头凸起的小姑娘——她像上一次一样迎着我站住,脸上还是那种微笑。好像只有此刻我才真正看清了这双大大的鹿眼。我向前走去,一直走向她站立的地方。这一次她没有转脸,只不过低下头去,盯着自己的脚。

"菲菲!"

她没有回答,仰起了脸。我们在这条小路上长时间站立,相距很近,却长时间沉默着。这样许久,她突然自语道:"老师……"两行泪水从她脸上滑下来。

好像只有这会儿我才突然领悟:她是因为难过才在这条小路上徘徊啊,原来我们两人一样难过一样孤单啊——这是我们共同怀念的日子,我们都没有了心爱的老师。我们相互询问,结果全都一样,彼此什么消息都没有,只有同样的惊愕和痛苦。谁也说不清老师为何不辞而别……没有了老师,我们即失去了一切。

思念老师,从此成了我们待在一起的理由。

我邀请她到小果园去,她答应了。我走在前边,一路上一声不吭。我害怕这个时候见到别人,甚至怕见到外祖母和妈妈。翻过了沙岗,我们来到小果园最北边那棵茂盛的苹果树下。浓密的枝叶完全把我们遮住了。四周静得能听到对方的心跳。她问我什么时候再去学校?我没有回答,心里说我再也不会去那里了,那里什么都没有了……她无声地哭了,说她也不想到学校去了……

这个夜晚,她开始叙说自己的事情。于是我开始惊愕,因为做梦也想不到这个老场长的宝贝疙瘩心里也装下了这么多委屈和哀伤。她原来活得也不轻松。她的家在镇子上,父亲母亲都在镇委会工作,只有她一个人跟祖母住在一个小村里;有时她也会到爸爸妈妈那儿,可是每次都要赶回来,回到祖母这儿。孤单的老祖母不知为什么恨着妈妈——她不能离开可怜的老人,老场长也希望她与祖母相伴……可是那个小村越来越让她害怕了……

原来小村里有个叔伯哥哥——他大她许多,让她一直依赖,现在却那么害怕。因为他变坏了。过去两人从不吵架,他总能弄来很多好东西,比如好看的贝壳、香喷喷的甜瓜送给她。"他现在老要盯住我……我越来越害怕他了……"

"为什么?"

"他当了民兵和治保会的头儿,一帮人都听他的。他是跟一些人学坏的……"她不再说下去。

但我能感到她非常害怕那个叔伯哥哥。

菲菲把头发往上拂一下,让我在微弱的星光下看到了那个鼓鼓的脑壳。原来它比我想象的还要大。我发现她的脑壳上面有一些短小的、若有若无的绒毛。真想去抚摸她的额头,只抚摸一下。有好长时间,我甚至无法掩盖自己的窘迫和渴望。那一刻我的脸颊滚烫。不知是谁先伸出了手,反正我们碰到了一起。我觉得自己脸上就要烧起火苗了。但我用力忍住,只有剧烈的心跳会让她听到。可惜只坚持了一会儿,我就扭过脸去。

可是她把我的脸扳过来。

那个夜晚我闻到她身上有木槿花一样的香味儿。我觉得是木槿花瓣覆盖了她的全身。木槿花瓣里分泌出的甜蜜液汁会让我永生难忘。

我觉得自己在这个夜晚突然长大了。

二

那是我一生里最幸福的日子。因为那是老师走失之后,一种不期而至的幸福,它让人生出了双倍的感激;还有,那也是父亲被派到海边打鱼的日子——他一离开,我们屋子四周就没有了恶犬。一种从未有过的放松和自由,伴随着从未有过的幸福。我的心中只有她,我的周身都被一种木槿花的气息所环绕。

我相信,这样的时光人的一生也不会拥有太多……

我记得自己听到了小鸟鸣唱、乌鸦欢歌,连老野鸡也发出了悦耳的声音。一切声响都是一种问候,都如此美好。妈妈对我说着什么,我应答着,却不知她到底在讲些什么;外祖母咕咕哝哝,我高兴得抱了抱外祖母,蹦跳着走来走去。妈妈又说话了,可我同样什么也听不清。后来我看见外祖母把晾晒的干菜往囤子里装,就帮她干起来。外祖母又是咕哝。我扫院子,把一切都搞得井井有条,又往花盆里洒水,喂兔子。妈妈大声喊起来——她和外祖母这时终于看出我有点反常了。不过她们却因此而满面欢欣。吃饭时,我觉得所有的食物都那么可口,可我又一点儿吃不下。傍晚,一天的星星都出来了,妈妈铺开一张草编凉席,和外祖母一块儿到屋后的海棠树下休息。我则躺在她们身边。外祖母像过去一样指指点点,讲一些天上的故事。我最舍不得的就是这段时光。所有故事都让我百听不厌。可这一回我却一句也听不进去。后来我终于跳起来。

我跑开了,一边跑一边听见妈妈在后面喊:"你怎么了?"

我随口应答:"就回来!"

我在小果园的沙土上蹿来蹿去,又倚到园子西北角的那棵枝叶浓密的苹果树下。我把脸贴在了沙土上。沙子上有一种奇怪的香气,而且,那么温煦。我仰躺着,然后又爬到了树上。一只鸟被我惊飞了,发出了扑棱棱的声音。它好像还碰掉了一片叶子。我在树上一声不吭,久久地伏着。我想谁也不要惊动,就让我在这儿默默地想一件心事——或者什么也不想,只让我好好待一会儿。

可是这个夜晚啊,只要一想到心爱的老师,我立刻就变得万念俱灰了。

我仍然没有到学校去。菲菲有说不出的惋惜和沮丧;其实她和我一样,也想不出未来的日子该怎么度过。对我来说,老师没有了学校也就没有了,等待我的只能是那片丛林。我还想找到丛林中最好的朋友,那只小鹿,可是像过去一样,它也许久不见了。那个猎人朋友也不见了,大概他们全都去了远方……

菲菲偶尔还到学校里去。令她特别不能忍受的一个事实就是:只有我一个人在林子里徘徊。几乎所有的星期天菲菲都到小果园里来。她一直想让我到她的祖母家——我很高兴,因为那个村子对我一直具有特殊的吸引力,我常常想象她在那儿怎样生活、住在一幢怎样的小房子里。

一个星期天,她扯上我的手说:"走啊,我们走吧!"

我们穿过灌木丛,穿过一片果园,就看到了一片麦地。多么辽阔的平原啊,绿莹莹的田野一望无际,上面有一个个村子。我这时只端量着那个村子,它静静的,整个村庄看上去就像刺猬皮的颜色,也像一只巨大的刺猬那样踞在地上等候我们。

一条长长的巷子尽头有一扇棕色的门,菲菲一走到门前就有一种特别的兴奋。我知道这就是她的家了。推开门是一个干干净净的小院,小院里铺了一条卵石小道……老祖母正好不在,家里什么人也没有。菲菲说她到集市上去了,这会儿家里只有我们两个人了!她说这话时那么高兴。她说:

"她要到天黑才回来呢。我做饭给你吃,你别动,坐在炕上读书——读那些画册!"

我很愿意服从,真的像她说的那样端坐在炕上翻起书来。

菲菲扎了一个围裙,像一个小老太婆那样在灶间忙活。她拉着风箱,把锅里的水烧得咕噜噜响。后来水里又放进了玉米面,放进了豆子。她在熬黄豆玉米糊糊。这之后,她又从一个搪瓷缸里找出了一块豆腐,然后把一个咸萝卜切成了很细的丝,用香油拌好……这一切我都看到了。最后,她用一个瓷盘把做好的饭菜端到了炕上。我们面对面坐着。

多么好的一餐饭。

刚吃过饭一会儿,院门就被擂响了。菲菲一下站起,却说:"不要慌。"

她蹑手蹑脚走到院门那儿往外望。我从窗户上看到她从门缝里瞅了一眼,马上弯着腰往回走——谁知门外的人喊起来:"菲菲你干什么,快开门!"是一个粗粗的男声。

我的心狂跳起来。我看见院子里的菲菲沮丧地站着,垂着手。

"快开门!"男的又喊。

菲菲只得走上去,把门拉开。

进来的是一个黑黑的、头发剪得很短的男子,年纪比我大得多。他长了一双很细很长的眼睛,那模样立刻让我想起了某种动物。他比我粗得多也高得多,额角上有一块发亮的伤疤。从他进到院子的那一刻菲菲就在躲闪。后来我看出她故意转过脸大声朝屋里喊了一声："碾哥来了。"

多么古怪的名字。我明白她是喊给我听的,同时也想到来人肯定就是那个叔伯哥哥。

"屋里还有人吗?"

菲菲点头："我们今天要一块儿复习功课。"

他冷笑着,一跨进门槛就嚷："哎哟,好香!"

我站起来。他僵僵地与我对视,莫名其妙地转脸对菲菲说了句："挺好的哩!嗯,我可不想耽误你们的好事儿!"

他说着做了个奇怪的手势,哼着,在屋里转了一圈儿就走开了。

菲菲没有送他。她两手托着下巴坐着,一声不吭。我不知说什么才好。这样待了一会儿,她抹起了眼睛："他很坏。他是个坏人。"

"你别哭,菲菲。"

"你不知道他是多么坏的人。如今全村的人都怕他了,他有一帮'腿子'……"

我知道"腿子"是什么意思,那是指一拨围着他转的人。我想安慰她,还没开口,她的手就按在了我的额头上,又捂住了我的嘴。这样许久,她突然俯下身吻了一下我的眼睛。她伏在我的身上。我闭着眼睛,仿佛在她柔润的双唇下进入温湿的黑夜。我在这样的黑夜只想好好地泣哭。这个时刻漫长得无边无际才好……她抬起身,又一直拉着我的手端详。后来她像拿定了一个主意,说了一句："我什么也不会怕的。"

我马上要脱口而出的一句话被她先说了。我心里泛动的一番话还有:有那么一天——这一天必定会有的——我们要把这一切告诉我们的老师。这是必须的,因为,这是我们无法也无力隐藏的幸福——天哪,我原来是个多么不幸又是多么有幸的人。这是多么神秘的一些事情。我说神秘,是因为我对发生在自己身上的奇特命运正暗暗惊讶。可这是真的,完全是真的。当那一天来临的时候,我们的老师会高兴的,也许这个世界上只有她会理解这一切。所有的责难,都将在这种理解面前冰消瓦解……我要告诉我们的老师说我爱菲菲,非常地、深刻地、早早地、真正地爱上了她!她是多么美丽,她有一双鹿一样的眼睛,她就是书上所说的那种小天使啊,我的老师!

这天下午我觉得时间过得太快了。最后我不得不离开了她的小村。

她送了我很远,直看着我踏上了通往果园的小路才转身回去。

我的脑海里全是她的影子,除此而外什么也无法挤进来。天哪,不要说爸爸了,就是妈妈和外祖母,她们也一点不知道我心里贮藏了多么巨大的幸福。从此我能够忍受一切了——忍受什么?我说过:忍受一切!

正走着,有一个人从旁边的小岔路上突然穿插过来。这个人固执地站在前边,让我觉得非常奇怪。我想绕过他,他却偏要挡住我。我这才注意起面前这个人:三十多岁,又粗又壮;乌黑的一张脸上,两只滚圆的眼睛正往死里盯我呢。多么奇怪的一件事。我想再一次绕过他,可是每次都失败了。他伸出一根食指,在我胸口上迟缓而又凶狠地一点,说:

"听着你妈的,别再沾菲菲的边。这里没你的事,都听明白了吗?"

我迎住他的目光。

"听明白了吗?"

我一声不吭。

"你妈的我问你呢:听明白了没有?"

我迎着他的那对目光,摇了摇头。

"那好,"他重新把我的胸口点了一下——这一次用的力气更大,让我猛地一个趔趄——他炸雷般地喊道,"我让你离她远一点!"

••••••••••

三

我明白那个人为何而来,也能够预料最后的结果会是什么。可是我没有惧怕,因为我说过:我今后什么也不怕了。就为了有一个证明,也为了不让她担忧,我再一次见到她时,并没有把路上的那个经历告诉她。我一句也没有提起那次凶恶的威胁。也许这是我的一个错误。我当时只想我们在一起的日子会是漫长的,无论经受多少磨难,都将通向一个美好的结局。这个信念就是我活下去的保证。我好像只剩下了这么一点点东西,我将死命地抓住它、拥有它。

与此同时,我却发现了妈妈愈来愈多的忧愁。她更多的不是为爸爸,而是为我。她终于得知我不再上学的事情了,完全不知道自己惟一的儿子这样下去该怎么办。眼看着妈妈的白发一丝丝生出,我的心开始疼痛。可是我找不到安慰妈妈的办法。她为我的失学而愁伤,而我却在心里发誓再也不去那个学校了,我宁可在野地里游荡一生。

我像过去一样整天在林子里消磨时间,等待天黑。我不知一旦失去了这片林子我将流落何方。躺在树下想着遥远或切近的事,主要是想菲菲——她这会儿还在学校里。我只一个人待着,像个奇迹一般。我知道自己因为她而变得更加能够忍受了。我的小鹿也没有来,它如今去了何方?

当天色暗下来,我在乌黑的林子里有时也会害怕,因为我在想那个可怕的蜘蛛精的故事,特别是想那个不幸的惨死的孩子。我还更多地想起另一个故事——美丽的雨神骑着白马、穿着白衣白裤,在大风雨里一路呼喊"鲛儿"的样子。她的一路奔走会带来暴雨天灾,可我一直无比可怜这个失去了儿子的母亲。我知道这一切都是因为一个可恶的旱魃,是那个恶魔设法诱骗了雨神英俊的独生子。传说中的旱魃面目苍黑,长了铁硬的锈牙,身上穿了满是铜钱连缀的衣服,一活动全身哗啦啦响,一卧下来就变成了一堆铜钱。这个妖怪一生下来就得了要命的口渴病,总想寻个机会大喝大吮一场,所以他到了哪里都要吸尽宝贵的淡水,让大地连年干旱。除了贪婪吸吮,他每年里都要吞食几头牲畜,性急也会吞食田野上的人。他最恨的就是天上的雨神,恨她不能让他畅饮一空。为了报复雨神,旱魃设计诱骗了她的独生儿子:那是一个白生生的男孩,名字叫"鲛儿",因为贪玩迷了路,就上了旱魃的当。那会儿旱魃闪化成一个心慈面软的婆娘,说要领"鲛儿"逛逛人间的灯会。谁知"鲛儿"从此就落入了地狱,旱魃将他用铁链锁在一个地方,然后等雨神携风挟雨到处发疯一样寻自己的儿子……我知道这旱魃不仅仅是传说,而是近在眼前,因为一场场大旱折磨着平原上的人,他们不得不在炎炎烈日下四处寻找旱魃的蛛丝马迹:如果无边的焦野上发现了一处莫名的湿处,那就有可能是旱魃的藏身之地,他正和掳去的"鲛儿"待在一处呢!记得一年春天大旱,满坡的树木都脱了叶子,庄稼全枯了,可有人发现了有一个坟头永远湿漉漉的。都说天啊,这就是旱魃藏身的地方,快逮住他啊,这不光救了世世代代不受旱灾,也能交还雨神一个儿子了!几个村的人都汇聚一起,小心翼翼请来法师念咒烧香,在地上画了一道道符,然后人山人海围了,一点点举着锨镢往前挪动,法师走在最前边——那是个多么神圣多么浩大同时又是多么恐怖的节日啊,在老法师的大声呼号中,有人开始掘开湿漉漉的坟包……结果是空忙一场,除了坟包的主人大声号啕之外,什么妖怪也没有逮到。法师说:狗日的又跑了……

我幻想着雨神在林中突然闪现她的身影,看到白衣白马长发飘飘飞驰而去。没有,令人惊喜的是拐子四哥——那个猎人又出现在林子里了!他也喜不自禁,给我酒喝,我喝了一点。他像过去那样抽着一个黑色大烟斗,一闲下来就讲无头无尾的故事,不管我听还是不听。我问他旱魃的事儿,问什么时候才能逮住这家伙?他说别说这个大妖怪了,就是狐狸精人也斗不赢它。接着说:"……有一年上,有个像我一样的猎人,扛着枪到林子里来。他这人哪,不在乎,什么都打。这可不行,我告诉你孩子,这可不行。做人都得有个忌讳啊。他没有,那早晚就得出事了。那一天他喝了酒,来到林子里,一抬头就看见前面路口上有一只狐狸。他立马举枪。谁知这枪刚刚举起,那狐狸就变成了他老舅,还老牙老口地说了:'你这娃儿,咋个用枪比划舅舅?嗯?'他吓得扔了枪。可是刚刚撒手,舅舅又变成了狐狸。他又举枪。结果狐狸又变成舅舅。来来回回七八次有了,你想想,要是个懂规矩的人还不早撒丫子跑啦?人家不,人家有胆气哩,嘴里咕哝着:'日你妈,俺管你是谁哩!'嗵地一枪,把那物件放挺了。走过去一看,妈妈呀,真是老舅躺在那儿哩,血红马花的。他吓得抬腿就跑,一口气跑到舅舅家,见了舅母就问:'俺舅呢?'舅母说:'一大早进林子了,怎么?'他听了腿一软,哎哟一声跪在了舅母跟前……"

那天猎人离开了许久,我还一动不动地躺在树下。我一直在想那个亲手打死了舅父的猎人,想他将怎么挨过自己的一生。这会是无法抵御的懊悔,因为他两手沾了亲人的血啊。

旱魃、蜘蛛精,还有刚刚听来的故事……太可怕了,这些故事有的阴冷刺骨,有的冤气逼人。不知为什么,我一会儿觉得那个旱魃就在一旁冷冷地瞥过来,觉得自己是那个被蜘蛛精追赶的孩子,一会儿又觉得是那个亲手打死了舅父的人。反正我心中装满了莫名的恐惧和亏欠。

这片神秘的原野和林子啊,我将在此过完自己的一生吗?我好像真的无处可去,已经化为了它的一枝一叶……

回到小茅屋,我最受不了的就是妈妈那长长的叹气声。我终于说:我再也不会离开了,我要一直待在妈妈身边。妈妈听了却摇头:"傻孩子,你哪里知道,你已经长大了,今后别说待在家里,你去哪儿都藏不下啊……"

"我为什么要藏?"

"因为他们会找到你……"

我吐了一口气:我又不是"鲛儿",难道还会有个旱魃来把我掳走吗?就让我去干活吧,我会成个好劳力的;因为每个人生下来都要不停地干活,我又能怎样呢?我宽慰妈妈,说自己不怕流汗,而且那么讨厌懒汉。

妈妈听了反而流下泪来。她擦着眼睛:"傻孩子,你不知道,什么也不知道……"

妈妈肯定不忍心说出什么事情——她大概瞒住了什么,因为她不知道现在的我已经完全能够忍受了,什么都能忍受。我定定地看着妈妈:

"告诉我吧,到底是什么?就是旱魃我也不怕了!"

妈妈一下一下抚摸我的头发和后背。她的声音小得几乎听不见:"孩子,他们比旱魃还要可怕。我是说他们有一天会把你送走,送到南山去做苦力,那时候,妈妈要见你一眼可都难了,我的孩子……"

这怎么可能?他们凭什么像对待父亲那样?我又犯了什么罪?谁又能让我无缘无故地离开?这里有妈妈和外祖母,有菲菲……有我所有的牵挂和心爱,我怎么能离开?这是做梦也不敢想的事情——我大声喊了一句:"到底为什么?"

我一遍又一遍问妈妈。

"你看到南边那一溜大山了吗?那就是你爸爸长年累月做活的地方。他在里面开山,这些你都知道。那里的水利工地上要人,因为要一茬接一茬干下去。谁都不愿去,谁都千方百计地躲开;可是孩子,只有我们躲不过去,我们这样的人家全都躲不过去——你再长大一点点,他们就会把你送到工地上去了……干十年,二十年,谁也不知道要干到什么时候。那时妈妈就再也看不到你了……"

妈妈哭了……一股愤怒在心中冲腾着,让我脱口而出:"到了那一天,我会从工地上逃走……"

"他们会把你抓住,那时候你就成了真正的罪人,一辈子也别想回家了。"

"爸爸逃过吗?"

"没有,因为他一开始就是个罪人。罪人逃不掉。"

我再不吭声。我终于明白了:我逃脱的惟一机会,就是赶在被缚住之前……我吸了一口凉气。我不想说什么了。我不想继续让妈妈难过和担忧。我该一个人好好想一想了,在一切都没有想好之前,我再也不会说什么了。这是一个走向沉默的年纪,好好忍住的年纪。我只想在用力忍住这一切的同时,痛痛快快地大骂一场。我以前还从不会这样骂人,因为妈妈从不允许我有任何粗鲁的行为。我是被这个年纪所逼迫,它多么凶狠地逼迫着我。我到哪里破口大骂、骂出这心头的淤愤呢?

在这样的时刻我只能独自走开,只能去那片林子。

在一片沉寂之中,我一声不响地呆坐。我好像看到了一个肮脏的妖怪,是旱魃,他在一旁狞笑。大半天过去了,我终于把一切都想好了。我告诉自己:不,我还是不能离去,我不会就这样逃开。

我要把一切都忍受下来,我一遍遍叮嘱自己。我已经失去了心爱的老师;在这个世界上,除了妈妈和外祖母,除了菲菲,我已经一无所有。我要和她们在一起。我的这些想法、这铁一样的决心应该告诉一个人——这是必须的,因为不说出来,我心里会疼死⋯⋯

后来差不多一整天的时间,我都和菲菲待在一起。

我们好像一直在重复着什么话。这些话永远新鲜又永远陈旧,而且永远没有终了。菲菲说:她不会让任何人把我带走——她将在那一天去找爸爸,找姥爷,让他们保护我,不让我去南山工地⋯⋯她的父亲和姥爷我都没有见过,但我相信那两个人也许真的会搭救我。这一天我们除了在林子和河边,还要到海上去。只是走到半路,我突然想起了父亲——他在那里拉网啊⋯⋯我只要和别人在一起,总是躲闪着他所能出现的任何场合,这已经成了一种习惯。所以在河口拐弯的时候,我就站下了——东边有一群拉网的人,我害怕父亲就在他们当中。我借口他们是一些赤身裸体的人,坚持要绕开他们。

菲菲却神往地看着那个地方。

有两个肩扛鱼叉的人走过,她对他们奇奇怪怪的装束和猎鱼的家巴什很好奇,又一次站下来。他们一高一矮,矮的穿了可笑的笨重的水裤,一走路就发出曤曤的声音。我一转脸,那个人却紧盯了我两眼,然后去看菲菲。菲菲背过脸。

他们走远了,那个矮子还在回头。菲菲说:"其中有一个是叔伯哥哥的'腿子'!"

⋯⋯⋯⋯⋯⋯

第二天,我正帮外祖母搬柴火,有个过路的人站下了。他长了个三角形脑袋,十八九岁的样子,见了我一个劲地招手。我觉得奇怪,就走过去。他指着沙岗的另一边说:"你看看那边有个什么东西!"我立刻放下手里的东西走过去了。

那儿什么也没有——不,那儿有三个人抄着手站着。他们当中的两个是陌生人,其中的一个乌脸我却不会忘记:就是他几天前在那条小路上截住了我,用手狠狠点戳过我的胸脯。我预感到什么,但这一刻出奇地镇定。

三角脑袋这会儿无耻而和蔼地笑着,搓搓手说:"这一下好了。"

他的话音刚落地,立刻上来两个人把我架住。我怎么挣扎、怎么喊都没有用,他们就像聋子似的。

乌脸背着手在后面慢腾腾走,其余三个差不多把我提离了地面,越跑越快,后来简直像飞一样。

他们把我拖到远处的一片小树林里。

在一棵不太粗的杨树下,他们粗重地喘息,等着那个乌脸走近。我发觉他们的手已经离开了我——这是个好机会,我只要一纵身子就可以跳出几米远,撒开腿谁也别想追上——只这样想,双脚却一动也不动。我心里有什么东西在固执地抵抗、等待。好像这次经历对于我是一场必需,我现在要做的只是迎向它,而不是逃脱。

乌脸走到近前。他从腰间掏出一个黄铜烟锅点上,吧嗒了两口,看着我,点点头自语着:"记性不好啊。"他说这句话时显出很痛苦的样子。他接着大吸了两口,在鞋帮上磕打两下说:"办!"

三个人麻利地将我按到树上,接着刷刷抽出绳子。我猛地往上一蹿,头顶把一个家伙的下巴碰得一响。他们全力按我。那个家伙可能被我撞疼了,嚎叫着把我的头发拧在手里,一下下往树上碰我的头。眼前直冒金星,可我没有一声讨饶。我闭着眼睛,我在想妈妈——只要她和外祖母看不到这一幕,我就可以忍受。我会咬住牙关的。这一瞬间我突然理解了父亲的执拗——不幸的人啊,瞧你的儿子,他像你一模一样……我被他们拴在了高处。由于这棵杨树太细,我的体重把它压弯了。它要承担我可真是勉为其难,可是它像我一样没有办法。

乌脸问:"知道为什么办你吗?"

我不吭声。

三角脑袋说:"是为你'打栏'哩!"

我知道"打栏"就是指猪羊交配前的狂躁。不能忍受的污辱使我浑身的血涌到了脸上。可我刚刚一张嘴,一个人就眼疾手快地抓起一把沙子填了进来。鼻涕眼泪一下涌出,我觉得嗓子被噎破了,什么声音也发不出了。

乌脸对那个人的多言多语好像极不满意,斜了他一眼。

三个人在乌脸的注视下操起了树条,把上面的叶子撸掉,然后抽打起来。雨点一样落下,烙我,烫我,疼痛像网一样罩住全身。单薄的衣服要被粘住了,血要流下来了……巨大的痛楚让我四肢蜷到一起,让我紧紧搂住了杨树。杨树,你就与我一块儿受苦受难,一块儿咬紧牙关吧。

"打!往死里给我打,看他还敢不敢'打栏'……"

我在心里默念着妈妈和外祖母。菲菲的双唇好像又触碰到了我的双睫上。我的手抚在她毛茸茸的后颈上,紧紧地拥住她。

"……我们永不分开,永不。"

父 亲 的 海

一

父亲是在初秋时节被传唤到海上去的。因为这时候地里的活儿少了。那些拉大网的人有一多半是随叫随到的——所以长年固定在海上的渔人自觉高人一等,对新去的拉网人总是不放在眼里。他们一个个晒得浑身油亮,而刚来的打鱼人一脱衣服全身发白,对比之下显得寒酸,令人发笑。父亲不仅不会打鱼,庄稼活儿也是刚刚学会。但在我眼里,他好像干什么都毫无难处。"你这个人哪,"海上老大走过来,用手点划着父亲的鼻梁,"你在山里打洞子行,干这个不行。"海上老大叫"老滚子",他的话让一边的人哈哈大笑。

我一开始就想随父亲到海上,去看他们怎样把那个了不起的大网撒进海里,把一堆又一堆的鱼拉上岸。可我怕父亲呵斥,总是等他走了很远才悄悄跑出茅屋,绕着灌木追上去。当我看见他的后背时,再放慢脚步;父亲掺到那些拉网的人中,我才敢接近那些鱼铺子。那儿总是围了一大群玩耍的孩子,我和他们混在一块儿父亲也就察觉不到了。

我渐渐熟悉了拉鱼的每一个程序。先是用一只木船把叠起的渔网运进大海——小船刚离岸不远,一人摇橹,剩下的几个人就开始撒网。船划到大海深处,这网就一路撒下去。船上的人影儿渐渐模糊。那时我替他们害怕。高高的海浪上,白色的浪花一点点变得遥远,它们托起了那只小船。船在漆黑的海面上一动不动,像凝固了似的;可你盯住它看下去就会发现,它正费力地偏向一边,它在一点点绕着往海岸上驶来。摇橹人浑身大汗,两只手臂像碗口一样粗。船到近岸了撒网人还在抛网——他们在海里把网撒成了一个大大的半圆形,最后靠岸。网的两端相距几百米,每一端都伸出了长长的网缏。人像蚂蚁一样咬在了缏上,都把搭在缏上的挂绳绕在屁股上;接着号子响起,一呼百应,一边喊一边往后倒退着拉网。沙滩上蹬出了一溜深窝。这样拉呀拉呀,大约要两三个小时才能让大网靠岸。

那是个多么激动人心的时刻!鱼在近岸的浅水里蹿跳,甚至能让人听到它们在吱吱叫唤。虾、蟹子、大鱼、小鱼,一齐蹿起来。

有一次我看到了一条身上长银斑的大鱼,肚子很大,可是巨大的肚皮集中长在头颅那一端,看上去就像一架小型直升机;有的鱼竖着跳起,像一把直立的长刀……多么让人迷恋的地方,我在这时候就觉得这是一个人所能找到的最好的去处了。

我身上的瘢痂很快脱落了。我费了多少劲儿才设法瞒过了家里人。在这可怕的日子里,我就是靠海风才吹干了满脸泪痕的。我望着海上的一层层帆影,想象着天际交融的远方,想象着未知的命运,觉得这一切有多么奇特。涟涟无边的海,它就在我们跟前,而我们好像对这一切都习以为常了,觉得这很平常。其实细想起来它该有多么奇怪啊,真是要多奇怪有多奇怪。不是吗?看眼前这群拉大网的人,他们一天到晚与大海在一起,却用那么平常的目光去看大海,这在我是永远也做不到的。我想可能是他们被劳累弄得疲惫了,无心无绪了。这儿的确是太累了,这儿能把人累死。

老滚子是整个海边上说一不二的人,所有人都怕他。买鱼的人、看拉网的孩子们,都怕他。他一扬手我们就得躲开。他不停地骂人,谁挨了他的骂,还要笑嘻嘻看他——他的脸上真的长了发红的胡子,他的外号就叫"红胡子"。谁都知道长了红胡子的人有多可怕。大家拉网时,他手里就握着一根棍子转。有一次,我看见一个人正用力拉网,不知为什么一走神,挂在绠上的细绳就有点儿松;这时红胡子正巧走过来,他用棍子敲了敲那根细绳,细绳立刻弯下去——如果拉网的人正用力,那么棍子敲上去就能发出嘣嘣声。红胡子骂开了,还伸出脚在他小腹那儿踢了一下。那个拉网的人比我大五六岁的样子,他赶紧喊:"大爷大爷,不敢了。"红胡子还是骂。小伙子一边哀求,一边更加卖力地拉网……

红胡子不断伸出棍子冷不防敲一下绠上那一串细绳,如果哪一根细绳被打弯,那个人就要遭殃。我旁边一个卖鱼的人说:"就得这样儿,拉网的人最要紧的就是心齐力齐。要是都偷偷摸摸藏力,那网鸡年猴年才能拉上来。"

　　我不敢说话,只紧盯着缆上那一溜人。我不敢去看父亲,那些人里要数他瘦弱可怜。他的肋骨在阳光下一根根都看得清。所有人身上都一丝不挂,只有他穿了一个短裤。我也不知道此刻那短裤该脱掉还是该穿着,如果穿着,那么他也就与所有人都不一样了;如果脱掉,那只会令我倍加羞愧。他的那个短裤啊,叠着补丁,不知是白色还是灰色,在阳光下要多难看有多难看。他的屁股又瘦又小,拉网的绳子紧紧勒在上边,我想用不了多会儿就会把他的皮肤勒破。再看看其他人,所有的屁股都那么粗壮,圆滚滚的,在阳光下泛着黑黝黝的光亮。

　　那个红胡子常在父亲旁边转悠。后来他伸出棍子往父亲的绳子上敲了一下——幸好绳子没有弯下去……那时我的一颗心都要跳出来了。

　　红胡子啊,你远一些吧,你千万不要再打我父亲的绳子。

　　红胡子喜怒无常。他高兴起来就拃着腰满海滩蹦跳,一会儿又领头喊起了号子——其实那是唱;他的号子一开始我听不懂,只觉得蛮好玩。他的嗓门真大。我第一次看到一个男人扯破嗓子、脖子鼓起了累累青筋、用尽全身力气唱歌的模样。他喊过第一句,一群拉网的人就紧跟上喊:"嗨哉!嗨哉!"一边喊一边往后猛劲用力——他们就是用这股冲力,把大网一寸一寸从海里拖出。

　　后来海上老大又唱出了奇特的节奏——我原以为只是一种变调,后来才看到那些拉网的人都有了得意的微笑,有了一闪一闪的目光。我觉得有些不对劲儿,因为我发现父亲的嘴唇活动着,却终于没有和大伙儿一块唱出来。有人呵斥父亲:"你怎么不跟上唱?毛病!"父亲斜了那人一眼,还是不唱。那个人骂:"你妈的!"

　　幸亏老滚子没有发现……这时大概到了拉网的关键时刻,因为我看到老滚子跳得更欢了,额上的青筋像蚯蚓一样活动。他喊的词儿含含糊糊,但我终于听明白了:都是一些下流词儿——来买鱼的人中有了女人,他们就喊得更加疯癫。奇怪的是那些女人一点也不怕赤身裸体的男人,有时还故意走到他们跟前,点点划划说上几句什么,鱼篓都抛到了一边——看渔铺的老头看到这些鱼篓就飞起一脚,让它们像球一样在沙滩上滚动。

买鱼的女人在海边上闹惯了,什么都不在乎。她们只想活得痛快,只想把海边上的鱼弄到南边去,挣一笔钱。红胡子有时就把这些女人的名字套在号子里,他领唱一句,那些拉网的人就一齐用力,喊:"嗨哉嗨哉!"

海上老大有一次高兴了,用那根木棍在几个小伙子腹下拨来拨去,说:"好家伙,什么人抵挡得住?"

小伙子大声喊着号子,两腿抖抖地扎进沙土……

阳光像火,在这一溜红色肌肤上滚动。父亲身上发红,后来暴起了皮。多么可怕啊。有一天我在阳光下看去,差一点大叫出来:父亲身上的皮肤像破棉絮一样,眼看就要整张地从后背上揭下来……又过了许多日子,这些皮肤才变成了黑红色。

他们都嘲笑他的那个短裤……这样过了不知多久,父亲把它悄悄地褪掉了。他整个身体只有屁股那儿显得灰白刺目。这时我真怕他转过脸来。我一直躲闪着他……

二

每当大网接近海岸,买鱼的女人和孩子就呼一下围过去。大家都看到圈在大网当中的那一湾水开始沸动。大鱼嗷嗷叫,小鱼吱吱响。原以为是软弱无能的虾,这会儿在水里是那样英勇无敌。它们的长须能够像箭镞一样飞射和挺刺,那纤弱的腿只是轻轻一蹬,身体就如同闪电般弹向一方。这躯体近乎透明,你会觉得它的体内都是透明的水,或者是晶体。它弓起的脊背充满力量,让人怎么也弄不明白这力量是从哪儿来的。乌贼鱼那些纷乱的、布满了吸盘的长腿看得人眼花缭乱。无数条长腿宛若彩带在水中舞动,疯狂地舞动。它们的腿攀在了海草上、鱼尾巴上,就紧紧揪住不放。黑色长刀一样的鲅鱼横冲直撞,不断跳起来砍击海水。只有一些小鱼在匆匆来去,好像对即将来临的危难毫无知晓;它们在水边上引逗拉网的人,右边摆动一会儿,左边摆动一会儿。一群小鱼中,领头的是条不知名的、不出眼的灰色脊背的小鱼——当所有的鱼都在惊慌叫喊时,惟有这一群小鱼在快乐地游动。

鱼在狂叫,太阳也嗞嗞有声。一群群的大人孩子围住了逼近的网。一个人指着鱼说:"它们就像熬干的米饭"——说这话的是一位买鱼的老太太。因为这时海水渐渐滤掉,各种各样的鱼拥挤在一起,每一个面孔都可以看得清楚。我从来没有看到这么多的鱼,它们真的像熬稠的米饭一样,就要从锅子里端出来了。一边早已铺了一张张席子准备着。有人用一个大柳条斗装起了活蹦乱跳的鱼,吆吆喝喝往席子上倒。鱼在席子上跳、叫,直到堆成了小山。

各种鱼堆在席子上的一刻,看渔铺的老人嗷嗷一叫,像弹皮球一样从铺子中跃出,一路跌跌撞撞跑过来。他拿出了一个大铁盒子、一个水桶,蹲在席子边上两眼放光。他盯住了这些鱼挑拣着,嘴里噗啊噗啊喷气,一会儿就把铁盒子盛满了,再把那个水桶弄满。他拎着跑回了铺子。

只过了一小会儿,渔铺子那儿就飘来了一股海鲜味。大家都明白,守渔铺的老人开始做午饭了。

鱼全部整到席子上时,拉大网的人才松了一口气,红胡子也不跳了。海上老大每当这时候就要蔫上一会儿,打打瞌睡。一边有人吆吆喝喝扛来一杆老大的秤,开始卖鱼。鱼贩子们呼叫着从四面围上去。与红胡子差不多的是那些拉网的人,他们这时也总是躲在远处,仰在沙滩上,让火辣辣的阳光直晒着。

早一点将鱼买到手的人并不急着离去,他们从躺得横七竖八的男人身上跨过去,骂着什么。一个女人背着鱼篓,正要从一个中年男子身上迈过,那个中年男子就用脚钩了一下。她毫无防备,跌在地上,鱼撒了一地。她骂起来,那个男人就帮她把鱼装到了篓子里。后来男人又喊一句什么,一把将她的辫子揪住。女人正生着气,转而笑嘻嘻地伸手捏他,又用沙子把他的身体浅浅地埋了。男人不停地呼喊,虚张声势,让四周的人快来解救——几个人果真围上来,一会儿就把那个女人的衣服剥光了,又把她抬起来,吆吆喝喝,在她的叫骂声里扑通一声扔到了海里。那个女人在浅水处使劲缩着,不敢站起,只说:"你们这些该死的,挨雷打的,快还我的衣裳来……"我觉得她只是骂,并不太恼,因为她一会儿又在那儿撩着海水洗起了脖子、脸,洗得那么细心。

正在她洗着的时候,懒洋洋的红胡子看见了,接着就一边打哈欠一边脱衣服,脱得光光往海里走,一个猛子扎进海里。浅水处的女人吓得赶紧喊救命。红胡子的头从水中探出说:"就来就来。"女人往深水里逃,水淹没了她的胸部,红胡子一直追上去。红胡子好水性,在深水里竟能像走路一样摇摆,直着身子把女人抱住。他们搂抱着越游越远,伴着那个女人的快乐大叫。岸上的许多人都停了手里的活儿往大海深处看。

水中的那两个人抱成一团,只留下了一个小黑点儿。这边的人说:"啧啧。人家老大就是厉害,在水里硬挺着也沉不下,还能腾出手来做些别的事情……"

黑点在海上颤抖着,漂游着,这样直待了很久才渐渐变大。海上老大手牵着女人回到了浅水。女人经过了这一回好像并不那么害羞了,大大咧咧从水里钻出,浑身湿淋淋地走到岸上,抓起衣裤就穿,说:"烦不烦死个人!"

有人问老大:怎么样怎么样?红胡子说:"我像个老海龟,把她驮在背上,一驮老远。'大鲨鱼过来了。'我说。她吓得吱哇乱叫,我就把她藏在身子底下用腿夹住。夹一会儿,我说老鲨鱼跑了,她才敢重新伏到背上。这娘儿们好沉,有个三百二百斤的。"

大伙儿都笑。笑得很透。

午饭开始了,所有人都急急地跑到渔铺里拿出自己的粗瓷碗、铝碗。有的还拿来一个带豁口的破瓦罐。大家乱哄哄围向两口大铁锅子。锅盖是两半的,可以分两次从锅上取掉。看渔铺的老人这时显得威风无比。他木着脸,沉着地用一个老大的铁勺子在锅里搅来搅去。锅里一点青菜也没有,全是鱼。那些大鱼被几刀剁开扔进锅里,小鱼连剁也不剁。一锅鱼、一些姜片、几根葱,就这么煮在一块儿,那气味好极了。

分鱼时大家自然而然地排起了队,走到锅前就把碗伸过去。看铺子的老头闭闭眼说:"老大先来。"于是人们都回头寻找红胡子。红胡子已经穿好了裤子,裤带上就拴了个大茶缸。他把茶缸解下,懒懒地伸出。看铺老人的勺子在锅里拨来拨去,找到了发红的一条宽肚阔腮鱼,啪一下给老大倒进茶缸。有人小声说,锅里大概就这一条红鳞加吉鱼,就让老大吃吧。所有人都分得了一大碗鱼,找个绿荫,呼噜呼噜吃起来。有人还从裤兜里摸出一个小酒瓶饮上一口。酒味儿一旦被风吹开,立刻就会引去好多人。

我的眼睛长时间寻找着父亲。在这混乱的人群里,他一直没有发现我。当他的目光转过来,我就躲到人群后边。父亲盛鱼的碗比所有人都大。我想他是个有心眼的人,不愧是开过大山的人。可是看铺子的老人分鱼时,那勺子刚碰到父亲的大碗,就抬头看一看——勺子里的鱼还没有倒尽就挪开了。"来一点儿汤。"我听见父亲冷冷地说。不知怎么我心里又愉快又有点儿胆怯,这时屏住了呼吸。那个老人略一犹豫,从锅里舀了一点汤……父亲的大碗盛满了。

滚烫滚烫的粗瓷碗在父亲手里跳动,他噗噗吹气,大概烫死也不会扔掉。他一直把它捧到很远的地方,一个人去吃了。

最后只剩下我们这群孩子了,锅里还有一些小鱼、半锅鱼汤。

"你们都是跟大人来的吗?"看渔铺子的老人问。

一群娃娃一齐喊:"是呀,是呀。"

我夹在其中,一声不吭。

看铺老人的勺子一边在锅里搅动一边说:"去找些家什来。"

孩子们各自到自己父亲那里取来他们喝光的空碗。我徘徊着,见地上有一个很大的贝壳,就捡起来。

一会儿我的贝壳里也盛上了一条小鱼和一点鱼汤。我蹲在孩子们当中,把它喝得一点不剩。

父亲吃完了,他到海边刷碗,仍然没有看到离他很近的我。

吃过饭没有多会儿就该撒第二网了。在撒网之前这段时间没有多少事情,拉鱼的人就在岸上闲走。有一个人走着走着突然伸手嚷了起来,说:"看,那边上来一个多大的海蜇!"

几个躺着的人听了都跑过去。海边上浮出一个海蜇并没有什么好奇怪的,可我从来没见过在水里凫动的这种动物——它在离海岸五六十米的地方漂游,身上五颜六色的彩带随着水浪飘动。有人到岸上拿来了铁抓钩,接着往水里走去。正这时我看见父亲也进入水中——父亲离前边那人最近,那人回头一看就笑了笑,说:"还是你来吧,让给你。"

父亲一声不吭取过了抓钩。这时岸上的人都看着父亲迎上那个飘彩带的大家伙走去。我心里想:它多漂亮啊,父亲怎么忍心伸出抓钩?父亲挨近了,那些彩带好像迎着他又伸长了一段。岸上的几个人惊呼几声,那个给父亲抓钩的家伙却哼哼一笑。

就在这一瞬间,那些彩带一下子沾到了父亲身上,父亲立刻嗷的一声大叫——他想跳开来,可是他在海水里只是歪了歪身子;接着又有几条彩带缠到了父亲身上。我亲眼看到父亲鼻子眼睛都皱到了一块儿,差不多要倒下来。可他硬是挂着抓钩,只让身子弯下。他咬着牙,脸色已经发紫了。我不顾一切大喊起来:

"爸爸——爸爸——"

这一次我没法隐藏自己了。爸爸终于听见了。他猛地瞪圆了眼睛,在人群里寻找。他终于看到了我。接着他又闭上了眼睛。

我看见他闭着眼睛扬起抓钩,把那个海蜇紧紧钩住。

"好,好样的!"岸上的人一齐说。

父亲全身抖动,像害冷一样抖着牙,一边颤抖一边往岸上迈步,手里只紧握那个抓钩。海蜇被拖上来,父亲也倒在了沙土上。

一些人围上海蜇,一些人围上父亲。

红胡子走过来,伸出脚踢了踢父亲,又对一边的人喝道:

"谁捉弄一个生手?我日你奶奶——谁?"

那个交给父亲抓钩的人哎哎往后退缩,被红胡子一把抓住。他把那个人的头发扯住就是一抢,那个人扑哧一声给摔仰了。

我蹲到父亲身边。他身上像被鞭子细细地抽过,又像被烙铁烙过,全是一道连一道的红印痕,它们在皮肤上凸起。我哭了。我想父亲再也不会活转过来,因为他上岸后就紧闭眼睛。他的呼吸越来越弱。我的手不敢按在这些红印上,只叫着:"爸爸,爸爸啊……"

我这样喊着,直到所有人都离去了。后来爸爸睁开了眼睛,我抱住了他。父亲鼻子里吭了一声,挣扎着坐起。他望着那个被人拉开了肚肠的海蜇,没有做声。

后来有人把海蜇弄成了几块,你一块我一块儿分开。有人取了最大的一块儿,对父亲喊:"最好的一块归你了。"

父亲好费力才站起来,我搀着他。

父亲的手像钢钩一样,一下抓住了那块大海蜇肉。

三

海上的工作除了拉大网之外,还要驾船到深海里采螺。采螺的人都是三人一个小船。有人不舍得出力气,作为惩罚,就被海上老大派去采螺。那些采螺人的日子有时却过得蛮自在。我不时看到一些小船从大海里摇上来,靠岸时就从舱里提出一篓海螺。海螺不像鱼那么值钱。

采螺人没白没黑地干,却不比拉网人苦多少。因为有时要拉夜网,拉网的人一直要在海上过夜。

不知为什么,有一天海上老大对父亲说:"你去采螺吧。"

父亲就到了采螺的小船上。

我想父亲坐上一个自由自在的小船到大海深处,也没什么不好。不过拉网只在岸上,而采螺要到深海,我还是多少有点儿替父亲害怕。

每一次采螺的小船走了,我就一直坐在岸上等,等他们归来。有时小船要出去大半天才能回返,有时只需几个小时就回来了——这要看在海上的收获,要根据风向和海流、涨潮退潮等等。这个我不懂。夜里我因为要等父亲回来,就常常留在了岸上。夜深了,直到采螺的船回来,我见到了父亲,这才安心。那些夜晚我常常留下,睡在渔铺的角落里。打鱼人满身的腥臭气都散发出来,我在这些赤裸的身体中间快给挤没了,怎么也睡不着。实在困了才能睡一会儿,一闭眼就要做一些五颜六色的梦。有时我梦见一些奇怪的黑鱼,它们在大海里旋转,成群结队进攻打鱼的人,把大网撕碎,把船掀翻,落水的人全被咬伤了,通红的血喷涌而出……这时我就吓得再也不能入睡。父亲回岸后困极了,他睡得太沉了;尽管这样,我还是很想把刚刚做过的梦讲给他听。

有一天我在梦里清清楚楚地看到了父亲——看到了他们的采

螺船。

那船上一共三人,一瘦一胖,剩下的一个就是父亲了。他们的小船在平静的海面上走,一直走进了大海深处。接着黄昏来了。他们采了很多螺,船舱都装满了,小船要往回返——刚刚掉头,就有一个笑嘻嘻的白发老人踏着海浪走来。父亲指着那个老人说:"你,你怎么能在水皮上走路,你是人吗?"其他两人见了白发人都吓得脸色煞白。老人只不说话,走到船上,拍拍三个人的肩膀,然后从衣兜里掏出一束红色线绳——我觉得那就像红头绳;老人不由分说,用这红绳把三个人的胳膊——扎好。扎好之后,跟他们摆摆手,又重新踏着海浪走去了。三个人愣着,都低头看胳膊上的红绳,没有一个人敢解下……

天亮了,我搓着眼睛跟父亲走出渔铺。采螺小船就在浪印上。父亲走过去,那两个人已经在等他了。突然我揪住了父亲的衣襟说:"爸爸,我怕……"

他转过脸来唔了一声,并不想耽搁。

我固执地揪着他的衣襟。

这一次他破天荒站下,并认真地看着我。我说我做了一个梦,你一定要听一听,这梦里有你呢!他掏出了烟锅,看了一眼那两个等他的人,吸着烟等我讲下去。

"爸爸,我梦见你们三个人在大海深处被一个老人绑上了红头绳!"

他皱了皱眉头。

"你们每个人都被绑上了,一个瘦子一个胖子,最后就是你。"

父亲伸手指了指在柱子底下站着的那两个人说:"是他们吗?"

我抬头看了看:多奇怪啊,一点不错,他们与梦中的形象一点不差,我记得清清楚楚!我几乎是喊着说:"对,就是他们……"

父亲的脸色变得铁青,他四下望了望,用手轻轻把我推开。他磕了烟锅,把烟锅插到了裤子口袋里。接上他蹲下来。那两个采螺的人走过来。父亲的脸色又变得蜡黄。他对那两个人说:"你们,你们去吧,我不能出海了,肚子好痛。"

那两个人拍拍手,又找上一个帮手,就要驾船走了。

这时父亲突然迎着他们的背影喊了一声:"你们也别去了……"

三个人用怪异的眼神看了父亲一下,转身离开了。

他们走了之后,父亲就到渔铺里躺下了。他一口接一口吸烟,整个一天都不愿和我说话。天渐渐黑下来,采螺船没有回来。

快到半夜时分,外面发出了尖厉的声音。有人从渔铺边上咚咚跑过,呼喊着什么。

爸爸说:"嗯,有了。"

我们都走出去。原来在刮好大的旋风,沙子扬上了半空。拉网的人站在海岸上呼叫。海上老大说:

"幸亏大网不在海里,这阵风啊,鬼猛!"他突然记起了采螺的小船,嚷:

"都上来了吗?"

"还没有。"

"天哩,鬼猛……"

红胡子咕哝着,满脸的不安。他到一边站了许久,才钻到铺子里。

红胡子一夜没睡,我和爸爸也没睡。那个采螺船仍然没有上岸。

第二天早上风才停息。海岸上有几块打碎的木板,接着发现了三具尸体……

所有人都一声不吭。

红胡子吸着凉气看着父亲,父亲的手紧紧攥着。有人在流泪。

可是父亲没有,他只把我拉到一边去坐下。

父亲倚靠着一棵柳树,掏出烟锅含到了嘴里——他划亮火柴,可烟斗是空的……父亲又把火柴扔掉了。

他伸出手在我额头上轻轻抚摸。这手是那么温热。

分　别

一

坐卧不安,焦渴难耐……野椿树啊,如刀的长叶不断砍击着我的脸上,让我在小路上来复奔走,不愿离去。这一次等得太久了,可终于没有见到她的身影。

我去过了所有的地方,到处都没有她的影子。星期一她肯定要去学校,于是我就等候在那个村庄的小路上。她还是没有出现。往回走,走到园艺场子弟小学门口,却再也迈不动脚步了。我最终还是没有走进校园,而是再次踏上那条村路,摇摇晃晃地走到那个小村跟前。

我在村头久久踌躇。太阳快落下去了,我还在犹豫是不是离开。我想她也许会沿着小路走来的。等啊等啊,太阳完全落下去了,我不时往学校的方向张望,又回头去看村子——天哪,这一回我真的看见了她!

她不知什么时候从村里走出来,站在了胡同口上遥望。她看到我了吗?只要我轻轻咳一声,她就会发现。可我没敢出声,一颗心扑扑跳,在微弱的光色里细细端量她。她好像瘦了。她病了吗?我觉得她小小的肩膀窄得可怜。她竟然没有上学,这在她是多么大的一件事。

我叫了一声,声音低低的。她听到了。我看到她身上一抖,接着就往这边跑来。

她一下攥住了我的胳膊。她就像那头小鹿一样,用头拱住我。我的几声询问她压根就没有听到。我觉得她的下巴用力压住了我的肩膀。这样待了一会儿,她抬起眼睛,一直盯住我说:"我们说过不再分开了——是这样吗?"

我愣着,不知道她要说什么。

她低下头时已经泣不成声了。她哭得再也说不下去,下巴总是磕打我的肩膀,泪水把衣服都打湿了。她说:"我想去告诉你,又害怕……我怕自己,还有,怕你……怕你会恨我。我想告诉你再也不要来找我了……"

她在说什么!她这会儿的每句话都让我吃惊。我给弄得心上发蒙。天哪,见不着她的时候,我曾有过可怕的猜想,现在看一切都成了真的。我当然明白这都是因为她的叔伯哥哥,那家伙不知对她使用了多么卑劣的手段。但她无论如何都不能这样,不能对我如此残酷——无论是什么理由都不能。在这些日子里,特别是在海边,我已经把一切都好好地想过了。我宁可去死也不愿屈服。因为我知道我们的小茅屋天天待在地狱里,全家人已经受够了。如果还有什么更大的灾难真的要来,那就来吧,我们既然经历了那么多,那就一定还能忍受更多更多;不过我只要求一点点,它是不能改变的,那就是再也不能失去你——不然我会死去的,这是真的……我现在一定要她听懂的,就是这最后的一句话。

我相信她全都听明白了。她哇一声哭出来,又很快压低了声音去看四周。她有些慌乱,两手都伸进我的衣服里,原来要寻找疤痕。她抬起泪眼望着我:"他们告诉我,说你已经被打死了一次,如果转活了还敢再来找我,就让你死第二次——第二次就是真的死了,再也转不活了。我当时喊着往外冲,他们就把我扭送到了一个地方。外边的人谁也不知道我给藏在了哪儿,他们不让我上学,也不让我回家,还欺瞒祖母,说我回镇上了……"

"他们打你了吗?"

"没有,除非他们给逼急了。我只担心你……"

"你为什么不去告诉爸爸妈妈,告诉老场长?"

"他们说这事如果让家里人知道了——无论谁知道了,碾哥立刻就会把你杀了。我知道他们不是说了吓人的,他们真会那样干的。碾哥是村里民兵的头,还有治保会里的那些人,他们什么事都干得出!"

我当然相信,我怎么会怀疑!好长时间我一声不吭,心里却在想:让我们一起逃走吧,逃得无影无踪。

"这些天我一直在想老师,如果她在,我会告诉她的。我再也不到学校去了,因为那儿没有你,也没有老师了……"

我几乎没有听清她在说什么。我在想那个残忍的碾哥,那个剪了短头发的恶小子,他连叔伯家的妹妹都要欺负。接下去菲菲又问了什么,我都没有听到心里。

"他们民兵连部有个小黑屋,里面常常吊打人,半夜里都能听到有人没好声地喊叫。他的心最狠,让人用绳子蘸了水打人。你没看见,你肯定不信,可这都是真的啊!"

是的,她没有看到那一天他们怎样在杨树上吊打我;我多么傻,原来还以为她做梦也不会想到那个碾哥会这样折磨人呢。如此毒辣的人是怎么生出来的呢?这对我一生都会是一个谜……

二

月亮升起,大地像浸在水中。这个夜晚我们不敢在村子旁边待得太久,一直走了很远,走到了一片丛林深处。今夜谁也不知道我们藏在这儿,只有月亮看得见我们,只有四周的小动物在屏息静听。很长时间里我大气也不敢出,因为我又想到了那个妖怪:旱魃。我甚至闻到了他身上逼人的腥膻气,看到了他那一张可憎的苍黑的脸……这儿已经离大海不远了。我们从黑魆魆的林隙里走到一片柔软的茶草上,紧紧依偎。离我们不远的一个枝丫上结了一枚浆果,我们把它分吃了。夜深了,我们都没有吃晚饭,也忘掉了饥饿。

菲菲突然呵气一样说:"我们今晚就跑吧——我们逃走,逃到一个谁也不知道的地方……"

我点点头,压抑着深深的感动和惊讶。

"你说话啊——我是真的!"

"可是……逃到哪儿?"

"哪儿都行,大海的另一边,再不就是——南山……"

南山!我心上马上涌起了一阵惊惧。我在想妈妈的话——"你长大了,就会有人送你到大山里去了"……那是一座让人恐怖的山,可是我现在才知道,今生只要能和菲菲在一起,原来去哪儿都行。我不信有谁会获得这种幸福。难忘的时刻,逃跑的决意……这个夜晚使我更加明白,站在眼前的是一个多不平凡的女孩,她的勇气令我吃惊。

夜越来越深,可我们还是不愿离开。分手时,我们约定了第二天晚上再来海边。

我蹑手蹑脚回到茅屋时,已经是下半夜了。外祖母睡在炕上,我轻轻蜷到她身边,还是把她弄醒了。她抱住我,后来像是觉察到了什么,就把灯点亮。她端起灯照着我的脸看了许久,咕哝着,把灯熄灭。

可能海上的活儿松闲,这天晚上爸爸也回来了。因为睡不着,我听到他骂起了母亲……早晨,透过窗户淡淡的晨光,回味着一个梦:我和一匹小马伫立着,像在等一个人;一个小姑娘跨到了马背上,小马就一路嘚嘚跑起来。它驮着她跑啊跑啊,不知跑了多远,消逝在一片蓝色的山影里……

我一直盼着太阳落山,想着月光莹莹的夜晚、海边和丛林。

有了这个念想,就怀揣着一个小小的隐秘。早晨,我觉得爸爸那冷冷的目光好似在询问什么,外祖母和妈妈与我的交谈也简单极了。我从一大早就已经在等待一个无比美好的夜晚了。即将来临的会是一段多么迷人的时光,我们就要在一块儿,整整待一个晚上……这一天可真漫长啊,好不容易才挨到太阳西沉,我在黄昏里爬上了大李子树——我要亲眼看一看周围的一切是怎样渐渐被橘红色染过。太阳尚未落下,各种小鸟还在欢快忙碌。它们不知道这个即将来临的黑夜将有多么美好的东西滋生。它们只是欢快地叫着。太阳像被定住了似的,永远在低空里闪耀。妈妈要到天完全黑了时才能回来,我盼妈妈早点回来;当外祖母把那个破旧的葫芦瓢端起,颤颤地端着水走到锅灶那儿时,妈妈就该回来了……我为了消磨时间,就帮外祖母做活儿,里里外外不停地奔忙。

真正的黑夜来临之前我有点忍不住了,最后还是跑到了那条小路上。我在野椿树下坐了一会儿,又倚靠在白杨树上。所有的动物都伸长了脖子看我,它们大概都想弄明白这是怎么一回事……

我在那棵野椿树下等待,一直等到那只小鸟飞来:她真的像小鸟一样用长喙触了触我的头发,又在我的颈上滑动了一下。我问:"他们没有发现你溜出来吗?""没有——你呢?""也没有。"

我们紧紧相拥着。她有点喘息,问:"你爸爸到海上去了吗?"我点点头。多么好的一轮月亮啊。菲菲安静地站了一会儿,我知道她在捕捉北风中传来的海潮声。"扑,扑扑,哗啦——"我们再次依偎着,一直很久。我跟外祖母学会了从星星上判断时间,我说现在至少是夜里八点了——入夜的第一网快要上岸了。我们几乎没有商量什么,扯着手就往海边跑去。

可是我们总要跑跑停停。月光下我不时拂开她短短的刘海,看她鼓鼓的额头。我能感到她的心在扑扑跳,就像我一样。我们跳跃着奔跑,可当一个沙丘把我们绊倒时,我们就索性拥一会儿。海上传来更为清晰的呼呼的潮声,还有声声号子——大网真的就要靠岸了。我们站在沙丘上往前望,看见了一片灿烂灯火;灯火跳跃、闪动,那是夜晚打鱼人点起的火把。这些火把是用打麦场上那些铁叉改成的——铁叉上挑着一个灌满了煤油的铁桶,铁桶里塞了粗粗的棉芯子;大网靠岸时,打鱼人就把它们点上,高高挑举。哪里热闹这些火把就拥到哪里。火把下,各种各样的鱼在蹿跳,在吱吱叫唤……

我们知道,大网正在靠岸。

我们躲开了人多的地方,只藏在一座渔铺后面,远远看着所有的孩子和大人、鱼贩子,看他们围到了火把跟前。我听见那个红胡子起劲地吆喝。父亲大概在这个夜晚也要归到拉网的人群中——上夜网时往往最忙,采螺的人也要加入拉网的一伙。我们坐在渔铺后面的一张破渔帆下,让它把我们整个给罩住。海上特有的那种小虫子嗡嗡滚成一团,它们不断向我们发起进攻。海边上各种吵闹无法分辨——只有我们这个小小的角落是安静的。

我握紧了她的一双手,想在黑影里看到那双闪烁的眼睛。她伏在我的肩头,说话断断续续,像梦中呓语。我什么也不想说。她对在我耳朵上,用极细小的声音说着一些毫不连贯的、我怎么也没法听清的话。这使我既无法倾听又无法诉说……海潮一阵急似一阵,这海潮快要把我们淹没、把我们压在下面。海潮涌过来,漫过天空,黑如石块,重如山岭。海潮声让我想起了狂风暴雨中呼啸的丛林,大风把一切枝叶都吹向了一个方向,又把它们折断、旋到空中,不知多久它们又会噼噼啪啪摔到地上。每到了这样的时刻,连那些野物也一动不动,浑身颤抖。大风暴是一种不可抗拒的力量,就像此刻的海潮。它压过来,压过来,掺和了那些打鱼人强劲的呼喊……透过渔帆的破洞射过来火把的光亮,一闪一闪映在菲菲脸上,让我看到了她额头上那些细小的绒毛。我说:你听到海浪了吗?你听,多可怕的海浪……什么呼喊的声音都听不到了,因为呼呼的海潮声把一切都覆盖了……我们试着相互真正地拥有,尽管什么都不懂,可是认真而急促。后来她尖叫了一声,我们吓得都停下来。她哭着亲吻我,不想再停下来。

我们簇拥着,这样不知过了多久,我突然听到外面响起了一声奇怪的吆喝——它立刻使我全身一抖,让我缩成一团——在那么多的叫骂、那么吓人的嘈杂里,我竟然听到了父亲的声音!

天哪,我身上抖了一下。我忽一下坐起来,吞了一口掺杂着飞虫的腥咸的海风。她推我,问我,我什么也听不见了。

我猛地掀开了那张破旧的渔帆,不顾一切地向火把那儿跑去。

那儿乱得可怕,好多人推搡着往后退,连连呼叫什么。那里显然发生了什么大事。我极力捕捉那个使我心惊肉跳的声音。一些人退着,退着,红胡子在大声阻止。后来他又吆喝,让人都闪开……

火把下有一个人蜷在那儿。

红胡子盯着旁边的一群人大骂:"你们他妈的下手也忒狠。"

"他用牙咬我。"边上一个人赖叽叽地说。

我只觉得一股血往头顶一冲,一下子扑倒了。那一刻,我认出了蜷在地上的那个瘦瘦的身躯:我的父亲。

他闭着眼睛,这一回大概真的死了。他满脸都是沙土,鼻孔里、嘴巴上,都是。我扑在他的身边,想给他擦去沙土,可是不行,我发现这都是鲜血沾上的。周围的人不做声了。我喊起来:"爸爸,爸爸……"

是谁把爸爸打倒在地？我要弄清谁是仇人、谁是下毒手的人？我握着拳头四下寻找——在乱哄哄的人丛里，我突然又看到了几张熟悉的面孔：矮子、乌脸、三角脑袋……我明白了。我冲过去，却被人死死架住。那边的乌脸隔着人丛向我喊："看你还敢不敢'打栏'！咱这是爷儿俩一块儿收拾，反正打死你们这样的人也不犯法！"

我在那些人手中挣扎。红胡子过来，抚摸了一下我的头发。他朝乌脸那几个举了举拳头，转身对围着的人喊："还愣着什么？快把人抬回去。"

几个人擦擦身上的沙土，从渔铺子那儿找来一片破网包，缠到两根棍子上，把爸爸卷了上去。爸爸躺上这个网包做成的担架时，我看见了他的鼻孔在动——他没有死！

两个人抬着爸爸，我紧紧跟上，直奔灌木丛中那条小路。

三

爸爸抬回茅屋时正好天也大亮了。外祖母起得早，她大概发现床上没我，正有些惊慌失措："我醒来一摸，炕上是空的……这孩子离家从来都不告诉一声，大概跟他爸到海上去了，可他该告诉一声啊！"

正在她们这样议论时，我喊着："……快，爸爸！"

妈妈和外祖母奔过来。抬爸爸的人支支吾吾，把父亲放到炕上，又费力地从他身子底下抽走那一团破网。外祖母的脸立刻变了颜色，她瞪着两个抬父亲的人，又看我。妈妈扑到了父亲身上，她没有哭。她只是叫着爸爸的名字。两个抬网的人说："俺走啦。"揩揩手就走了。没人理他们。我僵在了那儿。外祖母问："怎么回事？昨夜跟你爸在一块儿啦？"

我点头又摇头。

"你不在海上吗?"

我点头。

"这是怎么啦?"

我撒了一个平生最大的谎。我哭着说,我也闹不明白父亲为什么被打成这样——他为什么惹了那一帮人,我也不知道。

真可恨!我当时没能说出事情的真相,于是一生都没有机会说了。我没有这个勇气,只觉得自己可恨可耻。我没有讲,我只把它深深地埋在了心底,埋一辈子。

那天妈妈也问了我,我还是没有讲。

妈妈好像第一次用那么绝望的声音呵斥我:"这么大的孩子了,跟在你爸身边,眼看着你爸让人打成这个样子,最后什么都不知道。"

我走出屋子。我站在院子里,看着满天的朝霞。我生来第一次感到如此强烈的自责。我甚至觉得自己简直就不配活在人间。

妈妈让外祖母去请镇上的医生时,我看了外祖母一眼就跑走了。我一口气跑到了镇子上,把医生请了来。

…………

一连十几天医治,父亲总算能在炕上翻身了。他每天都要喝一些汤药。外祖母要到海滩上采草药,把它们在臼子里捣碎,敷到父亲的伤口上。外祖母带着我采药,弯腰在灌木丛中寻找。她把草药揪起来,把沙土揩净,放到衣襟里兜着。

又是十几天过去,父亲的病好了一点儿,能从炕上坐起来了。可他仍然不能下炕大小便,还要妈妈给他喂饭。他再也不像往日那么暴躁——过去他生病时妈妈一动他就要骂,甚至还挥起拳头。也许这回他身上的力气耗尽了,也许因为别的原因,反正整个人变得无比平静,甚至有点儿温和。妈妈问他为什么被打成这样?他冷笑一声,只字不说。他大概真的什么也不知道。有一天我进屋去,看到爸爸正在张大嘴巴照镜子,见我进来赶紧合上嘴巴。可是我看得清清楚楚:他被打脱了两颗牙齿。原来那天晚上很多血就是从嘴里流出来的。他看着我,想跟我说点什么。于是我在等待一句最可怕的提问。

这样待了片刻,他的嘴巴动了动,却什么也没有说。

父亲整整一个秋冬都躺在炕上。后来的日子他总算能够自理了,但还是不能出工。春天来了,田里忙了,离我们很远的那个小村又派人来喊他出工了。母亲哀求着,历数着他身上的病,小村人理也不理。

村里人走后的第二天,父亲弓着腰出去了。他的背影让人心里不知是什么滋味儿。我又想到了那个夜晚,那个属于我和她的、永生难忘的可怕的夜晚……

我在小果园里走着,在大李子树下一动不动——李子树下是那口深深的砖井,我伏在井上看着。我想如果闭闭眼睛也就落进井里了,那时候一切都会消失……我真想为那个羞耻的夜晚去死。我闭上了眼睛,觉得身体开始往一侧倾斜了,接着就该是扑通一声,是挣扎,是度过那个人人害怕的关头——永远安静地睡去、消逝……可就在那一刻一个念头涌上来:如此一来我就会把这果园里惟一的一个甘泉弄脏——而它是所有的果树,还有茅屋里的人的生命……我赶紧睁开了眼睛。天哪,只差一点儿我就跌进井里了。我后撤了一步,一眼就发现了大李子树沉沉的目光。

我说过,我什么都能忍受,我可以失去一切。我生在茅屋里——而一个在茅屋里长大的少年不配享有巨大的幸福。那个夜晚只是给了我一个警告。它让我永生记住:你是一个受苦受难的少年,你如果不能够与小茅屋一块儿承受,那么就将有加倍的惩罚落在你的身上……

我又在那条小路上徘徊了。我仰起脸,眼眶中没有一滴泪水——我今后再也不想哭了。

  我并不爱我的父亲,不爱。可是,究竟是什么使我不能忍受自己的过失?我知道一切才刚刚开始,我将没有办法解脱——即便真的与我的鹿眼一起逃走,也没法挽救我的父亲。我终于明白,就因为父亲,我再也不能去找她了——也许我今生都没法拥有;我咽下的应该是永远的苦汁。

  原来我从生下来,一个可怕的命运就被先自规定了。

  这就是我在那个夜晚得出的一个结论。

四

  我想这可能是我们告别前的最后一面。分开之后我们将在很长的一段时间里音讯隔绝。这当然是人世间最可怕的事情,可是它真的就要发生了。显而易见,这不是因为我的胆怯。

  我必须离开了,而且要赶快——起因是有个极其可怕的消息迫近了,它关系到我和我们一家的生死存亡。爸爸妈妈做出了一个共同的决定,就是让我快快逃开……

  在做出这个痛苦的决定之后,我还没有想过自己将怎样活下去。我大概在这短短的几天时间里已经经历了死亡和再生……所以,我今天才有勇气站在这儿和她告别。

  她有点不能相信自己的耳朵。但我最终还是让她一句句听下去、让她明白。她把脸庞贴在我的左胸那儿——这样她可以离一颗心更近一些。可是我一动不动。

  "……"

  "菲菲!"

  "你告诉我:你一定会尽快回来,一定会——因为谁也不能把你掳走,就是旱魃也不能……"

  看着这双火热的、鹿一样的眼睛,我无言以对——世上的确有一种力量可以把我们分开,可以把我推向深渊——它比旱魃更可怕。我心中的自尊和苦难、恐惧和复仇、感激与责任……各种各样费解的东西全掺在了一块儿。这就是一个儿子长大之后所必要感受的一切。我真害怕,我感到羞愧,也对不起你——我这样想着,但忍住了没有说出来。

那双鹿眼一直看着我,最后说:"我不明白你,我真的不明白你了。"

我仍然没有吱声。

她又说:"那个人,我是说你走了以后,他还要欺负我……"

我看着天边的流云。

菲菲流下了眼泪。她抓住我的肩头,使劲扭着,像要把我的肩头扯破。我抓住了她的两只手,直到她喊痛——我的手凝聚了多么大的力量……我说:

"菲菲,再过不久我就要走了,走之前我们再也不能见面了,因为这太危险了——不是我,而是我的父亲——你明白吗?"

她看着我。

"那些人已经发誓了:只要发现我们在一起,就打死我的父亲。海边那个夜晚只是第一次,那是给我一个警告……"

"啊,天哪,天哪!我们怎么办哪……"

我有一个可怕的念头,但害怕说出。显而易见,只有父亲离开人世的那一天,才是我们携手逃离之日。但我不能说,不能说……我咬着牙关,最后告诉她:

"我要到南山,或者别的什么地方;反正我会走很远,走到他们看不见摸不着的一个地方。等我安顿下来,不,等到那一天,我才能回来领你……"

"哪一天?"

"……"

"你说啊!"

我浑身发冷。可我还是不能说出"父亲不在人世的那一天"——不敢说出那几个字。

"你不会忘记你今天说过的话吗?"

当然不能忘记。我想忘记也忘记不了。

我们分手了。

我与一双鹿眼分手的同时,也与亲爱的平原分手了。

…………

你在高原

鹿眼

卷二

第 四 章

芳　邻

一

　　他们终于回来了……令人惊讶的是,老骆夫妇竟转眼间变成了两位老人:满头白发,身体佝偻,一双眼睛僵僵的。两人也不再注意穿着,衣衫上满是脏土和破损,好像刚刚摸爬滚打了一场。他们不言不语,低头苦做以抵御难言的哀痛。他们见我走近了就停下手里的活儿,却不开口说话……为了不刺伤他们,我在交谈中不得不小心翼翼地绕开一些字眼。他们似乎对我的到来早已知晓,没有询问一句。这使我想到了一个宿命般的可怕推测:冥冥中有一股力量推拥了我一下,让我赶回来为这个小果园的一个孩子送行……

　　老骆见达子嫂回了泥屋,就压低声音说:"宁家兄弟!你知道这些天我们哪里去了?我是追人去了……你达子嫂跑了,她发疯一样往西崖头那儿跑,我一步不舍地追她。最后她站在那个崖头上了,回头一步就得跌进海里去。她回身看着我喊:俺这就跟了孩子去了,我对不起你了老骆,不能陪着你走完下一程了。我听了哇哇大哭,一辈子也没这么哭过啊!我叫她,哀求她,说老婆子咱可不能走这条路啊,咱怎么着也得咬住牙关活下去啊——你要跳下去,我就得在后面跟上,你就长了这么狠的心?我叫着劝着往前挪蹭,最后一把拉住了她,再也没敢松手。这些天我不离一步,她走哪儿我跟哪儿……"

我知道他说的是西边那个海蚀崖,崖头离开海面有几丈深,人从那儿纵身一跃绝无生还的希望……

"你达子嫂痴了一样走,一直走回娘家的村子,她娘家早没人了。我们在平原上没有一个亲戚……她不知该上哪儿去。我就牵着她一路走一路说,好不容易才把她领回来……"老骆紧咬嘴唇,泪水在眶里打旋,"我说老婆子啊,咱们俩再也没有一个亲人了,在这人世间咱俩还得过下去,谁也不准扔下谁——咱俩这会儿就要说好!你听见没?听见了就点点头——你只要答应了我,这辈子就不能变!咱俩谁也不能做个没良心的人……就这么着,我把她领回了园子!"

我听着,心里一阵揪疼。那是可以想象的一个辛酸场景。我默默地走向小泥屋,老骆跟上来。

我进门时,达子嫂正伏在炕上抚弄一件小衣服。这显然是骆明小时候穿过的。它是半新的,红缎子做成,上面还镶着花边。她把小衣服取在手里,抖动两下,又用下颌把它压在胸前。

"宁子兄弟,你看……"她的泪水哗哗流下来。老骆伸手去拍打她,她把身子转向了一边。

老骆哀求说:"放了吧放了吧……"

达子嫂转向我:"这是最好的缎子做成的。这可不是穷人家的布料啊!宁子兄弟,宁子兄弟!报应啊……"

"报应"两个字让人心上一悸,我不明白她在说什么。我又想起第一次看到骆明的样子:他从那条小路上奔跑过来,太阳照亮的那张脸庞红红的——我特别难忘的是那双又大又亮的、黑白分明的眼睛。他稍一停留就挨近了我,仿佛我们是一对相熟了许久的朋友。我把他抱在了怀里,一股尚未褪净的浓烈的奶香味儿扑进了鼻孔。

我记得,那一天孩子身上穿的,好像就是这件红色的缎子衣服。

达子嫂擦着眼睛:"这是你家的……是你家的啊……"

老骆狠狠地看了妻子一眼。

"要不我说这是报应啊……宁家兄弟啊……"

我简直有点糊涂了。我听不明白她在说什么。她显然是被极度的哀伤折磨得语无伦次。

"人啊,要知恩图报,大兄弟,我和你老骆哥一辈子都忘不了的是,你把自己祖传的老屋都给了我们啊!这是怎样的大恩大德啊,我们都一直记在心里……"

二

我这一次听明白了——是啊,十几年前的那一幕如在眼前……

那一天我抱着骆明,他浑身的奶香味儿至今还十分清晰!那会儿我有些激动,在心里说:"孩子啊,我就在这里长大,你让我想起了自己……"我就像抱住了自己的童年、自己的昨天一样——多么神奇啊,他也在小果园里奔跑,也踏着同一条沙土小路来去——不久之后他还将踏着这条小路走向园艺场子弟小学……

仅仅是这两张完全吻合的画面就让我感慨不已。

那次离开之前,我想起了一个要紧的事情,要把夜间做出的决定告诉他们:把我们家的这座小茅屋交给他们——我马上要启程离开了,今后也不可能回来居住了,连同屋里几十年里积起的杂七杂八的东西,都送给他们吧,他们会用得上的。我夜里想了许多,我想的是,这世上没有任何人有权利得到我们这座被泪水浸透的茅屋。在此，我把它作为一件微薄而又沉重的礼物，送给我们惟一的邻居。

我把小茅屋的钥匙交给老骆时，他慌了，因为他完全没有准备。

当时他正在院子里劈木头，听明白了我的意思，马上啊叫起来，像接到一个烧红的铁块一样松开手。我捡起钥匙，再次塞给他。他捧钥匙的手抖着，回头大嚷："孩子他娘，孩子他娘！"

没有人应声，他就跑回屋里去了。

我因为急着赶路，再加上不愿推来挣去的，就趁这段时间走出了院子。

后面的呼喊我没有听清，我只想早些上路……一路上我都在想，我做了一件最好的事情，把茅屋送给了一对好人。这座茅屋也许不值多少钱，可它毕竟是我们全家惟一的避难之所啊。我仿佛看到了那个筑屋的老人，他在另一个世界里含笑赞同……睡在这座屋子里就会一次次梦见这位老人，奇怪的是我们从未谋面，可是老人的音容笑貌那么清晰。我梦中还看到外祖母牵上我的手，把我交到老人的手里，说："你快看看吧，这是咱府上的下一代，就这一个男孩……"

我知道，交出了这座茅屋，似乎也就卸下了心头的一块沉重——那是天底下最沉最沉的，压迫我一生一世的……在这座茅屋里，先是那位老人，接着是外祖母、父亲和母亲——他们前前后后都离开了，今天，我也告别了它。我远远地往回瞥一眼，什么都看不见——不，我看见了那棵高高的李子树。它太高太大了。我最后向它投去了深深的、难忘的一瞥……

是的，没有人比老骆一家人更该得到这座茅屋了。在那些最可怕的日子里，老骆作为园艺场里的护园人，曾给予我们一家最珍贵的援助和庇护。特别是剩下母亲一个人的时候，达子嫂就常常守在老人身边。这一家人不仅仅是我们的邻居,而直接就是我们的亲人。

往事如在眼前。十几年一晃而过。而今,骆明身上的奶香味儿似乎还没有消散,他却再也没有了……

老骆擦着眼睛:"也许是天意,真哩。你走后不久,那座茅屋就塌了一角,我想把它修好,可是墙基又裂开了一道缝。雨季快要来了,我怕大雨一冲就……"

达子嫂抹着眼泪:"那时你老骆大哥商量我把它拆掉吧、拆掉吧。我想如果塌下来还不如拆掉呢,就同意了。宁子兄弟,我不知道你以后还要一次次回来,早知道这样,我们千方百计也要把它修好,把屋里的家什留着,等着你回来住啊。这是你们的屋子啊。我们对不起你啊,我们有罪过啊。宁子兄弟,我们有罪过呀,这是遭了报应啊。"

他们的话真让人不忍再听。我不得不强调说:"那个茅屋随便你们怎么处置我都愿意,因为它给了你们,当年把钥匙交了,这座茅屋也就属于你们了。我从没后悔过……我不过是偶尔路过这儿,不过是回来看看……"

老骆望着远处。孩子那件小衣服在他手里攥成了一团。

"老宁兄弟呀,你不知道,我们孩儿懂事了,俺就跟他讲你、讲你们一家哩。俺让他记住谁是咱家的恩人——咱家的恩人咱一辈子也不能忘啊:人家把一座屋都给了咱……"达子嫂还是不离这个话题。

我真不知说什么才好。这可不是倾听一对老人自责的时候啊。

"可那是一座屋啊。是你们全家留下来的家产哪,锅碗瓢盆,什么东西我们都收拾来家了。大恩大德啊……"

老骆在一旁不住地点头:"老宁兄弟,我们跟孩子真的说过这些。咱一辈子也不能忘记你家。打听一下吧,世上有谁能把自己的家产白白送给邻居?恐怕一个也没有,一个也没有。"

我一句话也说不出。往事一幕幕从脑海里闪过。

三

那时候他是一个瘦瘦的青年,是园艺场新派来的护园人。他只穿了一条短裤,露着上身。妈妈问:"你多大了?""十七。"妈妈说:"来,坐下吃饭。"他就坐下来吃饭。

那一天妈妈做了豆角,豆角里还放了一点蘑菇。年轻的老骆好像饿坏了,端起一碗就往嘴里扒。妈妈说:"慢些,慢些吃。"老骆鼻尖上挂了汗珠,很勉强地放慢了吞咽的速度,但最后还是很快吃下了一大碗。吃饭时我端量过,他瘦瘦的胸脯长得与我不一样,上边一点有些前凸。

妈妈说那叫"鸡胸"。

从此我在园子里有了一个伙伴。我跟他玩,爬树,逮鸟。到了夜晚我们就点起一堆火捕蝉。老骆有时很严肃地扠着腰——这才使我想起他是来接管小果园的。他指着自己凸起的胸部告诉我:有这样的胸脯力气才最大。我有点怀疑。后来他憋住一口气,发出"嗯"的一声,凸起的胸部下面一点深深地凹进去。那个凹窝大约有拳头大。他指着那个凹窝说:"来,打一拳。"我不敢。"打一拳。"我照准那个凹窝轻轻捣了一下——我觉得拳头像砸在石头上似的。老骆笑了。

他教我打拳。不过很久之后我连一点长进都没有……

由于小果园已成为园艺场的一部分,所以不久就给护园人搭起了一座泥屋,它尽管也不大,但还是比我们的茅屋要结实和阔气多了:泥屋的门板是厚厚的槐木做成的,要用力才能把它推开,发出吱扭扭的声音。老骆就是这泥屋的主人了。他让我和他一块儿把泥屋收拾干净。泥屋分两间,里间盘了一铺很大的土炕。我不明白为什么要搞这么大一铺土炕。他说以后可能不止睡他一个。

夜里他执意留我睡在炕上,我问妈妈,妈妈未置可否。外祖母说他孤独得慌,你就在那儿睡吧。

我和老骆一块儿睡在了大炕上。炕上铺了草荐子,我们晚上不盖东西也不冷。老骆脱得赤身裸体,舒展着身子。夜里有时我要起来解溲,一睁眼见老骆没睡,就蹲在炕角上。老骆在大炕上走来走去,用手捏捏我,嘿嘿笑。我问:"骆哥,你不准备睡觉了?""睡觉有什么意思?没意思。"

我记得那天他躺在炕上滚动着,咿咿呀呀地唱歌,不知疲倦地抚摸自己的身体。后来他又不停地捏起我来。我烦了,一脚蹬在他脸上。他就恼了,长时间没有理我。

这一夜过得真难。老骆一点儿也不瞌睡,下半夜还讲起了鬼怪故事,吓得我蒙住了头。老骆说:"什么鬼我都不怕,我还常常爬到屋顶上去找鬼哩。有一天还真找到一个鬼——它来偷苹果,我就逮住它,嗯的一下把它弄倒了——"他说得蛮认真,我以为是真的,问:"后来呢?""后来,后来就那样了⋯⋯"老骆朝我眨眨眼⋯⋯黎明时分我睡着了。醒来时我发现老骆蜷在土炕的一角,也睡着了。

太阳还没有升起,我就悄悄地离开了。

几年过去,小泥屋才有了达子嫂。我怎么也弄不明白的是,达子嫂怎么敢和他住在泥屋里?除了我,再没有一个人知道这泥屋里的秘密:他不睡觉,还讲吓人的故事⋯⋯她跟他白天晚上都住在一起,没有害怕,还有掩藏不住的愉快。她在泥屋里进进出出,用红色布条系着裤子,身上散发出一股奇异的香味,那香味多少有点儿诱人。

达子嫂用心打扮这个小窝,就像打扮自己。她穿着花衣服,辫子乌油油地从后背垂下。她脸色很红,像花的颜色,一跟人说话就捏弄辫梢,只说上三两句,老骆就会背着枪赶过来。他总在她身边转悠。

我常看见老骆背着枪走来走去,总是兴冲冲的。有时小泥屋里一点儿声音也没有,门紧紧关着——往日屋里一有响动我都能听见,因为小泥屋在那棵大李子树的东边,我们的茅屋在大李子树的南边。当年搭泥屋的人跟妈妈商量,说挨近一点儿吧,相互也好有个照应……那个紧紧关闭的门对我充满了诱惑,我总想知道他们在屋内做什么。

有一天我对妈妈说:"多么怪啊,达子嫂,还有泥屋里,他们那儿到处都香香的。"妈妈笑了,说:"孩子,这就是'芳邻'啊!"

有一天,刚结婚不久的达子嫂在一棵杏树下除草,然后又用铁锹翻土。她在翻一道深沟,这是春天施肥浇水用的。那会儿我看得出神,没有察觉老骆走过来。他把又沉又粗的大手在我脖子那儿砍了一下说:"你这小子,看够了吧?"他哧哧笑,指着满脸羞红的达子嫂对我说:"我叫她干什么,她就干什么,她最听我的话,不信你问问她。"

达子嫂不服气地撇着嘴。我发现达子嫂的眼睛真美。她的眼很大,大约有小酒盅那么大。这大眼睛不看老骆也不看我,只盯着泥土。她做活的时候脸上就有小汗粒生出来。她的头发乌黑乌黑,这乌黑的头发与细白的皮肤相互映衬。老骆说:"高兴了我就打她,爱怎么打就怎么打。我打她也不恼,你问问她。"达子嫂红着脸:"看说了些什么呀。"老骆笑了,走过去,把达子嫂的辫子攥起来,使她没法儿做活。他把辫子缠在自己的胳膊上,说:"你看看,她也不恼。"

达子嫂真的没怎么反抗,只是不得不把头仰起来——这样就不会被扯得痛了。老骆就用力地往怀里拽,她的头就仰靠在男人胡子拉碴的下巴上了。达子嫂的嘴张着,露出了雪白的牙齿。老骆低头亲了亲她。

我想走开,可我的腿像钉在地上,一动不动。谢天谢地,他们总算分开了。

我们家里有了好吃的东西,都要叫老骆和达子嫂来。老骆不怎么来,达子嫂倒是有空就到我们茅屋里。她帮外祖母洗衣服,帮妈妈做活,有时还和我玩一会儿。我们屋里也全是她的香气了。有个"芳邻"多好啊!外祖母剥玉米粒,有时要剥到很晚,达子嫂就陪外祖母做到深夜,直到老骆在后面砰砰拍窗子才起身离去。

有一天她小声对母亲说:"你知道吗?场里让老骆监视你们一家哪,每周都让他回去报告……"

妈妈没有吭声。外祖母咕哝了一句什么。

"老骆是个好人,他回去净说你们好话……"

妈妈说:"我知道……我把他当成了自家孩子。"

背　叛

一

漆黑的夜色中,我和外祖母都听到了有人轻轻拍门。门开了,进来的是老骆,他神色慌张,一进门就告诉母亲:事情吃紧了,你们该有个准备,说完又匆匆走开。

妈妈和外祖母一阵合计。

我问妈妈怎么了?妈妈说事情吃紧了。我去问老骆怎么吃紧了?老骆说那个家伙把你们告发了,也许不久就要来人搜你们的小屋。我知道那个家伙就是刚到这儿的另一个护园人,这人坏极了。我问搜什么？老骆问：你们家没有值钱的东西吗？我说当然有啦。"有什么？"他尖尖的眼睛盯住我。我说："我们有一把雕了花的洗衣槌。"老骆咽了一口："还有什么？""还有硬木柄的拂尘。""噢，再呢？"我说都是些小东西……老骆说快藏了吧，事情吃紧了……

后来妈妈和外祖母争执了半天，让我去把老骆叫来。

那时已是夜深人静，老骆赶来，进门就说："要做快做，那个家伙回场部去了。他也许天一亮就领人来。"

外祖母在一个破柜里翻找，找出了好几块闪闪发亮的布料。后来我才知道那是一些绸缎。妈妈告诉这是外祖父留下来的，我们一直不舍得用。怎么办？老骆出了个主意，让我们把腌咸菜用的瓷坛刷净擦干，把这些布料塞到里边。老骆用手推车推着坛子，外祖母、我、妈妈，一块儿来到一棵大槐树下。大槐树离我们茅屋正好有二十步远。这是老骆丈量好了的。他说："记住，正西二十步，第一棵槐树。"然后就动手挖。他挖得很深很深，瓷坛埋在了下面。

后来外祖母又从角落里找出了很多古书古画。怎么办？它们太多了，放在哪儿好？妈妈也没有办法。老骆四处看了看，在茅屋前边的小草棚里发现了为外祖母准备的一副寿材——这儿的人有个习惯，到了老年都要提前准备棺木。老骆说："他们想不到的。"说着就把寿材打开，把那些古书古画，还有一些值钱的小玩意儿统统塞到了里面，然后重新把寿材盖好。为了更稳妥，老骆又出主意：用细箩盛了土末在寿材上晃动了两下。这样一层细细的薄土就把寿材蒙住了，看上去像很久没人动过似的。

妈妈叮嘱我："好孩子，不要跟别人讲，什么时候也不要讲——明白了吧？"

我当然明白。接着我们又在屋角用陶缸埋了一点儿零零散散的东西。在我眼里它们都不值得藏，可老骆坚持要把它们藏好。

许多天过去了,没有任何动静。

妈妈有一天问达子嫂,达子嫂说:"我们家老骆说一定要藏好,那些搜家的要用钢钎往地下捅呢,捅很深很深。他们的钢钎捅不到也就不碍事了……"妈妈说:"亏了遇上老骆这个好邻居,要不是他提早送个信来,事情非糟不可。"

从此我们夜晚就睡不好了,老觉得四周有背枪的人走来走去。"事情吃紧了,吃紧了。"我总听到老骆这样咕哝,觉得不一定什么时候就会大难临头。

第二天,母亲正给父亲熬一种汤药,突然一帮人拥进来了。他们真是进门搜家的,带了铁锨和其他杂七杂八的东西,进门后没有解释什么就开始翻找。外祖母、全家人,没有一个敢去阻止他们。全家人都坐在院里被指定的一个地方,一动不能动。我眼看着他们把编好的蝈蝈笼从木柱上摘下,扔在地上踩碎,把外祖母和妈妈的花盆也摔烂了——里面的花刚刚开放。我的小画书、裤子,那个不舍得穿的小制服上衣,都被他们抛在院子里。差不多所有的东西都给翻找了一遍,并没有翻到他们需要的东西。柜子上有一支水烟袋——当时我们怎么那么粗心大意,就没有想到收起来。有个人把它取到手里试着吸了几下,然后就揣到兜里。园子里三个背枪的人都参与了行动。但我发现老骆做得慢慢腾腾,他大概不得不这样随上做。一会儿我看见有人到草棚里去了,心立刻咚咚跳起来。我瞥一眼母亲,发现母亲不动声色。外祖母只是抄着手望着。他们在草棚里面翻找,后来用枪托捣了捣那口黑色的寿材。

外祖母终于坐不住了,爬起来说:"这是我的东西,我的东西。"

"老东西,知道是你的小屋。"

他们用铁钎敲敲那个寿材,又伏下身把耳朵贴上去听。

我真害怕。

一个人说:"去他娘的,撬开。"

我的两耳一响,然后什么也听不见了。接上咣当咣当,他们开始撬了……当然很容易就打开了。

老骆像木头一样立在一边。我看见外祖母扑上去又被揪开。寿材里各种各样的东西都被抱出来,扔了一地。

有一个人扠着腰哈哈大笑。在这疯狂的笑声里,父亲突然也笑了起来——这是我看到父亲惟一的一次笑容。

我至今记得那个夜晚的雷声。好像从来没有听过那么响的炸雷。大雨哗哗浇泼……我们一家人就坐在院里淋雨,老骆背着枪站在旁边。

我们不能回屋睡觉。门被封了,因为从寿材里搜出了东西……

我永远也不会忘记父亲牙齿咯咯的抖动声。他是冻的还是故意咬响自己的牙齿,我弄不清。反正我在闪电里见他浑身被雨水洗得通亮,两眼一会儿闭上一会儿睁开。当他睁开时,那种光亮简直可以逼退电光。母亲就在他的一边,手搭在他的膝盖上。母亲的嘴使劲闭着,雨水从她头上流下来,又从鼻子两侧流进嘴里,一会儿就要吐一口。她把一件衣服披在了外祖母身上。我坐在外祖母旁边,尽可能给她遮挡风雨。那雷啊,那么响,那么响。咔嚓嚓的声音准是击中了什么。我想第二天我们也许会看到夜里有雷把哪棵树木打折了。这雷啊,最好把那些狠心的人打个粉碎。我们做了什么?我们无非把自己的东西藏了起来——它是我们自己的东西……

半夜,其他人都走开了,跟前只有老骆一个人了。老骆指了指草棚子。母亲领会了他的意思,就扶着父亲和外祖母进去了。

我们实在是太困了,一进草棚就呼呼睡去。

二

那一天我梦见全家人都被一个绳索拴了,像风筝一样被风吹到了天空。我被拴在最末一个,而爸爸是被拴在最前面的一个。我想当这风停息了时我们就会落到地上。我们迎着风飞翔得很远很远,幸亏有人在下边扯着线。我觉得飞到了大海的上空,低头一看到处都是浑浊的浪涌。

醒来时天还没亮,但我知道已经离天亮不远。老骆又推醒母亲和外祖母,他让我们趁天不亮再回到院子里去。这时候雷停了,雨也停了。院子变成了稀泥浆。我和母亲把父亲扶起,费力地把他扶出来。我们一家四口又坐到了院子当心。老骆就在草棚子里背着枪。天一点点亮了。远处传来了唱歌的声音,这歌声真让人害怕。新的一天又开始了。

"坐好!老实!"老骆突然恶狠狠地喊起来,他是喊给另一些人听的。

有人进来了,他们问:"还老实吧?"老骆说:"老实。""他们没有撒尿吗?"老骆说:"没有。"问话的哈哈大笑。

他们让父亲和母亲抬上那个沉重的寿材,让我们一家人摇摇晃晃离开茅屋。母亲屏住气才和父亲把寿材抬起来,它实在太沉了。我看见他们摇晃了几步就不得不放下。有人用皮带抽打寿材,发出了嗡嗡声。我知道再有不久他们就要用皮带抽打父亲和母亲了。外祖母按住了我的嘴,她怕我一开口招来更大的不幸。就这样我们走得很慢很慢,费了很长时间才走出这片小果园。有人说这样走太费劲了,就唤来两个背枪的人,让他们接替父亲和母亲——但父亲母亲并不轻松,因为他们还要抬起从寿材里翻出的那些东西。父亲一声呻吟也没有。

走啊走啊,我们又被拉到镇上去了。

那儿是人的海洋。一个土台子上站了更多背枪的人,接着各种各样的喊声、骂声、歌声都响起来。我恍若看到了无边的黄色鲜花,这些鲜花开成了一片,它们又招引了无数的蜜蜂,嗡嗡地响。

阳光把鲜花照得一片灿烂,又让其流动起来,像浓浓的血一样在广场上流动,发出了刺鼻的腥味。这些黄花不停地歌唱,懒洋洋的歌声让我全身抖动。寿材被咣当一声摔在土台子中央。接着歌声又响起来,伴着四处的呐喊。枪托咚咚捣着寿材。母亲和父亲被扶到了寿材上。接着他们抬来的那一捆东西被绳索拉在了半空,在阳光下闪出花花绿绿的颜色。最后外祖母和我也给牵到了寿材旁边。我觉得我们这一家人在太阳下显得这么丑陋孤单……"有谁来救救我们?"这是我当时想到的惟一一句话。

我依偎在外祖母身边,她骨节粗大的手把我的手握起来……

那天老骆也在台侧站着,背着枪。

三

因为老骆夫妇一遍遍说到"全部家产",我就想起了许多年前埋在地下的东西,接着脱口而出:"正西二十步,第一棵槐树……"

老骆和达子嫂慌得一下站起。我有些惊讶。

"没有啦,没有啦……"两口子慌忙摆手。

我没有听清,也站了起来,看着他们。

老骆和达子嫂涕泪交流。他们咕哝了什么我还是听不清。

老骆跌坐在地上,达子嫂仰脸看我。

老骆拍着腿:"兄弟,那些年你老不回来,俺担心它们烂掉,就把它挖出来了。你看见刚才那件小衣服了吧?那就是缎子做的呀,你就没看见吗?"

达子嫂又哭了。我这才明白过来,说:"你们做得对,就该这样。因为我并不需要它,我只是突然想起来……"

老骆又说起了茅屋角落里埋的东西,搓着手:

"俺把它们都挖出来了。如今什么也没哩,这里什么东西也没哩……罪过啊,老宁兄弟,我们该遭个报应啊……"

我再也听不下去。这种过分的愧疚甚至让我厌烦。因为让我不解的是,眼前的人并没有做错什么,可他们却在不停地自责……那些可怕的日子如果能够全部忘掉该多好,可惜我们都做不到。

达子嫂哭成了泪人,快要支撑不住了。老骆站起,却没有扶她一把,而是迎着我往前一步,那张脸都快要碰到我了。他这样僵了一瞬,突然抱住了自己的头,嚷叫:

"老宁兄弟,俺说了吧,说了吧,它像石头一样压俺,压了这些年,还是说了吧……"

我不知所措了。他要说什么?

"我要告诉你啊兄弟——我们不敢把它再埋在心里了,那样我们不被压死,也会遭个更大的报应哩。"

达子嫂跳起来捂他的嘴巴,被他一把推个趔趄:"老宁兄弟,你这回恨我们也好,不恨我们也罢,反正俺已经遭了报应,就是这样……你知道我们只有这一个孩子。这不是报应是什么?冤有头债有主啊……前些年搜家记得不?你大概做梦也想不到吧,就是我把你们家告发了——是我告诉他们,那寿材里面藏了东西!我先是给你们出了主意、帮你们埋下东西,背后又去告发——我告发了棺材里面的东西,隐瞒了屋角上埋的东西、大槐树下埋的东西。我那是看上了它们,故意没讲哩……"

达子嫂捂着脸,在男人的诉说中浑身打抖。

"我想得远哩,知道以后这些财物也落不到别人手里——我那是给自己留了一手哩。后来不出所料,你们经不起折腾,死的死逃的逃,这笔财物也就真的落到了我手里。那时候啊,我觉得俺是天底下最有心眼的人了。可就是想不到上天有眼,也想不到你还会回来——你还记得那一天,离开家的那个晚上?你那会儿才十几岁,在这儿待不住哩,要进南山寻个人家找个活路……你妈那个哭。我扯着手把你送到西南角的大桃树底下,等人来把你领走……"

天一下变得冰冷逼人。我听着,咬紧牙关。

"那天晚上山里人把你领走了——我心想这对你可是凶多吉少,这场流浪哩,还不知哪年哪月才是个头。我想这个茅屋必定断了后人……想不到你不光没死在山里,还长成了高高大大一条汉子,回来了。夜里我们吓得睡不着,琢磨怎么办。我怕你离开前会问槐树底下的东西、屋角下埋的东西。谢天谢地呀,你一字未提那些东西——要知道你妈妈生前是顾不得说这些了,她要把这个秘密带到土里了……让人想不到的是,你临走把整整一座茅屋也送给了我们。那时候俺才知道什么叫难过、什么叫丧下良心的滋味儿。可这又没法说。俺拿着你交给的钥匙,没脸抬头。俺那会儿真想给你跪下……天地良心哪!日头月亮升了又落,俺只觉得天上有眼在看着。俺说不定哪一天就会遭天谴,遭个报应——你看这一天真的来了,真的应验了……老宁兄弟,看看吧,孩子死了,俺两口活着再没意思……"

我只是站在那儿。不知是要找一支香烟还是怎么,两手在身上乱摸起来。最后我的手搭到了老骆夫妇肩上。我想拥紧他们,可身上一点力气也没有了。我像自语又像说给他们听:

"没有什么,就当它从来也没有发生好了……那是……过去的事情……"

筑 爱 巢

一

肖潇告诉我,老骆夫妇从根上否定廖若的病与骆明的死有关,还说那是这孩子自己的事——我觉得这有点不近情理,因为事情的前因后果非常明显。两人这会儿给人的感觉不仅是冷漠,而且还有其他,有一种厌恶感。我问:"那他们说廖若为什么会变成这样?"

"他们说那是遗传,说父母都有那样的病根儿——他们一家人都不正常……"

我满心惊异,当然不能苟同,但没有问下去。

"他们说正经人哪有这样的,这两口子脑子有病……说这地方都知道姓廖的那家古怪,正经人都不愿和他们来往,怕招事……"

为什么与廖家来往就会"招事"?我忍不住问:"廖萦卫夫妇怎么了?他们真的有什么不正常吗?"

肖潇对我的询问没有一点惊讶,只说:"他们都是非常好的人,非常善良,可以做非常好的朋友——你只要与他们接触就会知道的,不是吗?"

我未置可否。我想村里人都这样议论,肯定会有些缘故的……

她接着刚才的话说下去:"一个人不被别人议论是不可能的。他们和当地人不一样,相互之间来往不多,沟通起来比较困难。他们平时闲下来会弹弹琴,晚饭后还会手扯手出门散步——这就惹得当地人嘲笑。人们收工回来,只要一听到他们家响起琴声,就说:人家又敲打那块破锅底了!再不就说:听听吧,人家又开始砸巴了……"

我可以想象出那是怎样的情形——生活中常常有这样的人,他们在一个地方生活得再久也无法融入当地人的生活,永远都是外乡人。

肖潇望着窗外:"我的这两个好朋友啊,真的是非常好的人,只可惜他们只按照书本去生活。妍子太漂亮了,这在今天甚至也成了一个问题,用当地人的话说就是'太出眼了';就连学校里的同事也觉得他们两人太招眼了,又可笑又呆。园艺场和周围村子里的人说他们:'散步?毛病!那是老驴不拉车,闲得蹄子发痒!'他们好几年前就买了钢琴,最新的电器产品一定会买。后来孩子迷上了游戏,一天到晚趴在那儿,这才让他们担心——他们是追赶时髦的那种人,这有点可惜。不过他们真的可爱,我们在一起无话不谈……妍子不打扮已经太招眼了,可她偏偏最喜欢打扮,穿当地人没见过的衣服——这式样城里也很少见。前几年她所在的学校去了一个代课老师,是当地村头的孩子,结果惹出了很大的乱子……村头父子都是流氓。那一段时间廖紫卫和妍子被他们折腾得好惨,好在这事儿已经过去了。有人污蔑起别人嘴巴多厉害啊,偏见是非常可怕的,嫉妒和歧视是非常可怕的……"

我听着,似乎能明白一点。我大致知道他们遇到的是怎样一种尴尬,不知说什么才好。

肖潇摇摇头:"廖若太敏感,这样的孩子在今天这个环境中很容易受到刺激。"

我从她的话中只能得出这样的结论:廖若的性格以及他的病,仍然与家庭有关——一类人与一个世界总是构成了一种关系,在这个世界上,有些人天生就是不幸的。我们生存在一个极其野蛮的环境里,它不容许我们有一点点苍白纤细,更不允许脆弱。

二

从林泉回来,无论是廖紫卫夫妇还是我,都对那个地方不再寄托什么希望了。廖若的病情仍然令人焦灼,廖紫卫和妍子眼瞅着孩子日渐消瘦,却没有一点办法。廖若进食越来越困难,对吃饭完全失去了兴趣。

这天我进门后发现廖若伏在窗前,神情十分专注。妍子小声告诉:足足有两个多小时了,他一直趴在窗台上看着。我顺着他的目光看去,发现远处是一片苹果树,苹果树一侧是灌木丛,再远处是田野……也许他要急着到外面去,也许是盼望昔日的伙伴出现。我想到那一天,那个胡乱喊叫的疯子就从灌木丛中蹿出……我想把他从窗前引开,可他眼睛都不转过来一下。这样又待了一会儿,他离开窗子,像个木头人一样挪动着,一直走进了爸爸妈妈的房间。他倚在书架旁,盯着一个地方。妍子对在我耳旁说:"他一直在找游戏机和录像机。他还想……"廖若捡起一本反扣在那儿的书,里面掉出了一些焦干的花瓣。这些花压得很平整。廖紫卫放好书,看看妍子。廖若咕哝了几句什么,谁也没法听清。他显然变得厌烦起来,在双人床上翻找什么,直到在床头柜上寻到了一瓶痱子粉,嗅一下,打个喷嚏。一边有个小巧的手电筒,他取到手里看了看,又放在原处……最后廖若还是踱到了窗前,伏在那儿出神。

廖紫卫和妍子想弄明白那儿究竟有什么在吸引孩子。过了一会儿,妍子突然有点慌张,扯了一下廖若,想把孩子掩到身后。我仔细看了看窗外,这才发现外面杨树下有一个人,他正往楼上张望——"包学忠,廖若的同学……"廖紫卫在我耳边小心翼翼地告诉。

廖若还想伏到窗前,妍子就细声细气地哄他。窗外,树木在风中剧烈地摇动起来,廖若哭了。他不顾一切地喊着:"我要出去,我要出去……"一个突然狂躁起来的廖若让人不知所措。妍子拍打着他,呵气似的说话,咕咕哝哝,竟奇迹一般让他安静下来。她搂住孩子的肩膀,一下下揩拭他的后脑那儿,然后发出"哎哎"的声音,取过了一本书。她开始为他朗读。

一阵温软动人的声音像溪水一样流淌,我发现自己,还有廖紫卫和孩子,一时都被这声音吸引了。后来是廖紫卫扯了我一下,我们俩才蹑手蹑脚去了另一个房间。隔壁依然传来那温软的声音,像潺潺的溪水……廖紫卫凝神谛听,简直忘记了身边还有别人。

这样许久他才把脸转向我,抱歉地笑笑。"你听,廖若一点声音都没有,他安静下来了。这时候只有她才能让他这样。妍子真行……"廖紫卫摘下眼镜擦拭,把脸转向一边。

一直到夜色深下来,廖若再没有呼叫一声。隔壁偶尔传来"啊,啊孩子,啊……"的声音,好听极了。廖紫卫倦了,两手抱颈仰着,眼睛睁睁闭闭。我想离去,可是几次都没有走成——他一次次发出叹息,想要说点什么。这个夜晚,他希望有人陪伴,希望说点什么。短短的几天里,我们的友谊显然加深了许多,几乎成了一对无话不谈的朋友。我听到了零零散散的回忆,关于两个人的恋爱、生子,还有来这个平原以后所有的欢欣和不幸。面对他,我的心中常常有一种感激和愧疚——为什么愧疚,我却一时难以说清……

隔壁,还是妻子那徐缓动人的声音。廖紫卫的眼睛湿润了。

许久前,还是做学生的时候,就是这声音把我紧紧地攫住。真是奇怪,这声音可以是透亮的冰晶般脆响叮咚,又像羽絮一样绵软柔和,它一层层将人围裹和缠绕。我第一次听到这声音就像着了魔一样。两个人结识得太晚了,我发现留给自己的时间不多了:我比你低一个年级,再有几个月你就要毕业了。时间如此紧迫,那真是应了一个说法:擦肩而过。总得想个办法啊:究竟用什么办法逮住你这个即将溜走的百灵?

你让我还没开口说话就要脸红,偌大个校园里都听不到我的声音。我在一个角落里,在自我的世界中倾听自己的声音。我是个懂得收敛的、和气一团的小小野心家。我从看到你的第一眼,就有了如此可怕的谋划。我现在想做一个快枪手,因为靶子已经有了。

我还是一个好学生,看上去循规蹈矩,认认真真,一切方面都不够奢侈,而且说话办事实实在在,情感上毫不夸张。乍一看还以为我是一个穷乡僻壤来的孩子,实际上不是。让我产生冲动并能够维持这冲动的,需要很大的力量。那些被我从来嘲笑的、可怜巴巴夜不能寐的年轻人啊,这一回轮到你们嘲笑我了。

当时我正准备考研究生,而且决心很大;如果是现在我宁可放弃。我知道有所得必有所失。反正结果就是这样,整个后半截的功课以及其他搞得都不太好,原因不言自明。

你那天站在台上朗诵时,并不知道会带来危险,不知道正有一个野心勃勃的家伙在下面算计你呢,虽然这家伙来得晚了一步。那一天你穿了海军灰制服,微笑着,两个酒窝特别诱人;你的眼睛有点儿深陷,脑瓜黑亮而且微鼓……你记得吗?后来我问你的第一句话就是——你真的是个汉族姑娘吗?你愣愣地望了我一眼。你愣愣的样子让我不能自持。你好像也问了我什么……是的,我不怀疑,我想说的只是,你是一个汉族姑娘,可怎么长了一双异族人的眼睛?这眼睛啊,又大又亮,水汪汪的,真实却又虚幻;这眼睛可以盛得下好几个世界。它像小酒盅那么大,盛满了人生的醉酒。当时你朗诵的是一首关于青春的诗。你懂得青春,也懂得青春永驻的方法——看看吧,时光一晃就是这么多年,你如今眼看就要四十岁了,可看上去还像当年那个姑娘。那些往昔让我如何回忆……后来的坎坷都是始料不及的,是我们没有想到的;可是它们来到面前的时候,我却不曾怕过。我们所经历的一切之中,惟有这一次是不同的。这一次是最后的一道坎儿了,请相信我吧,我的孩子的小母亲,我的至宝和永生的安慰!

我们的孩子,我们共同的、生了病的宝贝……我在心里呼唤孩子,却不愿惊动他。我让他像我一样,沉醉在甜美的声音里。廖若,这是母亲的声音啊,你好好听母亲的声音吧。我仿佛听到了孩子的喃喃絮语:妈妈,我喜欢你的歌;妈妈,我永远听你唱着节奏分明的歌。我记得你唱过的所有的歌,关于一只小羊、关于一个强盗、关于大海和老人,还有美丽的仙女……

三

还记得校园西边那条小路吗？它通向一个湖。在波光粼粼的水边,我们度过了多少时光。这样的日子不多了,因为你很快就要离开。我珍惜每一分光阴,不知疲倦地诉说……我那会儿说以后要为你买一架琴,你瞪大了眼睛。可是我却坚信我们一定会有一架琴。后来——终于到了后来,我们努力地积攒,不止一次到乐器店,去看、去抚摸那架蒙了一层尘土的琴。

我对你说,我们买不了它就宁可推迟些再要孩子——我们不是说过,要让自己的孩子在琴声里长大吗？你从小就向往那样的生活:拥有一架琴……你毕业分配在这么荒凉的一个地方——远离海滨小城的一所农村中学,这儿方圆几十里都听不到琴声。

这简直成了一个小小的、却是难以实现的目标。我们自己的这个小世界需要添置的东西太多了,岂止是一架琴。我们当时是怎么了。不过即便今天想起来,也仍然没有一丝后悔,没有一丝可笑的感觉。一架琴代表了许多许多,里面有我们的信念和其他。这一切都不必多说,完全不必多说。自从来到这小平原上,我们就被告知了什么。没有别的选择了,只有自己的生活,无论这种生活会带来什么。这是我们的命运,因为人和人的命运是不一样的。假若我们来的不是这里,而是其他更为遥远的什么地方,那我们又将怎样呢？

大约又用了半年多时间,我们小心翼翼、像请一个神仙一样,在一片惊讶的目光里把一架琴拉到了家里……从此我们都担心那些盗贼,把小屋门上钉了一道铁梁,窗户上又搞了几道钢筋,换了好多把锁。当然啦,我们多么可笑,这儿的盗贼宁可偷走一只鸡、一把镢头,也不会来偷我们的琴。你听到有人怎么说我们吗？他们说这屋里整天砰砰叭叭敲盘子砸锅……他在腹中就领略了美妙的琴声。孩子出生了,他真的有所不同:音乐的耳朵,绘画的眼睛,超人的敏感……

我以前无从想象一个母亲怎样爱自己的孩子。你这之前看了多少书,完全按书本的指点去做——怎样锻炼、怎样从食物中摄取营养、孕育一个聪明孩子所需要的全部条件……你说他会是一个天才——你完全按照现代科学的指导,有过之而无不及;你简直有点孤注一掷了。"我吃了很多水果,看了很多漂亮的图画,听了很多音乐……我们的孩子会动了,这个厉害的小家伙,这个可怕的小魔王。"你一遍遍说着。我们多幸福,我们有了一个多么好的孩子,他会是一个天才……

看吧,我们这个稍微有了一点小毛病的天才,一旦重新返回他熟悉的那个世界——音乐和图画的世界,一双眸子立刻就变得闪闪有光了。

平原岁月

一

学校准许廖紫卫夫妇的假期再延长一段时间。本来在秋假期间学校更忙:学生要忙秋,教师都要分别去周围的村庄和园艺场带学生,还要在假期的后半截赶回学校备课。校方让他们集中精力给孩子看病,他们非常感激。孩子的病令他们越来越束手无策,他们现在甚至不知道该相信医生还是相信自己。

妍子不止一次对廖紫卫说,廖若比以前睡得好了,看来那种强烈的刺激正在过去——任何医生都不如时间,时间真的会医治一切啊。妍子说现在重要的是尽量不在他面前提起那一切,不让那可怕的一幕在他脑海中重演。廖紫卫极为赞同,他决心不让孩子接触过去的同学,因为他们只要凑到一块儿就会谈论骆明。他宁可让孩子待在家里,只和家人在一起……有时他和妻子为一些很小的事也要讨论不休,弄到后来这种过分的繁琐和谨慎让两个人苦笑起来。比如早晨,妍子总坚持让孩子听一段音乐再吃饭,廖紫卫却说应该先吃饭,因为书上说一个人睡了一夜,早晨起来身上缺少水分——人的一夜睡眠会消耗很多水分的。

妍子笑了:"我差点儿忘了,我们家是书本做主的。"

结果是先喝水、而后吃饭、饭后让他听一段音乐。这一切做过之后就是妍子给孩子讲故事了:那都是最好的故事,故事里面总是有蓝天、绿水、小鸟,有狡猾可爱的狐狸和受尽欺辱的小兔子。可是有一次妍子正在动情地讲叙,廖若的嘴角却露出了讥讽,轻轻说了一句:"可笑。"

这使妍子和廖紫卫尴尬地对视,不知如何是好……

是的,孩子比父母所预料的要成熟许多——这也是书上写到的,可惜被他们忽略了。廖若实在是长大了,他不好意思在爸爸妈妈面前穿很小的短裤;如果穿短裤也一定要穿制服短裤。有一次他正洗澡,妍子去送一点痱子粉,他赶紧用浴巾把身体遮起,脸都红了,不停地发出抗议。

长长的夜啊,没有尽头……往常的这个时刻他和妍子总是读书,可是从廖若生病以来他们就没有好好读过一本书。这个夜晚廖紫卫总算又伏到书桌前了。屋里静极了。他从台灯下抬起眼睛,把眼镜摘下,发现妻子的目光今夜那么惆怅,空荡荡的。他让她坐到身边来。

廖紫卫在读那个女诗人——他已经是多次这样凝视她扉页上的照片了。

我热爱生活中的一切事物,并且怀着一种诀别的而不是相会的、一种决裂的而不是融合的心情来爱这一切……

　　他踱到窗边。深蓝色的天幕,闪亮的星辰,一面永恒的布景。他远远眺望:人们彼此相离多么遥远——几十年,上百年;千里万里,分处不同的时空;可是心灵与心灵之间却会有一些看不见的线联结起来,会如此地亲近和相通。你悲伤或怜惜的目光,你的善良和颖慧,都让我在今夜感知和拥有……妍子和他一块儿伏到窗前,遥望这一天繁星、这无边的夜色……那些回忆一点点洇出,渐渐变得清晰。那些青春岁月啊,那些又简洁又繁琐的日子!她有时既怀念又怯于回想,恍惚间一次次来到了毕业前的那段日子。那时年轻人的勇敢和羞涩都积在一块儿了,一开始总是弄得人没有办法——他(她)在想什么?他(她)是这样的意思吗?真让人猜测,真是烦人哪;真的,非常烦人。如果能减掉这些繁琐倒也好了,可惜不能;就因为太爱了,急于相诉,却又总是欲速则不达!那些日子啊,她(他)在心里一次次责备对方了:"你这个满是心眼的家伙!"

　　在妍子眼里,他是一个非常拗气的、心机藏在文绉绉的外表下的小伙子,整个人黑黝黝的:本来就黑,再加上被太阳晒过。他喜欢日光浴,喜欢游泳后水淋淋地躺在沙滩上。在她毕业前这段有限的时间里,他直截了当地手捧一本书来找她了。这个家伙多么急切。刚开始她有一点反感,因为她本来就常存警觉,已经不知拒绝过多少轻浮。要知道那种人可太多了。从高中刚踏入大学,这段崭新的人生经历激活了不少想入非非;他们当中的一部分自视甚高,愉快而又无所顾忌——可惜好多有模有样的姑娘不懂得识别,糊糊涂涂就跟上一些浅薄小子走了——紧接着就是一段平庸的家庭生活,是令人厌烦的忙碌,而且还要生出一个小孩——那时什么都晚了。少女把一切都交出去了，贞洁和青春，还有生育能力。这种纯洁温柔的母亲和一个轻浮小子的结合，让多少人心疼不已……而他如此爽快如此富于魅力，而且还勇往直前，势在必得。他的那种朴素最终打动了她，就在她即将迈出校园的短短几天里，他赢了。

分手时她眼泪汪汪看着这个黑家伙，而他既柔情绵绵又万般沉着。她害怕自己分到很远的地方去，怕他们天南海北。他说哪怕你分到月球上……

二

两个人毕业后的工作地点果然相距遥远。为了能够生活在一起，整整三年多的时间里两人都在跑调动，为此曾奔波到双双绝望。最后她总算来到了这个平原上，来到了他的身边。可后来的岁月依旧没有轻松多少。说不完的坎坷、无法接受的羞辱和欺侮，尽管他们合在了一起，可还是难以共同抵御。廖紫卫总是把外面遇到的不快藏到心里，回家后从不告诉妻子。反过来妍子也是一样。

那一次遭遇真是可怕极了，危险极了，事后很久她都没有告诉他，这甚至让她有点后怕。

那是一个暮春，他们办公室来了一个眼睛歪斜的代课老师。校长对这个二十多岁的青年客客气气，那一脸讨好的笑容真让人为他难堪。后来大家才知道这是附近村头的儿子，没有考上高中就浪荡了几年，又到初中代课来了。他斜着小眼睛，一闲下来就左右看着，最后把目光盯在妍子脸上。妍子装作没见。她明白，在这儿惹了斜眼小子就会遇到各种各样的麻烦。

一天上夜自习，斜眼小子一本正经地走过来："我们谈谈好吗？""谈什么？""就是班上的事儿嘛。"妍子没想别的，说那就谈吧。谁知他转身往门口走了几步,还回头示意让她跟上。妍子说:"就在办公室里谈吧。""不!"斜眼小子说。她不太明白,就站起来。

出门后妍子发现外面漆黑一团,立刻回身说:"太黑了,让我们到办公室里谈吧。""那间教室不就亮着灯嘛。"斜眼小子说着,先一步进了隔壁一间教室。

她随小斜眼进门之后,对方的目光变得越来越可怕,妍子不得不退开一步。她想走开,可是小斜眼身子晃了晃,然后飞快地回身关灯,接着猛地把她抱住了。她奋力挣脱,小斜眼就狠力按她,一边按一边在她耳边说着吓人的粗话。

妍子觉得整个脸都像被一盆滚烫的污水泼过一样。她身上涌起一股连自己都吃惊的力气,一下就推开了他。谁知这个动作激起了对方双倍的愤怒,他像一头小公牛一样从角落里冲出,头一低拱到她的双腿中间,以令人难以置信的蛮力把她猛地扛起,噗一声扔在地上,随即以双膝死死压住了她的两臂。这时他的两手就在下体那儿动作起来,让她感到了一股少见的狠劲儿。在这绝望的一刻,她一边躲闪着这个似乎训练有素的强暴老手,不让其得逞,一边摸到了旁边的一把小铁铲。他瞥一眼铁铲倏地跳起,拖拉着裤子,嘴里发出吓人的喘息声。

她没等他再次扑过来就冲出门去。这回没有返回办公室,而是一直往前跑,一口气跑回了家。

多么可怕啊。整整一夜她都在用力忍住,怕哭出来。廖紫卫看出了什么,问她,她说没有什么。那时廖若还小,刚会走路。她把孩子抱起来,把他一根一根小手指含在嘴里,让这种美妙的感觉去冲洗心里的疼痛……多么可怕啊,一个二十多一点的人,一个还没怎么成熟的人,怎么就可以欺辱一个有了家庭、生了孩子的母亲呢?他在那一刻里究竟想了些什么?他生活在一个怎样粗鲁和野蛮的环境里啊。究竟是什么元素才能合成和孕育这样一个无耻的孩子?她感到了浑身战栗,深深地不安。她用力地搂抱小廖若,看他的眼睛:"好好长孩子,长得像爸爸一样,像妈妈一样……"廖若听懂了,点着头。他不见得能完全理解,也听不出母亲的这些话里包含了多少内容。生活给母亲心中糅进了多少难以言说的东西,他不知道。

让妍子怎么也想不到的是,围绕小斜眼的事儿到此并没有完结。因为不久小斜眼竟然病了,病得厉害,发烧,胡言乱语,不能来上课了。那个村头儿蛮横地找来了学校,进门一阵破口大骂,把校长吓得浑身哆嗦。谁也听不明白他在骂什么,为什么骂,只是害怕。村头儿骂过了,眼睛只往妍子一个人身上盯,上上下下盯,不停地咽口水,又骂起来:"奶奶的,不识抬举的东西,你以为吃了你还算是'进补'吗?你以为自己是颗人参果儿不成?我就不信日不下你……"都听出他喝醉了。当地人都知道这个村头儿几乎两三天就要大醉一次,醉了之后什么事都敢干,而且没人敢管。

如此无耻和粗鲁真是闻所未闻。妍子不敢相信自己的眼睛和耳朵,惊得长时间合不拢嘴巴。她毫不怀疑村头儿的话是针对她的。这是怎样的霸道、怎样的逻辑。她不相信光天化日之下还有这样的事情。让她不能忍受的是后来:一连好多天办公室的同事都用另一副眼神看她了,那不光是怜悯,而且还有许多复杂难言的意味。老校长像哄孩子似的跟在她后边说:"你是外地人啊,不了解情况啊,咱可别惹人家,啊,千万别惹了他啊。"

这天下课后妍子迟迟没有离开教室。大家都走了,她在一个角落里哭了好久。她得想法把心里的怨气哭净,直到心上轻松了许多,这才敢往回走去。

回家后她把一切都忍住了,没有对丈夫提到一个字。可是几天之后,她最害怕的事情还是发生了,廖紫卫最终还是知道了这件事。作为一个丈夫他忍无可忍,干脆直接找到了那个小斜眼。他本来想好好给对方一番训诫,想不到小斜眼听了,端量着他,一脸的不屑。对廖紫卫来说,这是一次终生难忘的谈话,一次令人瞠目的污辱。小斜眼对廖紫卫严厉而又透着节制的告诫充耳不闻,恶声恶气说:"你想威胁我吗?俺爸说了,她就是日得轻了……你别以为自己没长个大家伙就轻看了别人,要知道山外有山哩!"廖紫卫的脸一下变青了,可他刚刚握起拳头,对方早就跳着躲开了,还在远处做了一个下流的手势。

廖紫卫终于明白了自己有多么书呆子气:与这样的流氓说什么都是多余的。从那之后他常常护送妍子出门。这样过了很长一段时间,直到他觉得一切都过去了,没什么事了,才敢让妍子一个人来去。

一天黄昏,妍子从学校回家,正沿着一条生满了紫穗槐的渠边路往前,突然旁边的紫穗槐棵像被大风搅动了一样,接着从里面跳出一个人。妍子还没来得及躲开,对方就用一条树根把她绊倒了。这家伙揪住她,然后反身招呼了一声。立刻又有一个跳出来,这次是小斜眼。妍子刚刚呼喊出半句,两个人就上来捂嘴,一个骑在了她的身上,另一个狠力往上翻卷她的裙子,想蒙住她的脸。就在小斜眼吭吭哧哧低头解裤子时,妍子一脚踢在了他的头上。他发出了一声尖叫,骑住妍子的人赶紧回身去看,她就趁机挣开,冲出了紫穗槐棵。这会儿正好远处走来一群收工的人,她一边跑一边大声呼喊。两个恶棍刚想再次扑过来,这时听到乱哄哄的人声只好潜回了渠底。她往前跑啊跑啊,直到一下跪在了地上。她大口喘息,低头整理揉皱的裙子,这才发现腿上、裙子上,到处都沾满了脏东西……

这天晚上她哭着洗了无数次,觉得自己永远都是一个肮脏的人了。但她不敢告诉廖紫卫。

大约是入秋后的第一个月,小斜眼出事了。他先是不再到学校代课了,后来就在生满紫穗槐的渠边游荡,直到发生了那件不可思议的怪事。学校的人许久之后才弄明白整个事件的过程:那天小斜眼一个人躺在渠边玩,喝酒,一会儿咋咋呼呼一会儿又悄没声息。突然渠边上发出了呼天号地的喊叫,那声音像狼嗥一样吓人。一些上工的人听到了,过去看了看,抬上小斜眼就往医院里跑。一路上,血水不断从他大腿根那儿流出来。原来他偷偷一个人在那儿玩着刮胡刀片,不知怎么自己割伤了自己的下体。究竟出于什么目的不知道,反正是他那天自己亲手干出的怪事。村头非要说有人暗害他的独生子不可,首先指控的人就是廖紫卫。几个穿制服人找到了廖紫卫和妍子,不厌其详地问了一遍又一遍,从那个教室的夜晚开始,直问到紫穗槐棵子里的袭击:对方说了什么下流话、怎样骑在她的身上……问的人在一个小本子上一一记了,最后还让他们分别按上手印。

最为艰难的日子开始了。村头的蛮横无理,还有各种各样的传言,都让人痛不欲生。小斜眼出院前,村头甚至毫无羞耻地找到廖紫卫夫妇商量起来,其内容是天底下最奇特最无耻也是最为匪夷所思了——他说自己也真是家门不幸啊,儿子从小就落下个不大不小的毛病,谁要一惹了他就寻死觅活,要什么家里就得给他什么——"他不过是想和咱家这个弟妹睡睡觉,想着想着也就想昏了头。反正弟妹又不是黄花大闺女,睡下又怕什么? 再说这事除了咱两家人谁也不知道;睡过了,咱这笔账也就算私下结了! 钱嘛,东西嘛,啥都好说! 今后咱这一围遭谁都得敬着你俩,也算你俩帮了我老汉这辈子的一个大忙!"他说这些话时紧紧盯着妍子的胸部。廖紫卫当时听不太懂,竟不相信自己的耳朵,最后好不容易才从他商量的口气中醒过神来,马上大问一句:"你、你刚刚说什么?"村头眯眯眼,伸手指指妍子:"就是睡下她嘛。"廖紫卫一拳打过去,村头歪头闪过了。他站成了一个马步,抹着一头汗珠,睃睁着眼,大嘴惊得再也合不拢。廖紫卫再次挥拳时打中了,他额上立刻鼓出一个包,往上一蹿,一边跑一边回头惊叫:"啊?啊?狗娘养的,咱好心好意想私下了结,你倒不识好歹,尥起了蹶子!等我火了日你家口一万次……"

穿制服的人在一个小时之后就把廖紫卫叫走了,这些人根本不听他的任何解释。在乡派出所,廖紫卫把村头与斜眼儿子的恶行从头说了一遍,特别强调了对方提出的那个耸人听闻的"私了"方法。谁知一个瘦干干的人听了说:"你连瞎话都编不圆!你们是两个精神病!谁能当面提出干这种事啊?你大概书念多了,花花肠子不少啊,以为自己老婆长得好,就想拿她出来讹人!"廖紫卫气得七窍生烟,一时说不出话,就狠狠地拍了一下桌子。旁边一个黑脸人马上亮出了高压电棒,瘦子沉着地阻止说:"慢些,用不着,他这样的孬货受不住这个。等等再说。"瘦子吸着烟,从墙上摘下一个蓝皮本子:"告诉你吧,咱经手办的案子多哩,蹊跷事儿你做梦都想不到。咱隔皮猜瓜的本事都有,不要说你那点小魔道了。赶紧从头实说了吧!免得皮肉受苦……"

他们不让廖紫卫回家,把他关在小黑屋中,让妍子每天给他送饭。穿警服的人想起什么就审问一番,如果妍子来了,就问得格外仔细和起劲。瘦子盯着妍子,哼着:"事情还不是明摆着吗?"妍子问:"什么明摆着?"瘦子说:"我一看就知道是怎么一回事了。事情明摆着。"这样问来问去,就像猫玩老鼠,过了一个星期还没有放人,并对妍子说:"你是共犯,也要随叫随到!"

妍子为丈夫四处奔波,找乡教育助理,最后又找教育局分管的一个副局长。他们都喜欢从头问起,问得很细,但就是没一个帮她。都说你这两个书生啊,现在这年头有些事也不能太认死理儿,有些事低低头也就过去了。"你们这样可不行,你们这样可不行啊……"他们反复劝说,让他们今后千万和地方领导搞好关系,"本来嘛,你们和他们应该是鱼和水的关系……"副局长是一个五十多岁的男人,头发鬈曲浓密,最让妍子惊奇的是竟像女人一样戴了个塑料发卡。这人对妍子特别和蔼,当旁边没有其他人时,就呵着气儿跟她说话:"人人都有爱美之心啊,人啊,个个都有自己的难处啊!像我,身体多健康,家庭很不幸福……"她听不明白他的话。当她再次请求他的帮助时,他立刻变得泪水潸潸了,一下攥住她的手。她红着脸挣脱,他就呼呼大喘说:"你还、还打谱让咱活吗?我从见了你第一眼就、就没睡过一宿囫囵觉……"她好不容易才挣开了。副局长跺着脚:"我、我这就去领你男人出来,表表我的……心意呀!"

"他们打你了吗?"那个夜晚妍子问放回的男人。他只是摇头。深夜她睡不着,盯着屋角出神,像是发出轻轻自语:"紫卫,我觉得活着……真没有意思。"隔壁传来孩子均匀的呼吸。廖紫卫先是默默不语,后来扯着她的手站起。他们站在了廖若床边,久久看着。他小声问她:"活着没有意思吗?"

她哭了,一遍遍吻他,摇头。

"妍子,别那样说啊。"

"对不起。我觉得自己很幸福。我是个幸福的人。"

三

就是这样的长夜,让回忆浸润的长夜。在这些零零散散的回忆中,他们一直相依到黎明……他们盼望崭新的一天,盼望幸运的转机。

廖若醒来了,太阳刚刚划过树梢。他正坐在床上翻一本画册,突然窗外传来一阵奇怪的呼喊。这声音让廖若特别不安,似乎深深地吸引了他。他马上凝了神,接着站起,一边往前走一边咕咕哝哝,手里的画册掉在地上都毫无察觉。

他像过去那样伏在窗前,两手紧紧扳住窗棂,一双眼睛急切地寻找。

楼下出现了一个穿得破破烂烂的人,他扬着破锣似的嗓子胡乱吆喝。廖紫卫和妍子一眼就认出是那个疯子。他们想哄着廖若离开窗子。

廖若无论如何也不肯。他打开窗户,向楼下的人扬起手打招呼。

下面的疯子根本没有看到廖若,只顾自己往前走,旁若无人地呼喊:"发大水啦——发大水啦——快跑啊!发大水啦——"

廖若的脸色渐渐变得苍白,看看妈妈,又看看爸爸。他们再次劝他离开窗前,他说:"你听,你听!"

"那是个疯子。他天天这样呼喊,不要怕……"

廖若的肩膀在颤抖,双眼一动不动盯住那个边走边喊的人……"妈妈,我是亲眼看到的,我看到了……"

"看到了什么?"

"那个叫'旱魃'的妖怪……吓死人了,他整夜蹲在一边,一声不吭。他的嘴又扁又大,一张开就露出乌黑的牙齿,身上长了白毛,哈出的气腥极了。妈啊,他浑身都披着生锈的铜钱,一活动哗啦啦响。他看着我,我知道他要等我睡过去,然后拖到一个角落里。他就藏在我们这儿,在地底,专等夜深人静钻出来……这是真的啊妈妈!妖怪不会饶我的,这是真的……"

廖紫卫看看妍子。妍子抱住孩子摇动着:"好孩子,你这是做了一个噩梦,没有妖怪,什么都没有。再说有我和爸爸,你什么都不要怕。"

"不,这是真的,这儿的人都知道旱魃!他把'鲛儿'锁在一个地方,然后出来找人……骆明也是被他抓走的,这也是我亲眼看见的。骆明和'鲛儿'锁在一起。你们真的不知道旱魃吗?不知道雨神吗?"

廖紫卫拍打着孩子:"孩子,那都是传说,千万不要当真……"

廖若大叫:"可我真的看见了旱魃!我就离他那么近……他用铁链把人锁住,用舌头一下一下舔那链子,链子上长了青苔。旱魃的眼是红的,睫毛是蓝的,在黑影里一闪一闪像火苗。我看见他的爪子了,像蜥蜴一样,长了鳞片,那都是生了锈的小铜钱,缝隙里长出白毛。他头一缩就钻进了一堆铜钱里,哗啦一响又钻出来了。他夜里盯着我磕牙,一下一下磕……我哀求他:我会把所有东西都给你,什么都给你,你饶了我吧!旱魃一声不吭,咬自己的爪子,咬啊咬啊,最后开口说:'你给我一把古钱,我就放了你。'我没有古钱啊,不,我有两枚。他浑身抖得哗哗响,说:'我这身鳞衣磨破了,我得用它补鳞衣。'妈妈,你听见了吗?"

妍子哭了:"我的孩子,这不是真的,不是真的!"

"妈妈,这是真的,全是真的!我一闭眼就能看见他的模样;还有,这屋里全是他的腥气,你闻闻……这真的是旱魃!"

"可是你爸不怕那个妖怪!我和你爸就在这儿,咱们一块儿过夜……"

"那也没用,你们看不见他。他到了半夜会悄没声地把我掳走,就像对骆明那样……我害怕,妈妈,快找一些古钱吧!再不就……"

廖紫卫把儿子抱在怀中,想止息他的抖动,可他还是用力挣脱出来。

黑　夜

一

廖若疯迷一般搬弄起一个纸箱。廖紫卫看看妍子,搞不明白,只好一块儿帮孩子。找到了,原来是两枚古钱币:一枚是带小方孔的"秦半两",一枚是齐国刀币,夹在一些花花绿绿的卡片中。廖若把钱币攥紧了,装进口袋里,又小心地将那些卡片一张张叠到一起。廖紫卫刚刚看明白就吸了一口凉气:那些卡片都是面额很大的游乐券,全是那个公司的,持卡可以去桑拿浴、酒吧、迪厅……总的面值少说也有几千元。廖紫卫用眼神示意妻子,她惊得合不拢嘴巴。这之前廖若藏得严严实实,他们两人竟然从来没有看到。"我的孩子,这都是哪里来的啊?别人送的还是买的?"她想揽住孩子,却被廖若一下甩开了。他把所有卡片全塞到了衣兜里,然后伏上窗子。妍子再次问起时,廖若突然嗓子尖尖地大叫了一声。他们再也不敢吱声了。

廖若每次去酒吧都要瞒住爸爸妈妈,因为他们曾为这个跟廖若发过火。孩子逃学,这是廖紫卫和妍子最害怕的。他们知道他跟那一帮孩子混在一起绝不会有好结果,那些人都是包学忠带来的,不知怎么纠集在一起,有的年龄已经很大了,压根就不想升学。廖若最初去酒吧打游戏机时理由十足,对廖紫卫说:"你们为什么把游戏机藏起来?我们家里有好玩的我就不去酒吧了。""那也不能整天泡在游戏厅里,你还要做功课呢,哪有半夜趴在那些地方的孩子?""你们以前就趴在游戏机上!你们也这样,也进酒吧和舞厅!"廖若盯住爸爸。廖紫卫无言以对。是的,他和妍子一度也去过舞场,那时候许多人都迷恋跳舞。"可是,可是那是过去了,再说你总不能和大人一样吧!""大家都是平等的——我们全家都要平等,这是你们说的!"他和妍子不再说话,只觉得心里一阵阵发痛。跳舞,钢琴,最新的家电产品,所有最时髦的东西总是对他们形成了最大的吸引力。可是现在,他们觉得自己正在为此付出代价。

经过了那次争论,他们知道已经很难阻止廖若了,他将把更多的时间花在酒吧和游戏厅里。

一切不出所料,最令人伤心的事情还是发生了:廖若一连十几次逃学,还有两次可怕的失踪。问他哪去了?他先是支支吾吾,后来干脆说去了公司游乐场。那两次失踪差一点没把廖紫卫夫妇吓死。如果这之前他们多留点神,或许就会发现孩子有什么不对劲儿:无端地兴奋或沮丧,常常一个人出神。也就在那些夜晚,他们曾被儿子梦中的尖叫给惊醒,原来他在半夜里喊叫着录像和电子游戏中的冲冲杀杀——廖紫卫和妍子坐在床边看着,知道儿子被一个虚拟世界牵引着,已经越走越远难以回返了。

清晨,妍子看着脸色苍白的孩子流泪。廖若背上书包时对妈妈说了一句:"我再也不逃学了。""好孩子别让妈妈伤心啊!""嗯,嗯嗯!"

廖若果然一连好几天没有逃学。可他有几次还是忍不住,就在回家的路上拐了个弯,去了就近一个脏得可怕的简陋场所。这儿比公司游乐场差多了,不过一群孩子玩上了也就忘了其他。夜一点点深了,游戏机啪啪响,人像在冰上滑动一样,一直滑到那个最暧昧的地方……几个和他年纪差不多的孩子来得很晚,他们跑得脸色赤红气喘吁吁,一见廖若就做着亲昵的手势,嚷着:我是大河马!我是青蛙!我是五花蛇!廖若盯住他们,小声说:"我再也不会失约了,真的真的。可是妈妈啊,妈妈为我哭了。""她们个个都一样,她们什么也不懂,不是吗?""……""喂,伙计,你有古钱币吗?""为什么要它呢?""别问……"

那个夜晚廖若独自去了河边合欢树下。这是个有月亮的日子,他站在那儿心怦怦跳。我的妈啊,我的手一直抖着,就等着一个可怕然而却是诱人的时刻。手心里渗出了汗,直等到夜深人静星星都斜了,还是没有出现那个声音。一点动静都没有。他正无精打采往回走,一抬腿就听到有人在远处的灌木中咳嗽。然后是细细的声音:"别走啊,是我嘛……"

那个让人诅咒的夜晚,他永远忘不了灌木怎样在微风中摇动,一眼望过去什么也没有——了。可惜他什么也没想就走过去了。夜色中三个黑影闪出来,其中有一个很高,一看就知道是大人。都是男的,不,有一个好像是女的,头发长极了。不过最后廖若发现那也不过是个长发男人。三个人中只有一个是十几岁的中学生,其余两个至小也有二十多岁了。廖若厌恶这呛人的烟臭味儿,回头想跑。长发男子哈哈笑着:"那不成,那可不成!"

他们在浓浓的夜色里围上来。廖若声音发颤:"你们想怎样?我是过河回家的!"

"是吗?那你为什么不走河桥那儿?恐怕是来约会的吧!"

廖若不再吭声。一个脸上疙疙瘩瘩的家伙龇着板牙凑过来,让他闻到了一股浓烈的大蒜味儿。他想躲闪,被长发男子一下抱了起来。

这个夜晚廖若真是怕极了。他心里有一万个后悔。"妈妈,爸爸……我在这里啊,我被骗来了。"他只在心里呻吟,不敢让他们听见。三个人一路拉着他往前深一脚浅一脚地走,最后过了滑腻腻的小河桥,来到了一个快塌的小屋子。屋里是一个大土炕,上面既没有被子也没有席子,只有一团草。另一间屋里有人走动,一会儿那人出来了,原来是个四十多岁的瘦女人,她叼着一个又黑又大的烟斗,见了廖若立刻"哎哟"了一声。女人穿了长衫,不系扣子,中间束了一根带子,这时一抽带子全敞开了,露出两个黑乎乎的乳房。当廖若看到她的下身也是赤裸的时,吓得"啊"了一声,一下跌坐在了地上。长发男子硬是把他拉起来,这时他才看清这屋里到处都是蜘蛛网。就在黑黑的炕角,蜷着一个男人,这家伙的头好像陷在一堆东西里面。"妖怪……"他心里不由得说了一句,嘴角开始打颤。女人大笑。

廖若哀求着:"放开我吧,我再也不敢了,不敢了!""不敢什么?

多好的事儿,小绵羊早晚得学会吃草吧!"女人吸了一口烟,把烟斗磕打一下放下。炕角的男人咯咯笑,这让廖若嗅到了刺鼻的腥膻气,差一点吐出来。几个人一齐挣着去摸廖若的衣服,他最后给弄得浑身全是挠痕。几个衣兜都给翻过来了,他们对女人骂咧咧地说:"妈的,就这几个钢镚儿!哪来的古钱币!"女人低头对黑影里的男人小声说一句:"完了,你要的东西他没有带来。这是个小骗子……"炕角的男人像蟒蛇一样呼呼吐气,摆摆手嚷了一句……

这天夜里廖若不记得他是怎么给放开的,只记得一脚踏出小泥屋时,两眼什么也看不见了。那是他从来没有见过的黑夜——漆黑漆黑,天上的月亮和星光全都不知隐到了哪里,好像真是被天狗吞下肚里去了——他亲眼看过天狗吞吃月亮的情景:那时所有上年纪的人都喊着"嗫呼嗫呼,天狗吞月了!"他在那时总想笑,因为他知道那仅仅是一次月食而已。可这个夜晚就不同了,这个夜晚他宁可相信是天狗真的张开了血盆大口。天哪,他不知道该怎样向妈妈和爸爸撒谎,不知道能否骗过他们。他不知道身上是汗水还是那几个恶魔沾上的毒汁,他只知道这辈子都揩不掉这脏气了。黑夜啊,如果这时候变成深不可测的大海把人一口咽下就好了,让他从此消逝得无影无踪才好。有一刻他不想走了,蹲在地上,因为心口疼得不想直腰。他走进河苇深处,拨开水边的青草,听着哗哗的水声,这才记起要把衣服脱掉。他把衣服挂在一棵柳树上,然后一头钻进了水中。水真凉啊,凉得刺骨。可是他一口气游了很远,又游回来。洗啊洗啊,里里外外地洗它个透……他迈着猫一样轻的步子上楼、进屋,还是让妈妈和爸爸发现了。其实他们一直没睡,一直在等他呢。

"我的孩子啊,你可回来了,可回来了!"妈妈扑过来搂住他,亲他的脸蛋。爸爸问:"你到哪去了?到底是怎么一回事?"妈妈也严肃起来。他鼻子吭了一声,搓搓脸:"我……去林子那儿玩,想不到迷路了。""你没和同学在一起?""开始是的。后来……后来我们吵架了,我就一个人玩了。"妈妈心疼了,重新抱住他:"又是吵架。该和大家好好玩。看身上折腾的,这是荆棘划的吧?哎呀紫卫你看看,你看看!"她婆婆妈妈到处找碘酒,在屋里窜来窜去。他心中可怜妈妈,可是不知为什么还有一点儿厌烦。

这天夜里余下的时间,廖若一个人待在黑影里,不敢开灯。他害怕这个噩梦般的经历,他哭它,哭它给予的一切。他默默下个决心:自己这一辈子都不进游戏厅、不去酒吧,不,是一辈子都不碰那里的一切了!那真是魔鬼才能发明的器具啊,那是魔鬼用来诱惑孩子的。他只有这个夜晚才能同意爸爸妈妈的话:一个孩子应该远离它。

二

廖若那些日子是被恐惧缠住了的,日夜都是那个噩梦。他除了对它的恐怖,还有另一种害怕:害怕家里人知道,更害怕其他人知道。他的目光只要一触到漆黑的屋角,就觉得那儿装满了他的秘密。

他把许多时间用来回避那个夜晚的重演———一幕幕如在眼前,越是回避它们越是出现。那个女人的声音,蜘蛛网,还有黑影里等待古钱币的男人。天哪,他越来越明白过来,那个夜晚自己真的遇到了妖怪!那大概就是传说中的旱魃吧?这是真的吗?他不记得自己最后的情形,不记得那个结局。"我没有,我没有撒谎!我是出来看看的!"他在为自己争辩。可他的口气不那么强硬,因为他知道自己脑海里闪出"古钱币"几个字时,只觉得两手发痒……

现在他才知道,只要一挨近了他们,就再也不可能是干净的人了,这一辈子都会散发一股腥气。那个黑影里的男人蟒蛇似的咝呕声让他一想起来就打抖。但他牢牢记住了他索要的极怪异的东西：一种古钱币。

为了驱走那个夜晚的恐惧，他更多的时间和包学忠待在一起。这个悍气十足的小子什么都不怕，什么都懂。录像厅里看到的一切，那些闪跳不息的裸女图片，那些让人不敢睁眼的画面，包学忠不知看过多少。对方有一拨无所不能的朋友，他们能搞来人世间的一切。包学忠还鼓励他说："你应该去见识一下了。你如果有一笔钱，就能去会外国妞儿。她们的头发、其他地方的毛发，都是金色的。没有钱吗？我告诉你赚钱的办法。"他问有什么办法？对方咬着嘴唇不说。包学忠有一次对他卖个关子："反正到时候你就知道了。"

廖若有一次对包学忠说："我什么都不想要，现在只想……喂，我是说，你能搞来古钱币吗？"

包学忠像看一个怪物一样盯着他。

"我说的是真的。"

包学忠笑了："玩古董呀？小样儿！"

他没法解释。他再也不提这件事了。

原以为包学忠很快就会忘记，谁知有一次他见了廖若大喊大叫："你小子好啊，我一连几天找不到你！我以后不带你玩了。"廖若说："我不知道啊。""那你怎么不去酒吧？""我不敢，我爸盯着我呢。""啊呸！"他不屑于再说，拍了一下他的手，吐一口走了。廖若这才觉得手中给塞进了什么东西，张开手掌一看，原来是两枚破铜钱！他不转睛地看，真看不出它有什么好。

从这一天开始廖若又挂念起那些地方了——他担心有人会找自己。如果想起唐小岷，心里立刻就急躁起来……他对偷偷攒下的一些裸体图片烦透了，不过对电子游戏倒是有点入迷。只要一想到"酒吧""录像厅"几个字，眼前就要出现那些扭曲的图像，他的手就要抖。"妈妈啊,我害怕,我真的害怕了……"有许多次他的手又在桌子上乱敲起来,就像坐在游戏机前一样。深夜,爸爸妈妈都睡了,时钟的秒针发出嚓嚓声,他觉得这声音每一下都在悄悄催促他:"快去、去,他们都在等你,等、等……"他咬咬牙忍下了。第二天他一发狠,还是去了那个脏得可怕的路边酒吧,这里实际上是一个隐蔽的录像厅和游戏屋。啊,这可恶的地方,一进来就粘人。他小心翼翼挪动目光,想看到几个熟人。黑乎乎的,只有那些光闪闪的魔器是听话和守时的,瞧它又闪闪烁烁逗弄你了,一个迷人的花花海洋一浪高过一浪,任你游个痛快。他的头蒙着往前,让污浊的水流把周身冲个稀里哗啦,冲得脏物糊个满身满脸也在所不惜。黏黏的泡沫把嘴和鼻孔全都糊上了,呼吸都快堵住了,可是这时候你得坚持住,你决不能退却半步。你像揪住一根救命的稻草那样死死揪住,可它黏糊糊的老要滑开。嗯,我使劲把它揪住,就像杀掉一个仇人一样。

不知为什么,总是那一拨脏话连同不敢直视的图片最先让他嫉妒起来。他闭上眼睛。唐小岷如果来到身边,他肯定会和她一起离开这里的。他知道她不会迈进这里一步,这会儿还不知在哪里呢。大概她的所有亲热话都说给那个该死的骆明了。他这会儿敢肯定她与他是频频来往的。那个小家伙,那个小家伙!他忍住了什么,轻轻呼唤着她的名字,又说了一个不好的字眼。他不敢对她说一句黄色的话,顶多是灰色的,紫色或红色的。反正让她猜去吧。我是大河马,我是老猫精和海獭。她的小脑瓜什么都猜得出。"我一万次地爱你爱你……而且,一万次地——要你要你……"他赶紧在脑海中删掉了"要"字。他想起了那个可怕的无比黑暗的夜晚,泪水涌出来。他怔在黑乎乎的角落里,一声不吭,全身打抖。不知是什么声音让他睁开了眼睛:那些可怕的图像又扭结在荧屏上了。妈啊,我的不能饮下的毒酒,它散发出如此辛辣迷人的气味,又如此黏稠。它像萤火虫的火一样烧着我的眼睛和心肺,我的眼很快就要瞎了,再也看不见东西,只能看见无花果的花了。它是冷火煎熬的苦药,一喝进肚里肠子就翻转起来,一会儿全身就冒出了火苗,这火苗也是蓝色的,就像萤火虫的火。一条赤裸的美女蛇飞舞起来,它飞啊飞啊变成了一个人,一个长了大眼的小姑娘。妈啊,这是唐小岷在飞舞着诱惑我呢,她简直无所不在无所不知。她像蜜蜂一样围着我旋转,吵坏了我的耳朵。我的泪水无法忍得住,我的幸福苦涩的泪水是萤火虫的火烧出来的。妈妈,救救我吧,我马上就沉下去了,我马上就要被萤火虫的火烧成了粉末。我变成粉末迎风飞扬,在这个世界上从此了无痕迹……

不知什么时候,一切都熄灭了。廖若回到家里,伏在桌子上睡着了。

天亮了许久,可是屋里没有一点声音。廖紫卫和妍子踮着脚走路,他们害怕惊醒了孩子。多么可怕啊,看来家里的游戏机录像机藏起是太对了。他们料定孩子是半夜里偷偷爬起来,在屋里游游荡荡。孩子竟然在过去玩它们的地方睡着了。只有这个时候他们才深深地悔恨,后悔当年不该把一台台电器搬回家来。他们当时怎么也想不到的是,廖若还完全是一个孩子啊,三两下摆弄,就可以搞明白他们两人怎么也弄不清的那一大摊子奥妙。廖若好像天生就是属于这个时代的,他可以毫不费力地在其间畅泳……这一天他们等着孩子醒来,直等到接近中午。廖若发现爸爸妈妈就在一边,突然吓得双唇颤抖,脸色蜡黄。"我……我不知怎么就睡着了。"妍子拍打他的肩膀:"孩子,不要紧,爸爸不会批评你。你以后不要半夜趴在这儿了,这会影响你白天上学。好孩子听话啊。""妈妈!"妍子再一次说:"孩子,听话啊。"廖紫卫没说什么,只拿了一件衣服披在孩子身上。

廖若经历了那个恐怖之夜,大约一个月没有出门。但后来他忍不住,只得拐进路旁那个脏臭的酒吧。他有许多时间只玩电子游戏,一戴上耳机就仿佛进入了另一个世界。有一阵他简直是杀红了眼,他相信这会儿如果有个仇人在跟前,他会毫不犹豫地把他干掉!可是一走出酒吧,他的神情马上恍惚起来,再也忘不掉游戏机上发出的吱吱尖叫声——这声音是他的一个幻觉,他觉得那些不可正视的东西在飞舞时总伴随着一种尖叫声。这声音像蛇一样。一路上所有的东西都在尖叫……可是不幸的一天终于还是来了:他有一天走到那个地方,发现简陋的酒吧没有了!他紧紧地握起了拳头。因为这之前就听说,一些孩子的家长联合起来告发这家酒吧的经营者,说它离学校太近了。这其中做得最起劲的就是自己的爸爸妈妈。回到家里,一种不可言喻的空虚感,就像突然被摔下半空的那种感觉,使他一时喘不过气来。"妈妈,妈妈,我怎么办啊,妈妈!"他这一天没有吃晚饭。爸爸喊了他几次,妍子过来劝他,他都没有动,只是伏在桌子上。

当然是为了报复,第二天他就邀来了好几个同学,偏不上自习,偏要一起在家里玩个天昏地暗。玩什么?玩掷三角。以前廖若——那是他更小的时候,在课余时间曾把同学约到家里玩,所以廖萦卫和妍子也懂得了游戏规则:把三角一溜儿摆在地上,让对方用同样的三角拍打,打翻过来就算赢到了手里……三角有不同的价值,贵重与否,取决于香烟的牌子。前一段流行"三九牌",用它做成的三角可以换来十个普通三角。后来又兴起了进口烟,孩子们见面就问:你有"健牌"吗?游戏普及蔓延得很快,连唐小岷也卷了进来,而且她手里的三角品种最多。有一次廖若问她:

"你把'三九牌'给谁了?"

"输掉了。"

"胡扯!我知道你给了谁。你给了骆明……"

小岷气得脸都白了,大声嚷:"我给了包学忠——不信拉倒。"

越不信我越是给了他,真的给了……"

骆明手里有一大摞彩色三角。廖若跟他要来看,一张一张翻找——真的有一张"三九牌"。

他把它扔在小岷面前。

小岷愤愤地站起来,那双美丽的大眼睁圆了:"你以为只有你才有'三九牌'吗?"她说着噔噔下了楼,无论怎么喊都不回来。这一来大家也就不欢而散了……同学们走后廖紫卫和妍子批评了廖若。他一开始红着脸,后来就哭起来,而且越哭越厉害。他们有点害怕了。廖若以前好像从未这样哭过……

这都是小时候的事了。廖紫卫不明白几个孩子这么大了,还要迷恋于这一类小孩子游戏。不过他宁可让他们玩玩这个,也不愿让他们去公司的游乐场。

像过去一样,这种游戏玩起来就变得有点激烈了,有时不免就要吵一场。廖若又一次大喊大叫,坚持说骆明的一张三角是假的:

"这上面三个'九'字印得有点儿花。假冒的……"

小岷特意拿过去看了看,说:"是真的。"

"你迎着太阳看,你就能看见笔画叠着!"廖若的声音很大。只要小岷一插嘴他就受不了。

"胡扯。"小岷也不高兴了。

骆明绝对不信是假的,显然廖若嫉妒了。

"怎么能是假冒的?"

"假冒商品,你连这个都不知道?"

骆明只知道手里的这个"三九牌"不是假的。他不想干下去了,觉得喉头那儿有些胀。他很难过。廖若其实早就想结束这场游戏,把自己的那一堆三角呼啦一下收拾起来,然后又猛地扬在了空中。

三

廖若又一次很晚才回家,问他去哪儿了,他不回答。他后来只说与骆明吵架了。妍子说:"孩子,你可别这样,你怎么总跟最好的朋友闹翻;你以前可不是这样啊……"廖若说:"我讨厌他们——他们总勾在一块儿;'走着瞧吧',这可不是我说的……"

廖若想说:同学们都看出了什么,他们——主要是包学忠,这家伙当然懂得最多;他说这事儿看来非得想法解决不可了;想想看,小岷原来跟我多好,现在成了这样子!包学忠说这事要解决就应该决斗——这才是英雄气概呢!

廖若决心和全班最不受欢迎的包学忠摽在一块儿,就为了好好气一气那几个假斯文。这一天吵翻了,他就在包学忠那儿待了多半天。包学忠说到唐小岷,咬咬牙说:这可是一场争夺战,就看你有没有本事了。廖若说我可不想争夺,我不过是蔑视那些背叛友谊的人!包学忠说:这样讲也行,反正他们背叛了,那就别怨咱们了。廖若问他要干什么?包学忠笑笑说:"帮你把小酸妞儿抢过来!"

包学忠背后一直把唐小岷叫成"小酸妞儿",还说你真是傻到了底了,都什么年头了,还迂成这样,你真是完了。他告诉说,有一天他去海边玩,亲眼在树林后面看到了他们在那儿"闹事儿"……廖若的脸涨得都疼了,只顾嚷着:"这不可能!这不可能!"包学忠说你算了吧,我亲眼见的,这是什么年头的事儿了,再说他们走得也不算远哩;在公司那边就不是这样了——还有城里,人家这个年纪什么事儿没经历?那才来劲哩。跟她动真的吧,睡了也就完了……"你不睡我就睡了,真的!"

廖若吓坏了。他再也不敢去找包学忠了。可是对方时不时要来找他。日子久了,廖若不由自主地就要去他那儿。他们在公司游乐场里转着,玩游戏机、台球,还到角子机房试了一下。每一次从那儿出来都头昏脑涨的,可是还想去下一次。有许多好玩的地方都要花大钱,幸亏包学忠手里有一把门票。他们跟不少看门人都混得烂熟,有时不花钱也进得去。只有一个地方包学忠进不去,他对廖若说那个地方一般人去不得——就是有钱也要找过硬的关系。那个地方啊——包学忠说一定得去,不去太亏了。公司里的不少人,特别是来公司游乐场度假的客人都去过了。去过那儿的人他一眼就能看出来。他们的神气从此大不一样,那是见过大世面的样子,可不像我们这样啊!

　　廖若的好奇心越来越强。他觉得那里面肯定有些什么,他知道一点点,但就是不问。他在想那个漆黑之夜的可怕经历,有好几次差一点就把事情从头至尾都讲出来。但他不敢。他害怕包学忠说不定什么时候就全给抖搂了,让他无地自容。包学忠有一次鼓了鼓勇气说:"算了吧,我领你去一个最棒的地方,这是有钱的人才能去的呢,去了那儿你才明白其他的都是小意思。"他没有问对方从哪儿来这么多钱,只跟上他去了。原来这是公司里的"超级酒吧",整个房间阔气得让人头晕。酒吧里有各种各样的服务,不光有高级饮料,还有一笑俩酒窝的小姐。有一次廖若亲眼见包学忠的手放在了一个小姐的胸口上,这让他又害怕又想看。小姐拍拍包学忠,端着东西走开了。廖若脸上又烫又疼,他知道包学忠根本不在乎别人在一边看。这儿的电子设备一流,所有的新鲜玩意儿从未见过:有耳麦和小摄像头,可以和游乐场另一些房间里的女人对讲,相互看得清清楚楚!他发现包学忠可比其他人勇敢多了,而且玩这些现代玩意儿比自己灵巧十倍——这家伙除了这个,干什么都不是一把机灵手。一个大嘴巴女子哼着:"我昨夜又梦见和你在一起。真是个快枪手。"包学忠回应道:"咱们再来吧。随便哪里。哪里?""你的电话?""我没有。""我不信。""真的,我让大姑找你约我。大姑支持我。"那边的女人忍不住了:"什么啊!你到底说什么?""我在你心里——身体里。""别闹了,求你了,说个办法。""明天这时候去'高地'怎么样?不见不散。""好啊,就'高地'。你千万别涮我。""小亲亲,我怎么舍得!"廖若盯着最后对方做出的大胆的猥亵手势,吓得大气也不出。他真想喊一句:"你可一定不能去啊!"但嘴里说出的却是:"你真的要去?"包学忠一咧嘴:"谁跟他玩这个?让这小子自己到'高地'去吧!"廖若知道所谓的"高地"就是公司游乐场东边的露天体育场,那里一到了黑夜就有一对对恋人。包学忠笑着:"他把我当成了嫩毛一个。他以为我不知道他其实是个男的。"廖若大张着嘴:"明明是女的嘛!""老天,他化了装。他如果不长胡子你罚我五千块钱。"廖若一声不吭。他此刻更加明白对方是一个老手了,这一点自己差多了。他在想:那个屈辱之夜压根就不会在对方身上发生,再说包学忠才不会把它当回事——说不定这家伙还立马跟他们交上了朋友呢。廖若想到这里咝咝吸了一口凉气。

有一天他们正在一个红色的小门跟前徘徊,从里面走出了两个细高个子的金发姑娘。"外国人?"廖若惊问。包学忠做个鬼脸:"那当然。前些天还有三个。她们都是轮换的。你要拿出一千块钱她们就陪你一个晚上。一千以上那就阔了。"廖若不敢问"阔了"又能怎样,只是喉结那儿有些胀。他一直盯着她们走了很远,承认她们真是迷人。她们走路的姿势很怪,像在水上打漂。她们的打扮也与众不同,有点像舞台上的人。廖若不知不觉看走了神,包学忠跟他说话他都没有听见。她们从一个门出来,又进入了另一个门。包学忠突然冲着她们的后背喊了一声。其中的一个回过脸来;廖若的脸刷一下红了。他在心里说:天哪,长得太漂亮了!接着很长时间,廖若都醒不过神来。包学忠盯着他:"她们就是干那事儿的,是姓苏的老总找人雇来的,公司靠她们赚了很多钱。"廖若知道苏老总就是公司的头儿。他问:干什么事儿?

包学忠笑得上气不接下气。说你装傻。

廖若离开了他……他一直走了很远,包学忠才把他喊停了。

四

"我们该走了!"包学忠在电话里催促他。廖若吞吞吐吐:"我……我走不开。妈妈……""你这个小公鸡完了。你还穿开裆裤啊。那你自己玩吧,我去找他们了。""你先别急啊,我又没说不去!"廖若听的是"他们"两个字,想的却是骆明和唐小岷。他自己都不敢肯定包学忠会不会把那两个人也引到游乐场或别的什么地方,只是心里有些发疼,一咬牙就说了一句:"那你等我吧。"

廖若害怕包学忠再次把自己领到野餐的地方。上个周末他一见廖若就说:今天可有大意思了,今天公司里的几个老伙计要和咱们一起出去野餐。一会儿真有几个穿了保安服的青年人来了,他们带了钓竿和水桶、锃亮的胶靴,还有一个黑乎乎的烧烤架。"小公鸡跟上啄食吧!"包学忠一见了公司的人就摆出一副老大的模样,指着廖若对他们说。保安们一瞅见廖若就不转睛地看,其中一个说:"给咱公司准备的好材料啊。"廖若大着胆子问:"什么好材料?"保安说:"只要是好看的小白孩儿,咱公司就招用的。"包学忠笑眯眯问:"招了做什么用呀?""都是可口'吃物'。"几个人哈哈大笑,笑得廖若脸色红一阵白一阵。他知道那肯定不是什么好话。

野餐地点就选在"高地"南边的一块荒田上,这是公司买下来等待开发的一片,上边有一片水塘,塘边上到处都是游人扔下的速食包装,有几条野狗在那儿转悠。几个人有的钓鱼,有的支起烧烤架点火。多半天时间过去,只钓了几条小鱼,马上拿来烤上了。廖若问低头忙活的包学忠和另一个人:"就这几条小鱼啊?"他们挤眼,笑。一会儿包学忠和那个人从衣服里掏出了一个小瓶,又将捣弄好的肉糊模样的东西摊开,把瓶里的粉面撒上一点,搓成了一个个丸子。廖若问:"这是什么?"包学忠说:"这叫'伸腿瞪眼丸'。"一堆丸子搓好了,他们开始呼喊那几条狗。野狗站在原地昂头看着,并不往前,只是抿着舌头。"来呀,吃吃这些小药丸儿,挺好吃的!"保安说着将一把丸子扬出去。几只狗凑近了。它们嗅一嗅,然后大口吞咽起来。水边上的人也无心钓鱼了,只停下来看着。大约过了十几分钟,有三条狗突然哼哼着原地打起转来,越转越快,然后大叫着跳起来,跳着跑开了——它们越跑越远,一口气跑到了小山包的另一面。"坏了,它们跑了,药量不足啊!"保安嚷叫。剩下的一条原来也在打转,后来转不动了,直直地躺在地上,口吐白沫抽搐起来。廖若明白了:那药丸是一种毒药!他觉得脸都白了,手脚冰凉。眼看着那条抽搐的狗一动不动了,紧闭双眼。几个人高高呼唤一声跑到跟前,廖若也过去了。保安踹一下狗,狗没有动。

余下的时间有两个保安把狗抬到水塘边去整治,一会儿就把切成一块块的狗肉装在桶中提过来。烧烤架上发出嗞嗞声,一种焦香气味弥漫了整片荒地。廖若躲开很远,一个人蹲在一边。"喂,小公鸡,小白孩儿,你不想吃吗?"包学忠叫着,他一声不应。包学忠跑过来拽他,他用力甩开:"你们太坏了,太坏了!"包学忠坐下:"什么呀,你什么也不知道。老总早就下令干掉这几条野狗,这是早晚的事儿。""你们毒死了它,真惨啊⋯⋯"包学忠哼哼笑:"那才不是毒药哩,那是一种蒙汗药,吃了头晕,肚子疼,后来就什么都不知道了。咱要不快些宰了它,一会儿它苏醒过来还得乱跑。他不想想,要真是毒药,毒死的狗咱敢吃啊!"廖若相信他说的话是真的。但无论如何还是太残忍了,他不会忘记那几条狗在地上嚎叫打转的样子。"这种方法是老辈人用来抓狐狸老狼的,这比下套子管用多了。俺爸那里有这个老方子,保安要用这个法儿除掉所有野狗。这比让它们吃枪子舒服多了。你说呢?"包学忠抠着腰说了一会儿,见廖若还是不动,就走开了。

当包学忠手抓一块烤肉再次走过来时,廖若终于跑开了。

整个假期都是廖若痛苦的日子。他的思绪无法绕开那两个人——骆明和唐小岷。他总想和他们在一块儿,可又偏偏回避。怡刚在几个同学当中超脱一些,在他眼里好像谁和谁好并不重要,只要能在一块儿玩就行。这真是一个很奇怪的木头人,像他那样,廖若永远也做不到。他一天不见他们,就渴望知道一点他们的事儿:去了哪里,玩没玩三角游戏?了解这些的惟一渠道当然就是怡刚。他问怡刚那两个人是不是总在一起,怡刚说是的,大家本来就在一起嘛,只有你一个人胡窜乱跑。

廖若把许多时间耗在那个公司里,家里人并不知道。包学忠对他构成了奇怪的吸引,而这吸引从哪儿生出,他也弄不明白。他知道自己现在连一点抵御的能力都没有了。包学忠有一次问他:你真的就不想知道那天我在海边上看到的事儿——骆明和唐小岷的事儿?廖若脸色苍白,不吱一声。

包学忠接上就绘声绘色讲开了。他说那一天自己趴在一丛灌木后面,一声不吭地看:那两个人在树丛后面解了衣服,就像洗澡一样,什么也没有穿;后来连短裤都不穿了。

廖若眼里渗出了眼泪。他转开了身。

包学忠说那好吧,我再也不说了——你给人家耍弄成什么样子了。"真可怜人哪……"

廖若咬着嘴唇。他没有一点声音。

包学忠越发起劲地描绘起来,比比画画。他说你要能亲眼看看就好了,唐小岷的身体像一根面条一样,又白又细,骆明那小子搂住也就不再松开了。她既不反对也不赞同。他们是一对狗男女。"我亲眼看见他把她压住了,她好像哭了,真的;可是他把她压在那儿一动不动,压了好大一会儿呢。她哭了,他们都哭了。最后他们一个劲地亲嘴,亲那个响,我离了老远都听得一清二楚——那声音就像一些小气球破碎了一样:啪啪、啪啪!你想想吧……"

廖若听到这里抬起头,只看着一个地方。

"我告诉你吧,唐小岷平时多害羞,不愿说话,都是装的。她可真浪啊,跟录像演得一模一样——她爸她妈要知道了非打死她不可。反正咱看见了,我告诉你的,你谁也不要说,嗯,听明白了没有?"

这一天廖若像病了一样,走路摇摇晃晃,包学忠领他去哪儿都不知道。他只跟上往前走,在一些莫名其妙的地方进进出出。他们进了游乐场,打了一会儿电子游戏,又玩角子机。这些全做腻了,包学忠就领他摸进了一个潮湿的、黑咕隆咚的地方。一股股水蒸气白得像丝,又掺杂了奇特的气味儿。他们弓着腰,像钻一个地道一样走了许久,来到一条铺了红地毯的走廊;走廊上有许多小门儿。他们试探着推开一扇一扇小门,都是空的。大约是推第三个小门时,一个腰上缠着浴巾的家伙过来开门,满脸横肉一动一动。从半开的门看去,一个女的披头散发仰着,斜翻的眼睛僵了一样。廖若立刻对包学忠说:"她死了!"包学忠说:"那是假装的……"一句话还没说完,门口的男人咆哮起来……

他们不顾一切地跑开,直跑了很远。停住步子的时候,豆大的汗粒儿在脸上滚动。包学忠大口喘息:"他不知是哪里人,你听口音很怪。这儿的人个个胆子特大……知道了吧?那些天看到的外国女人不在这儿,她们是在更高级的地方。要去刚才的地方简单,进去的人先交一点钱给柜上,再交一大些钱给女的。我攒了不少了,再有一些就能去了……"他紧紧盯住廖若:"跟你妈要钱——就说要买东西;一次一百,几次就够了——怎么样?不敢?"

廖若的脸色煞白,还没有从刚才的情景中醒过神儿来,没有听清他在问什么。

包学忠两手使劲理着胸口喊:"哎呀今天咱真碰巧了,柜上那家伙不在……他要撞上咱俩,就能把咱俩活活给剥了皮!"

他们靠在一道墙壁上,看着来来往往的人。这些人都是游乐场里的客人,而没有公司的人——公司其实就是工厂作坊外加一些村庄的混合体,整个一大片里面有宾馆、别墅区、旅游景点和各种游乐场所。谁也弄不太明白这个公司到底有多大,因为它实在太散乱了。一辆辆警车嘶叫着从前面的街道上驰过,紧接着又是一辆辆轿车和面包车……他们简直看呆了。后来包学忠才转过脸来,说:"肯定是外地来参观的了,肯定是!外地都到这里参观——我们走吧走吧,找个地方玩去——我们干脆去乌眼家吧,今天我请客;不过你得答应跟你妈要钱……"

尽管廖若什么也没答应,他们还是一块儿穿过胡同,一条很长的胡同,去拍打一个灰黑色的小门了。里面出来一个两眼焦焦的女人,她见了包学忠立刻说:"又是你呀!上回缺那两毛呢?"包学忠嚷:"就知道两毛两毛,这不又带人来了。"女人咕哝着去开机器。

机器开了,那女人就进里屋忙去了。

廖若瞥了一眼屏幕,一下站起来。他想挪动,可是两腿像被钉在了地上。包学忠硬把他按在了沙发上,说尽管看个饱就是,反正已经交足了钱。

女主人出来进去,端饮料,没事一样。廖若一会儿就觉得太阳穴嘣嘣跳了。他大气也不敢出,盯着屏幕上一对或一群裸魔,两眼凝住了。他总是把其中的人看成唐小岷和骆明,要不停地揉眼——一揉屏幕上的人就变化了,变得像鬼一样。包学忠叫他,他一点都听不见。

包学忠把最脏的话都骂了唐小岷了。

五

廖若一整天都在床上和地板上摆弄那些游乐券,最后整整齐齐地用橡皮筋勒成一束。这样一会儿,他又把它们一张一张摊在地上,数了一遍又一遍,最后把其中两张抽出来,又抽出一张。

廖紫卫和妍子默默地看着。

"这是没有用过的,我给他,他就会给我古钱币的……包学忠会等我。"他说着抬头看窗外。

妍子抱住了孩子。

廖若还在嚷,她就拍打他。这样许久他才安静了一点,伏在母亲肩头抽动不停。他一边抽动一边说:"妈妈,你让爸爸走开,我有个秘密要告诉你,只告诉你一个……"

妍子抱着廖若走到另一间:"说吧孩子。"

"你把门关上。"

妍子把门关上。

"妈妈!"廖若哭着,"我想告诉你是谁杀害了骆明!"

妍子吃了一惊,"孩子,他是生病,在医院里……"

"可是……他真是被人害死的!"

"被谁害死的?"

"包学忠。谁也不知道,只有我一个人知道。我害怕别人知道……我不敢睡觉,我怕睡着了说梦话。我总是藏着,藏着,我受不了妈妈。我告诉妈妈,我害怕爸爸,你别告诉爸爸——爸爸知道了会……"

"孩子,爸爸多么疼你。"

妍子瘫坐在床上。她抚摸着廖若的头发,连连说:"爸爸爱你……爸爸妈妈都会保护你……"

"真的吗?"

"真的。"

妍子把廖紫卫喊进来。廖若看看爸爸又看看妈妈,哭得更厉害了。

廖若哭着:"这是很早以前的事了,包学忠要夺走唐小岷,还说,还说要为我报仇……他说早晚教训这个'小酸妞'。他这样说,不知道要干什么。后来他说'小苹果孩儿'和'小酸妞'是天生的一对儿,说教训了'小苹果孩'就等于教训了'小酸妞'。我替骆明害怕,骆明什么也不知道。我应该告诉他啊,可是我故意瞒着他……想不到包学忠真的那样做了。就是这样……"

"到底怎么回事?"廖紫卫觉得事情严重了。

"有一天,他把什么东西——是一种粉末……"

"怎么啦?"

"是一种做'伸腿瞪眼丸'的药……一只狗吃了,它疼得在地上滚动。他和几个保安一起干的。我吓坏了。后来他给了我药,教给我怎样使用,我害怕就把药扔了。我全扔了,爸爸!妈妈!这全是真的啊。我们有一次野餐,我们都在一起,我相信有人一会儿就要害肚子痛了,会痛得满地打滚。但他不会死的,因为这不是毒药。这只是对他的一种惩罚……"

廖紫卫和妍子听得脸色铁青。

"公司里的保安老玩这个把戏,包学忠跟上做。后来我求他别再玩了,别玩了。那些狗本来是活蹦乱跳的,还有猫。这太惨了!包学忠说,看见了吧,这个办法怎么样?说逼急了他什么都做得出来……"

廖紫卫沉着脸看着孩子。

"我知道包学忠会做什么。我吓得要命。后来我和小苹果孩吵了一架,就为彩色三角的事。唐小岷也向着他,我真想让人揍他一顿。包学忠问我小苹果孩这几天哪去了?我说他大概生病了,好几天没上学。包学忠没吭声。我想他肯定要去找骆明。我真怕他伤害骆明。他干没干我不知道。第二天骆明就上学了,第三天就突然得病了,后来……他喊痛死了痛死了……就是这样。爸爸妈妈,妈妈……我知道是谁把他害死了!"

廖紫卫站起来,紧盯着廖若的眼睛:

"你不要骗我。"

"我不骗爸爸……"

妍子哭着搂住孩子:"孩子,这不是真的,这是你幻想出来的,你在胡说,知道吗?"

"我没有胡说。"

"这可能吗?这不是有点太离谱了吗!"廖紫卫跺起脚来。

妍子说:"绝对不会,孩子你在胡说。你别冤枉自己,也别冤枉姓包的同学——这绝对不会。这样说很可怕的。"

"妈妈,是我亲眼见他把那些东西做成药丸的……妈妈,妈妈!呜呜……"廖若哭得说不下去。

妍子拍打他,安慰他,自己也哭得不成样子,嘴唇哆嗦。她又吓又怕,像害冷一样浑身颤抖。

廖紫卫把孩子的头按在胸口那儿,一下一下抚摸他的后脑;后来他又把孩子扳正了,盯了一会儿孩子的眼睛,笑了:

"廖若,很可惜,你的故事讲得并不好。"

"这不是故事!爸爸……"

"好吧,就算你说的是真事,我也觉得你这个真实的故事讲得并不好。它有太多破绽——你知道真正的好故事都是有头有尾的,那样才可信。"

"我不是在讲故事……爸爸!你害怕吗?你也害怕吗?"

"我一点儿也不害怕,你知道是你自己被编造的故事吓坏了。"

廖若怔怔地望着父亲。

廖紫卫说:"廖若,你这些话都很傻。可是这容易引起误解。你在爸爸妈妈面前讲可以,但千万不要对别人讲,好不好?你一定要记住。"

廖若呆呆地看着父亲。

妍子摇动他:"孩子你千万不要跟别人讲,知道吗?一定不要跟别人讲——你要对爸爸妈妈下个保证:再也不讲了。来,你说——"

廖若像个木头人一样转过身,回到自己屋子里去了。

门从里面插上了,廖紫卫和妍子再也推不开。里面是抽泣的声音。

廖紫卫说:"就让他一个人待着吧,让他好好哭一会儿吧……"

第 五 章

控 告

一

　　这片庸碌喧嚣而又死寂沉沉的平原,何处倾听那一声尖厉的呼号?没有,无声无息……夜晚,我一个人待在园艺场招待所里,常常连灯也不开,只沉浸在无边的安静和墨色之中。我的两耳在寻索海潮的涌动。无风之夜的海潮神秘动人,它细碎无边和悄然传递的内力让人滋生出一种肃穆敬畏的心情。这是长夜巨人的低吟,是无数次溶解和消化的结果。

　　然而在大海之侧,在这里,却是可怕的遗忘,是沉睡和淡漠。

　　人的死亡真的是一次远行、一次告别吗?可是他再也不会归来,更没有重逢。思念的丝网把人罩住,把人的心瓣勒出血珠。我想念一个个遥远而又切近的人,思念亲人与故友,思念像风一样吹拂的、无名无姓的善良的逝者。一个又一个,他们的灵魂在平原和山地,在视界内外无边无际地飘动……仅仅是不久前,你的笑容还宛如春阳一样灿烂。

　　我在窗前呆立,像盼着一个归期、一次相逢……死寂无声的平原,无声无息的巨人之躯还在长眠,隐隐的鼾声笼罩了真正的黑夜。

清晨,我仍旧伏上窗前,想看着巨人之躯怎样醒来,看他一丝一丝地苏醒。

　　那一线晖光中的微风,是黎明前轻轻的鼻息。

　　从窗前到那片茂密的果林,有一条洁净的沙土路。霞光正把路旁的杨树等距投影在路面上,像一把竖琴。我正注视着它,突然梦幻一般,琴弦上有什么跳动起来,是一个小小的身影:这身影在弦上攀援,于是竖琴发出了声音。

　　那是一个孩子向这儿走来。一个女孩,走得很慢,像是在犹豫什么:额头低垂,看上去心事重重。后来,当她离得越来越近时,仿佛才终于下定了一个决心,然后昂起头大步走了过来。

　　这时候我才看出,这个小姑娘正是唐小岷。阳光下,她微鼓的额头亮闪闪的,还有霞光下不停眨动的、重瓣蜀葵花似的长睫。这真的是一对鹿眼啊。我想喊一声,又忍住了。我一直看着她走近,看着她仰头注视这边,鼻翼在轻轻活动……

　　进屋后,她的胸脯起伏不停,一刻也不再耽搁地从衣兜里掏出了厚厚一沓纸。"叔叔,您看看吧叔叔……"

　　纸页上,有的字迹已经模糊。我的目光在纸面上划过,很快明白这是一份长长的控告书。它显然由孩子们写成,字体稚气然而笔画有力,每个字都写得挺拔端庄。它写了骆明事件的前前后后,末尾处是一排长长的签名。

　　我一口气看了两遍。尽管它控告的对象不够集中和明确,举证也有些模糊,却能字字拨动人心。霞光落在纸上,它染成了一片橘红色。我一遍遍看着。小岷好像等不及了,口气有些急促:

　　"叔叔,我们要再抄一次。我们已经添了好多内容,还是说不清楚。我们想找老师看看,出出主意,可有人吓得躲躲闪闪。肖潇老师看了,她说应该拿给您看看。叔叔,我们不知道这信该寄给谁,怎么改……大家在一块儿只是争,争来争去还是没有结果。叔叔,您给我们出个主意吧……"

她那双花鹿一样的眼睛盯着我,微微叹气。这是一声微小的、若有若无的叹息。我不知该怎样感谢来自孩子们、来自肖潇的一片信任。我不能让他们失望。

小岷抽泣起来。

"叔叔,肖潇老师说不能流泪,说要流也流在心里,不能让那些人看到……我恨他们,恨医院,恨那个脏地方,恨那些狠心的人。学校的老师和同学都说:我们一辈子也不到那个医院去了,生了病、疼死,也不到那里去……我们要告发他们,检举他们见死不救……"

小岷或许就是这封信的起草者,因为信中的语气与她这会儿的诉说十分相似。她说起草时好几个同学在一块儿,大家一边商量一边写,又经过一遍遍修改。这些天谁都无心上课,因为时下要做的事情比一切都重要。骆明死得太惨了,大家从震惊和哀伤中醒过神来,就再也不想去学校了——是的,在一个见死不救的地方,功课学得再好又有什么意义?

这是孩子们、也是许多人固执然而未曾清晰表达过的一种看法,是人们从骆明的遭遇中得出的结论。这种认识对于一些十几岁的人来说有些过于残酷了,可事实就是如此。

"有个老师看了我们写的材料,说你们可不能这样——到底要告发谁,总得有个准确的目标。'你们控告的是谁?直接责任人是谁?'我们说就是要告发医院、医院的领导,还有医生。我们特别要告发那个女医生,我什么时候都能认出她来:一对大眼睛,有点儿胖,是一个长得好看的坏人!那天正好是她值班,所以我们要告发她——老师说这叫'渎职罪'……骆明多健康啊,他是百米田径赛全校冠军……全班最有希望考重点高中的人……"

小岷的声音越来越急促,哭得说不出话来。显而易见,这封控告信之所以写得太长,原因就是因为罗列细节太多;为了证明事件的严重,表述过于翔实,文中记录了许多数字:两点钟从学校出发、到医院是下午三点一刻;老师怎样说,院方怎样说,进手术室的时间、等候的时间……当然,所有数字都非常重要;问题是这差不多已经有了一万多字,实在太长了。

"叔叔,我们一定会赢——您说呢?"

我点点头。我这会儿在想廖若。

小岷的目光转向了窗外:"我们还要写上其他见证人。那一天急症室里是两个大夫,他们的领导就是那个戴口罩的男大夫,胖胖的,不知道名字……我看见值班女大夫每件事都要请示他……到最后骆明的病都没有确诊,他是死在手术室门口的。廖若把他抱在了怀里,廖若是最重要的证人。可是现在廖若已经吓坏了……我们直到今天才明白:原来医院是这样的地方,这儿太可怕了……"

二

最让唐小岷伤心的是为这封信征求签名的过程。

她说:几乎所有的同学都签名了。大家争着签。就连包学忠也签了。骆明父母可怜极了,他们只有这一个孩子,他死得真惨!同学们轮番安慰他们,说了那么多话……

"该让老师签名了。和我们一起去医院的女老师签了名。廖若多么重要啊。可是我们到了廖若门口又折回来。我们想一块儿去找廖若,把信读给他听,可还是害怕,没掏出来。他病得太重了。从他家出来,有人说能不能代他签?都说不能,说这样无效……怡刚把信又改了一遍。他写得太长,这么多页,领导一烦就会扔到一边去的。短一点儿,再短一点儿,缩成两页最好。两页怎么行?起码要把事情说明白,然后……怡刚去问老师——可他们不但不帮我们,还阻止我们。如果这封信是老师和同学合写的多好啊!

"我们还是去找了班主任。我们平时都喜欢他,都知道他一直难过。他仔细看了材料,然后就起身去关门。他是怕别人知道我们来这里找过。他看完了就一动不动盯我们,一个一个盯。我说老师怎么了?他又看关上的门,把材料翻过来放在桌上,说:'这事儿就到此为止了。'我们说还要修改才能寄走……他问:'往哪寄?'我们说往上边。他立刻'哼'了一声……我们都愣住了。我求他了:老师,您好好看一下这份材料,如果同意就签个字,如果觉得不行就修改……老师的眼睛瞪圆了。'难道我们错了吗?老师!老师……'

"老师就是不说话,只把那份材料放在桌子上。直到最后,他没签字也没说一句话,走开了。他到底怕什么?他为什么不告诉我们一声?我当时和怡刚站了一会儿,只得把材料取回来……

"我们再也不找老师了。让同学签名吧。签了十几个。接上有更多的同学签名——正签着老校长来了。他走到跟前伸出手来。我们都不知道校长的意思。他的样子很严厉,一直伸着手。我们害怕了。他说:'给我。'我们只得把材料给他。他看一遍,摘下老花镜又戴上,不停地叹气。'怎么了校长?'他摇头说:'同学们,我们不能得罪那个医院啊,更不能得罪卫生部门。我们是个小小的学校,怎么能……'他手指点着桌子,下边的话没说明白。怡刚急了,问:'为什么就不能?''因为所有老师的公费医疗都要他们管,还要看病;为这个事咱们扳不倒人家,还要得罪了人家。那就全糟了。同学们,让我们慢慢做做工作看,先不要采取这种极端措施——这样对骆明家长、对学校,都不好……'

"老校长说话时两眼一直没离那沓纸。他的眼里有一点火星,一会儿就熄了。他捏纸的手抖起来,一直抖。我们忘不了老校长的话、他的眼神、他发抖的手……公费医疗、治病,我们明白,也许大家也会生骆明一样的病,也会痛得满地滚,那怎么办啊?不敢想……可大家眼下还没病,还好好的——为什么不敢?骆明都埋到土里去了!天哪,我们哭着跑开了……

"幸亏我们提前找了许多同学签名,后来再找那些没签的同学,他们都不敢了——已经签名的同学有的想反悔,那也晚了。多么坏啊,原来有人在暗地里阻止同学签名,找家长威胁……肖潇老师从头到尾都在帮我们,签上了自己的名字。她说到了您,说您是骆明全家的老朋友老邻居——'去找他吧,他会帮你们……'

"叔叔,我就来了。"

三

我坐在那儿,看着面前泣哭的孩子,看她哭红了的美丽的鹿眼。我想起了另一双极为相似的眼睛,想起了菲菲。

…………

亲爱的孩子,再不要流那么多的眼泪,再也不要……因为没有人害怕眼泪。哪里也不需要它。它已经多得汇成了海洋:你们蘸一下试试就知道,海水和泪水是同一种味道。孩子,再不要泣哭了,也不要乞求。请相信自己的力量,这个世界最终难以忽视你们的声音。再说我们已经没有时间泣哭。

我该说些什么?我该怎样表达此刻的心情?

就让我讲一个故事吧,一个短短的故事。

这个故事许多人都知道,从来没人怀疑它的真实性。我在遥远的异地也听过这个故事,可见它流传得既广且远,许多人都把这个故事记在了心底……

从前——但不是很久的从前,这儿曾出现过一个歌手。他携着一把琴走遍了山冈平原。这个歌手不是一般的歌手,唱出的也不是一般的歌。他不是逢年过节为官人和富人嗲声嗲气唱颂歌的那一类,那样的歌手连粪土都不如。他的歌声是将人的心声汇合了水声和风声,再集合起河水、森林和山谷的声音,从此就变成雄浑宽阔的一条大河,所以他就有了海浪一般的摧枯拉朽的力量。他的歌又像一只柔软的手掌,能让人抬起头来,不再泣哭。久而久之,人们已经无法离开这样的歌唱,就像每天都离不开食物一样。那些贫穷无告的人迷恋他,跟着他,后来无论他走到哪里,都有人跟随他,和他一起歌唱。

他唱出的声音能够直接钻到人的心里,所以才有一种无可比拟的神奇力量。他走到哪里,只要一张口,就一定会牵动许多人。看看吧,他身边总是人山人海。在夜间,他们点起篝火歌唱,唱啊唱啊,奇怪的是嗓子永远也不会沙哑,目光亮得就像闪电。篝火照得通天明亮,有时人们通宵不睡,随着他一起用歌声迎来黎明。他怎么歌唱?他歌唱时总要挥起胳膊,长头发被风吹得像火焰在燎动;他的手臂向一边摆动,所有的人都向一边摆动;他的两手一抬,篝火四周的手掌就呼一下伸出,举成了一片森林。

这个歌手终于让一些恶魔害怕了。一天黄昏,篝火刚刚点起来,恶魔们就派去大批持枪携刀的人。他们先是藏了武器潜在人群中,然后慢慢向篝火旁靠拢。夜已经深了,这正好是一个大声歌唱的时刻,歌手放开喉咙,一场人如痴如醉。刽子手渐渐逼近了,突然就亮出枪械,喝令:立即停止,闭上你的嘴巴。

歌手就像没有听见,继续弹琴,引吭高歌。

刽子手就把他的琴夺下来,在膝盖上噼啪一声截成两半。

都以为这一下歌手该停止歌唱了,因为没有这把琴歌手就难以开口,这琴从来都是他的命根子,跟随他走遍了万水千山,他已经与之不能须臾分离。

刽子手有的站成一圈包围了歌手,有的阻挡着人群。

可是站在大火旁的歌手仍旧啊啊大唱——没有琴了,他就高举两手,两臂伸向天空,疯狂地一边挥舞一边歌唱。

汹涌的人流也跟上他,也像他一样挥动胳膊。

刽子手扭住他,把他的两只手砍去。血立刻湿透了衣袖、染红了胸膛。这时他依旧挥动两只光光的胳膊,继续高歌。

歌声像滚烫的热流一样不停奔涌。人群的吼唱汇成雷鸣,震得大地发抖。刽子手被强劲的声浪淹没了,击荡得肝胆俱裂,有的倒地而死,有的被拥上前来的人群踩死。

他仍旧还在唱、唱,一直到流尽最后的一滴血……

后来……后来……

后来所有洒过血的地方都开放了一种野花,它们红得像火。到了深秋,花谢了,又结出一种红色的果壳。风起了,它们在风中发出尖厉的嘶鸣和嚎叫,整夜整夜都是它的呼号——人们说这就是他,是那个歌手在弹琴唱歌……

这就是那个故事,它告诉我们:只要灵魂的歌声永不停歇,魔鬼就会在歌唱中丧魂落魄,直到灭亡……

"那个歌手——那个被砍去了双臂的歌手,他来过我们这儿吗?"

"来过。他就是我们这儿的人。只要是有人迹的地方,他和他的歌声都到达了,穿越了,并且留下了自己的足迹——这足迹永远都看得见。"

"真的?"

"真的。你和伙伴们一定去过那座海蚀崖,还记得春天和夏天的情景吗?那时候你如果站在山崖上,从山的慢坡往东看,整片整片的绿草间都开满了紫红色的花;它们先是一点一点,像小火苗儿,而后越来越密,直到整片草原都点着了——这种花颜色浓烈,红得像火……孩子,这就是那个歌手走过的地方,是他的血……"

一 毫 米

一

我不知道何时离开平原,因为我不知道这是跋涉的归宿还仅仅是一处驿站。我只知道这是昨天的家,我的出生地。夜晚,半夜醒来,常常有一阵难忍的、从心底泛上来的凉意,使我久久枯坐。我望向四周——这时一切熟悉的声气、一切生命的声响都构成了一种安慰。这时除了无边的夜色,什么都没有。原来我只是独身一人……这条路由何开始,还要蜿蜒到何方,真是不得而知。

一连几天蜷在住所。在这样的时刻,我会反反复复展读随身携来的,还有刚刚在旅途上记下的字迹。我翻弄着它们,想着这些年来在旅途上不断结识和告别的那些朋友、那些当下的"智识者"、那一场场无头无尾的争执和讨论、那些在记忆里业已变得陈旧的聚会,心头常常会滋生出一种绝望感。有一段时间我曾奇怪地发现,我已经猝不及防地走入了中年的宽容:我于沉静中忍受,进而默许,犹豫不决,销蚀着自己的勇气。看上去好像在做人生的检视和度量,在思维的十字路口上徘徊揣测——好像是一种引而不发,其实最真实的情形是,生命的那种内在张力、锋刃,已经在悄悄地折损。

在这种多少有些可怕的宽容中,我不能不一遍遍地怀念自己的往昔,记住那些青春的勇气。我从来以为,一个人如果在三十五岁以前就走入了机智和乖巧,那差不多也就完了,那对一个人的灵魂来说简直就是死路一条;可是四十岁以后呢?那就会是半条死路吗?今夜我不能回答。

我在如此的寂寞中沉入的是深深的回想,回想一路上的喧嚣……匆匆过客们几乎都在无一例外和一无所知地嚷个不停。他们的尖音和冷嘲,令人厌恶的聪慧,是这个时代最浮浅最廉价的东西。

我面对的却是近在眼前的不幸,是无以疗救的哀伤。因此,我觉得种种嚷叫都变成了人世间最为冷酷的嘈杂。我同时也为自己长达二十余年的自我烦恼和莫名的徘徊、更有时断时续的呻吟而羞愧。

我的声音——它们之中好像缺少了一点什么——是什么?在彻底弄明白这一切之前,我将尽可能地收声敛口。因为除此之外已别无他法。此刻,在这徘徊与焦愤的时刻,我正审视着自己的浅俗和平庸:起码没有像这片平原一样涓聚着缄默和自尊。这片给了我生命的土地啊,你有一种神秘的力量,我只有永远地匍匐和依偎。

我那一丝呻吟,应该尽快止息。

今夜,我不能消磨的记忆里倏然跳出一个名字。然而我不能说出。我之所以不能说出他(她)的名字,完全是因为一种深爱和禁忌。一些故事堆积如山,它们像秋天的落叶一样在大地上自然堆积,卷裹了各种虫卵和病菌,覆盖了清新的泥土。在这个时刻,也许是为了遗忘,为了沉浸和寻找,也为了挨磨,我有时竟能长达几个小时地回想他(她)。我像个搜索渣食的动物一样,在令人疲惫和沮丧的开掘中,任白发从乌丝中悄然探露,一双眼睛也被无始无终的刺痛弄得愈加浑浊……我好不容易才离开了那座燃烧的、日夜旋动的城市,试图从熟悉得发馊的面孔间、从繁琐得悲惨的聚会里走出。回忆我从那所地质学院毕业、到地质所再到杂志社,我几乎只为了抵达一个梦想而不停地奔波。从地质学院的假期勘察开始,我就很少离开这套精心置备的行头:大大的背囊,地质锤指南针各种图表,以及无数野外生活的器具。我不会长居于喧嚣的街区——长长的逃路没有尽头,从城区到郊野,从平原到山区,不停地走,走,走遍太阳灼伤的大地,走遍夜色深渍的大地。我的不可遏制的长吟的欲望在推启喉咙,可又生怕轻薄的认识蜇疼了自己。我真的要像挚友所告诫的那样:你啊,请三缄其口。

可这海浪一般涌起的感念和愤激啊,又让我如何阻止……

茫茫大地,渺渺视野,我越来越明白爱与恨是同一片叶子,是绕过它的齿缘铺开的两面。对不起,又想起了那些可爱的先生。我仍然无法相信他们廉价的微笑——正像我无法相信中年的宽容一样。因为我总是看到,那些微笑常常经不起一点推敲。我想展示的只不过是一片自然的叶子,有人却对它充满了恐惧。

原来它们是同一片叶子,只被浅浅的齿缘隔开。

毁灭这爱的,应该招致诅咒,因为它就是罪恶本身。怜悯和宽容是有的,但他们仍然不是直接的流血者,不是挣扎者,而大抵是一些清客和看客。

他们没有揪心的痛苦,没有一个亲生骨肉刚刚死去。

他们没有权利倡言这"爱";况且他们之中混藏了一些劣迹斑斑的骗子。他们口口声声的"爱",并不能保证自己在未来的一天不受追究。

我想起那些令人心冷的聚会。我只想请朋友睁大自己的眼睛,看看平原上这鲜浓的血;我只想请他们稍稍地回顾,以警惕自己的遗忘……人哪,没有一个不是行走在悲惨的长旅中。多么可怕的遗忘和冷漠,它将使人丢失明天。他们害怕记忆,也害怕睁开眼睛。可是我的小果园里的伙伴、那个脸颊像红苹果一样的孩子呢?如今,我又一次看到了自己的手指被割伤,鲜血一滴滴渗下……

它像玫瑰花瓣一样颜色/我惊骇地看见一道脉管/在阳光和黑

夜里爬升/夜的叶子悄悄生长/肥厚的叠瓣积压山峦之巅/脆弱的角质膜呈现暗紫色/荒原之心被小心地包裹/那汩汩流动之声宛如月晖/它铺展成一层静宁的薄片/它滴落下来的一瞬/谁也听不到金属之声/我地下的滔滔河流啊/我不为人知的痛苦的脉管/它痉挛的时刻大地就会抖动/它在无边无际的母体上渗流/在早晨和暮色中彰示/这最美丽最致命的颜色……

二

老骆夫妇让我吃过饭再走。简单的一餐：玉米饼、咸菜条、花生糊糊，还有蒸梨和蒸苹果。他们在饭桌旁没有说一句话，只在昏黄的灯影下咀嚼。屋子里悬了极小的一个灯泡，这儿的光线实在是太暗了。这种光色就像我们此刻的心情。它让我想起记忆中的小茅屋里的油灯，还有眼前的小木桌、菜饭，连同这屋里的气味，都像我们当年的家。我发现自己待在这种光色里时间久了，会越发难过。我们都没有提到孩子。我只想在今夜更多地陪他们一会儿。

走出小果园，登上了北边的沙岭。夜风平缓得就像无浪无涌的河湾。这个夜晚让人格外孤单。这样的时刻，我在这条小路四周徘徊，看着已经变得稀疏的林子。小动物们消逝了，隐匿了，无声无息。我站在沙岭上很快发现，昨天的全部都罗列在这个夜晚：沙岭、小果园、弯曲的小路，还有前面朦胧的灯光——那是爱恨交织的园艺场子弟小学……今夜，那里的风琴声没有撒在风声里。我站在一株野椿树下，感受着秋天的凉意。

我在小路旁待了一会儿，然后走向了那片朦胧的灯光，那里是园艺场子弟小学。

我进门时，肖潇正站在窗前，像在等一个人。她看了我一眼，目光十分平静。屋内，桌上的清水瓶里是一束焦干的花，四周是一些垂落的叶子和苞片。她擦拭桌子,小心地把苞片拢在一起,并不拭去。这个夜晚她穿了一件浅灰色的衣服,领口那儿有一条纱巾,白得像鹅羽。这灯光昏黄的小屋里,只有寥寥星晖掺进来。

我想看清她的目光。我稍稍坐近一点,看到了夜色一样的眸子。

"……我不知道还能在这儿工作多久。可我想在这儿待下去。我将坚持到最后一刻……我很少这样鄙视一些人。"

一番话有点突兀。我惊讶地望着她。

她苦笑一下:"教育局长又一次找我谈了,真是做梦也想不到。我在回来的路上想过——也许一切就该如此,不这样反倒不正常了。关键是我自己怎么做……真的,现在就看我自己了。是这样,那个局长一开始吞吞吐吐,我说你就不用绕圈子了,有话干脆直说吧。他这才说:好好,那我就全说了吧!他说自己是受一个'人物'之托来做说客的——说服我到一个公司里去受聘。他的话刚停我就想到了那个夏令营,知道是那个公司姓苏的老总。他说人家看上了你,点名道姓说要聘用你。

"我忍住心里的厌恶问他:你怎么看这件事呢?

"'这还用问吗?我当然赞成。我非常赞成。人家愿意出那样的高薪,选人可以说是百里挑一,对你来说也是难得的一个机会,你应该抓住这个机会。'

"'那你为什么不抓住这个机会?'

"'瞧你说的,我是男的嘛,再说年纪也大了。人家要女的,还要年轻——就要你,知道吗?这点还不明白?你该明白嘛!'

"'你的亲戚当中没有女的吗?还有,你的女儿多大了?她们是不是可以抓住这样的机会呢?这个机会我愿意让给她们。'

"局长听了这番话不但没有一点恼怒,反而感激地瞪大了眼睛,说:'这可是我亲耳听说的,要不她们也不会相信的。唉,可惜她们当中没有合适的人——我女儿还小；她要早生几年就好了……得了，咱不谈这个了，谈也没用。直说吧，你应该去，你知道我可是一片好意哎，嗯，全是好意。人家口刁得很，一般人他才看不上眼呢！'

"我尽可能平静地问这位局长——'你认为我在这儿的工作合不合格？'他叹了一声说：'唉，这本是两搭子事嘛，你的工作都说好嘛，这已经不必我来评价了！'

"我听了终于忍不住了，当时提高了声音。在过去我是不敢这样跟领导说话的。我说：'那好啊，你是一个教育局长，却动员一个称职的老师离开学校，目的只不过是为了讨好那些有钱有势的人。你可以这样做，但你别想指望其他人都像你一样，因为这个世界上真的有人喜欢自己的工作，他们不想变卖自己——这就是我要告诉你的。'

"他的脸变了色，好长时间没有愣过神来。后来他可能琢磨起我刚才的话，想到我刚刚还把这个机会让给他的女儿，就嗷嗷叫了起来。他伸手指着我：'好好，你！你！你真是狂妄到了极点，你谁都敢污蔑，你有什么了不起？不就是长了副脸壳子吗？你这样水平的，全市教育系统有的是！你别烧包，我今天也这样告诉你，嗯！嗯！'

"我听了一点没激动，差不多都要笑出来了。我说那好吧，那就从全市教育系统去找吧，就不必在这儿跟我磨牙了，惹您生气真是过意不去。他说你也不用巧嘴滑舌，你是什么意思我全能听出来，你才吃了多少年的咸盐豆子……

"他跳起来又坐下，后来发现自己有点失态，而我却在旁边不温不火的，立刻就有些后悔了。不过他一时还平静不下来，脸色一直紫着。我说我要走了，局长再没什么事了吧？他说不行不行，你不能就这么走……我知道他回去交不了差——当时他一定是在公司面前拍了胸脯。我于是十分快意。这样僵持了一会儿,他不说话,我也不说。他叹气,我就冷笑。呆了许久,他才长长叹了一声,说你呀,你主要的缺点就是太年轻了!我想这句话也太幽默了,只可惜他自己并没认识到这一点。我听下去,很想知道自己的这条'主要缺点'会造成什么后果。

"他说:'你太年轻了,考虑问题只是从眼前、从局部;你知道现在的事情有多复杂,这可不是你这样的年纪所能预料的啊!你以为公司是一般的地方吗?他们想做的事儿,老实说根本用不着求我们——我是说,'得耳'和苏老总他们真正想做的事儿,在我们这儿还没有做不成的——这是真话啊!我们教育局在他们眼里算个什么?他们为这事找到我,不过是想给我一个面子罢了,人家其实完全可以直接去找市里领导⋯⋯'

"我知道这里面有威胁的意思,就打断他的话说:'我宁可失业,也不会到他那里,这点你尽可放心好了。他们该知道,这世上并不是所有人见了有钱有势的人都那么恭顺、那么下贱!'

"他开始吼叫:'我下贱?这是你说的吗?你敢承认这是你刚才说的吗?'

"'是啊,就是我说的嘛。有人不仅下贱,而且胆小,是一群胆小鬼⋯⋯'

"'说我胆小?那我怕谁?我难道怕你、怕你们不成?'

"'我告诉他:你们心里有鬼,所以你们实际上谁都怕;你们特别害怕孩子的眼睛!⋯⋯'"

三

这个夜晚肖潇非常激动。自我们认识以来,这些天来大概是她最冲动的日子。原来她在许多时刻也是不能忍耐的,这是十分少见的——即便是那个夏令营的可怕遭遇,也没有使她这样。

她告诉我，就在"小苹果孩"出事前不久，另一件事曾深深地震动了她。这之后她一直不敢去想，但还是做了许多噩梦。她甚至不知道该不该去恨那个传递消息的人。

那也是关于一个孩子的故事，一个美丽的女孩的故事。

她说自己一辈子都不会忘记——今天面对这个教育局长，她首先想到的就是那个孩子……

一切还得从那个夏令营说起。

从那个岛上回来之后，她的情绪糟到了极点。学校不久之后召集的假末学习班她称病未去，而这之前是从未有过的。海岛之行让她第一次有机会深入到生活的另一面，不期而遇地与那个公司之类打起了交道。一切比预料的还要糟糕十倍。这一回让她感到了深深的惊讶。令她痛苦的是，从夏令营归来，一些同去海岛的女员工兴奋得差点没哭出来。

"多么好啊，哎呀人家公司对咱真叫好啊，吃住全包了，财大气粗，就是大方。啧啧，啧！"

她们的嚷叫响在校园里，弄到最后所有没去夏令营的家长都有些后悔了。有人问起肖潇，肖潇回答："糟透了！""怎么了？""要多糟就有多糟！"对方愣住了，说："天哪，这听谁的才是呢！"肖潇说："听我的，因为我是领队，我更了解全部情况。"

那些通过夏令营与学校几位不道德的女人建立了联系的公司人士，常常把车开到学校门口。有一天校门口停了一辆"林肯"轿车，下来的人就是公司公关部的一个主任，姓潘，他开口就说要找肖潇——肖潇问有什么事？他说公司要搞一个大型酒会，她作为贵宾被邀请了。肖潇冷着脸说："谢谢，可惜我今天要为一个孩子辅导功课。"

就在同一个秋天的学术会议上，肖潇与另一个人不期而遇了。

会议在市里的一个宾馆举行，整个会议要开三天。空余时间她总是一人独处,因为她喜欢如此。

一天晚上她正在房间里读书,突然有人轻轻敲门。她以为是会上的朋友,开门后却愣住了——一个似曾相识的人在门口站着,有些腼腆。她还没有叫出声来,一颗心先自怦怦跳了。这是那个市长——这个人在一个多月的时间里给她写下了许多热烈的情书。她至今还没有回一个字。

"我不知是否可以进去……"

"请吧。"

他的脚跨入门槛的一瞬间,她的一颗心才安定下来。倒是对方有些慌促了。她为他倒水、端桌上仅有的两枚桃子。他这次来访多少使她有点吃惊——同样让她吃惊的还有那些锲而不舍的书信、那股劲头。作为一市之长,他无论如何不能说有多松闲,但他真的为她花了不少时间。她原以为对方不过是那种轻薄之徒,是又一次情场即兴而已,虽然那些信件还称得上情真意切。她没有回,压根就不想回。她对这一类人不是敬而远之,而是厌而远之。她为对方感到难堪和羞愧。虽然"他们"也并非全都一样,但她没有理由对这一类人抱有什么希望。她认为自己不会错的。

从那些信中她了解到他是一个"情感生活不太幸福的人"——是的,这些人无一例外地都"不幸福",而且都不愿离婚——最后这一条他却是稍稍不同了,离了婚,并且已经独身好多年了。他说自己把所有的精力和热情都献给了眼前的事业——这座可爱的城市……她虽然看不出这座城市有多么"可爱",但还是产生了一点点同情。

眼下这个人就坐在对面。他已经四十七岁了,他说自己的所有黑发都是染成的。虽然面色很好,但眼角那儿有了几道深深的皱纹。尽管他总是极力掩饰,一种笨重的气息还是从一举一动中流露出来。

沉默了一会儿,他突然说道:"我知道,我的这个做法有些过于勇敢——过于冒失了。我知道这不会有理想的效果,甚至会引起对方的反感。既然明白这些,为什么还要这样做呢?坦率地说,就是太焦躁,觉得时间紧迫,已经有些来不及了!我已经顾不了那么多,虽然我也明白'欲速则不达'的道理。"

"为什么就'来不及了'?"

"因为我认识你的时候已经太晚了。在一个会上,那也不是第一面;有一次你到书店去——我记得非常清楚,是两年前的一个下午,春天,你穿了一件风衣;同行的有我认识的一个女同志,我问了她……就这样知道了你。从那天起就没能把你忘掉——这有点像是老一套了,但这是真的。在你看来可能我是过于莽撞了,可我倒是鼓了不知多少勇气呢!"

肖潇的脸有些发烫,声音低下来:"为什么就'来不及了'呢?"

他口吃了一下,但很快恢复了常态,"怎么说呢,是这样……有一天我照镜子——我这个人总是在情绪糟透了的时候才照镜子!我发现自己真是太苍老了,时间过得比我想象的要快多了。时间这么快就滑过去了,可我都做了些什么啊!年轻时候那些抱负啊,它们不仅没能实现,而且还有点南辕北辙。我不敢回想刚刚毕业时的心气,看看吧,我每天都做了些什么!我觉得青春花得太不值了。那天晚上我沮丧透顶,想让一切都重新开始。我该过自己的生活了——这种情绪是早就有过的,它常常在脑子里闪动,可惜闪过也就闪过了。只不过近来发生的一些事让我坐卧不安了。它太可怕了,太可怕了——只害怕引起波动,所以有些事一直没有公开……"

四

"你大概不会去注意刑事案件,因为太多了。有一些案子在报上公布了,说得很简单。群众并不知道它的恶劣程度,因为那样就会成为众人瞩目的大事,到最后如何处理都成问题。你当然不会注意,因为这一类案件几乎每月都要发生——可这一次不同了,受害者是我几个月前认识的一个孩子!

"那是我陪一个外地参观团到市郊,那儿有一个搞得不错的村子——比买了海岛的那个村子差一点,不过也改成了集团公司,内辖好多企业,总产值位列全市前十。一般来参观的上级领导都要去那里看一看。公司领导在接待方面也积累了许多经验,总是做得非常得体,这也让市里放心。参观团如果比较重要,在接待方面就要好好下一番功夫——这也是一大难题,没有不打怵接待的,每天都要忙于送往迎来,几乎做不了多少工作。有人说这就是我们的工作,说得让人心疼。时间就耗在这上面,一路陪着人家,说一些根本就不想说的话。重要人物下来了,你还得事先做好各种安排,计划周密,每一步都要想好,不出纰漏。这种痛苦是身在事外的人体味不到的。

"接待领导都有个苦恼,就是规格越来越高。现在都看电视,外地甚至外国有些做法,只要从电视上看了,都想学着做。享受摆谱、奢华这一类,往往是一学就会的。比如说接待中的警车开道,就是这些年才普遍实行的,刚开始是专门接待很高的首长,如今只要是上边的头头脑脑来了都要这样。警车一叫,群众就骂。可是被接待的人高兴。你不这样做,那么其他市区会这样做!警车开道这一类事还算小,要学的永远也学不完,比如列队欢迎、献花……这一套也全来了。这都是跟电视上学的。

"那个孩子就是那一次参观时认识的。因为小女孩长得特别漂亮、特别讨人喜爱,所以几次向来宾献花的都是她。小姑娘刚刚十三岁,穿一条花裙子,特别让人难忘的是那双眼睛,又黑又亮像小鹿,睫毛一闪一闪的。因为我们见面有三次了,所以她总对我笑。我知道她叫'小蕾',是跟着打工的父亲从南边很远的地方来的,正上小学。

"我一闭眼睛还能想起小蕾可爱的模样,闪动的大眼,高高举起手臂敬礼、献花,胸前的红领巾在风中飘着……有一天正开市长办公会,听全市治安情况的汇报,我被一个罕见的恶性案件惊呆了!汇报人说有一个外地的流氓在某个公司的宾馆强奸了一名幼女,而且是当众做的,事后想用一大笔钱堵住那个女孩父母的嘴,可是那个女孩告发了他,他又用一笔钱买通了在场的两个人,硬是想不了了之,还威胁女孩的父母,说如果再告就要如何如何。宾馆经理也做女孩家的工作,说要花高薪特聘女孩为他们的"少年形象大使",给的钱高得吓人,只在业余时间和欢迎高级客人时才来工作,并不影响她上学……孩子的父母哭着答应了,可是小女孩还是告发……我忍着,好长时间说不出话。也许我最后不该多问那么一句——天啊,这一问知道被害的孩子不是别人,正是小蕾!我长时间仰在沙发上,眼前一片模糊……

"当时离案发时间已经有一个星期了。我难过到了极点。我再不敢想那个孩子。为什么就偏偏是她呢……我身上的每一个关节都疼,知道这是极度悲愤造成的。好不容易忍住了,我站起来,说马上——马上去看小蕾。

"那天我只抱住孩子。她什么话也不说,过去的活泼全不见了。小蕾长时间紧闭双眼,她不愿看我一眼。这使我总是看到她那长长的睫毛。

"多么可怕啊,我整天忙忙碌碌。我的眼皮底下发生了这样的事情,我就是个罪人。我平时并不是一个麻木不仁的人,也知道一些事情的症结何在,知道那些旅游区走得有多远,可惜还是缺乏勇气。我明白这些公司不是那么容易碰的。但那时我在心里下了个决心:从今以后,我就是要豁上去碰一碰!我的力量和我的岗位也许微不足道,可是这些都不能妨碍我。我也许没有多么高远的理想,可是这一毫米的理想总还该有吧!

"这就是那一会儿的誓言。我一遍又一遍默念:你现在是这个城市的市长,你准备好了,你听着,你不准改变刚才的主意和决心。

"回到办公室我马上找来公检法司的主要领导,又约来分管的领导,一个不准缺席;我说立刻派驻强有力的人员到那个旅游区,斩断伸向孩子的脏手!困难再大也要侦破,争取早结案,宣判、公布……我布置全市的治安工作,决定不惜一切代价,加大力度,让全市群众、特别是那些弱小无依的普通百姓能安安定定过日子,穷和富倒是次要的……会散了,只有法院的头儿不走,我问还有什么问题,他吞吞吐吐。我厉声责问,他才说了一句:'这个案子,怎么办更好?'我一听头皮发麻,大声问:'你说呢?'他不语。我想说这个罪犯不抓不判,那你们法院今后还有法开张吗?这么多孩子在旅游区频频出事,历史上都没发生过,你查一查档案、查一查市志吧!

"他走了。我想也许是我想得太多了。因为他什么也没说。谁知后来的事实证明不是我想得太多,而是太少,一切远比我预料的还要可怕十倍、可耻十倍!那案子一直到现在都没有结。原来那个案犯跟一个重要人物有瓜葛,他们是亲戚。有人对这个案子已经早早打了招呼。我对有关负责人说:这个人如果不抓,我这个市长就不干了!有一个副市长私下里笑,说:你干不干还不是小事一桩嘛。

"他说得很对,虽然很恶毒。我知道在全市范围内找几十几百个市长是太容易了,谁都能干,我被选中也许从根上讲就是一个误会呢。我是一个博士生,这在很长时间内也成了一些人嘲笑的依据,只要是他们不高兴的事情,他们张嘴就说:书生还是不行!我知道一些粗鲁胆大的家伙都爬上来了,因为这一类人没什么操守,更没什么廉耻,在一定的时期内、范围内,当然他们的机会更多一些。我要工作,就少不了与这一类人打交道。这样久了,我发现自己也要设法变得粗鲁起来,有时还要像他们一样满口脏话、不讲道理才行,因为不这样就会被人耻笑,甚至寸步难行,一句话,会被当成外人、书生。

"这些不必说了,反正这么多年已经习惯了。我不能习惯的只是眼下这个案子。我无法忘掉那个孩子黑亮黑亮的大眼睛。夜里因为难过,连续失眠。关于那个旅游区那个公司的黑幕我常有耳闻,有人说他们为一些客人专门准备了男孩女孩,毁了他们一生……我想这次将全力搏上一回,因为我实在忍不下去了。我说过,这并不是什么了不起的事,这比我刚毕业、比我从政之初的远大理想差了十万八千里,它只剩下了一毫米——如果连这一毫米都守不住,我就完了!"

五

"一场纠缠就这么开始了。其实它从一开始就决定了胜负。一个市长在纵横交错的关系网上真是微不足道。想想看,我多可怜,连一个孩子的公道都主持不了。相反我如果要干点坏事,那倒容易得多,这点我毫不怀疑。我差不多放弃了许多重要工作,专心于这个案件,这是被逼无奈。我有什么选择?所有副手都在盯着我。我憋足了一股劲,那一段时间简直不知疲倦。

"两个月的时间一闪就过去了。我最后还是疲惫了。我不信有谁面临过与我相同的这一摊子事。阻力大到难以想象,它们简直来自一万个方面。有人组织了大得吓人的所谓律师班子,罩上了一张无形的网,你看吧!这个案子就这样一拖再拖,我知道再拖上几个月几年都有可能。而我的箭却要一直撑在弦上,无法射出去,直到这根弦给撑断。而他们就在旁边等着,等着它断掉。

"最后我不得不去想想了:人这一辈子到底能干点什么、干成点什么?直想得心里发疼。我突然发现自己为了一些根本没法实现的东西奔波了半生!我把什么都搭上了,青春,爱情,一切人生中最重要的东西,都完了……是时候了,我从今以后该做一点力所能及的、有意义的事情了。我不是说正在做的没有意义,不是;我是说那些远远超出了我的能力、根本无法实现的事情,也就等于没有意义。我说过,我要做的并没有多么了不起,不是什么惊天动地的大事,这只是最起码的公道,是一毫米的理想——可是,我尽了全力,然而非常不幸,我没有做到……

"你会问为什么,我再告诉你一次:太难了,这几乎不可能。不光那个恶棍是某个大人物的亲戚,只说公司本身,后面也有无数只大手在支撑它。我,还有随便哪个市里的领导,都不可能动摇和改变他们一点点……

"既然这样,我就要从头计划一下了。我要好好看看,看自己心里到底有些什么,我最需要的又是什么。我发现自己正被一种爱折磨得坐立不安,我已经没法摆脱了,这是真的……我相信有了爱就会有自己的生活,这才是真正的生活。我的生命差一点就给全部浪费了,我的年纪已经很大了。我会万分珍惜未来,万分珍惜给予我爱的那个人,因为这等于是她给了我第二次生命。我这样说简直像是在祈求,实际上真的是,只不过自尊心不允许我承认罢了……肖潇,你听到了,全听到了吗?

"这就是我的全部想法了,我今天对你全说出来了。这些无法在信上说得清楚,所以……肖潇!"

"……"

"你能回答我吗?"

"……"

"是的,你不需要马上回答,因为经过了周详的思考会更好;除非你觉得丝毫也不值得思考了。我现在只想把心里的一切都告诉你,这就足够了。"

…………

六

肖潇诉说这些的时候,声音沉沉的。我明白了,她讲述的不是一个求爱的故事,而是一个悲惨的故事。那个美丽的女孩其实是被无数的脏手按在了那儿……

沉寂了许久,我问了一句:"最后呢?你怎么回答他呢?"

肖潇摇摇头,"我不需要思考什么。因为这是不可能的。我并不是说他不好;说真的,通过这一次交谈,我或多或少受到了一些震动。我发现自己以前太简单了,在看待别人,特别是周围的人物时,非常容易犯类型化的毛病——这是自觉不自觉的,也可能是一些低劣的文学作品给我的影响吧。眼前这个人比我所能想象的还要复杂和丰富。

"说真的,在他为一个不幸的孩子发誓时,我心里涌起了多大的感动。那时真的是说不出的钦敬。我那时只在心里祈求:你千万不要放弃,千万不要啊,为了那个孩子,还有其他……真的,我真害怕他突然就变了。他一边讲,我一边在心里说:坚持下来吧,一切都不会劳而无功的,你这一次、你千万守住这'一毫米'啊……很可惜,最后事情不是这样,我是说,一切都不是我期望的那样——他终于不是一个例外者。他同样放弃了。我为他感到痛心。"

我能明白肖潇内心深处的想法,但不知该说些什么。

"我把自己的遗憾告诉了他。当时也许太冲动太苛刻了,我说:你太自私了,当你失败的时候,马上想到的是怎样去安慰自己。那个孩子怎么办?还有,真的有人会接受你的'退而求其次'吗?我这一问他受不了啦,说你千万不能这样理解,千万不能。而我直到最后还是说:我不会有其他的理解了,不会了。"

肖潇的双眼久久望向窗外。

我知道,无论是她还是我,都不会忘记我们所置身的这个世界,不会忘记,一个人哪怕要坚持这"一毫米",都将付出全部的代价……

座谈会

一

老骆和达子嫂一大早突然来到了招待所,找到我,满脸惊恐说:"不好了,那事儿到现在还没完呢!咱什么也不明白,你得去帮咱说说话了……"我一时不知是怎么回事,老骆就不停地扯我的胳膊:"不行哩,人家催着去哩!来了一些大官……"

我安慰了一下老骆,请他们先在这儿等一下。我去问了肖潇,她说城里的卫生局长、医院院长等都到学校开座谈会来了,陪同的还有教育局长。这显然是平息众怒的一个举动。我马上想到这可能与孩子们的行动有关。那些人的动作可真快。肖潇有些不屑:他们这种认真劲儿拿出几十分之一用在日常工作中,就不至于发生那样的悲剧了。我告诉她有人通知老骆夫妇去参加座谈会,两个人都很害怕,非要我陪他们去不可……肖潇鼓励说:

"你是陪自己的邻居,是受死者家属委托,当然要去!"

当我们来到学校那个寒酸的小会议室时,里面已经坐了好多人。桌椅是临时凑起来的,那个拼起的长条形大桌子稍微一碰就吱吱响。桌子用布单罩着,看上去蛮像那么回事。桌子当中摆了两盘水果,罐头瓶里还插了一些野花。长条桌顶端坐的大概就是卫生局长和教育局长了。我端量了一下,发现有些奇怪的是,这几个人的长相都差不多:四方脸,头微秃,颊肉松弛。

座谈会召开之前,校方建议骆明所在班级的同学都来听听,可小会议室坐不开。结果只能把与会范围缩小:部分教师和送骆明到医院去的同学——即所有"当事人"。

一开始是老校长弓腰感谢各位领导亲自来校,送来温暖和关怀,对事件如何重视等等。校长的话刚停卫生局长就站起来:他说今天是来向学校、向死者家属,表示亲切的慰问和……他多少有一点南方口音——仔细些听才发觉是模仿来的:

"发生了这个意外啦,大家都有责任啦。现在我就是来听听同志们、特别是老师和同学们对我们的工作还有什么要求、有什么宝贵的意见啦。这都是金钱买不来的东西啦……"

他说着把脸转向身边一个矮矮胖胖的人。那个人就是院长,他手里夹着一支烟,上唇奇怪地鼓得很高。这时他随着局长频频点头,接上说:"欢迎老师和同学们畅所欲言。今天把该说的话都说透了,破除了误解也就好了——我们知道因为这起医疗事故……嗯,这起事儿——随你们怎么说吧,反正是发生了这个事吧,同志们对我们医院有不少看法。这也不奇怪,一点都不奇怪。话不说不明,灯不挑不亮,我们今天就是要破除一些误解!因为今后我们还要常来常往嘛,我们还是医疗合作单位嘛!"

肖潇坐在我旁边,她的脸色有些红,看得出她很生气。

那个局长还要讲什么,老骆再也忍不住了。他一开始就被请到局长旁边坐着,这时哽咽起来,鼻涕眼泪流下来。园艺场领导小声凑在老骆耳边咕哝什么,大概是让他克制一下。老骆说了一句:"天哪!俺担待不起哩……"

达子嫂不知场长对男人说了什么,只跟着喊:"这么多领导来了,俺担待不起哩!担待不起哩!"

场长不断推拥老骆的胳膊,老骆还是咕咕哝哝说下去,重复那句话……场长费了好大劲儿才让他安静下来。

下面是教育局长讲话。他说我们一定要加强学校的管理,包括同学们身心健康方面、体育方面、卫生方面、教学质量方面……他特别赞扬了医疗部门长期以来对教育部门的大力支持,然后才扯到了正题上:

"发生这个事故嘛,看来是个坏事,但是呢,世间的任何事情都有正反两个方面,"他说着把两只手伸在了面前——我好像见过这个奇怪的动作——两个手掌向下向上翻动着,"唯物辩证法告诉我们,凡事都有两个方面,都要用辩证的眼光去看问题,是不是——是不是?"

他四下看着,像问在场的每一个人。

有人点头,有人木讷地应几句。可他仍然在问:"是不是?是不是?"等到确信没人回答了,这才长舒一口:"坏事变成好事,好事变成坏事——坏事肯定会变成好事。这样一来,我们学校和医院两方面都可以总结一下经验嘛,把工作做得更好。作为学校,我们一定要坚决杜绝类似的事情发生。不要到了病入膏肓的时候才送人嘛,也不要遇到紧急情况就惊慌失措嘛!你看,我们平时就没有一点准备!我是指你们学校呢,同学老师遇到事儿就乱成一团,这怎么行?这怎么能抢救病人……通过这个,这一次,局里正考虑怎么加强学校医疗方面的管理工作。比如说校医、卫生室的配套设施、责任制等等,都在我们考虑之列。必须这样,就是这样,啊……"

局长讲一句,戴眼镜的老校长就嗯嗯应一声,说"是啊、是啊",尽管声音很小,后来还是被局长的目光刺了一下。校长赶紧闭了嘴巴。局长就此把话打住。

"请同学们谈一谈,谈一谈哎。"卫生局长伸手画了个半圆。

唐小岷看着那个矮胖的院长,直盯住他。后来她大概终于认清了,站起来,用手一指说:

"就是他,那天就是他。是他不让值班医生把骆明送到手术室。他说一定要等押金……"

场长叫道:"这是怎么回事?这个……"他环顾左右,一片汗珠从鼻侧生出,"乱来嘛,怎么会这样,难道……"

唐小岷不顾一切地嚷:"怡刚,还有我们老师,我们老师——"她边喊边向一边找。胖胖的女教师站起来,嘴唇有些抖。她不像唐小岷那样理直气壮,可还是肯定刚才的话:

"就是院长,当时他真的在场,他说要押金到了才能把病人送到手术室。我说他爸回去拿了,一会儿就把押金拿来,还是救人要紧,我们不会欠钱的。我们几个人都从身上找钱,只找到几块,这差多了啊……那天就是这样……"

老校长咳了一声,胖胖的女教师坐下了。

"怡刚,怡刚,你来讲……"唐小岷喊。

怡刚坐在唐小岷旁边,这时腾一下站起:"我可以作证,那一天不光院长,还有值班室的医生,急诊室的医生,都在说押金……骆明的病最后也没弄明白……如果……"

"到底是怎么回事?后来没……没有解剖?为什么不呢?"卫生局长问一旁的院长。

院长把脖子昂起:"这要问死者家属,他反对解剖。如果那样,现在问题恐怕就完全清楚了。到底属于谁的责任,让科学说话嘛!"

唐小岷又一次站起:"你们明明是见死不救,还有脸讲'让科学说话'!这是明摆着的,你还想赖账吗?骆明是我们班最好的同学,他死在一个见死不救的医院里,我们都亲眼看见了!你们赔我们的同学好了,你们谁也别想抵赖过去!"

她的胸脯一起一落，双眼射出了愤怒的光，一番话干净利落。想不到众目睽睽之下，这个小姑娘竟然如此锐利和无畏。我心上涌过一股热流，许多时间里一直看着她。

　　卫生局长和教育局长一块儿站起，两个人显然急了，试图把她的话压下去。可是唐小岷理也不理，甩动着头发，一句接一句喊："骆明当时疼得在床上滚动、喊。他喊'救救我，救救我'……许多同学都哭着哀求你们，想想看吧，你们一伙是什么样的铁石心肠！最后骆明的手使劲按住自己，胳膊蜷了，人都疼得球成了一团……不是这样吗？老师——是不是这样？！"

　　唐小岷呜呜大哭。胖胖的女教师也哭了，说："就是这样，就是这样——校长，当时真是这样啊！"

　　老校长唉唉两声，摘下眼镜擦起了眼睛。老校长哭了。他的哭声尽管很细，可毕竟是一个老男人的哭声，听了让人受不住。许多人都哭了，这哀声把一切都覆盖了。老骆夫妇哭得坐不住，有人过去搀扶他们。

二

　　座谈会已经没法开下去了。教育局长拍手，想让大家安静下来，说："这个……这个，嗯……"他尽量提高了声音说下去：

　　"这是很不幸的，可光是悲痛也不能解决问题啊，不能解决啊。为了这个事情，局里开了两次办公会，我们知道性质是严重的，非常严重。这在我们下边的学校还是第一次发生……天有不测风云，要知道，有些天灾人祸说到底是没法儿回避的，比如说地震，再比如说……"他瞥了一眼那个仍在极力压抑哭声的老校长说："比如说兄弟市，一个地方的乡村小学，下大雨时突然屋顶塌了，一共砸死砸伤十二名同学，很严重的事故哩！省里做了通报，那边的教育局也做了检查，有什么办法？国家，地方财政，为经济条件所迫，无力一下子把全部校舍都改造过来嘛。类似的事情在全省发生了也不止五六起,刚才说的还不是最重的哩——尽管这样,我们还是做了深刻检查,做了重新部署,统一规划。我们要保证在限期内改造所有危险校舍,争取再也不出同类事故。那边死伤的同学更多,哭着不走的,到局里闹事的……市里领导不得不亲自出面做工作。但有了那个事故,现在呢?校舍改造工程不是有了一个飞跃吗?"

他的目光四下扫视一下,声音进一步提高:

"同志们!同学们!事情就是这样,我们要顾全大局,眼光放得长远一点。我们的工作总是要向前推进的,在这方面我们大家的想法没有什么不同。听说有的小同学受不了啦,态度很激烈,这个我能理解,完全能够理解。你们在一块儿久了,朝夕相处,突然活生生的一个就没有了,这怎么吃得消哇?可是啊,遇事一定要理智,一定不要感情用事。再说一遍:一定不要。我特别希望你们不要影响自己的学习,升学考试多么关键!也不要影响身体健康,要知道失去一个同学就已经够不幸的了,绝不能让更多的后一代——你们可是祖国的花朵儿——"他说到这里眼睛不由得转到了罐头瓶里插的那束鲜艳的野花上,"多么好的花朵啊,未来啊,带着露珠啊,多么好呀,刚刚出山的太阳呀!我们怎么能忍心让你们再受折磨呢?要注意身体,注意健康,一定要注意健康!我在这里不得不指出:我们有的——当然只是个别的——同学——很不好——很不好啊!他们只凭一阵冲动,对整个事件不能够正确认识,由着性子来,这只能给领导添乱……应该说这是很不好的,很——不——好——啊——!"

他的嘴唇翘起来,看了看卫生局长。

卫生局长点头:"是啊,很不好啦。"

他又看了看矮胖的院长:"这样做很不好哩。我们了解了一些情况,有的小同学要越级上告,还说要追究责任——追究谁?责任又在哪里？出了事，就该大家负责，全面总结经验，而不是非要找出谁的责任大谁的责任小，你找得出嘛！我们面临的问题已经够多了，难道还要捅更大的娄子吗？这样做只能是'亲者痛、仇者快'！"

肖潇实在有些忍不住，站起来问了局长一句："谁是'亲者'？谁是'仇者'？"

大家面面相觑：是呀，谁是"亲者"？谁是"仇者"？

肖潇讲下去："如果讲'亲者'，首先就是死者父母，他们与死去的同学有血缘关系；除了他们，唐小岷、怡刚，还有今天没有出席座谈会的廖若，是不是亲者？'仇者'又是谁？那些眼瞅着他掉下万丈深渊，连手也不愿伸一下的人、那些看着他在地上挣扎无动于衷的人，能算他的'仇者'吗？谁能讲得清？谁来回答？"

老校长擦擦厚镜片，呆呆地望着肖潇。老骆夫妇又哭了。园艺场负责人走过来，小声安慰他们，说先开会嘛，先开会嘛。

场长的话被达子嫂的呜咽打断了："肖老师，我身上日夜揣着孩子的照片，就这么一张照片。你们看哪，看哪，这是个什么孩子啊，什么孩子啊！我的宝贝啊，我的孩子啊……"

她把照片贴到胸口那儿，伏到了桌上。有人从她手里拿到照片——这张照片就在母亲的哭声里传递，差不多传遍了会场。

一个粗哑的嗓子说："咱们静一静、静一静了……"他就是那个副局长。刚才他阴沉着脸一直没有做声，这时站起来，双手一拢一拢，像是在打拍子。

唐小岷压根不理他，只哭着嚷："你们算什么医院！你们的心都被钱熏黑了，熏坏了，你们连孩子都不要了。如果是你们自己的孩子呢？还说他是祖国的花朵，可你们把花朵踩烂了……"

"小岷！"有人大喊一声，这声音够严厉的了。

喊话的正是园艺场长。可他站起来喊过之后一点力气也没有了,一下子跌在椅子上。

"感情用事,无济于事嘛!"教育局长在仅有的一瞬静寂里插了一句。

矮胖院长站起来哈了哈腰,那表情不知是笑还是哭:"我身为院长,应该说是有责任的,可是我这里只请求一条:还是有什么说什么,实事求是为好,不要给我们扣大帽子。因为现在我们的心情够沉重的了。出事之后,我就召集所有医务人员,分别开了不同的会议。我们也有自己的整改措施,我们也不想完全推卸责任。但责任毕竟要大家来负,每人负起自己应负的一点就行了——不是这样吗?当然大夫的业务水平还亟待提高,比如刚才说的病因吧,由于死者家属拒绝解剖,所以也就只能大致分析一下。病因对于责任的判断谁能说不重要?我想死者患的是胃穿孔,或者是肠梗阻……"

有人在角落里发出了嘘声。矮胖院长闭闭眼睛又说:"当然了,也不排除别的病。比如说有人就怀疑是肠道血管栓塞——这样可以让病人痛得打滚,主血管破裂引起大量出血,病人休克死亡……这些可能性都是存在的,但由于没有解剖,还不能够确定。总之这是难以预料的、非人力所及的……有一些急症,即使很快手术恐怕也……手术要有准备时间,有个必要的诊断过程,这不能否认吧?比如说你们搞教育的,上课时还要起立、坐下,问一声同学好老师好,再开始讲课吧?讲课时还要打开课本,取出粉笔;如果黑板上有字,还要用黑板擦子把它擦掉嘛!"

说到这儿,他为自己这段比喻感到陶醉,露出了淡淡笑意,摇头晃脑说下去:"是不是?你们上过一节课也会疲倦,也要休息一下,还要做操,唱支歌,是不是?放学了是不是要打铃?打铃时是不是要排队走出校园?是不是?校门到了晚上是不是还要上锁、到了早晨是不是还要打开?是不是?是不是?请不要交头接耳,你们可能认为我在啰嗦,其实我无非为了说明一个问题——事情都是——嗯——有个过程了,有个规矩了,每个部门都有自己的一套管理方法……当然了,我们可以抓得更紧一些;可是抓紧并不等于不做,不做并不等于没有抓紧。嗯,是不是可以这样说:我们还可以更好地,嗯,把工作做好;再抓紧一点——是不是?是不是呢?"

卫生局长不快地瞥他一眼。他于是结束了自己的讲话。

三

胖胖的女教师在很长一段时间里不声不响,后来泪眼模糊地述说起来。她的声音不大,好像只说给自己听:

"……他那天一下子趴在了地上,我还以为他怎么了呢,想过去扶他起来。他就在地上滚,一边滚动一边啊啊叫,我想这是怎么啦?我说骆明你怎么啦?唐小岷跑来了,其他同学也围上了。他说我痛,哎呀痛死了……他只是哎呀。学校没有医生,就到园艺场去看场医。场医看不出什么,给他按一按,摸一摸。骆明老是这样叫,说不清楚。回来还是打滚,从教室门口滚到了野菊花那儿,把野菊花都压折了。同学们去扶他,一扶他喊得更厉害。快上医院啊,同学们都喊。真是人急无智呀,都不知去找一辆车。廖若他们几个背起他就跑,要知道跑得再快,也不能一口气跑到医院哪。医院离这儿还远,怎么办?这时才想起找一辆自行车……大家把他扶上去推着跑,跑到半路人又从车子上跌下来。同学们都跑软了腿,心也慌了,扶不住他。骆明坐都坐不住了,老喊。就这样,好不容易才把他弄到医院。急诊室在哪?到处是人,找也找不到,坐着的,吐了一地的,插不进脚。怎么也找不对地方……那里排了一支长队,急症不该排队呀。后来才知道排队的都是化验抽血的。走廊里面又是一些病床,病床堵了路,抬着他走不过去呀,怎么办?

有个病人骂,说碰了他的吊瓶了。那股臭味呀药味呀。到处打听急诊室,谁也不知道。有个箭头钉在墙上,原想那肯定是指了急诊室,跑啊跑啊,过去看看那边是施工的,路都不通,只得再折回来。骆明趴在怡刚背上,把怡刚的衣服都弄湿了。他一声连一声喊,我急得腿都不好使了,也喊起来。到处找,找大夫,只要是穿白衣服的就成,我们急蒙了。过来一个老太太穿了白衣服,我赶紧扯住她,她就跺脚,原来是个清洁工。费了好大劲儿才打听到急诊室——原来它前面围了一大堆人,把牌子挡住了。进去了,两个人,一男一女,说说笑笑,好像没事儿似的看着滚动的骆明。我那时慌了,也忘了介绍病情,说快救救他呀!'怎么啦怎么啦?'女的去按骆明,一按孩子就尖叫一声。天哪,他疼死了,你别这样按。她呵斥我,又去按,骆明喊疼死了。我凑过来,那个男医生让我一边去,抓住我的胳膊往旁边一抡。唐小岷他们抱住了那个女医生的胳膊,说阿姨救救他,快些啊!骆明在床上滚了有二十多分钟,他们只给他打了一针。我想骆明慢慢会好一点儿,眼睁睁看着他,指望他好一点儿。谁知打了这一针,他滚得更厉害了。'你们还等什么呀,还等什么呀?快啊,快啊!'我喊,人家不睬。好不容易等到了值班医生,还以为来了救星……她像别人一样,也是慢慢腾腾。后来才听说要手术就得先交押金,孩子的爸来了又走了,回去拿押金了……我也不知喊了些什么。我脑子不好使,记不住了。我现在一闭眼就是那个孩子在滚,他疼得一会儿睁大了眼,一会儿闭上了眼,一直喊……他是疼死的——一点一点疼死的……"

教育局长像被烟呛着了,大声地咳起来。他咳得面红耳赤,最后胖胖的女教师竟然有些吃惊地停止了叙说,直盯盯地看着局长。

唐小岷和几个同学都站起来。他们要说什么,但更大的声音又插进来。会场有些混乱了。我两耳都是呼喊的声音,听不清谁说了什么。我闭上眼睛时,眼前只剩下一个挣扎的骆明。他的呼叫充塞了我的两耳……

教育局长伸出手,试图把所有的声音都压下去。他咳着,喊着。老校长看看局长,然后去制止几个老师和同学。桌旁的几个领导都用力拍手,叫大家安静、安静。

教育局长从一只人造革皮包里抽出了一张白纸。喊着,说听听,听听局里新近做出的一个决定。

大家这才稍微静了一些。局长清清嗓子郑重地宣读了全文:授予廖若、唐小岷、怡刚以及所有抢救骆明的同学"见义勇为救死扶伤好学生"光荣称号,同时还号召全校师生向他们学习。

宣读了决定之后,有几个人跟上鼓了几下掌。然后就是发奖状,有人喊着廖若、唐小岷几个学生的名字。

几个同学一动不动伏在桌子上,无声地抽泣,肩膀颤抖。

最后是老校长走过去,替他们领下了那沓奖状。

座谈会就要接近尾声了——这时会议室里的人几乎都听到了一阵急促的脚步声。接着是啪啪的敲门声——门被呼的一声推开了。

所有人都站起来——进来的人是廖若!他头发蓬乱,两眼闪着尖利的光,衣衫不整,满身泥土……几个人都一块儿喊他,他像什么也没有听到,那双焦干的双眼扫扫大家,突然破开嗓子喊起来。这声音苍老沙哑,真不像是他的声音——

"骆明死了……他是吃了毒药……是我们俩……害死的……"

我的头嗡嗡响。他只一声声大喊:"你们要相信我——我不说出来就是撒谎,就是胆小鬼……我们早就想给他点颜色。包学忠一直和我商量怎么对付他——他早就说要干掉他;这些我都知道,但我不说……我们就一块儿干了。真的……放在了野餐里,但不想毒死他。原以为他会转醒的。我吓坏了,我知道是怎么回事儿……我告诉了爸爸妈妈,可他们说我疯了……"

廖若大哭大嚷,然后又蹿到唐小岷和怡刚跟前。

唐小岷和怡刚用力把他抱住,他就全力挣脱。整个会议室大乱起来。

几个领导交头接耳……

我去牵廖若的手,没想到他的手劲那么大,只一下就把我推开;最后是肖潇把廖若紧紧地抱在怀里……廖若全身颤抖,汗珠儿沿着脸、脖子流下来。肖潇抚摸他的头发,一下一下抚摸……

失 眸

一

座谈会好不容易收场了。这是我所经历的极为痛苦的一个下午。回去的路上只有我陪伴老骆夫妇。本来肖潇和我们走在一起,可是教育局长把她喊住了。

回到小果园时已是黄昏时分。我在沙岗北边的林中走着——再往北就是那片无边的海滩荒原了。这是我和菲菲无数次穿行的地方,她的眼睛,小岷的眼睛,还有那个——小蕾……她们都像那只小鹿,都长了那样一双眼睛。

我童年的那只小鹿啊,你的那双眸子啊,是什么时候紧紧闭合的?

我们的海滩平原啊,什么时候失去了那只美目?这是一对最美的眸子,它是我心中的一个剧痛,也是一个从未道人的秘密。我害怕这个记忆,可是更怕丢失这个记忆……

我是那个事件的亲历者。聊可自慰的是,我同时也目睹了那个犯下滔天大恶的人有个怎样的下场、他所受到的严厉惩罚……

…………

　　那一天老骆走了。一连走了好多天。回来时他仍然赤裸着上身,却背了一支铁锈斑斑的枪,扎了一副子弹袋,里面鼓鼓囊囊的。他告诉我:从今以后他就"有了武装"。我觉得他在我眼里一下变得陌生起来,也高大起来。

　　自此以后他果然严肃多了,很少对我说笑,有时还皱着眉头看我们的小茅屋——外祖母正从茅屋里出来,手里提了捶衣服的木槌。老骆自语说:枪里有子弹。我捏了捏他的子弹袋,里面装的都是一颗一颗的东西。我想解开来看一下,他把我推开了。那支枪筒上塞了一团雪白的棉花,这使我觉得愈加神秘。他很少把枪放在一边。有一次他把枪斜倚在李子树上,抄着手就睡着了。我把枪取到手里。可我不敢动那个枪栓。在他醒来之前,我又把枪放回了原处。待他醒后,我问他怎么才能打响这支枪,他就用力扳动枪栓。枪栓锈住了,他扳不动就用拳头擂,擂不开就捡起一个砖块砰砰啪啪砸。我真怕这时有子弹从枪膛射出。他砸的时候枪口就向着我们的茅屋。当然那不是故意的——这时如果有一颗子弹射出就会打穿我们的茅屋。我提醒他,他说:"没事,子弹早就退出来了。"

　　那天他砰砰啪啪砸,终于把那个枪栓砸得活动了一点点。

　　不久他就学会擦洗拆卸这支枪了。他跟妈妈要来一点食油,就用这油把枪的所有部件擦了一遍。从此他可以哗啦一声拉开枪栓,然后就瞄准天上的飞鸟——当然他一枪也没有打响过……

　　这时的小果园里又来了一个人,这个人也背了枪,他的枪比老骆的枪要新。夜里,达子嫂伏在外祖母耳边告诉:新来的这个人是个坏人——场里不信任老骆才派一个来。你们一定要小心哪,他的枪可是真枪。那支枪真的杀过人哪。我们都吓了一跳。老骆也告诉我们,那人背的枪有血腥气,它是战场上用过的,杀死过好多人。我吓呆了,妈妈一声不吭。

后来我问老骆:就是这个人用枪打死过人吗?老骆摇摇头:"他还没这个胆子。那时这枪不在他手上——不过这枪真的沾过血腥。"

新来的人满脸横肉,有四十多岁,额上长了个很大的黑痣。我从来没有跟他说过一句话。我像躲闪毒蛇一样躲闪着他。老骆倒不怕,他甚至把那支枪拿到手里摆弄。有一天中午,我突然听到"轰"的一声,知道是他们放枪了。我爬起来就往小泥屋跑去。

达子嫂坐在海棠树下,见了我就朝一边噘噘嘴。原来老骆和那个满脸横肉的人都伏在屋顶上,正用枪瞄着什么。老骆伸手指点着,两个人都跳下泥屋,急急往前跑去。我因为好奇,也跟上了。灌木丛中发现了一些杂乱的蹄印,他们弯腰看着,指指点点。

原来他们在打一只不知名的动物。老骆说:"不知是什么,老大的,不是狼就是狐。"长了黑痣的人恶声恶气打断他:"什么狐,比狐可大多了!"

蹄印在草中很快就找不到了。他们骂骂咧咧的,说已经盯了它很久了,这次还是让它溜了。长黑痣的家伙说:"我就不信,它只要来这个小果园,早晚就得打下它来——它就是往这儿奔的,半夜里也来,我听见刷啦刷啦响了……"

二

那一天我的心怦怦乱跳。我想起了自己的小鹿。我担心是它回来了。它也许是回去找自己的妈妈或姐妹,转了一圈又回来了。它想起了我们的小茅屋啊……

我让达子嫂告诉老骆:一定不要去打那只悄悄来到这儿的动物,它可能就是我的小鹿,是我在林子里最好最好的朋友。我向她讲了那些早晨:它不声不响地来到跟前,用软软的嘴巴把我吻醒。

我告诉她,以前我一个人在林子里时,许多时候都是和它在一起的,我们一块儿讲故事,采野蜜,找浆果,度过了无数的欢乐时光……达子嫂将信将疑地看着我,但好在她真的去劝阻老骆了。

有一次那个长黑痣的家伙不在,老骆就凑近我,笑眯眯地问:"听说你在林子里交了一个鹿精?"

"它是最俊的一只小鹿了!老骆哥,你千万不要向它开枪啊——如果是它,那就是来我们小茅屋的,它是来找我的!就因为你们伏在屋顶上打枪,它才不敢靠近……"

老骆把我的话当成了胡言乱语,再不就当成了逗人的话,反正他不相信。他说:"还有这样的事儿?那只野鹿会认识你?你们会一块儿说话?打死我也不信!"

我试图向他解释,说:"是这样,它听得懂我的话,它会用眼睛告诉我;还有,它会呦呦叫唤。它高兴不高兴我都知道,它也一样……它真的是这样!你千万拦住那个人,别让他开枪……"

最后老骆只好向我保证:他是一定不会打它的;不过另一个人,就是那个长黑痣的满脸横肉的家伙,那可是一个狠人,他就说不准了——那是场里的红人,他来这儿就不打谱干一点好事。

战战兢兢的日子来到了。我向母亲和外祖母都说了小鹿的事,她们也无能为力。我在心里说:我的小鹿啊,你一定不要闯来小果园了,这里来了一个凶神恶煞,这里有一个黑洞洞的枪口瞄着你呢……我只要有一点时间就往林子深处跑,我想找到那只小鹿。

记得是一个有月亮的夜晚,我正在屋子里出神,突然听到外面传来了轰的一声——那支枪打响了。我不顾一切地冲出门去,一抬头就看到了明晃晃的月光下,一个人,就是那个满脸横肉的家伙伏在了泥屋顶上,这会儿大喊大叫地爬起来,见老骆从屋里出来,就喊:"你他妈的还不快点!我估摸这一回打中了,快,快去杂树丛里找!"

那个家伙走在前边,出了小果园再往北,一直横着穿过那条小路,然后就踏着白沙进了杂树林子。他用枪管拨着树棵说:"看,看到了吧,这是血珠!它受伤了,带着伤跑呢,它跑不远……"

我觉得全身的血液都往头上蹿,害怕到了极点……我不敢想下去。

沙地上的血迹在月光下非常清晰。血滴向更密的灌木那儿延伸过去。那人用枪管拨着灌木枝条走在前头,老骆跟在后面,一声不吭。那个人嚷着:"再往前再往前,看拐弯了拐弯了……"

我的心怦怦跳……拐来拐去大约又走了半里路,我们都听到了呼呼的喘息声。我吓得简直不敢睁眼……他们两人加紧步子跑在前边,喊叫着,伏下身去。

我听到了吱吱的叫声。我终于挨到了跟前——第一眼就看到了一对大大的眼睛——我们彼此都看到了对方,而且确凿无疑地认出来了——这是我的小花鹿!这双眼睛最后望了我一下,然后就闭上了……"我的小鹿!小鹿!小鹿啊……我的小鹿!"

那个家伙恶狠狠地揪住了我的胳膊。他的鼻子因为惊讶和愤怒蹙了起来,喝着:"你的?你的?妈的……"他吆喝,叫骂,揩着手上的血……

满天都是一股血腥味儿。我盯着它一动不再动的身子,那美丽的花斑……我往上猛地一蹿,挣脱了他。我的喊叫把他们都吓呆了。等他们反应过来,我已经跳到了花鹿的身边。

长黑痣的家伙又一遍呵斥老骆,让他一起把我拧住,把我拖开……

我这一生都会记住那个可怕的场景。我在心里告诉自己:我们平原上、我们林子里惟一的一只花鹿,从今天起没有了。它的那双美丽的鹿眼永远地闭上了,它再也不会注视着我,再也不会睁开了。

"哼,我知道它逃不脱,我盯了它很久哩。"那个恶棍咬着牙对老骆说。老骆没有回应。"我老觉得有什么不对劲儿,半夜里老有东西刷刷奔跑,我想那可不像一只兔子,也不像一只狼。"他喘着大气说。

我会记得月光下看到的一切:子弹从小鹿的肚子那儿打进去,打出了一个洞,血不断地流出来。我第一眼看到的时候,它还在大口喘息,长长的脖子绞拧着。它在最后的时刻曾深深地望向我……

我的花鹿的死会成为一条分界线。我牢牢地记住了,记住了我的仇人。我没有对达子嫂,也没有对外祖母和妈妈她们说什么。她们问我那两人打了什么?我说他们在试枪。不久,剥下的鹿皮钉在了墙上。她们大概什么都明白了。我只想杀了那个人。

三

有一天我去采蘑菇,回来时离茅屋老远就听见了呵斥声——那个满脸横肉的人说话像炸药一样。他的呵斥声让人听了身上发毛。"你给我站住!"他这样喊,"你往哪去?"我正想弄明白他对谁这样暴怒,转过篱笆一眼就看到外祖母端着木盆站在大李子树下,她不知是气的还是害怕,身上打颤。那个满脸横肉的人原来在呵斥外祖母……

我的血一下涌到了头顶。

外祖母站在那儿,身上一直颤抖。

"我的外祖母,我的……"我心里这样喊着,牙齿咬得发疼。

那个人背着枪,伸手指着外祖母的脚下。外祖母做错了什么?我不明白。我那会儿像一头豹子一样,从地上一蹿而起,不知怎么就跳起来,一下拧住了那人的脖子。我狠狠一拧,那个人猝不及防,倒下了。当他的左手狠狠地挥起来的一瞬,我照准他的臂弯就咬下去。外祖母慌了:"我的孩子我的孩子,快松开快松开……"

满脸横肉的人后来用粗大的身体把我压在地上,往死里压。他拧我的耳朵,抓我的头发,把肩上的枪费力地往一边推了推,然后挥起拳头捣过来。我飞快躲闪,拳头砸在沙土上,一下就砸出了一个大坑。当他又迎着我的鼻子打来时,我没有躲过——不过他的拳头还是打偏了一点,打在我的脑壳上,脑壳立刻起了一个紫包。大概他的拳头也给碰痛了,噗噗吹了两口气,按住我,抬起身子——他大概想用脚踩我的肚子。我想他的脚踩下来我就完了,拼命挣脱滚动。正在他追赶着踢我时,达子嫂出现了。

她横在我和那人中间。他要去抓扯达子嫂。达子嫂那双眼睛盯着他。恶鹰一样的双爪终于没有落下来。他气得咬牙切齿,嘴唇不停地抖。他当时怎样骂了我,我永远都忘不了,那些恶毒的言词我会记一辈子。

吵闹声把妈妈和老骆都引来了。他们注视着满脸横肉的人。那人往地上吐,吐出了血水。他的嘴不知什么时候碰破了。他吐着说:"给我放明白点,放老实点。我这杆枪早就发痒了,我如果打死你们家的人,就像打死一只草兔那样,不用偿命。"说完拾起地上的枪就走了。

我好多天一声不吭。达子嫂安慰我,外祖母夜里搂抱我,我都没有吱声。我暗暗下了决心:将来有机会一定要杀掉这个人。怎么杀?把他冷不防推到井里、用刀子捅死他——或者干脆偷了他那支杀人的枪,迎着他的脑壳开一枪——然后,然后……我想起了南边那一溜山影——我会一口气跑进山里,永不回返。

我连一只小鸟都不忍心去碰,可是我真的会杀了那个人。

这个犯下滔天大恶的人哪,会有报应的。

长黑痣的人很久没来了。有一天老骆告诉:这家伙现在把园艺场四周几个小果园都管起来了,成了头儿。达子嫂说:"那个作孽的,天天背着枪在几个小园子里转,到了哪里都要骂人,不拿别人当人!"后来老骆又告诉:有一个小园子里住了一对护园人,一对老实人。那是山里的一个孤老头,老伴去世了,就守着一个小女儿过。小女儿瘦瘦的,给老人做饭守屋。老人除了看园子,还要出去做活。那园子从浇水到施肥都是老头子一个人干,只到了采果子的季节场里才派人来。那个人就欺负人家父女两个,动不动就往狠里骂。到后来他半夜钻进人家孩子屋里,把个好生生的孩子给糟蹋了……

妈妈流出了眼泪。外祖母说作孽呀,作孽呀。

"后来那个孩子就跑了。老头子痴了一样到处找孩子。孩子还是牵挂爹爹啊,有一天不知怎么转回来了。"

妈妈松了一口气。达子嫂说:"真不该回来呀。她回来了,你看那个人就不到我们这儿来了……"

说过这话不久,大概是五六天之后,老骆从外面回来了,一进园子就激动起来,两手握成的拳头在肩膀那儿摇晃。他喊起了达子嫂,达子嫂跑过去,嘀咕了几句也激动起来。他们一块儿往我们屋里跑,一边跑一边说:"刀杀的,这下好了。"

妈妈和外祖母问怎么了?

"那个挨千刀的这下好了——昨夜被人用铁丝勒死在一棵大杏树上,清早给人发现了。粗铁丝就在脖子那儿缠了好几道。他肩上还背着枪呢。身子都硬了……"老骆激动得大口喘息:"这是真的,场里已经派人去了。公安局也去了,事情明摆着是那个老人做的——护园子的一老一少都不见了。有人追到山里……你想人跑到大山里谁能捉得?哈哈……"

我吸着凉气。我从心里佩服那两个人。我想那真是了不起的父女:为我的小花鹿报了仇。

达子嫂对母亲说:"肯定是他们爷俩动了手。你想,那个人长得多壮,老头子一个人可对付不了他。"老骆摇头:"他闺女那么小,一只鸡都不敢宰。你想想,她要冷不防用铁丝把他套住!活该……"

老骆不住声地骂。

那一天我仿佛看到一个无比高大的老人,手扯着瘦小的女儿在灌木丛中奔跑,荆棘划破了他们的衣服。他们直向着西北方奔跑。后来他们站在了高高的悬崖上——他们要到哪里去?老人闭上眼抱住了女儿,双双投进了大海。可迎接他们的是一只小船,它把他们救起来,向着一个美丽的小岛驶去了……岛上到处都是红色的果子、花朵,有一只巨大的穿山甲为他们开辟出一个很大的洞穴。父女俩在那儿安顿下来。他们成了岛上惟一的主人……

第 六 章

科主任蓝珂

一

那天的座谈会上,最终是廖若的呼喊把一切都打乱了。那是多么可怕的声音!我最为担心的是,当时会有人把这呼号当成真的。如果那样,整个事件将进一步复杂化……幸亏那一对可怜的人——廖紫卫和妍子及时赶来了,他们只比自己的孩子晚了三五分钟。我一眼就看出两个人进门后正倾尽全力镇定自己,只想快些把儿子从会场弄走,甚至都不敢抬头、不敢环顾左右。他们在用力掩饰心中的恐惧。那一刻我真为他们难受,可一时又不知该怎么帮他们。

会议在一片惊愕和混乱中收场了……

我还没有来得及在座谈会上发言,屋子里就乱了起来。整个会议期间,我的心一直被愤懑、惊惧和各种各样难以言说的东西给淤塞了……坐在那儿,脸上涨疼,两手汗津津的。当廖若突然出现的一瞬,我竟不敢相信自己的眼睛,不敢相信一个少年此刻会出现在这里,发出自己猝不及防的吼叫、指斥和声明。

这就是发生在眼皮底下的事情。我不知我们的承受力是否够用?这简直是一场可怖的遭逢:人与时代、人与故事、人与周围的一切……我究竟该怎样打发这一个又一个失眠的夜晚。我无法不去想那个叫小蕾的女孩,无法不去想那个乱哄哄的座谈会,更无法不去想我置身的这个故园。

肖潇的叙说中有什么暗暗击中了我,虽然她当时毫无察觉。这种击打的力量不仅来自故事本身——还有其他,比如其中的一个关节、一句话,都会引起我敏感的联想和思忖。就是这些,在我的心灵深处被重重地拨动了一下……我甚至不太敢往深里去想。我特别难忘的是她在叙说中重复过的那句话——一个男人的"退而求其次"!

联系这句话前后衔接的意思,让人觉得真是包含了无尽的内容。是啊,人生的退却,特别是中年的退却,会比什么都可怕。中年正该是好好回顾和总结的时刻,因为不这样就没有了重新开始的时间。中年往往是全部人生行为的一次最重要的结点,一个集合的高地。中年是希望和绝望的分水岭。从她的叙说中,我第一次明白肖潇那平静的外表所遮掩的,竟是如此热烈动人的心肠。显而易见,她对那个市长由钦敬到失望的全部过程纠集了自己的多少热望和痛苦。我担心,也害怕;因为我想她对我也会有类似的失望——不,这不是"失望",这严格讲来仅仅是一种痛苦:女人面对男人所产生的痛苦……我明白,我遇到了肖潇,正可以领略一个如此完美的生命——这种完美从很早以前就绝非停留在想象中,而是一种真实的存在,一个具体的、从内容到形式的全面呈现……那一刻,我的心里充溢着一脉温暖的溪流,还掺杂着一个男人难言的羞愧。也许我对关于她的一切都有点太过敏感了,我一直小心翼翼地对待她,不敢有一丝一毫的莽撞和折伤。

我在想这些年里自己有过多少裹足不前和犹豫,有过多少曲折的思索和猜度;我的行程仅仅是以故地为中心画出的一个椭圆形轨迹,却没有迎着一个方向勇往直前,没有形成一道切线。我大概从童年开始就被一种东西缠住了,盘桓在心中的是无尽的焦思和自谴。我就像肖潇深感失望的那个男人一样,心底也曾泛起过一句铮铮有声的誓言。可惜的是,就连这一点也如同那个男人:时届中年,却没有勇气让那誓言一直在生命中回荡,更没有变成行动⋯⋯

从座谈会上归来,小苹果孩骆明的影子总在眼前闪动,还有他的微笑。我仿佛听到了他的声音,那是一种平静的、委婉的祈求:叔叔,你回来了,可是你能为我做点什么吗?

我想起了前不久自己为唐小岷讲过的那个歌手的故事。那位泣血的歌手啊!如今平原上再也没有这样的歌手了,更没有海啸般的怒吼了,我仅仅是一个遥望者和转述者。我有些羞愧地发现,在那个座谈会上,我作为老骆一家人依赖和嘱托的邻居和朋友,竟然一言未发⋯⋯

因为座谈会上带来的许多疑问,后来的几天我把许多时间都用在那个场医那儿了。我想进一步弄清骆明发病前后的每一个细节,想尽可能多地了解情况。令我有些失望和出乎意料的是,这人不仅是一个庸医,而且还是一个超级电子迷。在我的经验中,对电子这一类的迷恋有时相当于一种传染性疾病,它甚至是无可疗救的。我还记得在那个城市,一个电脑专家朋友曾给我带来了怎样的烦恼。我现在不得不用另一种眼光去端量这位场医了。我发现他对声光电子这一类的迷恋比我城里的那个朋友有过之而无不及。

这个人早在几年前就已经把自己的本职工作抛到了脑后,几乎每天深夜都在捣弄这一类东西。他生活在一个虚拟的世界中,而他所置身的这个园艺场却成了一片陌生的布景。他几乎知道所有最先进的电子设备的讯息和奥妙,有自己的一伙奇奇怪怪的朋友。他积攒的各种录像片和其他影像资料不可胜数,有许多东西已经堆成了一摊繁琐不堪的贮藏品。有一些"宝贝"他是不愿示人的,有一些奇妙的收藏据说只有他才拥有。我找到他的时候,发现他由于长期缺乏睡眠,脸色已经泛出青紫,并在眼睛四周弥漫着一种暧昧的神气。他几乎不再对眼前的现实问题感兴趣,而总是以各种信息绝对拥有者的身份与别人对话。关于另一个世界里的稀奇古怪的知识,他自以为抖抖手指缝隙就能落下一大堆。

我把那天座谈会的情景给他复述了一遍,他听了一个劲摇头。那天他是第一个给骆明看病的人,而且及时打了急救针。他说事后曾与那个医院里的一个朋友讨论过,对方是个科主任,也是因为同一种业余爱好才彼此结成朋友的——两人之间可以无话不谈。他们都认为骆明患的可能是肠道血管栓塞。场医说从发病到最后这段时间,从病情发展的速度上看应该是这样的病。他不赞成肠胃穿孔的判断,因为那样延续的时间将会更长一些。他不停地骂那所医院,说那个鬼地方简直没有办法,谁都没有办法,那里才是真正的"不治之症"。"我们就这事儿相互讨论过多次,我还拿过去一些资料。洋玩意儿他也能读得懂。我什么资料都对他敞开……"

那次谈话不久,那个科主任就到场里来了一次。场医提前一天通知了我,并给我们做了介绍。主任叫蓝珂,四十六七岁,南方人。提到供职的地方,他挂在嘴上的一句话就是:"我们这个医院,没意西(思)啦。"

蓝珂的一双眼睛显得十分灵活,讲话时,常常去瞟场医的爱人。而她显然对这一切早已习惯了,坐在一边,脸色很红,有些厌烦地噘着嘴巴……

从交谈中得知,他当年从一所医学院毕业分配到这里,再也没有动过,如今已经是这所医院的元老。他精瘦,满脸细皱,皮肤却出奇地白嫩。说到骆明,我问:"你们医院经常发生类似的事故吗？"

他哼一声："类似的事故倒不多，但死人的事是常有的。说起来你都不信，有一次我们给一个病人做了手术，手术后几周了病人还不断喊痛，喊得厉害，引流管老撤不掉。后来拍了片子才真相大白，你猜怎么？肚子里撇下了一把手术器械……"

尽管类似的报道我也看过，但因为它就发生在眼前的这所医院里，还是让人有点吃惊。

蓝珂说："你不信，谁又能信？这也不是破天荒第一次——报上说其他地方也有过同样的怪事。医疗部门在内部把我们做了通报。可通报又怎样？院长照样还是院长，主任照样还是主任，只不过做手术的医生当月奖金扣掉了，给了一个无所谓的处分。"蓝珂叹息：

"我们外地人在这儿过日子可不容易呀！这个城市讲起来和农村也差不多，靠的是家族势力，你如果是一个外人，不机灵一点简直就没法儿生活。除非你是长了三头六臂的主儿，除非你是没心没肺的人……"

我提到了那天的座谈会——我特别指出那几个局长当中就有外地人。

蓝珂笑了。他说刚才讲的不太明白，他所说的"外人"以及"家族势力"和农村的又有不同：这里的"家族"大半没有血缘关系，可是必须有另一种联结方式，那才更可怕呢。他说一个部门或一个行当，或它们之间，所有这些人都要分成一个个利益团伙，一个人如果没有入伙，那么他就是一个"外人"，一旦遇到事情麻烦就大了。

我不愿把话题扯远，只说："为了一笔押金就死了一个人，你们医生的心也太硬了。医院是专门治病救人的地方，这事无论如何也不能原谅。人到了最后，就为了让你们这些穿白衣服的伸出手来拉一把,可是你们竟能背着手不管不问……"

　　蓝珂那双圆圆的眼睛像盯着一个不认识的人那样看我,看了一会儿长叹一声说:"真是不在一个行当,不知一个行当的难处啊。我要是站在外边,也会像你一样讲话……他们不知道我们这里给弄成了什么!经济上层层包干,药房,值班医生,护士,手术室,每个科室都搞起了承包。我告诉你,有时人的狠心肠硬是逼出来的。好事谁都想做,可就是做不起呀。"

　　"'好事做不起'——这个说法我还是第一次听到。"

　　蓝珂一笑:"你听不明白,因为你是另一个星球上的人。"

　　我没理会他的嘲笑,听下去。

　　"举个例子吧,前些年我们科里来了一个病号,是个姑娘,一来就捂着身子,说疼得要死。后来给她做了个心电图,原来是心脏病,反射在那儿……这就要抢救。她称自己是过路的大学生,一口普通话。她没有任何亲属在跟前,当然谈不上什么押金了,住院手续都是我一手给办的,因为总不能见死不救吧。她住了半个多月,跟我们科里的人都成了好朋友。大家蛮喜欢她的。后来她差不多好了,有一天到对面门诊楼去做化验,而且是穿着病号服出去的,所以谁都没想别的。可是想不到她这一走再也没有回来——原来她把随身带的一点有用的东西都揣在了口袋里,跳上市内公交车就直奔车站,买了一张坐票就跑掉了。后来我们才弄明白,她根本就不是大学生,学生证也是假的。她的住院费治疗费加起来上万元,我们科算是哑巴吃黄连……所有人不光是奖金没了,工资也扣了大半,还受了通报批评。那个院长你见过,别看笑眯眯的像个老太太,心比石头还硬,绝对不跟你讲情面。到我们科里治病的人,三分之二是市民和郊区农民,很多人都来自几十里外的农村,你跟他们必须认真,按规定办事,因为稍有不慎就会栽进去。他们很会捉弄人的……"

"农民捉弄医院?"

"那还用讲。不过他们有的也实在是太穷了,治不起病也拿不起药。有很多病人应该马上住院,可就是因为住不起,结果只能回家躺在炕上熬。有的刚刚五六十岁,得了病家里人也不让送医院,说这么大年纪了还送医院干什么?'熟透的瓜儿了'。就这样让他在炕上躺着继续'熟'。这儿的农村,只要不是害急症死亡的,在自己家炕上躺着去世的人,我敢说百分之九十都是非正常死亡。"

蓝珂说到这里低下了头。

我想到了早年生活过的那个山区,不得不同意他的话。是的,那里百分之九十以上的人都是在自己家里迎接死亡的。有的只是患了很常见的病,只是因为穷,没有钱住院,就在自己屋里迎接了死亡。

二

"那些农民到科里治病时,都从腰里掏出一个小布包,解呀解呀,最后才解出一卷钱,数一数,都是一些面值很小的纸币,一共不足几十元,够什么用?现在的药多贵呀,别说吃药了,就是几天床位费他们也拿不起;要动手术,病人一上了手术台就要大把花钱,那是不客气的。医院里又没有这笔救济金,只得一视同仁。别说农民,所有效益不好的工厂企业,连工资都发不出,哪有钱给工人治病?那些来自机关和事业单位的,药单子可以拿回去报销;享受医疗保健的、特别是特保病人要住干部病房,走廊里铺着地毯。人和人是不一样的。有的人只要住进来,医院里就觉得脸上有光,就得好好服务,冷啊热的,惟恐不周。不光是这样,他们出院时一口气可以开走几千元几万元的药品。现实就是这么大的差别,你不承认行吗?同是企业或事业部门,那种差距简直就是天上地下。就在我们这种垃圾满地的穷地方,那些垄断经营的单位、一些大权在握的行政执法部门却是牛气冲天。一个区税务局一年的接待费用就可以高达七八百万，同级的一些文化事业单位呢？他们连买信笺的钱都不舍得！一些刚毕业的银行小职员工资加补贴就能拿到每月两三万元，一个小小的区供电局的头头年收入可以达到三四十万。再看看一般的知识分子吧，他们辛苦了一辈子，评上了正高职称的月工资也不过才两千多元，更不要说工人和普通老百姓了。你看看税务局和财政局这一类部门的办公和居住条件，然后再比比我们医院——不，你干脆比比一般的市民和企事业单位吧，他们住的屋子能进得去人吗？我前几天刚去了一位解放前就大名鼎鼎的老专家那儿，他的小屋又黑又臭让人进门就得掩鼻子。所以嘛，不要再说起码的正义和良知了，也不要说什么人类起码的价值观了，别提什么'礼义廉耻'，这里只承认拳头。谁要说我们这儿是个文明地方，说下大天来我也不信！所以说你既然明白这个，知道自己身处野蛮之地，就得准备随时用野蛮的办法去应付事情思考事情，不然的话就是死路一条——而且直到死了也没人同情你……"

他一席话说得我周身发冷。我无言以对，而且完全能够明白、能够理解。蓝珂的样子显得十分沮丧，长时间咬牙和摇头。后来他抬头望着我：

"你刚才说的医院里出现的种种问题，都是自然而然的一些事情。医院里如果没有这些问题就不正常了。看看我们这儿的一些规章制度吧。你想想，我们医院买进大批药品，总要把它卖掉。卖掉的药越多获得的利润越大，所以我们当然乐于给那些享受保健的人大把开药。后来虽然公费医疗实行包干，但不包括享受保健的人，所以我们就往他们身上堆药。还有就是，负责进药的人吃大把的回扣，这都是很平常的……"

我沉吟不语。但我仍然有些愤愤不平："农民没有钱，可也不能见死不救吧？因为我们做医生的总还有点同情心，有起码的人道主义……"

"是啊，有人说坏就坏在这个同情心、这个主义上。我们这些人都是从正经学校出来的，无论如何都是些软心肠，绝不像别人想的那么硬。我相信那些接手骆明的人也像我一样，我太能理解他们了。所以说如果因为这个给他们处分，连我都要替他们喊冤。"

他的话让我大吃一惊。我直直地看着他。他叹气，拳头在手心里砸，吵架似的嚷着：

"没有办法啊，你如果是干这一行的就会明白。现在的穷人也不是一个两个，你怎么办？那些人到我们这里看病，只拿出很少的钱，有时一分也没有。你明明知道得赶紧手术、打针，不然的话就有生命危险；可你同时也知道，你做的这一切到头来都没人付账，你这是在让自己的科里亏空，月底把工资扣掉或者弄个倒贴；你等于把自己那少得可怜的一点点钱往无底洞里扔、天天扔。病人呢？他们这会儿就那样了，死活不怕，瞪着一双眼看你，你救还是不救？他不停地叫，大口大口喘，憋得上不来气，脸都紫了，你救不救？你得救，你不能犹豫，咬着牙去干吧。最后怎么办？不交钱不让出院吗？那他就住下去，占着床位，耗着医院里的油水。最后反正还是拿不出钱来，你又有什么办法？天天上门去要？他就是没钱。所以说一些制度就是这样形成的，医院不得不做出一个硬性规定：任何科室接待病人，不管是病房还是门诊，必须先交押金；因未收押金而招致重大经济损失的，由各科室自己负责——具体下来，还是要找当班的医生。你想想，我们这些做具体工作的多么难，一方面是良心谴责，是道德压力，另一方面又是经济制裁！一层管一层，把人活活卡死！说起来让人笑话，前些年我们医院四周的其他部门都盖起了宿舍大楼，可我们这些中高级职称的医生护士以前住了什么，你去看看就知道了。不瞒你讲，我们现在这个院长不学无术,长得像个癞蛤蟆,可组织上考察时让我投票,我还要投他一票呢。他业务不行,可抓经济是把好手。他能用各种办法赚钱,再干上两三年,我们医院就成了气候……"

蓝珂的脖子上布满青筋,一双眼睛凹得厉害。他粗粗的食指与瘦小的巴掌显得有点不成比例,当一下下有力地敲打桌子时,我却从他的眉宇间看出了绝望的神情。

"过去我们医院只有两辆破卡车、两辆破吉普、一辆老掉牙的上海轿车。现在我们买了'奔驰'车,还有奥迪高级轿车、两辆进口面包车。那天座谈会院长就坐了'奔驰'……"

他的嘴角收进去,目光变得越来越沉,可是我觉得他绝望的神情也加重了。

"我们的下一个目标——院长开大会讲了,就是造两幢大楼。这需要八千多万,我们现在已经筹集了三千多万,再有不久就可以搞第一座了。房子还没盖,所有的缺房户都开始掰着手指算了,把住房补贴条件划算来划算去,谁住几楼、谁能分到什么房子、科主任什么房子、中级职称高级职称……有人算来算去就哭了。为什么?你想想,一个人在医院里熬了多半辈子,像我这么大年纪,眼看五十的人了,才熬了个中级职称,连一套最差的房子也分不到,不哭鼻子又怎。我们又没钱自己盖私房,没任何别的门路;在院内,我们只是搞业务的,比不得人家搞行政的……"

"搞行政的要比专业人员优先吗?"

蓝珂用奇怪的眼神盯住我:"这是最起码的常识了,无论在大学还是其他单位,搞行政的总要占便宜嘛。一个行政科长的房子要比一个副高职称管用得多。现在离那座楼盖起来还有好长时间,有人就开始哭了,你想什么时候才能哭出个头绪来。这种苦别人不知道,这是因为医院的大墙太高了……"

"你们苦,可我认为最苦的还不是你们。你说得太过了。"我这时候想的是老骆,想起了在平原和山区看到的那些终日劳碌的人。"

他一拍桌子:"当然啦,医生之间的差距也是天上地下;再说你总不能拿我们去比那些乞丐。"

"也用不着比乞丐,比一般的工人市民,还有,比比那些连看病都没有钱的农民呢?"

蓝珂叫起来:"一般市民比我们好!现在他们做什么都行,摆摊,再不就停薪留职。那一留一停了不得呀!我们就不行了……"

"那一般农民呢?"

"一般农民,一般农民也很不均衡,富的很富,穷的很穷。当然啦,大多数还是比较困难——我们医院最头痛的就是接待农村病人了。"

"比比他们你们又怎样?"

"也很难讲……"

"起码你们的日常生活、衣食住行比他们要好得多……"

"你可不能笼统讲衣食住行——住,我们就不如他们,他们都有自己的小房子,最破也是个小泥屋小茅屋,还有个小院子。我们呢?讲起来你信吗?我们医院前几年还有一家三代七口人同住一间半小房子的,晚上睡觉要拉布帘子,搭床!可是有的阔得让人不敢想……"

还没容我搭话,蓝珂又嚷:"我的一个同事是从国外回来的,为让他这个所谓的'海归'来这儿,待遇高得不得了,报上电视上宣传得山响,可他来了以后捞钱的办法比谁都多。也就是两年多的时间吧,在郊区盖了五百多平米的楼,还买了宝马轿车——夸张吧?一点儿也不夸张!有一天他叫我们去做客,我们去了,可是不敢往里走……"

"有狗吗?"

"是阔气得让你不敢往里踏脚!那个大门楼,大得能直接开进小汽车;小院子搞了草坪,拐出一条小路,这里一个假山,那里一片花丛,养鱼池,荷花池。屋门口那儿还有两个白狮子猫在闹呢,你走到门口,要等它们在脚下滚够了才敢迈步。到处是拖鞋,你只好自觉点儿,换上拖鞋吧,因为人家屋里是纯毛地毯。那块蓝地毯——我一辈子就想有那么一块蓝地毯,那种蓝色看得人眼馋,是那种油滋滋的蓝。真他妈的,我一辈子也挣不来那么一块地毯……"

蓝珂说到这里像喝了酒一样,脸色彤红,把手搭在我的肩膀上,用力地搂住我:"那块蓝地毯你没见,见了一准馋得睡不着觉。我的脚在这块蓝地毯上磨来磨去,结果落下了一个毛病,就是老要馋它。我得想办法弄这么一块,想了很久没法儿,只好这么干馋。我老要责备自己:咱干吗到他家去做客?落下一个馋病!我爱人也唉声叹气,看来那一次她落下的病根也不浅。人家有楼又有车,主要是有那么好的一块蓝……唉!那天饭后他又让我们到楼上参观书房。好家伙,楼上铺了橡木地板,亮得耀眼。那又是一块红地毯了,不过说老实话,我不喜欢红地毯,我只馋楼下那块,蓝得流油的那块……"

我听到这里倒觉得可笑了。可我一点笑不出。我只是听他继续说下去。

"最气人的是他楼上还布置了一个书房,那儿有整整三大架子书,书架都是红木的。那些书,我敢说有名的老教授都没有,全是精装大套,一排一排。有一套全集六十多本,他能看吗?这家伙从来不看人文名著,我一看就明白这是显阔:这个人纯粹是个实用主义者。人家是阔到了这个份上,你说对不对?"

我没有回答。他偏偏又问一句:"你说对不对?"我仍旧没吭声。这会儿我想到了肖潇,想到了城里的朋友。他们太想拥有几架好书,拥有自己的一个图书室了,可是没有。他们既没有放图书

的空间,也没有买图书的金钱。他们只有如饥似渴地读书,读书……我有些沮丧,也有些心不在焉。我想起了他刚才的话,就说:

"院长该是专业上的顶尖级人物才对,可是……"

一说到院长蓝珂就有点泄气,口气立刻软下来了:"过去的院长没说的,会好几国语言,名牌大学毕业的。他是个老书呆子,没当院长我们都崇拜得了不得,当了院长让人恨得牙根儿痒——你能不恨?医院寒酸,他自己也寒酸,我们这些当医生的都跟着寒酸,走起路来腰也得弓。他什么本事都没有,遇事怕三分,就知道客客气气。没办法,太老实了,一天到晚光知道捧着他的专业书;在管理上,规章制度严得不能再严。可你总得有饭吃有衣穿有房子住呀,连裤子都快穿不上了你还严个屁!那家伙平时从来不发火,可有一次我们手术室配药没按程序来,他就像个狮子一样,差点没把人吃了。你想这都是哪个年头了,他还来这一套……亏了一股脑儿把他赶下台,一切才开始好转……"

"新院长什么学历?"

"没什么学历,是原来街道上的一个赤脚医生。那时讲一根银针一把草,他会采药,还会下针。有一次一针给人家扎在肺上,造成了胸膜穿孔气胸,让人家住了一个多月的院。就是这么个人,脑子活络,上上下下走得通,连郊区农村的关系都搞得不错……现在的市郊也不是过去的农村了——都改成了什么公司、总公司和集团;只要一说哪个公司的老总来了,院长的胡子就翘起来了。老总和老总也不一样,像'得耳'手下的苏老总,比市里的头儿还要阔气……"

我打断他的话:"那个'得耳'是个大名人,他成了传奇人物,提起来都夸呢。"

"那倒是。'得耳'是个慈善家,大好人,这没说的。我说的是他手下的苏老总,眼下管理公司的是他,他那派头你没见,见了会吓一跳！反正一般人想跟他们攀还攀不上呢，要不是他们时不时地要得个病，我们还凑不上呢。现在的院长跟那些什么集团、总公司的经理董事长个个关系深得不得了。不这样又怎么办？人家是医院的大爷！他们高兴了，一个赞助就够医院经营一年半载。说起来你不信，现在有些经理董事长都有了自己专门的保健医生……"

我愣怔怔地看着他。

"想当这样的保健医生还得正经有些资格呢，光医术高明也是白搭。我们医院里有几个长得特别漂亮的女大夫，每月都到院长的几个朋友那儿去，看看病，检查检查；当然，业务上最好的尖子也要按时去。说白了他们也愿去，到了那里人家吃住拿全包了，来去高级轿车接送。那是没说的。你想想，让我去我也愿去呀……"

"朋友说你的业务很棒的。"

"这是句公道话。可我不是漂亮女医生，也棒不到哪里去！"

他做个鬼脸，搓搓手："反正现在整个儿就是这么个情况，谁也没有办法；谁不服，就来动动看，谁也拧不转。这架机器就是这样，到处锈得叮当响，除非用钱当润滑油来抹一抹，它才能转上几转……"

三

蓝珂和我熟了之后，就经常来场招待所玩，有时和场医一起，有时自己来。他觉得有了聊天的地方，似乎有一种特别的愉快。几天后，他执意要请我和场医夫妇到他家去。我正在犹豫的时候，场医就说："一定要去，一定要去。"

那天蓝珂早早就回家等我们了。他见来客只有我和场医两个，惊讶中大失所望，咕哝说："这真是……"如果没有猜错的话，他是想让场医的夫人一同来的。

他这套房子确实太窄了一点儿,是二楼的一间半,与邻居同用一个厨房。厨房大概只有三平米,转不开身。这天蓝珂特意跟邻居说明自己有客人,请邻居晚一点做饭。

蓝珂有点炫耀地对我解释,说他的新居正在装修,不久就要搬过去了——即便眼前这样的房子,在科主任这一级中也是好的,因为他们只有一个孩子,这样他们夫妇俩不仅可以拥有完整的一间屋子,而且屋角上还可以摆个写字台,晚上搞搞自己的业务。孩子晚上就住在那个半间——它到了白天又可兼做会客室。我们这会儿就在这个半间里,坐的双人沙发拉开来就是一张小床。一台大彩电在这儿显得很出眼。蓝珂打开电视,正演一部外国动画片。

蓝珂爱人叫"慧",有四十多岁,长得比蓝珂漂亮,蓝珂叫她"辣子",因为是四川人。慧其实随和得很,总是笑着。她告诉眼下正在街道的一个菜场上班。蓝珂说这一下我们家吃菜方便了,仅这一项,每年就省下几千元。爱人不好意思地笑笑:"主要是生活方便;当初我费了好大劲儿才从学校出来——就这样丢了自己的专业,被蓝珂打发到菜场去了。我们家可以天天吃上新鲜蔬菜了。"

原来慧以前是一位小学教师。

"那你舍得下教学工作吗?"

"舍得。在我们学校,大家还羡慕我呢,那些年不少人让我帮忙转行。当时小学教师比起菜场会计,收入还有其他方面,都差得多了。"

"那你习惯吗?"

"刚开始有点别扭,后来就习惯了。现在学校好多了,不过让我重新回学校去我还打憷呢。"

蓝珂笑起来。我不明白他为什么笑。

正说着有人敲门,慧去开门。

进来的是一位四十上下的女人,长得非常出眼。她一进到这间屋里,好像屋内的光线立刻亮了许多。我发现慧一见了来人,脸上的笑立刻敛起,但很快又变得更为热情:"噢,是你来了呀,请坐请坐——蓝珂!蓝珂!"

她回身喊着。蓝珂正在厨房里,这时赶紧跑出来。他一见来人就说:"严大夫!严大夫!"接着给我们介绍,"这是我们的严菲医师。"

严菲和我握手,有些矜持。但她一转向场医就开起了玩笑。原来他们早就很熟了。蓝珂向慧强调说:"她是客人的朋友,今天非要她来陪才好,她不来可不行!"

叫"辣子"的慧点点头:"欢迎欢迎,那好啊,那好啊。"说完就到厨房去了。

严菲医师坐在那儿,很快与场医扯起闲话来。她说话间不时看我一眼,惟恐冷落了我。她的目光友善而温和。我对这个女大夫印象蛮好。

蓝珂在那边高声说了一句,我以为是请人帮忙,就赶紧到厨房去——原来他和爱人正在说话,见了我立刻压低声音,一齐抬头笑笑。"辣子"对我说:

"你们今天有了陪客的,可要多喝几杯啊。"

我点点头,退了出来。

女大夫显得很年轻,特别是那双眼睛,黑白分明,完全不像一个年近四十的人。她的目光总让人感到有点奇怪。我稍稍注意了一下她怎样跟场医谈话,发现她一边说话一边潇洒地做着手势,逻辑清楚,讲得又快又干脆——"根本用不着!""也就那样了!""那样就很好,总而言之"等等。我很快知道这个严菲医师是个活跃人物,因为她谈话中动不动就说"我可以跟院长讲",再不就说:"那一天跟院长讲过了,没什么了不起的!"口气似乎很大。

蓝珂一会儿甩着手从厨房出来,目光久久不离严菲。他后来指着她对我说：

"人家进步可就快多了，一下就把正高职称拿到手了，可你看人家多年轻……"

严菲一笑："你在我们眼里都是蓝老师呢，是'上级大夫'！"

他们相互间打着哈哈。"辣子"出来了，一迈进客厅就对蓝珂说一句："饭都烧煳了！"

蓝珂赶紧走了。"辣子"慧对严菲笑笑，对我们笑笑，然后到一边去了。

这时严菲医师大概担心我受冷落，就把身子转了过来。当她的目光正对着我时，我觉得好像有什么把我一下击中了……

女 医 师

一

就从那个时刻开始，我觉得她身上有什么难以摆脱的东西沾上了自己——到底是什么我也说不清，反正是整个晚上都在左右我。我尽可能不去注意她，可是后来渐渐发现自己竟然难以做到。我避免和她说太多的话，有时故意寻找另一种话题，谈一些很沉重的事情来抵御心头的不安。是的，是一种深深的不安，它整个地把我笼罩了。我心里完全明白，这绝不是什么突然遭遇的美艳之类，不是那种惊讶或迷惑，而是连自己都搞不明白的一种心绪——相当陌生和不安感……总之这一天严菲医师给我留下了很深的印象，使我很久以后都在想着她当时的微笑。

她的言谈举止——不，是她的目光，好像触动了我心底的什么……

回来的路上,我和场医走在一起,不由自主地又一次把话题扯到她的身上。场医一边听一边笑。我从他的眼神里察觉了什么。我问他笑什么。他说:

"没有人不对她着迷的……"

我很窘。我说:"不是那个意思。"

"就算不是吧。不过我知道你喜欢她——男人没有不喜欢她的,连我也一样。不过我总是告诫自己:这可不是闹着玩的啊,你小子得注意了,你小子可千万不要让自己陷进去,了不得呢……"

"你是什么意思?"

"没什么意思。漂亮女人谁不喜欢?"

我们长时间都不再吭声了。是的,严菲医师很漂亮,这是每个人都不会有异议的。我在吃饭那段时间里观察过,她比实际年龄显得年轻多了,整个人充满活力。显然她是个十分注意修饰自己的人,头发做得很讲究,服装是上等质料做成的,而且有第一流的做工;她的全身上下没有一处会让人感到不得体,而且洁净到一尘不染。最令人难忘的还是那双眼睛——这双眼睛只要注视你一下,你就再也没法忘记。当它向我瞥来的时候,我发现自己竟然有些慌乱,内心里产生了难以抵御的激动和不安……

那时,一种似曾相识的、隐隐的什么,在心底浮现……

场医的目光盯住一个地方,这目光变得越来越生硬。这样停了一会儿他突然说:"讲起来,骆明的死还首先要她来负责呢!"

我站在了原地。

他鼻子哼一声:"她就是那个值班女大夫。你别看她人长得漂亮,笑得也甜,心比石头还硬……"

我的心怦怦跳:"是她?真是想不到,想不到……"

场医搓搓手:"当然啦,要负责任的还有那个院长,还有其他一些人;但无论如何她是值班大夫啊。那天在急诊室,主要的处理意见还要她来定。"

我长时间没有说话。

他又冷笑:"那个院长,哼,他们都是一伙的。说不定他们还有一手呢。"

"不可能吧?我见过,那个院长多腻歪人!"

"是啊,这个年头,腻歪人的家伙往往更占便宜——他们总是能找到最好的东西……"一丝邪笑出现在他的脸上。我听不下去。他大概怕我还不够明白,继续说下去:"那个家伙刚开始对她想也不敢想,后来就不一样了,当了院长嘛,办法就多了,车,房子,钱;还有,她的高级职称是怎么来的?当然是院长一手办的。你没听蓝珂话中有话吗?她什么都来得容易,现在已经住上了四室两厅的房子。在过去那要一个老科主任才分得着,现在她一个主任医师就住上了。在医院里要评个主任医师是很难的,要知道她的业务太一般了。"

尽管他说得活灵活现,我还是有点儿怀疑。我不信刚刚认识的这位漂亮女性会是这样。尽管我知道生活中有些东西的发生发展并不依据我们的惯常逻辑……我摇摇头。但我什么也没说。

医生嘴角上的嘲弄更加明显了:"你想想,如果他们之间没有那种勾当,那个家伙才不会舍上那么大的本钱呢,那是诱饵。你不了解那个人,不知道他是什么人。他这样的人只有看准了一条大鱼才舍得下饵。严菲在医院里可算一条大鱼了——她打十几岁就出了大名……"

"你是说她名声不好……"

"刚开始还说不上不好,只是长得漂亮,你知道女人太漂亮了就招眼;再到后来传说就多了。我是从那所医院里出来的,我们共事有好几年,她比我晚到两三年。她刚来医院时十分出眼,有人就说看吧,她早晚是落到'癞蛤蟆'嘴里的肉……"

我知道"癞蛤蟆"指院长。我对此人仍然感到费解："他凭什么当上了院长？就靠会经营吗？"

"也不光是会经营。他主要靠妹夫。那个人也在本院，是内科大夫，看起来平平常常的，不过是个科主任，叫韩立。这人过去只是一个普通大夫。可他早些时候给一个人看过病，那人当时只是一个车间主任。他们私交不错。几年过去了，人家现在成了副市长，韩立的腰杆儿就硬起来了，利用那个人的关系，差不多跟市里的头面人物都有了来往。韩立不是一般的人，这个你认识了他以后才会理解——这个鬼世界啊，真是奇怪极了，就有那么多弄不懂的人和事。有人是些魔鬼啊，你们谁也拿他们没有办法，他们真是魔鬼呢！真的，韩立就是这样的一个人，他的办法比一般的人至少要多上一千倍。奇怪的是这个人生来就不知道累，这就可怕了。你想想这样的一个人会有多大的力量。一般的人有了他这样的条件也会做点什么，不过搞不成他这样大。也就是几年工夫吧，他把势力范围从卫生界扩大到了工商企业界、政界，和一些个体企业家的关系特别深，比如和'得耳'、苏老总他们。当然主要还是政界。如今他的名声大得不得了，就拿专业方面来说吧，无论谁得了什么病，只要韩立去看了，病人和家属也就放心了。他们会说：'连韩大夫都看过了，你还要怎样？'"

"韩立的医术真的比一般大夫高明吗？"

"也不见得，主要是名声大。他现在是人大代表，这样那样的头衔一大堆。现在人家已经把公房闲置了，在郊区盖了一座小楼，占地七八亩。那才叫阔气。我没见，医院里好多人都去过。有一次开职称评定会，会上有轿车来接，他看了车不满意，立刻辞退了。他自己有车，那天可能车子不在。他抓起电话就喊来一辆豪华轿车，可能是辆'林肯'吧。人家就是这么气派。"

我听下去。我发现他在说这一切的时候，已经没有了一点激愤。

"他在好多私人企业里都有股份,不过这只是明面上拿的钱,暗地里还有名堂,像各种赞助什么的,反正他要搞钱很容易。他说他要不清廉,十座八座楼也盖得起来。这话说得倒也实在。大概这个人毕竟还是个当医生的,办起事来总算有点谱儿、有点节制。"

他说着哈哈大笑起来。

我打断他的话:"难道有关部门不管吗?"

"也查,不过越查人家腰杆越硬。也有不少人暗里检举、告发。那都没用。因为韩立不光建楼,无论干什么,都是各种手续齐备,没有半点儿纰漏。再说又是一个响当当的专家,谁能拿他怎么办?这样久了,所有看他不顺眼的,想找他麻烦的,先是自己泄了气。就是这样。还有院长,我说过,刚开始这个人在院里地位低下,长了一脸疙瘩,真像个癞蛤蟆,有谁瞧得起他呀。后来就靠了这位妹夫,他也爬上去了。当然这家伙也有自己的一套,比如说懂经营……"

二

我的眼前总有一双不能消失的眸子。她一直在盯住我。

夜间,我刚刚合眼,就觉得唐小岷的一双小手在轻轻摇动我:"叔叔!叔叔……"好不容易睡着了,又看到小苹果孩和小岷并肩站在床前,他们在一齐注视我……我猛地翻身,一颗心怦怦跳。再也无法睡去了,整整一夜拥被而坐。我只盼白天快些来临。身上的骨节都有点疼,有时烦得要击打床板……在这样难眠的夜晚,真有点万念俱灰的感觉。

一连多少天都在失眠,场医为我开了大剂量的安眠药,仍然无济于事。我的脸色变得非常难看,这使肖潇吓了一跳。她问我这些天怎么了。我摇摇头。她没有再问下去。

我倒很想认识一下那个神通广大的韩立,想看一下这个人到底是一副什么模样;我还想接触一下严菲,想从她黑白分明的眼睛里证实一个判断……我不知怎样才能稍稍地安睡。以前无论怎么烦躁忧心,只要踏上这片平原,就会有一场酣畅的睡眠。我知道,当自己在这片平原上都不能安睡,那我的一生再也不能安宁……

失眠的早晨,大把大把的冷水也洗不去满脸憔悴,心情糟透了。我走在果园里,听着远处传来的嘈杂,那十分熟悉的村庄的声音,马上想到了廖若。我不知道他们一家三口现在怎样了?回到屋里,脑子依然乱糟糟的,什么也做不下去。

这个上午我正踌躇,刚要出去,突然听到有人在轻轻敲门。

打开门,站在面前的人让我稍稍吃了一惊:严菲医师。她会到这里来,而且是主动来访,这无论如何让我想不到。她站在门外,因为没有像那天一样戴着白帽子,所以露出了一头秀丽的黑发。

"宁先生,很抱歉打扰您……"她的样子有些犹豫,好像这时主人只要露出一点不快之色,她随时都可以离去。

我赶紧请她进屋。

她一边往里走一边解释:今天来园艺场医务室找那个朋友,他不在,就顺便到这里坐一会儿——她说那一天很高兴与我相识,只是回想起来有些歉意——她说他们这个行当的人坐到一块儿话就多起来,会不知不觉冷落了其他客人,请我不要介意。

我说没什么,你们根本就没有冷落我。我这样说,心里想的是:这个人的内心真是细腻周到,生活中这样的人是从来不会吃亏的。她坐下后,我给她倒了一杯白水。当她轻轻呷水的时候我才察觉到,我们之间原来并没有多少话可说;可奇怪的是我们虽然都僵持着,却谁也不想马上分手……她坐了一会儿,站起来四下端量着。这时,那种异样的感觉又出现了——那是一种非常复杂的感觉。这种感觉在蓝珂家也出现过……尽管我的场医朋友说面前这个人对骆明的死是负有责任的,但我已经自觉不自觉地将她当成了受害者而非害人者,已经稍稍地宽恕了她。她身上有一种我非常熟悉的什么,这一点此刻让我清晰地感到了,却又一时说不出……

我好像嗅到了屋内有一种熟悉的香气——桃子的气味儿,那种红色的、上面有一丝丝金色条纹的水蜜桃的气味。我想起生长在沙岗两侧的那些矮小的、叶片绿得像翠玉一样的桃树。穿过那些桃树就是那条弯弯的小路了……少年哪,你为什么要在灌木丛中的这条小路上徘徊?你为什么要采那么多红的、紫的、蓝的野花?你把这些花儿抱在怀里,你要献给谁呢?我长时间凝视着窗外,好像真的看到了一个在原野上久久徘徊的少年……我闭上了眼睛。大朵大朵的粉色苹果花像雪片一样垂落下来……一个姑娘在微笑,她长了鼓鼓的额头,站在高原上,那目光正穿过千里万里望过来。

"严医师……"

"您叫我严菲好了。"

我直直地看着她的眼睛。我终于问道:"那天就是你做值班医生吗?"

好像对这声询问全无预料,她的脸色立刻冷了。

我还是问下去:"我很想了解一下那天的情况。"

她没有吱声,低下了头。停了一会儿她抬起眼睛,像是下了一个决心:"是的。在蓝珂家那一天,我就想跟你说——因为我知道你关心这件事,知道你与孩子一家是老邻居,你们有特殊的关系……可是那一天我不愿使大家扫兴,最后也没有谈。我今天来找你,就是想简单谈一谈事情的经过,也许我的解释会使您满意,也许不能……"

我点点头。我想这会儿最应该来听听的就是老骆夫妇。她还

在沉默,于是我就试着提出:有时间该一块儿去见见死者家属。她听了立刻摆手:

"不不,我只想对你一个人做出解释;而你以后有时间可以对他们说的——你完全能够影响他们、影响许多人。也许只有你才能够帮我一点什么……"

我立刻明白了她来这儿的目的。她肯定是害怕有人告发她,追究她的责任——这有点像那个座谈会,像会上一部分人所要努力达到的目的一样。我心里发出了冷笑。我想你当然潇洒漂亮,也聪慧过人,不过你可别打错了算盘,别想让我和我的朋友就范。我才不会帮你呢。你大概很快就会失望的。我抬起眼睛:

"是吗?我有那么大的力量吗?我能阻止同学们告发医院、告发你们这些渎职的人吗?"

严菲笑了:"你也不必把告发我们的事情看得那么严重。事实上没什么大不了的。我只是说,孩子们背后有人——他们可不是孩子,他们如果真愿意那样做,就去做好了,丝毫伤害不到我们,医院还是医院,医生还是医生。说实话,我们这些人已经干腻了,早就想离开这儿,我们随便去哪里做点什么也比现在要好。宁先生,你真以为这个年头穿白大褂有多舒服吗?"

"那是另一回事。我讲的是一个人不能失职、不能犯罪。"

"我犯罪了吗?"

我没有回答。我在考虑一个更合适的字眼。其实我已经在心里认定她犯罪了,并且不可饶恕。

…………

三

在我沉默的时候,严菲却微笑着站起。她伸手梳理了一下头发,只一瞬间,那对目光又变得无比温和了。她又像刚进门时那样望着我,目光里好像充满了某种期待。

"你这名字怪有趣的,知道吗?这个名字我很久很久以前就默念过许多次……"她像悄悄自语,声音越来越低,到后来简直像亲切的耳语:

"我知道你好多过去的故事……"

我一下站起来:"你是当地人?"

"不,不是,我离这儿很远——不过我真的了解你很多故事。"

我坐下,不由自主地端量起她。

"你是一个很孤独的人,从小就这样;你常常一个人在灌木丛中的小路上走来走去,像丢了什么东西似的……"

她说这些话时,一直在盯着我的眼睛。我的心怦怦跳,不得不把目光转开。

"我说得不对吗?"

我的心跳在加重,但不愿回答。我觉得她像变一种魔法儿。

"那时候你经常和一个小姑娘在一起——其实你们是在偷偷约会,你们从很早就开始了,是真正的早恋。两个人后来难解难分,发誓要永远在一起。你们到河湾和海上去,一块儿游泳、玩。你们还一块儿待在林子里,一待就是很久。你们俩好得像亲兄妹。在海边上,一个吵吵闹闹的夜晚,你们躲在一张旧船帆下,直到外面发生了可怕的事情。再后来你不得不离开她了;你走了——走前发誓总有一天要回来把她接走……那个小姑娘等啊等啊,一个劲儿傻等。她哪里知道你一个人跑到了南山,再也不会回来领她了……"

我回头望着她,两眼越睁越大。直到这时我才读懂了她的目光!天哪,我终于明白了从见到她的那一刻就一直令我不安、让我深深悸动的到底是什么了……她长了一双鹿眼!我的喉咙热辣辣的,一句呼喊哽在了那儿,又被我强咽回去。我忍住了。我像是发出了一声自语：

"菲菲……"

她的身子向前一倾，又挺住了。她"啊啊"两声，双眼溢满泪水。

我想极力平静自己，但很难。我开始说话了，可是我发现自己明显地变得口吃：

"想不到你仍然这么……漂亮，成了一个……医师！真想不到，我不敢想……因为我想不到，想不到你会、会变成这样……"

我自己也不太清楚自己说了些什么，眼前一片迷蒙。

"而我……早就知道你回来了。从知道的那一刻起，我就不得安生了。我差不多没有一个晚上安安稳稳睡过，再也休息不好。我一直在想怎么去见你、见不见你。我差不多已经决定不让你知道当年的菲菲在哪里，可是没有做到。那天在蓝珂家，我完全可以不去呀，可是我做不到。我临时决定了，慌得连隔离衣都没脱就去了。我把一切都藏得严严实实，相信你什么也没有发现……可是回来我后悔了，因为我一见你就更难忘掉——过去的、眼前的，一下子都涌到了眼前。我太苦了，我最难的是有一个问题没有想好，就是要不要告诉你：当年的菲菲还活着，她如今在干什么、成了什么人。要不要告诉你？我想一辈子也不见你的，可是现在不行了，我推翻了过去的决定——不这样做，我就吃不好睡不宁，整夜整夜失眠。我会把自己毁掉的，这一点也不夸张。那天见了你，觉得你还像当年，而我也有点像——这个发现真是让我吓了一跳，因为过去我连想也不敢这么想！我发现自己一走到了你跟前，又变成当年的我了……我想，哪怕我今天再怎样，也要有勇气让你看看我，我要亲口告诉你：'这就是昨天的菲菲！'……我要告诉你，我想告诉你……"

严菲哭出了声音。她的肩头耸动得很厉害。她伏在了桌上，好像一场长长的泣哭才刚刚开始……

可是我的心底有一种执拗的声音渐渐出现了,这声音开始阻止我,阻止我去安慰她……不知不觉间,我的两手攥成了拳头。展开双拳,满掌流动的都是汗水。我告诉自己:眼前是另一个人,她与昨天的那个菲菲已毫无关系。那个仙女一样的菲菲啊!我找了你多久,盼了你多久,你和我的音乐老师一样,在梦想中一直陪伴我远行。我们像是一起在大山里奔走,我永远忘不了你的微笑,你那急促的喘息,你那无所不在的芬芳……

严菲终于擦干了眼泪,站起来。

我的声音平静而冷漠,但渐渐变得艰涩:"听说那个院长对你不错,他对你的生活照顾得还好……"

"请你不要提他了……"

"我见过那个人。"

她的睫毛垂下了:"在哪儿?"

"在座谈会上。原以为那个铁石心肠的女医师也会到场,想不到她没去。"

"求求你了!再不要这样讲,千万不要……"

她在乞求,口气却非常严厉,硬是打断了我的话。

"可我不能忘记那个孩子——你知道死去的孩子是谁,你也亲眼见过他。他是当年我们那个小茅屋惟一的邻居,是老骆夫妇的宝贝儿子!这之前他们已经夭折了一个……骆明就像我的孩子一样。你知道吗?他和你、我,都是果园子弟小学的学生啊,我们来自同一个母校:当一个需要另一个伸手拉一把时,她却拒绝了!严菲,我不明白你,我害怕你——如果不是我们面对面坐着,我会把你想象成一个多么可怕的人……当时你为什么不能把他抱在怀里,尽己所能抢救他的生命?!一个孩子就这么完了……"

严菲浑身都在打抖。后来她突然双手击打起桌子,大声嚷叫着阻止我:"那天你该在医院,老天爷真是选错了人;老天爷应该让你当个医生! 我敢说这是他的错,天哪,你没在病人身边……"

我也迎着她吼叫:"幸亏没在,那样我会把你扔到楼下! 我现在只听老师和同学的,这就够了,这就够惨了。很多小同学,还有那个女教师,当时都给你们跪下了,你们这些黑心肠!"

严菲伸出两手:"不是这样——完全不是这样啊! 我没看到有人下跪,真的没有……"

"你没看到? 那么你也没听到喊'救救他吧,救救他吧'——连骆明自己那会儿也喊'救救我救救我',你都没有听到?!"

严菲脸上的两道长泪停止了流动:"我真的没看到有人下跪——我也许只听到呼喊,也许连呼喊都没听到;因为我们整天听的都是这种声音、满耳朵都是——到处都是喊我们的……他们喊,急得团团转,这是病人和病人家属;我们这辈子听呼救声已经听得太多了,我们疲塌了——你不在这个行当也就不会相信,那天我真的没有听到、更没有看到……"

我那个时刻的脸色大概可怕极了——她抬起头来看了我一眼,立刻叫了一声,退了一步,倚在墙上。我往前走一步,不知为什么把手伸出来——我想揪住她身体的某个部位去推搡,猛力揪住了她的衣服……

"你,你——天哪——"

她破开嗓子喊了一句。

四

在这陌生的、野兽一般的嘶叫声里,我的手越抓越紧。后来,当这声音变得越来越微弱时,我才去看她的眼睛。就在我们的目光触碰的一瞬,我的双手立刻软了……我在她的肩上抚动着:

"你变坏了……"

我的手垂下来。

我坐在那儿,颓丧极了。

好长时间我们都一声不吭。她在大口喘息,大概刚才被我吓坏了。但我心里对自己的粗暴却没有什么自责。她也在努力平静自己,说话时声音发颤,只是她在尽力掩饰,不让我看出。她说:

"你怎么说我都可以,我也承认不再是当年的菲菲了。我不会缠住你讲'昨天呀怎么怎么'……不过我还是想告诉你一些事情,你也要听听,因为你该知道我一个人是怎么活过来的,活得有多么难……"她的两手插进衣兜踱几步,注视了我一会儿,突然又说:

"算了,不必再说了。用不着告诉这些年的经历了,因为要说起来太多。我还是一句也别说吧……"

我看着她,摇头。

她垂下眼睛:"因为即便我一句不说,你也会想得明白。你该知道我是怎么过来的。剩下我一个人了,你走了,这儿什么都没有了。你想想吧!那多么可怕,那些日子啊,我一辈子就毁在那些日子上了——那些日子你在哪里?你是我的什么?当然,算了……爸爸、妈妈、祖母,当时谁都帮不了我。后来我就变成了另一种人,变得越来越坏,变得什么都不怕了——我长大了……我也不愿长成后来的我啊,可是没有办法,因为我长不成你;我要远离小时候的那个我——不这样我就会被吃掉,连一点渣子都剩不下——你知道吗?你只知道逃到山里,什么也不会知道!"

她的嚷叫没有使我动心。因为我的眼前总是晃动着那个可恶的院长,还有场医为我描绘的那个可怕的韩立。我认为一切肯定比我预料的还要坏上十倍,我的朋友不会夸张什么。就是这么一帮纠集一起的渣滓,埋掉了骆明!当然,我同时还想到了那个小蕾……我两手的骨节又开始胀得发疼,耳旁交错响起两个孩子的呼告。在这呼告声里,她的任何辩解和谴责都轻如鸿毛,甚至不能

引起我一丝的谅解和同情。我鼻子哼一声:

"就为了活,为了可怜巴巴地活,去找一个丑陋的、一文不值的院长,太恶心了。他只要给你一点剩饭,你就不管恶心不恶心了,什么都能忍受……"

严菲那双大眼看着我,使劲咬着双唇。后来她的目光变得越来越冷,狠狠地在我脸上扫了一下,"请你不要再提他,也不要侮辱我。"

"这不是侮辱,如果是事实,就不是侮辱!"

"无论如何,都是侮辱……"

严菲久久捂着脸。后来她像个孩子那样仰脸看我,嚷一声:"求你不要再提那个人了……"她一句说完就伏在了桌上。很长时间,彼此都一声未吭。这样过了许久她才站起,看了看屋门,大概犹豫着是否要离开。她最后在门边站住了,声音那么干涩:

"我现在说什么你都不会听得进,所以算我白说了……我只想告诉你,在我们这个地方,一个人就像粘在蛛网上的一个小虫,再有本事,只要是被粘住了也就完了,怎么挣也没用。一个医院也不是那么简单,十几年市里派了几次工作组,一点办法也没有。医疗事故该发生还是发生,从来没真正处理过失职的人。相反有些被撤职查办,甚至被逮捕的人,倒让我怀疑是否公正,让我一直都怀疑。比如说,五年以前这里发生了一件事:一个病人给挂错了吊瓶,死了——这样的事儿在我们这儿要搪塞过去也很容易,可由于死者家属是省里一个领导的远亲,就不得不认真追查。出事那天一个大夫正好进了病房,他只说了一句:'怎么挂了这种药啊?'他一喊,值班医生说你喊什么,臭毛病!后来值班医生把药换过来了,可是已经晚了,人不行了。医疗事故调查时,那个事先发现用错药的人当面不敢讲,背后乱嘀咕。有一天他被另一个大夫叫到了屋里,说要谈件事情;谁知刚进了屋,门就被锁上了,接着传出了扑打声。等人们叫开门一看,那个人已经倒在地上,耳鼻流血。他已经致残,一个耳朵聋了,一只眼睛也瞎了。打人的那个大夫从桌上拿起一把刀,说对方出于奇怪目的,一进门没讲几句话就持刀扑来,他这是'正当防卫'。当时没有一个证人,谁也搞不清。这个案子在司法部门转了两年,最后还是不了了之。你现在还能看到一个拖了一条腿、瞎了一只眼的人,他常在医院门口的那条马路上走来走去……你可能也听说了那个韩立吧?他就是打人那个大夫最好的朋友,谁都知道他们的特殊关系。所以司法机关,更不要说别人了,没有一个敢往深里追究。现在让一个人致残、让一个人不再张口,是件很容易的事……"

她说这些的时候口气显得那么平淡,好像只是在谈一些非常普通的、早就习以为常的小事。

"前些年混乱,我们这里有几个大地方来的专家——他们都是以前作为支援人员来的。当时我们医院内科手术只能做盲肠切除,连胃大部切除都做不了。这样的手术只有新来的专家才能做。医院里从那时起就形成了两支队伍:一支是坐地派,一支是外来派;坐地派根基深,抓行政;外来的有业务优势,分别当了室主任和副院长。外来的属于领导层。后来越来越乱,两派斗起来时,那个副院长——就是全市最有名的专家,突然死了。他死在一个小黑屋子里,身上没有一点伤,穿得干干净净躺在那儿,什么原因也查不出。折腾了不知多久,有人才发现他的后脑那儿有一枚钉子,钉得很深,血迹全擦净了,又让头发盖住,所以什么也看不出。谁都明白这是'坐地派'干的,可就是查不出,直到现在还是一个悬案……现在你明白了吧,明白我生活在怎样的环境里。看起来大家都穿着白大褂、戴着口罩、拿着听诊器,可你不知道就是这些人里面有看不见的野狼在蹿,它们真想捉住你,你就逃不脱,真的是这样啊……"

我听得毛骨悚然。可我不怀疑她的话……是的,因为我对面的这个女人就被野狼给捉住了,她正被一点一点吃掉了、消化了……

　　我一闭上眼睛,脑海里闪动的就是那个喧闹的海边夜晚——分手之前的每时每刻……所有的场景都像昨天刚刚发生。头顶星星闪亮,我用力看着菲菲夜色里的双眸,这小鹿一样的眼睛。我吻着她。芬芳的气息环绕了我。喧闹,火把,永远也不会消失的海潮;后来是呜呜的泣哭,她在我耳边泣哭,泪水正打湿了我的脸颊……海风抚摸我们。我们紧紧相拥。海风洗去了我们的泪水。在河湾,我们游得很远很远,像两条鱼。她从芦苇丛中游来了,发出了奇怪的声音。水流又把我们推开。一个刺猬从河岸灌木中跑出,像皮球一样滚动……四周真静,流星划过,露水滴在脸上。

　　我睁开眼睛,往事立刻飞逝得无影无踪。

　　"请原谅吧!我就是为了取得你的谅解才到这儿来的……"

　　我摇摇头:"你该去请求那些小同学,请求死者的父母……"

　　"不,我不是说这个;我不会为这个请求你,我是为别的……"

　　"为什么?"

　　"为我……我请求你原谅我,原谅我……"

　　"为什么?"

　　"因为我——我还在想着你!"

　　"……"

　　"请你原谅我,原谅我好吗?在这个世界上,我只会请求你一个人……"

在悬崖上

一

　　蓝珂从招待所门前的小路上一次次匆匆走过,当然是去找他的场医朋友。他偶尔也来我这里待一会儿,总抱怨说:"他这个人!他这个人!"我想他们算是一对特殊的朋友,联结他们的主要是那些电子魔器。他们,还有廖若包学忠一群孩子,都在一片无形的茫海里沉浸,直到淹死都不会上岸。他们时刻准备兴奋、痛苦、癫狂、沮丧、绝望,还有无法言说的欢乐。"这是一种无边无际的资源,你进入了,连接了,你就成了一个共享者。当然,你也是一个节点——小小的、小小的、微尘一样的节点。"这是当年城里那位电脑朋友的话,当时他正预言不久的将来——那时因特网就会建立起来,那个时候我们就将生活在一个完全不同于现在的世界上。就因为对这一天的憧憬,他有许多时间是两眼焦红的:"到了那时候,你想想会是怎样的情形吧!"所以我现在完全能理解蓝珂和场医他们的状态:急于走进未来,而且已经急不可耐。

场医终于又出现了。这一次他神情特异,对我说:"你以为我去了哪儿?我是到那个公司应聘去了。"

"哪个公司?"

"当然是最大的,就是'得耳'那个公司!"

又是"得耳"!我问:"他请你了?"

"他是董事长,已经不太问事,如今一切都由下边一个姓苏的总管在办。姓潘的主任来过,他是代表苏老总的。如今任何一个公司只要干大了,没有自己庞大的电子系统那真是不可想象。土老帽们也知道在这个时代该玩什么。以前他们有几个录像厅和酒吧,那只是小打小闹而已。而一个大公司发展到今天的规模,就要准备迎接自己的未来,那时要有更发达的神经系统,有千里眼顺风耳……你瞧我在鲁班门前抡起了斧头。"我问他要改行了?他摇头:"不不,兼个职而已。现在的人三职四职都有的,这样的用人方式对甲方乙方都好。我场里的这个差事还不能丢。"他说到蓝珂,认为对方也应该到那个公司去找个事儿干干。"做公司医生吗?"

"那倒不一定。可以看看病,提供医疗咨询,还可以为我打打下手什么的。反正他这样的人算是'复合型人才'。"场医得意地笑了。

他这一会儿谈得兴奋,最后问我想不想去他的"小屋"看看?还没等我问是什么小屋,他已经在前边带路了。他的步伐里透着许多醉意,仿佛这失踪的一些天里一直泡在酒里似的。他一边走一边咕哝:"人哪,只要是真朋友就会想着你,人在关键时候总是想着朋友啊,可是我们……蓝珂这小子,我不在他老来;我回来了,他又不来……"在医疗室隔壁有几间小屋,看模样并不起眼,可是进去之后才让人大吃一惊。原来这些小屋是后来加盖的,它们与后面的高墙之间原来有好几米宽的空地,这会儿都被连接起来,成了秘密洞穴似的一大片。"这里可不是随便什么人都能进来的。我得让你开开眼了,你不要说我整天像个傻子似的。我也有自己的老窝。"他的得意比刚才那会儿又增加了许多,一边说一边比比画画。我发现屋子里光线太暗,所以大白天也要开灯。老天,这里真像一个魔洞,乱到了极点,到处是小桌子,上面摆满了电器,桌上散放着一些录像带之类的东西。再往里走又是电视机和投影机什么的,还有一些没法辨认的各色物器。他转脸看我时,我突然发现他的眼睛有些红肿。他咕哝说:"我老婆最厌弃的就是这里,她觉得我把家里的一点钱都拿来挥霍了。可男人嘛,总得有点爱好嘛,我这辈子不赌不嫖,也算得上是个好男人了吧。"说着在一个黑乎乎的蒙了布的东西跟前站住,又看看我,那模样就像一个了不起的魔术师一样,笑眯眯地揭开了大布:露出了一个有许多方格的大木架子,每一个格子中都塞了裸露着电路板的器具、一些谁也叫不出名字的新奇玩意儿。他笑笑:"这里有我全部的宝藏。""这个架子上?""不,我是说在我的这个窝里。在这里你想看什么、了解什么?想过眼瘾还是耳瘾?是文字还是图片?是三级片还是什么别的古怪魔幻?你做梦也不会想到的事情,我这里都发生了、记录了,要问它们来自哪里吗？来自全世界！是整整一个地球村的秘密——谁知道呢，也许还有个把外星人偷偷摸摸塞进来的一点私货哩，这些真的很难讲的。不过它们这会儿都成了我的财富，而且每个月都在以你想象不到的速度、呈几何级数增加。这不是我在吹牛，而是一个事实——行了，闲话少说，咱们得来点儿实的了。"他说着摆弄几下，一阵震耳欲聋的声音骤然响起，他赶紧把它调小。前边的一块银幕上出现了图像，它们变幻抖动，内容乱七八糟，而且切换得飞快。我相信这是用图像堆砌的梦呓，是藏在无数角落里的幽灵集合起来的狂舞，它们在放肆叫嚣。他在一边按动一些按钮，口中念念有词，一双手莫名地乱抖。我想尽快让其结束，想把他拉到光线好一点的地方。

"我比你们大城市的那些家伙起手更早。我已经超音速了，他们还在地上爬呢。真的，当然这不包括你城里最顶尖的高手朋友。不过他们当中有的后来也不太迷恋这个了。我存下的东西够你一天二十四小时不停地看和听，这样整整花上两辈子都享用不完。你信不信？"

"当然信。不过这有什么用呢？"

他笑了："有人问一个富可敌国的家伙，问他攥住那些财富有什么用。是啊，有什么用呢？他一时也回答不了啦。我也一样，不知道该怎么说了。不过我只知道拥有它，并且还要继续拥有，这成了一个习惯，就像喘气一样，已经停不下来了。"

这个比喻真是绝了：一种贪婪和欲望变成了一种惯性、一种须臾不能离开的要命的需求。

二

我长时间恐惧地看着场医的这个洞穴。他却一直在诡秘地笑，不时地瞟我一眼。我们俩来到光线好一点的地方，他为我倒了一杯浓浓的咖啡。我这时才发现这里从液体到固体,大都是舶来品:桌上是没抽过的洋烟、一两瓶洋酒。"你如果知道公司里那些家伙是怎么玩的,一定会吓一跳。我和他们不一样,蓝珂也不一样。他们那些家伙能轻而易举地、直接绕开障碍,找到一大把最吓人的东西,搞一些名堂,建立什么'超级酒吧',然后再提供各种超一流服务——这是一本万利的生意,连外地的大老板,那些高尔夫俱乐部的会员都时不时光顾。老会员一个个穿了背带裤子,坐飞机来的,一待就是一个月。公司游乐场主要是挣他们的钱……"他说说停停,像在抖搂一些绝对的秘密。其实他说到的一些情形我以前也有耳闻。不过他还是说出了一些令我震惊的东西。

"外人不会知道那是怎样一种服务,不知道什么才叫'超一流'。他们围绕着这些建立了自己的一个'关系网',生人、不被信任的人就别想进去。他们有自己的应召女郎、各种男士,还提供特别保健,主要的一绝是有'小耍物'——知道什么叫'小耍物'吗?就是未成年的男孩女孩。有的年纪真的太小,鬼知道他们怎么找了来。那些恶棍,我是指人世间的一些超级恶棍,他们什么坏事都干得出来,有了几个钱就干伤天害理的事。其实这些会员也不是什么了不起的大主顾,他们只能到第三世界来蹭点乐子,他们的钱拿到拉斯维加斯去,要享受这样的服务,还不够一两夜的开销呢。说到底,他们在那一堆里还只算个穷光蛋。可是他们就敢到我们这儿来,穿着背带裤子臭酸臭美当什么'会员',糟蹋一些可怜的穷人的孩子。有时候我想起了这些,真想用刚刚从粪池里拔出来的粪叉直接插进他们的肚子里去!就是这样也解不了恨!算了吧,不想说了,我说出来自己生气你也生气,说不定还要把你吓坏……我不说了。"他咬着牙关,拍了一下桌子。他只在这个时候才显出了特别的可爱。我说:"不,你说吧,我不会吓坏,也不会跟其他人乱说。"

他的手颤颤抖抖去摸烟,摸到了又丢下。他根本不会吸烟。他端起给我倒的咖啡喝了一大口:"我不会搞错的,我敢说市立医院就有人参与了这些见不得人的勾当。他们当中的一些人与公司的头头关系密切,主要是跟姓苏的老总好。'得耳'这人不坏,不过他管不了那么多了,如今只专心做一个大慈善家了……医院那些人为会员服务,也为公司头头服务……那些孩子是从外地招来的,也有本地的。一些小女孩不用说了,一些小男孩也是他们的目标……"

"什么?你是说——小男孩?"

"就是。那些人面兽心的家伙是些变态狂,他们让一些漂亮的男孩跟他们一起玩,从录像机上看乱七八糟的东西,然后再模仿着去做。最后给孩子们一些钱,或者干脆就是塞给一把游乐场的门票了事。孩子们拿了这些门票就糟了,什么门都敢闯,结果是变得越来越邪门。有的在机器上玩杀人游戏一天一夜不睡,最后杀红了眼,出门就用刀子捅人。还有的在内部可视电话上约朋友,然后到约会地点去打伏击,把对方的钱物洗劫一空。要知道这些小家伙最大的才十七岁啊,这种案子一年里就出了好几起!有的家长发现了孩子与公司的瓜葛,可是还没等告发就被人家用钱糊住了嘴;钱不管事,就用威胁的办法,结果事情全都给压了下来……"

在这个洞穴里,我突然觉得周身冷得不可忍受。冰一样的寒意裹住了周身。我不敢再听下去,也不敢再想下去。一个个稚气可爱的面孔从眼前划过……但我真的不敢去想了——但愿廖若不在这些受害者之列。让我在心底里为他祈祷吧。

从场医的老窝出来,我陷入了无法摆脱的悔恨与惧怕。连同所有的事件一起,最新的压迫又加在了身上……连续的失眠使我进入非常奇怪的假寐状态:思维每天都在睡与不睡之间飞速游走,有时会整夜地与一些熟悉和不熟悉的人对谈,而且所有谈话都无头无绪。我在睡梦中打听一个个孩子的来路与去路——骆明,廖若,小蕾,昨天的菲菲和今天的小岷……你们都安然无恙吗?那个进了天国的孩子,该是我们的小苹果孩吧?那下了地狱的,该是一些嗜血的恶魔吧?我诅咒一些人、一些事,我诅咒那些从魔瓶中施放出所有魔鬼的人。

在这可怕的长夜里,有一个人的影子总也摆脱不掉,她竟然可以不倦地陪伴我。然而就是这个人又使我最不得安宁。她的气息和声音从此环绕不去,仿佛时时刻刻都在与我长谈、询问、纠缠……

她就是女医师。她好像就一直坐在温润的夜色里,睁大了一双会说话的眼睛……

她坐在一片虚无里,像个美丽的女妖。她的洁净和美丽,连浓浓的夜色都无法掩盖……我在梦中与之交谈,彼此思路清晰,对答如流。

你白皙的皮肤下流动的到底是什么样的血液?是的,今夜我听到了你的心跳,感到了你的恐惧;我们在这里相互注视着,期待着;一切早已结束,我们已经不需要寻找过去,当然也没有理由追问隐私;我将不再提到那个院长……可心底的拗气使我一次次违背诺言,因为我不愿放弃探索一颗心灵,这就是可恶的好奇心——我想知道它的过去、今天和未来;还有,它是怎样改变的……

她的低语像缓缓流水:是的,我让你受惊了。我知道我自己是怎样的人。我恨自己,恨男人们。他们的目光、一个眼神,都逃不脱我的眼睛。我很早就熟悉他们了。是那个头发短短的、凶猛的叔伯哥哥使我懂得了男人。他从很早就要毁坏我,我告诉过你。那时他常常藏在树丛中模仿布谷鸟的叫声,我怕这种声音,怕极了,战战兢兢。阳光下,我觉得被剥得赤条条的,一切都暴露得清清楚楚,所有人都在伸手指点我。那时我没法儿去见父母,我想躲开他们,永远躲开他们;我也不愿看到奶奶,我最好做个一辈子生活在灌木丛中的野人。有一段我觉得自己是个没爹没娘的孩儿,我在原野上流浪了几十天……所有人都认为我失踪了、死了。那些日子里,我只靠一个人供给食物和水,养活我,他就是那个把我推到深渊中去的叔伯哥哥。那时他身边的一帮人一个比一个凶。他们都像豹子,要把我撕碎,把我的头发、衣服,都撕得粉碎。可他又给我带来了崭新的衣服、食物,喂我水,一口一口灌到嘴里。我依着他又恨着他;我多么想念那个跑到南山的人,可我没有一点办法。我和这个豹子过的是一种穴居生活:他把我咬死,又吸尽了我全身的血;他重新给我注入的是野物的血。我全变了,赤着脚奔跑,变成了一个穴居女人……那年正好是一个秋天,天还不怎么冷,无数的野花浆果、扑棱棱的飞鸟和我做伴;再也没有什么来伤害我,因为有一只凶猛的豹子保护我呢,把我咬得浑身湿漉漉的。他咬住我,有什么危险来临,就用嘴叼住我,在灌木丛里飞跑。他发誓要让我生下一窝小豹崽来。我长得很快,生殖能力多强,喝着雨水,浑身都散发出一股野兽的气味。他咬死了一些野物,点上火,烤熟了给我吃。我觉得自己正在变成一只母豹。深夜里我们俩从灌木丛中逃出,四肢伏地发出野嚎,四周都响起这种声音,满滩的野物都跟上叫。我们成了一公一母两只野豹,有猎人背上枪到处找——猎人当中就有我的父母,他们从镇上急急赶来。我从灌木丛见过他们,真想跑过去,可是不行——我赤身裸体,身上到处都是野豹的牙印。再说他用爪子按住我,我只要发出一声喊叫,他就会把我撕得粉碎。我眼睁睁看着他们从身边走过。他们快急死了,妈妈哭得两眼红肿。到后来我知道他们绝望了,以为再也不会有自己的女儿了。老师也让同学们到处找,他们进了林子一声连一声喊。秋天,青纱帐遮天蔽日,他们哪里找得到?野豹用嘴叼着我跑,困了就搂紧了睡一会儿,饿了就出去打一点野食。这样日子久了,我再也离不开野豹了,依恋他呼喊他,说回来呀,回来呀野豹,回来咬我呀,把我咬得鲜血淋淋吧!他每次回来都带了吃食,让新的一天有了保障。

就这样一天又一天过去,冬天来临前,我终于怀上了小豹崽儿。我觉得肚子里一天到晚装着两个小豹崽儿,他们长啊,长啊,生下来一定毛茸茸的,又可爱又招人恨。怎么办?有了这些小崽儿我就真的变成了一只母豹。我可不能喂养我的小崽儿。我在河里游泳,爬到树上往下跳,想让这些小崽儿都死在胎里。我用手打他们,捶他们。冬天来临了,那些被我整死的小崽儿过早地产下了。我发烧,一口饭也吃不下,疼得要死。我在树林里打滚,喊叫,到后来那个野豹害怕了,跑出去招来了猎人——那是他的同伙,他们把昏死的我扛在肩上,一口气送到了镇上。我就这样见到了父母。他们追问我,我一声不吭。我永远不会告诉那个野豹的名字。我们在林子里过了一段生死难舍的日子,这使我一辈子也忘不掉野兽是怎么生活的,也让我学会了像野兽一样过日子……

我在她的倾诉声中紧咬牙关。

我想说:我恨你,母豹。我说:你真是一只不折不扣的野兽,不过你毕竟是一只母兽,还有一点母性的慈爱。你的眼睛,你的睫毛,还透出一点儿母性的美,只可惜你常常裸露出那颗野兽的心,它冰凉冰凉,没有一丝热气。我相信任何一个躯体都不敢挨上这颗心。我不愿询问你的今天、你的家庭、你的孩子;我知道谁在一只母兽的怀抱里都没法儿活得安宁。他们会在你尖锐的牙齿面前昏死过去——你那可怜巴巴的家里人,我不知道他们和你在一起怎样度日……

她接下去的叙说嗓子低哑:我的父母想把我从一只野兽变成一个人,想得多美!他们不知道一个野兽要变成人有多么难——他们第一天就给我梳理了头发,让我洗了个澡,好好整理了一番,甚至给我描了眼眉,脸上扑了粉搽了胭脂——因为我脸上已经没有了一点儿血色。他们还想把我变成一个挺好的姑娘。他们错了,我已经偷偷生过两个小豹崽儿,体形在飞快变化,臀部变宽,腿越来越粗;到后来我有点儿发胖——那时还不足二十岁。我的眼神已经有点儿奇怪了。我比所有人都泼辣。我用这种眼神看着妈妈、爸爸,能让妈妈吓得哭起来。他们一有工夫就问那人是谁?是谁?我再也得不到安宁。吃饭时他们问,我扔下饭碗就跑。他们一直询问那个人,我说我要死了。后来他们再也不问了。可他们就是不能遵守诺言,没有办法,我只有一次又一次逃走,一次又一次被找回。有一回我钻在一个草垛子里熬过了七天七夜。半夜我溜出来,随便到野地里找一点吃物。就在那时,我打心里怀念起做野兽的那些日子:多么自由自在,多么好啊!我一阵阵想念那只豹子,就连夜跑去找他。我这一辈子也没法儿忘记,那是一个冰冷的深秋,地上有霜,我赤着脚。跑到半路我就脱光了衣服,把衣服用一根柳条束起来。我又找到了豹子的窝。他一下跳出来,二话不说就骑在了我的身上,一张嘴就咬住我的脖子。他咬我,往狠里打我;我抚摸他,告诉他自己永远是头母豹。我们这一对野物在当天就逃进了灌木丛。就这样,我第二次变成了野物。可惜这一回没有多久就被人逮住了,我被绑起来送到了父母那儿。我真的要死了,这一次无论如何要死了……

　　我盯住她,发出一声冷冷回应:其实你已经死了。没有人看到你的再生。你死得无声无息,从人群里消逝。这里再也没有你的声音。人们到那所果园子弟小学去询问,到灌木丛中去询问,到处都没有你的影子——你死了,埋掉了。从此再也没有你——没有当年那个菲菲了!

　　她点头,眼睫低垂:没有了,真的到处没有我的音讯。我被关进了一间小屋,每天有人送饭给我。我的豹子哪去了?我问他们,没人回答。不知被关了多久,一年、两年……我疯了,什么都不记得了。就这样,我瞪着一双眼睛,依靠太阳的落与升计算时间。我记住在这里度过了六百多天,可后来又记成九百多天……我什么也不记得,不记得了……接上我被送走,送到亲戚家。我真的不想活了,我差不多等于是被人从棺材里放出来——我被埋葬了好久……后来是我的亲戚把我送到一个医院,让我在那儿接受治疗。一年之后,我的病好了一点,又被送到了一所学校。在学校里我回忆着过去,一点一点回忆,惊讶得不知所措。假期回来找我的父母,觉得到处一片陌生——我像来到了陌生的地方。可我仍然记得那头豹子——我的那只野兽!有人告诉我,当我被关进活棺材的时候,他被族里的人——就是我们本家的人,打断了一条腿。这是真的,这是治保会的人说的。又过了半年多,我的豹子投井自杀了。

我全身战栗,一声不吭听下去。

雄豹死了,母豹活了。我叫着我的豹子,我记得它剪得短短的头发,浑身汗漉漉的皮毛……他的皮毛发散发出一股膻味,那是野物们共同的气味。我满眼里都是荒野,我鼻孔里,耳朵里,除了他的嚎叫就是他的气味儿。"豹子!豹子!"我喊着他。白天,我上班下班,挂上了听诊器,就成了一个正常的人;可是一到了没有人的深夜,我就呼唤着那头豹子。我一个人跑到丛林里寻找,喊着我的豹子……

我告诉她:你已经完全忘记了另一个人——他逃进了南山。他曾发疯地找过你。他从来也没有想到你会变成一只母豹。但现在他才不得不相信,相信一切都是真的,昨天死去了,它再也不能复活。

她抬起头:是的,永远也不会复活了。昨天离我太远了。不过那个人还时不时地在我眼前晃动,我还没有彻底忘记。可是我已经不能与他接近,因为他是人,我是野兽。他出现在面前的时候,我害怕会因为饥饿、因为出于野兽的本能去撕他咬他。多少年过去了,他终于没有回来。我心里明白,人和野物不能走到一起。我怀念的只是我的同类:一只真正的野兽,不过他投井自杀了——人们从井里找到他的尸首,把他埋在了那片沙滩上。不过没有立碑,也没有做记号,连我也找不到那只豹子的坟了。我跑到沙滩上,在月亮地里走啊,走啊,就穿着我的白衣服——那些猎人或赶路人看到坟场里有一个白影子走来走去,吓得尖声大叫。这时我就在坟场上跳起来,让他们吓得没命地跑,跌跌撞撞。那是我最高兴的时候。在冰凉的夜晚我一口气跑回家,一看丈夫正熟睡着,就把他咬起来。他像我的一个猎物,可怜极了。孩子睡在一边,那是我和他的一个小崽儿,我把他抱起来亲,给他喂奶。我把丈夫咬醒:野狼,你睡得好香,我的野狼!他以为我在故意逗他,觉得我的幽默由来已久。我摸着他的黑胡茬,他漂亮的大眼睛。他是个好人,一个被我糟蹋了的、随便驱使的仆人,一个早晚会让我遭到报应的人。他好得完美无缺。他真是一个好人。他像你一样……

我严厉地摇头:不,你错了,如果是我,就会对你做出惩罚;我永远不会和一只母兽相伴。我只有一生的时间,不会和一只浑身膻气的母兽睡在一起。

她看着我,似乎在说:我是一只母兽,可我也有过人的温柔。我会用我的乳房去喂养你,滋润你干渴的喉咙。你已经在旅途中焦渴难忍,我会用汩汩的旺盛乳汁去浇灌你。谁都没有我的乳汁多,它又多又甘甜,富有营养,这就是野物与人的区别。多少人想喝这乳汁,馋得双眼僵直。那些眼睛我可太熟悉了。你不要提那个老院长,真的。不用说他也有那样一双目光;你也不要提韩立——那个可恶的假斯文,那个戴了一副金丝眼镜的、人面兽心的家伙。当然他也有如愿以偿的时候,可是他要为这个付出代价。

我无所谓,一切都无所谓;而他们却有了一辈子难以赎回的罪孽。我会报复,我是一只野兽,我什么都不怕。我经历了一切,什么也不怕。等他们明白过来就晚了,我总有一天会把他们撕碎,撕得粉碎。我不会怜悯他们。我的牙齿是尖的,我是一只母兽!

我害怕了:你真的是一只母兽,你使我吓得浑身颤抖……我要逃离你,逃离你——我知道自己陷入了可怕的境地——我不知这个夜晚逃走还来不来得及、你能否追赶、能否撕咬……

她站起又坐下:你不要逃开——因为我不会撕咬。我知道你是一个可爱的男人,我不会撕咬你。但是当你奔跑时我就会跟上,那时说不定又有了野性,说不定又会撕咬——你最好就这么躺着,安安静静地躺着。最好的办法是:你把我从兽群里领回吧!你把我赎回啊!我需要你,需要你……

我躲闪:可你不要碰我,不要触摸我——我害怕野兽的爪子搭到我的肩上,我害怕……

她嘴角颤抖:你过分担心了!这不是野兽的爪子——你看它多么温热和柔软……

我说:我害怕,我害怕!尽管你没有伸出那样的爪子,可我还是感到了威胁。我要离开,我身上发抖。

她站起:亲爱的不要走,不要走。亲爱的你救救我,救救我——你面前匍匐的是一只摇尾乞怜的野物,它浑身哆嗦,它已经迷途……它又饥饿又悔恨——它奔走了这么久,要寻找一个主人——你就是主人,你是惟一能够解救它的人,一个可以把它从兽群里搭救出来的恩人。请你奉献出一点点的善良吧,这对于它就是无边的恩赐……

我身上打颤:你误解了,我没有那样的力量,我也是一个四处流浪的人。请你走开吧,请你宽恕吧——我不会打扰你,你也别再打扰我。

她伸出手:亲爱的,求求你,求求你! 看在我们那时——啊,那时! 那时! 那时的一切——一切情分,救救我吧,我将永远不会忘记……

我问自己:这是谁在呼救? 这是一只母兽的声音吗? 在我听来它是那样新鲜——可是就在不久以前,一个可爱的孩子也发出了类似的呼救——"救救我吧,救救我吧……"那时呢? 那时你在哪里?

她号啕大哭:亲爱的你不要、不要……我虽然是一只母兽,可我还没有那么残忍——最凶残的野兽都在我的身边,一片蓝幽幽的眼睛盯住了猎物。它们想把我吃掉……

三

一夜的剧烈驳辩、争执,醒来时一切宛若眼前。我不能在屋里停留下去,因为这儿好像到处都是那双火辣辣的目光。

我在外面走了一会儿,天近正午时分才回到住处。可是一进走廊服务员就告诉我:有人已经在这儿等了你好久了。

我的目光转向客人。她的脸正朝向窗外,可我一眼就看出是女医师。我请她进屋。

"请原谅——又来打扰您了。因为我怕这辈子再也见不到你了……我想了想,还是来了……"

我没有说什么,只为她倒了一杯水。

她的声音非常轻缓,这一次没有什么开场白,而是直奔主题:"我还是为那个事来的。我想告诉你,请不要把我想象得那么坏,我不是那样的人。我今天不愿解释,只想最后说一点——那一天他们告诉我有个急症病人。我过去一看,怎么也没想到是这么小一个孩子。他眉毛嘴巴都拧到了一起,可我还是看出这是个特别漂亮的小男孩儿。我的孩子差不多和他一般大。我喜欢孩子,真的;可我的职业需要我冷静下来,按部就班,先听诊、判断,病人怎么呼喊、周围的人怎么催促,都不能扰乱我的工作……一开始我就认为是肠脉管栓塞。他这样的病例在我们这儿很少,几乎没人得过这样的病。我提出马上让他上手术台,可医院有一个硬性规定:除了极特殊的急症病人外,必须先交押金。我说这就是一个特殊的急症病人,院长偏不这样认为,说是一般的肠痉挛,没什么。后来他们告诉我,病人家属跑回去拿押金了,我才松了一口气。好在路程不远,很快就会到的。你知道我们每天接触的病人多了,病人家属考虑问题只站在病人的角度,而我们却要面对各种各样的情况。我承认接触病人多了会松弛,但我们对待急症还是负责的。我承认我犯了一个错误——我没有不顾一切把他推向手术台——要知道我有能力左右那个院长!我向你坦白地说:院长有几分怕我,他最后会照我说的办。可我当时没有那样做——我没考虑到事情会那么严重。我当时听他的脉搏、心跳,觉得一切还都可以——想不到突然就……那是谁也没法预料的。我想那肯定是动脉破裂……"

"无论怎样讲,你们那时的拖延是一种犯罪。"

"这里面当然有死板执行规定的情况……"

"不,世上不会有见死不救的规定。你在摆脱自己的责任。"

严菲全身打颤:"我说过出乎意料,我们真的没有想到他会那么突然……"

严菲急得要喊起来。当然是没有预料——这一点她没有必要说谎。我只是告诉她:"你们身上缺少人们常说的一种东西……"

"缺少什么?"

"你们没有心!"

"……"

严菲瞪大了双眼。她一直看着我,"我没有……心?"

"是的。"

她像是一直看着窗外那片果树、那些即将成熟的果子。她咕哝了些什么我一点也听不清。她回过身,像肚子疼似的蹲下了。

"你怎么了?"

"没什么……"

我看着她。

她发出一声声叹息。这声音有点像呻吟,然后又开始了抽咽。

我听了有些难过。我想从她脸上发现一点岁月留下的痕迹,比如说一丝皱纹、一点倦态。没有。她的头发还是乌黑油亮,脸上没有一点儿皱纹。她的皮肤仍然细嫩。岁月留给她的创痛简直看不出来。

她站起来,"也许说出来你不信,骆明的死简直没有对我产生多大震动……"

"这我相信!"

"你可能认为这是一种职业习惯——每天都看到有人死去,死在手术台上、病房里、急诊室里。我不是指这个,像我这样对死无动于衷的人,在医院里也不多。正像你刚才讲的,我没有心了,当然也就没有爱和恨了,我就是这么木木的,像个被摆来摆去的器械。我再也不会想别的,因为想也没用,只不过活得更累。我没有能力去承担,连我的爱人、我的孩子在内,我也从来没有爱过他们。有时我觉得对不起孩子,特别是我的男人——我几次试着去爱他们,结果发现这有点像演戏一样。我做不到,因为我真的是没有'心'了……"

我钦佩她的诚实。不过这听起来实在让人受不了。

"我只是在活下去。我觉得工作也没有意义——为什么要工作?救人有什么意义?我跟你说过,我早就被里里外外地毁掉了,那种毁坏后来还有无数次,每一次都使我的血再冷一次,最后差不多都结了冰——再也没有什么能暖过来——连你也不能,所以后来我就不怕你了,不怕走近你,我见了你会很坦然的。你为骆明的事责备我、骂我吧,和别人一起告发我吧,我什么都不怕,也不会怨恨——我正好要离开这里……"

"去哪里?"

"到我叔伯哥哥去的地方。"

我心上一怔。

她垂下眼睫:"一切都没有意思——你真的觉得四周这一切很有意思吗?人早晚都要去那些地方,还不如早点去。我被抢救过两次。真的。一次是我的爱人发现了,一次是那个恶心人的院长。他们救了我,所以我恨他们,我会报复的。我不会就这样半死不活地待在医院里。你有一天听到我出了什么事,一点也不要惊讶……我的男人,那个可怜的人,在上个月里的一次车祸中死了……"

我愣愣地看她。

"他死了,我没掉一滴泪,也没觉得怎样,只觉得家里空得慌——就剩下我和孩子了,你看,睡觉时身边那个呼呼喘的家伙没了。还有他的衣服,也没人穿了……我如今感到的不过是这些。"

我觉得无话可说。

"院长派我到'得耳'的公司去,还要我到其他一些暴发户那里,我想好啊,你这个混蛋把我也搭上了。去就去,坐着他们的高级轿车,有时让他们带到旅游区去玩,一住就是几天。可我火起来,谁的爪子也别想碰我,我有时就有那么一股拗劲儿。车子在路上飞跑,这让我想起了男人遭的车祸,这才多少有点难过。有一天我正难过,一个人的爪子又碰上了我,我就用听诊器狠狠一抢,打在了他的太阳穴上,把他打昏了。当时他的司机像逮一个女特务似的把我扭住,用带子把我捆起来。我说你不用捆,我不会逃。就这样他们把我拉到派出所去。我说没什么,来吧,我说你记:那个车上的家伙不把我当成一个医生,他明明看见我带着听诊器,却硬以为我是一个'婊子'——这会儿那个审问的人也把我当成一个'婊子'。我对他说:是,我是一个'婊子',你要听听与我来往的那些人的名字吗?那么你记吧。我把一个个名字按职务高低给他排列起来,他立刻傻了眼。他让我赶快停下,我偏要说。我说要审就得审完。审问的人认定我有精神病,再不就是故意诋毁什么人——我哈哈大笑,站起来就走了。从那儿以后,院长再也不派我出去了……我是一个流浪女人啊,从小就是!很小时,妈妈把我一个人放在村子里,我跟那些野孩子在一块儿混,后来才遇到了你……我想说的是,我是个苦命孤女,到处流浪,一会儿搭上这条船,一会儿搭上那条船——没掉到水里淹死就算万幸了。我在船上颠簸得真苦啊!我一直想让船载着我到大洋的那一边、那一边,到一个谁也不认识我的地方去,那里的人会把我当成一个脸上没有标记的新人。那时我才能活得好,活得像人一样……现在不行了,一切全完了。我今天第一次跟别人说这些,第一次……我知道我在你眼里一钱不值,你记得的只是过去的那个我——可你也是过去的你吗?你明明知道咱俩都不是了,我们都不是了!那时的我们、原来的我们,一辈子都不会有了,就像河水一样流过去了。所以我希望你再别用那种眼光盯着我。你就把我当成现在的我——我也把你当成现在的你——你伸出手来——哪怕打我一下也好……"

我不由自主地躲开一点。

"看着我!你伸出手来——伸出手来呀!你说我残酷,我见死不救,那么你呢?!伸出手来,你伸出手来啊!"

我只觉得四周冰窟一样寒冷。我的全身都在打抖。

"伸出手来,伸出手来啊!伸出你的手——"

"你是菲菲?"

她深深地点头。

可是我为什么看不见火把、星星、大海和灌木——灌木丛中那个徘徊的少年？

"我是菲菲，真的是菲菲……伸出手，伸出你的手来啊……"

太 阳 落 山

一

天快黑了。只要太阳落山，茫茫夜色深处那一场连一场的流水宴就要开始了。有人已经盼了一天，无心做任何事情，干什么都无精打采的。白天是等待，是挨和蹭，是慢慢熬过的一段时间。只有到了夜色降临的时候，他们才打起精神。严菲是所有夜猫子当中的老资格，她打眼一看就知道谁是她的同类。无论一个人经过怎样高明的伪装，她还是能毫不费力地识别这人是不是真正的夜猫子。有人一下连一下地打哈欠，好像是那种习惯于夜生活的人，其实一看就知道，这家伙不过是夜里失眠罢了。有的人精神十足，像韩立主任，看人时总是瞪大双眼，冷冷的有些吓人，还不时地伸手顶一下金丝眼镜的下缘，其实他正睡着——他差不多睡着。这才是一个真材实料的夜猫子，是隐在夜色里的各种流水大宴旁的固定客人。他白天里那副精神头儿不过是一种表象，是来自日久天长的一种修炼，是一般人绝对识不破的高深功夫。只有严菲看得明明白白，并多少知道其中的蹊跷。她十分清楚这个人大白天在干什么：睡眠，采用特殊的方式睡眠。他起码是没有开动这架知觉机器的全部，大脑中的绝大部分是关闭的，只余出很小的一个边角，用来应付日常——如见了人打个招呼、吃饭喝水、查房会诊等等,这已经绰绰有余了。

这是一个天才。严菲阅人无数,但心里真正崇拜的人物只有韩立。这人从模样上看就是一个非同凡响的角色:瓜子形的脸不大,终日冷肃,刮得铁青的下巴中间有个小小的坑凹;眼睛专注,目光沉重可达一吨;一口坚实的牙齿下缘往里收紧,让人想到马的牙齿——所有身体器官强健的人都长了这样的一口牙齿。她认为整整一座医院或更大一个范围内,自己算是第一号夜猫子。但韩立是个超级夜猫子,她已经无法将其排序。这个人体量不大,身形紧凑,个子中等偏下,全身没有一块多余的赘肉。他的话语极少,大部分时间是沉默的。

她知道这个男人的最大奥秘:夜里几乎不睡,这是他最重要的生活时间,全部的乐趣与希望以及事业,都悉数放入夜色。他上午十点之前不会出现在任何场所,即使偶有起早来到会议或其他场合也毫无倦意。非但没有萎靡,而且还是最精神的一个,犀利的目光常常令人望而生畏。实际上白天的绝大多数信息都不入脑,顶多是暂存在一个边角。

她一直想掌握他的这个本领,可惜不成,因为连拜师的机会都没有。那个男人目无下尘,对她完全漠视。而她一直认为自己才是为了夜晚而生,她可以算作这方面的奇才异能:一夜不睡,白天照旧处理工作,虽然要不可避免地多打几个哈欠。她开始求助于高级的化妆品和提神饮料,用它们来抹掉脸上的倦容。日久之后,渐渐觉得这有多么愚蠢:一旦生命的汁水熬尽,人从里往外枯干,一切都将无可挽回。她告诫自己:你必须保持青春的容颜,你在这场青春保卫战中要坚持到最后一刻,要与阵地共存亡!

可是那些不可割舍的夜晚啊,又花费了她太多的青春。

她在恐惧中寻求一切方法。最后她只得向冥冥中的那个人,向她的豹子求救了。她在梦中与死去的叔伯哥哥见面:一个湿淋淋的男人站在面前,这个人全身都被有力的筋脉襻结着,那是长久的奔跑和逃窜练成的,使他保持无可匹敌的弹跳力。这个男人的双眼像灯笼一样亮。她永远都会记得他怎样咬住她的脖颈,记得那股无可抵抗的力量、他在丛林中攫紧她奔走……没有人能够战胜他、捕捉他。他夜夜不睡,夜夜都在荒原的草窝中与她狂欢。白天是他躲藏和寻食的时候,要避开一道道围网。他几乎打生下来就习惯于在夜里大睁双眼。她问他:"我的豹子啊,你得教给我了,怎样才能在一夜夜的流水长宴上尽兴,永远保持青春的光泽?"豹子问:"你离开这样的夜晚会死吗?"她点点头。豹子说:"那就好办了。你只为夜晚活着,你是为了夜晚才生的。这样白天就是梦游——你的心睡着别人又看不出来。"

豹子说:"我在梦游时,连飞来的子弹都能躲开!"她深信不疑,她对自己的豹子一百个信任——自从这只豹子犯了乱伦大忌之后,整个族里的人都在追杀,可他照样活下来,照样在大地上飞奔。他只活在夜晚,这夜晚是他们两个人的。这样直到有一天他告诉她:这阳间的夜还是太短了,阴间的夜才叫长呢——所以他就去了阴间。

她开始尝试在大白天里梦游。一年年下来,差不多真的练成了。可总要时不时地出错:有几次她哈欠连连,临床用药时不止一回搞混了,让一旁的医生大惊失色。还有一次险些造成重大的医疗事故,幸亏院长及时为她解围说:"她夜里要出诊,她太累了……"

她明白,只有那个韩立才深谙此道,他才是一个真正的梦游者。

二

严菲发现几乎所有出现在流水大宴旁的人物——这些人是各

色各样的,主要是官商要人和各界角色,但一定要是个角色才行——都或多或少具备梦游的本领。这些人一到了夜晚两眼就放出一股特异的光,或许是返祖现象也说不定,那是一种蓝幽幽的、在一百支光以上的照明灯下才能得以分辨的眼色。这些人洞察秋毫,除此而外嗅觉与听觉也处于最佳状态,所以他们在夜间反应格外灵敏,整个人变得机智聪慧,有点超常发挥的意味。他们身上的激素水平也都达到了一天里的最高值,整个人显得生气勃勃,精力充沛。如果是个男的,他一定是容光焕发,除了衣饰讲究,还精心地修面梳理。但那种无法遮掩的类似公羊的腥膻气,还是会在一公尺内散发出来。如果是个女人,那么她的妩媚相,她的骚狐才有的苦杏仁味儿,都会一块儿达到一个顶点。这都是在不自觉间完成的,是一种自然现象,他们似乎并没有刻意如此。平时常在荧屏上见面的男男女女穿梭其间,这些人都比预料中的要瘦,比其他人的笑容要多。

严菲每到了这个时刻都格外放松。她才是一个老手,所以没有什么好兴奋的,也没有什么新鲜感。而那些初来乍到的男男女女就不同了,他们无论怎么伪装,也还是显得慌里慌张的。首先由于紧张而引起的腹胀,这是他们无法克服的一个障碍,所以愈是到了关键时刻,他们愈是要往卫生间里频频跑动,去排放自己腹内的气体,俗话说就是去"放屁"。严菲见他们不停地离去的样子,心里就有忍不住的得意和快乐。她才不屑于这样做呢,一方面她越是在这样的时候越是上下舒畅;另一方面她还巴不得找个倒霉的家伙臭臭他呢——有一次她看到一个色迷迷的老头儿一个劲儿向她挤眼,她就故意招招手。等他贴近后,她就稍稍扭过后背,很痛快地排了一次气。那老头是个威震一方的家伙,可这一会儿还是皱眉缩眼、欲哭无泪的模样。当时让她有点同情。她不失时机地问他一句:"怎么样?没事吧?"对方答:"还,还好吧。"

"带保健医生没有啊？"宴会进行到一多半的时候,有个司仪模样的白脸男子就会这样低声问一句。领她来的人朝她噘噘嘴。于是她知道该自己工作了。人人都得工作啊。那个人将她领至一个很偏的房间,客气地鞠个躬就离开了。她自己走进这种熟悉的场所再自然随意不过。这往往是一个豪华的房间,几大厅堂连在一块儿,冲浪浴盆小型桑拿之类应有尽有。整个大套不少于一二百平米,在一圈大沙发里蜷着一个并不起眼的男人,秃顶然而慈祥,正经有一把年纪了——偶尔遇到个把年纪在四五十岁左右的人,那种情形或许更坏呢,那对工作是不利的。瞧老人家把各种饮料摆开来,殷勤到了极点。他彬彬有礼,给她斟满杯子,像对待一个孩子。她常常为了逗他,劈头就是一句:"说说吧,哪里不舒服？"

她的这个杀手锏总是有效,令对方措手不及。他啊啊着,但总是马上镇定下来,说:"年纪这一把了嘛,哪儿都是病,哪儿都不舒服啊！啊！"对方多出的一个"啊"字有点顽皮,这终于使她明白:姜还是老的辣。人家是大风大浪里闯过来的人,人家一客气,你可不要忘了形儿。想到这里,她总能很好地尽职尽责地完成自己的任务。她说:"我们的工作就是为您服务嘛,你丝毫不用客气也不用不好意思,有什么要求尽管提出来。"对方盯住她的乳房说:"一定、一定。嗯,先喝吧……其实呢,这把年纪了,主要是孤独,想找个人说说话。就像我的孩子一样——你啊……"

下面的场景大致千篇一律了。他摸她的头发、脸庞,然后是后背。她真的感受了一个老人的慈祥。但他还是摸起了乳房,于是那种慈祥的感觉立刻无影无踪了。对方说:"这也许是不礼貌的……"她安慰他:"别客气,你们一客气,真让人受不了。"出于责任,她总要抽出一点时间为他们测一下血压和听一下心跳和呼吸。有一次让她无比吃惊的是,一个老人的血压竟在一百二十至一百八十的高值！但问题是面前这个人何等虎气生生啊！震惊中她不由得要发问,要了解一下这奇迹是怎么发生的。对方有气无力地揩着汗,答:"习惯,一切都是习惯。小同志,你要记住,再也没有比养成良好的生活习惯更重要的了。"

她最高兴的是能有机会为一些熟人诊疗保健。她与他们都是不期而遇的,这时对方会一惊,脸红到脖子,喊:"是你?""当然,这是我的工作。我能为您服务十分荣幸——以前都是在台下听您讲话,这会儿能当面接受教诲,激动呢。"她把随身带的小药箱"砰"一声放下,让他打了个愣怔,说:"想不到你这么帅气!"为了解嘲又补充一句:"可别是个狠心大夫。"她说:"放心吧,不会的。"她和熟人交谈的时间往往很长,她最后不得不说:"咱谈话可别耽误了正事儿——您还有别的事儿没有?"对方红着脸慌慌摆手:"没有没有,这么交谈就是最愉快的了!""您哪里不舒服?""噢,你看,这就是正事啊……"他历数了自己的一些毛病,如眼疼、脚气、腋下皮疹——"特别是,"他绝望地摇头,"可惜这病不该对你说,我的肛门瘙痒,已经一年了……"

严菲大笑起来,笑出了眼泪,直到把对方笑蒙了。他问:"你,你笑什么?"

她从他的严肃劲儿看出,刚才这个人绝对是如实汇报了自己的病情。但她还是没法使自己镇静下来,笑着说:"你算找对了人了,我们治这种病是十拿九稳的,我们有一个百试不爽的老方法……"说着即命令他露出相关部位。他犹豫不决时,她就不无严厉地催促。他只好解了裤子,趴在床上。

她认真地看过了,然后悄悄脱了鞋子,猛地照准他的屁股打了起来。

噼啪之声大作。他毫无准备,大力喊叫,但却一直忍受着,忍受着。

三

　　她很少在这样的场合看到韩立。她更希望与其在医院之外的地方相见,因为这可能成为接近他的良机。在这样的地方,深夜,他大概不会那么冷漠,总是拒人于千里之外吧。她偶尔遇到,见他总是匆匆而过,似乎并不停留很久。她渐渐明白了,韩立的确比一般人忙得多,他也许一夜里要赶赴好几个场所。他见了她时,只是平平淡淡地点一下头,顶多说一句:"好着。"这两个字让她琢磨了许久,觉得充满了无尽的玄机。她想:他是在叮嘱我,还是在说自己一切都好?抑或是夸这个夜晚?都像,都不像。

　　有一次她在类似的场合见到了本院那个"海归"博士。由于这个人的脸特别像一只龟,所以她心里一直将他叫成"海龟",这样叫时,对方总是愉快地答应。海龟现在已经是很大范围内的一个名人,常常出席一些重要的代表会议,身上的头衔不知有多少,平时极忙,大家都估计:这个人在本市的地位很快就要超过韩立,起码也要接过对方的衣钵。当他刚从海外归来时,院里就有不少议论,说他与韩立两个人成为一对明显的竞争者,他们在各个方面都构成了利益冲突。可是随着时间的推移,大家发现这种判断真是大错特错:韩立不仅没有排挤这个人,而且在一切方面都支持他,甚至亲自推荐他担任了院里的一个显著职位。不仅如此,韩立还让其担任了朋友的一个医院的名誉院长——这个医院是专业急救机构,属于股份性质的医疗院所,创立仅两年时间就取得了惊人的效益。人们说这个医院里有两大秘密武器,即神通广大的韩立和海龟。海龟由于在外面生活多年,所以身上洋派习气甚浓,动不动就甩出几个英文单词,而且愿喝冰水咖啡威士忌之类,任何时候都是西装革履。严菲最早发现这个人有点轻微的斜视,可是当她有一次说起时,立即遭到蛤蟆院长的厉声反驳:"不会,这怎么会呢!"在他眼里海龟这样的人绝对是完美无缺的,当然韩立更是如此。她在这个流水夜宴上遇到了他时,好像对方有些稍稍的意外,站起来说:"哦,哦哦!"她一个机灵,马上模仿韩立的腔调说了一句:"好着。"

这真是一个绝妙的词儿。她发现对方立刻谦卑起来,弯弯腰鞠了个浅躬。这在她和他之间是从来没有过的。她在这时候特别观察了一下,觉得这个人的眼睛不仅是斜视,而且在明亮的灯光下呈现出奇怪的现象:瞳仁边缘那儿仿佛折叠起无数层,让人想起一种能够伸缩的套管窥镜……她深深地吸了一口凉气。也就是一瞬间,她想起了一个所谓的谣传,这来自多嘴多舌的蓝珂:那个急救医院暗中倒卖人体器官。她当时吓得浑身一颤,蓝珂却马上声明:"我从来没说,我可没说过啊!"然后鱼一样溜掉了。这会儿她想坐得离海龟近一点,因为她发现对方不停地向她抛出讨好的眼神。她不想得罪这个人。可是一会儿有人走近了海龟,在他的耳旁小声咕哝了几句。海龟马上离开了。

这个人的背影也让她想到了一只龟,这就是她很不喜欢的方面。那还是他刚来医院不久的一天,她和他刚认识不过一个月的时间。有一次两人一起去标本室,在走廊的暗影处他上来搀扶自己,顺便施了一个洋人礼法——亲了亲她的脸颊。她当时觉得这只是一个食洋不化的习惯而已,并没觉得怎样。可是回来的路上海龟不仅是再次行了洋礼,还顺手摸了一下她的胸部。她马上问道:"这大概不是洋礼吧?"这一问不要紧,海龟索性将其顶在了墙上。当时是一个夏天,单薄的衣服根本无法有效地隔离他的强横与无耻。她只觉得自己的下体被他撞得很疼。她还是挣脱了。第二天海龟一上班就到她的办公室赔罪了,说:"实在对不起,在国外时间长了,有时会很冲动的。"她说:"算了。"谁知这一句之后他直眼盯住她,问:"那,咱们也不差那一点了吧?"她坚决拒绝了。

也就是那一次,她看出了他的眼睛有点斜视。

严菲包里的传呼机突然响了起来。上面只有简单几个字:速到八二〇二房间里来,韩。

韩立?她什么都没想,拎起包就走。这是她第一次收到这个人的传呼,心里想不出理由,但有些慌。她觉得血都涌到了喉头那儿。

在门口,她抚了一下散乱的刘海儿,然后敲门。门开了,果真是韩立。他的脸像往日一样冷得吓人。但她已经镇定下来。这是一个普通的单间。韩立连坐都没有让一下,马上就用那副又哑又沉的嗓子说:"是这样,有个紧急病号需要你马上处理一下。人在八六六六房间。"她点头,问:"多大年纪?"韩立答非所问:"快点吧,抓紧时间。我们一起。"

往那个房间去的路上,气氛有些紧张。谁都没有说话。严菲想起有一次也是类似的情形:那次是一位老领导在房间里突然鼻血不止,没有办法,只好让她去施救。

在楼梯拐角那儿,她似乎看到了海龟的身影。她上前一步敲门时,韩立掏出钥匙开了门。这是一个大套间。他领她直奔里屋。大床上,一团洁白的毛巾包裹起一个人,从形体上一眼可以看出是个女子,一动不动。严菲轻轻打开她身上的布巾,差点失声喊了出来。这是一个体量极小的女孩,看样子顶多有十一二岁,由于惊吓或别的原因,人处于昏迷状态。严菲动作麻利,一声不吭,迅速注射了一针。韩立又说了一句什么,她根据指示又注射了另一针……只一会儿,女孩醒来了。严菲忍不住问一句:"多大了?""十……十五……"韩立严厉的目光射在严菲脸上。

回去的路上,她还是忍不住,问:"是海龟吗?"

"不是。不要问了。"

严菲点头:"当然。我错了。"

你在高原

鹿眼

卷三

第 七 章

沉重的故事

一

　　唐小岷最终把控告信交给了我。它几经修改,如今已变得简洁有力,并且有三分之二的同学在信的末尾签上了名字。在那个座谈会之后,有人费尽心机,采取了各种手段加以阻挠,与家长和老师谈话,又分别找同学逐一劝止,总之以各种办法施加压力和影响。唐小岷和几个同学不得不与之周旋:表面上答应放弃,说:"我们不告了,因为我们知道最后怎样都没用。"实际上却一刻不停地抓紧去做。这是一场力量相差悬殊的对峙,胜者却是孩子们。整个过程令人感动,让人不由得从心里钦佩起少年的心智和少年的勇敢……她把这沓纸放到我手上,然后就在旁边喘吁吁地看着我。
　　我和朋友一定要设法送抵这一信件。冷静地想一下,这次成功的希望也许只有百分之一,但我们却绝不会放弃。
　　我在一个空白处签上了自己的名字。唐小岷感激地看着我。
　　我在心里说:可爱的孩子,我们这一代做得太少了——在将来,我们或许被称为软弱的一代。我一遍遍抚摸着这份带有密密麻麻签名的信件,心中充满感慨:老天爷做了一次多么奇特的安排,我和死去的骆明,还有眼前的小岷,都从同一个校门踏出,而今又走进了同一个故事。时过而境未迁,世界变得如此千奇百怪,但这里却奇迹般地保留了原来的一切,它们还如数存留:园艺场子弟小学,女教师,连同她身旁那个闪动着一双鹿眼的女孩……

门外传来一阵风琴声,它在风中时强时弱,引着我和小岷一起走到外面去。

我们一直走着,直走到学校门前才站住。琴声更为清晰,简直是迎面扑来,一遍遍诉说着那个哀婉的故事。好长时间我们都忘记了说话,一直站在那儿,一直到琴声停止。她凝视着远处,当我再次问起什么时,她才转过脸庞。我问她的爸爸妈妈——他们对整个事件的态度,对签名活动反对还是支持?小岷的回答出乎我的预料:"妈妈支持,爸爸反对。"

说过之后再也不吭声了。她像现在这样眉头紧锁,我还很少看到。她往前走去,但没有进入校门,而是从它的侧面往前走去。走了一会儿她又站下,回头看着我,好像在问:我们还要继续往前吗?

这是灌木丛中的那条小路,我们很快就要登上沙岗了;再往前走就是那片小果园了。她站在了一棵野椿树下,迟疑着。

这还是当年的那棵野椿树吗?它看上去一如当年,枝叶茂盛。几十年过去了,它还是一头乌发。人和树不能比,风霜失掉了野椿树的叶子,还可以再生;风霜洗白了人的头发,却难以再次转黑。我看着乌油油的野椿树,把紫红的叶梗捧在手里。我又嗅到了浓烈刺鼻的气息。

我们在小果园的篱笆旁站了一会儿,最终不想打扰泥屋的主人。

前边是一片茂密的灌木。当轻轻拨开灌木枝条,脑海里马上回旋起当年那惊魂动魄的一幕:护园人日夜守在屋顶上向北张望,手里是一杆黑色的枪;最后终于开枪了——枪声震撼着整整一片原野,我在枪声里急急奔跑,一直随着那两个枪手跑进了这片灌木林中——天哪,他们打中了荒原中惟一的一只花鹿……我至今记得它身上的花纹,它渗出的血,它那美丽的、一点一点失去光辉的眼睛。我就是从那时起才记住了一个可怕的事实:我们的原野上再也没了自己的花鹿。从此,我失去了自己的鹿眼。这是我一生永远不能愈合的伤口。

小岷在一棵核桃树下站住了。树下是一片光洁的沙土,上面正茂盛地生长着几蓬金盏草。树上刚刚结了青果。以前的灌木丛中,各种各样的果子太多了,不到成熟的时候谁也不去动它们——可惜现在只要结出一枚果子,无论多么生涩都有人把它摘掉。眼下这棵野核桃树上的果实只有橡实那么大,可也大半被人弄走了。人哪,就是这样贪婪可怕,竟然要攫取青涩的果子……

在散发着清香气的核桃树下,唐小岷蹲下了。她低头寻找着什么。树下有一些脚印,小小的模糊的脚印……她再也不想往前走了,头差不多要垂到了沙土上。我想把她的心绪引向别处,问:最近回家了吗?我知道她的家在市里,离这儿还有二十多公里。她说没有。她父亲是市直机关的一位处长,母亲是这儿的园艺师,两地都有宿舍。父亲和爷爷奶奶住在一块儿,要照顾老人的生活,所以只能到这儿来过一个周末。我问她愿跟父亲进城,还是一直待在母亲身边?

"当然是母亲这儿。可有时候我想爷爷,我要回去看爷爷啊。"

我问母亲为什么不调到市里——这是很多人求之不得的事情啊。

小岷说母亲不想放弃园艺工作,因为她就是学这个专业的,从毕业到现在一直都在这儿工作。"妈妈讲过我出生那一天的事,说她那一天正要乘车往市里去,车子跑了没有多远她就觉得难受极了,只好再返回。结果妈妈就在果园里生下了我。妈妈说那时候这儿的医疗条件很差,她直到今天想起来还有点后怕呢。那天父亲知道了赶回来时,我早生下来了。妈妈说我比一般的孩子要早生好多天。"

我又问起了爷爷。她摇头:"爷爷奶奶和母亲合不来。"

这很可惜。原来是这样。我明白,如果爸爸离不开爷爷奶奶,那么这一家人就无法在城里团聚了。好在爸爸妈妈情深意笃,还算是一个和睦的家庭。小岷一讲到自己的爷爷就来了兴致,再也不愿停口:爷爷是一个老军人,十六岁就参加了队伍,枪打得好,还不到二十岁就成了一个骑兵连长。"我爷爷那时啊,骑在一匹大白马上,挎着大刀长枪……"

腥风血雨的岁月过去了,它留给后一代的竟是如此美好的想象:英勇,帅气,传奇和浪漫……"小时候爷爷给我讲了很多战斗故事,还给我扎上一条武装带,把我打扮成一个女兵,教我打敬礼,正步走。真好玩,我老要笑,爷爷就说:不准笑。我立刻不笑了。他让我收腹挺胸……"唐小岷说到这儿脸有点红:"在城里,许多人都怕爷爷呢。"

我问老人退休以前做什么?

"爷爷退休以前是个大官。"

"哦——他现在回家休息了,人们还怕他吗?"

"还怕。走在大街上,认识他的老远就打招呼,亲亲热热的,可我知道他们心里还是怕他。不过我爷爷可好呢。他现在没事了就去钓鱼,有一次钓了一条那么长的大红鲤鱼,它离了水跳得啊。我说把它养起来吧,爷爷说好,把它养起来。可是摘下鱼钩,血从嘴里流出来……爷爷一整天都不好受,他不钓鱼了。他说我们今天不钓鱼了,就在水库边上走走吧。我们玩起来。风从水上吹过来,爷爷的白头发吹乱了,他站那儿抖着腰,望着远处说:'小岷,你看见水库那边那个山岬了吧?'我说看到了。爷爷大概想起了往事,眼里蒙了一层泪。我不吭声了。我知道爷爷一会儿就会开口说话的,他时不时就要讲起过去,有时讲着讲着就要停住。我问爷爷怎么了啊?他偏偏不说。我常看到他的眼睛望着远处,一声不吭——他眼里真的有一层泪呢。"

"人老了就这样。"

"是啊,不过为什么?"

"因为他会想自己这一辈子……"

"可能是想起了伤心事儿吧!"

"爷爷觉得你这个年纪该听一些轻松的故事……"

唐小岷低下头:"可直到今天妈妈还给我讲幼儿园里的故事。在园艺场,叔叔阿姨整天给我讲的也是这些。什么时代了啊!其实我们什么都懂——我们知道的,也许比他们还要多!我们看到的经历的,他们想都想不到……在爷爷跟前才能听到打仗那些事儿,可惜只听了一半,下一半他就不讲了。多急人啊,我从来听不到结尾。"

是啊,结尾可能是整个故事中最沉重的部分……

二

小岷用力抿着嘴角,像在下一个决心,后来抬起头说:"叔叔,我想告诉你一些事儿——这是我们家的秘密。"

还没等我反应过来,她就说:"我有两个奶奶……说出来你肯定不信,因为连爸爸妈妈都不知道这事儿,只有我和爷爷两个人知道——这是我们两个人的秘密。"

我吓了一跳:这似乎太离谱儿了,她有两个奶奶,父亲和母亲怎么会不知道呢?

"开始的时候我不明白爷爷为什么这样。他钓鱼,钓到最好的鱼,就让我在水边待一会儿,然后一个人提着鱼,翻过一座小山,到水库那边的村子里去了。我问爷爷把鱼送到哪了？他说卖掉了。我才不信。一次爷爷提着鱼走了，我就尾随在后面。我一会儿钻在灌木丛里，一会儿伏下身子往前爬，就像一只猫。爷爷的脚步越来越快，我差不多都要追不上了。你想想，他当过侦察员、当过骑兵呢，他很容易就会发现我的。可是他年纪大了，耳朵不好使了，反正那一回真的被我骗了。这样跟踪了爷爷两次，他都不知道。我看见他进了那个小村子，从东边进去，绕过几个胡同就在一个小屋前停住了。他拍门了。我在大草垛后边看。一会儿一个白发老婆婆出来了，年纪很大，满脸都是皱纹，看上去人挺和善的。爷爷一声不吭。老婆婆转过身，爷爷就跟进去了。又待了一会儿爷爷才出来。我趴在草垛后面，直看着他离去的背影。他比来时走得慢多了。爷爷先一步站在水库边上，他到处张望，找我。我从一片灌木丛中突然跳出来说：我跟爷爷捉迷藏了……

"后来我又跟爷爷钓鱼，爷爷一边把鱼饵放进水里一边说：'小岷，我被人盯梢了……'还没等我反应过来，爷爷就笑着把我抱起来，用胡茬扎我的脸，说：'孩子，你都知道了。'这样说时，热辣辣的泪就滴下来了。我不知该说什么。待了一会儿，他说小岷我们走吧，一块儿去看看她吧……他牵着我，一路上告诉：那个人是你的奶奶。我说我不是有奶奶吗？他说：'我说的是你原来的奶奶。'后来我好不容易才弄明白：我那天看到的老婆婆是爷爷进城以前的老伴，是另一个奶奶。

"路上爷爷讲了很多，他从来没有这么多话。原来爷爷打仗时住在一个大户家里。那个大户人家怕爷爷他们，又不得不笑脸相迎好好接待。在混乱年头，爷爷说他们的队伍也保护了这一家人。不过快解放时这一家人还是逃了，可惜半路上又被抓回来，最后死得很惨。爷爷说他们这一家人其实是有功的，不能和别的大户人家同等对待。那时没人听爷爷的话。爷爷只得小心着点儿，因为爷爷偷偷和这一家的小姐好上了,她就是我现在看到的老婆婆。爷爷不顾别人的反对,硬是和她结了婚。爷爷说,结了婚,她就留在村子里,他还要跟上队伍。有时队伍路过这儿,爷爷就回来住上一两天。爷爷最爱她。后来爷爷就进城了。爷爷说,'不知是什么妖怪在心里闹开了。我变了心,把你原来的奶奶休了。你奶奶也说,我不能再拖累你了,你走吧。'就这样,爷爷一个人进了城。后来爷爷又和机关上的一个人结婚了,她就是我现在的奶奶……"

我没有插一句话,怕打断她的叙说。原来这个鼓鼓的脑瓜里装了这么多东西。当她停下来时,我还是期待着她讲完。她终于说下去:"爷爷领着我去看奶奶了。那个小屋我一点儿也不生疏,拐过那个大草垛,爷爷就拍门了。又是那个老婆婆开门。爷爷说,叫奶奶,叫奶奶。我小声喊了一句'奶奶',老婆婆的泪水就哗哗流下来了。她一下抱住了我,说:'这是我的孙女,我的孙女……'那天,奶奶要做饭给我吃,让爷爷留下,可爷爷连连摆手说不行。我知道他怕城里的奶奶追问。他从来不在外面过夜,不在外面吃饭。可老奶奶非要让我和爷爷留下吃一顿饭不可。她说:'我早一点做饭,这就做,你们吃了马上走。'爷爷还是摇头。老奶奶肚子疼似的伏在了柜子上——那个破柜子啊,破得要命,柜门上没有拉手,抽屉上拴了花花绿绿的破布条。爷爷掏出一些钱塞给她,老奶奶怎么也不要。爷爷生气了她还是不要。爷爷硬塞给她,她只得把它收起。后来她从炕上摸出了一个纸匣儿,当着爷爷的面把它打开说:'你看,你过去给我的也没花。我不会花,因为我用不着钱。'爷爷哭了。我看见爷爷擦鼻子。老奶奶说:'我打谱把这个纸匣装在一个坛子里,埋在院里的枣树下面,你不要忘了日后让孩子把它找出来。'这些话我都听见了……"

我的心被戳得发疼。我看着唐小岷。

"那一天她拉开柜子,从里面找啊找啊,找出了几个小贝壳,几颗红枣,都给我掖到了衣兜里。她亲我,说我是她的孙女。'你能记住路吗?'她问我。我说记住了。'记住路就常来,你自己来啊!'回去时,老人送我们很远,就那么直盯盯地望着我,望着爷爷。爷爷一点不敢回头,领着我走开了。在路上,爷爷一再叮嘱我:这事谁也不能讲啊,我的好孙女。我当然不会讲的,我知道这是爷爷的秘密——我们两人的秘密。"

三

我问小岷是否喜欢城里的奶奶?因为我很想知道她与两个奶奶在情感上的区别。小岷没有正面回答,只说:"大家都说我长得不像妈妈,更像奶奶——城里的奶奶。"

我想她的奶奶当年一定很漂亮。因为在所有类似的故事中都是如此——这算个什么故事?爱情的故事?遗弃和背叛的故事?我不知道,我只知道在这样的故事中,后来出现的女性往往既年轻又漂亮,而且——严厉。

"我的两个奶奶多么不一样啊!城里的奶奶长得一点也不老,五十多岁了,看上去就像四十岁。"

从这种年龄差异中,可以知道唐小岷的爷爷当年娶了个多么年轻的女人。一个久经风雨的军人也仍然抵挡不住青春的诱惑,他在这种诱惑下做出了巨大的牺牲,发生了可怕的背叛——这些都不是眼前的孩子所能够理解的。

"你没有姑姑、伯伯和叔叔吗?"

她嗫嚅起来:"城里的奶奶就生了爸爸一个,原来的奶奶没生孩子……"唐小岷眉头紧锁:"老奶奶年纪大了,她一个人住在小屋里,如果生病了、摔倒了怎么办?我老要这样想,想得头都疼了。有一次我问爷爷,爷爷不吭声,脸色铁青。我说快把她接到家里吧,爷爷脸色更难看了。她孤零零一个人,怎么办啊?后来又一次钓鱼,我听到爷爷不停地叹气。怎么了爷爷？爷爷就说了,他说不知多少次商量过城里的奶奶,把小屋里的老人接回来吧,城里的奶奶就吵。她说:'你把村里那个人接过来的一天,也是我从这个家里走开的一天。'"

"她走开？那她去哪里？"

"大概回老奶奶家。老奶奶在很远的那个大城市里。我没见到她,不过奶奶常常提到她。我知道老奶奶是个很厉害的人,连爷爷也怕她。爷爷有一次一边钓鱼一边说,他这辈子没做过什么对不起人的事情,就做了这一件,结果这就使他一辈子不得安宁。他说孩子,你爷爷为什么整天跑步锻炼身体、钓鱼？就是为了死在你乡下奶奶的后边。爷爷说如果他死早了,那会闭不上眼的,'那是个孤寡老太婆啊,她的全家差不多都在混乱年头给我们这边杀了,只剩下了她一个人。我不能让一个孤寡老太婆留在世上,我不放心！'那一天我抱着爷爷哭了,爷爷也哭了。我们一块儿哭了好久。爷爷为什么老得这么快,我今天才明白了。他那边的人杀了老婆婆的一家,他后来又扔下了她,这让他难过。我觉得爷爷真是一个可怜的人。本来,我准备把我们在控告信上签名的事告诉爷爷,因为谁都怕爷爷——我们只要告诉了他,他就会帮我们。可是我可怜他,不敢让他再生气再难过,爷爷已经活得太苦了。那一天在水库边我向他发誓:我长大了一定服侍小屋里的奶奶,她就是我的亲奶奶。我一定不离开她,一生都不离开。爷爷一听又哭了,搂住我亲了又亲……

"从那儿以后,我一个人常去看老奶奶了,在她那儿过夜,有时她一整夜都搂着我。她身上有一股干草味儿。大概就为了搂抱我,她每天都要洗澡。她的衣服很破,可是很干净。她说好孩子,我死也值了,想不到能有你这么一个好孩子疼我。我说奶奶,我本来就是你的孩子。有一天我还把廖若和骆明领去玩了。我怕老人孤独。我们带了很多罐头。就这样我们在那儿过了一个周末,都一块儿喊她奶奶。再后来,再后来就发生了那个事儿……我很久没去奶奶那儿了,前几天又去了,奶奶一连问了几遍:骆明哪去了?我说他到很远的地方去了。'他转学了吗?'我说是啊。她说这个孩子要走也不来告别一声。我说他走得很急很远:也许这辈子都不会回来了……我瞒过了奶奶。叔叔,我真不知道以后该怎么办……"

她哭起来。我现在无法安慰这个孩子。

小岷哭得越来越厉害,抽泣着:"不是,叔叔,我想说,我想说的是……"

她抬头看了我一眼,又赶紧垂下眼睫。

直过了好久,我都能感到她的身体在抽搐。我很难受,因为我在想其他的一些事情。我的思绪常要莫名其妙地转到那一天——我在场医那儿听到的可怕故事:一群不幸的孩子与"超级酒吧"、与一些魔窟的故事……但我不敢发问。我当然不能想象她也会落入那样的魔窟,但我至少可以想到这个时代的恶魔,它的全部伎俩,想到她和那一群伙伴,以及所有的被劫掠者……后来她总算擦干了眼泪,说:"叔叔,我刚才只告诉了你一个秘密,没有告诉你更可怕的事情——这件事城里的奶奶肯定知道,爸爸妈妈也可能知道;可他们都在瞒着我。这是我一点一点从爷爷嘴里抠出来的,我真害怕,真害怕……"

四

"那一天我和骆明廖若一块儿到乡下奶奶那儿,和奶奶一起出去采野菜。采野菜时奶奶告诉我们很多爷爷的故事,说那时候他最喜欢吃野菜——她出去采来,做好了等他回来……这一天,我们大家一块儿帮奶奶做,洗菜切菜;奶奶的手太巧了,她把各种野菜包成水饺,凉拌、热炒,做成了很丰盛的一大桌呢。大家正高高兴兴吃饭,突然外面有人使劲儿敲门,到后来是砸门了。

"那是个男人,他一边敲一边喊,喊了些什么谁都听不清。我转脸去看奶奶,发现奶奶的脸色突然变了,起身就要去开门。廖若跑在前边,从门缝里看了一眼,慌慌地拦住奶奶说:'不要开不要开,那是个疯子。'这一下我们都知道了,他就是那个天天在村子四周胡窜的人,不停地喊'发大水'的人;这疯子又脏又臭,怪吓人的,我们平时见了就跑,跑开一段再往他身上投泥巴;有时他还和我们对骂……这会儿我们都一齐阻拦奶奶开门,可她就像没听见似的,只顾往门前走。我急得大声喊起来:'奶奶你千万不要过去,他是个疯子,他会打人的!'

"我当时真不知奶奶是怎么了,她不顾一切地把我们扒拉开,差不多是扑到门上的,一下就把门闩拉开了。我们那会儿全愣了,傻了,赶紧护在老奶奶身上。接下去发生的事儿怪极了:那个疯子平时多凶啊,这时一见了奶奶立刻像变了一个人似的,呆望着,只会傻笑;这样笑了一会儿,突然把头拱到了奶奶胸前。我们想奶奶一定会害怕,他会把她掀倒,谁知根本不是这样——她抱住了他的头,伸手梳理他的头发、拍打着:'孩儿,好孩儿,饿了吧?家里来,快来。'她扯着他的手领到屋里,从我们摆好的盘碗里夹了很多菜,'孩子,可怜的孩子,坐下吃吧,吃吧,再不你就带走……'疯子高兴得直流口水。他用一块塑料布兜起东西,喊着跳到院子里,摇摇晃晃,一边从纸包里掏出东西吃,一边在院里打转。老奶奶坐在那儿流眼泪。我们都赶疯子:讨了东西你还不走,还赖在这里,你快走吧,再不走打你了!疯子挠挠头发,一边喊叫着一边往外跑了。他又喊'发大水了',我们赶紧把门关上。

"谁知这一下奶奶再也不吃饭了。她盯着关上的门,叫着:'孩儿!孩儿!'我们都不知道这是怎么了。我们做错了什么?我们不该把那个疯子赶走吗？但我们都知道：是我们惹得奶奶不高兴了。她真的很难过……

"我还从没见奶奶这样难过。我又害怕又纳闷，不知怎么才好。这事过去了好几天，有一天我实在忍不住，就去问爷爷。爷爷听了一声不吭，头垂着。我发现他像变了一个人似的，什么也不愿讲，两眼盯着地上。我明白遇到怪事了，这里面肯定有什么事儿——真的会有什么事情。我在心里猜了很多、假设了很多。

"可惜我猜得都不对。所以后来当爷爷讲出那个秘密的时候，我还是给吓住了……叔叔，你想不到，你肯定想不到这会是一个多么大的秘密……"

她在说这些时，鼻尖上、额头上，到处渗出了汗粒。我安慰她，让她慢些讲。她大口地吸气……"你还记得吗？我好像说过，爷爷告诉，小村里的老奶奶以前生过一个儿子。他说这个儿子眼睛大大的，又漂亮又聪明，爱说爱笑。后来就因为爷爷和老奶奶分开了，他就变得再也不愿说话。老奶奶因为出身大户人家，村里就不断找她的麻烦。他们把她拉走，让她到集市上游街。最吃紧的日子里，连爷爷都不敢袒护她，两人要见面都不成，爷爷至多是等到半夜才敢转到那儿，远远看一眼小屋的灯火。不这样他就睡不着。小屋里的那个男孩，也就是我的伯父，一点点长大，也一点点呆傻了。他是被那些时不时冲到家里的背枪人给吓坏的……

"后来风声松了一点，爷爷不顾城里奶奶的阻拦，把伯父送到了林泉精神病院。他在林泉里过了几年又跳墙逃走了。有人想逮住他重新关起来，爷爷不让。叔叔，我也往他身上投过泥块、骂过他……我不知道这个人原来就是我的伯父！叔叔，我不敢跟奶奶讲，也不敢告诉爸爸，不敢告诉骆明。骆明直到死也不知道那个疯子是谁。从那时起，我只要见到疯伯父一次，就要心惊肉跳好多天。我又害怕又难过，真想扑过去搂住他，叫他一声伯父。可我不敢。我连走近他一步都不敢。我怕他傻笑。他一看见我就乱喊,吐出长长的舌头……我真怕他。

"从那以后见了奶奶,我再也不敢问疯子的事了。不光这样,我每次去那个小屋都提心吊胆,因为生怕在那儿遇到伯父——不知怎么,他后来再也没有让我在那儿遇到。他像是故意躲开了似的……我说不出心里是什么滋味儿,老想哭。有一天我鼓起勇气去了小屋,再也忍不住了。我扑在奶奶怀里……她一边亲我一边说:'孩子,你知道我不能跟你爷爷回去,不能离开这儿。别说他家里那个女人不要我,就是要,我也不能回。我在这里有个拖累呀,有个拖累。'我知道她说的'拖累'是什么,她要在这里等那个疯伯父!我知道,伯父疯了,他再也认不得别的家,这个世界上只有这间小屋才是他的家。奶奶说他的脑子坏了,如今只能记住这个老窝儿,因为他是在这儿生的,所以他无论走多远都能摸到回家的路……

"我不知该怎么办。我要瞒着这么多人,这么多事。我不能告诉妈妈和爸爸,也不能告诉城里的奶奶——我还要躲着疯伯父,还要把骆明的死瞒住爷爷,瞒住乡下的奶奶。她常常对我说:你该把那个小苹果孩领到我们家里,多么好的一个孩儿呀,他长得真好看,他是谁家的娃娃?她问个不停。幸亏她没有追问他为什么转学?他的家在小果园里,为什么要到外地读书?我在心里编了许多谎话,想告诉她:他到很远很远的一个亲戚那儿去了,他住在了大海的另一边。我不会说谎,真怕奶奶再问下去就要露馅儿。我也怕和同学一块儿走在大街上时,遇到我的疯伯父……那时我不知该怎么办,如果我压根就不知道这些会多好啊。过去我什么都不知道,那时我活得多高兴……叔叔,我到底怎么办?怎么办啊?"

我扯住孩子一双稚嫩的手,不知如何回答。

她多么小,可是从很早起,她就携着这样的沉重往前走。这是谁也无法更改的一个事实。我今天才明白为什么有时候她的一双眼睛那么沉郁。这扇通向心灵的窗户啊，一旦敞开就再也无法关闭。我们已经没有办法把她重新变成一张白纸。如果没有那样的一个爷爷，也就不会有现在的小姑娘。她的两个奶奶、她的园艺师母亲、她在市里工作的爸爸——一种多么偶然多么奇妙的组合，造就了眼下的唐小岷。一般而言，她要承受这一切——随着时间的积累，最终会让其变得不堪忍受。所以，像她一样，今天常常令我变得矛盾重重顾虑重重：既害怕遗忘、诅咒遗忘，又害怕像山峦一样堆积的记忆……

"叔叔，我有时真想逃到一个岛上——你肯定听说过那个岛了，就是那个仙岛！那儿一个人也没有，我真想去那儿……"

我惊讶地看着小岷。

"我想去那个岛，想一个人……"

我摇头又点头。我在想那个仙岛。是的，那是当地人人皆知的传说，传说中真的有那么一个岛，它是逃匿之岛流放之岛，也是幸福之岛……

族长与海神

一

可能所有的孩子都一样，个个拥有自己的想象和怀念之地。它们可能仅仅是一种梦想，所以才如此美丽。它们可能永远都停留在传说之中，也可能在某个时刻被不经意地掀开了一角，让人得以窥见真实——这才是一个致命的时刻，这个时刻也许会影响人的一生，影响他的出发和归属。具体到我自己，我的梦幻和想象，则必须从第一次去看大海说起。

那是一个暮色刚刚围拢的时辰,我和外祖母站在风平浪静的海边。我觉得夜色是直接从大海里生出来的,这就打破了以前关于黑夜来临的某些固定的看法:我总以为夜晚是从天上降临的,就像一张缓缓撒开的大网那样,把天和地罩住了。大海开始变得黑乌乌的,它原有的墨绿色只有凭记忆才能寻觅到一丝一缕。我迷茫地看着这片大水。能够站在这儿可真是不容易啊,因为我跟外祖母在林子里采蘑菇,采了快一天了;我一整天都在恳求她:去看大海吧,去吧。外祖母不吭声,那是因为她不同意。在当地,小孩子第一次看海是非常值得讨论的事情。因为几乎毫无例外的是,只要他们看过了第一眼,就再也不会忘记,就会无时无刻地惦念它,一有机会就会往海边上跑。而大海在大人眼里是非常危险的地方。这一天我一直跟在外祖母身边,差不多都要绝望了。天快黑了,外祖母擦一把汗站直了,然后往前走去。我一阵沮丧,原以为她要领我回家了。想不到她一直向北,走出丛林,一眼看到了开阔的天空——天哪,我看到的是与天空连接一起的大水,一片汪洋……

我差点哭出来,原来这就是大海啊。

天色太晚了,这会儿我们没有看到一条船。我用力地往大海深处张望,想把它望穿。海鸥和其他水鸟飞来飞去,它们叫得并不起劲;在很远很远的地方,我突然看到了一座隆起,它的上部已被水雾遮去。天黑前太阳把仅有的一道光束投射出来——这刺眼的光束奇怪地横成一条,像长剑一样刺向水中的那片凸起,立刻把它照成了金色;但也只是几分钟的时间,这道光束就消逝了,然后一切都重新溶解在茫茫大水之中……

外祖母说:那是一个岛。

"上面有人吗?"

她说有的,不过那是很早很早以前的事了——只有一个人登上了那座岛……

"那儿离这里多远?"

"它比看上去要远得多,渔民不停地划上好几天船也到不了——因为围着那岛的是一条暗流,船刚一挨近就得被卷翻,所以自古以来也没有几个人真的上去过。有的渔民在海上遇了难,船掀翻了,人也被浪打昏了,醒过来一看,见自己躺在了岛上。那是海神把他们搭救了。渔民们平时要自己上岛可就难上难了……"

这就是外祖母第一次领我看海。

那时候父亲还没有从南山回来,小茅屋里只有我们三个人。我现在怀念那些日子,主要就是怀念与外祖母在一起的时光,她给我讲的故事。我已经不记得她和妈妈给我讲了多少故事,其中最为可怕的,就是关于旱魃的传说。平原上的人都知道有这个妖怪,知道他一手造成的那场没有尽头的灾难——与之连在一起的还有雨神,那是她不停寻找鲛儿的悲凄故事……那些漫长的夜晚啊,外祖母的故事成了我最好的干粮。

每个人都在慢慢长大。少年与成年的不同之处太多了,其中一个最大的不同,就是成人不再热衷于那些令人入迷的、千曲百折的传奇了;也没有人把听故事和讲故事当成重要的事情——而在少年的记忆里,真的渴望一天到晚讲,讲个不停,他们无法离开自己的故事,离开了就像得了一场大病一样。那些夜晚哪,那些不知困倦也不知饥饿的夜晚哪,真的一去不再复返了。

一个平原少年就是被各种各样的故事养大的……

外祖母没有去过那个岛,可是她讲了那个岛上的故事。

岛上最早的时候没有人烟:全是各种各样的动物,是它们的世界,它们也从来不知道人是什么模样的。一开始它们见了人觉得实在有趣,像喜欢一切新来的生灵那样好奇——在它们眼里,一切有生命的东西都是平等的,所以也并不觉得人有什么特别。小沙雉鸟长得很小,可是狮子却很大;人的个子挺高,长颈鹿却比人还要高得多。在它们眼里,所有的生命外形怎样并不十分重要,重要的是其他方面。它们很注意的是对方的眼睛,总是盯着亮晶晶的眸子看个不休。它们能从眼睛里看出一切。

岛上长满了各种树木和鲜花,泉水清亮甘甜,是真正的仙境。传说中这岛上的所有动物都是长生不老的,因为这儿有长生泉——只有居住在岛上的生灵才能找到这泉。

外祖母说这岛上第一次有了人的日子,简直是个天大的节令啊,百兽都高兴得撒欢,又唱又跳。岛上树木更绿,花儿也更艳了。它们第一次见到的人是个十二三岁的小男孩儿,那个漂亮啊,圆脑壳红脸蛋,头发黑得流油,眼睛亮得像泉。它们围住他看个不休,说:原来这就是人哪,以前只听说了,还从来没见呢。人真好啊。它们问他从哪里来?为什么流落到大海中央的这个岛上?小男孩张开了嘴巴,露出了又白又小的牙齿。它们赶紧给他长生泉喝。他喝了,感激地看着四周的生灵。野鸡用火红的冠子一下一下抚弄他的头发;鸽子轻轻地吻他;小熊发现了他后背上有一处擦伤,就给他涂了绿色的草药。他的泪水流个不停。生灵们说:看哪,人和我们不同,人会哭呢。大概他受了太多的委屈吧。你讲讲吧,讲讲吧,人从头讲讲吧……

二

老鹰在天上飞,飞到了云彩那么高,往下一看,地上有黑鸦鸦的一大片,就是平原上最大的村子了。它曲折的街巷,又粗又高的老树,都证明了这个村子有长长的历史。谁也不记得这个村子存在了多少年,千千八百年?不,那得问老族长。他的鼻子一哼,谁都得老老实实听着。

千年老村从来都是老族长说了算。他中等个子,大圆脸,身子比石碾还粗,肚子像一口铁锅。他手里端了金子做的水烟袋,穿了绸缎衣裳;身边什么时候也不缺使唤人儿,一声吆喝,点心盒子上来了,茶水上来了;还要为他捶背挠痒、理眼眉的——老族长有个嗜好,没事了要理眼眉。结果他的眼眉越来越粗,两眼黑洞洞吓人。这眼盯谁一下,谁就得浑身筛糠。

老族长一共娶了六房老婆,死了三个,剩下的三个也快了。因为老族长命性大,一般人靠近了,身上的火气就被他慢慢吸了去。有个通晓八卦的阴阳先生来看过,暗地评议说,那些为老族长捶背挠痒的、搀着他走路的,都被他吸走了火气。话是这样讲,可还要有人小心地陪伴他,好话哄着他。不这样不行啊,因为谁都明白,人这一辈子少活几天不要紧,半死不活就可怕了。老族长折腾起人来花样多着呢,而且从不自己动手,只要鼻子哼一声,有人就会替他做得利利索索。族长的威气盛,村子里无论有什么难事,只要经了族长,一切也就结了。有一年本族人从外边娶来个俊俏媳妇,结果惹下许多麻烦。因为新媳妇见多识广,根本不把公婆放在眼里;男人用族长吓她,她一时发狂就说了句粗话。这话很快传到了族长耳朵里,族长鼻子哼了一声。旁边的人立刻慌了,小心翼翼问族长怎么办。族长说:我不知道!四周的人更慌了,于是连夜商量。按族规,"欺爹欺娘的后人"要剥个浑身精光,然后用细韧的藤条抽个仔细;改过的留下,不服的用麻袋装了抛海。新派媳妇当然不服,她被脱光了衣服还发蛮力,结果被人按个铁定,暴打之后直接扔进了海里。

那个新派媳妇实在俊俏,所以她的死在村子里引起了不少波动。年纪大的啧啧不停,说这一下断了俊苗!年纪轻的就说:怎么能这么心狠呢!事后很久他们才收声敛口,有的还改口说:别以为自己长得俊就无法无天了,自古俊人多了,谁也别想欺天欺祖!

村子里有两个老实人,他们五十岁才生了一个男娃。这男娃简直像个女孩儿,眼睫毛扑扑闪,谁见了都喜欢。老两口疼爱得没有办法,一天到晚守着他。他们给孩子取名"金娃"。金娃长到五六岁上,嘴角和眉头都增添了一丝威气,这使他既有女娃之美,又有男儿之刚,简直是一个从未出现的美少年。村里人都说他是全村一宝。金娃长到了十二岁已是美名远扬,连外村人都不惜跑远路来看他一眼。金娃不光是长得俊美,而且聪明过人,勇力超群:有一回与几个同伴在林中采果,忽然一条大蟒蹿出,一口咬住了一个同伴。那些大孩子都吓得撒腿跑开,金娃却一个人跟那毒蟒搏斗起来,一直斗到太阳落山,最后带着一身血水、背着获救的同伴一瘸一拐走回村里。

老族长听说了,咕哝说:那我得去看看了。两个老实人知道后欢喜得哭了,说:天哪,怎么能让他老人家跑腿,这娃儿该自己送给老人家看看!可是来传话的人说:那不中,在家里等吧!就这样,一家人没敢挪窝等了五天,老族长还是没有来。第六天半上午时分,一伙儿人簇拥着老族长来了。其实老族长也不过才六十岁,因为辈分高,全村人都把他看成了老人,他自己也觉得自己老迈,从十年前的穿戴和言谈举止都很像个老人了。老族长的年纪比这老两口还要少上几岁,可是谁都忘记了这一点,就连老两口自己也一口一个"您老人家",还上前搀扶他。老族长拄着拐杖,手捋胡须,嘴里发出吭吭哧哧的声音。与别人不同的是,他的裤脚扎了宽幅腿带子,胸前还系了一个玉坠儿。

"那孩儿呢?"老族长话音还没落地,老两口就慌不迭地叫着金娃。金娃从人空里挤出来,怯生生地看了老族长一眼,马上低了头说一句:"老爷爷……""哈哈哈哈!"老族长大笑:真是个好娃儿——好娃儿啊。说着上前一步,伸手摸孩子的头发、后脑,又捏孩子的肩头、胳膊、周身上下;最后他还把金娃的嘴巴拨开,看了看他的牙齿。老族长说一句:"真是不孬。"金娃妈的泪水哗地流了下来。老族长头使劲往后仰去,说:记住啊,这孩子不孬!

老族长走了。一家人乐坏了。

第三天上,老族长身边的人传过一个话来,说老人相中了这娃儿,留你们这儿不放心,要收到自己身边养活着。老两口又喜又忧:这娃儿一时离了都心疼,若是好多天离开了,那还了得?想是这样想,他们心里都清清楚楚:孩子是走定了。村里人个个咂嘴:人家怎么生了这么大福分的娃儿呀!谁知金娃听说后立刻摇头说:"不去不去,俺要上学堂哩!"老两口拍打膝盖:"俺娃儿傻不傻呀,老爷爷要了你,你这辈子也就成了,什么还没有哩!"金娃只说:"俺不,俺要上学堂哩!"

老两口一遍遍嚷:"金娃呀金娃,老爷爷只要张了口的,哪有更改之理!你就打谱这辈子去伺候老爷爷吧!"

三

族长让人给金娃家送来一大筐箩面,一个猪头,五尺土布,然后给金娃洗了身子,换上崭新的衣服。孩子离家那一刻,老两口哇一声哭出来。领人的不高兴了,松了孩子的手。老两口赶紧赔不是。

从此以后金娃就是族长的人了。都说老族长这辈子没有可心的后人,这一下有了。其实老族长有个儿子,如今大了,跟上人去东北做买卖。他是被老族长打跑的——一年上老族长坐在炕上吸烟,听见隔壁有人哭,一伸头看见了什么,提起棍子就把儿子一顿暴打。就这样,遍体鳞伤的儿子被人领到了东北,一去不归。老族长端量着金娃,对四周的人说:可惜辈分不对,要不我就收下做了儿子。

金娃一直跟在老族长身后,走哪儿跟哪儿,一离开半步老族长就嚷:我娃!这时金娃就得跑上去,让他把手牵了。老族长坐在大树下,金娃就给他理眼眉,理上半个时辰再捏弄脚指头。老族长闭着眼,呼呼睡过去了;一醒来就把金娃揽到怀里,伸手抚摸他的身子,说我娃全身的皮儿就像绸缎。

夜间老族长怕冷,要搂着金娃入睡,金娃要翻个身都难了。冬天金娃身上火热,老族长搂得更紧。天刚黑老族长就要上炕,一觉醒来才是半夜。下半夜老族长满是精神,坐起来抽烟,吸得烟杆嗞嗞响。这余下的一截时光主要是逗弄金娃了。金娃下半夜是最困的时辰,老要打瞌睡,老族长就一遍遍扳他的下颌,挠他,又把他放平,蹲在炕上看他赤裸的身子,正过来看反过去看,百看不厌。老族长亲他的时候,他被烟臭味儿熏哭了,哀求说:老爷爷你饶了我吧。老族长就发狠地按住他说:不饶!不饶!

老族长夜夜与孩子耍弄,精神头儿越来越大,两只眼火红锃亮,胡子都翘起来了。他让孩子爬上脊背踩,又让孩子枕着他的肚子睡觉;一鼓一鼓的肚皮耸得孩子睡不着,他就大笑……金娃千央万求才被应允回家一次,爹妈见了亲不够。有时他哭着躲闪,爹妈问好娃儿这是咋了?金娃脱了上衣,爹妈一看都流了泪:孩子周身上下都是牙印。他们捂着嘴喊:这个老不死的畜生啊,这个心比蛇蝎还毒的人哪,他怎么能咬这孩子?金娃说这不是咬——他亲我,一用劲儿就这样了。他说再也不回了,死也不回了。老两口儿哭着规劝:好娃儿说得多轻巧啊,你和爹妈都在人家手里攥着哩。金娃一声声哭,爹妈吓得捂了他的嘴,一遍遍哄他。

金娃一离去,老族长就像个热锅上的蚂蚁团团转,水烟也顾不得吸了。四周的人想帮他,刚一挨近就被呵斥:滚一边去,死不净的杀材!四周的人都吓坏了,说天哪,老族长这是咋了?几天过去,好不容易金娃回来了,老族长像个年轻人那样一蹦老高,迎上去一顿好搂。金娃满眼都是畏惧,只是紧咬牙关。天还亮着,老族长就房门关严,爬到炕上,说好孩儿快快为我捏弄起来。金娃又看到这红黑色的鼓鼓皮肉了,又嗅到这刺鼻的膻气了。

老族长的夜晚有多么长,只有金娃知道。他好不容易才熬过了上半夜,还有更加可怕的下半夜。下半夜老族长养足了精神,虎气生生地把小金娃耍来弄去,让其一刻也不得安生。他把金娃细长的双腿挽起、伸开,又揪紧脚腕拉成一字。有时他坐在金娃身上,压得金娃险些绝气。老族长的臀部让人想起柳木水斗,坐在金娃身上,让金娃净想死和逃两个字。

"老爷爷,俺不敢了,俺害怕了……"金娃终于发出了哀声。老族长翻着又厚又宽的眼皮说:你是我娃,你又怕个什么……这天风大得像要掀倒屋子,趁着下半夜还没有到来,金娃装着解溲出了屋门,然后攀出了院墙。他赤身裸体,没有一根布丝,到了外面才想起找块蓖麻叶子遮身。他原想跑回家去,又怕爹妈把他送回。他在自家土屋后面哭了一会儿,就往南跑了。天亮前他跑出了二十里,想起爹妈,心里一疼,又回来了。他只想趴在屋后的麻地里看他们一眼再跑——这一跑还不知猴年马月才回呢。谁知这可不是个好念头,他在麻地里迎来了早晨,也迎来了危难——还没等看到爹妈,老族长的人就围上了他们家的房子。金娃明白了凶险,拔腿就往外蹿。麻地里的鸟儿惊得满天飞,他像风一样快。可是他还想看爹妈一眼,在村头再也跑不动了。前边是呜呜响的河水,过了河就是他乡。他坐在河边一动不动。太阳快要落山的时候,身后突然有了动静——老族长的人撒开在野地里,像合一面大网那样把他一下围起,捉紧。那些人对他说:这回你可死定了吧?

金娃一声没哭。他觉得哭够了,不想再哭了。

他昂着头站到老族长跟前。老族长瞥瞥他,哭了。老族长哭着一拍桌子,几个大汉就把他绑起,拉到一间黑屋里去了。那黑屋离老族长的屋子只有一道窄墙,里面噼噼啪啪的声音一响,老族长就喊:"啊呀,这不是人遭的罪啊,这哪是人遭的罪啊!"老族长的声音传到黑屋里,那些家伙下手更狠,边打边骂粗话。

金娃一天被打昏了三次。最后一次醒来时,被人抬到了老族长屋里。老族长嚎了一天,已经有气无力,只能躺在炕上侧脸看着重伤的金娃。金娃看着屋门。老族长说:上个足环吧!

四

金娃被拴在老族长的屋里。足环的链子很长,所以金娃可以在屋内随处走动,还可以爬上炕去。可是夜间金娃宁可蜷在地上,也不靠近老族长。老族长的确变得虚弱了,躺着吸烟,躺着交谈。金娃不说话,也不吃饭。老族长有些慌,跳下炕来,将一钵汤递到金娃跟前说:喝下!金娃摇头。喝下!金娃又摇头。老族长哇哇大哭,坐在地上,两手抱脚嚎哭。许多人都听到了哭声,围过来看。金娃害怕了。他不怕别的,只怕听到老族长哇哇的哭声。他总是觉得这哭声会带来更大的灾难。他一声不吭地捧起汤钵,咕咕地喝下了。老族长这才爬到炕上安睡。

一连多少天都有人来为金娃医伤。老族长问那个乡间医生:能不能落下疤痕?医生说保不准会有。老族长暴怒:有一个疤痕,我就让人在你身上烙一下。乡间医生吓得面如土色。第十八天上医生为金娃拆下药布,果然没留下一个疤痕。老族长大喜,让人给了乡间医生一大包银子。

半夜里老族长问金娃:我待你这般好——我一辈子也没待人这么好——你怎么还要跑哩?金娃不吭声。老族长搂住他一阵大哭,说我这辈子什么福没享过,还差什么?什么也不要了,只要你哩,求求娃儿莫要再跑了,啊好?金娃点点头,说我不跑了,我一准不跑了;不过你得给我解了足环。老族长问:你真能不跑?金娃又点头。老族长说好也,来人唉!

从除去足环的一天,院落四周的汉子增了许多。他们扛着大刀片子、土枪和棍棒,还提着铁链子。老族长在屋里从不让金娃穿衣服,出门时却要让他穿得厚厚实实。在外面,远远近近有不少人跟着,其中总有一个手里提着那副卸下的足环。

夏天来了,金娃说要去海里洗澡。老族长想了想,说那就去河里吧。一大群人跟着去河里了。老族长和金娃一块儿跳下河去,一下河就嚷,说多么滑溜的水呀,一句话还没说完,只见金娃一个猛子扎得没了影子。一群人全下了河,会水的不会水的一齐喊叫,有的淹个半死才蹿上岸来。金娃的水性全村第一,这猛子一扎就抵了河对岸,爬上岸,又风一阵火一阵地往前跑了。他不知哪是边哪是沿,只顾一顿疯跑。

金娃昼伏夜行,一跑跑了七七四十九天,歇了脚一问,才知道是南国地界。这里人生地不熟,吃物也怪异,口音十句有八句听不明白。他想着爹妈打工,挣一口吃一口,扳着手指算老族长的年纪,决心等他死了的一天再返回故乡。这样熬着,好不容易才过了一年。金娃到底是年轻,有一天做了个梦,梦见老族长死了,爬起来哭了一场,接着抬腿就往回跑。回去的路比来时还要长,他跑了八八六十四天,这才望见了村子。金娃跪下就哭,有人见他哭得伤心,就问:谁家俊娃,这么呼天号地哩?金娃抹抹眼泪,开口就问那个老族长可是死了。听的人吓得四下里看看,见四周没人,这才压低声音说:啊呀你咋敢这么说话!老族长活得正硬朗哩……金娃蔫了。他怔了半天,最后咬咬牙,决定回家看上一眼——只一眼!

他在庄稼地里挨到了天黑,这才小心地往村里磨蹭。摸到滚滚发烫的小泥屋了,金娃哭着敲门。黑洞洞的屋子好不容易才传出一点响动,妈妈隔着门缝问:谁呀?金娃的应答像蚊子,可是妈妈听得真,一把拉开了门,把儿子抱在怀里……这一夜全家都没睡,也没敢大声说话。爹妈让他天亮前离开:那个老族长这回要是逮到你,就不会像上回那么便宜了。天快亮了,该分别了。

金娃在灰蒙蒙的光色中跑出了村子,只在周围转悠。村子有着强大的磁性,吸住了他,让他再也难以走远。有一天他正在闲遛,突然有一个头上包黑布的家伙靠近了,还没等他明白过来,又有两个人从一旁夹住了他。很快,他被拴上了足环——他一眼认出还是当年的那个环子。他哀叹一声,闭上了眼睛。

老族长正坐在大院当中等他呢,人比当年老了十岁。他死死盯住金娃,头往前用力探着。金娃说:杀了我吧。老族长说:偏不!

从此以后金娃给套上了两个足环,每一动就发出哗啦啦的响声。金娃想可怜的爹妈呀,他们还不知道我又被逮回哩。这会儿他想的是:今生只要跑出,就死也不回了!可是他知道,再次逃走的希望只有米粒那么大了。不过要真有这样的机会——老天爷再给我一次机会吧——我就不会活着回来。

他想啊想啊,想只有一次的那个机会。老族长只要不在身边,他就琢磨这两个足环。每个足环都有拇指粗,是铁匠锻出来的;再看链子,每个环扣上都有小小的缝隙。他觉得自己的全部希望都在这链子上了。他差不多每天都要伸拉这链子,一有机会就在屋内的粗石上磨。老族长夜间搂抱他的热情有增无减,只不过一碰到发凉的铁环就骂。金娃趁机说:老爷爷,你就除去这倒霉的环子吧,我再也不跑了。老族长哼一声:别想吧,我倒琢磨咱俩都拴上环子哩。

大约又过了一年多,金娃看到了出头之日。那个铁链眼看系不住他了。可是他还要等屋子四周人手稀少的时候,一个月黑头。这样的时刻终于还是来了。

老族长上半夜睡得死沉,金娃用冰凉的铁链往他身上触,他就往后缩。等老族长一离了身,金娃就小心地弄开了链子,摸下炕来,摸出屋门。星光下,金娃又赤条条地撒开了丫子。这一回往北,一直往北,他盯紧了那颗星星,星星下面是大海。满村的狗都咬,汪汪的叫声弄出一片火把——金娃终于明白那是老族长的人追上来了。他发疯一样地跑,跑,死也不停。他一直盯着那颗星星。

老族长的人越聚越多。村里人都知道出了大事,全拥出来。火把往前追,渐渐围成了一个半圆。金娃被火把给逼到一个临海的悬崖上——四下都是绝路!

火把越逼越近,就离金娃几十米了。老族长站在一大簇火把下,瞪着贼亮的双眼喊:我娃,快回心转意吧,今个家来,我一不打你,二不骂你。你反正也跑不了啦,跳下崖去还不是一死……老族长说着说着哭起来,手下人早在暗影里往前摸了。这一切金娃都看在眼里。

最后的时辰到了。他大喊了一声爹妈,跳下了十丈悬崖……

五

惨惨的金娃啊,他这一跳断了多少人的念,全村人大嚎一声说:老天,金子做的好娃这一下没了!族长瘫在了地上,一帮子使唤人七手八脚把他抬回了。

金娃爹妈哭坏了眼,后来做了一个梦。他们从来相信梦境。

金娃跳下十丈深崖,照理说必死无疑。可是这娃儿太好了,好得人间容不下,神仙舍不得。他这一跳惊动了海神,一个年纪和金娃差不多的小海神水光光地跃到了崖下,一个翻身把金娃接住了。小海神驮着金娃就去了一个岛上。

他们一上了岛,众生灵就把他们围上了。生灵们都熟悉小海神,可是从没见过金娃,一齐问:这是什么物件呀?小海神说:不得了啦,这是个人。生灵们说:俺可是第一遭见到人,以前只是听说过——想不到人长得这么好看,比长颈鹿大哥也不差多少。

金娃与众生灵玩得愉快,只是想念爹妈。雄鹰说:这个嘛好办,我替你望望去。它这么说一转身飞了。不到半个钟点,雄鹰回来了,说:你爹妈都过得挺好,你就放心吧。众生灵为他端来了长生泉,为他拿来了果子。它们在一起议论,说人这种物件长得确乎好看。

　　小海神偶尔来找金娃玩,他来的时候就是整个海岛的盛大节日。大伙一块儿唱歌,金娃第一次知道自己有如此好的一副歌喉,他的歌声赢得了众生灵的惊叹。百灵说:真是想不到。鸽子说:我只会咕咕。鹦鹉说:以后谁也不要赞扬我了。只有跳舞的时候,仙鹤才露了一手。金娃看傻了眼,问仙鹤是怎么学的。仙鹤说:我是跟波浪学的。八哥表演了口技,乌龟表演了忍术,啄木鸟表演了敲梆子的技巧。最后都看着小海神。小羊说:海神哥的身子多么光滑呀,我从来没见过比他更光滑的身体了,就让我们摸摸他吧,这就顶了他的表演了,好不好?众生灵一块儿去抚摸小海神的身体,感受着那种特别的细腻和润滑……

　　这一天刮起了飓风。滔天大浪一直涌动了三天三夜。

　　雄鹰从外面飞回来说:不好了,海上有许多船都沉了,上面掉下了一些物件——我敢说也是人——他们的模样跟金娃大致差不多,咱们快些去救吧!众生灵一起钻入了滔天大浪之中,只半天的工夫就救起了十多个人。这些不幸的人一到岛上,众生灵就为他们端来吃食和水。他们冻得瑟瑟发抖,众生灵就为他们点起一堆大火。遇救的人吃饱了喝足了,从惊吓中缓过神来,立刻问金娃:你怎么和一些畜类混在一起?金娃还没来得及从头回答,他们就扭住了一只鸽子……接下的几天内他们宰杀了一头羊、三只野鸡和五头小鹿……可怜的生灵们都是在毫无准备的情况下遭了毒手的。众生灵大声质问金娃:你们人怎么能这样凶狠?

　　金娃为自己的同类感到羞愧,可又无处诉说。众生灵逃离了他,逃离了所有的人;而他更耻于与那些人为伍。一个茫夜,他一个人跳进了大海中……他游着,筋疲力尽的时候,小海神再次赶来救他。小海神问:我把你送回岛上吧?金娃摇头:不,我没脸再见它们。小海神又问:那你要返回人间吗?金娃摇头:不,我更不敢和他们在一起。

小海神可怜这个金娃,只好一直伴着他往前,直到永远……

挽　救

一

时间一天天流逝,廖若开始让人失去耐心。即便是肖潇也有些沮丧了——这在她来说倒是极少有的情形。过去我们所有人都以为孩子的病情会随着时间的推移而得到缓解,以至最终痊愈。现在看这个希望变得渺茫了。肖潇说廖紫卫和妍子已经绝望了。

我害怕见到那对不幸的人,可又不忍回避。我知道他们在这个时刻更需要朋友……在不太长的这段时间里,两个人变化很大:十分疲惫,眼中布满血丝,像是突然衰老了几岁。他们一见面就紧紧抓住我的手,嘴巴活动着,并没有多少话。

廖紫卫声音沙哑:"小岷来了,她来了。"他说廖若现在已经完全失去了自我控制力,一夜一夜不睡,在屋里到处走;一会儿伏到床前,一会儿又坐到地板上。他把自己以前画的画,还有那些游乐场的彩色券扬了一地,又一张一张捡起来,然后再重新扬掉。这些天来他没有好好睡过一次。

妍子说:"你看多怪,过去他休息不好就无精打采的,现在精神头倒越来越足,两眼亮得让人害怕……"

唐小岷从里面的房间走出来,眉头蹙着。她身后,廖若的屋里传来砰砰叭叭的响声,显然是他一个人在闹。小岷向我示意什么,我点点头,把那扇门推开了……廖若头发蓬乱,消瘦异常,两眼真的很亮,但仍旧黑白分明——他这时看到了我,目光马上凝住了,嘴唇微微活动,但不说话。直到把我盯得有点疼了,他才满意地一笑。我不知怎么口吃起来,问了一句:

"廖若,你……"

"你是小苹果孩的邻居!"

他冷冷的口气让我惊讶。我说:"是的,我……"

廖若冷笑着补上一句:"你们是骗人的!"

唐小岷走过来,眼睛里汪着泪水:"廖若,你不应该对叔叔这样……"

廖若的眼睛一转向小岷立刻变得柔和起来。他看着她,拍拍床,大概是请小岷坐在那儿。她像是犹豫着。廖若不说话,只是看着她,目光里显然蕴含了很多话。他们相互注视,不发一声。

我和廖紫卫夫妇一块儿退出屋子时,两个孩子竟没有发现。

妍子一离开就哭了。廖紫卫拍打着安慰她……我一直寻找能够宽慰他们的话,说:"一切都会过去的,让我们耐心一些吧,他会一点点平静下来……"

廖紫卫摇头:"不会了,已经过了这么久,越来越躁。我担心这样下去真的要去林泉了。这些天我一直想找你商量,跟肖潇也说过,想让你们帮着拿个主意——眼下该不该下决心把他送到林泉?"

我早就认为不能再犹豫了,这时脱口就说:"不能再拖延了,不能了……"

想不到妍子一听就哭出来:"林泉……不能,不能啊……"

廖紫卫没有理会妻子的哭泣,紧锁眉头回应我:"这事儿听听都让人害怕……以前有病人往林泉送,是用绳子绑起来的,一不小心他就会挣脱。所有精神病人都有个预感,知道家里人要送他们去那里,在路上没有一个不逃的,一旦逃了,再让他回来就难了……"

我不知说什么才好。

廖紫卫吸着凉气,看看妍子,压低声音对我说:"你不知道,那天廖若闯进会议室惹出大事来了……会后不久就有人来了。他们连得病的孩子也不放过,盘问起来没完没了,追问所有的细节——第二天廖若的病就加重了……"

"那些人……他们简直没有一点同情心!"妍子擦着眼睛。

"他们是办案人员,没有办法,都是被指派来的。他们让我和妍子好好配合。妍子哀求说:'廖若的精神已经不正常了,你们不要再折腾他了,人都这样了,他说的话怎么能当真啊。'办案人员没好气地推搡,根本不听……"

我终于明白廖若的病情为何加重了,这意味着往伤口上撒盐。那天的座谈会我一直在场:只要稍微有点头脑的人就会明白,这完全是一个孩子在特殊时期的一种胡言乱语……

廖紫卫长叹:"也难怪那些人相信他,廖若有时前言不搭后语,有时脑子倒非常清楚。那些人问来问去,他先是问一声答一声,到后来自己把故事编得天衣无缝——谁听了都会觉得合情合理,没有一点破绽,就像是昨天刚刚发生的一样!这可怎么办啊!他不知道这样编故事会毁了自己,这太可怕了!他不光是往自己身上引火,还牵扯到包家。那就更麻烦了……包学忠一年里也上不了几天学,谁也招惹不起他那一帮狐朋狗友。这回要出大乱子了。包家的人已经几次上门闹了,说如果廖若再要血口喷人,他们就来把我们这个窝给砸了!"

廖紫卫指指窗户。这时我才发现窗户上的玻璃已经被打破了一些。

"包学忠一边骂一边抛石头。连村里那个疯子也学包学忠,往我们窗户上扔东西,他们闹得凶啊……"廖紫卫握着我的手,越握越紧。

妍子说:"包家这样欺负人,是因为有公司的人撑腰……"

二

廖紫卫听妻子提到那公司就有些紧张,脸色一下变得煞白。停了一会儿他问:"你可能不知道'得耳'吧?"

"听说过。"

"他是包家所在那个村的头儿,'得耳'是他的小名,现在是董事长了。这是个大善人,他以前当过兽医,后来开肉联厂针织厂什么的,发了起来。如今'得耳'的公司是最大的。不过这两年都是他的亲戚'苏老总'管事——这个人很坏,是个恶霸。从前公司都向我们学校捐钱。'得耳'听说出了骆明的事,马上要向死者家属捐一大笔钱,可开过座谈会以后,那个姓苏的让人告诉学校,说'下辈子吧'!"

我不明白:"姓苏的这么关心包家?"

"是啊,"妍子说,"原来我们也这样想。包学忠与苏老总没什么关系呀。后来才知道,只要是与公司沾边的事儿,那个人高兴起来都要管。他现在正愁没地方使威呢。包学忠的父亲是肉联厂的屠宰工,苏老总说公司的人出了事就是他自己的事,他这个人天生就爱打抱不平。不久,下边一个小头目就传我和紫卫去一趟,还说这是给我们面子——如果我们不去讲清楚,公司保卫部的人就会来找我们。那人还这样威胁学校,老校长是个老实人,吓得催促我们快去,说别护着孩子了,快去一趟吧,先给人说句软话,不然就怕惹出更大的乱子——真要惹翻了公司,那我们这个学校也就不用办了……"

我看着窗外。我这会儿在想苏老总,想那个海岛和那次夏令营。

廖紫卫说:"你离开这里久了,不知道姓苏的多么厉害——听说连'得耳'都要让他三分。韩立跟他也是朋友——噢,你不知道谁是韩立……"

我说知道,他是个医生。

"他哪是一般的医生啊……除了韩立,市里头儿都与公司来往密切。'得耳'年纪大了,公司今后就被姓苏的狠人霸下了,围在他身边的保卫就有一大帮,有自己的警卫员,晚上睡觉都有人为他站岗……"

我不太明白苏老总插手这事的真正目的:"他到底想怎样?办案人员既然来过了,那么一切很快都会弄明白的,他不会连这个也不懂吧?"

廖紫卫叹一口气:"办案的倒好对付,苏老总的人才让人害怕。在这里没有不怕公司集团的,我们都不知道他们会使出什么办法。廖若的事情已经把人折腾成这样,半路又牵扯了公司……"

妍子哭着:"如果不是因为孩子,我和紫卫真的不想活了……"

"这是什么话啊!你啊,人这一辈子就得咬住牙关……"廖紫卫铁青着脸。

妍子含泪摇头:"真的,真是这样。前几天我看到一本书上写了:一对挺好的夫妇,后来遇到了绝望的事情,就一块儿把屋子关上,打开了煤气。他们开始手握手回忆年轻时候的事儿,那是最幸福的一段日子;后来,后来就慢慢失去了知觉。直到最后两个人手挽手地离开了……"

廖紫卫又看了妍子一眼,她不说了。

我说:"公司那里,还有包家,让我试试看吧。我想当面和他们谈谈。"

廖紫卫抱住了我的手臂,表达了难言的感激。

"我会尽力的。不过我也有个要求——"

廖紫卫满脸惶惑。

"我想,你们该尽快把廖若送到林泉……"

妍子低下头,不吱一声。

"现在只能这样做了。不到'林泉'只会更糟,还是让我们相信大夫吧。"

妍子叹气:"我也去'林泉'看过——除非是特别重的病人,一般的都不敢送到那儿。从林泉出来,他的一辈子就完了……"

我不得不问一句:"我们现在能有一个办法比去林泉更好吗?"

廖紫卫望着妍子。妍子咬着嘴唇:"再等等看,也许会有更好的方法……会有的,也许会有……"

我不敢说她的希望一定会落空,但害怕真的会落空……正说着话,对面的门"吱"一声打开了。廖若和唐小岷脸上都带着同样的微笑,手扯手走出了屋子。他们一直走到床前,走到我们身边……

三

从廖家出来时我和小岷谈到了林泉,想不到她对那个地方也同样恐惧。我问她:你认为廖若该怎么办?小岷的回答出乎我的预料:他要恢复健康就得躲开,躲得越远越好,去一个没有人烟的地方……

我望着小岷水一样清澈的眼睛,大为惊讶。小岷垂下了眼睛。她再一次抬起头时,就望着远处——一片林子挡住了她的视线,"如果真有那个仙岛就好了,可惜它不是那样……"她喃喃自语,眼里含住了泪水。

"你是说那个夏令营吗？"

"就是那个骗人的岛，也许它根本就没有……那个故事是骗人的！"小岷的脸色冷得让人害怕，"叔叔，我们从小都听过那个故事，一直在想那个岛，连做梦都想。后来肖潇老师要领我们去岛上了，我们听了快高兴死了……后来，多么可怕啊叔叔，你不知道，你不会知道事情的全部，不会知道发生了什么……"

我问：你们听过小海神的故事吗？小岷点头，说乡下的奶奶讲过……我对一脸绝望的小岷说："那个岛可能是一个美好的想象，也可能是一种真实的存在——它直到现在还存在着，只是我们没有找到——但有一点可以肯定的是，你们上次夏令营去过的岛不是它——海太大了，岛太多了，我们不能因为一时找不到，就否定那个仙岛的存在。"

"您认为那个'传说'是真的？"

"我想是的。"

唐小岷立刻剧烈地喘息起来："那我们就会找到它。叔叔把我们想得太天真了，以为我们真的会相信这样的传说。其实我们早就不再相信那些童话了——我们已经过了那样的年纪……"

我一时不知该怎样说。我在心里同意小岷的话，但我知道，大家都需要那些美好的传说，需要童话……

"叔叔既然相信，那为什么不去找它？"

我们俩对望，怔住了一般。

"我知道……眼下就是找到了那个岛，也没用了。"她咬着嘴唇，有点嘲讽的样子，"我们都是坏人，所以我们没法去那个岛。也许只有一个人能去，那就是骆明。我真的梦见骆明去了那个岛，他在那儿过得很愉快。每一次做梦都让我高兴好几天，差不多当成了真的——我现在觉得就是真的！"

"你和骆明，还有廖若他们，都是好孩子，都能去那个岛。"

"不,我们不能了。"

"为什么?"

"……"

唐小岷长长地沉默。她脸色红涨,直到许久才说:"叔叔,我们夏令营发生的事到底有多可怕,你想都想不出。那个晚上,就是出事的那个晚上——怎么说呢,这些你都不知道……有一天晚上,是我们离开海岛前不久,有坏人闯到我的帐篷里了。他按住了我,捂住我的嘴。他的力气可真大,但我那时没有害怕,用脚蹬他……他的手刚一松我就大声喊起来。他吓得扯下我的衣服就跑了……我觉得他像一个人,但又不敢肯定。肖潇老师问我,我也没说,我不知该不该说……"

"是公司里的人吗?"

"不,从背影看像包学忠。"

我不敢相信。我知道,就是肖潇也从未想过会是自己的学生干的。她只怀疑那是公司的一个流氓……

唐小岷吭吭哧哧,脸憋得更红了。我想她在下一个决心。这样待了一会儿她还是开口说话了:"叔叔,你不知道那个岛上是多么脏的地方。你可能不信,岛上也有'超级酒吧'……夜里肖潇老师让我们不要单独活动,即便是白天做什么也要分小组进行。她肯定察觉了什么。开始的日子谁也没想那么多,后来就出事了。我们玩了游戏机,这没什么。宾馆的女阿姨是个带班的,要领我和廖若还有另外几个同学去酒吧。开始我们不过是玩玩电子游戏,后来那个女领班就让我们戴上耳麦,使用了小摄像头……叔叔,这是最坏最坏的地方。包学忠说:'这算什么!'原来他哪里都去过……我老要做噩梦,老要吓醒。我也不知该怎么办了,叔叔……"

我极力掩住满心的惊讶,只想安慰面前的孩子。

那个海岛留给唐小岷的是一生难忘的恐吓和屈辱。这与她的向往之地相距太远了:岛上不光没有一个天使,还遍布着魔鬼。

她说:"原来想得多好啊,上岛前一个晚上,我还梦见了小海神……"

飞　鸟

一

对于小岷而言,无论是当时还是后来,关于那个海岛的美妙传说一直不能忘怀。她一度想搞明白的是:它仅仅是一种"传说"吗?在这个至关重要的问题上,她不愿听到模棱两可的回答。她反复询问乡下奶奶:真的有仙岛和小海神吗?

奶奶说:这个故事,还有旱魃和雨神的故事,都在平原上流传了几辈子,从来没人怀疑过它们的真实性,只不过这些年没人讲罢了。

为什么就没人讲了?

奶奶说因为现在的人没有了讲故事的心情。说着长叹一声:现在做个孩子啊,连个像样的故事都听不到了!现在的孩子啊,说不定会遇上什么!老人抚摸着小岷的头发问:"你如果有一天到了远处——人这一辈子说不定什么时候就会流落他乡——到了那一天,你还能像故事中的那个孩子一样,千辛万苦找到回家的路吗?"

唐小岷愣了,说奶奶你怎么了,你可别吓唬我啊,我这么大了还找不到回家的路吗?

奶奶又叹口气,说故事里的孩子发了疯地逃奔,有多么可怜哪!那不会是假!无论什么时候,只要是混乱年头,都是先苦了娃儿啊,都有疯跑的娃儿啊。你要不信故事,也该信眼前的事——老奶奶长长叹气说:"就在前些天,前庄里还逃回来一个孩子。苦命的娃儿啊,没声没响六年了,家里人哪还有什么指望。谁也想不到六年里这孩子一直在逃,没命地逃哩;如今他总算找到家了,想想看吧,全家人该是多么欢喜……"

小岷知道奶奶说这些的时候,心里一直在想自己的疯儿子——她怕自己的儿子终有一天会找不到家。她难过得差一点哭出来,却又不敢说。

奶奶抹抹眼睛,讲起了刚刚发生在前庄的那个故事。

那个疯跑的孩子也是一个男孩,叫京子。京子刚刚两三岁,因为家里年景不好,就随爹妈去了关东。老家只剩下了爷爷奶奶,两个老人想孙子啊,可没有办法。京子离家时对爷爷奶奶说:我一到春天就家来!

话是这么说,谁知到了东北头一年,有一天京子跟爸去赶集,在人流里走散了。他只不过在野糖摊子跟前站了一会儿,一转脸爸就没了。他大哭大叫喊爸,却喊来个脸上有疤的男人。他笑模笑样地答应领他去寻爸,谁知抱起他就窜出了人流,一口气窜到了村外。无论京子怎么哭都没用了,脸上有疤的人要把他卖了!那狠心人一连找了三个买主,都嫌出价太少。黑心肠的家伙就当着他的面论价。第四个买主谈成了,是个一辈子没有老婆的皮匠,满脸都是横肉。京子见了他吓得大气不敢出。

头一个月里,尽管京子被绳子拴了,也还是逃了三次。三次都被捉回来,打得皮开肉绽。有一天皮匠说:这么着吧,我估摸你在我手里反正也养不活,干脆给你找下个新主儿吧!

说过这话没几天,皮匠起了个大早,把京子牢牢捆起,又蒙了眼罩,装到了一口有孔的木箱里。一辆吱嘎乱响的破汽车拉着他走了三天,又换了另一辆破车走了几天。不知第几天上他给放出来,一解蒙眼布两眼刺疼。京子喊渴啊渴啊,立刻有人递来一碗水说:我孩儿咱可不敢让你渴着,咱是花了大价钱才把你弄来的哩!

那个皮匠不见了,新主儿是一对夫妇,人和气多了。不过无论他们说什么,京子只是哭,他想爹妈,想爷爷奶奶。他喊着:送我家去!送我家去!夫妇俩说:好娃儿,你是从关外来的哩,你的家到底是哪俺也不知道哩,还是在这儿好好过下吧,俺就是你的父母,咱保准一辈子也不亏待你。

他们真的对京子不错。可京子一门心思只想离去,脑子里转的只是一个字:跑。

可怜这孩子离家时太小了,他哪里知道自己村庄的名字,连现在身处何方都不知道。其实他是被人贩子从关外卖回了关里。

新主儿还算好人,他们不光不虐待他,还总想感化他。京子装着安下心来的模样,不久主人的提防也就松弛了。就这样他终于得了一个机会,一撒丫子跑了。

他这次逃得比上几次容易多了。

他一口气跑了十几里路,停下脚才去想下一步该逃向哪里?难的是他不知道爷爷奶奶的名字,也不知道村庄的名字,更不知道关外爹妈在哪里落脚。这一下可难住了,京子在野地里哭了半天,爬起来就痴痴地往前走。他只是明白:今生到死也要找回自己的家啊。他问哪,找啊,比画着爷爷奶奶和爹妈的模样,还有村庄的模样……路上的人全都听不明白。小京子哭一场又一场,只是不悔。

一个四岁多一点的孩子,赶路、讨要,急一阵慢一阵地窜,野地山川都是家。这是一只失了窝的鸟儿,风里雨里飞啊,歪歪斜斜地飞啊。

就这样,小京子浑身都是泥巴、草叶,遇上大雨天也不避开,就让那倾盆大雨可劲儿冲,冲出个全新的娃娃。他受了多少苦楚,多少折磨,撕烂了多少衣服,真是三天三夜也说不完。好心的人家给口吃的,给一件破衣服,就这么接济着过完五冬六夏。

六年的时光说长也长,说短也短,谁能想出这娃儿是怎么活下来的?真是天底下的事儿只有说不到的没有做不到的,这娃儿硬是从千难万苦中挨过来挺过来,人长高了,长得像半大小子了。他生出了一对大双眼皮儿,头发黑得像锅底。只是风吹日晒,一身的皮儿都黑里渗红,亮亮的分外讨人喜欢。几年里又有三两个孬人想打他的主意,可这回他们遇上的不是原来的娃儿了,这娃儿小小年纪已经跑啊逃啊十次八次有了,还怕什么?他什么坎儿都过来了,脚上的老茧少说也有橘子皮厚。

第六年的一个秋天,天刚刚变凉,熬过苦夏的人恣了,他们没事就凑在一块儿取乐。那时大场院刚收了麦子还没派上别的用场,正好用来做耍场。夜间围上的人才叫多哩,他们吹吹打打,扮粉脸儿唱戏文,直闹上半宿。京子最愿找这样的地方,他在野地里跑窜,只要远远地听见有吹拉弹唱的,就迎着一阵疯跑。这些年别的没练成,两只脚可算有了功夫,在野地里窜,两手一张就像一对翅膀,那简直是飞啊。就仗着这个功夫,他不知逃离了多少危难。只要听到风里传来演奏声,他立刻就能辨出一个准确的方位。他跑那个快啊,一眨眼就赶到了。

他来到一个场院上。人群中央有个老爷爷吹唢呐,直吹得小京子泪流满面。这唢呐声特别能让他流泪。他一闭眼就是唢呐响,因为他打小至今只记住了爷爷的唢呐呜呜啊啊响。他哭了一会儿止住了眼泪——苦命的娃儿啊,越来越觉得这唢呐不是别人吹出来的,正是自己爷爷哩!他立马大叫起来,一边叫一边往前一阵猛拱,惹得满场人好恼。

小京子喊着爷爷爷爷,一头抢在了唢呐老人的怀里。小京子早不记得爷爷的模样了,只记得唢呐。老爷爷也不认得如今的孙子了,可是孩子扑上去一哭,老爷爷的心就一揪。老人细细问着孩子的来龙去脉,然后把唢呐一扔,大嚎一声说:这不是我那心肝娃儿又是谁哩!

老人哭着,全场人这会儿全明白了,都跟上哭。老人又问孩子从哪个鬼地方逃出?孩子说逃出有六年了,就是从平原上的那个村子里。

众人一听都叫起来——你知怎的?那村子离这儿不多不少正好五里地!也就是说,五里地让这娃儿整整跑了六年!世上的事儿就是这么古怪啊,世上的事儿就是这么稀奇哩!

六年啊,京子的爹妈都哭坏了眼,哭绝了气。

这就是前庄里刚刚发生的一件奇事,它近在眼前:从天上掉下个孩子来……

二

小岷转述的故事让人垂泪。这不是故事,这是平原的真实。一连几天我都要失眠,梦魇把我缠住了。有时半夜仿佛听到廖若呼喊,还听到他砰砰叭叭砸东西的声音。模模糊糊睡去,又听到呼呼飞跑的声音……是京子?是廖若和金娃?都不是……我梦中分明看见是自己在跑,在飞。我变成了一只飞鸟。

一夜都在拼命逃离。我跑得何等焦灼、何等急切;我在亡命般地逃窜。梦中我常常被逼近一道悬崖,或者是顶天立地的阻障——反正我无法通过和穿越,而后面又有什么步步紧逼。总是在万分焦迫之中猛地醒来,坐在那儿大汗淋漓。

剩下的时间再也不能入睡了。这已是无数次重复的一个场景:总是被催逼,总是不顾一切地逃离、飞奔,总是在梦中长上翅膀……

真的,事实上我真的不止一次有过这样的奔逃……

最可怕最难忘的是那个秋天——那一天我差不多就要飞起

来了。

呼呼的风从耳旁掠过,两襟鼓荡,我真的变成了一只大鸟。我泪流满面地飞翔。回头去望我们小小的果园、果园里那座小茅屋的草顶。茅屋北面就是那个小泥屋,老骆、达子嫂端着一个瓷盆往外跑。他们一直呼喊着,那声音是在催促我上路。就是这一天,妈妈绝望中吃了什么东西,正躺在炕上。她不断地呕吐。达子嫂用一根羽毛插到妈妈嗓子里搅弄。妈妈张大嘴巴呕吐。可她只吐出很少的一点东西。"快些,快些……"老骆瞪着眼对我喊。

我撒开腿就跑。跑啊,跑啊,觉得眼前什么也看不见了,耳朵里响遍了噼噼啪啪的电火声。跑啊,跑啊,大雨哗哗落下。我要一口气跑到镇上,一把揪紧那个医生——我的妈妈躺在炕上,快呀……

外祖母病危时我也这样飞跑过。那时妈妈催促我:快去,快去。飞呀飞呀,我变成了一只大鸟。可是我的翅膀太沉了,我飞得这么慢,这么慢,那些小鸟儿都超过了我……原野上的高粱叶划在我的脸上,胳膊上。脸出了血,手也割上了口子。跑啊跑啊,野兔被我惊跑,鸟儿嘎嘎大叫。

夜色降临,到处一片血红,像老骆端的瓷盆中的东西一个颜色。那是妈妈吐出的东西。它们一开始是蓝色的,后来就是红色的,就像晚霞染了土壤和高粱田的那种颜色……一片花生棵,接着是长满了野草的小路,小路两旁还有一些荆棘。荆棘扎到我的脚上,一点不痛。我用力跺脚,让它更深地扎到我的肉里。跑啊,跑啊。"孩子,孩子。"我突然听见了妈妈的呼唤,她在向我告别吗?这是她最后的声音还是我的幻觉?回头望去,只有一片绿色,一片高粱,什么都没有。

老骆把碗拿给医生。老医生嗅了嗅说:农药,还掺了炒杏仁。"有救没?"老骆问。达子嫂一直搂着妈妈,妈妈半躺半坐,两腿用力往下蹬。她这样也许好受些。妈妈脸上突然长了一层像柿子成熟时的一层白粉。救救她呀,救救妈妈,妈妈……"你远一点,远一点。来,我看看。"他给妈妈号脉,之后又扒开妈妈的眼皮看,听她心跳的声音。"来,你们,你,还有你,来。"他让我们按住妈妈的手。他让我们把妈妈的嘴扒开。妈妈你忍着点,忍着点。我看见妈妈睁了一次眼睛。一个硬硬的胶皮管插在妈妈嘴里。接着就由那个医生粗糙的大手捏起一点什么放在小漏斗里。"你们扶住。"他的声音那么严厉——妈妈还是往外吐。不要呛着妈妈,不要……"远点去!"又是一声呵斥。

老医生让老骆把我的手反剪了推到门后。

我听见了奇怪的声音。那该不是妈妈发出来的吧。那是什么声音?像海浪扑打海岸。有什么在冲刷、流动,哗哗响。老骆端出了一盆东西。我看见那红红的颜色就哭了。红红的颜色,红红的……

"妈妈,妈妈等我,妈妈!"

"不要他在这儿穷喊,快把他赶走。"

妈妈,妈妈,妈妈。

我的孩子,我的孩子。

老医生慌乱中拍起了手:他走得急促没有带来另一种药……不知来不来得及……所有人的眼睛都盯住了我。

妈妈啊,你等等我,等等我。

我又变成了一只大鸟。飞呀,飞呀,飞一会儿再落到地上一会儿。半路上大雨哗哗下起来。天哭了。妈妈,天都哭了。老天也不忍心;就剩下你了,姥姥没有了,只有你。你千万不能离开,不能离开。飞呀飞呀,大雨淋湿了我的羽毛,羽毛滴着水,后来又滴着血。妈妈呀,你的儿子变成了一只大鸟,被雨水淋得可怜巴巴。最后所有的羽毛都打湿了,飞不动了,只得往前跑,往前跑。我的头发,全身的衣服,全都湿淋淋的。我跑不动了,跑不动了,一次又一次跌进泥坑里。我从泥坑里爬出,就带着一身滴滴答答的湿泥往前跑。这时我听到马在昂昂嘶叫。有一匹马让我骑上该多好啊。我会鞭打快马往前飞奔。妈妈,妈妈……

一头扑进了小茅屋,呼喊和急雨一齐落下。

我和达子嫂的哭声震天动地。小茅屋的盖子都快顶飞了。

"哭什么哭,又没死人。"我又一次被医生推到了另一间屋里。

只一会儿老骆就拍打着两手从屋子里跑出来,"孩子,孩子,快进来,你妈好了。你看看她——"

"妈妈,妈妈……"

"不要吵,不要吵,"达子嫂抱住我,"孩子,不要吵,让妈妈睡一会儿,睡一会儿。她不要紧了,医生说都吐出来了,不要紧了。"

"妈妈。"我跪在炕上,把脸伏在她的手掌上。这时我在心里发誓:我永远不离开妈妈,我永远也不,妈妈……

妈妈睁开了眼,看看我,又转脸去看窗户——那儿有什么?哦,天上有一只大鸟,我看到了,它在盘旋,盘旋……

三

这是怎样的一次放飞
这是一只泣血的鸥鸟

它一声声呼唤
与远在天际的妈妈
做无以计数的应答
它飞过了野地和荆棘
最后在茫茫大漠上昏厥

那震荡的鼓点把它敲醒
浩浩波涌摩擦岩体的钝响
让它在睡梦里战栗
它用涟涟大水沾湿双翅
给干涸的枯目拭上露滴
然后冲破鬼魅的雾网

飞过严霜覆盖的旷野与冰极
那不染一丝的洁净
就像双亲的鬓发
你们大睁双目仰望自己的儿子
看它绝望地穿越命运的海洋
一声凄厉的长嚎
一声落在天边的悄响

有一根线细而又细
它在牵拉中渗出一滴汁液
那是心弦断裂前的绷紧
直到紫萼花层层尽染
苍莽大山一片芬芳
伤痛的双翅才伏向大地
浑身缠满了火红的云霞

一双火目射穿瀑布
心窗收尽了悲愤的欢歌
谁听到那声沾血的誓言
谁收到那份背弃的信札

焦干的双唇衔满了广漠之沙
沉沉的双翅浸透了大海之盐

墨夜隐藏的尖利被丝丝划破
撕开薄腻而阔大的幕布
粉茸茸的苞片纷纷脱落
就像双翅遇到的那个至悲时刻
一双温热的粗手把它捧出窗子
却未曾告诉那个归途
让它在流沙与冰凌中磨洗
你看到邈邈无际的远途
你听到无言无语的决意

妈妈的飘飘白发
在风中发出了召唤……

第 八 章

父　亲

一

　　从南山归来的瘦老头用奇怪的目光瞅我。他大概不信我是他的儿子——正像我也不信他是我的父亲一样。他一刻不停地吸烟,最后又盯了我两眼才去做活。他是前一天下午回来的,可后来我才知道,前一天的午夜他就踏进这片小果园了——当时他倚到一棵树上,瞅着小茅屋的后窗,直盯了我们半夜、一个上午。母亲在黑夜里怎样照料我、外祖母什么时候睡下,大概他都看得清清楚楚。他有一双鹰一样的眼睛。天亮了,外祖母最早一个起来给鸡喂食,扫院子,忙来忙去;妈妈做早饭;早饭简单得很:三两把干菜、一块窝窝,还有一把豆子。鼓胀胀的盐水豆子是我们最好的食物。吃过早饭母亲就急匆匆到园艺场打工了。我跟外祖母在茅屋里结渔网。我们就靠结渔网和采蘑菇挣来一点小钱。父亲那天把这一切看在眼里,像要暗中考察一下茅屋里的生活似的。大概他觉得满意了,这才悄悄从树下溜过来。

　　从此他就走进这个小窝里来了。

　　也就从那一天开始,我的恐惧增加了数倍,巨大的不幸也算开了头。晚上母亲搂抱我睡觉——每天我就盼望这个时刻,盼望天黑。我只有在母亲怀抱里才能感到幸福。可是这天晚上我看到母亲那么不安。她躺下来,给我盖盖被子——但她不像过去那样把我搂在身边。她和衣躺下,一下下拍打我。我盼望着母亲的手……午夜即将来临。那个可怕的人在院里吸烟。我从窗户上看到了一明一灭的火头。他吸了那么多烟。妈妈一会儿出去了,大概在跟他说话。一会儿妈妈又回来了。我觉得她有着抑制不住的失望。她叹着气,重新躺下。院子里一点儿声音也没有,不知过了多久,妈妈伏在窗上看着。院子里那个瘦削的老头仍在吸烟。这时已经是午夜了——我看见那个黑乎乎的影子站起来,咔咔地磕了烟斗,接着大步往屋里走来。他也不怕惊醒了别人的睡眠,"砰"一声把门打开,接着径直走向了西间屋。他走进来,用手摸索着,一下摸在了我的身上。他哼一声,差不多就是揪着我后背的衣服把我提起来。他说了一句什么,这声音低沉而威严,不可抗拒。我明白了。

我溜到了外祖母屋里。

从那以后我就永远离开了母亲的怀抱。

我感到这个瘦削的小老头是我所见过的最奇怪的人。我明白,我们的茅屋更加不能安生了。

满脸横肉的那个家伙死了之后,小果园里又来了两个背枪的人,他们与老骆一块儿盯视着我们。开始我不明白,后来才知道:这完全是因为父亲的缘故。父亲只要离开茅屋几百米远,就必须向背枪的人报告——他们应允之后他才能走出去。父亲是怎样的一个人哪,他干起活来竟然一刻也不愿停歇,把茅屋四周的泥土翻得松松的,在上面种了向日葵和各种各样的蔬菜。他还在离茅屋一两尺远的地方挖成一道深沟,施上肥,填了松土,然后再搭起山药架子。它们围在小院四周像一道篱笆,又漂亮又好看,同时又可以有一些收获。我们的院子本来很小,可他又将其搞成了几个整整齐齐的菜畦。整个过程像绣花一样：小心地松了土,捏上种子,再细细修筑土埂……小院长出了韭菜、几棵茄子。屋后那一排向日葵长得格外茂盛,黑乌乌的,向日葵秆甚至比我的胳膊还要粗。

总之一切全变了。我想这就是有父亲与没有父亲的区别。父亲有时候长时间蹲在向日葵下看着它们,好像在为它们鼓劲儿,又像是与之交谈。他铁青着脸一声不吭,那时连烟斗也不吸。他只要有一点时间就要给向日葵浇水。小茅屋四周一到了夏天和秋天就变得一片葱绿,生机盎然。

二

刚开始的时候父亲被指定在小果园里劳动,再后来不知为什么有人又通知我们：他必须到离这儿几里远的那个小村去做活。有时候母亲让我跟上父亲,说："你去吧,跟上他,如果有什么事情也好有个照应。"就这样我成了他的尾巴。那个小村里的人都不认识父亲。他们像看一个怪物一样看他。领头的人粗暴地支使他做这做那,他像一头最老实的牲口,不停地做。我觉得他一个人干的活抵得上很多人。我亲耳听见有人议论,说真是大山里炼出来的啊,真是一只"穿山甲"啊。他们这样说的时候,并不知道我就是他的儿子。有一个人甚至指着他弯腰曲背的身影对我说："看见那个老家伙了吗？他真能做……"

有一天他被指定去浇水。辘轳架在一口土井上,那土井由于长久失修,井壁已经剥空了一大截,随时都有坍塌的可能。所有人都说那个井不能用了。可是领头的非让父亲在这口井上干活不可。父亲没吭一声,闭着眼睛摇辘轳；当水斗到了井口时,他也闭着眼睛去抓水斗梁子——手搭在上面竟然一丝不差。往下放水斗时他的手轻轻按在转动的辘轳上,让其发出动听的"隆隆"声。我一直待在一边看。谁知就在那天下午,只听"轰隆"一声,那口井坍塌了。辘轳和水斗一块儿跌进了井里。说起来没人相信——干瘦的父亲竟像猴子一样灵巧,就在那可怕的一瞬猛地跳开了……所有人都一下围上去,高声喊着:"快些挖井,有人埋在里面了。"他们认为父亲肯定完了,而只有我看得清楚——他在最后的关头跳开了……一些人呼喊着,父亲却在一边蹲着。他浑身沾满泥水,脸上木木的。大家喊了一会儿,领头的发现了父亲,先是一惊,接着就破口大骂。他呵斥着去踢父亲:"你毁了一口井,毁了辘轳,你赔得起吗?"那个人怒吼着,父亲仍然无声。再后来那人竟然照着父亲的胸口就是一拳——一拳就把父亲击倒了。他躺在那儿不愿爬起。我这时真想去抱他一下,可是我不想让别人知道是他的孩子。很奇怪,我当时就在那儿站着。我想,打吧,打吧,当你再打一拳的时候我就会冲过去,我会把你的拳头咬破,咬得你露出骨头……

父亲躺了一会儿就爬起来,再也没人去理他。他一拐一拐地走开。他的腿可能在跳开那一霎受了重伤。他往回走了,我远远地跟在后面。

一路上我盯着他的后背,觉得他那么瘦小。这就是我的父亲吗?我想叫一声"爸爸",但我忍住了。

一回到小果园,就有背枪的人盯着他。

晚饭时,母亲把咸饭糊糊端到父亲面前。他喝了一口,像被什么硌了牙似的,马上吐了起来,吐了一会儿,就把碗掀翻了。母亲一声不吭,外祖母赶紧收拾饭桌。可是父亲突然两手捂住胸口那儿揉起来。妈妈赶紧问:"怎么啦?怎么啦?"她想掀开他的衣衫看一看——就在这时父亲一巴掌打在妈妈的手腕上。他打得好重啊,接着他一声连一声地喊起来。喊了一会儿,外面有人砰砰敲门;门开了,几个背枪的人走进来。他们用脚碰一碰父亲问:"怎么啦?"父亲不做声。外祖母说:"他大概是什么地方伤着了。"那些人哼几声就走了。

这天晚上父亲一直在喊。外祖母说:"去叫个医生吧,叫个医生吧。"离这儿不远的那个镇上有个老医生,几年前外祖母得病时也叫过他。

　　天亮前我们把他请来了。老医生没有牙齿,说话含糊不清。他仔细地给父亲看过,说:"这是当年断了的肋骨又发作了,就是它们在刺他,一动就刺……"我们立刻明白了父亲为什么会尖声喊叫。母亲脸上的汗水哗哗落下,她是急的。她问老医生怎么办?老医生说没有办法,断掉了的肋骨在他这样的年纪长得很慢,要躺下好好养息……最后他给父亲贴上了碗口大的膏药。

　　从那以后父亲就没有好受过,我们知道他永远也不会好受了。他在床上躺了没有两天,就有人吆吆喝喝进来。他们手里提着绳子——原来因为土井塌陷的事情,他们要来绑走父亲——母亲苦苦哀求,外祖母也哀求。我吓得不知怎么才好。后来不知母亲是不是跪下了,反正母亲当时显得很矮小——我隔着窗户看去,见母亲一点一点缩下去、缩下去……她大约是跪下了。那时父亲突然像猛虎一样冲过去。我以为他要干什么,跑去一看,见他狠狠扯了母亲一把——我竟然没有注意到母亲是跪在地上还是坐在地上——反正父亲主动伸开两手,由那些人把绳子缠在了他的胳膊上。他们用力地煞紧绳子。一个满脸胡茬的人笑着对勒绳子的年轻人说:"你这小子还少吃了几年咸盐,看我的吧。"说着把手里的烟塞到嘴角,接过绳子,奇怪地挽了一个花,用另一只手的食指和拇指捏住那个扣,右手的三根指头勒住绳头,只轻轻一揪,父亲就哎哟哎哟叫起来。他继续揪,父亲继续叫。母亲去扯那个人的衣服,那个人就利落地用后脚把母亲蹬了一下。一边的人都不吭声。外祖母抱住了母亲……就这样我们眼睁睁看着他们把父亲拉走了。

三

　　母亲让我在家里好好照顾外祖母,然后出门去了。我想去追母亲,可母亲已经飞快地跑远了。我害怕外祖母一个人留下会出事,只得听母亲的话。

深夜母亲没有回来,天亮了母亲还是没有回来。第二天外祖母终于让我出门找她了。我打听过,知道父亲被押到集市上去了。我赶到那儿时,集市上的人已经拥挤不堪;有人胡乱呼喊,一群又一群人围拢着父亲往前走。母亲就在这一群人里跌跌撞撞跟上。

那个夜晚父亲被关在镇子上的一个小草棚里。半夜看管父亲的人睡了,母亲就摸进去照看父亲。天亮了,她再一个人偷偷溜走。就这样,他们在一块儿过了两天。父亲被放开的时候差不多已经不能走路了,母亲就扶着他。可怕的是父亲解了绳子反而走得更加艰难、更加缓慢了。母亲扶他时稍有不慎就会挨他一声骂,甚至是一顿拳脚。当我在路上迎接他们时,母亲已经像父亲一样鼻青脸肿了——母亲脸上的伤竟是父亲打的。

我从来没有看到谁的父亲这样凶残,也没有看到谁的母亲这样温驯……我不知道这是为什么。我一辈子看来都不会弄个明白。那天我想扶父亲一把,母亲却不敢让我挨近他。因为我的手无论沾上哪他都不会满意。

尽管这样我还是扶住了父亲。

母亲一开始不愿撒手,后来见我扶得挺好,也就离开了他,在后边走着。父亲咬着牙,发出咯咯声。他身上真的有一种骨头相摩的声音,我怀疑那就是断掉的肋骨。他身上没有一点地方是干净的,我离他很近,所以能闻到一种血腥味儿和臭味儿。他的头发被扯掉了不少,整个头皮有的地方白,有的地方被血水染过。我觉得可怕极了。

事情糟透了。那时我真盼望这个不幸的、让我深深惧怕的人快些死去吧——他死了对自己、对全家,都未必是一件坏事……

外祖母在小果园最东边的那棵大杏树下坐着,她在等女儿和女婿。我老远就喊了外祖母一声,被父亲瞪了一眼。他要像老鼠一样无声无息地溜进小茅屋。他这一次也许是对的。

当我们挨近茅屋的时候,父亲一下子喊了起来——我们全都呆住了——父亲千辛万苦栽种的那一排向日葵不知被谁用刀从半腰一一斩断……已经开始绽花长籽的向日葵就那么被砍掉了,茁壮的躯干渗出了豆粒大的晶莹,又顺着躯干往下流淌,不停地流淌……我想这肯定是那个背枪人砍的。我问外祖母,外祖母说不是他们——从外面进来一帮人,他们丈量茅屋,硬说这些向日葵种在了公家的土地上。

父亲跪着喊叫,伸手抚摸那些向日葵。再后来他抬头仰望那棵大李子树,一动不动地望着;接着他的目光又去望天空。我记得天空是碧蓝碧蓝的,没有一丝云彩。父亲像老牛一样昂天叫了几声,回家去了。

我们进屋不久,老骆偷偷地溜进来。他从来不理父亲,只跟母亲说话。他说:"肯定是其他两个背枪人去告密了,那些坏蛋才来了……"我们知道他是真诚的。母亲很感激他,说:"没有办法,我们知道你也无能为力……"

老骆只待一会儿就赶紧走开了。他虽然是监视我们的,可他自己也处在另外两个背枪人的监视之下。他在公开场合从来不敢表露对我们的热情。我们都知道,有一个老骆是一家人多大的幸运。

炒 杏 仁

一

在旅途上,在所有滞留的日子、独自一人的时刻,总是让我更多地理解着人生的孤单。冷寂的夜晚或无人打扰的整整一个白天,我都难免陷入长长的缅怀和追忆。此刻,眼前这一切简直就像一个梦境,自己竟然置身于这样一个地方:一片海滩平原,离海岸仅有五公里的一处园艺场……确凿无疑的是,我在这里出生,这里铸就了我的生命,这里有我铭心刻骨的记忆,有我的根,我生命的土壤和我昨天的一切。可是我明明跋涉过、远行过、逃离过,曾经像逃脱灾难一样远远地规避它——然而直到今天我才发现,它仍然是、一直是装在了心的深处,它几乎一刻也没有与我真的分开过。无论是什么时候,只要有一点可能,我就会驾着思绪的飞车在这片炙烫的土地上驰骋……没有办法,忆想是我的呼吸,我的空气和饮食。比如时下,我在这样的环境中不能不一遍遍咀嚼那个岁月,品咂它难以消散的凄苦和孤寂的滋味。我甚至觉得今天与昨天有着更为惊人的相似之处,那就是:等待。就像当年小茅屋里那些数不尽的日日夜夜一样,我们等待着,无头无尾地等待、等待——好像前方真的有过一个周密企划的未来……其实前方究竟怎样我们谁也不知道,就像不知道开端一样,我们也不知道结局。

今天仍然不是二十多年前的结局,就像中年也不尽是少年和青年的结局一样。时间是一个奇怪的循环,一个圆周,而旅人总期望自己的轨迹能化为它的一条切线——可最终还是未能如愿,时间还是一如既往,循环往复,让人空空地等待……

那时总在苦苦等待的,是我的母亲。

每天,爸爸迟迟不归时,她就坐立不安。等啊等啊,太阳落山了,还是一点动静都没有。她一次次走出茅屋,后来干脆站在了海棠树下,一动不动。

"妈妈回来吧,回来吧。"我乞求着。

妈妈一直望着远处的黑夜。我抱着她的一只胳膊,依偎她。

慢慢听到刷啦刷啦的脚步声了。妈妈的手臂抖得那么厉害……父亲离开茅屋那么多年,她都能够忍受;可是现在他只要晚回一会儿,她就会变得坐卧不宁——脚步声近了,那个瘦干干的身影出现了。即便在夜色里,我也能看出他的目光有多么凶。他瞥了妈妈一眼,又瞥我一眼,径直往小茅屋走去。

我和妈妈跟在后面。

他走得多快,急匆匆的。我们都听见他把什么东西当啷一声扔在院里,接着又是咒骂声。他骂着,砰砰叭叭砸着碰到他身上的一切。他肯定又把立在墙边的铁锹一脚踢翻了,再不就是把放在猪圈墙上的一个陶钵掀到了地上。他火了就是这样。妈妈对这些早就习惯了。

她扯着我的手跟在他的后边……

我最害怕看到他们吵起来。每逢他们吵架我就吓得一声不吭——我想一个人躲到果园深处,又怕离开时发生什么更大的事。我只好坐在门槛上看着。实际上这往往是爸爸一个人的咆哮,妈妈偶尔回一句什么,那声音也是低低的。越是到后来,妈妈越是不敢顶撞爸爸。有一次妈妈的声音高了一点儿,他竟顺手拣起一个竹耙子打过来。妈妈的头发一下就给打散了,披下来。她一动不动站着。我跑过去。妈妈眼里没有泪水,就那么望着他。爸爸两手都抖。

那天他们再没吵下去。事后我才发现,妈妈不光是头发给打散了,而且耳朵上方还留下了一块血斑。

"妈妈,我恨死他了……"

妈妈在我的脊背上抚摸着,好像在数我一身的骨节儿。"孩子,你太瘦了,你该多吃东西。"她像没有听到我刚才的话一样。我没有做声。那时我觉得自己浑身都是力量,因为我每天都在灌木丛中、在海滩上奔跑。那些肥胖的野物总是跑不快的——我所看到的飞奔的动物都是瘦削的,浑身裸露了筋脉……我这会儿是在

受伤的妈妈怀中,不由得又想起了过世的外祖母,双眼像要蹿出火苗。我说:

"外祖母就是被他气死的……"

"孩子,不要这样说。外祖母年纪大了,是她自己离开了。"

我没有顶撞母亲,只是我心里明白:自从这个脸色蜡黄、瘦干干的人从南山回来,我们家就失去了一切,连起码的一点平静和温馨都没有了。我们全家不仅要为他担忧,还要为他生气。我们鼓着劲儿跟他干活,胆战心惊。他半夜被人叫走已是平常事儿,可我们就要一直坐在炕上等他。如果天亮了他还没有回,全家人就要设法打听他的下落。有一次妈妈悄悄尾随他去了,半天才回来告诉:那些领他走的人一路上不断地推搡,他弓着腰一声不吭,两手揣在怀里。他们把他押到了园艺场西边那个养猪场的小屋里,小屋钉了铁窗,外面有人站岗。

"为什么要把他押起来?"

"不知道。"——这种事情我们永远也不知道。

有一天夜里,我听到屋后有喊喊喳喳的压低了的说话声,就小心地爬起来。我像猫一样轻轻爬到了屋后。我发现后窗趴了两个背枪的人。我吓得大气不出,回到屋里,把看到的小声对妈妈讲了。妈妈又告诉父亲——他听了一翻身坐起:

"多嘴!"

他差一点就去打妈妈的耳光。妈妈转过身,再不吱声。父亲倒睡得快,一仰身就打起了呼噜。

打那儿起,我差不多每天都能从夜晚的声音中分辨出一点什么。我知道屋子四周潜伏了无数可怕的东西:背枪的人,野物,奔跑的野猫和狗……我永远也弄不明白,那些背枪的人为什么要盯视这个孤零零的茅屋?母亲、过世的外祖母、现在的父亲,还有我,到底怎么了?我觉得父亲尽管脾气凶暴,可是他已经无力逃跑。

他瘦成了一把骨头,再说这儿又是他的家,他还能跑到哪去?当年他不就是急着回到茅屋,回到母亲身边吗?他从大山里刚刚回来的日子,我亲耳听见他对母亲说了这样一句:只盼能活着回来,回来看一眼妻子儿子,哪怕只看一眼也就满足了……这样一个人怎么会逃跑!既然不能,为什么又要夜夜盯视?那些在黑夜里闪动的贼亮的眼睛啊,我恨你们。我恨你们半夜发出的狞笑、弄出来的响动;恨你们一闪一闪的烟头和往地下吐唾沫的声音;恨你们踩碎了屋后的瓦块,踢滚了石头……你们为什么要像牛虻一样紧紧咬在一头将死的老牛身上?

白天,我故意在茅屋后面丢下很多碎玻璃片。我想让他们远远地躲开。我甚至想搞来一些荆棘,把它们扔在茅屋四周,这样他们就不能挨近我们的屋子了。可是爸爸从外面回来,看见了这些东西,瞪大眼睛站在院子当心:

"你俩给我过来。"

我和妈妈都上前几步。

"屋后的东西谁弄上的?"

他的目光先在妈妈脸上停了一瞬,接着就滑到了我的脸上。

我的心怦怦跳,但回答得很平静:"我。"

他额头上的青筋鼓了鼓,眼睛闭上了。这样闭了一会儿,像用了很大力气才睁开。我知道一顿拳脚就要落到头上来了。我咬紧了牙关等着。可是接下去我听到的是一声长叹。他的声音小极了:

"……你拿个竹耙子,把它们都打扫干净,打扫得一点儿也没有,听见了吗?"

我的泪水不知不觉淌下来。我说:

"听见了。"

我拿起竹耙走了。我把屋子四周、特别是屋后的玻璃碎片弄得很干净。这里的沙土松松的,我想那些背枪的人站着坐着都会舒服极了。我们欢迎你们哪,欢迎你们夜里来这儿挺尸。

二

过去是外祖母领我到林子里采蘑菇,她不在了,就是我一个人了。我一个人在林中进进出出。林子密不透风,我自己倒可以做任何事情。有一段日子,我要用一个多钟头去割两大捆猪菜,捡一篮喂猪的橡实,最后再采蘑菇。我把各种各样的蘑菇都采来,摆在院子里晒着太阳。采得多了,母亲就夸我一句。我特别记得父亲的夸奖——因为他对人极少这样。我恨这个人,却又渴望他的表彰。我以前不记得从他那儿得到过什么温暖。我为什么要爱这个黄黄瘦瘦的人?就因为他给我带来了无穷无尽的折磨和恐惧吗?或者,就因为他是我的父亲吗?

"父亲"——这究竟意味着什么?有一次我甚至问妈妈:人为什么要有一个"父亲"?妈妈的样子很为难,简直为难极了。记得她多半晌才说了一句:"哎,谁没有父亲,父亲就是父亲啊!"

"为什么就是?"

"没有父亲就没有你。父亲和儿子血肉相连……"

我还是有点儿糊涂,"怎么他被刀割伤了,我一点儿不痛?怎么他喊肚子痛,我一点儿也不难受?"

"会痛、会难受的。孩子,记住,你是他的骨血……"

"骨头"和"鲜血"——它们在我脑海里一闪,立刻让我害怕起来了。于是我再不敢多问。不过我从此记住和明白了:父亲就是父亲,父亲是不能追问的一个人和一种现象。

妈妈那一次还告诉我:无论如何,你的脾气,包括你的长相,都会带上他的特征……

这尤其使我惧怕。我发誓将远远地离开那些"特征"。后来,我果然没有像他那样黄瘦,也没有像他那么暴躁。我觉得自己终于远远地离开了他,离开了他的一切……我发誓一辈子也不会走向或走近他一点儿。

我卖力地采蘑菇。当然我们家吃不掉这么多的蘑菇。到后来,我看见一些猎人到林子里打猎时路过我们的茅屋,常常要捎走一袋蘑菇。这些蘑菇是母亲在空闲时间用纸袋分装成的。他们每次带走时都留下了几枚硬币。妈妈对我说:

"我们也要过生活……"

"我知道,妈妈……"

"你外祖父留下一点儿家产,我们总算是有一点儿积蓄,不然的话我们早就饿死了。现在还有一点钱,可我们不能一下子把它花光,谁知道以后还有什么日子啊。"

外祖父及他的一切都让我神往。说到遗产就更让我好奇——那是想都不敢想的事情啊!我问:它属于我们吗?

妈妈点头又摇头,"本来都属于我们,可如今都贴上了封条。"

"什么是'封条'? 就是用铁条捆住吗?"

"不,那是一张纸,上面写了字、盖了红色印章。它只要贴在门上,就再也不能打开那扇门啦。"

原来只是一张薄薄的纸条。我有点不信:

"贴上它就不再属于我们了吗?"

"封住了谁也不能动。不知道以后他们会不会交还我们,如果交还,我们就有花不完的钱了……"

后来我发现自己采来的蘑菇变成了酒——父亲用卖它的钱买来了白酒。结果酒又让他变得更加可怕……我再也不愿去采蘑菇了。

"还不快去!"父亲常常催促母亲打酒。

她只好到场部那个小代销点去了。一会儿她就打来了白酒,这些零装白酒辣气刺鼻,劲头大极了。父亲可以连续喝上半碗,有时竟能一口气喝上一碗;奇怪的是他的脸一点儿也不红,而是越来越白,白得像纸;他骂起人来也更凶。有一次他喝了酒还胡乱唱歌,唱一些谁也听不明白的歌。我那一次吓坏了。母亲看着他笑,笑出了眼泪。他把母亲揽在怀里,让母亲扶着他在院里一拐一拐地走。

母亲那一次有说不出的高兴。她好像压根就没有在意父亲丑陋的走相。父亲一边走一边哼,还小声咳嗽、叙说着什么。我想得出他在叙说过去。那也许是他在这片林子里、在南边大山里到处奔走的离奇故事,是他最风光的日子。

就这样,他们俩在院子里一拐一拐地走。再后来妈妈也哼出了声音,跟上哼那种不成调子的歌。他们这样一直走了很久。

那一天父亲终于醉倒了。他躺在炕上,呼吸急促。母亲用湿手巾在他额头上擦着,后来又擦他的周身,把他的衣服剥光,只让他穿一条短裤。我凑近了,于是第一次见到他近乎全裸的身体,天哪,那么弱小,躺在那儿一点也说不上好看,只是怪可怜人的。那时我觉得奇怪的是,这么弱小的人会是我的父亲,并且还要时不时地对母亲和我发凶……我凑到跟前看妈妈摆弄他的身体。我那会儿算仔仔细细地看过了自己的父亲。我最后发现他身上布满了创伤。我问妈妈:"这就是打仗时留下来的吗?"

她指着腿上的那一块伤疤说:"这儿是,这儿被子弹擦伤了。你爸爸是个有福的人,和他一块儿打过仗的人差不多都受过重伤,比较起来他受的伤简直不算什么……"

"那么这膝盖上呢?额头上呢?还有胸脯上的这些……"

妈妈用手去抚摸那些变了颜色的皮肤,那是一些长长的紫斑。她叹着气:

"这都是他开山时留下来的。有一回一个哑炮响了,把你爸爸压在下面。他们慢慢腾腾往外扒人。人家后来告诉，如果不是有几个大石块在下面支着，他早就给憋死了，你爸爸命大。就这样，等大伙儿把他扒出来，他的脸已经变了色，可总还算留住了一口气。刚开始扒的时候，有人说反正也活不成了，急什么。他们扒得很慢。后来快扒出来了，总该小心点儿吧，该把石头搬开，把沙土用手抠掉，别伤了下边的人哪。可那些凶惯了的家伙，硬是用镐头、用铁耙子去扒拉石块，一下一下狠刨狠抓。有一耙子刨在了你爸爸胸脯上……你看，这个紫斑，这儿一连三个齿痕，都是铁耙子刨上去的……"

我的心揪了一下。我在想那该多么痛。我又去看他膝盖上那一溜长长的刀印。

"这一下最险，这是一块飞起的石片割成的，再割深一点点儿，你爸这条腿就算废了。"

我仔仔细细看这个裸体。我数了数，大一点的伤疤有四十多处。妈妈告诉我，它们都不是在战场上留下的，都是在后来，在开山的时候；还有从山区回到平原上以后，被那些背枪的人弄成的……

我不知道爸爸为什么还能活下来。他究竟靠什么活下来啊？我想啊想啊，想不明白。后来我好像想明白了一点点：也许他就靠全身的那种狂暴劲儿活下来。别人把一切残暴加在他身上，他再把它分给我和妈妈，甚至是外祖母。这样他自己就轻松了。他是靠这个才活下来的……

三

很明显，从四周不断围拢而来的残忍和暴虐，都是因为他的缘故。不幸正像细菌一样通过他传给小茅屋、传给这里所有的人。如果这儿没有了他，比如他死去了，那将是再好也没有的事了。我

真心实意盼望父亲死去。我有一次甚至忍不住,把这个想法告诉了母亲。母亲威吓我说:

"再这样讲要遭雷击……"

我很害怕。我立刻想起了外祖母在世时讲过的一个故事——从那时起,只要打雷下雨,我就有点胆战心惊。故事说:有一个孩子对长辈不孝,行过亏。有一天下雨,天上的雷越来越响,越来越响;到后来红色的火球总是在这户人家的门口滚动,火星都要溅进他们的屋子里了。老当家立刻明白了什么,他就把全家人召集起来问:咱家谁做下了坏事?谁做下了亏心事?谁做了,谁就自己到院子里去吧,不要连累了全家……外祖母说那一家人都是善良的人。行亏的是最小的一个儿子,他虐待过爷爷,骂过老人,和老人一块儿出去玩时还推拥过,把爷爷跌伤了。小儿子在响雷中吓得浑身哆嗦,铁青着脸,就是不敢往院里走一步。这时全家人都从脸色上知道他做了坏事。雷火一阵猛似一阵,总不能连累全家啊,老当家的急了,就抓起他一下扔到了院子里。全家人都眼睁睁看着轰隆响起一道闪电,小儿子再也没有了。

我很久以后想起这个故事都感到害怕。当妈妈威吓我时,我又想起了它。我再也不敢了。我心里再也不敢诅咒父亲,不敢起那样的念头。暴雨天里,雷声滚滚时,我总是小声祷告:原谅我吧,我再也不说那样的话了,再也不起那样的念头了……

巨雷滚动着,它终于没有接近我,它大概饶恕了我吧。

可是到了后来我才明白,我心里的恶念并未驱除,它已经无可救药。因为那种让爸爸死去的念头只是在惊恐中被压抑了,而它永远也没法从根上拔掉,它时不时就要冒出来……但只要他一天活着,我就一天不希望听到他的呻吟,更不希望他招灾。我矛盾,痛苦,有时真不知该可怜他还是该憎恨他。我大概一直在憎恨他。我甚至想象他从我们的小茅屋中变戏法似的一下变得无影无踪才好——不过他在这个世界上彻底消失的那一刻再也不要遭受痛苦了……因为加在他身上的痛苦真是太多了,我想不出世上会有任何人遭过他那么多的磨难,也想不出世上有任何父亲会像他那么凶暴可怕。

有一天我逮了一只野兔。我是跟园艺场里的老猎人学会了下绳扣才逮住了这只兔子的。它虽然个头很大,但从毛色和眼神上看,它还是一只刚刚长大的兔子。那会儿它吓得浑身发抖。我把它关在了一个小笼子里,喂它白色的菜叶,看它的三瓣小嘴奇妙地活动。我藏在暗处看着:它刚刚咬了一口,又好像想到了什么,立刻缩到了角落里。它吓坏了。我多么喜欢这只小动物,晚上睡觉时,睡到半夜,我听到声音就起来看一眼。我想看看它是否在没有人声的时候偷偷地吃一点儿食物——它有两天没吃食物了。很可惜,它没有喝水,也没有吃东西。我决定:如果继续这样下去,就把它放回原野……可是有一天我不在家,回来时看到的是一只被宰杀的兔子,它在干土上一动不动。

我哭着大声追问:这是谁干的?妈妈往里间屋指了一下。我立刻闭上了嘴巴。我无声地哭着。我那一刻恨死了这个凶残的人。多么好的一只小动物,他竟然把它杀了……

他一出门我就大声质问妈妈:"为什么,为什么,他为什么要那样?"

"他说这只兔子原来很肥,它什么也不吃,再养下去只能饿死。眼看着它这样,不如把它杀了。"

我哽咽着:"我正要把它放掉……"

"孩子,你早该把它放掉。你看看也该知道,我们家的这个人是不会有那样的善心了。我当时说等你回来,他连听都不听……"

妈妈说到这儿,那个凶神恶煞从外边回来了。他好像看也不愿看我,或者是不敢看我——一进门就蹲下来,从衣兜里掏出一把割烟刀,把那个兔子一点一点剥掉了皮。

我远远地逃开了,逃得很远,一直跑到果园深处,又跑到灌木丛中……我对着那片色彩斑斓的原野,那些数不清的野花儿、杂草和树木,轻轻地说:

"原谅我吧,我是一个罪人。原谅我,以后我永远也不逮野兔,不逮刺猬,不逮小鸟……原谅我吧,这是我的罪过。我永远也不做这样的傻事和坏事了。"

那一天我直到天完全黑透了还没有回家。我怕闻见炖兔子肉的气味。我要远远地躲着。我的两条腿像石头。如果不是因为害怕,我会在丛林里过夜。到了半夜,丛林越来越凉,四周一点亮光也没有。可我还是不愿回去,我害怕极了。丛林中响起了咻咻声,还有各种野物的蹿跳声。我觉得冰凉的蛇就在身上活动,我不敢咳嗽,不敢走动,只紧紧地抱着身子……

那一夜,我从树隙寻找天上的星光。天上的星星真多呀,它们差不多一块儿抖动,像嘲笑的眼睛。我从星空上看到了那么多的神秘,还有说不出的恐惧:那个夜晚我好绝望,好孤单……在那个夜晚我真想不出人这一辈子该做些什么,该怎么活下去、怎么长大……难道真的有个不同于前一天的明天吗?难道我真的要等待自己一点一点长大,到那个我一辈子也不想去的远方吗?远方是我毫不熟悉毫不明白的地方,我不知那会是多长的路……

这个夜晚我还想到了"死",想弄明白它到底是怎么一回事。外祖母都死了,我为什么还要活着?我应该跟她去吗?我又怎么死呢?我想如果沿着西北方奔跑,跑到海边那个高高的悬崖上,一闭眼睛,就什么都完结了……那会儿我才明白一个人真要死去可不那么容易——如果容易,父亲早就这样做了,他大概是最不愿好好活着的人了。我还想到了其他,比如,我如果死了,妈妈会怎样?她可能再也不会活了。妈妈,我无比爱着的妈妈,我一想到她就哭了。我明白,只为了妈妈我也要活下去,好好活下去。

可是这个夜晚我又触动了那个禁忌:诅咒父亲死去。我流着眼泪,仰着脸,对着满天的繁星小声说:就让他死去吧,我不后悔也不害怕。即便响起了隆隆雷声,我还是要说……我咕嘟着,战胜了慌恐。接下的一瞬非常安静——这样直到许久,直到身旁响起了一声声小小的蹄音。我吓得紧闭双眼,两只手抓住了沙土。一会儿,好像有什么温热的呼吸掠过了我的脸庞,接着又是轻轻的触碰,我马上睁大了眼睛——一对又大又亮的眸子,浓密的睫毛……我差点喊出来。我退开一点,看出这是一只不大的花鹿,它正毫不慌促地注视着我。我的心跳有些加快。这样待了片刻,我试着往前一点,然后一下抱住了它的脖颈。我的脸紧紧偎住了它的额头……

这是怎样的一个夜晚。这个从不敢想象的奇迹就是这样突然降临的。我的泪水滴到了它的脸上,它却一动不动。我们就这样依偎着。

可惜这个时刻只在梦里,这是我的一个梦:醒来之后什么都没有了,只有脸上的泪痕……

直到下半夜我才离开林子,慢慢往茅屋走去。轻轻地推开院门,院子里静静的,一点声音也没有。我极力在空气中嗅着什么,我想嗅到一点酒气……什么都没有。我小心翼翼地爬到自己的炕上。对面屋子里的那个人轻轻打着呼噜。我想他一定是吃饱喝足了。黑影里,那个长久困扰人的迷惑又缠住了我:一个人在遭遇了一场可怕的变故之后,他的那副好心肠难道会完全消失净尽吗?哪怕只留下了一丁点儿、只一丁点儿也好……这个夜晚我一直苦苦地想着,最后轻轻发问——问窗上的星星,问我梦中的小鹿……

从那一天之后,林子深处就成了最好的去处。哪怕是梦中能够与那只小鹿会合,能够向它倾诉——我相信它能听懂我的每一句话,因为我从那双闪亮的眸子里看到了一切。当我郁郁不快的时刻,它就小心地触动我,亲吻我的脸颊——可惜这个梦再也没有出现。

四

父亲正寻找一切机会来积累食物和一点点钱。除了打蘑菇的主意之外,他还在屋子四周种上了山药等。在那小得可怜的一小块土地上,他栽种了尽可能多的东西。侍弄它们时,他一般不用工具。我差不多没见他在房前屋后用过锄头除草,甚至也不用铁锹去翻土。他蹲在那儿,简直就是用一双无所不能的手去完成一切。作物旁,哪怕有杏子大的土块,他也要把它捏得粉碎。土地搞得无比疏松,又施了充足的肥料。他提桶浇水,用指甲掐去植物多余的冒杈。当时无论是果树还是农田,除虫的时候都要喷药,可是只有父亲从不使用农药。好像他就为了更好地表达对那些害虫的深仇、对他亲手栽培的植物的一腔柔情,才要亲手去剪除一样。他目光尖锐,看到植物枝叶背面藏下的虫子,立刻用手把它捏死。哪怕是最小的蜜虫也逃不过他的眼,他把它们先一个一个拿在手里看一看,然后捻烂。他像侍弄一个娃娃那样抚摸着作物四周的泥土,拍打着,除去杂草,专心地守护。他可以长时间蹲在一棵山药边吸烟,一动也不动,把烟灰磕在脚下。这时他的模样是完全陌生的,让我一动不动地注视——我一辈子都会记住他的那副奇怪的神态……

经他的手种出的一切植物都是那么蓬蓬勃勃,欣欣向荣。他栽种的哪怕是一株两株地瓜,蔓子也都是又粗又壮黑乌乌的,充满了汁水,爬向很远,一直疯长在阳光下。瓜蔓下面就是一堆鼓胀胀的地瓜。他种的南瓜,瓜藤在茅屋顶上爬,在院墙上爬,在猪圈上面的草棚上爬。妈妈说:"南瓜长在茅屋顶上,会把屋顶弄坏……"

他连听也不听,只管让南瓜结出最大的果实。那些南瓜个个长得像金子一样颜色,用它们做稀饭、蒸了吃,甘甜醇香……

南瓜爬上墙头的秋天,远处那个镇子就要开大会。那些背枪的人在一天黎明又把父亲押走了。那天他像往常一样起得很早,正在给南瓜除草,来人迎着他就是一声吆喝。他们一边一个押上他,母亲追上去问了一句什么,又被呵斥回来。

她哭着说:"你爸爸——他们这回又用绳子绑他了。"

我听了并不害怕,因为这种事情经常发生。

妈妈说:"过去他们到了地方才用绳子绑他,这一次不知怎么一来就绑了。"

那一天妈妈吃不下饭,坐卧不安。后来她在屋里忙了一会儿,没有心思去上工。又待了一刻,她就急火火往镇上跑了。

我一个人在家也忐忑不安,觉得这一次真的好像不比往常。后来我也跑出去了……

镇子上人山人海,原来这儿正逢一个少见的大集市。人真是太多了,在人空里拥挤,要不停地流汗。我终于看到了一些被绳子拴着的人,由人牵上在人群里缓缓走着。那么多的人尾随着他们,一些小孩子嘴里一边呃着野糖,一边跟上走。

父亲也在这些人当中。

"爸爸,爸爸……"我差不多喊出了声音。我一边喊一边找着妈妈。我找不到。

拴了绳子的人直走到了中午时分,才转回一个临时围成的场地,被推到一溜旧桌子上站了。一场的人都在呼喊;桌上的人不止一次被推下来,重重地跌一下。我的眼睛一动不动盯住父亲。我亲眼见他跌得满脸是血,跌掉了牙齿……

我眼前直冒金星。再后来,我不知怎么跌跌撞撞跑回家。我捂着脸躺在炕上。半夜才听见咚咚的敲门声,大概是妈妈回来了——我把灯点亮,天哪,妈妈扶进来的正是一身黏土和血痕的爸爸。

就从那天之后,父亲就常常躺在炕上了。他的脸色越来越不好,身子越来越瘦。可他还是不断地被喊去做活儿。有时妈妈用草药往他身上抹,手动得稍微重了点儿,他就呼天号地骂起来。

妈妈说,他又断了一根肋骨。

断开的肋骨大概到死也没有长好。他比以往任何时候都暴躁。他用铁条去抽圈里的猪;妈妈一句话说不好,他一拳就打过来。他几乎想跟所有的人吵架,于是那些背枪的人就往狠里揍他。他挨过之后,就在屋里叫骂,一夜一夜折腾。他差不多把家里所能砸掉的东西都砸掉了;砸不碎的,就把它们弄得到处都是凹陷。

妈妈的白发一根接着一根生出……

就这样,我们全家迎来了最可怕的一天。

那天他又骂起来。他喝了酒,在地上呻吟,不知为什么就把走近的妈妈打了一下。妈妈一点声音也没有。我刚喊了几声妈妈,他就一抬手给了我一个耳光。

那是一个阴雨天,小雨淅淅沥沥下了一天。变天的时候父亲就分外烦躁和痛苦,他一个人骂,骂着走了,做活去了。

妈妈在前几天炒了一捧杏仁。她说:炒杏仁多香。

她让我吃。

我出去采蘑菇了。回来的时候,我发现石臼子里有奇怪的一点粉末,闻了闻,知道妈妈用它砸杏仁了。我看到桌上有一个水碗。妈妈躺在了那儿,盖着薄薄的被子。她看见了我,伸手抚摸着我的脸、身子,使劲地吻着我。她说:

"孩子,你一定要好好的,好好听话,不要恨爸爸,不要……"

她嘱咐了很多类似的话。我觉得这有点奇怪。妈妈一边说一边吻我,这是从来没有过的。她把我拍打着,紧紧抱在怀里。后来她又说：

"孩子，出去玩吧。妈妈要睡一会儿，妈妈要多睡一会儿，妈妈累了，妈妈太累了。"

在那一刻我什么也没有想。我注视着妈妈。很久以后我还能记起那一刻的印象。我记得妈妈的脸上有了一层奇怪的白霜似的东西。我走开了。

过了一会儿，也许只是一个多钟头，我听见到我们家串门的达子嫂和老骆喊起来：

"坏了，坏了，看那，你妈妈吃了东西，吃了东西……"

我的头嗡地响了一下。

我那时突然明白了什么——接着什么都看不见了。他们用手指着镇子的方向呼喊，我愣怔了一会儿，向着镇子跑去。

跑啊跑啊，我变成了一只飞鸟……就那样，在那个可怕的白天和晚上，我和医生、老骆和达子嫂，我们所有的人一起紧紧攥住了妈妈，硬是把她从生死界上拉了回来……

金黄色的菊花

一

在那些日子里，如果没有妈妈，没有后来我遇到的几个至关重要的人，我也许同样会选择死亡。除了妈妈，那时让我有足够的理由活下去的，只有老师和菲菲；而同时给我妈妈一样温暖、菲菲一样柔情的，却只有我的老师。

我不记得任何人像我的老师那样，也不认为以后还会有人像她那样，在最不幸的时刻里给予过那样的庇护和安抚。是的，在那些绝望的时刻,她把我紧紧搂在怀里,驱除了我无边的恐惧。她那么温暖,她的全身都散发出一种千层菊的香味儿。

她给我注入了生的希望和渴念……

妈妈很快知道了我把那些开得最好的菊花折下来送给了谁。有时妈妈见一簇菊花开放了,就催促我:"送给老师吧,多好的菊花。"我有时真怕碰掉菊花瓣上那一点点露珠,只想让它颤颤地交到她的手上。看着她面对那束金黄色的菊花发出的微笑,是我最幸福的时刻。她看着菊花,目不转睛,过了好久才转过脸来。我坐下来,有时什么也不谈,就那样静静地坐着。她在我眼里像母亲又像姐姐——如果我有姐姐的话……有一次她问我会唱什么歌,我答不出。因为我从来没有想过要唱歌。

"你一支歌都不会吗?唱一支歌吧!"

"我没有……"

"没有什么?"

"没有歌……"

天晚了,外面,同学的嘈杂声,各种各样的声音,都消失了。我们一声不响各自独处,有时她拿一些画册给我看,自己做读书笔记,或者读书。每天只要在她那儿坐上很短的时间,我就拥有了无尽的欢乐。我可以迎接各种各样的打击而不至于丧气。痛苦和不幸真的一度远离了我。

我有时眼睛离开画册看着她。我的目光使她停下了手中的笔,她问:

"怎么啦?"

我只是看她。

她拍拍我的脸,又重新埋头工作。后来她终于放下笔,与我一起看起了画册。

她好像问了什么,我没有听清。

"你应该高兴一点儿——能吗?"

我点点头。我多么高兴,但这高兴是藏在心的深处。问题就在这里。

她问我平常怎么度过一天——不上学的时候。我告诉她,我大多数时间是一个人,除了和妈妈在一块儿,再就是一个人爬到大李子树上,或者到林子里去……我在那儿静悄悄的,一声不吭,连呼吸都很轻……我告诉她:因为那时各种各样的小动物都出现在四周,它们不知从哪儿飞来跑去,这就让我有机会离得很近观察它们的眼睛,羽毛,它们的模样。"我观察了很长时间之后,它们才发现我离得这样近;我有时甚至一伸手就能摸到它们。它们呼啦一下逃走了。"

她笑了。

"其实我才不会伤害它们。我觉得它们是我最好的朋友,我离不开它们,它们也不该离开我。它们这样对待我,是对我的厌弃和不信任。我在心里默念:'我不会伤害你们,求你们留下来和我玩一会儿吧。我比你们孤单啊,我只有一个人……'"

我说这些的时候,想得最多的就是林中的那只花鹿——奇怪的是这会儿觉得它的眼睛就像一个人——两双眼睛十分相像!我想起来了,那是菲菲的眼睛!我的心怦怦跳了起来,只一声不吭。她一直抚摸我的头发。

我怯生生地把头靠在了她的身上。我仍然在想那只失去的花鹿。

这会儿她说话了,说自己有一个弟弟,像我一般大。

"真的?"

她不回答,只是望着窗外。我觉得她不再回答的事情就一定不该问下去。

我只想哭出来。那是我不能承受的一种巨大的幸福——它有重量,它太沉了。

她离我很近地看着我。我那会儿发现老师的脸上有几个小小的雀斑。除此而外,再没有一点儿别的什么斑点,皮肤光洁细腻极了。我觉得她是天底下最美丽的一个人。

二

我们星期天一起去林子里。这是我的建议。我要带她去看一些开得无比茂盛的合欢树,看一些罕见的从北方飞来的大鸟,特别是去看河口那儿刚刚结成的一片棕色的蒲棒——无边的蒲苇,一片片的芦花,大鱼在下面穿来走去,发出扑通扑通的击水声;各种各样的蟹子抬起两个大螯,在河岸紫穗槐棵里横行来去……我们要一起去看这一切了,这都是我一个人时发现的。这对我来说是一个了不起的节日。其实我最想让她看的,就是那只花鹿。没有了,它永远也不会有了。

那天一大早我就在丛林间那条弯弯的小路上等待。她出现了,一个小斗笠把乌黑的头发遮住了;她还带了一个红色的、扁扁的小水壶。我们手扯手往林子深处走去。这会儿我又发现她穿了裙子,穿了长长的袜子。我真怕荆棘把她的腿划伤,老要担心她的腿。我想荆棘碰上她之前,我会马上喊一声的。她扯着我的手……

她说这一天过得特别愉快。是的,我觉得她从来没有像今天这样高兴。有一会儿我甚至忘记了她是我的老师……只有她凝望远方的时候,才让我感受一份"老师"的严厉。

我渴望,渴望永远待在她的身边。

这些日子里,妈妈每到了晚上就让我去老师那儿做伴——她的催促让我满心欣悦,简直不敢相信是真的。后来才知道,这是老师亲自对妈妈提出的一个要求——一连好几天,一个黑影就在她的宿舍四周徘徊……她害怕了,一开始找菲菲,后来又找我——因为我毕竟是一个男子汉啊……

我和老师睡在一张大床上。我一声不吭地躺在她的身边。我嗅到了一种从未闻过的特殊气息,它多少有点像木槿花的气味。我在心中重复着一种自语,她好像听到了,有一次把我的脸扳过去,一只手抚在我的眉毛那儿。后来她就这样睡着了。我却怎么也无法入睡。她的眼睫夹出了一溜,很长很长。她在轻轻呼吸。我一直看着她一动一动的鼻翼。这样不知多久,像是紧偎在妈妈身边那样,我也沉入了梦乡。"妈妈,妈妈。"我吐着梦呓,簇在她的怀中。

她醒来时脸色通红。我睁眼看着她,突然觉得自己犯了一个不可饶恕的错误,我在迷蒙中吸吮了她。可是我朦胧中似乎感觉到她紧紧地抱住了我。我说:"老师,我,我刚才是做梦,我梦到了妈妈……"

她丝毫都没有责备我。我渐渐平息下来,一颗心的跳动渐渐放缓……我把脸歪到一边。可是再也没法安睡。她的手在我的后背上轻轻抚动,后来又一下一下拍打——她想用这个动作催我入眠,可这个动作跟妈妈简直没有什么两样。

就是那个夜晚,从未有过的幸福像火焰一样把我烧得浑身炽热。我发誓永远也不会离开老师,我想当自己衰老的时候,当很久很久以后,我如果还能记起童年,那么首先就会想起这些夜晚。我的脸庞长时间依偎着她如花的心窝,偷偷洒下了幸福的泪水。她抚摸我的周身,渐渐无一禁忌。她把我弄湿了。我自己几乎没法不去吸吮她。妈妈、老师和外祖母,我的童年,我的少年——让生命永远停留在这个季节里吧!

"外祖母在我睡前总要讲一个故事……"

"外祖母的故事多,因为她是一个老人啊……"

后来老师终于也讲起了故事,这些故事显然都是临时编出来的,轻松而又动听。什么蓝色的湖岸,仙女,公主,黑色的老熊,老熊偷走了仙女,把她放在高高的树上,然后用两只又粗又长的胳膊去摇动树木,仙女从上面跌下来,老熊就紧紧地把她抱在怀里……

我生气地瞪大了眼睛。

"它一夜一夜搂抱着她,让她做它的媳妇。"

"为什么?"

她笑了。

我问:"你也要做别人的媳妇吗?"

这一回她毫不羞涩地点头。

多么可怕呀,我觉得娶她的人一定像老熊一样可怕。老师一声不吭。

有一次她找出了好多相册让我看。我看到了各种各样的人,男男女女,老的少的,漂亮和不那么漂亮的。她一个一个给我讲他们的身世,我就像听故事似的。后来在每天入睡之前,我们就要讲相片上的一个人、他的故事。我听到了好多有趣的事儿,也听到了一些令人扫兴的事儿。他们有的过得快活,有的不快活;有的与她有着密切的关系,有的与她分手并且再也不能相见;有的是她朋友的朋友……照片上有一个穿了水手衫的男人,让我觉得有些特别。他长得不难看,有二十多岁——她总是让我猜他的年龄,我就这样讲了。

她说:"是的。"

"他在哪儿?"

"在很远的地方。"

"他是谁?"

她摇摇头。

"他是你的好朋友吗?"

她未置可否,只说他在很远很远的地方——有一次他出发……

"什么是'出发'?"

"就是出差。离这儿更远一点儿的那个海岛上有一支部队,他回部队时,每一次都要路过这里。"

"后来呢?"

"后来,他也许不再出发了吧,反正好久没有来了。"

"他好吗?"

"你看呢?你看他像个坏人吗?"

"不知道,你说呢老师?"

她在那个照片上抚摸了两下,把相册合上了。

"你如果看到一艘军舰从海上驶过,会怎么想呢?"

我说:我会想到军舰上有一个人站在甲板上,他是一个水兵,正向岸上遥望。他手里有望远镜,会看到你和我。

她把脸转到旁边去了。她的身体有些颤抖。她什么话也不愿讲了。我以为她在泣哭。当她回头时我才发现,她的脸上没有一点泪痕,只是更红了。

接着我无论说什么,她都像没有听到一样。这样待了很久,她才回过神来,然后握住了我的手。

"让我们接上说故事吧。"

我在乌黑的夜色里屏住了呼吸。我突然想到了父亲,想到了这个秋风瑟瑟的夜晚。我几乎能看到那些站在小茅屋后面的人,听到他们低低的咳声。我想到了妈妈,想到了外祖母……我忍住了什么。我想象着在外祖母怀中一样,渐渐安眠……可是没用。

"老师,我睡不着了,真的睡不着了。"

她的身体,手,在这黑影里总是让我想到妈妈。她的手在我的头发上一下一下滑动。"……老师,我是个坏孩子。"

她一声不吭。

"可是我会变好……"

"……"

窗外的月亮升起来了。我仍然没有睡意。夜晚的光亮,那种无处不在的光亮,使我更清晰地看到了她的眼睛。

我的老师,我的老师……

后半夜她也无法入睡,后来干脆坐起来。我们一块儿去看窗外。这时满天的星斗都在燃烧,它们仿佛滴下一些滚烫的岩浆。我还听到海浪在奔涌。多大的浪涛声啊!我说:你听,你听这晚上的海浪,它们就要涌过来似的——我相信它已经很近了!

她真的在倾听。

三

让我无法忘掉的是,在那些秋天的夜晚,在极其悲苦和幸福的时刻,我们曾紧紧地簇拥和依偎。我仿佛寻到了人世间的第一份糕饼和甜泉,不顾一切地吸吮。在那些夜晚的尽头,黎明的窗前,我不敢凝视她的眼睛。

怦怦心跳持续了很久很久。

她抚摸我脑廓的手指那么柔软。在她的抚摸下,我的头发越来越光顺,只有前面的一溜稍稍不同,它们像鸟羽一样鬈在额前。它们大概在用这种方式感谢我的老师。

而我感谢的方法还有许多。使我一发而不可收的,就是为她采来无穷无尽的鲜花。这是我的感激。

可怕的是不久之后。没有任何准备,没有一点先兆,嘭的一声,老师没有了。

可是我手中的鲜花呢?

我说过,我把它藏在了书包里,一直放得焦干,碎成了屑末。

我走向了山野,变成了一只瘦削而强悍的动物。不止一个夜晚,我摸着下巴,感受颌下生出的胡须。有时我也会陷入一个男人的困惑、急切和重重疑虑。这样的时刻,我只有回忆金黄色的菊花以及关于它的一切,才能索回那份安慰。

温柔好比甘泉。她像明媚的阳光一样照亮了我,指引着我的路径。但她照出的远不是一片坦途。在那个脆弱而执拗的少年岁月,我得到了什么又失掉了什么——今后的岁月,我将独自面对无数个夜晚,那是使我恍惑的、漆黑的夜晚,让我深深迟疑和惧怕的夜晚……

金黄色的菊花,摇颤欲滴的露珠闪耀着令人眩目的光芒。我在深夜里凝视它,感受着那种怅然若失和丝丝暖意。我用这一生寻找什么追逐什么?我的金黄色的菊花啊,就为了将它交还,我将在山路上、在荒漠上奔走一生……

几次恍若看到了你的身影,都是虚幻。一切都为了你,祈盼着你,追逐着你,赴险舍命在所不惜。回眸茫夜,夜幕之后仿佛总是渗出了一些秘密。我被它压迫着,鼓舞着,伴我度过剩余的岁月;当我把目光投向更远的远方时,一眼就看到你站在遥渺的高原,看到你在风中飘动的齐耳短发;你的目光正穿过千里万里的风尘向我投来,我就在你的注视下不停地奔走……

四

你走了,留下了我和菲菲。在那个夜晚,那个散发着腥气的旧渔帆下,我们紧紧相拥。本来准备在那儿度过长长的一夜,对外面的喧声充耳不闻。那是永别的前奏,可惜我们当时对那个结局还一无所知。那个海浪翻腾的夜晚只留下了誓言。我不知少年的誓言意味着什么。我们在相互诉说,忠诚相告使人热泪涟涟。在黑暗中我看到了她整齐的、白玉米一样的牙齿。而且她身上真的散发出鲜玉米一样的清气。她使我多少能够忍受一点失去老师的悲恸。一切都短暂地得到了缓解。我的爱有了着落,它原来是这般巨大,这般强盛。就像吸吮老师那样,我又一次重复了那个动作。她慌促惊异的模样会让我记上一生。她让我一次次依偎……这个时刻,我简直可以爱这一切了,海滩上的合欢树,原野上奔跑的棕色小兔,各种各样的小动物——刺猬、天上的百灵……我们那个夜晚都相信这是一种坚如磐石的友谊,一种永不分离的相伴,是蓝天之下独一无二的真诚……我怎么也想不到这中间还会有背叛和背弃,更想不到我们在后来会彼此造成深深的伤害和误解——它将使人绝望得要死……

当我走到了人生的十字路口时,竟误以为是闯入了绝境。我将胆怯当成勇敢,我将欣悦视为悲怆。我走了,宿命般地走进了埋葬父亲青春与希望的南部大山,走得无声无息又凄凉悲哀。就在那个无月之夜,平原送走了一个满是情思的少年……在山隙、在一个人的深夜,那些压抑不住的回忆和漫想啊……而这样的日子里,我的背囊里一直有一束焦干的菊花。

我的老师离开了平原,而我离开了菲菲。

我曾经苦苦地寻你,望着满天繁星大声询问:你在哪里?

从今以后,一个不会变更的目标就是寻找我的老师了。这一束金黄色的菊花在背囊中变成一撮粉末,我也要双手捧到你的襟中。

不期而至的中年,两手空空的中年,不知该诅咒还是庆贺的中年……

中年不是老年,中年不会像个婴儿;而老年就不一定了。中年只是中年。中年一只手扯着悲风,另一只手牵着梦想。所以我仍要不厌其烦地回忆,仍要难忘,仍要怀想;我的秋夜,我的遗失,我用以抵抗的内心,内心里隐下的至宝……就是那些夜晚让我记住了,留下了;那种安慰的深度不可测知,那种永难忘却的经历非我莫属。它甚至没法让我交与挚友,也没法向谁请教和咨询。没有谁、没有任何一种友谊配得上领受……

我幻想着用碱水把它洗掉。可是它就像那种攀援的地衣草一样,一到了自己的季节就在原野上茂长。它们把扎根泥土的绿色给缠裹了……它们靠吸取绿色植物躯体的营养而生,然后一片灿烂。它们不断地在原野上蔓延。一片一片,一片一片,到处都是这灿烂的金色……它们的颜色就像一片片菊花,阳光下,灼目的金色露珠闪烁。露珠在阳光下一闪一闪,像透明的珍珠在花丛间滚动;它们是活鲜的生命。颤颤的金色在秋风里歌唱,一直唱到银霜普降,也还是在唱。

记得当年我不停地去折那些金色,折了满怀满把。妈妈刚开始不明白,说:

"孩子,你把它们都糟蹋了,你一次只可以折一束……"

"不……"

"你干吗要折那么多?"

"……"

后来妈妈知道了……妈妈发出了赞许。

在大山里,狼的嚎叫,乌鸦惨凄的歌声,都不能赶走这彻夜的芬芳。我在那孤零零的山屋里遥望北方,想象那些夜晚;北风凛冽时,我还想到了大海,黑乌乌的海浪涌峰,渔帆的气味,菲菲亮晶晶的眼睛,像白玉米似的牙齿。"我爱你。"我在午夜里独自喃喃。这是我迟迟学会的一个字眼儿,我不曾在妈妈和外祖母面前吐露过这样的字眼,于是再也没有机会——人的一生遭逢的机会总是太少,人的一生总是在错过;就是太多的遗憾和错失让人陷于痛苦——我没能伸手抓住自己爱的历史。

"妈妈,外祖母,爸爸……"我像牙牙学语般默吟,伴着怒吼的山风。我一眨眼就踏上了父亲的山路。冰凉的夜色啊,父亲,我的父亲。

我就是在那些夜晚长出了黑硬的胡茬儿。我过早地度过了少年。

想象中,一只温柔的手掌抚摸着我黑硬的胡茬——你永远也不要移开这手掌,永远也不要……我紧紧地、紧紧地抱住了这只手……

"牵着我走出大山吧。"我说。

依偎和叮嘱

一

我在山中流浪的日子里,父亲死去了。

我不在他的身边,这说不上好还是不好。我当时默默接受了这一不可更改的事实,镇定自若。他也许早就在我心里死去了。

那一天我悄悄从山里归来。并不是因为听到了父亲的死讯,而是被一种奇怪的感觉缠住,以至于非要回来一次不可。这之前我曾一遍遍寻过菲菲,得到的却是比死亡还要可怕的讯息。如果说我尝过了死亡的滋味,那就是因为菲菲。我必须忘掉她,忘掉她的一切……那一次匆匆回返只为了妈妈,为了那长得无边的思念。我几乎一刻也不能耽搁,那么急切地想看妈妈一眼,还有,看一眼我们的大李子树。

赶回平原茅屋时,我还不知道家里前不久刚刚发生了一件大事。

父亲没有了。当最初的震惊过去之后,我首先感到的是全身掠过了一阵可怕的轻松。就这样,一个巨大的石块猝不及防地、永远地从心头搬掉了。接下去的一段时间里,我尽量不跟母亲提到父亲的死。我觉得他的痕迹永远从茅屋里抹去才好,虽然这不可能。

那些天我像刚刚从一场昏睡中醒来。

一连多少天,我都一个人出门,在外祖母的坟地上徘徊。离开她的坟几米远有一座新坟,不用说就是父亲的了。

这一天我在坟地上坐了很久。太阳透过云层,发出暗紫的颜色。新坟上没有一株绿草。一只小鸟飞来,绕过了新坟,落在了外祖母的坟上。

一个背着皮囊和枪的猎人摇摇晃晃走来,叹着气在一边坐了。他望着西边的天光,从衣兜里掏出什么,咳着。他向我举举手里的东西,是一个酒壶。我摇摇头,他就独自享用起来。

我想父亲生前也算个让人瞩目的人物了:臭名昭著。经过这么多年风风雨雨,当地人会怎么看他呢?带着这个好奇心,我问猎人:

"你认识他吗?"

猎人晃着酒壶,听了我的话,咕咚咕咚灌了两口,擦擦嘴巴:"你问那个新坟吗?"

我点点头。

"哼哼,埋了一个怪人,一个苦命人,"他说着又灌了一口,叹息一声,"唉,死了也好啊,反正活着也是遭罪。"

"他怎么'怪'呢?"

"怎么怪?"他瞪大眼睛,"这个人来这里住了这么多年,就是没人听他说过一句话,谁也不知道这是个什么家伙。那些揍他的人也不过是瞎揍,因为他们什么都不知道。老有人揍他。一揍他,他就闭着嘴咬着牙,一声不吭。你想谁不恨这样的人?有时候他不光是不吱声,就连眼也不睁,这就更招人恨。那些背枪的人使劲揍他,一边揍一边说:你这个样子就是不服气,就是揍得轻了。啪一个耳光。他还是不睁眼,不张嘴。你说话呀,说话呀,他就是不说。那些人只得再揍。揍得久了,也都觉得没意思起来,后来也就不愿去动他了。你看这个人怪不怪!我亲眼见那些人怎么揍他,那才是狠哪……"

我咬紧牙关忍住了,问:"他到底犯了什么罪?"

"怎么说呢,"老猎人又喝了一口酒,"谁也不知道他到底干了什么,只听说是个犯了大罪的人,下过大牢;到底干过什么咱就不知道了。也许打仗的时候当过特务?还有人说他当年也神气过,在城里跺跺脚,几层高的楼也要摇晃呢。不过我看他这个瘦干干的模样真不像呢,"说到这里他哈哈大笑,"人哪,爬多高,跌多重,还不如当个草民百姓。这回该打得他乱晃了不是?做个草民多舒坦,愿喝酒就喝酒,愿搂着老婆睡觉就睡觉。高兴了背上一杆土枪,扑通一声打下个野物,老婆孩子一顿好吃。你说是吧伙计?"

他走过来,拍拍我的肩膀。一股浓烈的酒气。

我回头去看那坟,一动不动地看。

他突然"嗯"了一声:"你这小子,你这小子是个'风泪眼儿,风泪眼儿'。"

我知道眼睛里有什么渗出来。我抹了抹眼睛。

"你的眼有毛病。"他说着站起来,歪腔歪调唱了几句,摇晃着走了。

我往前一点,在坟边坐下。此刻,我正面对着外祖母和父亲……

生前,这是两个互不相容的人。最后的年头里,他们和解的时候不多。

听妈妈说,在很早的时候——那时父亲刚刚进入外祖父在海滨小城的府邸,不久就成为这个家庭的一员。外祖母是多么喜欢这个女婿呀,那时她总愿看着他,亲手给他做衣服,有好吃的也愿留给他。而父亲从外面回来总要买一些最新鲜的水果给外祖母,因为外祖母喜欢。她有一个特殊的保健秘方:每天吃一个桃子。她总跟桃子叫"仙桃",说:

"人如果每天吃一个'仙桃',就会长命百岁。"

在城里住时,她还告诉妈妈和父亲一个故事:"有一对老年人日子过得不错,那个'不错'不是指他们富有,是指他们俩和和睦睦的没有什么愁事。他们生了一个儿子,住了一间小草屋。有一天老头子到河边上玩——那时候已经是秋后入冬了,桃子早没了。你想想早就下霜了,眼看就要下雪了,那样的天叫入冬。入了冬哪找桃子去?桃树叶子都落了。可是老头子在河边的一棵小桃枝上发现了独零零的一个大红桃子。这桃子呀,红得刺眼,香味直扑鼻子。老头子就摘了拿回家来。他想这么好的桃子我可要和老伴一块儿吃啊。他们就一块儿把桃子分吃了。谁知吃了那个桃子以后,他们眼见着年轻了,皱纹少了,白头发也变黑了。

"那天正好儿子到山里打柴去了,回来晚了没吃上桃子。结果呢?儿子越来越老,长到六七十岁的时候,他的父母倒是返老还童了,看上去只有四十多岁。他们俩常常呵斥那个老儿子,他做下什么不好的事,他们就说:'你这个小东西,就是不听话。'那些不知底细的人来他们家,听了看了,都以为他们两人不孝:对自家老人不该这样啊。他们不知道那个'老人'才是孩子呢。就因为他没有吃上'仙桃'——那是一个'仙桃'啊!"

外祖母最后在故事中反复强调"仙桃"两个字。

她的话引得全家都笑。所以父亲当年对她好的时候总要买桃子给她吃。外祖母吃了那么多桃子,最终也没吃上一颗"仙桃"。她在坎坷的生活中很快熬白了头发。再后来她失去了外祖父,就跟女儿出了城,来到一个偏僻的小果园里居住了。

她也有了故事中讲的那样的小茅屋,只是没有仙桃,最后就在这座小茅屋里告别了人世。

也就在最后的日月里,她与父亲结下了永远解不开的疙瘩……外祖父在生前曾经与父亲闹翻过;而在这个荒凉的丛林里,父亲与外祖母也没有和平共处——不,父亲在最后的日子里与所有人都闹翻了,他大概要拒绝整个的世界。

当我坐在坟边沉默时,远处传来了一声枪响。大概是那个人发现了什么猎物。

枪啊,武器啊,它们的故事与父亲永远连在一起。那时我害怕倾听一切与父亲有关的故事——只是如今,在他永远沉睡的时候,我才觉得那些故事是如此的诱人和神秘……

就在这片荒野上,父亲曾经枪不离身。但他的枪绝不是打野物用的。那是战争处于最艰难的日子里,父亲的队伍不得不撤回这片荒原上与敌人周旋。一些生生死死的传说许多当地老人都还记得:他们有的能说出父亲当年穿了什么翻毛大衣,大雪天里卧在沙丘上过夜;有的说战斗中心爱的马打伤了,父亲搂着马哭……轰轰烈烈的岁月就这样过去了,一个功臣的结局是进冤狱、做苦役。好不容易熬到归来,父亲急三火四往回奔,一踏上这片荒野,第一件事就是到处寻找战友的坟。可惜遍地沙丘,有的像坟堆一样大,根本就分不清哪些是坟、哪些是旋起的沙丘了。他离开时好失望。

我在想眼前的坟,包括外祖母的坟,它们总有一天会与旋起的一座座沙丘混到一起。这就是不可遏止的一个结局。

多么可怕啊,最终一切就会这样消失……

二

那是一次非同寻常的归来。我在平原上一直待了许久。最后我竟然不知该走还是该留:如果离开平原,我一定要把妈妈带走。因为从此她就是一个人了,她的年纪越来越大,绝不能独自留下。我是她惟一的儿子啊!父亲死了,那些背枪的人尽管对小茅屋不再那样步步紧逼了,可他们还是要时不时地过来盯视……可是,我大山里的日子啊,我在那儿甚至没有一个家,又该怎么安顿年老的妈妈?我有时甚至觉得自己真正的家还是这座茅屋,我的根永远扎在了荒原上……

当时,一个重大的选择就横亘在我的面前:或者留下,或者和妈妈一起离开。经过了一阵权衡,我终于把内心里的决定告诉妈妈:我们一起走吧,因为这里原来就不该是我们的归宿,它只是我们的一个逃难之地,一间避难所,如今到了离开它的时候了。妈妈听了却坚决摇头:"不,我已经离不开这里了。你的父亲、你的外祖母都留在了这里,我日后也是一样。孩子,你得走,你快自己走吧,好孩子听话,走吧,走吧——你爸不在了,可我还有邻居呢——等到哪一天这里太平了,好孩子你再回来……"

"不,我不能让你一个人守在小茅屋里。"

"你不懂,孩子。他们不会让你安生,他们会让你去大山里出伕,会押上你走……到那时什么都晚了。听妈妈的话吧,我的好孩子!你千万不能留在这里,千万不能成为小茅屋里的人。你不光要学会走远路、学会一个人过日子,还要学会忘掉父亲,忘掉妈妈;记住祸从口出,你这辈子无论走到哪里,都不要提到自己家里的人,你要忘掉是从小茅屋里走出去的人……"

"妈妈,妈妈,我不能忘掉!我一辈子也忘不掉啊……因为这太难了!"

妈妈那一刻突然站起来,拢拢白发,伸手指着我说:"好孩儿你刚才说了什么!你该给妈妈发个誓:要按我说的去做,忘掉!忘掉了,妈妈这辈子才能安生……"

妈妈瞪着眼睛。天哪,她让我发誓。我发过了多少誓——我为什么总要发誓?摆在面前的这个誓言不是关于爱,而是关于其他,是让我忘掉自己的血脉、自己的出身、自己的亲人、自己的茅屋!这等于发誓要把自己连根拔掉——这是多么可怕的一个誓言啊!

可是妈妈的目光一直盯在我的身上。这样许久许久,她的语气才变得柔和起来:"孩子,你如果是个孝顺孩子,这会儿就向妈妈发个誓吧:你说,忘掉这个茅屋,忘掉爸爸和妈妈。你今后只记住你是一个山里人,是山里人的孩子——你记住了吗?"

我没有吭声。妈妈,原谅我吧妈妈。

"你如果不起这个誓,就再也不要回来看我了——我也没有你这个儿子!"

我什么都明白。可我还是无法回应。妈妈是怕我今生招灾,所以才在当年煞费苦心,为我找了个山里义父——如果不是这样当机立断,我早就被拉到大山里强制出伕了;而他们惟独想不到的是,当年的我只有离开菲菲,才能让父亲活下来!我就是在这样的紧急关头逃出茅屋的——可是妈妈至今还不知道,我根本就没有在那个义父身边待上一分一秒,半路上就逃掉了。我害怕"父亲"这个字眼,不再想有任何父亲,也不认识那个山里义父,大概这辈子也不会去认识他了。

我恨这种虚假的、可怕的遮掩……正因为这恨,我才要回到茅屋,回到妈妈身边。我不能失去妈妈,不能。我现在面临的苦境是,从今以后要永远失去妈妈——谁能体会这种哀痛?

"不,妈妈,我要把你接走。我要把你带到山里……"

"我的孩子,你错了,你妈在这里亲手送走了外祖母,还有你父亲。这个茅屋就是你妈的命,我这辈子就得守着它过了……"

"那就让我留下,妈妈!你就这一个儿子,让我就住在茅屋里吧,哪怕他们把我押进大山里做苦役,也总有回来的一天啊!"

妈妈背过身去,不再理我。

我只望着她的白发……

"妈妈,妈妈……"

她显然已经下了决心,我恨自己再也无力更改……

这样许久妈妈才转过身来:"也许以后——孩子,也许什么事情都会让风吹走的,真到了那时候我会喊你回来。妈妈这会儿身体还好,再说邻居老骆两口子都是好人,我们两家相处得不错。他们日后会照顾我,我闲着没事也能帮他们做点事情。他们如果有个孩子,我就给他们照看孩子。你放心走吧,等我老了,老得不能活动的那一天,我会喊你的……真有天晴的那一天,我会看着你把媳妇娶到茅屋里来……"

妈妈最后的话让我好难过。真到了她衰老得不能活动的时候,她到哪儿去喊儿子?我这辈子大概命中注定了要流浪一生。在不远的将来,这片平原上将没有一个人知道我是谁的孩子。

"到了那一天,你从山里领回一个媳妇吧。"妈妈说。

大山里有个"媳妇"吗?我不知道。山里的媳妇忠厚老实,温柔韧性,是在石头缝里长成的。她们像树木一样生出来,皮肤也像树木,手脚就像枝权一样粗糙,个个都有一副好心肠。她们会蜷曲在男人怀里,一夜一夜睡得香甜无比——到了那一天我会告诉妈妈,我在山里长大了,而且还骗来一个媳妇。我使用了这个"骗"字,是因为我没有勇气把真实的一切告诉给那个相依为命的女人……这种欺骗带来的负罪感将压迫自己一生。我闭上眼睛,把那个念头压在心底。我只是最后告诉妈妈一声:

"我听妈妈的话,我会离开——不过妈妈千万保重啊,千万保重……"

分别那一刻,我像小时候一样伏到妈妈怀里。妈妈抱住了我:

"孩子,你个子长高了,可你多么瘦啊。你一定要多吃饭,在山里吃得饱吗?"

"吃得饱。"

"把进山以后的事儿,所有事儿,走前都给妈妈说一遍吧。"

"我给妈妈说一遍……"

"不要怕我担心,不要瞒下什么,也不要漏掉什么,跟妈妈讲吧,从头讲吧……"

三

夜晚,这个舍不得安睡的分别前的夜晚啊,我和妈妈相依一起。我真的长壮了长高了,长出了黑黑的胡茬儿,可在妈妈面前我永远是稚弱的孩子。夜深了,当我翻动身体时,妈妈总忘不了给我揪揪被子,有时还拍打着催我入眠。黑影里我睡过去,突然又惊醒过来:我梦中清清楚楚看到了一个白衣白马人呼号着跑过平原。

"雨神,鲛儿……"

是的,我归来的日子正遭遇平原上的连年大旱,上年纪的人又在低声叙说那两个字:旱魃。奇怪的是直到如今也没人怀疑这个妖怪的存在。妈妈说,这几个月来,甚至真的有人在野地里一天到晚转悠,只为了能在焦干的原野上找到一处阴湿之地,发现旱魃的藏身之所。我在深夜听到妈妈翻身叹息的声音,就问了一句:"有踪迹吗?""没有。他们在暗暗地找。"

那些巨大的追打旱魃的场面又闪动在眼前了……整个平原上的村民从四面八方围拢过来,他们破衣烂衫,手举铁锨镐头,还有扁担抓钩,一步步向前逼近。原野上是升腾的青烟,有和尚道士们在做法事。大法师奇怪的装束吓得人们一声不吭,孩子刚刚哭出来就被大人捂上了嘴巴。所有人都向着焦野中心那个奇怪的湿丘移动,这样一天、两天,人们都在露天里宿下,跟随在和尚道士以及大法师的后面。一连十几天不洗脸,再加上大风扬起沙尘、人群搅起泥土,还有烟熏火燎,所有人脸上都挂着脏腻。据说这样正好增添了几分悍野,也给旱魃一些威慑。大法师手举桃木宝剑念念有词,紧跟在后边的是携了武器的民兵。围捉旱魃的事情因为闹得太大,第十天被上边得知,有人乘坐一辆吉普车赶来阻止,刚喊出一句不准大搞迷信活动,就被大法师的桃木剑指了一下。人流汹汹,粗鲁的叫骂淹去了一切。人们继续围捉旱魃。

那一场盛大的灾节本来一切顺利,只可惜发湿的坟丘被挖开了,里面空空如也,没有一丝湿气,哪里还有什么旱魃。坟主是平原上的大家族,他们一呼百应,手持锄镰锨镢打将起来,人群退让避祸,只有民兵向天上放枪。这一场仗直打了几天几夜,死伤无数。天还是无雨,可恶的旱魃正在暗处得意呢。

旱魃捉不到,只怕是一连半月的铺排阵势又会引来雨神,于是剩下的日子里整个平原又鸦雀无声,一天到晚都在惶恐之中……

这里的夜晚啊,与大山里的夜晚是同样的颜色。妈妈还在叹息,不知是为焦枯的平原难过,还是为自己的儿子。

睡不着,我叙说起大山里的日子。妈妈说:"你是他的儿子……你父亲在枪弹下面死不了,在大狱里面死不了;那些背枪的人也折磨不死他。他最后病得多重,还被逼到田里去扛石头、刨地。他照样活下来。他是折磨不死的一个人,一个总有办法活下来的人。你是他的儿子,你真是像他。"

我却一声不吭。过了一会儿我问妈妈:

"爸爸是怎么死的?"

"怎么死的,也许他早就该死了。他身上带着好多伤。他差不多什么病都得过,最后还是活下来。他活着时很少吃药,也不找医生。那次肋骨断了找过一次医生,往上面敷了一些草药也就算了。他什么都能忍。我催他去看医生,催得急了他会骂人。就那么忍着,咬紧了牙关往下挨。我是他老伴,我得像他一样咬紧牙关啊。他不吭声,我也不能吭声。他后来知道自己的日子不多了——你走了以后,孩子——孩子——我必须把这个告诉你,告诉你爸爸在最后那几年里少有的好脾气……"

我有些吃惊。不过我心里却更加难过——多么难得,这个全家的暴君,被我偷偷诅咒的人,竟然……妈妈说下去:

"最后他除了做活的力气以外,已经剩不下一点力气打人了。有一回他揪住我的头发往怀里拉,我往后弓身子——大概费力太大了,他差一点累昏过去。他的手一点儿力气也没有了。我对他说:孩子他爹,你打吧,他外祖母没有了,孩子也走了,就剩下我一个人在跟前让你出气了。你放心使劲地打我吧……谁知他听了这句话就松了手,喘着,躺在了那儿。不过他的眼睛一直没有离开我,一直在端量我。后来他坐起来摸我的头发,一下一下摸。你知道孩子,你爸到后半辈子就没有这样动过我的头发。我流了泪。打那儿以后我不记得他打过我一次,连瞪我一眼都没有。眼前就我这一个亲人了,你爸知道剩下的日子没有多少了。他大概睡不着的时候也要回头看看自己这一辈子吧,想来想去,大概也想不出有人对他这么好过。

"他进了冤狱的那些年里,我一个人拉扯着孩子,服侍着老人。我在这个茅屋里等他,苦苦等他,就等他回来揍我啊。他大概把这些都想过了。趁着这工夫,我也想了想自己这一生。多奇怪啊,我不太后悔。只记得有一段日子我在恨他,不过更多的是因为没了指望,那时候我真是不想活了……就这样,那个夜晚以后他开始对我好了,像换了一个人一样。不过苦日子把他折磨得已经不会说软话了,到死之前,他都没有把他想过的东西告诉给我。我只知道他在最后的日子里想过来了。他看我的眼神也变了。他想和我手拉手过完这最后一年、两年。他饭后没事时还想扯着我的手出去散步——可是那些背枪的人不让他出门;我就扯着他的手在院子里走。我们俩走啊,走啊,那时候我们俩都不平静。我们都想起了在海边小城里的那些日子,想起了你外祖父健在的那些日子……孩子,那时候你爸多年轻……我们俩扯着手在院子里慢慢走,晒着太阳。我们走不动了,你爸断了肋骨,全身是病。他每个骨节里都有毛病,走起路来全身骨头都响,他还要不停地哼哼。不过尽管那样,那还是一段少有的好日子……就这样走啊走啊……

"孩子,你问你爸是怎么死的,那我就告诉你吧。你知道他过去就有'心口痛'的毛病,疼起来不要命,就在地上打滚。最后他就那么打着滚喊:'痛死我了,痛死我了'——要知道你爸过去再疼也不喊一声的……我慌着去找医生,他就喊着喊着死了。过去他在田里做活时如果犯了病,只是那么滚动,一声不吭。他在我面前才那样喊出声来——他就这样喊着死了……"

屋里静极了。我只听见妈妈细弱而急促的呼吸。

"我以前叮嘱过你,不要恨你爸。我知道你心里一直恨着他。他给你带来了一辈子的屈辱,往狠里打你,可他还是你的父亲。他为了让全家活下去就得拼命地做。他要养活这个家。后来我俩商量把你送到山里,因为那是救你的最后一条路……他到最后也没忘你,他是眼望着南山死去的。"

窗外黑漆漆的——起风了,风拍打着窗户,外面有黑黑的树影在晃动。这时我突然想起了房屋后面站着的背枪人——我小声问妈妈:

"他们还在吗?"

"大概不在了,孩子,今夜别去管他们。"

"不,我要知道他们是不是还在窗子后面、还在背着枪……"

妈妈叹一声:"你父亲死了以后,他们就没了心思。他们死盯着这茅屋多少年了,最后只剩下一个老太婆了,他们大概也觉得没什么意思了,倦了。"

我舒了一口气。

那个夜晚余下的时间里,我一直在琢磨着爸爸的病、他死的情景。我不敢想象他在地上喊叫滚动的样子——多么可怕啊,当时已没有一个人能够救他。他在地上翻滚,嘴啃着泥土,痛得两手插进了土里……我问:

"医生怎样讲?"

"医生只说那是内脏出了毛病,不知什么地方破了……"

我紧紧地闭着眼睛。

第 九 章

包　家

一

带着廖紫卫一家的重托，我去包家。

这个长满了榆树的小村子远看黑乎乎的。无论在山区和平原，迈进任何一个陌生的村落，都会让我心中出现一点儿神秘感，漾起一丝探奇的心情。而这一次除了如上的感觉，更多的却是忐忑不安。包家因为廖若在座谈会上的那番喊叫，更因为后来警方的介入，已经对廖紫卫一家恨之入骨，近来不断以各种方式发出威胁。这会儿我踏上街道，尽量镇定着自己。我不知道他们会怎样对待一个替廖家说事的人。

包家在一条窄巷的尽头。这是一个破破乱乱却又十分宽敞的土院，会让人想到一个大家庭。这一家三口显然是接受了前人的遗产——在平原上，一个家族往往相邻而居，当其中的一户如果因为移居或没有了后继者，原来的房产就会自然合并到同族人那儿，中间的隔墙一拆也就形成了一处特别大的院落。

院内冷冷清清。我敲了好长时间的门，才出来一个年近五十的女人。她的头发芜乱，脸也没洗，眼睛像害着病。不过她穿了簇新的衣裤，有些肥大，像是刚刚换上的。她一边开门一边咕哝着

"谁呀谁呀",抬头看人时眨着眼,像害怕强光一样把眼眯成一条线。她端量了好一会儿才哼一声:"走错了门吧?"我赶紧说明来意,解释了几句,特别强调我是受廖紫卫之托,来看望他们的。

"你就是姓廖那个……老师呀?"她还是听错了,脸马上变了色,嗓门一下子增大了。

"不,廖老师一家病了,我是受他们委托来……"

"噢,那你又是他家谁哩?"

"我是他们家……亲戚。"

我完全没有想到对方会这样盘问,焦急中就撒了个谎。因为我知道在这里,如果没有一点儿血缘关系,连做代表的资格都不会有,对方不会与我商谈任何重要问题;不仅如此,他们还会产生各种各样的疑问。

她不屑地端量了几眼,回身喊:"小忠,小忠!"

原来包学忠藏在院门右侧那个矮小的厢房里。这家伙一下跳了出来,一出门就斜着眼看我。

我丝毫没有表露出心中的惊讶,只看着小岷和廖若口中常常谈到的这个同学。从身量上看,他分明已经算是一个壮小伙子了,因为不仅脸上没有什么稚气,而且比所有的同龄孩子都要粗大得多。这会儿我才明白为什么许多同学要怕他了。他的光头刚长出半寸长的毛发,一根根像钢针一样直立,显得野性十足。仔细看,这一双眼睛并不难看,只是这会儿放出了两道挑衅的光,让人看了害怕。我问他:

"今天没到学校去啊?"

他坐在一个草墩上,撇撇嘴:"还没开学呢,装糊涂。"

女人说:"别跟人家顶嘴,喊你爸去。"

包学忠应了一句,好像还吐了一个脏字,扭头走了。

我这才注意到,在他刚才坐过的草墩四周有些很黏稠的褐色东西,靠墙处还放了一张血迹斑斑的原木桌。原来这个院里要经常杀猪。我马上想起包学忠的父亲在肉联厂做屠宰工。还没等我说什么,眼前的女人就咕咕哝哝说开了:

"他爸是给公司干活儿,俺这一家都是公司的人。你有什么事儿来跟俺说,那就说吧。说好了就说,说不好就得经公司了——没法儿,谁让俺家招了这么大的事儿……"

她的话里明显包含了一丝威胁,甚至还有些得意。我告诉她:"是啊,你们是公司的人。不过这事儿怎么也挨不着公司的边儿。我看最好还是在两个家庭之间解决——其实这事儿非常简单,完全是误解,只要解释一下就行了,根本用不着找别人。"

女人故作惊讶地拍一下巴掌:"瞧你说的!你要真是想替廖家帮个忙,就该实打实说话啊。可不能这样诌南山扯北海……"

我实在不明白自己说了什么过分的话,有点哭笑不得。我想还是等男主人回来再说吧。

谁知我闭了嘴,她却再也不能停歇,一声连一声数叨不休:"天底下最苦的就是老百姓啊,世上哪有咱庄稼人的活路。这样事那样事都摊到咱头上了。一家子起早贪黑忙也赚不了几个钱;赚不了也就罢了,没想到还要受一个臭教书匠的气。那些臭玩意儿把书都念到驴肚子里去了?自己觉得了不起,不知道俺压根就不愿正眼瞧他们。这些人顶风也臭四十里……"

我怀疑自己听错了,问:"谁顶风也臭四十里?"

"你说谁哩?就是那些教书的!他们仗着念了几天屁书,自以为了不起哩,拿捏着,看那个酸臭样儿,这会儿欺负起俺庄稼人来了——俺庄稼人又欺负谁去?"

以她的逻辑来看,"欺负人"也要像自然界的食物链那样,有个排列顺序。我抑制着,明白与她发火毫无用处。我知道自己为什么要跨进这个院子,此行的任务是什么,所以尽可能和颜悦色地做出解释。我说:"不能这样讲。大家都一样,都过得不容易,他们现在被这个事折腾得人都病了,更可怜的是,他们儿子的精神已经崩溃了……他们从来不会欺负别人,两人都是非常善良的人……"

女人两手拍打着小腹,并不在乎这个不雅的动作:"听听,什么人向着什么人哪! 还说俺和他们一样哩,这是糟践人哪! 他们算是什么东西……天哎,哪里还有庄稼人的活路啊,连臭教书的也敢骑在俺头上拉屎了。俺跟你讲不清哩,就是他爸回来也没用。你有话还是找苏老总说去吧,事情还不是明摆着? 如今的人见了他手下的腿就打颤,见了老实庄稼人就起了性犯蹄子,尾巴一撅比旗杆还高……"

这些话极具侮辱意味却也不乏意趣,我以前在乡间也听过,但这会儿还是觉得不能忍受。大概她自己也弄不明白刚才这一番话里究竟包含了什么。比如说"起了性"三个字,她就不见得全懂。但似乎不必认真。我冷静了一会儿,想着该怎样把气氛缓和下来。我端量着她,笑笑说:

"我大老远地来了,您也不让客人进屋喝杯茶呀?"

我的话令对方一愣。接着她一直绷紧的脸也松弛下来:"再穷,一口茶水俺还有。为什么说什么,进屋吧。不看僧面看佛面,你又不是姓廖的——那一家人,呸,从头臭到脚,说实在话俺这地场没人瞧得上他们……"

她咕哝着往回走,两只脚重重地踏地。

二

我进了屋,直到坐下来心里还是一直不解:廖家在当地人看来到底怎么了? 廖家因为什么,哪些方面要让他们如此鄙视呢?

屋里寒酸得让人吃惊。我原以为包家在"公司"做事,家境一定不会太差,可眼前这个家空空荡荡,邋遢得厉害,还冒出一股逼人的腥臭——这种气味我在廖家绝对闻不到。我越发觉得她骂廖家的话有点过于荒谬。这气味大概多少来自屋里这些摆设——东间屋的墙壁上挂了一扎风干的猪尾巴；墙根放了一卷未脱毛的猪皮……这些东西都会散发出特殊的气味儿。

她拍拍炕沿让我坐。炕上摊着没有收起的被子，很脏很旧，露出发黑的棉絮。炕席子上有黏糊糊的东西，像是一些地瓜糊糊——平原上的人要在炕上围拢吃饭，中间摆一个矮矮的炕桌……我坐在那儿，听着下面哗啦哗啦弄水。一会儿她把水端过来。水碗黑乎乎的，满是指头印。我接过来。的确是茶水，碗里泛着很大的茶叶。她搓着手站在炕下说：

"俺家可是喝茶的老户，俺家包亮，就是学忠他爹，一年到头杀猪，肚里油水多，要不喝茶，这会儿还不知胖成什么样哩。俺家这个男人哪，一辈子就靠个手艺吃饭，村里人都说他手狠心善——不过心眼好的人就得受欺负，你看看，学校里死了个学生，弄来弄去还要推到我们身上。俺这个孩子从小不干一点儿坏事，就知道跟在他爹后头转，学着揪猪腿，十几岁上就会给猪放血，是把干活的好手。俺跟姓骆的两家无冤无仇，还能做下那事？廖家人多歹毒，把死人的事儿一下栽到俺头上。前几天公安局找上门来了，盘问那个细。这成心是想弄塌俺的日子啊。作孽啊，他们念了书，心里有了鬼道道，就祸害起庄稼人——庄稼人有什么法儿？逼急了还不就是跟他们拼上？最后大不了一死，跟杀猪一样，一放血一蹬腿就完了。实在没了法儿，咱又能怎么办？你说是不是？你要是个明白事理的人……你看，我到这会儿还没问大兄弟叫什么名啦……"

我告诉了她。

"噢。是宁家大兄弟。我知道你是廖家亲戚，自然向着廖家。不过但凡是人总要说句公道话吧。你也是个识文断字的主儿吧？

该不是那些两嘴一张一闭白吃饭的酸臭物件——俺看你没戴眼镜,衣兜上也没插水笔。不过你也不像个做粗活的人,这个俺一看就知道。你要是个走南闯北的人就该明白:天底下就数庄稼人过日子不易哩,躲事都躲不迭,最怕的是身上招官司啊……"

正说着院门响了,她立刻转身出去喊了一声:

"包亮啊——家来!人家老宁大兄弟来了。他是廖家亲戚,给廖家说事儿来了。有话好好说,别对人咋咋呼呼,俗话说有理走遍天下,无理寸步难行。先把手上的血洗一洗……"

原来她男人回来了。这个汉子低头走进院子,谁也不看,解下油布围裙,又扑通一声把什么扔在屋角,铁青着脸,弯下腰在铁盆里细细搓手。我发现他的背上都沾了血,胳膊上也有一些血,可能正在工作就被喊来了。

包学忠从窗外往里望。他手里捏了一条生肉,一边看一边往嘴里塞。我愣住了。赶过来的女人又喊:

"小忠我叫你偷肉吃,公司看见了剥你的皮!"

吃生肉的孩子把脖子一缩,弯着腰跑了。

包亮洗完了手站起来。这个人并不太胖,中等个子,好像满身都由结实有力的筋脉组成。我想这是一个干练有力的人,做起活来一定是把好手。

包亮一开口说话稍微有点口吃,甚至还有点木讷,仰着脸:"你来替、替廖家说事儿?廖家怎么自己不来?你这会儿能主得了人家的事儿吗?"

"他们病了,我替他们来这儿也一样。我今天主要是想来作个解释……"

"来解决事情?"

"不,来解释一下……"

"噢,你想给他们洗刷,你洗得干……干净吗?"

我不知道"洗刷"什么,无言以对。看来跟他讲话也很困难。我琢磨着怎样说更好,就想从头说起:"……事情是这样的,他的孩子眼看着一个最好的同学死在自己怀里,受了很大的刺激,一时神经错乱了。廖若的病很重,这是明明白白的,谁都看得出来的。这样的情况下他说包学忠干了什么,是决不能作为依据的。从精神分析的角度看,这只是一种错觉。这是再清楚不过的了。当时你要亲自听听那孩子说话就会知道,他已经前言不搭后语。所以千万不能较真,再说他们都是好同学好朋友。请一定不要让包学忠再到廖家去闹了,这样会对廖若造成更大的伤害,对两家都不好……"

"对我们不好?那我们等着人家警察进门铐起来才好?"包亮说着往前上了一步,做了个戴手铐的动作。他的两眼鼓得溜圆。

"不会那么严重,事实毕竟是事实,这一点随便一个人就会看得出:廖若已经精神失常了,他当时正处于非常时期,看人眼睛都发直……"

"他发直!他鬼着哩。你说他是个直心眼儿,那我们就成了、成了弯弯肠子啦?"

我叹了口气,"您看,廖若当时并没有说包学忠一个人做了那事儿,而是说自己也参加了。他如果真有害人之心,那就不会把自己也扯进去。"

"天哩!"包亮把手一甩:"鬼呀,这才鬼呀。他只说跟我们家学忠掺和了一、一块儿,可没说主犯是谁。是谁?到头来还不是学忠?杀猪人的孩子嘛!再说人家还占了个主动揭发的光,将来抓到局子、局子里去,砰一枪把学忠打死,他也顶多铐个三年二载,这个分量谁不、不明白?就算俺是庄稼人,是土里刨食的人,也不能糊涂到这、这般田地……"

女人拍着手逼过来:"就是呀,就是呀。俺家包亮说得对哩。

俺家包亮凭手艺吃饭,从不做对不起人的事儿,宁让人欺,也不敢惹人。看看老实了一辈子,这会儿让天上掉下来的石头把头砸了个大窟窿。俺好生生过着,谁想到让人反咬一口,警察也招了来。没毛病人家警察来干什么? 邻居家探头竖脑往咱这儿瞅,你让咱的老脸往哪儿搁? 俺这孩儿别说杀人了,别说祸害同学了,他连学校都懒得去。忠儿忠儿,"她说着喊起来,"来哩忠儿!"

刚刚吃完生肉的包学忠甩着头走进来,大眼一翻一翻,露出很大的眼白。他直直地看着父母。

女人指着我:"你跟这个大兄弟说说,你一年才上几回学? 还不是一天到晚跟上你爸做帮手?"

包学忠狠狠瞥来一眼,坐到一边去了。

女人又拍着手:"俺包家往前数上几辈都是老实巴交的人。廖家亲戚啊,你或许是个心里透亮的人,或许念过一些古书,不能不知道——俺的先人是'老包',就是有名的包青天哪;'包大人'在开封府谁不知道? 俺是'包大人'的后人哩,还能做出那样的下作事儿?"

我再也忍不住,我知道这可能是别人拿他们开玩笑,他们自己倒当了真。我笑了出来。

包亮说:"你也不用笑,女人说话没有准头,不过还真让、让俺女人说准了。不信你去问、问俺公司里人,谁不说俺是'老包'的后人……"

我说:"就算是吧,那你们更应该知道廖若的话不能作数……"

"听听,"包亮嘴上极少的几根胡子往上翘着,"听听,谁办案也不能撂下这、这样的话头不管哪,他说的是什么? 是俺家学忠杀了人,杀人案哩,人命关天哩! 俺家学忠的头不值钱,可那也是俺孩子呀,俺还指望着让他干活、养老送终哩。我能眼瞅着让廖家把他送、送进局子里咔嚓了? 没那么容易的事儿! 俺这回跟廖家没、没个完。他不把话讲明了,俺就跟他来个白刀子进红刀子出。你以为庄稼人就那么好、好惹啊?大兄弟,人逼到数儿上谁怕谁?嗯——他觉得读了几天狗鸡巴书,眼上戴了副屁、屁镜——那在俺眼里等于驴捂眼——就了不起、起哩。其实俺庄稼人压根就没瞧、瞧在眼里。有什么了不起?还会干个什么?不就是一天到黑在家里砸、砸那个破铁盘子吗?依我看他们真是日得轻了!"

最后一句我明白了,那是指在家里弹钢琴。我心中被愤懑淤塞,一时竟不知该怎么说了。我只得听下去。

"你不知道,听口音你也不是在这边常住的人,你哪知道你那亲戚是什么人,他们在这围遭笑话大哩。哼,这样的人做事能有准头?他们什么事都干得出。有人亲眼见他们两口子手扯着手钻到树林子里捣鼓那、那事儿哩!你想想,什么事在家里做不下了?在家里不是尽耍尽恣?跑到沙滩上、树林子里去疯浪,还不是吃饱了撑、撑的!连这样的事都有脸去干,你想还能调教出什么好孩子来、来呀。告诉你吧,你是他亲戚,俺今个有话就、就跟你说:廖家两口子都是'半吊子'。你就不看一看,正经人哪有吃了饭手扯着手胡、胡溜达的?俺这庄里捡粪老头也不止七个八个了,谁没看见廖家两口子手扯着手胡溜着玩、玩儿?谁没见他们一块儿钻树林子?俺跟这样人家还有理讲?他们吃饱了撑的,没事了就瞎捣鼓、捣鼓事儿,捣鼓到俺包家身上了,这还不是秃头上的虱子,明呀摆着……俺包家人再痴再傻、再穷,也不能眼瞅着让两个'鸡巴分子'给送到局子里去!你说是吧?"

女人点着头:"这话真是一点都不假!"

他那样叫"知识分子",我觉得倒很新鲜。我故意问一句:"什么分子?"

"就是那样'分子',我也不怕你听了不高兴,不怕你厌弃咱。在俺眼里就是那东西:'鸡巴分子'……"

我想该把话题转一转了。我的牙齿已经有些发胀。劳动者与知识分子之间的关系,究竟是谁、从什么时候开始,被挑拨到了这样的地步?这不是今天,而是我一再遇到的一个命题。好像是列宁说过这样的话——"假如我们唆使人们去反对知识分子,那就应当把我们绞死"——天,可见在他眼中这是怎样的大罪……我忍了又忍,总算扯到了孩子的学习上:

"不管怎么说,还是应该让包学忠到学校去,他这个年龄正是学知识的好时候,不要让他一天到晚在公司里转,那样并不好;应该让他争取考大学……"

女人看了看男人。

男人从柜子上端来了一个纸笸箩,里面盛了烟末。他捻了捻烟末,又从一边找了张破报纸撕下一块卷了,吸着:"考学这个事嘛,也不能说是个坏事儿,不过这要看让谁去做、做了。各家都有自己的盘算……"

"即便考不上学,多学点知识也好啊,将来做各种工作都需要的;在信息时代里没有文化是不行的……"

他听了,看看手臂上没有洗净的血,嘿嘿笑着。那种笑其实也表示了最大的轻蔑。

三

接下来的一段时间,包亮出语惊人,"系统地"阐述了他对人生、对前途事业之类的看法:"是龙就是龙,是虫就是虫,能行的,有本事的,不考大、大学也蛮有出息;没本事的,天天上大学也还是白搭。你看廖家两、两口子不是正经大学出来的吗?穷得叮当响,连肉骨头汤都不舍得喝,这一围遭谁又看、看得起他们?你再看看人家'得耳',就是俺董事长,老东家倒没念几天、几天书,可又谁不服人家?市长也得敬着他哩。一句话啦,什么都有一定之规,强求不得哩。俺家学忠也不想吃鸡、鸡巴分子那碗饭。俺家学忠只想把手艺练好接下班儿。他十几岁上就会给猪放血,剥皮剥得干、干净,不沾一点肉,也不伤一点皮子;他就是做这个的好手,别的俺也不稀罕。这年头做这个的,别的不说,多吃点好东西,猪下水咱买才花、花几个钱?那些'鸡巴分子'挣那几个钱还不够俺捅几刀的,连瘦肉都吃不起,前些年要买便宜肉还要走俺、俺的后门哩。你知道学忠他们那个学校的老、老校长吧?那人书底子怪厚哩,能倒背'三国'。今个又咋、咋样?还不是托俺孩子来家买点猪大油回去?告诉你吧兄、兄弟,这年头庄稼人就信服实实在在的东西。哎,有口好酒喝,有块大肉吃,有点儿零钱花花,管比什、什么都强。什么大学小学,那是拿来晃人眼的,咱不是学那个的材料,它在咱眼里也就狗屁不是哩!"

我听得认真。因为从某种意义上来说,从他的自身逻辑上来讲,这些话也许并无大谬。而且他这番话也真够分量。不过这倒越发让我害怕,让我不敢太多咀嚼这其中的意味。我现在想得更多的是眼下,是怎么去说服这一家人,怎样让两家人和解。我明白他们是在另一种生活轨道里运行的人,出奇地固执,也确实更为顽强和有力。我只是找不到合适的语言。我感到了无语的痛苦。

包学忠在我和他父母对话的时候觉得无聊,就摸出了一把小刀,在一边的石头上吐着唾液磨起来,发出了哧哧的声音。这引起父母的注意,他们回头看了一眼。包亮回头对我说:"我孩儿在制一把、一把劁猪刀。"

我听不明白。

"人哪,多学点手艺不吃亏哩。这不是,他自己想学劁猪——嗯,就是给公猪母猪动动刀儿,给它去去性儿——那就长得肥壮了。以前也有劁猪手,老、老了,眼花了下不准刀儿,按不住猪腿儿——猪蹄子一下蹬上去把、把嘴撕开了一道口子。弄到后来村里人要劁猪,都到十几里外去找人。你也别小看这活儿,'得耳'老东家大发以前就劁过猪,听说这会儿高兴了还动几刀哩!俺孩儿心眼不孬,他自己琢磨起这活儿来……"

我注意有关"得耳"那几句,暗暗吃惊。我点点头,想用怎样的道理说服他。我说:"即便是将来接你的班,到肉联厂工作,也应该有一定的文化知识。比如说屠宰厂都是机械作业,那时一个文盲恐怕也不行吧……"

想不到女人听了哧哧笑出来。包亮使劲吸了几口烟,眯着眼:"你以为俺肉联厂就不是'机、机械化'了吗?"

"那你怎么全身溅那么多血,还要动刀子?"

包亮扔了烟头:"我跟你说过嘛,那些洋里八道的'鸡巴分子'弄出来的东西没有一样管事儿……"

我越发糊涂了。

"使上那套玩意儿,不是这个零件坏了,就是那里卡、卡住了,再不又停了电。好不容易哪里都没有毛病啦,'带头猪'又病啦!"

最后三个字让我好生奇怪——我从来没有听说过这种猪。我再问,他就咧咧嘴:

"这也不懂!就是把猪群往屠宰机里领的那头猪,那是费好大劲儿才驯出来的,它要走在宰杀的那群猪前头,就叫'带头猪'哩。"

我还是不明白。

他哼哼着,有些烦:"这还不明、明白?那些等着进机器挨宰的猪都拥在一块儿,不愿往那、那个入口里进——想想吧,进去又是涮,又是打,又是剥皮,滋味不好、不好受啊。猪儿们再笨,也能明白个一二三,它们心里有数哩。这怎么办?有人想出了好法儿,就是训练一头听话的好猪儿,让它先在头里走——不过可不能杀它,让它从入口进去,再从另一个小门把它放出来。这头猪宝贵着哩,千万不、不能伤着。它在头里走,别的猪以为没事哩,都跟着跑进去。其实里头刀枪剑戟上着哩……我们屠宰场这'带头猪'用了五年哩……"

这真是一个闻所未闻的故事。不知为什么,这只"带头猪"总让我想起其他的什么——那是生活中的某一类人,他们专门依附、出卖,引人上钩……包亮说着把脸一板,再也不往下说了。他盯我两眼:

"'带头猪'也好,不'带头猪'也好,闲话少说吧,反正俺包家今个只有一、一个要求,就是让廖家那个臭小子去跟上面说个清楚:俺家孩儿与果园里那个小崽的死没一点粘连,不关我、我们的事儿。俺也管不了他死啊活的,反正俺又救不了他。只要公安局不再来找麻烦就中。就这哩!"

我说:"这当然会做到的,但暂时还不行。因为廖若还病着——等他好了那天,他会对自己说过的每一句话负责的。眼下他还没有这个能力,他的话不能作为证据,而且公安部门也不会采信。"

包亮老婆尖着嗓门喊起来:"天哩,这个大兄弟说的话多中听。天哩,那俺家学忠就得硬等着他把脑瓜子长好,他要一年不长好,俺就得一年受牵连,他要这辈子长不好呢?那么俺学忠这辈子就完了!兴许等他的脑瓜子长好了那天,俺家学忠要在大狱里长出了白胡子哩。俺可等不得。再不行俺家学忠也会反口咬他,俺家学忠念书描花不行,咬死理儿也不比他家孩子差……"

包亮烦烦地摆手:"别说了,不行就经公司吧,如今咱找苏老总手下的人吧,主事的是他,到了他那里说不清的也说得清了——你看咋样?"

这是一种赤裸裸的威胁。但我不会怕那个苏老总。我说:"不必把事情搞得太复杂,因为事情明摆着,有关部门一旦做过初步了解,就不会再查下去了,也不会缠住你们不放的……"

"看看你说的，"包亮瞥一眼女人，"你看看这个大兄弟，他以为咱的工夫也和他一样不值钱哩。咱是穷人穿裤子，不长不短凑合着用。廖家是什么东、东西，闲工夫多得像猪毛。嗯，俺可是动刀的人，万一心里有个事儿牵挂，一刀捅斜了就要出大事。有一天苏老总手下人问俺：老包，怎么蔫蔫的，摊了什么事？我告诉他，了不得哩，人、人命案子哩。苏老总手下人吓了一跳，不过人家到底是经过大事的，说：什么也甭怕，好好给我干，有什么事儿我担着。看人家多义气，说完就、就走了。其实我也不敢麻烦他。如今实在是受不了啦，才把事儿从头到尾告诉了他。了得，他一拍屁股说：你把那两个东西给我立马擒来——你看姓廖的自己臭美，人家苏老总手下的人才不把他当个物件。到时候我一手一个就能把他们抓到苏老总眼前，像捉小鸡似的。可我先不那么做，我只传话让他们来见就中——再不来，苏老总手下人火了，也会把他们绑来。到那时来也得来，不来也得来。今个你代表他们来、来了，好吧，你可得好好'代表'，你可得做个说了算的主儿。要不你白跑一、一趟，还要受些牵连……"

我吸了一口凉气："什么牵连？"

"什么牵连？你、你来代表廖家，那就等于是廖家了，是不？"

我没有回答。

"那好，我问你，我们见了廖家的人，先要咋办？"

"怎么办？"

包亮站起来，伸出没洗净血污的那个黑巴掌说："伸手就是一掌啊！"

我吓了一跳。

"一掌就拍到姓廖的胸口上，然后，嗯，把五根手指这么一弯勾啊，就把他的衣领揪住了。咱揪住他也不打，也不骂，嗯，只把他揪到苏老总手下人那儿。嗯，看他还敢再胡说八道，敢作践咱庄稼人。让他把话说个清楚,嗯,话不说不明,灯不挑不亮。嗯,到底怎么回事,你给我说个清楚哩!你'代表'他、他们,你能受得了这个吗?"

我不由得站起来。我脸上有些燥热,往旁退了一步:"我代表他们来讲理,又不是来打架的!"

"讲理儿?那也中,咱要实打实地来,有一说一有二说二,嗯,三下五除二,嗯,九九归一……"

最后他只催促我早些去见苏老总手下人:"人家说结了,咱也就结了,苏老总的人说不中,咱就不、不中,咋呢?打官司告状,要车要钱,都有公司担着。你也知道,我是人家手下人儿哩,人家一月给我七百八九十元哩,也不能白、白拿着。"

我觉得他的工资并不高。

包学忠在一边磨刀子的声音更响了,发出了吱吱的尖叫。包亮呵斥一声,把他赶到外面去了。

正这时院外响起了刹车声。透过窗户,我发现一辆黑色的小汽车停在了外面。我有些吃惊:"公司来人了吗?"

包亮抱起膀子,不屑于回答的样子。

进来的是一位干练的小伙子,脸色乌紫,留了短发,腰上扎一条电镀钢腰带,手里还拿着对讲机。

包亮夫妇赶紧点头,慌慌地往旁闪一下。可那人并不搭理他们,只是看了看我,对着手里的对讲机说:"主任,主任,那个人到了,那个人到了……好的,明白;好的,明白。"

他把对讲机收起来,抖着腰问:"你是廖紫卫吗?"

我点头又摇头。包亮夫妇赶紧作了说明,然后拍着手:"就是哩!就是哩!"

他哦哦两声,不耐烦地挥挥手:"那请吧!"说完又掏出对讲机咕哝了几句。

我问:"到哪去?"

"我们老总请你——看你一张纸画了个鼻子,多大面子!"

我迟疑着。但我没有拒绝。

"请吧……"

公司之歌

一

黑色"奔驰"在乡间小路上飞速行驶。我颠得难受。原以为苏老总就在这个村子西侧那些彩色楼群里,谁知汽车穿过了楼群还要往前。季节已近深秋,气候宜人,不知为什么司机非要打开空调不可。车内凉得很,我要求关上制冷器,可他就像没有听见一样。车子刚刚出村,小伙子拿起对讲机就嚷上了:

"喂喂,报告主任,报告主任,已经出来了。对,对。"

他神色肃穆,只望着车窗,对其他一概不理。车子再往前一二华里,然后拐了个弯——原来是到不远的那个邻村。如果车子在两村之间走直线,顶多只有两三华里。可这车子后来攀上一条新铺的柏油路,这就多出了好几公里。离前边村子很近了,可以看清村子东侧那一幢幢式样奇特的别墅群了。我想那大概就是苏老总的老窝了。车子进入街道,小伙子又冲着对讲机呼叫起来:

"喂,报告主任,报告主任,我们进来了。对,马上就到。对,对。"

这时我已经给冻得不能忍受,我想这是存心要使我感冒。

进了村子,车子却越开越快。这个村子的街道很宽很平整,就像是专门为这辆车准备的。街上的人都笑嘻嘻站在那儿。那些抱着孩子的妇女盯着这辆车,兴高采烈。车子在一幢很大的蓝色别墅跟前刹住了。小伙子开了车门,摆一下手,另一只手在车门上方挡着,等我下车。

我被小伙子引进院内。

院里养了三四条狼狗,一齐吠叫,小伙子冲其打了个响指,它们立刻安静下来。但是它们在我进入室内的那一刻,都瞪着蓝幽幽的眼睛上下端量。每一只狗的耳朵都直立着。

室内是铺设精致的木地板,地板中间铺了很花的一块地毯。进门是一个大厅,厅里摆放的不是沙发,而是一些红硬木太师椅。正中一把稍大些的面北朝南,两边是小一些的太师椅。壁上挂了很多名人字画,我特别注意到了正中的椅子上方悬挂的画是一只凶猛的老虎,老虎两侧挂了一副对子,上联是:虎踞龙盘今胜昔;下联是:天翻地覆慨而慷。

我想那个太师椅上一会儿就要出现那位苏老总了。

我被安置在大太师椅旁坐了。一个穿缎子旗袍的小姑娘端了一杯茶放在案几上,又转身离去。只有我一个人在这儿。我取过杯子,立刻闻到了浓烈的香气。这是一种茉莉花茶。可是喝着热茶身上还是有点儿冷。我想让滚烫的茶水暖和一下,很快就把一杯茶喝尽了,只等有人来给我添水。大厅里静极了。我在厅里踱步,想看看这些字画都是由什么人捣弄出来的。我发现所有的字和画都狂躁而蹩脚,作者的名字有的知道,有的从未听说过……我足足等了半个小时。

我知道公司的人有一个共同的特点,就是特别珍惜时间。瞧他们用飞速的轿车接我,一路上还不断报告行进状态,何等紧急。可同样是他们,偏偏又让我干等这么久。

屋里响起了嗡嗡的蜂鸣声,后来我才发现在小椅子旁边有一个小小的扬声器。它刚刚响过,那个小伙子就从边门进来,冷冷地说了一句:"对不起,请稍候。"

还要稍候?这时他身后才闪出了一位个子高高、肚子很大的人。这人西装革履,头发梳得又光又亮。不过我马上看出他西装的颜色跟那条紫红的领带并不搭配。他面带微笑,一进门就伸出了肉乎乎的大手。

小伙子介绍:"这是我们公关部潘主任。"

我原以为他就是苏老总呢。潘主任说:"请,到我的办公室去坐吧。"

我想他一定是领我去见苏老总吧。穿过了一条宽宽的走廊,往右边拐了一下,进入客厅隔壁的一间屋子。小屋门口有块牌子,上面有"公关部"三个字。我还以为这座小楼就是苏老总的窝呢,看来这里不过是他偶尔光顾的一处办公地点。我问:"你们老总在这里上班吗?"

公关部主任点头:"这是一个紧密型的办公系统,同属于公司总部。"

我听了有些糊涂。我在公关部主任对面坐下。这时又进来一个姑娘——不知是不是刚才那一个,反正她们长得都差不多:一样的小巧玲珑,胸脯高耸,目不斜视地端茶送物。她在我面前放下一杯,又在主任面前放下一杯,旋即离去。主任让烟,我摆摆手。他在桌子上的一个圆形器皿上轻轻按了一下,升起了一寸多高的火苗。他点上,舒服地大吸一口,说:"听说你刚来平原上,是从省会来的;这是近年来的第二次了吧?出生地嘛……"

他们竟然对我了解得如此详细。可能还远远不止于此呢,可能他说出的只是已经掌握的全部情况的一小部分而已。

"敝人姓潘,潘新财。"他掏出一个花哨的名片。

我看了一下名片,这才明白是"潘莘才"。不过我总是固执地认为他叫"潘新财"。我把名片装到了衣兜里。我没有名片,就把名字写在一张纸上。

他看了看,指点着纸片:"电话呢?阁下的电话呢?"

"我没有电话。对不起。"

"噢,那也可以,可以。"他把纸条小心地收到一个小夹本子里,又放进上衣口袋,"宁先生回来一趟有何贵干哪?"

我告诉他这儿是我的老家,另外在那个海滨小城里还有一些公事要处理……

"噢。听说您此次是代表廖紫卫来协商的——那事儿涉及到我们公司,所以我们老总要见见您。他对您也是久闻大名了。"

"对不起,您说的老总是'得耳',还是姓苏的老总?"

"苏老总。'得耳'是董事长,那是更高一级的……"

他笑的时候,那长长的香烟差点儿掉下来。

我说实在抱歉,打扰了。

潘新财(莘才)摇摇头,大笑:"没什么,是我们打扰您啦。我们正好可以交个朋友,认识一下。事情嘛,也没有什么大不了的。本来我们老总马上要见您,可不巧这儿出了点小事,他得待一会儿才能过来。"

"如果你们有事,我就走了,别耽误了你们的正事。其实我也很忙。"

"哪里哪里,请您一定耐心等候,只等一小会儿——我们老总正在后边有点事情……真是对不起啊,真是抱歉啊!"

二

在等待总经理的这段时间里,潘主任无话找话,尽可能不让这儿冷场。他闲聊起来,说着公司以及他本人的一些事儿,从口气中很容易听出他对自己目前的地位非常满意。他说自己正是在我这个年纪到本公司来的——原来在一所大学里,刚拿到博士学位不久就被招聘到这个公司—集团里来了。"你别看这个公司现在的规模啊,那时还不是这样的。当然那时也很了不起的,上边很多领导同志都来参观过,很了不起的。我来公司第二年就当了主任。我们这个年纪正是做大事的时候,不为人先,不敢开拓,那就什么也干不成,干不成……"

我说那当然,"你的事业如日中天"。

他满足地笑笑,按了一下桌子上的按钮。那个小伙子又出现了。他们耳语了几句,小伙子退下去了。

接下去我没听清他又咕哝了些什么。桌子上那个小扬声器又发出了蜂鸣音。我知道这次那个人要出现了。公关部主任站起来,伸伸手:

"请!"

由他在前面引路,我们又穿过一段走廊。走廊上的深红色地毯很厚,踩在上面感觉很好。走廊大约有二十几米。走廊的尽头出现了几个金字:总经理室。刚到门口就出来一个打扮入时的女郎:长发披肩,浓妆艳抹,双手合着站在那儿。可是走近了我才发现,这人是个小伙子!他脸上是标准的微笑,像蚊子似的哼了一声,生怕惊起尘埃:"请……"

潘主任把我引到这儿就算完成了任务,对他微微点一下头,然后悄无声息地走开了。

出现在我面前的是一个足够气派的办公室,它是如此豪华宽敞:那个异型大写字台的台面足有四五个平方米,是纯乌木做成的。一边的小工作台上有电脑、传真机和小型复印机,还有一两部电话、扫描仪、装订机、碎纸机之类。极为茂密旺盛的绿色盆景植物、滴着叮当水声的上水石假山青苔茵茵。一个像大地球仪模样的石球正在小喷泉上缓缓转动,一只射灯把它照得晶亮。一排红硬木窄体书架抵墙而立,一扇到底的玻璃门内透出一卷卷烫金书脊。办公桌一侧几米远是一圈深绿色皮革沙发,中间是蓝得逼人的手工地毯。正在我把目光投向沙发旁那个造型奇特的阔罩大立灯时,好像突然飘过来一股怪味儿。我赶紧屏息转脸:不知怎么,进门后我首先注意到的是这个办公室的摆设,而不是那个主人——直到这时我才注视了一下办公桌后边的人:这人脸大,气色不太好,大约有五十多岁的样子。他坐在写字台前,听到有人进来并没有抬头,而是继续低头看一份材料,还微微皱眉,面容肃穆。我觉得奇怪的是他的打扮,这与整个建筑物、与办公室的陈设,还有我刚才见到的所有人都极不协调:肥肥的裤子是黑色丝绸做的,过分的柔软宽松;脚上蹬着黑布鞋,方口上露出了雪白的线袜;扎了腿带子;上衣是一件灰色绸布衫,半敞着怀;右手持着那份材料,左手却在不停地玩弄两个琥珀色健身球。他又看了一会儿材料,这才把脸仰起,继续转动着两个圆球,向我淡淡一笑:

"对不起,让您久候了。"

他摆一下手,请我坐在对面。这时,就是刚才在门口迎接我的那个长发披肩的小伙子上了一杯茶,留下一个微笑退出。

他"哦"了一声,放下手里的东西。

我笑了。接着连我也不知道是不是故意这样发问:"您就是'苏老总'吧?"

他"噢噢"两声,轻轻咳着,伸手示意一下,先自到旁边的一个沙发上仰坐了,一下下梳理着头发:"你的情况哎,我多少知道一点哎。此次请你来嘛,当然也是为了包家的事情,不过这可不是主要的;主要的还是、还是互相认识一下喽。嗯,认识一下喽。我这个人嘛,别看是个老粗,不过还是很喜欢文化人的了,在我这儿,博士硕士什么的一抓一大把哩。嗯,是这样的……"

他说起话来稍微有点拖音,还有一点想极力模仿、却怎么也学不像的南方口音。

"我是来代表廖紫卫夫妇向包家解释一下的。他们两家不该相互误解。那个孩子因为受了很大的刺激,神经有点紧张,难免就语无伦次,对这样一个孩子说的话不能过于认真的;而且廖紫卫夫妇在这个时期已经十分困难了,希望他们能够彼此体谅一些……"

他把手轻轻抖了一下:"请不要谈了。"

我一阵诧异。

"小事一桩,不值一提嘛。我让秘书告诉包家,不要再去打扰就是了。我不想谈这个,小事一桩嘛。不要说那个事情不是包家孩子干的,就算是,也没有什么大不了嘛。"

我听了大吃一惊,不得不指出:"如果真的发生了那个事情,那就成了一件很严重的案件,谋杀案!"

他伸出一根手指在眼前晃动着:"无所谓的事情嘛,"他戴了大个戒指的手端起杯子,呷一口,"这个,本来嘛,老包是公司的雇员,公司里的人,他那个部门,就该稍稍关心一下。事情嘛,既然你都出面了,那也就算了。没有事情了——我可以正式通知你。现在我们还是谈点别的吧……你如果有兴趣,可以先参观一下我们的公司,嗯,参观一下。刚才我为什么来晚了?因为我正在审查《公司之歌》。现在要有这个喽,尽管都是一套'花活儿'。我们请京城'高人'作了一首,结果还是马马虎虎。你看现在有名无实的家伙到处都是,弄到最后还是不得不让我这个大老粗亲手来改。这会儿勉强过得去吧。你有兴趣听听吗?"

我未置可否,但心里真的产生了一点好奇。

他站起来,击一下掌。

那个长发披肩的小伙子开了门,然后在前面引路。我不得不说,他从第一面就给人留下了很深的印象。瞧他的形体修长,整个轮廓真是漂亮,这只有在舞台上才看得到。他那张脸庞不仅无可挑剔,而且有一种马来人的特征,非常美。可惜他这会儿给人太过女气的感觉……穿过走廊,又穿过一个厅,才从一道后门拐出了这座连通曲折的建筑。原来别墅后面有一个宽敞的草坪——草坪保养得好极了,在下午的阳光下闪着油绿的光。我抬头看着,适应了一下室外光线。草坪的一边有一个小乐队,他们都穿着雪白的衣服,打着蝴蝶结,着装非常整齐,而且看起来早就开始了等候。

苏老总在我耳边说:"我们已经排练了两次——你知道基础很差的呀。"他做了个手势,乐队指挥走过来:

"报告老总,准备好了。"

"嗯。哼。"

乐队后面是两排男女,一律着演出服,背着手站在那儿。苏老总抬起左手,三个手指捻动了一下,打了一个响指。乐队指挥立刻手持一根小棒舞动起来。乐器很齐全,萨克斯管,长笛,各种各样的号和鼓……长长的前奏之后,首先是那个粗粗的、底气很足的男子嚎出一句:"啊,公司公司,雄踞黄河之北,啊……"接着是男女声合唱:"我们公司,无数工厂,财源茂盛达三江。振兴中华,国富民强,齐心合力奔小康,现代企业放光芒。嘿!啊嘿!放呀么放光芒!"

他们使尽全力,一遍又一遍重复大同小异的歌词。

苏老总做了个手势,歌唱停止。他听歌时开始剔牙,这会儿吐了几口,还顺手塞到我手里一个牙签。他对我作着说明:"本来嘛,词儿是请一位老手写的,花高价从北京把他请来。操他娘,这家伙够瞧的,一天至少二斤茅台,小肚儿鼓鼓着蛮像那么回事……我们对他抱了多大希望啊。想不到他一个月也没落下几个字,成天坐在桌前小眼儿眨巴着,大口吸云烟,把一屋子的人都给呛跑了。就这么过了一个多月,结果还是写得不明不白——唱了半天还不知是唱谁的公司哩。我就给他动了动。你看看吧!你该是大专家了——你才有发言权哪!你是城里来的人嘛,经多见广嘛!"

他看着我。我发现他一双眼皮奇怪地双着,多少有点滑稽相。

我赶紧说明:自己不通此道。但我想还是要夸奖几句,就说大家唱得很响亮;而且这真的是——一首很雄壮的歌……

"噢,"他笑了,飞快搓手,脚跟跷了跷,"雄壮,嗯,雄壮!"他大背双手,像检阅仪仗队那样走了几步,又回头扳一下我的肩头。他几乎是拉扯着我在乐队前边走,一块儿走了一个来回。

三

回到办公室后,苏老总仍然余兴未消,问:"听说你干过地质,还编一本什么杂志?是个很有门路的人啦。有的老同志、你岳父大人以及……嗯,反正我们这一下既然认识了,就会有一次挺好的合作。这是肯定的啦。是吧是吧。"

"我这会儿差不多算个'社会闲散人员'了……"我这样说时,心里一直在琢磨他的意思。这家伙竟然知道我地质所的经历,还提到我的岳父——可见对方是一个精于谋略、十分用心的人。但我对他心里到底打了什么主意还一无所知。

"你如果有时间,可以找人来写一写我们公司的,嗯,咱有一大堆材料码在那儿,他们用得上……"

"我想这不难办的,你们自己就很容易找到这方面的人——这个年头许多人在干这个,再说你们自己就有博士硕士嘛。"

"那些鸡巴玩意儿不中用。让我们再找来那个小肚鼓鼓的人?哈哈……如果有人真能好好写一下我们公司,我可以给他提供全部优厚条件,高兴了赠他一幢别墅……"

"这事儿真的很容易办、非常容易。"

他慢悠悠地转动手中那两个锃亮的健身球:"现在很多人都瞧不起文化人,实际上那是大错特错了。没有文化的人才瞧不起文化人——新型现代企业没有文化怎么行?现在不是都提倡'企业文化'吗?"他说到这里瞪大两眼看着我:"没有'文化'算什么现代企业,还'入世',入他娘个大狗蛋吧!上次有个首长来这里说了一句实在话,那是对我们大掌柜,就是'得耳'他老人家说的:'没有文化你就等着人家来把你放挺了吧!'真是说绝了。'放挺了'明白不?就是被人打得爬也爬不起来……你看首长真是话到理到,一针见血。这真是'话不说不明'啊。"我接上这句俗语的下半句:"'灯不挑不亮'!""就是呀就是呀,咱如今可不能按土老帽那一套搞企业,咱现在就得从大码头上请高人、请外国人!"

他的最后一句话让我想起这个公司的游乐场——听说那里就有了几个金发女郎。

"我的度假村是外国人设计的!我的那几个宾馆都是外国人的图纸!什么叫气魄?日他妈的狗蛋无论是谁,只要真有本事,咱就刷刷点票子给他!说到底你手里得有一套绝活儿才行,得把人给镇住才行!"他说得兴奋了,脱了鞋子,盘腿坐到了椅子上,捏弄着套了白线袜的脚。捏了一会儿,那样子好像难以忍耐。我想大概他有脚气吧。他后来索性把袜子脱了,不断地搔着脚心:

"'文化'这个东西嘛,只要你敢花大钱,没有上不去的。不花钱就能办'文化'?就能有'企业文化'?下辈子吧!"

他笑笑,摇摇头:"钱嘛,我们没有很多,百八十亿恐怕还是有的。所以说嘛有人有些误解,以为是老'得耳'一个人发了大财,其实这是整个集团、整个公司的钱嘛。他一个人要那么多钱干什么?天天用钱擦屁股也用不完,还嫌硌腚呢!我们这个集团发展到了周围几十里的范围,你刚才也听到他们唱了,'工厂无数',唉,工厂无数。可它不属于'得耳'一个人,唉,我们是一个大集团,就是说'有福同享''有难同当'了。一个人能成吗?一个人是不行的,嗯,不行的。你也听到我们的厂歌了,上面唱'国富民强',这就是我为什么要拼上胆子兼并它几个村子……说白了这些穷村子都是包袄,我们敢伸手拿过来就得有气魄有胆量嘛,是吧!是吧!"

"……"

我心里开始琢磨这个人到底要谈些什么。看来我今天想解决的问题已经不成其为问题了,包家父子大概不会再去招惹廖家了——这是我惟一感到欣慰之处。想到这儿不禁有些轻松,于是又想最后提醒对方一句:

"苏先生,那些办案的人恐怕还要查下去——他们这样做可能为了解脱某些部门的责任,或者想把事情拖下去。但这样一来对包家和廖家构成的压力会是很大的……"

他哈哈大笑,把手里那两个球转得飞快:"宁先生多虑了,这还不是一个电话的事吗?我只要公关主任打一个电话……"

这当然不是吹嘘。我不由得看了看他桌子上颜色不同的几部电话。正这时其中的一个电话响了,可他一动不动。

长发小伙子跑进来,抓起其中的一部电话:"喂,您好!请问哪一位呀?噢——刘秘书长。好,我找一下看,"他捂住话筒对苏老总说,"市府刘秘书长。"

"你没见我有重要客人吗?"说着掏出怀表看了看:"一个钟头以后吧……"

小伙子立刻对着话筒说:"喂,秘书长,老总不在——他大约一个钟头以后才回来。请您过一小时再来电话好吗?是的,是的。噢,不客气!……"

秘书放下电话,悄无声息地出去了。

我们继续谈下去。他说:"前一段我知道有人要找'蛤蟆'的麻烦——这恐怕你也知道……就是那个市立医院的院长嘛,外号叫'蛤蟆'……他这些年搞基建、购置医疗器械和药品,玩得太过了一点儿。这也怨不得有人要找茬儿。敲敲他的脑壳也好,不过那些人也不要走得太远。光找'蛤蟆'的麻烦也就罢了,弄不好给上面捅了娄子,那就是另一回事了……"

看来眼前这个苏老总倒不是那种只知道赚钱的粗人,他关心的事情甚至远远超出了我的想象。我想起了那天在蓝珂家里听到的一些内容,忍不住问了句:"'上面'指哪儿?"

他不回答,只说下去:"恐怕闹大了市里也不好看吧。前不久一份报纸就点过我们这儿的名,不知是哪个臭记者暗暗来走了一趟,回去就给捅出来了……"

"什么报?"

"管它什么报,我们对他客气就是了。想对他不客气,要他怎样他就得怎样。"说着把手里的球往桌上狠狠一砸:"那个小嫩毛,我想要治他,一抬手就能卸下他一条腿来!"

我知道他在说那个捅娄子的记者,同时也在心里琢磨:他是否也在影射我?

"你知道,现在手贱的人不少哇,动不动就划拉上三笔两笔,那都是识字的臭毛病。你看看,我公司里这些人哪一个没有文化?光博士就有好几个,他们都有一副好字笔,可他们都规规矩矩,像机器上的小零件,让他怎么转就怎么转。你再看看那些上省下县的臭小子,以为自己见了大世面了,不知道能办多大的事儿,狂得小鸡巴一天到晚往上翘翘着。其实他们那个毛病也好治,"他说这些时一直用眼角瞟着我,"好治嘛。你见过那些没动过刀的'二马蛋子'吗?"

我不懂什么是"二马蛋子",摇头。

"就是那些没阉过的公马。让这些马拉车,狗日的,它会给你好好拉吗?尥蹶子,发横,一会儿就把车子给颠散了。你要骑它,它就能把你压扁。只有一个法儿,就是把它们按住,动动刀儿。一动刀儿,得了,没事了,膘肥体壮,老老实实,吆喝到哪儿是哪儿——老伙计,这人世间什么都是同理啊,人和马也一样,人也得动动刀儿啊,你说对不?"

我觉得一股血直往脑门上冲,但还是忍住了。我想是结束这场谈话的时候了。这个屋里的空气像要凝住似的,有些发紧、有些闷。

我沉着脸不再搭话。

这样过了一会儿他突然笑起来,一边笑一边细细端量我:"宁先生,没事儿,你只要在这片平原上活动,咱就是朋友。遇了什么事,求到我里的,没说的,样样都好办——哎,你干吗要住那个园艺场的破招待所啊?来咱的度假村不行吗?咱这公司里一切都尽你使尽你用,你接下去还要去哪里转转?"

"谢谢,不去哪里,我很快就要离开了。"

"急什么!你如果想要出去转转,想看看光景,要车有车要人有人。你今天坐的这辆车就随时听你调遣。游乐场去过吗?"

我再次谢绝。他又摆手:"我们是朋友了嘛,要用车用人只管跟我打个招呼,随叫随到。我跟你说过,文化人嘛,我是看得起的。在我眼里文化人个个有意思啦,最有意思啦。我的公司就欢迎你这样的人,"他咳嗽一声,"怎么样呢?啊嗯?"

我说非常感谢。他笑起来:

"宁先生,我的意思是你不要见外,咱今天说到一块儿去的地方太多了!今后你什么时候想到公司里看看就来,随便住;什么时候有用得着我的地方,你只管说一声就行。我是个粗人,毛病很多,不过就是有一条:义气。唉,只要跟我成了朋友的,怎么都行。那些想和我找麻烦的,那就得阉阉他这匹'二马蛋子'了,就得给他动动刀儿了,这活儿咱老掌柜'得耳'就做得了……算了,咱还是不要扯得太远——没有别的,我今天就想跟你谈点正事儿,跟你说几句心里头的话儿。"

说完这几句,他直直地盯住我。

我终于明白:这家伙绕了一个大圈,现在总算转回来了……

四

"怎么说呢?你回老家也不是一次两次了,过去你可没有这个兴头。这里面的蹊跷事儿我全都知道。所以我现在只想请你帮个忙——这个忙说大不大说小也算不小,就看你肯不肯帮我了,嗯!"

"请有话直说吧。"

"嗯,也好。其实你一听就明白,根本用不着我多说。我现在嘛,嗯,想请肖潇到我的公司里来工作。"

"那你请就是了。"

"没有你帮忙我请得来吗?"他头一歪,笑吟吟盯住我。

我站起来。人在这时候很难冷静。有一句话差点脱口而出,但我用力忍住了,还是坐下来。

他咬着下唇:"她可是我看上的人。让我一而再、再而三地去请,这样的人至今还没有哩。你明白我对她是个例外。不过事情办到这个份儿上硬是不成,我总算也明白了一点:这里面多多少少有点道道儿,也就是说有个'症结'呀——那是个什么'症结'呢?"

"什么'症结'?"

他两眼虎气生生地看着我,一只眼睛睁睁闭闭,很诡秘的样子。

我又问一句:"你到底想让我做什么呢?"

"这'症结'嘛,说白了就结在你我之间了!咱们今天是一对一说话。明人不说暗话,我今天要你做的嘛,也很简单,我想让你——'出局'!"

我心中一震:天哪,这家伙真想得出来!原来他把肖潇拒绝来公司的事与我联系在一起——真是想得够歪了!我笑出声来:"可我压根就没有'入局'。"

他的头又歪起来,一只眼睛斜视得愈加明显:"是吗?嗯,不错,不过那只有鬼才相信嘛。你们的关系也不是一年两年了,别人也不傻哩。园艺场里的人都知道你们之间的这段事儿。我这会儿只想告诉你一句:这里大大小小的事儿都别想瞒过我的眼!跟你说白了吧,你一个星期里去了她那里几次都有人记在小本本上哩——干脆直着说吧,你需要什么条件全提出来,我会尽力答应的。我只希望咱们到最后还是朋友。"

我不得不站起来,正色告诉他:"那我只好再讲一遍:这完全是你的误解。是你想得多了,你的错误就在于——你不相信这个世界上还会有另一种人;你们对一个在高薪面前毫不动心的女教师有一万个不理解。可事实就是这样——你听了大概会失望。不过肖潇的事情只能由她自己决定。你从我这儿得不到任何帮助。我和她之间到目前为止还没有你认为的那种关系,她的拒绝也与我没有任何关系。她不过是喜欢自己的本职工作,不喜欢你这儿的工作,你看,这事情很简单,就是这么简单。"

他耍着手里的健身球,瞥瞥我。他的脸色由红转白。健身球磨出了刺耳的声音……这样待了一会儿他再次冷笑起来,自语似的咕哝一句:"她喜欢当孩子王?嗯?"他的眼翻了翻,转而又问:"那你看谁能帮我这个忙呢?"

"我不知道。我想大概得你们公司与她去谈了。"

"可她不同意——她妈的就是不同意!你说邪门儿不?我日她姥姥,你说邪门儿不!"他急躁中有些忘情地抓起了头发,又把手里的两个球砰地压在桌子上。

这时候我心里一阵快意。但我的表情完全是平平淡淡的,说:"这很正常嘛,这有什么。人和人的爱好就是不一样嘛。"

他摸了摸干净的下巴:"这是怎么了,这可真是个傻……傻老……"他不知在琢磨一个什么古怪的词儿,也不知这词儿是用来骂谁的——骂肖潇还是他自己?

　　这样踌躇了一会儿,他又变成了一副很委屈的模样,说:"只要求到我们的没有不好办的,就怕不张口。那个学校的老校长想给学校拉点儿赞助,张口跟公司要两千。老董事长说你也太小气了吧,我们是那样小气的人吗?他掏出笔当场签了二十万。老校长以为是开玩笑。他捏着二指宽的纸条去试试,找到了管钱的递上了纸条,人家立马付给他二十万。他逢人就讲公司大方,公司的人了不得。其实这算什么,我们赞助的数目一般都比这个大得多。市里修那个体育场,你去问问我们赞助了多少!你们这些人用钱的地方多,在你们那儿是个大数,在我们这儿就好比公鸡身上掉了一根小绒毛……"

　　我倒觉得这些话有点莫名其妙——他为什么要对我说这些?收买我?

　　他正哭丧着脸,秘书进来了。他们耳语了几句。苏老总的脸色马上变了。显然那是一个惹他生气的消息。他再次把那两个圆球往桌上一拍,手都抖了,大声嚷起来:"我日他祖宗……"

　　他的唾沫都喷到秘书脸上了。他伸手指着门口:"马上打个电话给他,你就说,我姓苏的日他祖宗!"

　　小伙子迟疑着:"这……"

　　"你就照我的原话说,一个字不准改,快打……"

　　秘书连忙点点头:"是,老总……"

　　他又抓起两个圆球,在屋里不安地踱起步子,牙缝里发出两声冷笑。他盯着地毯:"妈的,算计到我头上了,也不看看我是谁!"说完又按了一下按钮,公关部潘主任进来了。

　　"你立刻打电话,告诉刘市长,说我马上就去,有要紧事儿……日他祖宗,欺负到我头上来了……"

　　整个这段时间他完全忽略了屋里的客人。后来他才像是突然想起了还有我在一旁,立刻叫住走出几步的公关主任:"你让人把宁先生送走——宁先生失陪了,今天我们谈得不错。本来我们还要多扯一会儿,可惜让那个王八蛋给搅了。"

我站起来,心里有些快意。

"那个王八蛋,嗯,他想跟我捣鬼把戏……他妈的,不动动刀儿不行了……"

他说着急匆匆向外走去,走了几步又想起回头握手,"幸会幸会,失陪失陪"……

苏老总刚刚离开,秘书就微笑着对我点了点头。我们出了屋子。这时整个走廊空荡荡的。他看了看我,突然怔住了。我不知他要说什么。

"宁先生,您的脸色——您额头上的汗——您不舒服吗?"

经他提醒我才觉得头晕得厉害。刚才我一直觉得自己在努力忍着什么。我想这大概是车里的冷气让我伤风了。连日来我几乎没有睡过一个好觉,整夜整夜耳鼓里充塞了各种各样的嘈杂。连续的失眠已经让我有点支持不住了……

他让我在一张大沙发上坐一会儿,端来一杯加糖咖啡。我喝过热乎乎的甜咖啡好一些,可脸上还渗着冷汗。他递过一块湿毛巾……"待会儿我为您喊车,不要急,先休息一会儿。"

他大概有二十三四岁,可那神情却要成熟得多。这会儿他的一双眼睛使人觉得不像刚才那么女气,而更多的是精明和聪慧。我问:

"你到这里工作多久了?"

"两年半。"

"应聘来的吗?"

"从一所师范学校毕业,看到招聘广告,就自己闯来了。"

我并不觉得这有什么奇怪,一个大学毕业生应聘到这类公司里工作是再正常不过的事情了。我问:"你在这里生活得愉快吗?"

"还好,不过……"他说到这里顿了顿,"这里毕竟是离中心远了一些。"

"怎么?"

他没有吭声。停了一会儿他又说:"……这里太闭塞吧。"

"我看你们这里信息够灵通的了……"

他笑笑:"我不是指这个,我是指这里文化氛围太差,几乎没有可以谈一下的人……"

"你们老总就很重视'文化';还有不少硕士博士。乐队、合唱队,应有尽有,怎么不可以谈一谈?这么多热衷文化的人!"

他尴尬一笑。

我问起了"得耳",他摇头说:"我们平时见不着董事长,公司有苏老总打理,他们之间是亲戚关系。'得耳'现在主要做慈善事业……"

"听说那是个极有趣的人?"

"嗯。董事长的爱好很广泛……"

"关于他们两人的传说很多,我想知道,公司现在到底谁说了算?"

小伙子立刻吮了一下嘴,像在认真思考的样子。这样一会儿回答:"都说了算。不过领导方式不同。苏老总处理具体问题,在第一线,脾气难免要火暴一些吧。有人说这个公司之所以奇迹般地发展,主要是因为深得中国文化的真谛……"

"什么'真谛'?"

"您看到八卦图了吗?'一阴一阳谓之道',我想,两位老总是互补的……"

我的脑海里马上出现了阴阳鱼的形状。我在心里不得不佩服这种概括。而且我同时也明白了,"得耳"与苏老总就分别是那条白鱼和黑鱼。"非常感谢。"我握着他的手。我这时更近地打量了一下,发现他有一副开阔的额头,再加上滚滚波浪披肩,煞是神气。我这会儿判断,他偶有流露的那丝女气是在一个粗暴的家伙映衬之下、甚至是被逼迫当中逐渐形成的吧。那个家伙太粗暴了,再正常的男人在他身边也要变得女里女气的。

我突然有点为这个小伙子担心起来……

兽医小传

一

"得耳"从二十岁开始进入公社兽医站,跟上一位师傅,做了一名乡间兽医,吃公粮。这是个令人羡慕的职业。几年下来,他发现自己负责的这方圆几十里的村子里,工作量最大的就是为畜类绝育,也就是动劁刀——猪和牛马,还有猫和狗,都需要他。这虽然算不上什么大手术,对农户来说却是头等重要的大事。

以前游动在乡间的劁手大多没有受过专门训练,都是在实践中摸索而成。一个劁手从上路干活到技艺成熟,往往要割坏许多猪狗,使畜类付出沉重的代价。这些人技艺马马虎虎,但由于当时人才稀缺,一个个还是非常神气。大小牲畜都是农家的一笔珍贵财产,所以谁也不敢粗心大意。他们受到了好酒好菜伺候,然后开始醉醺醺地工作了:抽出上衣小口袋中的劁刀——它一般是和一支钢笔并排放在一起的;戴上眼镜,慢慢腾腾地蹲下来。他们嘴里咕哝着:"这可是动刀的事儿啊,要紧是卫生干净。"说着在刀子上吐了唾液,在裤子上反复磨蹭,准备下刀。如果是劁猪,至少要由两个小伙子按住,让它尽力嚎过之后再动手。劁手一边动刀一边慢慢悠悠地说:"哎,不要叫唤啊,小肚肚划开了,小蛋蛋割下了,瞧一会儿就中。"

那些劁过的畜类,有的再也长不大了。主人有苦吐不出,自认倒霉。

"得耳"在师傅那儿得了真传,所以成为四周村子里最受推重的人。他们说:"嘿,别看小小年纪连副眼镜都不戴,可就是下刀有准头儿,再也不用挂记小猪长不大了,一天到晚蜷在栏里哼哼,像个小老头……"他干活时照例有一大帮人围上看,他却能临阵不慌,沉着地打开药箱,让围看的人发出一声:"嚯咦!"那里面应有尽有:针管、镊子、药水、药面、绷带、刷子,以及一大堆他人永远也搞不明白的杂七杂八。与所有那些野路子劁手不同的是,他动刀之前先要将器具用酒精消毒,还要给被劁的家畜注射一针。后来大家才知道这是麻药:这样畜类们不仅不再干嚎,而且还极为享受似的哼哼着,一边用那双羞涩的眼睛去寻找动刀的人,仿佛要记住他的慈悲。

在漫长的职业生涯中,有一个习惯他是从未改变的,那就是工作完毕一定要收起割下的东西。村里人并不干涉,他们说:"剃头的落下些头发,劁猪的落下颗蛋子,这是规矩。"除去雌畜不算,一天下来会收获五到十枚睾丸,最多的一天会有二十副左右。

这些收获的三分之一都放在了一只小锅里,然后摆到餐桌上。其余的都送给了站长——那是一个脾气暴躁的家伙,因为工作的方便已经吃了足有二十多年。这人一天到晚瞪着一双大眼,随时要挑衅所有的人。"得耳"从不敢将一天的收获独自享用,因为站长对一切都清清楚楚。对方对他夸奖有加,说这个兽医站终于有了一个了不起的青年:"刀儿利索啊,腿勤啊,觉悟高啊!"

"得耳"感到了工作的幸福和人生的意义。受人尊敬的那种感受是难忘的,村里的一群人围住他,从屏住呼吸到齐声赞叹的整个过程中,他获取的那种满足感常常是难以言表的。某种习以为常却又历久弥新的记忆、不可或缺并与日常生活密切相关的重要技艺,是这一切相加一起的重量,让敏感过人、刚刚参加工作不久的青年人全部领受了。最初他是没有取走那些东西的习惯的,但回到站里立刻被严厉的站长呵斥说:"这怎么可以呢?你竟能粗心大意成这样,真是让我想不到!"从那时起他就改正了错误,并从这良好的工作规范中受益终生。

在常年欠缺荤腥的年代里,"得耳"从工作中获取了多大的补益!经过一段时间之后,他发现自己虽然没有像站长那样暴躁,但还是有了使不完的力气。不少人私下议论,说那个站长整天面红耳赤骂骂咧咧的毛病,主要就是吞食那东西造成的——火气大得没处发泄,别人就得跟上遭殃。可是大家发现"得耳"是个例外,不仅不太发火,而且见了人总是笑眯眯的,说话声音不高不低,嘴巴也甜。于是人们明白,一个人暴躁与否,主要还是性情的关系,食物所占因素微乎其微。但尽管如此,人们后来还是发现,食物的因素或多或少还是存在的,瞧这个小伙子,脸上油滋滋的,鼻头比一般人宽了一些。

"得耳"自己也惊讶地观察到:自己每个季节大约都要发一到两次脾气不等,而且一旦发起来就不得了,恨不得砸毁许多东西方才解气。但他又不敢对别人发火,也只得找个没人的地方大吼大叫一番,或踢打敲破一些东西算完。一阵过去,他又能像平时那样和蔼可亲地对待他人了。

也许真的是食物的关系,"得耳"长得须发茂密,面部红润,个子不高但无比强壮。与一般人不同的是,他四周的发梢都紧紧地扣向肌肤,恨不得重新长回到肉里似的。这使他整个人看上去瓷实有力,也显得利落,像一只好好理过羽毛的鸟儿,从不翻毛猁猁的——这在工作繁忙的时节尤其难能可贵,因为许多人一忙起来就头发乱蓬蓬的,给人很脏的印象。出于由衷的喜爱,站长在退休前做出了一个重要决定,就是将自己的女儿许给了"得耳"。她叫"苏小妹",长得紧凑匀实,脾气温良。而后来"得耳"才知道,真正继承站长脾气的是儿子"苏二小子",那家伙是全镇有名的泼皮。

结婚以后的"得耳"忍不住对同事说:"我真他妈的幸福啊!"

他几乎不说粗话。大家明白,他因为实在太幸福了,才不得不以这种方式来强调一下。大家都知道这个人厚道,技术好,人缘也出奇的好。四周的村庄,凡是处于他的活动半径中的那些乡亲,都将他当成了最可信赖的公家人士。那时的公家人士往往是令人生畏的,他们分别是驻村干部、教育助理、公安人员、税务员、信贷员和供销员等等。群众的眼睛是亮的,他们认为真正给予人们切实帮助,却又能始终和颜悦色说话、没有一点臭架子的人,就要数"得耳"了。

但他的美好口碑却决非局限在底层。随着工作的进一步开展,以及站长的退位,"得耳"剮下的东西越来越多地送给了那些部门领导,比如采购站长供销社主任等;再后来又是乡里的头儿——后者开始有些不好意思,一边接下一边说:"行啊,回家喂狗去。""得耳"觉得可惜,但不敢劝导。经过一段时间之后,他从对方快速改善的面色上就明白:领导并没有将他的馈赠喂狗。

"得耳"顺利接下了站长一职。一年之后眼看要有大的升迁,因为好像一切都水到渠成。但这次却没有成为事实——他自己放弃了。

二

因为形势发展极快。"得耳"从来都是敏感的,他从风中一嗅就能知道季节的流转。当时停薪留职之风刚刚开始,他就率先行动起来。当他提出回原籍搞创业的时候,领导表示了十二分的惋惜。"得耳"谦逊地听过劝导,还是执意要做。领导没有办法,说做吧,干不成就早点回来!

他回村后办起的第一个企业就是屠宰场,雅名叫"肉联厂"。因为他与畜类打了十几年的交道,太熟悉它们的脾性了。那种热烘烘毛疵疵的畜皮、里面的肌肉纹理筋脉,与他有一种无法分离的亲昵感。企业很快获得了成功,短时间内就成了全市同类企业中最大的。许多领导都来参观,有一些是他当年工作中结识的,职位已经比当时高出了许多,相见时拍拍打打。他们在私下里说起过去时,对方总是不忘艰苦时期的那些馈赠。领导感谢"得耳",只是说得含蓄,感叹:"哎,什么都是一种习惯啊!你看我,现在多少好吃的东西啊,可就是改不了吃它——不吃就馋,就馋!""得耳"一拍大腿:"那是啊!那是一点都不假啊,我也一样。现在生活一天一个样了,可就是改变不了过去的口味,离了吃那东西还真是不行!你看我——""得耳"说着挽起袖子,又攥攥拳:"咱这肉结实啊!咱大冬天里不戴狗皮帽子也敢顶着大风进山啊!冷风越吹咱越是冒热气!你说说这家伙这股劲头儿……"他们说话时秘书走近了,两个人立刻不再吱声了,只相互交换着有几分神秘的眼神,挤挤眼、举举手分开了。

由于有各级领导的大力支持和关怀,木器厂酿造厂也先后搞了起来。其他的三五个大型企业也在考察中。"得耳"的人脉是第一流的,他的勤勉与和气、不事张扬的个性,任何时候都容易结缘。他成了一个地区像模像样的企业家当中最受领导赞赏的一个,所以"天时地利人和"这几项被他占全了。就在事业急剧扩展的时候,"得耳"也感到了人才的缺乏:村里所有亲戚都被他封做了大小部门的头头,因为这些人尽管成色不一,有的成事不足败事有余,但最终还是得起用——这些人的心不会跑得太远,起码不会从根上捣他的蛋。可是这其中没有一个将才。正在他深感苦恼的时候,一向不言不语的妻子向他推荐起了自己的弟弟,他听了马上说:"那家伙!"

苏小妹的弟弟是镇上一家保安的头儿,后来又由经营保安器材起家,搞起了三两家企业。由于两个人都忙,所以他们之间见面并不多。"得耳"印象中的这个苏二小子是个大吃大喝的主儿,一张圆脸阔如牛腔,一颗颗粉刺红得像枸杞,坐在那儿一口气就能吞下半个猪头,喝下一打啤酒。可是听了妻子的话之后,他的心思还是在那个人身上转了起来。因为"得耳"对苏小妹无比宠爱,刚结婚的几年里一有工夫就要抱着她,对她的话句句听。他找个时间去了镇子,想不到见了内弟大吃一惊:这个男人变了,脸不像过去那么大了,也没了粉刺,瘦了许多,说话也不再大吵大叫了。他明白:搞企业就像打仗,这小子吃几次败仗、碰几场硬仗也就老实了,再也狂不起来了。交谈中他进一步发现,苏二小子也算个粗中有细的人,尽管仍然要骂骂咧咧的,但心眼十分密实。

半年之后,苏二小子镇上的所有企业都加入了"得耳"的公司,"得耳"任董事长,不再兼任总经理了。从此,公司里有了一个叱咤风云的"苏老总"。

没有人认为这两个人会有很好的合作,因为他们是完全不同的人。"苏老总"在公司全体大会上说:"咱今后就按公司法办事,大事要经董事会决定,日常经营总经理说了算!我这个人痛痛快快,丑话说在前边,我可没有老'得耳'那么好的脾气!无论是谁,你得讲理,敢胡乱尥蹶子,今后有他的好!"

四周的村子,还有其他一些企业,更包括政府事业部门,都小心翼翼地对待公司了。"得耳"的朋友充斥各个方面,他们过去帮助过公司,现在常要以不同的方式寻求公司的补偿,结果总是在新任老总这儿碰壁。"得耳"经常写下一些赞助条子,这些条子分别由学校和文化部门的负责人握在手里——当这些人向公司掏出条子索钱时,苏老总大半会对会计说一声:"先收下,然后让他们等着吧!"等的结果就是不了了之。

人们议论说:"完了,'得耳'大概是老虎没有牙了!"

有一回"得耳"在全市某个教育大会上当场表态,说自己的公司要捐献出一所重点中学的全部建设费用,结果引起了轰动。市里的报纸电视全都宣传过了,但直到建设接近尾声,公司的钱只交出了整个费用的三分之一,余下的总也不能到位。相关领导亲自找到公司,苏老总就说:"你们不能吃老'得耳'这块豆腐!都知道他一心想当大慈善家,心软得像棉花,路边上随便有人一哭,他立马掏出大把的钱塞上!可是不当家不知柴米贵,现在公司连正常运转的资金都快没了……一句话,我是总经理,我得量入为出,对不起了首长大人!"对方作难地说:"公司的大动作全市都知道了,这怎么办呢?""那好办,再让全市都知道我们公司没钱了,揭不开锅了!"

当"苏老总"和"得耳"两个人在一起时,却是另外一番情景。"得耳"会仔细告诉内弟如何办理。如果事情办得令"得耳"不够满意,他就会说一句:"按我说的办啊。"对方马上点头:"那是啊,你吃了那么多狗蛋,我敢不听?""得耳"一笑。

三

尽管公司里有无数事情需要"得耳"去做,但他还是比过去松闲得多。苏二小子上任不久即得了个外号,叫"苏霹雳",所以凡需冲撞争夺和强力推进这一类事项,还必须他来做。当有了大事难事僵在那儿,公司无法运转的时候,"得耳"就要出面了。这时的"得耳"总要向有关负责人骂几句苏二小子,骂"这个火暴东西"、"犟驴",然后坐下来慢声细语地商谈。最大的难题是涉及到工伤人命这一类事,一旦有关方面追查起来、死者家属闹起来,都需要

"得耳"去找人摆平。"得耳"对暴怒的上级领导拍着胸脯说:"首长息怒吧,待我回去剐了他!"回头他对内弟警告说:"不要玩得太野啊!"

所以公司是无往而不胜的,其秘密就在于董事长与总经理的组合,他们是一刚一柔、一阴一阳。

苏二小子对姐姐说:"大哥只管歇着去,他这些年拼得够狠了!也该从头享受享受了!什么事有我这张黑脸呢,实在不行了他再出山!"

夜深人静的时候,"得耳"会面向黑影里吐出一句:"我是一名兽医啊!"

这一声感叹里包含了无尽的内容。他在怀念起青春年少的时候。他极力回忆那时的自己,发现如今钱多势大了,呼风唤雨,可就是不如那会儿高兴。这样一想不免有些沮丧:人的一辈子不就活个高兴?他极力回忆,想弄明白这到底是怎么一回事,最后认定:自己刚参加工作时,每次在一阵阵嚎叫声中放下米黄色的小药箱时,那种骄傲和幸福感是无与伦比的!在众多的注视下挥动刀儿,然后慢腾腾擦着一双血手,那种巨大的满足感久久难忘。再则,在普遍清汤寡水的年代里,自己的餐桌上却总能摆上大荤、总能散发出的逼人的香气……他在四周乡村里备受尊重,老乡们凡有喜庆酒宴,总要喊他坐到上席。

他不高兴,因为他没有实现童年确立的远大理想——那是他自小就有的两个幻想——那时由于它们离自己太过遥远,甚至没有想过今生还会变为现实……小时候躺在炕上仰看屋顶,想象自己有一天会有花不完的钱,那时他就可以站在路边上,见到孤苦伶仃愁眉苦脸的穷人就问一句:"缺钱了?不用愁,拿去!"接着就交给他们一大卷,还没等他们千恩万谢弄清怎么回事哩,他就扬长而去了!再就是自识字起就读了不少断案的白话小说,那些料事如神的大人和曲折的案情让他阵阵神往:无数次地把自己想象成一个断案奇人,伸冤能手,再狡猾歹毒的家伙也难逃法网!

可惜这些都是没影的事儿。转眼就要进入老年了,一辈子再无机会,所有的遗憾都要带进土里去了。想到这里他不由得打了个寒战,忍不住要从头谋划起来。他发现一切还不算太晚。

"得耳"将十几年前的工作服找出来,穿上后只觉得紧绷绷的像一件拘束衣,但已经顾不得那么多了。一个上好的秋末天景,上午九十点钟的样子,他背着药箱戴着斗笠,骑上自行车出门了。直串过了邻近好几个村子,一路上竟然没有一个人认出他来。他到处打听有没有需要动动劁刀的人家,最后发现这样的主顾已经远远不像当年那么多了,原因是养猪户大大减少,猪们都集中到大型饲养场去了,而那里是让兽医们集中解决问题的。时下要劁的大多是猫和狗。为一只小猫、特别是一只小母猫做绝育手术,这是同类工作中难度最高的。这在他年轻的时候当然是小菜一碟,但现在毕竟年纪大了,再加上许久没有操刀,所以整个过程让他战战兢兢。他最看不得的是一只温柔可爱的小猫伤在劣医的刀下,那要落下终生的残疾。他一直认为,猫儿的痛苦就是人类的悲哀。

他花了多半天的时间,劁了两头猪、四条狗、五只猫,几次弄得汗湿后背。下午四点多钟开始骑车回返了。在一个小村西边的野地里,他有些急不可待地拢了一堆干草,然后将几个睾丸放上去烧起来。待一股香味弥漫在空中,青烟袅袅,心里的那种愉悦无可形容。如果不是突然传来的一声断喝,那就该着手好好享受了——原来是一个护秋的老汉,那人要制止他在地边点火;当这人最终弄明白火中烧的是什么之后,就目不转睛地看着。"得耳"高兴地与老汉分而食之,最后一块儿擦着乌黑的嘴角,连连说:"真香。"

与老汉分手前,两人拉了几句家常,"得耳"这才知道对面是一个倒霉汉,早就孤身一人。他心中怜惜起来,从衣兜里掏出了一把百元的票子塞过去,然后蹁腿儿上车。后面的老汉"啊啊"叫着,他回头摆手:"不要紧,好生拿着吧……"

"得耳"让人请来检察院的官员,私下商量起审案的事情。对方颇有难色,认为这事有点玄。"得耳"说:"这么着,我不过是借了你们服装穿了先问一番,我不过是有这个爱好,问对问错都不作数的——说不定也真能省了你们后边的力气呢!"对方见他十分执着,回头商量了一下,只好同意下来。

乡间的大小纠纷以至于刑事案件是很多的。"得耳"不止一次穿上制服,由人陪同,坐在一张桌子旁问案。他开口的第一句多少有点像京剧里的对白——那是过堂时喊过"威武"之后的情形——一拍桌子,然后大喊一声:"我来问你——"

他充分运用了自己的推理方式,结果还是不止一次把案子审反了。当被审的人大声喊冤时,他既觉得快意,又有些慌促……但也的确有几次,他的机智讯问让案犯无从抵赖,不得不很快招认。

"得耳"通常将行善施舍与做兽医的工作结合起来。这样总有一些收获:活动剿刀的同时正可以拉些家长里短,也就顺便了解了一些村里情形。于是那些最为艰难的村民不一定什么时候好运转来:大喜过望地得到一笔钱。至于钱的多少,则完全要根据他的心情、他手里的现款数量而定了。

日子久了,很大一个范围内都传出了"得耳"的奇闻。传说这个大富翁一有闲暇就身背药箱重操旧业,串街走户,遇到穷人就流泪不止,然后就大把大把地甩出票子。事情越传越大,越传越玄,弄到最后"得耳"成了济公模样的打扮,趿拉着鞋,腰上还捆了一根草绳。结果不少破衣烂衫的家伙专门候在路口,人们见了就笑着说一句:"瞧,都等着吃老'得耳'的豆腐……"

火　车

一

　　一连许多天，我的脑海里都无法驱除"得耳"的影子。对我而言，他好比一个从阴暗的背景中渐渐移到光亮处的角色。关于这个人的故事和传闻简直太多了，已经成为整个平原上最具传奇色彩的人物。无论是在园艺场还是在乡村集市，都会遇到津津乐道议论"得耳"的人。剔除一些夸张和无法避免的误传，凸显在真实中的这个人实在是有点怪僻了。比起他来，这个"苏老总"只是一个站在前台的粗人。

　　"得耳"身为集团董事长，在兼并了附近几个村子之后，实际权势已经覆盖了方圆几十里。这本身就是一个让人震惊的事实。在当地，对于"得耳"都是交口称赞的，而且大都发自内心。他是一个善良而多趣的化身。现在所有的事情都是苏老总经办，这个人名声不佳，是个令人恐惧的角色。

　　"得耳"的个人资产已经没法估算，实际上对公司的全部资产拥有绝对的支配权。而且他与公司的关系有些奇特，比如那一片高级别墅既是他的，又是公司的办公总部，这就必须以高额租金累计。他自己的主要居所却是另一处别墅，那是十分可笑的一个建筑群：远看既像现代楼阁又像老式碉堡。据说苏老总来到公司后别出心裁，为其请来一个退役的"防务专家"帮忙，在别墅地下设计了一个堡垒工事，其粮弹贮备足可以在围困状态下独自坚守一年。

　　现在的确是苏老总君临一切了。

　　兼并村子是发生在苏老总上任之后的事，其实从半年前就在酝酿运作。附近村子是平原上最贫困的,几个村子的一千余户人家中,竟有三百多户出外打工、二百多人做了流浪汉。这些人中每年都有下落不明者,他们是因各种缘故倒在旅途上的,再也不能还乡了。这些人有的是光棍汉,有的则遗下了故乡的妻子儿女。许多村子已经没有了村头。

经过一段时间的协商,上边传下准信儿:这几个村子归公司统一领导,从此也是这个集团的一员了。

苏老总在接收邻近村庄的大会上有过精彩的"施政演说"。

那一天几个村子的人都集中在一个大广场上——苏老总说你们这几个村子真是窝囊到了极点,革命胜利这么多年了,连个像样的大礼堂都没有。没办法,就凑合着在野地里开个大会吧!

其实这个大广场一直是几个村子集会、上演戏剧和电影的地方,有砌了石墙的大土台子,台侧立有高高的木杆,可以悬挂会标、搁置横梁、悬汽灯电灯之类,谁也没有觉得它简陋,甚至还认为它又体面又气派呢!苏老总竟然把它叫成"野地",这使村子里的人有些沮丧。大家不眨眼地看着台上端坐的这个人物:留了光滑的背头,穿了宽松长袖衣服,布扣子,黑色千层底鞋——一色的地主打扮。当时都以为这个人就是声名远扬的"得耳",后来才知道是新头儿苏老总。

村里人差不多都忽略了旁边坐的另外几个干部,他们分别是当地的镇长、市里来指导工作的一串带"长"字的人……村里人个个知道,这些人都是"牛腔上的苍蝇——瞎哄哄",顶事的、能给村子施展魔法的,今后只看这位公司的头儿了。人家既然能把自己的村子变为"总公司""集团",也就有办法把这几个村子从里往外变个样儿。这会儿,"希望"像五彩云气一样,笼罩在台上的这个人头顶上。

开会时,市里和镇上的人说了几句让人记不清的浑话,然后就是苏老总讲话了。他一开口全场鸦雀无声,他的话村里人字字句句都记得。

"……咱这些村子从今以后就是'集团'辖区了。共同富裕嘛,一村带一村,全国都这么带,全国都富!我就不信拔不了穷根!"说到这儿他狠狠一拍桌子,"不过咱也得丑话说在前头,治村也等于带兵打仗,总得有个章法。你是人,我以礼相待;你是头犟驴,我这里有根棍子哩!你以为我是大善人老'得耳'吗?我这人脾气不好,只有一条,讲理!老少爷们听好了,咱今后这么着,听话行正道的,有的是香饽饽吃;想耍蛮的,收收野性倒也不晚,嗯,我的话先撂在这儿了……"

他旁边的几个头头脑脑笑眯眯的,领头鼓掌。台下的人也跟着鼓掌,虽然心里不太明白今后会怎样,当时也还是起劲拍手。

开过这个会,村里人明白的只有一点:不能做"犟驴",人家苏老总手里捏着棍棒呢。

很快,全村的人都到"招工处"报名了,无论年老体弱或身强力壮,也不分男女,都有工作给,有工资拿。老人笑咧了嘴,年轻人穿上了新衣服,一群群拥到报名地。可到了那里才知道,负责登记的全是"集团—总公司"的人,他们一个个态度蛮横得很。

"总公司"把几个村子的大小生计分为"工业""农业""第三产业",所谓报名就是个人与公司签约,做工的要按定额拿钱——而大多数人还是要回到原来的田里去,去搞种地养猪养鸡这类"农业"和"第三产业";再不就是到工厂作坊里去做一些粗活。不过如今的名称变了,头儿也换了。而且头儿下边还有头儿,一层比一层管得严厉。

村里人终于明白过来:更苦更难的日子来了。

那些穿公安服装、被"总公司"统一领导的"治安保卫大队"身携警棍在街上溜达,老人孩子,包括鸡狗鹅鸭,见了他们都要赶紧躲开。这些执法者,还有大多数部门的负责人,一般都由原公司的人充当。这就使后来兼并进来的村子进一步明白:如今是全村给另一个村子打工来了啊!

村子因为离火车路近,所以多年来实在没有办法的时候,就一直在打火车的主意。他们瞅准了火车在这儿停留三两分钟的机会,竟做成了很多事情。几乎半数以上的人家都有一辆小架子车,车上摆放了汽水瓜子之类,一旦火车停稳,就从车窗上做交易。做这活路得眼疾手快——必须在车子启动前把钱取回。

如果有临时停下的煤车和其他货车,有人就在深夜里对付它。结果半年时间有十余人被逮,还有一个壮年汉子被当场击毙。

尽管如此,那来来去去的火车还是非常诱人。人们知道它会一直这么跑来跑去,谁也阻挡不住。他们更知道它会给小村扔下什么、带走什么。

这十几年里,有二三十个姑娘和媳妇随着送吃食的架子车,摸透了这个庞然大物的脾性,有的竟先先后后爬进车里,随它走上一程又一程。她们把架子车扔了,一扔扔上半天、一天,毫无牵挂。过了许久许久,从相反方向驶来的火车一停,她们又三三两两跳下来,嚷着:"俺坐过了站哩!"

"坐过了站"的妇女越来越多。后来都明白,她们是去车上找"戴金戒指的男人"——据说这样的男人身上洒了香水,抽着外国烟,手持"嘟嘟响的小机器",个个出手大方。

有的姑娘上了车,不是随上一站两站,而是永远不再下车——她们随火车走向了天边,从此村里人再也不知她们的死活。

二

屠宰手包亮在"总公司"肉联厂做工,只老婆一个人在农场干。农场的活儿时松时紧,到了收获时节,连包亮和儿子包学忠也要到田里去忙。

包家种了麦子——他们的麦田包裹在更大的一片麦田中间。因为"总公司"有规定:为便于机械操作,庄稼的种植时间、品种,一概由上边说了算;只有管理是承包者的责任。连年大旱,一提到"水"字就愁煞了人。浇水要由承包户租用机井,按小时付钱。因为井常常抽干,所以有时付了钱再排队,等上许多天也不来水。麦子打蔫了,人急得揪头发。

包家的邻地是另一个村子的,那时他们尚未划归"总公司"。这家人姓殷,都叫他们"老殷家":一个孤老头、一个二十多岁的闺女、一个十三四岁的男孩儿;小男孩上学,余下时间也来田里,所以常常一家三口都在地里忙。孤老头子平时不吭一声,两眼浑浊、发灰,看人时眼珠都不动一下,包家就送他外号"死羊眼"。他的女儿出挑得不错,只是有些黑,但眉眼俊美,一条大辫子顺着后背搭到臀部。她平时也像父亲那样一声不吭。包亮听到"死羊眼"唤女儿"小肠(常)",心想一个女孩儿叫什么"小肠",怪极。不过那时候包亮不是后来,苦日子磨掉了仅有的一点幽默心情。只是到了许久以后,他还认为这名字是怪极——"小肠",他琢磨着,"哼?怪!呸!"他一个人修土埂时,一听到对面的地里这样喊叫就往地上吐一口。

包亮心里是骂苏老总呢。他一个人知道的秘密,从不对人说起。这个家伙横行霸道,连保镖都一个比一个坏。有一天夜里包亮起早去圈里捆猪,摸黑到了后街。他是帮本家婶子做这活儿的,因为她男人去年在煤矿出了事,儿子又小,有事都是他帮她做。他刚要拍门,就听到屋里有屏气声、压低了的呼叫声。他觉得头上涌满了血,两手握得出水。他听得清清楚楚:本家婶子正在哀求别人放开她,那人说话嗡嗡响,是苏老总手下的人……婶子已经是五十多岁的人了,死了男人不到半年,头发全白了。包亮习惯地摸摸身上,没带杀猪刀。其实带了他也不敢使。他对苏老总又恨又怕。他只得大声拍门,喊着:"捆猪的来了……"

包亮在"总公司"宰猪,出牛马力,挣最低薪。车间头儿下了谗言,说他三番五次偷走猪下水。苏老总手下的人已经让人捎了口信,从上个月算起,薪水再压百分之二十,以观后效。包亮去找苏老总求饶,还未走近办公室,就被"治安"人员生擒——因为包亮慌忙中忘了洗手,满手是血,而且腰上还别了杀猪刀……怎么解释也没用,跪也没用。那真不是人能熬得下的折腾啊,包亮被吊在梁上,直打得皮开肉绽。直到第三天,苏老总听说了才亲自来看了看,踢几脚说:"谅你也不敢。"就这样,包亮又回到了宰猪场。

可是那一次刀子给没收了。包亮不得不重新找人打制了一把刀。

他在田里苦做,心里恨着苏老总。一肚子闷气无处发泄,转身一看"死羊眼"在看他,就骂起来。

"死羊眼"愣怔怔地看他,对突然出口的恶骂大惑不解。

包亮一边骂一边寻找缘由,这会儿想起了去年殷家那个瘦瘦的大头娃娃踩倒了这边几棵庄稼,就骂:"狗日的东西,贱!贱!踩我的庄稼!"

殷老头背过身去干活,不搭理他。

"狗日的东西……"包亮又骂。

不知什么时候"小肠"来了,手拿一把小锄子,叫包亮一声"大叔",说:"远亲不如近邻,俺也没招惹大叔……"

包亮正骂"狗日",一抬头闭了嘴巴。他鼻子乱吭,低头做活,一伸手,把地垄上一棵带刺的藤子连根揪起。

这是一个上午,包亮事后还记得清清楚楚,他刚刚动手担肥的时候,就听见有汽车在响——他看见一辆锃亮锃亮的瓦蓝色轿车很费力地从田间小路上驶来……"妈的,苏老总?"他敢说以前在

"总公司"大院见过这车。

"死羊眼"老殷、"小肠",都呆呆地看着爬过来的蓝色"大鳖虫"。

包亮心里扑扑跳,不知出了什么祸患。他咬着牙等。

车门一响,出来一个穿西装的大肚子。包亮认出是"公关部"主任潘新财。"潘主任……"包亮哑着嗓子喊。

潘新财在地头吸烟,东看西看,不吱一声。

包亮奔过去,弓腰点头:"主任哪,您怎么下了这样脏气地方……"潘新财手指关节上的大金戒指有些炫目,撇撇嘴:"下来看看苗情,集团领导吩咐……那边地上是谁?邻村?嗯,好哎。那个妞儿?"包亮赶紧小声介绍一番。

潘新财向殷家父女摆手:"过来过来。"

殷老头和女儿怯生生地走近了。

潘新财的眼睛一直落在"小肠"身上,上下转动,半晌才说:"今后都是公司的人了,要团结。听见啵?"

殷老头误以为是包亮告了状,就愤愤地盯邻地主人一眼。但包亮未吭一声。

潘新财临走时鼓励姑娘一句:"去公司报考一下'公关部'吧,我看你能进去。"

姑娘慌得双手不知放到哪儿,看看父亲,又看看包亮,小声吐了一句:"俺,不会说'京语',考不中……"

潘新财大笑:"那不过是条件之一嘛!再说各有所长,最后决定的,不过是我嘛!"

包亮一旁附和:"是哩是哩!"

殷老头合掌说:"领导子恩典吧!恩典吧!"

包亮忍不住想笑,未敢。他觉得这个殷老头在"领导"后面加上一个"子"字,是天下最可笑的事了。

"小肠"说:"俺去……"

三

"小肠"去考"公关部",一考即中。于是她许久不来地里做活了。

包亮一家只看见"死羊眼"老殷和那个大头娃娃在地里忙。老殷头似乎愉快了些,那僵僵的眼神开始活动起来,有时还想与包家人搭讪几句。包亮说:"你家人得了好,也有我一功!"

殷老头不解这句话,后来才明白,包亮指的是那辆轿车原是奔他来的——那一次姓苏的顺便发现了"小肠"。

因为少了人手,殷老头做得更苦了。热辣辣的太阳下,他像一头野物一样拱在庄稼棵里,一做就是半天。他花白的头发上、脸上,全是草籽屑末、泥汗,豆大的汗珠缀在眼睛四周、颊上,像是刚刚大哭了一场。

大约是二十多天以后,"小肠"又出现在地里了。包亮吃了一惊。他发现这个姑娘变了:脸白了,也胖了,只是神情比过去蔫了。有一次他还见她蹲在那儿擦眼抹泪,走近了,她就慌慌躲开。

那个大头娃娃不怎么上学,来地里做活时,"小肠"就让弟弟歇着,有时扯着他的手,在地垄上僵半天。老殷头来田里唉声叹气,那嘘气声包亮离得再远也能听见。

有一天老殷头走到包亮跟前。包亮正在拔草,一株一株地拔,并不用锄头。他像没有看到别人。他心里正恨着一个人。自从这个人来了公司,就有人欺负了本家婶子,又来欺负自己,这个人如今扣掉了他一部分活命钱……他想着如同揪掉地上的茅草一样,一把一把揪掉那人的毛发——让这家伙疼得龇牙咧嘴!我日!我日!这时殷老头说话了:"他家包叔,救救我那苦命娃儿吧!她不耐烦哩!"

包亮脖子上的青筋鼓起:"谁又救我……"

"他叔,这娃儿不去'公关部'哩,死也不去哩……半夜坐起来哭,喊她死去的妈……"

包亮这才醒过神,"嗯"一声站起来。他这才看到对面这个老头子像个木头人,全身的皮肉再无一丝水汽。他心里一阵可怜,就说:"你就、就依着娃吧!"

"他叔,地里多苦,找一份子干净吃食不易哩!"

包亮不语。因为他也不知"小肠"找到的是不是"干净吃食"……他一声不吭。

"这娃儿又去火车道上推木架子车了。她就是卖零食也不去公司做了,这犟娃儿啊……"

老殷头咕咕哝哝走了。

第二天"小肠"又戴着斗笠来田里做活了。这天正好包亮又替老婆下地,见了邻地的姑娘又是一惊:几天不见,这孩子脸发黄、发黑,整个人瘦了一圈儿,还不停地咳嗽。他心里叹了一声。

半上午时分,那辆蓝色轿车又出现了。不过这一回没有驶得太近。车上下来两个腰上缠白色宽带子的人,他们径直走进殷家的地里——那时姑娘直着眼往包亮这儿看,包亮就低头做活。那两个人拤着腰跟姑娘小声说什么,姑娘只不语。后来是呵斥声,再后来两个人就走了。

他们刚走"小肠"就扔下锄子跑来,在包亮身边半蹲半跪哭起来,"大叔,他们硬逼我回'公关部'上班,找我爹几回了,又来拖我。那个潘新财把我送给一些人,他们天天欺负我……这些我爹都不知道……"

包亮把她扶起,"吭哧"半天,眼都憋红了。最后他一拳捣碎了一坨土块,"娃儿,低头、低头躲躲吧!"

包亮暗暗呼叫:"天哩,这年头穷人家生个俊娃儿,还有法保得住？保不住哩！这年头专让有钱人作孽哩……我用宰猪刀杀他八辈！"

"小肠"有时来田里做,有时推木架子车去火车道边……后来再也没有出现,有人说她也随那些野性女人爬上火车,一溜烟往天边去了。

有一天老殷头走到包亮跟前,不说话,一直僵着。问他,他说:

"他老叔,我家娃儿跑了,不回了,让火车拉到天边去哩！"

包亮刚要说什么,突然看见一列火车呜呜开过来。巨大的声音让他们没法说话。等火车过去,包亮更没心思说话了。包亮手抖着站起来,一边站一边说:"了、了不得,是'得耳'老东家来了——那边走来的老头儿是他,嗯,是他！"

两个老人直眼看着越来越近的人。包亮大呼一声:"老东家！"

"得耳"当然认识这个最老的屠宰手,就拍拍他的肩膀,又转头看老殷头。包亮说这是邻地里的人,刚说出一句就哭了。"得耳"一愣:"有话说给我听,我就听不得人哭！"

包亮止住哭声,从头说了自己被吊打的冤枉,然后又一口气说了老殷头的事。

"得耳"一声不吭,这样待了一会儿,长叹一声:"也怨不得苏老总啊！"

"啊？他？"包亮盯着他。

"这么一大摊子都得他管哪,他的心没那么细发……""得耳"眼里泪丝丝的,这让两个人都看见了。他们发现他一边说一边将手伸进了衣兜里,掏啊掏啊,掏出了一大把钱。

这钱被他分成了差不多的两大沓,分别赠与了包亮和老殷头。

"老天,这怎么好啊！董事长啊,老东家！你可让咱包家怎么报答你啊……"

老殷头也跟上喊,腿弯得快要站不住了。"得耳"扶住老殷头,又一下下拍打包亮的后背。接下去两个人无论说什么,"得耳"都不再搭腔,缓缓转过身,弓着腰走开了——原来不远处就是一辆自行车,上面挂了一个药箱……

火车呜呜地开过来。老殷头盯着它说:"孩子啊,你快些回来吧,回来吧,咱这地界上出了大善人了,这是真的啊……"

火车像是回答他的话,发出了巨大的鸣笛声:"昂!昂!昂!昂……"

你在高原　鹿眼

卷四

第 十 章

昏 沉

一

从公司一集团回来的一段时间,我感到了极度的疲惫。就像被施了某种蛊毒似的,我的身体在短时间内似乎一下变得衰弱了,以至于难以承受。那天我在廖家正说着话,突然觉得一阵头晕,不得不紧紧扶住旁边的桌子。我坚持了一会儿,头上身上全是冷汗。出门时小心翼翼下楼,惟恐栽到楼梯上。我走出这幢楼房时已是筋疲力尽,硬撑着才回到了自己的住处。这天夜里,我确信自己要病倒了。

睡不着,恶心,发冷。我不知道是因为吃了不洁的食物,还是连日来的困顿煎磨,反正知道这一回真的是被病魔牢牢地缚住了。大约是夜里十一点左右,开始了腹部剧疼:那是一种从未有过的绞疼,它让我滚动,浑身打抖。但我没有呼喊,没有求救,只是紧紧咬住牙关。我马上想到的是骆明的遭遇,同时幻想和预感着宿命般的不祥。但我像是在有意考验自己的运气和生命力似的,接下来的很长一段时间我都在忍受剧疼和频繁的腹泻,只在背囊里翻找出一把把药物吞下去。我只想熬到天亮,那时就好办了。我相信这场病魔的突袭会被击退,因为我以前在地质考察的野外,一直有处理突发病况的丰富经验。

大约是黎明前的一段时间,我突然觉得浑身筛糠似的震颤,而且绝无可能自我控制。同时觉得手心和脚心有成束的针扎一般的剧痛。我想去摸床头的电话,可是我发现自己的手脚竟然不能动了。最后——我只记得这个"最后"了——一阵眩晕和呕吐,我的意识即全部中止了。

余下的是空白、空白……生命原来真的具有空白,而且被慢慢泛出的颜色包裹——空白的四周出现了一片茫茫黑色,像另一种黑夜在围拢和降临。

我仿佛卧在了一片沼泽地上,整个身体正在沉下去,沉下去……我在漂浮昏沉中过了一天?一小时?抑或是一个星期?到处都是水草和泥溅,是咕咕的声音……我好像又一次跋涉在山地和平原,在虚脱前最后一次看着带有等高线的山地图,一遍遍揪紧背囊,却忍不住要栽倒下去。我发现自己在极度虚弱中只想沉睡,可是这已经绝无可能,因为四周变得越来越嘈杂。后来,我觉得夜色里出现了丛丛人影,他们叠在一起,一双双焦灼的目光投射过来,在我身旁像电火一样闪烁。

我想呼喊什么。最后我听见杂乱的脚步声响成了一片。

不知什么时候盖在脸上的东西被拿掉了,我睁开眼睛:围在眼前的全是穿白衣的人。有一个人似曾相识——听诊器挂在脖子上,两手插在衣兜里,站在床边。她是那个女医师!我闭上了眼睛。她握起我的手,又把自己的手放在我的额头上。

她好像说了什么。不过她的话我无法听清。

她摘下听诊器。一只手解开我的衣扣……冰凉的手……"不要紧张,不要紧,对,一会儿……"

许多交叉的目光。有人驱赶了他们,他们又围上来。我仿佛被移动了一下。我在极力感知一只手的温度和分量……非常困难,她无声无形,既遥远又切近。只有一双似曾相识的眼睛让我记住了……

又一阵由远而近的呼喊,这次我准确地捕捉到了它。我想起了那个奔跑的疯子。这时那只手显出了重量——它试图压住我,不让我移动。但我那么渴望坐起来。"唔唔,注射一针好了,嗯,这样,来帮一下……"她在招呼自己的助手。

混乱的脚步声。有什么人在一块儿奔跑。我却突然记起了那个疯子,就是他在病房外边发疯地奔跑。他长了胡子,下巴尖尖,额头上有几道深皱,两眼像燃烧的柠檬……一个美丽的小女孩紧紧追在他的身后,一边跑一边伸开小巴掌,只差一点就要揪到疯子飘飘的衣角了。"伯父,我的伯父,等等我啊,伯父……"

一个浑身腥臭、穿了锈蚀铜钱衣服的家伙盯住了我。我差点惊呼出来;这是旱魃啊。他咬牙切齿,发出了冷笑。可惜在这个空间里,除了我,所有人都对这个恶魔视而不见。我喊起来,我的呼喊他们能听见吗?我接着一直在喊:快打旱魃啊,他藏在这儿,就藏在这儿啊……没有一丝回应。我知道接下去是雨神的降临,因为一般情况下她会接踵而至,那个白衣白马疾驰而去的影子很快就要从原野上掠过,而后是浑茫之水排山倒海地涌来……我必须赶快逃离——可是我的双腿像被捆住了一样丝丝难移,全身像被压上了千斤巨石……我呼叫,没有声音;我挣扎,抬不起手臂。我只好绝望地闭上眼睛,任浑茫之水把我吞没。我的生命在声音和水的中间飘忽摇动。

这样不知过了多久,无边的涌荡突然像钟摆那样晃动几下,凝止了。

一个人的声音。

我睁了睁眼,想看看这个冰凉的嗓子到底是谁。他消瘦,冷酷,个子不高,尖下巴上有一坑凹,不足五十岁的样子,戴着眼镜——眼镜腿很长,所以眼睛离镜片很远,看上去那眼镜就像探出的一对望远镜头。他隔着这双镜片定定地望我,目光像锥子。"韩主任……"有人怯怯地叫了一声,我听得非常清晰。

我极力回忆……瞪大眼睛,紧紧盯住他。"韩立!"我在心中叫了一声。我想看出这个人有什么特别之处——结果我发现他在我尖利的、不愿妥协的目光下,竟然还显出了一点莫名的羞涩。他像女人一样红着脸。这个人儒雅,体面,衣饰简单朴素;他的身材甚至可以称得上单薄。他就像一盘清淡的蔬菜一样,平凡无奇地摆在了餐桌上……内科医生做了一个奇怪的手势,动作干脆利落。在周围的大夫当中,他显而易见是个不容置疑的权威。有人忙活起来。我从这些人中发现了外科主任蓝珂——他正戴上口罩、蓝色的帽子。

我明白他们要把我推到一个地方。

叮叮的铃声响起来。一种奇怪的药水味儿。铃声响着。我觉得严菲后面还走着一个哭哭啼啼的人,看不清。我真希望她是——肖潇。我渴望她在这里。

我的思念就是魔法。她真的出现了,就在旁边,握着我的手。

"谁来给他签字?"一个人沙着嗓子问。

肖潇毫不犹豫地拿起笔,签上了两个足够漂亮的字。

"好啦,开始吧。"

"请你开始倒数。"

十、九、八……我记得一直数到"二"。一阵飘忽感袭来。我沉入了夏天的海洋——不过这海水不是蓝色的,而是白色的,雪白雪白,像牛奶一样。它真的像牛奶一样洗涤起来,我的头发在轻轻摆动。它的香味儿让我想起了那棵大李子树。那是春天的气味。

二

我极力回想这是在哪里、为什么?我大声询问。

"我们想领你走,这一次真的要走了。"

隐隐约约,像一个姑娘的声音。我百依百顺地回一句:"好的。"

我好像看到了外祖母也在旁边,她是最慈祥的亲人。她站在这儿,尽管离得很近,可我们实在是隔着什么,不能紧紧依偎。外祖母的心啊,我亲爱的外祖母,我们分别得可真是太久太久了……

"怎么样,可以了吧?"那个声音冷冷的人在问。

蓝珂说:"放心吧,他是我的朋友,一切有我呢。"

他温情脉脉地看了女医师一眼。

又是那个冷冷的声音:"请严肃。"

我感到了无影灯刺眼的光,蓝色的帽子在我眼前晃动。蓝珂戴着薄如蝉翼的胶皮手套,捏一把灵巧的小刀。他旁边是一个女护士,端着盘子。蓝珂每伸出手来,她们就把一样器械递给他。蓝珂的刀子瞄准了我的腹部。天哪,我不敢看下去。恐惧使我紧闭双眼。这时我觉得就像穿了一件带拉链的夹克衫一样,有一只手捏住了拉链的小手柄,刷一声拉开了。那么快,那么流畅,一点儿也不痛。我的身体袒露着——冰凉冰凉的风吹透了肺腑……

那个冷冷的声音又响起来:"你们看,肝、胆、脾、肾,还有,粉红色的胃。"

"瞧瞧胃,玫瑰花一样的颜色……"女医师大惊小怪的声音。

蓝珂好像提到了什么问题。那个冷冷的声音又一次阻止了他。

我觉得她在触动我,一种痒痒的感觉。"像玫瑰花瓣一样的鲜艳……"她咕哝着……旁边的人早已有点烦了。

蓝珂很快绷紧了脸:"好啦,快点儿,弄完算完。"

大家立刻屏息静气,一齐围上来。我觉得他们像摘棉花一样,摘呀摘呀,摘个不停。一会儿我觉得那个拉链吱一下又拉上了。

好啦,一切总算是完结了。他们开始往我身上泼水冲洗,把我的身体洗得白洌洌的。

我给扶起来。太阳还没落下。那是半下午时分,此刻特有的银白色光亮很容易让我想到黄昏即将来临。我知道黄昏一来,一个人就会守在这儿。我的目光四处寻找肖潇——她在哪儿?

黄昏真的来临了。有人在室外喊着什么。有引擎的声音。他们把我弄到担架上。吊瓶在晃动,一只手高高地擎起它。

车子开动了,有人坐在旁边数着我的脉搏。一个女人,身上有一种安慰人的气味。我嗅到了一点来苏水味。我已没有力气睁眼。麻醉药开始失效,疼痛在加剧。车内又有了讨厌的冷气。

"请关上冷气,请关上冷气。"这回真的是肖潇的声音。我充满感激,可是无法言说。

我被送到了一个地方。终于安静下来了。

三

可爱的早晨!橘红色的光线下,有人捧着什么进来了。我被初升的太阳给耀得睁不开眼睛,可我闻到了一种香味儿。我明白放在自己面前的是一束鲜花。床头柜上的瓶子碰响了,那是她把鲜花插在清水瓶里。啊,多么浓烈的香气。那大概是一束金黄色的菊花。

我嗅着芬芳的气息,想象你那鲜花一样的微笑。你的手啊,这时就放在我的额头……

"……"

"把手给我——您在发烧。我试试您的温度,请……"

"不,不不……我想……"

我在疾病面前才变得如此直率而勇敢——仿佛一瞬间就找到了你!你原来在这里……

"天哪,您……先生,您能安静下来吗?"

她急得快要跺脚了。

我出了一头冷汗。我好像明白自己在胡言乱语。我剧烈喘息,抓住她的胳膊:"不,你不要走;先在这儿待一会儿吧——我只想求你陪我一会儿。"

"好吧,让我坐下吧……"

"我到了哪里?"

"你一直躺在床上。你被人送来时已经有点晚了。我听到你在说胡话。你说了好多。都听不明白……反正你一直躺在床上。医生来看过了……"

我闭着眼睛,说:"……那束菊花?"

"是的。多好的花啊。"

"不知道……它们——哦,我一闻到它的气味就……"

"啊,你说什么?不会的,不会的。"

"不过我这会儿好多了;我非常清醒,我知道在说什么。对不起,我刚才可能……这会儿真的好多了。"

"你烫得厉害。这会儿好一点了。"

她的声音真软。我愿意听她一直说下去。我一直闭着眼睛。太疲乏了,从未有过的倦意,一点力气都没有。我知道已经咳嗽了许多天,晚上睡不着,老要做梦。旱魃和雨神的形象在梦中交替出现。大概很少有人会做我这样奇特的梦……很久没有想过的事情也会在梦中出现。我很累,也许真的需要休息。不过我睡不着,满脑子都是鸣响的声音,像是天空里有一根弦,正被一只手拨动,就是那奇怪的声响弄得我不能安宁;还有浑茫之水:它们是那个美丽的雨神携来的,正排山倒海一般向这儿涌来,涌来,马上就要把这个世界冲个荡然无存……

可是这里弥漫的菊花气味赶走了无边的恐惧……"真的,你不知道我有多么感谢你,你不会知道的……"

"你千万别这么说,这让人怪不好意思的。"

她刚说完这句话,门就开了。杂乱的脚步声。

一个冷冷的声音说:"把灯弄亮一点。来,我看看他的眼皮,好啦。他的眼睛有点儿充血。呼吸还挺好……"

杂乱的脚步声里闪动着一些光亮,这让我感到是在那片童年的海滩上。一阵阵的海腥气扑进鼻孔。我和菲菲紧紧相拥,一张旧渔帆覆盖了我们。她的牙齿就像洁白的玉米粒,我能在黑影里看到它闪出的荧光。我的手被她阻止或牵引,然后触到了一些滚烫烫的部位。我们试图尝试什么,相互用目光询问……我们尝试着。她似乎要哭了。她幸福的泪水流在我的脸上。但我们停止了尝试……

住　院

一

住院原来是如此无聊的日子。可是它既然开始了,就得忍受。

最不让人愉快的是几个实习的医科大学生事无巨细的提问,这对他们来说大概是一种最基本的专业训练。

"还能记得是怎么到这儿来的吗?"

我摇摇头。

"一点儿也不记得?"

我直盯盯地看着问话这个人。一个嫩毛,二十岁不到,唇上有一溜小胡子。

"你觉得很累吗?"

我很累，我特别不想说话。这里的气味，这种奇怪的安静，都有点儿让我受不住。我的直觉告诉我来到了一个不祥之地。

"你知道你在哪儿吗？"

我把头歪到一边去了。这是个啰嗦而无聊的孩子，我想他将来不会有什么希望的。

"在哪儿？"

我不屑于回答。我这会儿才知道，就像有人最终不能逃脱一个结局一样，我最终也不能逃脱这个令人惧怕的市立医院。我现在终于落入了它的魔掌。我将任其摆布，亲自领受这里的一切。

不知过了多久，那个喋喋不休的男孩才离开。值班医生来了。她穿着雪白的隔离衣站在那儿，白色的护士帽下是一对熟悉的眼睛。她两手抄在衣兜里，脖子上挂了一副听诊器。

这个小病房里只有我一个病人。她微笑着看我。

我极力寻找这样一种感觉：这儿的一切是多么好，这儿简直就是一个人长久奔波之后最好的休憩地了——假如不知道那一切，不知道那张白色的幔帐之后各种各样的故事……我该感谢这个值班医生，不用说是她为我搞到这么好的一个床位。这个小环境不错。我终于听不到四周那种嘈杂了。可在这个时候我那么孤单。我想着外面的许多人；好像就是眼前的女医师故意把我藏到了这个角落。我闭上了眼睛……我正在打点滴。

护士们很少进来，一切都由女医师亲自安排。我甚至想：如果我在这里被害，那么谁也不会知道我是怎么完蛋的。我好几次盯住那个盐水瓶——那是什么药？

"啊，你感觉怎么样？"

我没有回答。我又闭上了眼睛。刚才那一瞬，我在朦胧中似乎突然记起了什么。门又响了。一个冷冷的声音，一个急于讨好的、一边说话一边哈气的声音。是那个外号叫"蛤蟆"的院长。

"给药了吗?"

一边的女医师点点头。我闭着眼睛也能感到她的神气、她怎样点头。这个时刻我敏感得很。

"……比妥?采力?"

又有人点头。

"剂量?"

有人出示什么东西。那个声音冷冷的人抓过金属板制成的病历夹,快速地翻看。他的两只手白得吓人。狗东西这会儿像个国王一样威严。我想坐起来,可是周身都被什么压住了。

他们终于走了。如释重负。

"暂时还不能会客,"这儿只剩下了严医师的声音。她在对我说,"两天之后再考虑会客的事……我知道你很着急,你是一个不能忍受……孤独的人。我会经常来陪陪你。我跟院长说了,你是我的——亲戚。"

我真的不能忍受。我用力摇头否认。

她笑了:"所以我怎样做、怎样照顾你都是可以理解的。人就是这样……从那一天看到你,很怪,我凭直觉就知道你有可能到我们医院里来……"

我哼了一声。

"当时我觉得你有点儿神经质,气色很差。我想,假若没有什么大病,到我们这儿住上一段儿也没有什么不好。你不要看这里环境差,我们也有几个好病房,是专门搞的。现在这儿怎么样?很安静吧?"

在她说这些的时候,我似乎嗅到了一股香味,那是奇怪的、让人神往的香气。但我知道它不是菊花的香味儿。这种复杂的遥远的气味马上让我想到了那个在丛林小路上徘徊的少年——他采集的各种各样的野花……我用力拧过头去。

"不要动,不要动,打点滴可不能动。如果手上的针动了,那还得再扎一下。"

我歪着脖子寻找,终于看到了——在离小床不远的那个小木桌上,放着一瓶色彩斑斓的花儿。我看清了,那里有杏红色的鸢尾花,有舞鹤草、迷迭香和萱草花。它们混杂在一块儿,放出了浓烈而复杂的香气。我此刻的心情被它的气味儿搅乱了,我甚至觉得自己像一个彻头彻尾的失败者那样被俘虏了,捆绑在一个囚笼里。

"送我来医院的那些人呢?"

"他们把你送来就算完成了任务。他们走了。"

"我在这儿住院治疗,谁替我签字办手续——交押金?"

严菲笑了:"这儿一切有我呢。"

"我不愿这样,我愿按照你们的规定来,我自己有钱。"

"你有钱,你是一个大富翁——可以了吧?"她看着手表,按住我另一只手的脉搏。她在数我的心跳。

"稍微快了一点,"她说,"还好。这类药能够让人放松。你主要是神经和……一些方面的原因。我觉得你并没有什么致命的疾病。"

"我不希望你们院里很多人来这儿……"

"不会的,只有会诊和查房的时候。"

"什么时候查房?"

"每个星期二、四上午。"

"这是干部病房?"

"应该叫'保健病房'。"

"我有资格享受'保健'?"

"在这儿,你什么'资格'都有。"

我想起来了,说:"对,院长是你的好朋友——"

我发现我找到了一件非常有效的武器。她很快一声不吭了,退到了一个角落里。

她像害冷一样,抱着两臂坐下了。

二

这是被白色围裹的日子。好像进入了雪地冬眠。没有朋友到这儿来,她(他)们都被隔在了外边。这是故意的,就像一个阴谋。我被迫进入了冬眠。

我说不出这是一天里的哪个时段,反正病房的门一响,有好几个人同时进来。可我的眼睛已经沉沉地睁不开。我知道某种药物开始在起作用。人只需要简单的一点药,比如一点白色的粉面,几滴液体,就可以被搞得神志不清,或者干脆就全部完结——一个人就是如此脆弱。进来了三个人,凭感觉知道那个目光冷冷的、清瘦的人也在其中,还有那个院长,跟在他们后面的是一个只有十六七岁的小护士。小护士个子很矮,她大概为了使自己显得高一点,把白色的护士帽撑得很挺。她开始往我的手臂上涂抹凉凉的药膏,舒服得很。我听见他们在议论什么。

小护士的声音:"药膏这么黏……"

一个人过来,用手指压了一下我手臂上的涂抹:"只剩下机质了……"

有人抬头看悬起的葡萄糖瓶。另一个在沙沙地写着,手持一个金属病历夹。一旁有人咕哝:

"……配伍禁忌;这就可以了——这个减掉。几天了?好——很好。"

另一个声音:"……为什么?是的……可以形成高渗……"

旁边一个惊讶地瞪大眼睛。

我不知道他们在说什么,这近似一门陌生的外语。

"这个不能马上减掉啊。"

"是的。"小护士不知为什么答应得很愉快。

"注意给药时间,明白了吗?两小时零四十分……"

"那干脆三个……"

一对目光扫过去。那目光好像在说:"放肆!"

一会儿,像过去一样,除了严医师而外他们都走了。离去时,那个矮矮胖胖的院长又谄媚地迎着女医师一笑。

咔嚓一声,她反手把门关了;踌躇一下,然后径直走来、坐到床前。她看看手表——好像在等待什么。我顽强地抵御着药物那无法抗拒的、正在合拢而来的神秘而巨大的力量。它们正压迫我,让我把一切都暂且忘掉。不,我抵御着,咬着牙关。我没有睁开眼睛——一方面因为睁不开,另一方面也为了节省一点精力。我想一直保持头脑的清醒和敏锐的听觉。严医师离我越来越近,我甚至闻到了她温暖的呼吸。这是那种再也不会纯洁的呼吸。可它仍然在我的脸上吹拂,像夏天里不再新鲜的室内空气——我渴望原野上那种散发着野花香味的气息……我感到了脸上的灼热。她的双唇首先印在我的眼上,但我没能睁开。我在心里发出了抗议;我说:刽子手……

我也不知道怎么使用了这三个字。很重,足够刺激。我觉得她比那个手提长刀的包亮还要可怕——她如果像包学忠那样捏着生肉咀嚼起来我都不会吃惊。别看她有雪白的牙齿,它一定也生吞活剥过什么……你这个背叛了昨天、越走越远、寒冷如冰的女人,我永远也不需要你挨近……可恨的是她吻过了我的眼睛,又吻我的额头。我挣扎着想拒绝,可是我像被压在了巨石下、抛在了浓雾中,没有了一点反抗的力量……

药物继续合拢过来,压迫着我,想把我的神志赶到一个角落里去。我看见自己的肉体被压缩成橡皮球那么大,最后成了一粒豌豆。它晃动着,晃动着,即将陷入无边的夜海,消失了……我紧紧抓住生命中如豆的光点。

屋里的灯暗下来。她用一把小刀子专心致志地、轻轻地在我身上割着,画下了一些美丽的刀痕。我的鲜血渗成图案的颜色。她另一只手轻轻地一抚,躯体上的刀痕就愈合得了无痕迹。

那个冰冷的声音一再从夜色里泛出,就像在夜海的浪尖上浮动的小木片。它们随着波浪一起一伏,又与泡沫混在一块儿……"奇怪,他没有呼喊……""这个人很怪……""他没有喊,也没有……"

我暗自发笑。我在想:你们遇到的是一个可怕的对手呢。他既不需要你们拯救,也不需要你们考验。面对着你们的自作聪明,他只会报以藐视的微笑。他与你们在一个命运的交点上相会,那是因为他无力拒绝。他在这一瞬间已不属于自己了。他在任人摆布,被你们逼到一个角落——你们正在阉割……最后的那个字眼使我一阵恐惧。我想翻身坐起,又一次感到毫无可能。也许我真的面临一个阴谋。他们这时真要做成什么已经毫不困难:现代阉割术可以化为一滴液体,掺在葡萄糖里。整个过程无声无息。

我在爱抚下失去了力量。

最后的时刻我还在想:也许严医师会保护我的,她会挽留我最后的一点尊严……这个令我厌恶的人竟然成了这个角落里惟一可以指望的守护女神。

我在恐怖和希冀中不知以何种方式接受了她。她感动得哭了。

三

在浑茫的思绪中,我的手在抚摸她的头发。这使她的声音都颤抖起来了:

"你还这么敏感,这么……我离不开的人啊!我没法忘记你——我这会儿总算可以尽一点儿义务了。你刚来时糊糊涂涂,我为你洗脸,擦身子。我为你做什么都愿意。你看,你看我们还像昨天一样——我什么都没有忘记……今夜是我为你守护,我是个值班医生,这是我的职责。"

我点点头:你的心比冰还冷,是你冻结了我的希望;那个小苹果孩儿没有了,你回头又来对我施展魔法了。我现在没有力量恨你,更没有力量爱你。你记住我永远的诅咒吧。你使我害怕。我不明白在孩子的挣扎和呼喊面前,你是怎样忍受的。那种妙法你能否传授给我:让我在巨大的残忍面前变得无动于衷,让我能够轻而易举地漠视苦难——你能否给我一种小药丸,当需要同情心全部丧失的时候,只把它吞下去就成——那样我就会像你一样从容了。

我继续说:如果你真的爱我,还把我当成昨天的人去怜惜,那么就给我一粒这样的药丸吧。在今天这片土地上,它的用场会多得令人吃惊。它将作为你们这个医院最了不起的发明而载于不朽的史册。原来你们这一群人每天奔忙不停,行色匆匆,就是在忙着研制一种杀灭同情心的药丸。小时候我听外祖母说,一个人生下来之后,每得一场病就会长一次智慧——人就是在一次次的疾病中不断聪明起来的,他因此而提高了理解这个世界的能力。外祖母的话不错,我这次到病院里来,终于明白了使人痛苦不堪的根源到底在哪:它原来不是苦难本身,而是其他,是人人都生有的那样一颗"同情心"——不能杀灭和剪除的"同情心"!这多么可怕……当然了,我们现在正在想法斩除这样的根源,并且已经接近了那个辉煌的目标,那才是我们人类梦寐以求的。我们如果能把所谓的慈爱、同情、怜悯、体贴——诸如此类的东西全部根除和斩绝,那么这个世界就会迎来真正的秩序和繁荣。

明白这个道理要历尽千辛万苦。谢天谢地,好在我现在终于明白了。

到了那个时候,世界将会变得多么完美,它真的会变成一个大花园,到处散发着玫瑰的芬芳。我们需要驱除的就是金黄色菊花的气味,那种气味像毒药一样,会把我们这片平原上所有的人都搞得神魂颠倒,丧失理性……

"你感觉到了吗?你感觉到了我的手吗?"

"它按在我的后脑那儿……"

"对,它……"

"药物就是作用于这里吗?"

她点头,"我一直看着表……"

"时间到了吗?"

"……"

又有人进来。试我的脉搏。这一次我觉得再也不能忍受了。药物的抑制作用开始消退。我可以听见一切声音,越来越清晰。我终于缓缓地睁开了眼睛——

"好,很好。感觉怎样?"她在问。

真的,她是严菲。我觉得站在她和一排白衣服后面的,有我真正想见的一个人,可惜被他们挡住了。停了好久,他们才闪开了一道缝隙——我于是一眼看到了她坐在那儿!

"肖潇!"我焦急地喊了一句。

可是我的声音仍然很微弱。她往前一点儿,可并没有站到几个穿白衣服的人之间。后来,那个漂亮的矮个子小护士来为我量血压。小护士光洁的脸上有一个拉了漫洼儿的小鼻子。她让我想起小时候见过的那种含蓄内秀、极力隐藏着顽皮的小沙狐。

肖潇站在她的身后,等待着……好不容易等小护士做完了,肖潇才走过来。她终于有机会来看望我了,她问:

"好些了吗?"

"是的……"

"真对不起,我们好不容易才打听到了这间病房。他们好像把你藏起来了似的。你的那个场医朋友也知道了,他急得要命,这会儿总算扔下了那沓子古怪电器,要看你来了。"

严菲插了一句:"探视时间有规定,希望按规定来这儿……"

她在用命令的口气对肖潇说话。她看了看桌子旁边那一提兜红红绿绿的水果,抿了一下舌头。

她大概想吃一个水果。肖潇很快从挎包里拿出水果给她。她先是推辞,后来就愉快地接受了。

四

严菲医师在时,大家都不太说什么。这段沉默的间隙,我的眼睛一直注视着天花板。天花板上那一点水痕很像是一个古代人物,他戴了一顶古怪的帽子,宽袍大袖:自然形成的东西有时再棒的画家也画不出来,瞧未知之力只是那么轻轻一抹,他的神气就出来了;他有一副古典的好鼻子……

严菲总算走开了。肖潇带来了一本书,是一本诗集。她轻声念起来……简直百听不厌。那种过人的温柔润湿着我。这时我想起了一个朋友对它的调侃:只有一个异国的"老贱(情)种"才生得出那样的一片温柔……然而它却使我一遍又一遍陶醉。诗人年纪很大了,满脸深皱,一头白发。可是那份温柔啊,倾倒了一茬又一茬少男少女。它简直令人不能自拔,整夜流着泪水,在枕头上滚动着可爱的年轻的头颅——一头乌亮的秀发弄乱了。就是这些温柔诗章打发了他们的青春……这会儿我把皱衣拉平——我即便到了病入膏肓的时刻也不忘体面。我有一天会抛弃什么、牺牲什么,为爱而献出我的全部吗?也许肖潇眼下正和一个虚伪的人在一起……她把那个"老贱种"的诗章发挥到了淋漓尽致,它频频地拨动着什么，让我支持不住。我刚刚撤掉了盐水瓶就如此不安。我把脸贴在自己的手掌上，细细地捕捉那个精灵……你的心多好。你还是一个没有被污染的好姑娘。出于一种特别的怜悯，你容忍了宽容了。我把脸伏在手上，感受自己渗出了一层汗粒的手掌……

你已经融入了这片平原……我也许最终都不会离开，我也许要永远匍匐在这片土地上。只有如此我才能健康地活着，让生命得到延续。散发着巨大温柔的"老贱种"的诗章啊，我将逐句地将你剖析和引用，我将把你倒背如流。一本诗章放进贴近胸口的那个小口袋里，这样就与你这个异国人贴紧了，感受你的浪漫无私，并从你美丽的心灵和银丝白发中寻找激情……

我的病在缓解。这个医院也许不像人们想象的那么糟。瞧它仍旧在履行治病救人的职责，赏罚分明。它并没有糟到不可救药的地步。我这会儿想起什么，问肖潇："你住过院没有？"

"住过。"

这使我有点吃惊，"在这里住过吗？"

"不，在我上中学的那个城市，我住院做过盲肠手术。"

"你做过手术？"

"是的。手术不太顺利，因为感染，在医院待了好长时间……"

我觉得眼前这个姑娘变得有点不可思议。如此完美的人竟然也被手术刀划过。我想问她那是什么感觉，刚刚张嘴又合上了。我只说："你真了不起……"

她笑笑："不痛，只是麻醉药刚过了那段时间不好受。咬着牙扛过来也就好了。"

"如果扛不过来呢？"

"扛不过来就给药。药真能帮你一点。时间一分一秒过去，你会忍着让它过去。"

我笑了:"那时你的眼睛一直盯在表上是不是?"

"我那时候很关心时间。秒针一点点往前走,它动得可真慢哪,就是它们这么一动一动引诱着,让人忍耐下去。时针转一周再转一周,太阳也这么转回来……"

"你住院是什么季节?"

"是深秋。"

"噢,我们差不多。躺在床上腰像断了一样,是吧?"

"嗯。觉得腰就要断了,动都不能动,可还是要躺着。只能取一个姿势躺着,想让医生护士帮忙翻一下身,又觉得太过分了。"

肖潇要走了。我有点舍不得。最后我请她找一下唐小岷他们。我真想这些孩子。她说大概他们不知道我得病的事儿,要不就会跑来。她一再让我重视自己的病,说:"你这回病得很厉害——你懂吗?我是说你该沉住气。别听他们说'没事啊,养一养就好了',你离开时一定要变得非常健康……"

我没有说话,只是笑笑。没办法,天快黑了,她要走了。

第二天来的是那个场医朋友。几天不见,他已经瘦得不成样子,而且神气也不对。我一看就知道他在那个洞穴里趴得太久。果然,他对我的病几乎没有说上几句,就咋咋呼呼说起了他的那一摊子:

"不得了啊!那真是不得了啊……前几天公安又破了一个案子,也是游乐场犯罪。天哪,那儿什么鬼贼都有,我敢说……"

他的毛发像黑色的火苗一样往上燎着,脏乱不堪。

"与现代高科技有关的案子多的是。咱们这儿的头头脑脑只会扠着腰说大话,公安部门也不是事事都有办法——他们的枪和铐子又不能冲着电路板去,你说愁不愁死人!咱们市的专业警察连小孩子也不如,他们还得拜我为师呢。那些少男少女在一些场合使用的联络代号他们一看就傻眼。别说他们,就是家长眼瞅着自己的孩子写出几个字母、几个阿拉伯数字,还是搞不明白它是什么意思!可怕呀,'想约会''旁边有人监看''安全系数',这一切意思都有代号。孩子,更别说黑道上的人了,他们都有自己的一套语言,这些要深入进去并不容易。再说谁帮警方破译这些代码也是相当危险的——有人说不定会杀了他!现在可不是前些年,你的那个城里朋友玩电子游戏那时候,全国才有几个城市有超级酒吧之类?顶多在沿海,顶多是五六个大城市!现在呢?连中等城市都有了……"

场医朋友抬头望着我,让我发现了他那对红色的眼睛。他在为另一些事情焦灼——这同样是一种不能放弃的焦灼。我的心中突然涌出了深深的感动……

五

小护士进来给我肌肉注射,给药,询问大小便情况。她在本子上记了记,走出几步又忘了什么,回来数我的脉搏。她刚刚走开,严菲医师就来了。

她很愉快的样子,坐在床边,没有说话,一直看着我。她的睫毛常常垂下来——这又长又密的睫毛啊……她抬起眼睛:

"你见了我就板起脸。我知道你只想冷淡我,使我难堪——你知道我只想单独和你坐一会儿……几个月以前,我想都不会想这些,那时我打谱一辈子都不再见你。我这辈子恨上了好多人,其中也包括你。可是'恨'这个东西最不牢靠,它有时候一下就能变到反面去……"

我想冷笑。

"你别嘲笑我,我知道你和那个女教师又合计什么了……"

我对这种曲折的想法有些讨厌,就把脸转到了一边。

"你们又在合计骆明的事儿……"

我的心沉了一下。这次我不得不如实相告:"你多虑了,我们这次没有提到那个事情。"

屋里的空气凝住了。严菲的呼吸有些急促。她两手插进口袋站起来,面向窗户咕哝:

"听我一句话,你不要参与那个事情——不要替那些孩子找人、转什么信件……"

"这是我的权利。一个公民有权控告,也有权揭发。"

"那倒是。不过这些与你有什么关系?"

"他是我邻居的孩子——我们两家是最好的朋友!"

"这些理由都不充分。"

"当然不充分,最充分的理由你一辈子也想不明白——它该让你琢磨一辈子。不过即便就为了这些不充分的理由,我也要做下去。你不会理解的,因为你只会嗲声嗲气跟在那个'蛤蟆'后面,跟在那个韩立后面……"

她立刻扭过头去。我想看到她的面部表情。她在厚厚的丝绒窗帘前面站了一会儿,又扒开窗帘看看外面。她转过脸,我马上注意到她脸上非常平静。多么奇怪的女人。她说:

"你误会了我的意思。你大概以为我害怕你们去告发医院、告发我。你太简单了。谁能动摇这个医院?不管你和你的朋友找了谁、把材料转到哪里,结果都是一样。我挂念的不过是你,知道吗?你一举一动、你干什么,这里都会有人知道。我怕你招事儿——那会很不愉快……要知道有人想让你不愉快,你就会一辈子不愉快。只有我还在牵挂你,无论你信不信……不说了,我只想告诉你这些,想让你少管闲事——你要记住我的话,懂吗?反正事情过去了,人死了又不会转活。可你还要过日子,你得爱惜自己——你要听明白,明白我的话是什么意思!"

她说着提高了声音,满脸涨得通红……

坠　落

一

　　我长时间望着她。如果对面站的是另一个人,那么我可以马上告诉她:这是赤裸裸的威胁,而且非常蹩脚。但这种威胁来自于她,却是我始料不及的、从没想到的。我在极力冷静自己,因为我害怕此刻真的误解了她……我忍住了。我得好好想一想了。

　　她站在那儿,室内一片沉默。我陷入了深深的不安。我想整理自己混乱的思绪,想独处一会儿……最后我不得不下逐客令:"请让我一个人安静一会儿吧。"

　　她竟然摇头。

　　"请让我一个人待一会儿吧!"

　　她反而坐下来。这简直是一种故意折磨。当我再次催促时,她就站起,轻轻说了一句:"我是主治大夫。"

　　"你不是在急诊室吗?"

　　"我们是轮流工作制,急诊室两个月,保健病房两个月——这一段正轮到我在保健病房,你这个病号就归我管了。"

　　真是见鬼了。我闭上眼睛。后来我想翻看一下肖潇带来的书,可是怎么也找不到。我问她图书哪去了。

　　她摇头,故意瞒我。

　　那个女护士会把它取走吗?我见她打完针就走掉了。还有院工进来过,她只打扫过卫生间。再说别人也不会取它的。我的东西哪去了?我想爬起来,她立刻伸手按了我一下。点滴打得很慢很慢,已经一个半小时了。严菲说打快了不行——而我宁可看成她在用这个办法逼迫我长时间躺卧。这是一种惩罚。这会儿我算知道了被人捉弄的滋味。我恨不能立刻出院。我在这里是第几天了？我觉得再有几天大概就得被折磨得半死。

护士再也没有进来一次。我想这是严菲故意设计的。她亲手给我调整点滴速度，给我换盐水瓶，取针管，一切都是她一个人在做。我得承认她的动作漂亮娴熟，无懈可击。她的业务很棒——我好像听人讲过漂亮的人做什么都会灵巧一些。漂亮的面孔与人的内在素质究竟有怎样奇特的联系，这还真是个问题。我记得她当年是"学习委员"之类，像现在的唐小岷一样。那时她在全班同学眼里是一个洋娃娃，哪个男同学能得到她漫不经心的一瞥也就满足了……我问她：

"如果当年我得了骆明那样的病，疼得滚动，还有同学们在一边呼救，你会怎么办？"

"我会把你抱住……尽我的一切力量救你。"

"我是说我是一个得病的同学，而你是一个医师。"

"我一步也不会离开，就像现在一样——你夜间睡着了不知道，我差不多每夜都来看你。我站在床边看着你入睡，有时听你说说梦话。我就站在这儿，披着衣服一待就是几个小时。夜间这个屋里有点冷，我给你盖被子，把你从被子里伸出的胳膊放进去。镇静药使你睡得很香。我站在旁边想了很多——我差不多把过去的事现在的事都仔仔细细想了一遍。我好久没有这样想事情了……我什么也不怕，那个'蛤蟆'院长为这个责备过我。那个护士发现我夜间来得次数多了，要报告院长。我警告院长：'你没有权力过问，再说他是我的亲属。'院长说他调查过了，根本就不是什么'亲属'，'你不要骗我们啦，告诉你我要警告你了——'他用一根手指在眼前晃着。他的这个动作就是跟那个人学的，"她说到这里声音磕绊了一下，"他是跟韩立学的……他什么都跟他学……"

我觉得她每次说到韩立时声音都有点变,反正不大自然。我想这大概不是因为我的过分敏感吧。我分明感到了什么。显然,那个阴冷的形象,那个内科主任,像一个巨大的影子一样笼罩了这里。不用说那个人在整个城市都是赫赫有名的,他属于这儿的上层人物,属于"圈子"里的人。他的职业和职务并不显眼,但那只不过是一种修饰和点缀——这虽然有点奇怪,但却是真的。

　　严菲接上刚才的话说:"我怎么会看着你在那儿滚动不管……"

　　我坐起来:"那么骆明跟我有什么区别?"

　　"区别当然太大了——因为他不是我的爱人!他不是我从小就惦念和依恋的人!他与我也没有血缘关系,我们不是密不可分的两个人——他的痛我感觉不到……"

　　"冷血动物……"

　　"我不是冷血动物——你知道我不是。我的血太热了,热得能为别人舍上一切。"

　　"你心里才没有'别人',你除了自己谁也不爱。你实际上只爱自己。一个人能看着一个垂死的孩子无动于衷,转过脸就谈论什么'爱',真是太别扭了。你说你永远忘不了昨天——这顶什么用?这能换回什么?人人都恨见死不救的人,事情就是这么简单。"

　　严菲下巴抖着:"你这样讲吧,我没法儿改变你的印象,也没法让你明白过来——你也不会知道我在想什么。说什么都没用了,因为你已经不再信我的话了,你在提防我。不过你至少还会承认,这一次是我们医院挽救了你。你这会儿体温正常,心跳正常,思维也开始——正常。你刚来时神志不清、口吐白沫、发烧、心跳过速……难道你现在一点也不感激我们吗?不要说你住这么好的房间,得到这么好的护理。我在你身边不仅是一个主治大夫,我还充当了护士,充当了你的家人,你知道吗?你当时大小便失禁,身边没有任何人,只有我……我在这儿侍候你,什么也不图。我只希望你能说一句公道话,只要那么一句,我也就满足了。我知道自己压根不像你想得那么坏。我现在真可怜,这会儿就像面对着一个打分的老师似的……我的要求不高,你只给我打一个'及格'就行了……"

我想说:你不需要。因为你这辈子都不会"及格"了……但我只这样想,没有说出来。她刚才说的事情让我既难堪又感激;当时我什么都不知道,可这毕竟是事实:在我最困难的时候是她挽救了我,把我当成了至亲来照料……只有这会儿我才明白,我一直在用那种过分的严厉的指责来阻止她——我像躲避有毒的东西一样躲避着她。我至少对她与"蛤蟆"的关系有说不出的厌恶。还有,如蓝珂所说,她已经是这个医院的资深医生,并混进了一个"圈子"。"小苹果孩"的死她负有不可推卸的责任……

"你的心可真硬。"我说。

"我长了'铁石心肠'嘛。不过这会儿我才算明白,有的人,他的心也并不比我软……我在想当一个女人多不容易。你知道,很小的时候我就被本族哥哥给毁了,那种关系是乱伦,见不得人。在这个地方,你明白那是一种什么压力。我躲开了熟人,想改名换姓,甚至想做个整形手术,让所有的人这辈子都认不出我才好。就那样我躲着,逃着,躲着自己也躲着别人,好不容易才活下来。我工作了,有人又把我过去的丑事在单位上抖搂出来。我又一次没法儿活了,我那时觉得还不如死了好。后来我不知道该怎样惩罚自己,只想快些把这一辈子打发完算了。你一直问我跟院长是怎么回事?我不能讲——我如果讲了,如果……我现在真想把什么都告诉你……"

"那是你的自由,我没那么大的好奇心。"

"算了,我知道你想知道,你有这样的好奇心,你想明白一个人会坏到什么程度。那么现在就让我告诉你吧——因为你实在想知道。我告诉你,我跟那个院长真的说不清楚……"

我像被蜇了一下。

"院长早就想了,他用了各种办法。可是我害怕韩立那双冷眼。他在这个地方没有做不成的事儿,简直是什么都能。他实际上也不算我们医院的人,只是挂个空名。只是有了特殊的病号他才来溜一圈,只在开重要会议时才出现一下。他不按时上班,也没有人想过要管他。他经常去的地方都是市里的头面人物家里,那些有名的企业家、总经理什么的,特别是那个'得耳',都是他的好朋友。他只在他们的圈子里混,高兴了才到我们这儿转一转,穿穿那个白大褂。他不好色——哪儿都有这种人——他各种毛病都有,就是不喜欢女人。有时我倒真希望他能喜欢我。不是我贱气,我是害怕了,是逃得太累了,想找个地方躲一躲……我不愿让那些乱七八糟的人缠我,他们像追捕一个猎物那样堵我赶我,让我跑得筋疲力尽。我如果待在一头最凶猛的狮子老虎旁边,那些豺狼也就不敢走近我了。我后来真的主动接近过韩立,可他嫌脏似的把我拨拉开了。我在他跟前没有一点自尊。我真有那么脏吗?后来我才明白,他不喜欢女人,他谁都不喜欢。那些年轻的小护士向他讨好,就为了自己的职称和晋升——还有的为了房子和调动——韩立那双冷眼逼得她们一步都不能近前。他不喜欢这个……"

二

整个倾听的时间我脸上都木木的。其实我正在用力忍受。她说出的这一切我完全相信,所以能够忍着听下去……我随着她的叙说机械地问了一句:"那他喜欢什么?"

"我不知道。让我试着讲一讲吧。先讲那个院长。我觉得韩立的目光简直在把我往院长跟前推。我知道最急于得到我的就是院长。我抗拒着,直到最后。我好比是一只被连续追赶的山羊,使尽力气才跳上一道石坎,跳着,跳着,直到再也跑不动了,就倒在了那里……我最恨的是院长,他喝醉了酒会到处讲我和他一起那会儿如何如何……别人都用猥亵的眼光看我。有的'企业家'到我们医院来看病,说:'我们别人不信服,就想找严菲瞧瞧。'他们把我想象成最下贱的女人……后来,我设法抓住了院长的一个把柄,这才松了一口气。我从那会儿就可以支配他呵斥他了,不高兴就让他离得远远的……我发现他有老年人那样奇怪的心态,小心翼翼地对待我。没有人时他想动我一下,手还抖呢——他还会激动。他有时跟我叫'孩子',也真把我看成'孩子'一样。他像个老羊一样跟在我身后,哆哆嗦嗦的。我不高兴时还打过他的耳光。我们现在就是这样的一种关系……"

"……"

"我知道这种关系让人恶心,可是……"

我真的忍住了心中泛上来的一阵恶心。

停了一会儿她问:"你想知道我说的那个'把柄'是什么吗?"

我没吭声。因为我不知怎样回答才好。

严菲火辣辣的目光看着我:"不,我想让你听听——这些事儿压在心里太难受,找不到一个人听,我会闷出病来……"

"你可以讲给家里人听。"

"你错了。你不知道我的男人。他原先在市机关工作,一心往上爬,只要能爬上去,什么都可以交出去。他听了我的事儿才不会在乎,他最希望我与有权有势的人在一起,觉得那是再好没有的事了。他才不会为我找人打架,不会摔刀子也不会拼命,只知道笑嘻嘻戴着绿帽子。他现在没了,不过就是活着我也不会告诉他。我不想向他说什么,心里的话一句也不想讲。我们不过是搭伙过日子罢了。我不愿收拾家,那个家早就搞得乱糟糟的,我在那儿连一分钟也不愿待下去。我把所有的时间都花在医院里。你可能觉得这所医院到处都是脏乱差,糟透了,其实不是。你不知道我在这里经营得蛮不错,有一个挺像样的办公室。当然了,它是院长亲手安排的,在办公楼后面那里有一排平房里,安静得很。那里环境很好,屋里一天到晚有鲜花——那是我自己采来的,也有崇拜者送的。我扯远了,我想告诉你我抓住了什么'把柄'……实际上我并没抓住什么,只不过院长以为我知道了那事儿。

"有一次他领几个人到乡下搞巡回医疗,事后从局里转来一封信,紧接着上访的人也缠上了局里。原来他们巡回医疗搞出了麻烦,有人死了。上访的人一天到晚坐在局里不走。卫生局的头头火了,派工作组到我们医院。上访的人也跟到医院里来了,搞得门诊楼那儿乱哄哄的。人家故意在那儿吵,晚上都不走,挡着大门睡觉。这很快引起了市里的注意,责令我们赶紧处理。那个巡回医疗小组有一个大夫,是个挺老实的上海人,他一直对几次手术事故有自己的看法。平时这儿一旦出了事故,局里和医院都派一个联合调查组去处理,反正要弄出一个'鉴定'。派出的人都是些能说会道的人,他们三弄两弄就把责任推得一干二净。不然的话就要留下很多麻烦,比如安排受害者子女等等,反正有很多问题。他们那次巡回医疗死的一个病人,上海籍大夫坚持说是因为院方违犯了医疗规程。他说自己亲眼看见那一次没有搞过敏试验……他这话本来是在内部讲的,后来调查小组来了他也这样讲。院长脑门上的青筋暴起老高,指着他破口大骂。那个人被骂得一声不吭,后来实在忍不过去,就顶了他一句。谁知院长跳起来说:'我看你是瞎了眼。'他这样骂过了也就罢了,想不到有一天几个人在一块儿喝酒,不知怎么吵起来……

"我亲眼见那个医生回到了自己宿舍,当时我正好路过。我刚走开一会儿,就有一个人去敲他的门。我回头随便看了一眼,见是一个醉醺醺的人,就是经常跟在院长身边的一个,外号叫'刀子'。里面的人不开门,'刀子'用脚踢,这样门才开了。接着里面就传出了叫骂声。

"第二天我听人说,那个上海大夫的一只眼睛被踢瞎了。我那时立刻想到了那一天院长骂过的话:这大概不会是巧合吧。院长急匆匆找到我,把我叫到办公室,说:'昨晚上是你看到他们在屋里吵架了?'我说看到了。院长说:'我原来也以为他们打架时把眼整坏了,后来问了一下,他说是上厕所时碰坏的。咳,喝酒多了没什么好处……你不要乱讲,不要引出麻烦来。'我二话没说就去看那个弄瞎了眼的大夫,因为他平时对我很好。他是个善良人,一个很漂亮的中年人,留了小胡子,看上去很神气,实质上胆子很小。我觉得这个人真惨。他读的书太多了,所以就有些呆。他属于本院的,本来住院时应该得到好一点的照顾,可他躺在了八个人的大病房里,一只眼被纱布包着,鼻子里还插了管子。我开始以为是氧气管呢,后来才知道是饲饭管。他要绝食吗?他见了我呜呜哭起来,我赶忙制止他。我说这样会很不好的,对你的手术不利。他说他现在成了'独眼龙'了。他说这话时牙齿都咬响了。我握着他的手安慰他。他说:'你知道吗?院长一直把我看成眼中钉,我知道没有好结果。'我问:'你的眼睛真是碰坏的吗?'他说:'是碰坏的,我的眼真他妈是碰坏的!如果这只不碰坏,另一只肯定也会碰坏。'这时我才发现外面有人往里望,他一直在听我们谈话。我不能再问下去了,就悄悄退出来……就这样,我怀疑他的眼睛是院长派'刀子'弄坏的。院长也以为我知道了这件事,他有些害怕……"

我听得身上发冷。这儿像是一座冰窖。

三

这个让人浑身发冷的故事应该有个更好的结尾才好。我的两手攥出了汗水,说:"你如果能稍稍有一点勇气,也许……"

她急急打断我的话:"我明白你的意思。你想让我到时候把什么都讲出来,是吧?"

"当然。你不敢吗?"

"不敢。因为我知道这不光没用,还会毁了自己。参与这个事情的所有人都会落个可怕的下场。你太不了解这个城市了……"

我闭上了眼睛——我在用力想,因为我觉得这话好像还有谁讲过,谁呢?我想着,想起了父亲——不过我实在记不清了。父亲因为母亲才来到这座城市,可是自从踏上它的边缘的第一步,也就陷入了罗网。他一步一步被逼进了陷阱……妈妈说他死去之前也说过类似的一些话,他说妈妈:"我真想不到这座城市怎么还能生出你这样一个好人……"

妈妈反驳他:"你记得刚来小城的时候怎么说的?你说这是你遇到的一个最漂亮的小城,干净,空气也好。你说这里所有的人都会长寿。"

他不停地叹气,"是啊,我说过这样的话。可是这更让我弄不明白它了……我真不明白这是一座什么城市……"

我在这一刻咀嚼着父亲的话。我直到现在才多少明白一点父亲那个时刻的困惑。是的,这真是一座神秘莫测的城,连父亲也不知该恨还是该爱了。这座城市就像一个彬彬有礼、热情好客的人一样,迷惑了所有的外来者。可只有当你在这儿定居下去,当你松弛下来,一些看不见的触觉就会慢慢伸出来,它们触摸你,让你舒服,让你痒痒的想歌唱——可就在与此同时,它就会分泌出一种液汁,把你麻醉,让你在不知不觉间被消化和吞食……

严菲说:"比如昨天晚上吧,那个苏老总——你不可能不知道这个人……"

我屏住呼吸听下去。

"他昨天晚上与韩立,还有一个秘书长,还有几个什么人,其中有一个是香港的什么'代办',一块儿喝酒。正喝着不知为什么吵起来了。苏老总把所有人都骂了,就是不敢骂韩立。最后闹得不可收场,把宾馆里的酒具也砸了,宾馆不得不出面干涉。这时谁也管不住姓苏的,也不敢管。韩立一直没有介入,只任他们吵闹,一个人在那儿喝着红葡萄酒,一会儿擦擦嘴,像什么事儿也没有似的走了……"

我可以想象韩立当时的样子。这显然是个神秘人物。

"这些年来他越来越不好琢磨了。他出奇地超脱,好像什么都不管,什么也不参与,又好像什么事都与他有关——我心里一直崇拜这个人,这是真的……"

严菲的嗓子哑了。后来我听到了哽咽。她好像说得很费力:"是的,我追过他。当年的我也曾经追过一个人,那个人让我到现在也不明白。你知道我长大了,我崇拜那些又神秘又有劲儿的人;我不过是想弄明白他们的力量从哪儿来;我还想让他们来保护我……你如果是这样的一个人多好,可你不是。你就算是也不会管我,因为你从过去到现在,对我这个受害者压根就不原谅不同情。相反,你回到这儿就是指责我、惩罚我来了!你如果真像个男子汉,就把我重新领走吧,你把我随便领到哪里都行——就是一块儿跑到那个悬崖上跳海,我也愿意。我会跟上你走的,真的。你如果不愿意领我去,没有这个胆量,那就闭上嘴巴,不要再来责备我!在这儿,所有人都扔下了我,我总不能跟那个'蛤蟆'院长在一块儿,我也不能被蓝珂他们缠住——那一天我们一块儿在蓝珂家吃饭,饭后我想告诉你,蓝珂也不是一个好东西,他油嘴滑舌,说得好听,下作念头比别人一点都不少。他因为是一个外科大夫,平时不知收了病人多少贿赂——这里的许多大夫都是这样干,他们早就腰缠万贯了!蓝珂马上就要搬进的一套楼房阔得吓人,他的钱是哪里来的？骆明得病那一天，如果不是他们那么计较押金,怎么会死人！我是说我们所有人都有责任,我们手上都沾了那个孩子的血……我只希望你能够理解这一点,不要把一切都推到我一个人身上,把我看得太坏——这会让我受不了,受不了。那一天我看到那个老人手里攥着一包钱,那是他刚取来的押金,就把头转开。我看不下去。有多少人在我们医院里哭得死去活来,我们都习惯了;可是那一天我真的受不了……你看,我才不像你想象的那么坏。天哪,我还在这儿解释什么——我还在求你原谅呢！其实你病好了一转眼就走了,就离开了,让你原谅又有什么用！我不过想:就算所有的人都原谅了我,只有你一个人不原谅我,我以后想起来都会沉甸甸的。我需要你——从来没有像现在这样需要你,真的……"

她把我的手抓起来按在自己的脸上。有热辣辣的东西沾在了手上。这一次我没有力量、也不忍拒绝。她亲吻我的手。再后来她又把我的手按在了胸部,让我感受怦怦心跳。她的胸部跳得那么厉害……野椿树下,在洁白得像玉粒一样的沙子上,她也曾把我的手按在胸前,不过那是少女的心跳……我的手渐渐触到了她的乳房。她全身的重量都移到了我的手臂上。她在我的身边颤抖,在我的耳边喃喃自语。

"……我忘不了过去,我只想着过去。只要我还没死,我就不会忘……我还记得在那张破渔帆下边,你要过我——当然是试着要过,也许什么都算不上……可那是我的第一次啊,老天！你该知道……我会活下去,我求你别在心里把我一笔勾销,不要把我当成一个死人,我还活着啊……"

这真让人难过。"要过我"几个字让我怦怦心跳,让我感激、欲哭无泪或迫不及待地想立刻否认……但我忍住了。我像是自语："世上没有不死的人,没有……我们都在一天天变老,不过有人在肉体死去之前灵魂先死了。它腐烂变臭——这就是我们这个世界没有希望的原因、肮脏的原因。我责备你,有时也不原谅自己。我常常问:我真的活着吗?因为我也不知道……"

严菲用力地摇动我的手,把我的整个身体都拽动了。她的泪水一串串流下,只是一声不吭地看我。后来她突然口吃一样说道:"我待的这个环境,就像一张大网把我网住了……你不会明白,因为我也讲不清。我只怕你把我看得太坏——我真的太坏了,可是……我不知道怎么说了。你只是想不到这都是一帮什么东西,他们大白天像模像样的,一到了晚上,一到了他们的窝里,就全都变成了狼——连狼也不如。这是真的……"

她哭起来,好不容易才止住哭声说下去:"有一天院长让我跟他去参加一个聚会,他说去吧,参加的都是头面人物。我就去了,这样的场合我不太拒绝。那一天也真是像他说的那样,去的人不多,大约有十几个,都是各行各业有名的人物,还有一个副秘书长、一个副市长、两个局长。那不是一个酒店,也不是高级宾馆,好像是郊外什么人的别墅。记得吃了西餐,有几个伴舞的姑娘。我现在最后悔的就是领去了一个刚毕业的大学生——她才二十一岁,一个初中教师,来看病时我们熟悉的。她长得漂亮,当时院长见她正好在场,就鼓励说领她一起去吧。她不想去,我就劝她做伴……

"那个晚上太可怕了。我们跳了一会儿舞,有人说累了,就到房间里去休息;一会儿有人说头晕,不舒服。院长说这怕什么,咱的保健医生在这儿呢!他让我去那人的房间。其实那个家伙想让我干什么,我马上就明白了。这些无耻的家伙我见得多了,一点也不吃惊。让我不能忍受的是他的房子里还藏了一个人,他装模作样跑出来威胁我们俩,说要跟我们一块儿,不然他就要怎样怎样……我根本不怕他,因为我对这样的无赖看得多了。他们固执地要与我一块儿,使用了暴力。这时我才明白这个房间里的一切都是早有预谋的。那时我像一头狮子,用牙咬,用脚踹,最后总算挣脱了。

"回到舞厅我才发现,剩下那几个无耻的家伙正死死地缠着和我一起去的大学生。地板上全是吐的东西。我不顾一切地拽起她的手,一块儿跑了出去……

"那个晚上天真黑,没有月亮,我们深一脚浅一脚地跑,不知拦了多少次车,这才算逃回来。我把女大学生送到她的单身宿舍,她攥住我的手就是不让我离开。她全身发抖,我只好陪了她一夜。这一夜她只是哭。我害怕了,问她:他们伤着了你吗?我的意思很明白,我在问他们是否强暴了她。她点头又摇头。我觉得一辈子都欠了她的。她在不停地哭……我什么办法都想了,但就是不能制止她揪心的哭声。

"我怎么也忘不了那个晚上她一边哭一边对我说的话。她说:她想不到,完全想不到。这些人当中有那么多的人——多大的一片平原啊,多大的一座城市,怎么能交到这样一群人手里?太可怕了,实在太可怕了……我这才明白,这个姑娘原来是因为绝望才哭——一个刚出大学校门的学生彻底绝望了,她是因为绝望才抱头痛哭——我怎么有办法劝止她呢?"

严菲讲到这儿也泪眼蒙蒙的。

我握住了她的手。我第一次觉得她离我这么近。她靠在我的身上,抖得厉害……

正这时门被推开了。

进来的是那个小护士,她手里端着一个托盘。她要给我做肌肉注射。我想她见了这一幕会把盘子扔掉,可是没有,她竟然像什么都没有看到一样,回身把门合上,然后轻轻地把盘子放到一边,坐下来等我们分开。

严菲旁若无人地亲吻着,抚摸我的后背。我等待她平静下

来……她搓搓自己火热的脸庞,整一整白帽子,坐在了椅子上。她轻声对那个护士说:

"开始吧。"

小护士把托盘端过来,开始给我注射。

她这一次稍微用力了一些,我感到了从未有过的刺痛。她注射的时间那么短,好像是一挥而就。显然她在故意给我一些痛楚,留下一点训诫。小护士可真不宽容。人大约要到了四十多岁才会懂得一点点宽容吧……

鹿　眼

一

这一天唐小岷终于来了。她一进门就从鼓鼓的小筒包里抽出一个硬纸壳:里面裹了一束色彩斑斓的野花!她弯腰在抽屉里找杯子,注水插花,并在一个地方摆好……我目睹她做这一切时,心里有说不出的感动。

她把带来的东西全部放好,然后坐到床边:"叔叔,我到处找你,好不容易知道了你在这儿。"

"你是怎么知道的?"

"肖潇老师告诉的。我来了两趟,都被医生挡在了外面,他们开始说没有这个人,后来又说不到探视时间。星期二过了,我只好等到这个周末……"

她鼻子上渗出了几颗汗粒儿,看得出她这会儿还在焦急。

"怡刚还不知道呢,我去找过他,没有找到……"

我们刚刚谈了几句,严菲就进来了。她不想打扰我们,坐在了一边。

　　小岷看一眼旁边的严菲，眼睫垂下，"叔叔到底怎么了？你前几天还……"

　　我摇摇头，"现在好了。"

　　小岷看着脚下的地板。这是用塑料地板块拼接起来的，分蓝白两色。她突然自语般说道："这地板像廖若家的门厅……一样的。"

　　我以前并未在意那个门厅。我只问廖若的病怎样了？

　　"还是原来的样子。我去看他，跟他玩彩色三角——他已经不想赢我了。以前廖若好胜心特强，谁也赢不了他……"

　　她一说到廖若就不时地瞥一眼旁边的严菲，眼里是恨恨的神色。

　　我故意问她："你认识这个阿姨吧？"

　　"那天的值班大夫！"

　　严菲用平静的目光看着眼前的这个小姑娘。她大概不想辩驳什么，不想跟孩子们说什么——她可能知道孩子们既不会惧怕，也不会原谅。

　　我看着她们俩。小岷惊讶地抬头望我一下，那目光好像在问：怎么，难道你们两人达成了谅解吗？

　　我心里的声音在说："我没有原谅她，可是……"

　　小岷目不转睛，一直警觉地看着我。

　　"可是……"我在心里措词，但一时无法表述那种复杂的意绪。这样停了一会儿，我开口说话了，声音有些艰涩地为小岷介绍面前的主治大夫："小岷，这个阿姨是我很早以前就熟悉的——她是我小时候的朋友。你可能不信，在很早以前，就是和你这么大的时候，她长得简直就像你一样……是的，差不多完全一样——我第一次在肖潇屋里见到你时甚至大吃了一惊……"

唐小岷刚开始瞪大眼睛,听到后来缓缓摇头,发出一声轻微的"哼"……

"说起来太巧了,她当年也像你一样,也在果园子弟小学,也担任学习委员……"

唐小岷站起来,用奇怪的目光瞥了一下严菲。她的胸脯急剧起伏着,又坐下。她活动着两脚,一声不吭。

严菲挨近了唐小岷:"我知道你和同学们都恨着我。我现在没法儿解释,因为那天我确实是值班医生。我从来没有为自己推脱过,我一直在为这个谴责自己,谴责我们医院。我完全能够明白我在你们眼中成了什么人。我不想辩白。你们那天的哭喊我很快就忘了,因为在医院工作的人常常要听到这样的哭喊——可是今天一看到你,那天的情景就像在眼前一样,清清楚楚的……"她说着伸手去抚摸唐小岷的头发。

唐小岷一扭头躲过了。当她再次伸手时,唐小岷突然求救一般朝我喊了一声:"叔叔!"

严菲无望地叹息一声,退开了一步。

"小岷……"我叫了一声,她没有回应。这样待了一会儿小岷站起来,只向我一个人告别。我试着挽留她,没用。

小岷离开了。

严菲一直盯着一个角落。她的泪水渗出来,惟恐我看到,就转身去看窗外。

我知道唐小岷那对永不原谅的目光对她构成了刺激。望着她的肩头,我心头涌过一阵未曾有过的怜惜。

二

后来的几天,唐小岷又来这儿探视过几次。刚开始医院想阻拦她,后来因为严菲出面说情才使她畅通无阻地来去。但小岷并未因此而对女医师有过丝毫谢意。她直接对我说:"我讨厌这个人,我恨这个人。"

我无法说什么。我甚至不敢为女医师辩解半个字。我只能看着这个因气愤而变得满脸红涨的孩子。

"我恨死了他们,一辈子也不会忘记……叔叔你看,她的样子真不像个坏人。可她干了什么啊。她带着听诊器——小时候我一生病妈妈就请来大夫,他们给我听诊,试温度,还给我糖吃。今天的医生成了这样……"

小岷讲着讲着没了声音。她抬头定定地看我,突然说了句:"不说这些了,我差点忘了正事呢!我今天来是来陪病人的,我要让你高兴啊!我是专门为这个才来的啊!"

她亮晶晶的眼睛看着我,使我一时感动得说不出话来。她怕我寂寞,可爱的孩子。

"那你就给我讲一个故事吧,我真该听一个好故事了。"

唐小岷抬起头来想了想:"都是以前别人讲给我的——嗯,我乡下的奶奶有很多故事……她的故事差不多都是小动物的故事、林子里的故事。我爷爷和城里奶奶讲的就不是了。爷爷讲的都是战斗故事,城里奶奶讲的是另一些故事——你要听乡下奶奶的故事,还是爷爷和城里奶奶的?"

我说那就乡下奶奶的吧。

唐小岷立刻高兴起来。她给我讲了小兔子的故事,还讲了一只青蛙的故事,讲着讲着又不吭声了。她有些懊丧:"这都是奶奶讲给我们听的,她总以为我们只能听这些故事,我们都是小孩子。其实,我们一边听一边在心里笑她呢!廖若就在暗地取笑她,一出门就说:'什么呀,你奶奶肯定不知道外面的事儿。'我说那当然了……"她说着瞥我一眼,突然问:"叔叔也去过游乐场和度假村吗?"我未置可否,说现在只想听动物们的故事,其实这样的故事永远是老少咸宜的,这才是最好的故事呢!"

小岷受到了鼓励,接下来为我讲了一则鹿的故事:"奶奶说,原来的海滩灌木丛中有很多花鹿,它们真是漂亮极了……"

我差一点喊出来,告诉她我曾经拥有的那一只……我咳了一声,打断她的话:"是的,它们的眼睛就像你的眼睛一样,又大又亮,还有长长的睫毛……"

小岷的脸红了:"奶奶说那些花鹿可好了,那时候鹿可不怕人,它们和人都是好朋友。那时这里人烟稀少,花鹿在灌木丛中,有时就跑出来和人做伴。那时的人还没有想到去打鹿,他们以为鹿又好看又懂事。村子里缺医少药,要看医生得跑很远的路,家里人病了就到海滩上采草药。有一种草,有人看见花鹿生了病才去吃,就把这种草采回来,有病时就烧水喝下去,病立刻好了。鹿到村子里玩,他们就给它最好的食物吃,有时还留它们过夜。不光是鹿,还有熊、兔子、刺猬,都和村里的人在一起。他们种了白菜给兔子吃。那些刺猬就钻在草垛里给他们看护柴草,谁家草垛里刺猬多了,草垛子就永远也烧不完。还有一些鼬、獾,这些小动物也都常来村子里。再后来那些野猪也来了——过去它们常常跑到玉米和地瓜田里糟蹋庄稼,是鹿和兔子制止了它们。原来动物与动物之间都听得懂话。那时候人和动物并不怎么生分,更不会见面就打。一只鸟动不动就飞到人的肩膀上,对在耳朵上叫一会儿——它以为人也能听得懂它的话呢。所有动物都不怕人,海滩上的动物比人多,人才是动物的客人。只是后来遭灾了,连年歉收,村里人连萝卜也吃不上了,有一个人饿坏了,先把自己的鸡宰了,后来又把狗杀了,最后还杀了一只花鹿。他杀鹿时不敢让别的动物看见,把地上的血用土埋起来。那只花鹿刚刚一岁。小鹿父母没了孩子,就在海滩上一天到晚叫唤。它们最后闻到了血腥气,就在那个小村里大哭不走。村里的人知道出事了,辈分高的人就召集起全村的人,问是谁做下了。没有一个人站出来。花鹿爸妈就天天哭——它知道自己的孩子是被村里人给害死了……

"打那儿村里的人与林子里的动物就有了仇,互不理睬。再到后来,村子里的孩子长大了,见了动物就用石头打。有人还买了枪。林子里的动物越来越少,它们与村里人的仇越结越深,有好几个小孩刚长了两岁就给狼叼走了。到后来村里就有了专门的猎人——猎人就是专门惩罚动物的。村里人开始变得胆小怕事,一个人不敢进林子,特别是晚上。我们出去玩时,家里人就嘱咐:早些回来,林子里有狼。我们真的不敢到林子里去了。到了晚上,如果一个人走路,头发梢都要竖起来,老觉得有什么尾随着。有人真的在夜晚出去再也没有回来。我出门时就在心里咕哝:动物啊动物,我真的要做你们的好朋友,就让我们重新开始吧,就让我们成为好朋友吧。我这样小声念着,真的没有遇到狼。有一次我看到橡子树上有一对亮晶晶的眼睛瞪着我,它多好看呀——长了小黄脸,小黑鼻子,眼睛是蓝色的。那双蓝色的眼睛有点像猫,又有点像狗。它看了我一会儿就跑了,大概是不信任我。还有一次我在灌木丛中看到了一只小动物,可能是黄鼬,也可能是别的,反正样子俊极了。它的眼睛比我上次看到的那个动物还大,又圆又亮。不过它的眼睛是金黄色的。它被一种藤蔓勒住了,正在设法逃脱,被我一下抱在怀里。它又蹬又叫,还发出小孩似的声音。我胆战心惊,只高兴地抱着它,拍打它。它的蹄子用力按在我的身上,还是要挣脱我呀!我想贴近一点它的脸,可它就张大嘴巴吓唬我。最后我吓得放开了它……

"它没有了,我一整天都在想它的模样。如果我们成了朋友,那该多好啊。当然这做不到,我知道动物的心被人伤透了。我喜欢动物,害怕生人。生人的目光更让我害怕……"

我默默倾听。后来我告诉小岷:"动物和人一样……他们是各自不同的。"

唐小岷的脸色冷峻:"是的,有的人比动物还坏。比如说那个女大夫,她的心多狠啊,见死不救……"

"她会救的——不过她当时……"

唐小岷先是不吱一声,后来冷冷一笑:"她给你治病,你替她辩护。"

我最担心的谴责终于发生了。我说:"小岷,你不要误解……"

"我没有误解。"

三

我有点难过。我不知该用什么语言解释。孩子的心不能伤,孩子就像故事中那些纯稚的动物。可是怎么表达我要说的意思呢?我想说的只是:我们每个人既陌生又熟悉;人是由完全不同的、极其复杂的一些元素组成。我们所要做的,也许就是让每一双陌生的目光都变得熟悉起来,让它们变得友好、坦诚,能够问心无愧地互相注视……

唐小岷重新坐下了。

我仍然不知该说点什么。我想让她也听一个故事——那也是一则关于动物的故事。我原想讲一下那个小海神的故事,可她已经听过了。我只好求助于记忆,极力回忆外祖母讲过的每一个故事。

最后我还是想起了那个岛:小海神曾经迷恋过的仙岛。与仙岛连在一起的故事还有很多呢。那是怎样的一个岛啊,美轮美奂,几乎所有的生灵都盼着能去岛上……

"很早很早以前,我们这片海滩丛林里有一个动物的'村庄'——"我像当年的外祖母那样开始自己的故事,"'村庄'里也有自己的头儿,有它们的'大姐大婶叔叔奶奶'。年长的也告诫自己的孩子和兄妹:不要做坏事,不要到人的园子里去偷果子和香瓜,如果做了,就是小偷。那个最年长的动物是一个棕色的兔子,它把所有的孩子都召集起来,一共几十个,聚在一棵大槐树下,说:谁没有做过坏事就到我身边来。它一连说了好几遍,没有一个小兔子敢走过去。为什么?就因为它们回想做过的事儿,发现自己不是偷过邻近园子里的浆果和香瓜,就是打过架。它们没有一个敢理直气壮地站到老爷爷身边。因为老爷爷每年都要带一个完美无缺的孩子到岛上去——那个岛上鲜花遍地,百灵鸟一天到晚唱歌。那儿聚集了天地间各种各样最优秀的动物,谁能到那儿去将是终生的幸福。大家可以随意采摘果子,喝甘甜的长生泉,在长长的芭蕉叶子下面歇息,听琴树弹奏,看仙鹤跳舞。所有动物都知道那个仙岛有多么幸福,都渴望有一天能成为岛上的居民。它们不断叮嘱自己,鼓舞自己。当一种诱惑来临时,它们就说:千万不要做坏事啊,我们要到仙岛上去呢……尽管这样,还是压不住心底那种奇怪的念头。因为每个动物心底都有许多念头,一个动物要做什么就由这些念头管着,好念头占了上风就做好事,坏念头占了上风就做坏事。偷果子、到林子里糟蹋鲜花、爬到树上咬没有成熟的橡实、欺侮幼小的伙伴——这些都是因为坏念头涌上来……

"有一个最美丽的小白兔子,大家都喜欢它。它也是长辈最喜欢的一个小宝贝。大伙儿都用羡慕的眼光盯着它。它吃最好的果子,喝最甜的泉水,周身上下散发着薄荷香味。谁都想不到它也会做坏事。有一天长辈把大家召集起来,又问:谁是完美无缺的?快告诉我,我好带它到岛上去。停了半晌,还是没一个答腔。再到后来长辈就指着那个小白兔说:那么就剩下我们俩一起走了……大家都没有异议,因为都知道那个小宝贝迟早是要被送到仙岛上去的,这是明摆着的。瞧它身上连一根杂毛都没有,甚至连一个喷嚏都没打过。可是正这会儿小白兔呜呜地哭了。它请求老人不要带它走——因为那些有缺陷的、做过坏事的,过海时就会沉到水里,捞上来以后就变得丑陋不堪。这也是所有动物不敢隐瞒的缘故。小白兔哭着,说它也做过坏事儿——有一次它看到一个伙伴和邻居家的小男孩儿一块儿玩,就产生了嫉妒,后来它就离间了他们——于是那个伙伴就永远离开了这里的丛林,流浪他乡。它说到这儿,大伙都想起这里走失了一个伙伴,但从不知道是为了什么。这会儿大家一齐咂嘴、叹息。因为都知道,离间和中伤,这是所有罪行中最厉害的一桩。尽管那个老长辈最喜欢这个小白兔,一心想让它去那个仙岛,可是这时候也不得不忍痛割爱了。它最后捋了捋胡须说:'孩子们,你们知道吗?那个岛上除了原有的动物,到现在还没有一个新居民呢。'大家都惊讶了,都问为什么。老人说:'因为天底下还没有一个完美无缺的动物,大家都多多少少干过点坏事儿……'"

我这样复述着外祖母的故事。唐小岷半天不吭。她的脸红得厉害,望着窗外。突然她啜嚅道:"我更不配到那个岛上去……"

"你也做过坏事吗?"

"我告诉过你了,我往疯伯父身上扔过东西,还骂过他。还有……"

"你也中伤过别人吗?"

"比那个还要坏……"

"还做了什么?"

"别再问了,叔叔,别再问了……"

她哭得越来越厉害,后来全身都抖动起来。

"孩子,别这样,这没有什么——别哭了孩子……"

"我真后悔,永远后悔。叔叔,我心里装的事儿太多了,这些事儿不能告诉别人,它们一天到晚压在心上……谁都以为我是一个好孩子。可是我自己知道有多么坏。我觉得如果真有那样一个岛,大概只有骆明才配去那儿。"

"所以他就离开了……"

小岷亮亮的大眼睛望向我,这使我又一次认定她长了一双鹿眼。我心里充满怜悯。我不知道她的自谴到底意味着什么,但我不能再问下去。我害怕那是一个与公司和游乐场犯罪有关的可怕故事——尽管我无论如何不能相信。我喃喃道:"是的,我相信骆明是一个完美无缺的人,所以他离开了……"

小岷的目光凝在一处,不再做声。

她一直沉默着。我知道她在不安地追悔。这让我想起了自己的少年和青年,想起了那些类似的忏悔。那时做过的一些事情直到现在还让我难过、让我羞愧。因无知而造成的过失令人分外沉重。这一切我没有与他人讲过,因为这是令人脸红的一些人生记录。也许在有人看来这是微不足道的,当事人却会永远难忘……如果每个人把他做过的一切都罗列在阳光下,那么我们这个世界就将变得惨不忍睹。

一个坦白的世界既是可爱的,又是可怕的。像我栖身的这个医院,它今天对于我来说,就是一个正在裸露的世界。

"叔叔,我心里的许多事儿没有告诉过爸爸妈妈,更没有告诉过同学……"

唐小岷再一次向我强调。我可怜这个孩子,却无从安慰。我只说:"我相信这些使你难过的事儿并不像你认为的那么严重,它们起码不像我做过的一些事情——那么不可原谅……"

"不,叔叔,我不相信有什么会……更坏!"

"这是因为你还太小。你面前的人已经不想简单地说一句'请人原谅'了——他人到中年,已经说不出……现在到处奔走,也许就是要挣脱那些附在身上的罪愆——这当然很难。它们就像水蛭一样挂在身上,不肯脱落,日夜叮咬……"

小岷的鼻翼活动着,惊讶地叫着:"叔叔……"

四

唐小岷走后我觉得太累了,像刚刚结束了一场长长的奔波。真是疲惫啊。我看着桌上那束斑斓的野花,嗅着它的香味。这气味越来越浓烈。

严菲这些天的叙说令人战栗。她仅仅掀开了幕布的一角,却让我不敢窥视。

我一直在想她在那个聚会上的经历——特别是那个一夜泣哭的少女。是的,她是因为绝望而哭泣。"这么大的一座城市、这么大的一片平原,怎么就放心交给这样一群人?"这就是来自少女的质询。少女永远得不到一个回答,所以也就哭了一夜。

少女可以哭成泪人,可以泣血,但却没人倾听……这是悲剧中的悲剧。

病房的门响了一下。打针的时间到了。

又是那个小护士——我好像现在才看得清楚:她在整个保健病房里是最出众的一个女孩。几天来我已经观察到,几乎所有的病人和男大夫都愿和她搭讪几句。

她注射完毕,然后看了看那瓶野花。她摆弄着空空的药瓶,问:"您快出院了是吧?"

"是的。"

她再没说话。她在想着什么,可能终于鼓足了勇气——后来她抬头看着我,却用平淡的口气说:"不要和严菲过分亲近……"

"为什么?"

"这样人们会议论你们——您和她不一样,您是一个病人。而她,谁不知道她呀……"

我故意问:"她怎么了?"

她惊讶地瞪大了眼睛:"你不知道吗?告诉你吧……"她回头看了看关严的门,小声说:"前不久她还让我给注射过一针呢。"

"她病了?"

"她患过梅毒。真的,我只告诉您一个人……"

我皱皱眉头,"谢谢。谢谢您的提醒——"

她让我发誓不要将刚才的话告诉别人,说完一缩脖子,慌慌地离开了。

可我觉得这个小姑娘还是有些可怕。她为什么要这样?她真的如此地关心我吗?

我不相信。也不相信她的消息。我只是在想外祖母的故事,故事中的那句话:在所有的罪行中,离间和中伤是最大的一桩罪。

第十一章

永恒的原野

一

　　我不曾记得有过这样的一场昏沉。从医院出来,竟一时忘了时日,也忘了季节。跌跌撞撞走进阳光,恍若走进了另一个世界。我屈指计算着归来的日子,却怎么也算不出……出院的决定是颇为仓促的,有人张罗车子送行,被我谢绝了。当我站在走廊里那会儿,小护士以为我在这儿等另一个人,赶紧走开了。于是我和这个照料自己多日的小护士竟没来得及说一句告别的话。我穿过走廊,然后径直走向了大门……连我自己都觉得如此急切地离开有点可笑,但我知道隐在心里的这种焦躁不仅仅是因为长时间住院造成的,还有其他——长期的淤积、难言的渴念,我心里的牵挂——我正牵挂着许多事情,反正这会儿再也待不下去了,真的有些迫不及待。

　　走出医院大门,情不自禁地迎着阳光大口呼吸起来。我只想一个人步行,穿越从市区到园艺场之间的这片旷野。出城时正是半下午时分,起风了,北风一下吹乱了我有些长的头发……

　　天色渐红,太阳已经挨上了树梢。我差不多是一直往西,一口气登上了纵贯南北的大河长堤。河堤下水流湍急,但不像往日那么清澈;河道中央由于长年的淤塞,水流已经扯起了一大片沙洲,上面长起了茂密的蒲苇,准备夜栖的各种水鸟咕咕叫唤,蹲在苇棵上,用懒洋洋的眼睛打量着四周。有一只嘴巴尖长的大水鸟,脖子下有一抹红色,正伸长了脖子向这边探望。一只云雀在空中作最后一次环顾,一边歌唱一边降落下来,悄落到了河湾对面——那里大概有它的一个窝,那种光滑的篮子状的精致小窝,它在这片荒滩上时常可以见到。

堤外的茅草连成了一大片,它们几乎一般高、一个颜色,此刻在霞光里拂动,很像是大自然一次傲慢的炫耀。离河湾近一点的灌木长得又高又密,也开始变得混杂了。它们当中有山柳、刺槐、鹅耳枥,有南蛇藤、苔参、牡荆、胡枝子、普吉藤,偶尔还能看到青杞和尖叶杜鹃。一些乔木阔叶林中常见的麻栎和木杉之类,甚至有侧柏和赤松,三三两两长在河湾两侧。在这儿几乎可以看到各种北方树种,虽然有的仅仅是一株两株。一个猎人走上一天也许都看不到一株赤松,可是当他准备离开,正沿着河堤漫不经心地往前,一抬头就能看到它在前方傲然挺立……这里的黑松多极了,总是成片成林,排列齐整。它们最适宜在沿海沙土上生长,生命力旺盛;茫野之上,只有它们才能与茂密的刺槐比肩——松枝黑乌乌油滋滋,树冠上挂着隔年松塔,地下铺满金色松针。松林很容易让人迷失,在夜晚,行人明明可以看到北斗,可还是要迷路。因为那是个怀疑一切的时刻——有时只是一声小鸟的呼唤,一点草叶的窸窣,就能改变行者的思路。

一只小兔子蹦蹦跳跳,在离我几十米远的地方往上蹿跳,像在捕捉什么东西。我注视着它,它却对我视而不见。在这儿,连最胆怯的动物也不怕人——它依靠了茫茫苍苍的荒野,也就找到了真正的自由和平安,无拘无束。没有人统计过这里有多少植物和动物。走在这里,一个人常常会惊叹生命的奇异现象——只要有一点可能,它们总是尽力显示自己生存的韧性。教科书也不会十全十美,一个动植物学家也不能天真轻信,因为这里存在着各种各样的变数,各种各样的机缘。比如说有人曾在海边发现过碗口粗的蛇——有人在一片密不透风的灌木中发现了它,听到了它冰凉的喘息。再比如说花鹿,教科书上说它在很早以前就从这里消失了——我再清晰不过地记得原野上惟一的那头花鹿是怎样惨死的——可是前不久有人证实,说亲眼看到了一只野生花鹿……如果这是真的,那么他看到的才是最后一只。

远处传来了拉网号子,这让我在苍凉的暮色中感到了一阵安慰。这里离海岸线已经不远了,我可以在天黑之前穿越丛林。

灌木越来越密,有的地方因为葛藤的缠绕,要通过非常困难,我必须费力地扳开树木枝丫往前。野鸟越来越多,黑色的啄木鸟笃笃敲着树干,警惕的小脑袋歪来歪去,一直用目光把我送远。松树鸦和花斑啄木鸟弄出扑棱棱的声音,使人觉得它们过于肥胖或笨拙。野鸽子的模样娴淑娟秀,它们循规蹈矩,娇羞难掩。落在枝丫上的老雕黑黑的,像石块一样沉重,是林中的不速之客——它让几十米的范围内变得死寂无声。我不知它对哪一类鸟才真正构成威胁。树与树之间有很多四蹄动物留下的痕迹。树木间扯上了蛛网——用一根小草轻轻碰一下网丝,立刻就会从树枝上滑过来一只黑黄两色的花纹蜘蛛。每一次从树间穿过我都小心翼翼,因为我总是想起关于它的那些可怕传说——那个阴毒的蜘蛛精怎样杀害一个孩子。林木间的网啊,密集相连,从一个树隙牵到另一个树隙,以至于隐隐布满整个林间。这儿真的是一个网的世界……

走出马尾松林和杂生灌木林,出现了一片橡树。这些不高的橡树异常旺盛,抽出了长长的枝条,像柳条那么柔软和修长。它不需要发达的根系,主要依赖地表水,摄取浅层里的腐殖质。几乎每一株橡树丛的叶子都长得乌黑油亮,上面生满了白色球果,远看如一些小白花点缀在油绿的叶子间。它的周围是色彩斑斓的草地，草地上是千层菊、三色堇和野石竹——这里的野石竹都是花瓣深红色的、有着一道白色衬边、茎秆有点发红的那种。野石竹在深绿色的草丛中十分醒目。有一种叫不出名字的开着五角星形状的野花，揪住茎子轻轻一拉可以发出吱吱的叫声——当地人就叫它"吱吱"。"吱吱"的叶茎放在嘴里咂一下，甜得像蜜——草丛间有不少被咀嚼过的"吱吱"，这引起了我的注意。再往前走，又发现被抛在草地上的一些浆果壳子。这说明不久前还有人到过这里——抛在地上的东西还没有变得焦干，究竟是谁到过这儿？

一个偶然的发现使我恍然大悟：一种脖子长长的、长了灰色嘴巴、约莫有兔子那么大的四足动物从一株小叶杨下伸出头，就近去咀嚼一株"吱吱"……其实我早该明白：如果是人嚼过的，那么他一定先要小心地把茎部拉出，然后品咂甘甜的茎根，而不会把长长的一截都嚼烂。

在太阳沉入大地前的这段时光，海滩平原上到了一天里最壮观的时刻。每一片枝叶上都闪烁着金色晖光，它们在晚风中颤抖，与摇动的野花掺和一起，灿灿灼目。那些在草丛里起起落落的鸟雀翅膀和萱草花的颜色一样；更远处是地平线上的彩色流云，云隙里闪射出一道道霞光，像绵绵无尽的金色丝线，被傍晚时分的气流吹拂到很远很远——它的末端也许就浸湿在大海深处。百灵在霞光里叫得更欢，入夜之前的这段辉煌是它最兴奋的一个瞬间，它们要趁着这个时刻把一腔激动倾吐净尽……在百灵的欢叫里我似乎还听到了野鸡、斑鸠、野鸽子、啄木鸟和长尾喜鹊的歌喉。各种各样的声音此起彼伏，遥相呼应。就在这一唱一和、一问一答的呼唤之中，野兔箭一般跑过，灌木、芦苇、宽叶蒲草，都在风中温柔地摆动。

这个时刻，仿佛正有一只无所不在的巨手轻轻抚摸荒原，让其在怀抱中沉入梦乡。歌声停歇了的时候,催眠的絮语就要响起——海浪一下下拍着沙岸,那是淡淡的、温柔的、使人安怡的黄昏之声……

二

我尽快赶到那些拉网人身边。我准备沿着海岸走下去,然后再顺着河堤返回园艺场。这将是一个多么好的长夜。

走啊走啊,后来我竟怀疑起自己的耳朵——渐渐分辨不出海浪的声音从哪个方向传来。我发现暮雾中的松涛声与海浪声如此相像,掺和一起就变得难分难解了。后来我听到了潺潺的水声。这是哪里?我不记得这一带有溪流水汊,可是那声音分明越来越大——一抬头就看到了高耸的沙丘,那是一条长长的沙丘链,长得竟然看不到头尾。我登上沙丘,发现了密密的苇棵和蒲草。原来这是纵横蜿蜒的人工渠……一年年过去,这些渠水在风沙中被不断淤塞,断断续续的水网旁长出了柳棵和蒲苇;连年不停的流沙在灌木柳棵处凝结滞聚,沿着渠道形成了高高的沙岭。扒开沙岭下的蒲苇,就可以看到当心有一泓清水。天色暗下来,水流里有一颗颗晶亮的星星;有什么扑通通响着,可能是被打扰了的青蛙。我撩起水洗了洗脸,甚至小心地喝了一点儿。水非常甜,是再好也没有的沙地清水。那些渔人和猎人最喜欢喝的就是这沙渠里的水。

顺着渠岸往前,就会直接走到海边。我知道所有的渠水都是迎向大海的,它们也许离海很远就被风沙拦截了,但却留下了一个走向。这样前进了一会儿,我发现左岸出现了一片黑黢黢的林子,那是槐树和柳树、小叶楸树等。由于出现了乔木,所以流沙也就堆得更高。沙岭下坡那儿突然出现了黑乎乎的什么——它像一只巨兽一样伏在那儿,一动不动。渐渐离得近了,这才看出是一个搭在丛林中的小草窝。我马上想到了流浪汉。挨近草窝听了听,里面一点声音都没有,它是空的……我犹豫起来,竟然不想匆忙地离开。我甚至想在这个窝铺里歇息一会儿,悄悄地等它的主人归来——如果是一个年老的猎人那该多么有趣啊。我仰躺在铺子上,想着小时候一个人在林子里的时光、那种独特的孤单、老猎人无边无际的故事、我的花鹿。就这样仰躺着,看天上一颗颗星星。

很久没有这样的夜晚了。一个人没有历经荒野之夜,就永远也不会明白漆黑的夜色里究竟有多少生命在忙碌。我这会儿用心倾听着四周小动物的咳嗽、刷刷的奔走声。它们不像人那样作息,每到了深夜就忙着串门、凑在一堆儿欢畅鸣唱。我感到有小蹄子迈近了,又在几米远的地方停住。它们大概闻到了我身上的气味——它们如果走过来我也不会害怕。我知道大多数动物都是友善而胆怯的。

不知怎么睡着了。醒来时太阳已经升起,彩色的光束从小窝的缝隙射进来。这真是一夜好睡——不记得回平原以后曾有过这样好的睡眠。这一夜竟没有失眠也没有做梦。我这会儿才看清这个小小的窝铺:原来这是个搭了很久的草铺,是用多刺的槐枝扎成的栅栏,上面又用光滑的苦草镶衬;有一张柔软的茅草铺成的厚床,上面是蒲草编成的光洁的席子。这个席子甚至编了很漂亮的花边,而且上面还放了蒲草做成的枕头。我仔细看了看,发觉它已经被枕过好久了,颜色黑乎乎的。从这个铺子的模样可以看出,它并没有被主人抛弃。铺顶上吊下一个茅草编成的大包——我把大包摘下来,立刻嗅到了一股馊味。里面有两半窝窝、一块腌鱼、一个咸萝卜头。从食物上看主人已经离开好多天了。我小心地把它放回了原处。

这到底是谁的一个窝棚?

我头枕双臂,正看着从树隙透进来的霞光,突然就听到了哗啦哗啦的涉水声。我发现渠心的水草被拨动了,就紧盯着那儿。茂密的水草又动了一下,一个人走出来……天哪,我真不敢相信——是他,那个疯子,小岷的伯父!

我抑制着怦怦心跳,等待他挨近这里。

他真的迎着铺子走过来。

他完全没有料到铺子里会有一个人,当一探头发现了我时,就一连声啊啊大叫,扭头就跑。我发现他手里还捏着一块红薯。我对自己的莽撞追悔莫及,喊:"别跑,别跑啊……"

他站住了,慌慌的眼睛盯住我。我有点害怕——不过真正害怕的是他,他只停留了片刻,又不顾一切地往前跑去。他扭动身子奔跑的样子十分怪异,头发又脏又乱,被晨风吹着,撕成条条的衣服掩不住肌肤……令人惊奇的是,他能够那么灵巧地在树木枝丫间穿越,只一会儿就消失在灌木丛中……

我站在窝铺跟前,怅怅的。这儿是他荒野的家还是临时住处?

"发大水啦——发大水啦——跑啊,快跑啊……"

远处传来一声声喊叫,此刻的荒野显得如此地令人惧怕、疑窦丛生。喊声越来越远,越来越远……

走到海边时,黎明网刚刚上岸不久,守铺人已经在一口大锅里把鱼汤煮沸了。我看着在锅里翻动的鱼肉和姜末葱花,实在忍不住阵阵香味儿的诱惑。看铺子的人从来不会拒绝一个来到海边上的人,几乎没怎么问就抄起一把苍黑的铁勺,为我盛了一大碗鱼汤。真好,这个夜晚和这顿早餐都好极了。

一些人正忙着把网里的鱼弄上来,倒在沙岸的席子上……这个情景我太熟悉了。小时候我常跟着爸爸来到这儿,默默地待上一天。不过当年看渔铺的老人没有了,那个蛮横的海上老大更是无影无踪——这会儿我突然记起了那个人满脸的横肉,就问起最年长的渔人。他们没有一个知道谁是海上老大。仅仅是二十多年的时间,往日的风云人物已经全部散尽,他们没有留下任何痕迹……只有渔铺子如同往昔,它们饱经风霜,苍黑如故,好像一直踞守在旧址上等待着什么。我问看铺子的老人:这些渔铺子是不是以前留下来的?老头子摸着胡子:"说不准,反正这海边上有好多渔铺子,一拨儿打鱼人撤走,再来另一拨儿;原来的铺子如果糟烂了、被大火烧毁了,就在原地搭个新的。"

"渔铺子也会烧掉吗?"

老人瞪了瞪眼:"哪一次烧渔铺子不是一场灾!起了大风,出去打鱼的人半夜上不来,岸上就得点上渔铺子啦,他们会迎着这堆大火游上来,或许还能活个仨俩的……"

我长时间凝视着大海。我想起了与父亲在一起的最后一夜,想起了那几个采螺人的惨死……

三

这一天我没有马上回园艺场招待所,而是直接去了肖潇那儿。在医院那些不眠的长夜里,我常常要回想起我们两年来的相识和交谈。这是一些温暖的、掺杂着某种感激的回忆。在这片平原上,她真像一道无所不在的温煦目光。

然而这次见面却没有多少愉快。她来不及向我询问出院前后的一些事情,而是焦急地告诉了一个坏消息:廖若失踪了!

她说这已经是两天前的事情了,现在不少四处寻找的人已经失望地返回了……

我可以想象这对于廖紫卫夫妇会是一场怎样的危机。我于是再没耽搁,只匆匆告辞,尽快赶到了廖家。一进门我就发现廖紫卫和妍子在这段时间里经受了可怕的折腾:眼神木木的,两眼充满血丝,憔悴至极。他们说以前廖若出去总有人跟上,他也从不走远;可这一回他是自己溜出去的……妍子的哭声让人不忍再听。我还是第一次看到她这个样子:头发不再梳理,披肩遮脸,脸也像没有洗过。廖紫卫说学校发动了同学,准备在河两岸一点一点找,不放过每一丛灌木。"这片海滩太大了,灌木也太密——如果走迷了就糟了,"廖紫卫急得两手抖着,"他在外面吃什么?他现在生活已经不能自理,如果在外面超过三天恐怕就……"

我在宽慰他,其实自己心里也没有主意。这个事件太突然了……一会儿唐小岷和怡刚也来了,他们脸上全是惊恐不安的神色,进门后一直小心地瞥着廖紫卫和妍子。

我现在感到后悔的是没有帮廖紫卫夫妇痛下决心,没有及时把孩子送到林泉:在那里起码不至于失踪或出现其他意外。我也不由得在想廖若可能遇到的不测:秋洪下来了,他如果过河,踏上那个又窄又滑的小木桥是很危险的——一旦落入河水,狂急的水流立刻就会把他卷没;如果跑到海边的悬崖上,那就更可怕了……

离开廖家,我一个人向西走去。望着西部的浮云,我仿佛看到了河湾上空鸥鸟嘎嘎乱叫,苍鹰飞在了高空——也许只有它们才知道此刻廖若到底在哪里……可怜的孩子成了一只迷途的羔羊,丛林中弯弯曲曲的小路啊,你把他引向了何方?

我想到了那片小果园,于是去敲小泥屋的门。达子嫂很迟才来开门,呆望了我半晌,说:"廖若来过呀。"

我一阵惊喜:"什么时候?"

"昨个傍黑儿……"

我细细询问他从哪里来,又往哪里去……老骆听到说话也出来了,说:"我约莫他是从坟场那儿跑来哩,在这儿待了一会儿。我们给了他一些果子,他带走一些,就顺着这条小路,往河湾那儿跑了……"

我不再耽搁,就顺着他们的指点匆匆往前走去。刚走了不远老骆又追上我:"老宁兄弟,也许他和那个疯子在一块儿哩……"

我有点吃惊:这可能吗?廖若以前害怕疯子……

"真哩！我见他跑开不远，那个乱喊乱叫的疯子也顺着这条小路跑过去了，像是去追赶廖若哩。疯子和疯子原本是可以做朋友的……"

我望着空荡荡的原野，突然记起了那个灌木丛中的窝铺……我没有与他解释什么，转身就往那个方向奔去。

好不容易再次找到了窝铺：一切如旧，里面没有一个人影。

我又赶到海边。在冒着热气的铁锅旁，我大声问着抄勺的老人："您知道有个叫廖若的孩子吗？他来这儿喝过鱼汤吗？"老人说："谁知道！来这里问的也不止十个八个了，都说有个孩子跑没了。我们这儿天天有孩子，谁知他们是哪来的。到了晌午，一大群孩子伸出手就要鱼汤喝。这个渔铺子也不知喂肥了多少孩子……"

我听了倒有些放心：廖若即使真的在海滩上失踪，也会在这里喝上鱼汤。我又问："那个疯子来不来这里讨鱼汤？"

"疯子？他哪回来这儿我都给他挑最好的一块鱼肉……不过刚开始那会儿咱这儿都不打发疯子，说'远些去'，大伙儿怕他夜里放火、偷东西，其实那疯子是个规矩人。好在他喊的是'发大水'，如果哪一天他改嘴喊'翻船了'，立刻就会有人用大橹把他的腿砸断……发大水不要紧，打鱼的人有船；他只要不喊'翻船了'就没事儿，就有鱼汤喝。"

剩下的时间我一直没有离开海边。我想廖若一定会来海边——海是大地的边缘，我应该在海边守候。

海上照例拥来一些买鱼的人，他们有大人也有小孩。有的孩子穿得破破乱乱，满面灰尘，抓起浪印上遗下的小虾小鱼就往嘴里塞，还大声喊着顺口溜："生吃蟹子活吃虾，吃饱了肚子喊妈妈……"我挨个儿看着孩子，想找到那个熟悉的脸庞。这样许久，从上午到下午，不知看过了多少张孩子的脸，还是没有那个熟悉的面容……看渔铺的老人说："急了不中,捉娃,就得慢慢等;那些娃呀,半夜里还跑来要鱼汤喝……"

太阳又变红了,大海染成了一片金黄。在这闪跳的无边的大水面前,我觉得全身都快烧起来了。终于再也没有耐心等下去,我不得不在黄昏前告别老人,踏着浪迹往西,去找那片河湾……这样的时刻,海边不断出现那些赶海的孤独渔人,他们手持一柄鱼叉在浪印上徘徊。他们都是一些大人,当我走过他们身边时,他们就莫名其妙地看我一眼。这儿的人可以毫不费力地认出每一个外地人。

又看到了那一长溜儿茂密的树木,河湾不远了。我想找河湾上的小木桥——窄窄柳木做成的小桥是下游惟一的通道。这儿河道最窄,因而水流也比别的地方更急。

小桥找到了,我在旁边坐下。借着桥头一丛红柳的遮掩,谁也看不见我。如果有人过桥,我马上就可以听到咚咚的脚步声。河桥下面,木桩在湍急的水流里颤抖,发出了奇怪的声音。水流在霞光里跳动,偶尔还能看到一两条钻出水面的鱼。我等下去,不知过了多久,我真的听到了啪哒啪哒的声音……

天哪!这是真的吗?晚霞多么明晰地勾勒出一个少年的身影!瞧,他就站在离我几十米远的地方,背后就是那片明亮的彩云。我脱口而出:

"廖若!"

小小的身影转过来,怔怔呆望,无动于衷。几天不见,他的头发竟变得这么脏乱,衣服也像那个疯子一样撕成了条条。他像被钉在了桥头上,只有芜发和衣服在风中抖动。我叫着他,迎着他走去,他仍旧一动不动。眼看就要挨上了他,眼看就要牵上他的手了——他突然往后退了几步,举起双手朝我做了个威吓的手势,大喊一声:

"别往前,你站住!"

"廖若,你不认识我了吗?我是叔叔!"

"别往前……"

"廖若,你认出我了吧?大家都在找你……"

"你别往前……"

"我是宁叔叔——记得我们一起到海上玩,我们是多好的朋友!"

"宁叔叔,你是吗?"

"是的,你终于认出来了……"

我发现脚下的桥板太滑了。我一边应答一边挪动,与之相距只有二十多米远了。我可以清楚地看到他满脸涂抹了黑色的泥巴,那双眼睛更显得黑白分明。头发粘成一撮一撮,在风中不停地抖动。后来他的身体也抖动起来,而且越抖越厉害。突然他的眼睛闪出了一道光亮,迎着我伸出手指:

"你离远点,你不能碰我!"

"廖若……"

"你想来抓我!"

我在窄窄的桥上一动也不敢动了。我像哈气一样说:"你想到了哪里。好吧,就让我们在这儿说话好了。廖若,我这一段时间生病住院了,我们多久没见了啊……"

他没有一点反应。我在想办法,准备在离他再近一点时把他紧紧抱住。这也许有点冒险,但眼下也只能这样做了……我跟他搭讪,极力吸引他:"海边上有很多喝鱼汤的孩子,那些打鱼的人真是慷慨。他们的鱼汤太鲜美了……"

他一声不吭。

"我们到海边打鱼的人那儿好吗?"

他两眼只盯着脚下。

我小心翼翼往前挪步,可惜最后还是让他发现了。他惊慌失措地大喊一声,在木桥上跳了一下。

我全身发紧。他离我只有十几米远了。我们互相注视,一声不吭。他看着我,看着看着,突然哇的一声哭出来。

"廖若……"

廖若抹着泪水:"我看见骆明往西边跑了,我就追他,不歇气地追。后来跑掉了鞋子,我还是追……再后来就不见了影子。我找了他两天,到处找他……"

我想让他明白这是因极度渴念而生的错觉,但无法向他解释——我刚说出"骆明已经死去"一句,他就跺着脚呼喊起来:"你胡说!你……"我只能看着这个在秋风里抖动的孩子。怎么办?我怎么才能把你揽到怀中,紧紧地抱住你不再松开?我站在桥头,凄凉而又无望。

四

在越来越暗的天色里,我想用各种办法使他松弛下来。我这会儿又想到了那个仙岛的故事:"廖若,你还记得那个海岛吗?"

廖若止住了哭声,看着我。

"唐小岷和怡刚他们都在家里等你,你们不是要一块儿去找那个仙岛吗?"

廖若摇头。

"怎么?"

他站起又蹲下,像肚子疼一样。他的两手捂着胸部,摇动着:"叔叔,你不知道也不相信,可是我现在要告诉你,真的是我和包学忠害死了骆明——不,是我一个人干的……"

我大声制止:"不是这样,孩子,这是你的幻觉,你可千万不能再这样乱说了……"

他嘶喊着打断我的话："不,不是幻觉,你什么也不知道……"他满脸绝望看看四周,又转向我:"不光是这样,还有,还有……我们在那个岛上的事,都是真的……那个夏令营,叔叔,就是离开前的那个晚上,包学忠一直和我在一块儿。我们好几天前就在计划一个行动,都是关于唐小岷的。他拍着胸脯说一定要帮我。那天晚上他去唐小岷的帐篷,发誓要把她的短裤偷给我……后来他真的去了。"

我屏住了呼吸:"你是说夏令营?"

"是的。其实那也不是第一次打唐小岷的主意。我们俩计划了许多,非要把她从骆明那儿夺过来不可。包学忠可能对公司里的朋友透露过,那里有一个人对我说,最好的办法就是占有她,哪怕只有一次。我们设好圈套让她和骆明去了游乐场,可是骆明聪明得很,他太警觉了,最后一刻还是走掉了。唐小岷自己去过'超级酒吧',她不好意思,不过也没有立刻走开。有一次我怕她上了别人的手,就把她引开了……"

我吸了一口冷气。瞧,这就是不为人知的孩子的世界——另一个世界。这一刻,我对他的话再也无法怀疑下去。我只认为他说出了真实,他现在的头脑是清晰的。我掩饰着心中的惊讶听他说下去:"……我那时每天晚上都失眠,爸爸妈妈什么也不知道,老师也不知道。公司里有人让我去俱乐部里找一些客人,可他们把我吓跑了。这些坏男女后来给我大把的游乐券,有的面额大得吓人。我一开始不敢用,包学忠就跟我要了一些。我从俱乐部出来后悔得要命,真想去死。那些日子里我整夜都在想唐小岷。我真的爱她,我都快发疯了。我如果不和她在一起就得死——我那会儿想,只有她才能救我,这是真的。我知道她不理我就是因为骆明,他们总在一起。她喜欢的是他。我在心里恨死了小苹果孩,当然,这是嫉妒。我想办法对付他,想得头都快裂开了。那天去公司里野餐时几条野狗在地上打滚,这事让我记住了,可是我害怕。有一天我一发狠,就跟包学忠要来了那种药——他说你要干什么?我说用来对付野狗。他说这可不是毒药,等于是蒙汗药,只能让它们晕过去一会儿。我心里说这才好呢,用这种办法对付骆明是最好不过的了,反正死不了人。多解恨呀,我想治一下这个'完美无缺'的人,这个唐小岷的心上人! 我下决心要做,天天找机会。骆明得病的那个下午,中午我们刚好在一起野餐……那药果真发作了,当时我吓坏了,这跟原来想的完全不一样啊。他滚着,喊着,我就说:'快送医院啊!'我在急诊室紧紧抱住他,一直到他闭上眼睛——他再也没有活过来。老师和同学都哭,只有我自己知道是怎么一回事……叔叔,我就是凶手,可那天座谈会上说出来他们还是不信……总有一天大家会明白的! 叔叔,我杀了人,我真的是凶手啊……"

我盯住他尖利的眼神,想从中看出什么破绽。没有,一点错乱谵妄的神情都没有。是的,一切真的如此,它让我来不及震惊,也无法怀疑。可怕的孩子,无知而残忍的孩子……我只望着他泪水汪汪的脸,一时无语。至此一切都明白无误:一群可爱的孩子,出于嫉恨,其中的一个先是惩罚、后来是杀死了另一个——这个事实真相大白的那一天,将出乎孩子的父母和老师、包括肖潇在内的所有人的预料。然而这是真的,它就发生在我们眼前。

"……叔叔,这是真的! 真的啊!"

"过失杀人——预谋杀人?"我心中飞快划过一个可怖的问号。

他一边哭喊一边移动步子,不停地回头瞥我,接着跳了一下——他整个人灵活得像一只黄鼬那样,踏得窄窄桥板上下摇颤,最后几乎是四蹄一扫就跃上了河岸。

我喊了一声,他像什么也没有听见,只顾往前飞跑。

我紧紧追在后面。对我来说这好像是最后的一个机会了。我没有了任何办法。跨过河桥往西,茂密的河柳使人无法迈步,可前面的廖若仿佛从高高矮矮的柳棵上方一跃而过,简直是脚不沾地。我在昏暗的光色里看着,完全惊呆了。他回头看我一眼,目光里多少有点嘲弄的意味。

我费力爬过那些被溢出的河水冲倒了的柳棵,廖若却一点儿也不惊慌。他待我挨近一些就再一次跃起……天越来越黑,我终于明白不可能追到廖若了。

夜色里我走得更加艰难,而廖若却能毫不费力地奔跑。我只能用声音去吸引他——"廖若你千万不能丢下我,你不愿和我一块儿走,可也不要把我甩得太远——我会迷路的,你让我看到你,让我们一块儿往前……"

廖若在远处笑着。我跟踪这笑声,惟恐再有一次错失……我心底涌出一个强烈的预感:这一次如果不能把他召唤回来,不能把他从荒野找回,那我们就会永远地失去他,就像失去骆明一样……

整个夜晚我都在不顾一切地追赶飞奔的孩子。我不知摔了多少跤,那模样一定狼狈到了极点。影子越来越远,越来越远。他在夜色里就像一个黑色的圆点一样跳荡、飞翔,简直化成了一只小鸟,一只顽皮的动物。我不得不一次次呼唤他——回应我的只是刷刷的脚步声,是冰凉的笑声……有一段时间,当我穿过柳棵进入更密的丛林时,竟然一度失去了追踪的目标。

天太黑了,我估摸了一下时光,至少是深夜了,头顶一片繁星。大约再有一会儿那轮月亮才能升起——那时会好一些。在这个最困难的时刻,我只要坚持,只要能够跟住他的声息就行——我知道自己万万不可松懈,因为这时候老师和同学,还有他的父母都不在这儿。我非常明白,如果他失足掉到河里或者从崖头摔下,那么他的消失只有我一个人负责,因为是我在最后的时刻看到了他。也许就是今夜,会让我怀上巨大的责任和愧疚……

一股从未有过的恐惧揪紧了我,我突然想到了无法把握无法预测的冥冥中的什么。又过了许久,一点声音都没有了……无法在一片漆黑里再沉默下去了,我开始一遍又一遍地呼喊——等我的声音落定,屏住呼吸倾听的时候,会有一阵沙沙的回响:细小、轻灵,淡淡的消失。之后是可怕的宁静,深藏了玄机般的寂冷。我蹲下来,两耳搜寻若有若无的声息。什么都没有。我重新站起来——就在此刻,我突然听到了一阵重重的喘息声……我轻轻问了一句:

"是你吗?"

喘息声反而减弱了。

我往前挪动,可没等挨近,就响起一种紊乱的脚步——我惊异地发现,这不是那个少年的奔跑声!这么说,在这片黑漆漆的丛林中,至少有三个人在相互追逐——第三个人,那个暗暗尾随我的人又是谁?就在我这样猜测时,不远处响起了嘎嘎的笑声,接上是凄厉的呼喊——

"发大水了——发大水了——快跑啊!撒丫子跑啊……"

是那个疯子!天知道他是怎么跟上来的——追逐我还是廖若?他又为什么要跟踪我们?

我大声问:"你看到他——看到廖若了吗?"

没有回应,他只是继续往前。

月亮终于升起来了。在一片灰蒙蒙的月色下,我走出一片丛林,踏上了草地——草地边缘上有个黑影,它在移动……当我看清之后,一阵激动使我身上发颤。我终于又看到那个可怜的身影了。

"廖若!廖若——"

他这会儿走得心事重重,步履沉重。他大概跑累了。可他这会儿一听到我的喊声,就明显地加快了步子,到后来又奔跑起来……他要跑到哪里?我端量了一下,这才发现他正向着西北方跑去——而那一带正是伸到海中去的石崖绝壁……他真的要跑到悬崖上去了!

我的头嗡嗡响,这一瞬间想到的是外祖母故事中那个跳崖的孩子,想到了阴毒的族长与小海神……一个可怕的念头从脑际划过,让我在心头声声呼叫起来:可怜的孩子,你回来吧,快回来吧,千万不要接近那道悬崖……

怎么办?如果继续追赶,到了路的尽头,他轻轻往前一跃,一切也就结束了……我站下来,一直盯住月色下那道黑乎乎的岩石的影子。我眼看着他踏上了一片慢坡高地,站在河流与大海之间的那道山脊上。我不眨眼地盯住他。再有几百米就是光秃秃的崖石,那个刀斧劈过一般的崖岸就在不远处。我再也不敢往前了。传说中那个小海神的影子在眼前电光一样闪过。我站在那儿大口呼吸,觉得空气都有了逼人的辣味儿。我听到了自己的心跳。

这样僵持了一会儿,我想向东南绕下去,直绕到悬崖下边。我估算了一下,此刻该是大海退潮的时候,悬崖根部会有窄窄的一条沙路——很多赶海的人都曾走过那儿。我可以站在那儿跟崖头的人对话——如果那样就安全多了,因为我毕竟站在了他与大海之间。

五

我沿着一片低洼的沙滩跑起来,直跑得上气不接下气,喘息得像一只大兽。我绕着悬崖,手扶着那些被海风侵蚀的崖上凸起,一点一点往前移动。夜栖的海鸟不断被我惊飞,它们发出尖叫,不止一次从我头顶耳侧掠过,羽毛扫到了我的头发。这些海鸟即便熟睡了仍能葆有一份了不起的警觉,我小心翼翼地摸过去,它们还是先我一步飞开。我以尽可能快的速度沿海浪和悬崖之间的那条沙路艰难地前行,最终站在了一个理想的地方。

这时我才发现那种想象的对话是根本不可能的,因为悬崖不是垂直的,长年受海浪侵蚀,它的底部已经深深地缩退。我站在下面根本望不到崖头,反而被笼罩在深深的阴影里。我用手拢成一个喇叭向上呼喊:"廖若——你能听到吗?"

回应我的只是一阵回声和哗哗的海浪。我在崖底移动,焦虑万分,像陷于一张扣眼细密的网中。悬崖对面的海面在月色里显得漆黑漆黑,无边无际,只有浪花不断在一丛丛矮礁上撞碎,闪出耀眼的银色。更远的地方是深不可测的海流,与渺茫的星光连接一起。在海浪卷起又退回的那一刻,水波比较平稳的一瞬,还可以看到水中闪动的一片繁星,它们像神秘的眼睛一样注视我。必须离开了。我不敢在此耽搁。

只能沿着来路走开。当我从另一面踏上那片光秃秃的岩石时,已经完全筋疲力尽了——使我感到万分欣悦的是,那个小小的身影还在崖头上,他像凝住的石块一样,手扶下巴蹲在那儿——他在注视大海!

月色下,他的轮廓非常清晰。

他终于没有移动。我一颗心都悬起来了,不眨眼地看着。可后来他还是站起,接着就要转身——那是悬崖朝向大海的一面啊!我叫了一声。

廖若转过脸——他没有迈出一步,也没有退开一步。

"过来啊孩子……"

"不。"声音低沉而生硬。

我往前试着走了几步,他立刻像在小木桥上那样制止我。他像对待一个不怀好意的陌生人,用敌视的口气与我说话。

"我来领你回家……"

"不!"

他深知自己的制止是绝对有效的,因为他的背后就是绝壁。

没有办法,我只能满怀恐惧地站在那儿。

午夜之后,天气越来越冷。随着哗哗的水浪拍击声,大海又开始涨潮了。湿气顺着崖壁涌上来,冷得厉害。我想活动一下,可是又怕弄出声音。我静静地守候那个孩子。

这样不知过了多久。我的眼睛一直一动不动地盯视他——我看见他重新蹲在那儿,与身边的岩石贴在了一起,这才松了一口气。

天快亮了,到了黎明之前那一段时光——我也许是打了个瞌睡,当我再一次睁大眼睛时,天色已经灰蒙蒙的了。我去寻找那个目标,竟然发现那里有些异样——我不敢肯定那是他的身影还是一块凸起的岩石。也许我从一开始就搞错了。我从灌木棵下站起,小心地往前挪动——令我惊讶的是前边的影子还在那儿踞着。我立刻加快了步子……

原来那只是一块凸起的岩石。

我大声呼喊。没有回应,只有哗哗的水浪、一片墨黑的大海……

寻 找

一

越来越多的人投入了寻找。好像只有这时候他们才意识到:继骆明之后,平原上又将失去一个孩子。人们终于睁大了一双寻索的眼睛……

年老体衰的校长也磕磕绊绊到野地里去了。远远近近都贴出了寻人启事。

廖紫卫和妍子不吃不睡,已经瘦得不成样子。人们劝说夫妇两人守在家里,他们像没有听见。后来有人提醒要有人在家中等待:万一孩子回来看到一个空空的家,一定会失望地跑开。这对身心疲惫的人总算留下了。他们更多的时候是站在窗前遥望:等候那个身影,那令人惊喜的敲门声……

我担心廖紫卫和妍子很快就会垮掉。我劝说他们一定要挺住:既然那个夜晚的崖上没有出事,廖若就一定是到别的地方去了。一开始他们担心廖若被大海的激流卷走,后来各种船只在那儿一连几天搜寻未果,才让两个人滋生了新的希望。

这一天我刚到廖紫卫家,怡刚和唐小岷就来了。两个孩子呼呼喘息,满脸通红,是一口气跑来的。他们在屋里张望着,目光落在那架蒙尘的钢琴上。小岷看看我:"刚才,我们听到了琴声……"

怡刚说:"我们还以为廖若……回家来了。"

大家一声不吭。妍子的眼睛渗出了泪水。都知道这是孩子们的幻觉,那是萦绕在他们心中的琴声。这时又传来一阵吵吵嚷嚷的声音,原来老校长和几个同学正急急走进来。老校长一进门就对迎上来的廖紫卫和妍子说:

"廖若还在!"

两个人一齐叫了起来。

老校长伸手比画着:"是这样,有人发现了那个疯子,说他和廖若在一起,他们手扯着手呢。两个人结了伴儿在海滩上跑……"

我马上想起了那一天老骆夫妇的判断。

"海滩上打鱼的人看到了。都说是前不久看到的……"

小岷哭着喊:"那是我的伯父……"

除了我,谁也没有注意到小岷的这声呼叫。

"他们到一块儿去了,他们……"妍子扯紧廖紫卫的手。

我马上想到了荒野上的那个窝铺。我建议立刻去那儿。除了妍子,我们大家全去了……

在一片茂密的灌木中,我们找到的是一个空铺子。但我注意到那个草包里的食物只剩下了一小块咸菜头。老校长里里外外端量着,说:"就在这里候着他们吧,两人肯定没有走远的。"

一连两天过去,守在窝铺旁的人什么也没有看到……

日子一天天挨下去,一点令人振奋的讯息都没有。这个月份又要流逝,这个沉闷的、多灾多难的秋天快些结束吧。我不能无限期地滞留下去了,我知道自己离开平原的日子迫近了。我沉湎和依恋的故地,我日夜思念之地,这儿何时会有一个转机、一个奇迹?谁又在这个秋天里为我的故地祈祷和怜悯?

这天黄昏我刚刚回到住处就听到了敲门声,老骆夫妇来了。我发现他们一进门就激动得很,满脸深皱都在抖动。老骆摊着手说:"宁家兄弟,看见了!看见了!"

"看见了什么?他吗?"

"大约是他——看不清哩。不过我敢保证是他哩——"

我让他慢点儿讲。

"是这么回事儿,天一撒矇我从沙岭子上走,嘿呀,一抬眼就看到了一个孩子——他在那棵大野椿树下溜达哩,走来走去,像丢了什么东西。再一看,我认出是那孩子——嘿呀,他顺着小路往前望,像等人哩——我那会儿要慢慢绕过去就好了,"老骆痛惜地拍打膝盖,"我绕过去,从后面一下把他抱住就好了,可惜……你知道我给惊呆了,光顾得高兴了,没想到这个,心里一急就喊了一嗓子,那孩子一惊,立刻跑没了影儿……"

我有些疑惑:"他能一下就消失吗?"

老骆拍着膝盖:"你看老宁兄弟,你还不信我的话呀?什么时候了我还要撒谎……"

"不是撒谎,我担心这是幻觉……"

"嘿呀,你说了些什么!我活了多半辈子了,还看不准个人!"他保证认不错——虽然只见了一个侧影,但敢肯定就是他。

我再没有说什么。在这寻找与等待的日子里,我心中沉沉压上的是那个黄昏,是廖若在小木桥上惊心动魄的诉说。这是一个每每回想起来都要战栗的故事,是一个近在眼前的事实。它已经不容否定。整个事件的全部悲惨就在这里。面对老骆和达子嫂,还有廖紫卫和妍子,我都必须怀上一个沉沉的心事,都必须忍受这无言的悲哀。我想我不能把自己认定的那个真相告诉他们。我对老骆和达子嫂说:"但愿他会平安无事、他会转回来。"两个人咳着,弓着腰走开了。他们消失在夜色里的背影让我难过了许久。

夜晚又是错乱无绪的梦境。那个浑身穿了锈蚀的铜钱做成的衣服、散出逼人腥臭的旱魃就蹲在一边看我,这就是我夜里惊惧无眠的根源。他嘿嘿笑道:"想找那两个孩子?告诉你吧,如今都在我的手上,我把他们和雨神的孩子鲛儿锁在了一起,留下慢慢消受呀⋯⋯"我梦中不停地与他搏杀,但总是逮不住他,直弄得浑身一点力气都没有了。醒来,睡去,再醒来。有时一闭眼就是茫野上闪动的灯火,让我一时不知它们来自哪里。是寻找失踪的孩子吗?不,是围捉旱魃的人群,是从四疃八乡拥出的百姓,他们手举锄镰锨镢默默往前;脸上挂了两片黑灰的老法师手举桃木剑,口中念念有词;和尚道士们在不同的角落里忙碌,燃烧香纸的火光一闪闪映出他们衰老苍白的脸。"旱魃啊,我们四疃八乡的人这回逮住你,要用零刀子剐了你呀!旱魃啊,你这个吃人不吐骨头的恶魔啊,你害苦了俺了!"天快亮的时候,压抑了一夜的民众开始忍不住发出了低吼,惹得民兵头儿恶狠狠低叫:"日你妈不许吱声!"人群又变得无声无息了,只像一股褐色的泥汤一样缓缓流动⋯⋯我发觉自己总是与他们在一起,我是人群中的一员,我的身上也涂满了尘土。我与他们不同的是,我在苦苦寻找两个孩子⋯⋯

我想在离开之前,把知道的一切都告诉肖潇。这一天我鼓足了勇气,敲开了她的门。

令我震惊的是,她听了之后远没有我想象的那样惊异——她的一双目光从我脸上扫过,轻轻落在了一边。我看着她那张被忧丝缠裹的脸庞,消瘦却愈加秀美……我这时又想起了那个催我"出局"的公司苏老总——那个家伙荒唐透顶,竟固执地认为是我横亘在他和肖潇之间,煞费苦心地与我展开了"一对一"的谈话。我冷笑了一下。肖潇看我一眼。

我没有提到那个姓苏的,只问起了对她一往情深的市长——她"哦"了一声,点点头,说那个人总算是个很真诚的人,"我对他这一点从未怀疑过。他为那个不幸的小女孩不知流了多少眼泪。但他最终还是没有辞职……"

"他不是对你说下决心要辞吗?"

"但这是有条件的——条件就是与我在一起,让我和他一块儿离开这个城市。这当然做不到。所以他现在还是市长。"

"你考虑过他的要求吗?既然他是真诚的……"

肖潇看了我一眼,目光里有冷冷的、失望或不屑的意味。

我对自己刚才的询问有些后悔。我不再说什么了。

我在想廖紫卫夫妇、老骆和达子嫂……这个世界啊,什么不折磨人呢?甚至连美好的肖潇也在折磨人呢——她在折磨那个市长和苏老总,还有一些我不知道的什么人。那个市长曾在酒后痛哭流涕,呻吟着:"她不是一般的美丽——她要是一般的美丽也就好了;她漂亮得让人发抖!"还有,令我不解的是,在这位市长眼里,他所爱的人在体积上竟会莫名其妙地变小——肖潇曾说过他抄下的一首西班牙小诗:"小巧女人多妩媚,/此理简明好通晓。/凡物玲珑且娇小,/铭记心中难忘掉"……

我可看不出肖潇有多么"娇小"。每当她的眼睛凝视着我的时候,我总是想起另一个人。那个人简直与她一模一样,至少是像她一样的美丽——这个人使我终生不能忘记,她就是我的音乐老师……

二

那是怎样的一场寻找。那场寻找会贯穿我的一生吗?

当年我从山地回来,只一门心思要把菲菲领走。结果当然是徒劳无果。归路上的寒风吹着我,一颗心都凉透了。我那以后四处寻找老师,而且加倍疯狂。

我不相信一个人这么容易就消失得无影无踪。我到处打听她的消息,许多讯息真假难辨。就在三年前,我还为寻找老师差点付出了生命的代价……那段可怕的历险被我隐下了,我没有告诉亲人,更没有告诉肖潇。因为没有人会理解、会相信,我甚至只得将这段经历与思念一起埋在记忆的深层。

那只是无数次苦寻中的一个段落。对一个人来说,寻找真是一种奇怪的需要。丢失,寻找;再丢失,再寻找——这就是没有尽头的人生之旅……寻找可能就是人的苦修。如果无数次的追寻都没有结果,人就会失望;可是只要有一点希望的火星在前方一闪,整个人又会倏然跃起……不仅是人,就连神灵也是一样,传说中的那个雨神为了寻找自己的独生子鲛儿,一直骑着白马在大地上奔驰,最后变成了疯婆子。

当我听说失意的老师告别了闹市,去了城市南部山区时,立刻就背起了背囊。可我不知这"南部"究竟是靠近城区的郊野,还是那辽远苍茫的一片呢?在数不清的贫苦山村里,我见到了无数个女教师,却没有一个是要找的人。一个偶然的机会,我见到了老师的远房亲戚——她说老师去了南部山区是肯定的,"她临走还来看过我呢……"仅仅是一声感叹、只言片语,就给了我前所未有的勇气。我又一次出发了。

　　想不到这同样是一场旷日持久的煎磨。一个多月过去了,为了在山区待下去,我不得不掮着空空的背囊打工。在一个汽车站上,我看到许多招工的人举着纸牌。有一个采石场要人,优厚的条件十分诱人。结果我和另外两个一起应招,他们都比我长得要壮。一辆破旧的三轮车拉上我们,一路颠簸地来到一个镇子上,又去了镇子东边的石场。这石场在一个大山夹缝中,只有一个留给拉石车的铁门,我们一进那道门,一个歪戴帽子的家伙立刻把门锁上了。当时正是午后,太阳晒得新砸出的石碴发出刺眼的光,五六个开石头的工人正光着膀子抢锤,他们旁边有人手持胶皮棍。我的头立刻嗡嗡响起来。

　　所有招工时许诺的条件都被废除,代以阴森森的训示:每人每天必须采石六十五车,否则按旷工论处;满额工作的报酬是每方碎石三元,但要扣除一元给看守。全部人员不得外出,除了上工,其余所有时间必须待在工棚中。所谓的工棚就是那两个加了大铁门的石洞子……我明白了,这儿是一座典型的牢狱。

　　那些忙着干活的工人没有一个敢抬头看人,他们只瞅着自己脚前一小块地方。每个人都编了号,他们所推的小方斗车的编号与裤子上用白油写的编号一致。监工呼唤他们时一律喊号,这儿谁也不知道谁叫什么名字。

　　我一来到就被指令脱下原有的衣服。一开始我不脱,一个黑脸从一旁的小屋踱出,笑眯眯地说:"你来这边。"我见他还算和蔼,就走了过去。我因为完全没有准备,刚刚走到近前就被他狠狠抽了个耳光,接着又一拳捣在下部。那种剧烈的疼痛让我一下跌在了地上。这期间没有一个人理我,那些工人只顾低头干自己的。黑脸说:

　　"你知道为什么要脱了吧?"

我脏脏的黑裤子上的编号为十九,从此我的名字就叫"十九"了。

我知道自己必得逃开,不离开此地,我宁可死去。深夜睡不着的时候我在想:他们为什么这般凶狠?谁又能想得到,竟然就在光天化日之下,在一个镇子边上,藏着这么一个魔窟。

工人们没人敢高声说话,甚至不敢说话。只有在深夜,在那些看守都睡着了时才能悄语几声。我得知他们像我一样被骗到这里,一入此门,死活不再由人。这儿的人绝对不许给家里人写信,更不能出门。我问这样什么时候才是个头尾,他们说只有在这儿累死、折磨死。他们当中也有两个逃的,结果给抓回来打个半死。这些人除了做活,再没有一点余下的力气,真要跑起来也跑不远。

这些残忍的家伙把最重的苦役加在我们身上,却给我们吃人间最差的食物:发霉的地瓜干、糠窝窝;两天改善一次生活,就是每人发一碗盐水泡饼子……每天凌晨五点工头便大喊大叫让人起床,一个个点名报数,报数时谁的声音不响亮,工头就会给他一个耳光。谁如果不舒服没有起床,工头立即进洞子搜查,给躺在地铺上的人一顿棍棒。中午饭就在工地上吃,晚上收工要列队,由手持棍子的人押回石洞。除非昏死在地铺上,不然就是爬也要爬到石场去。

我全身的皮肤没有一处完好:有的是工头用棍子抽的,有的是被太阳晒坏的。我心里明白:这种折磨谁也坚持不了多久,疾病和死亡随时都会来临。我只让自己咬紧牙关,等着汗水流干。我昏厥在石场上时,那些恶毒的家伙竟然不信是真的,先是狠狠地踢,踢不醒就拖来水管一阵猛冲……

我不知费了多少口舌才说服身边的两个人:和我一起试试吧。他们开始怎么也不干,说没有用的,以前试过多次了,半点用都没有。我说横竖都是死,是不是?他们不语了。我让他们放心,一切都推在我身上:如果失败,你们就说是受我胁迫……小心谨慎地准备,夜间在身子底下压住一根小铁条,这是我们惟一的武器。

计划如下:凌晨报数时一个人喊肚子痛,领工的过来找麻烦,就猛地撞倒他;这会儿肯定大乱,我们趁机各干各的:砸铁门的砸铁门,抄家伙的抄家伙,有人上来拦,用头撞也要把他撞倒。拼出死命干一回吧,死活全在这一回了。以前所有的失败者几乎都是同一个原因:石场离镇子太远,他们还没跑到半路就被追回。所以问题的症结在于逃脱之后会有多长时间——只要能跑到镇子上报案也就成功了。所以要有人留下跟恶狼缠斗——谁跟我一起?有三个人答应了;后来又有两个。五个人,差不多了。

一切计划停当,就等那个凌晨了。可惜,我最好的帮手又昏在了石场上。这是一个黢黑的好小伙子,细高个儿,大眼睛,眉头那儿有一块显著的磕伤。他在来石场之前是一位教师,为了寻找失踪的弟弟,结果不幸落入死谷。病后第三天他的全身还在打抖,可他竟示意我快些动手,一使劲,把自己的嘴唇都咬破了。我明白:他在向我表明行动的决心。我用力点了点头。

这个凌晨简直是发着吱吱的响声到来的。那声音后来许久想起来还如在眼前:吱吱的,像是煎锅发出的声音……那个黑脸领工被我怒嚎一声撞倒了,接着人群乱了。这个时刻好极了,由于时间太早,所以其他几个领工还在呼呼大睡。我发现细高个子教师一路叫着跑向我,手里举着一个大石块。当黑脸再次向我扬起棒子的时候,朋友的石块就落在了他的头上。咚咚砸铁门的声音震耳欲聋,其余的恶棍慌慌爬起时,第一拨逃跑的工人已经冲了出去。我发现大约有八个人没有逃走,我们一块儿跟恶棍扭成了一团。只坚持了二十多分钟,我们八个人就被击倒在地。但我心里闪过的念头就是:这段时间,出去的人足以跑掉了……

半上午时分穿公安服的人出现了。他们把几个浑身是血的工人扶到一边做笔录。那一帮恶魔被锁在了石洞子里……

寻找必会经历磨难。寻找有时会是一场人生的悲剧。但人最终还是不能放弃……

三

我与肖潇一起走在小路上。她知道我离去的时间越来越近了。这个秋天剩下的时间还有多少？那个迷失的孩子会再次在小路四周徘徊吗？我们看着地上的脚印：有的陈旧有的簇新——哪个才是失踪的孩子踏上的？

我们常常默默地待在那棵野椿树下。

这棵野椿树还像很早以前一模一样。它与人不同，它竟然不会苍老。现在，它光滑的树桩上瘢痕依旧，有一股浓烈的气息飘散而出。这不能不让我想起许多年前那个徘徊的少年……是的，还是那个夜晚的气味，还是那个少年与少女的相拥之地，少女长了一双花鹿般的眼睛。野椿树啊，你在这条小路旁已经伫立了几十年，你目睹了徘徊的少年和长了鹿眼的少女……

我和肖潇在小路上又遇到了老骆夫妇。老骆扳着手指说："什么也没找到哩，天，不过我敢肯定那天看到的是咱的孩子，我敢肯定……"达子嫂说："谢天谢地，让老天爷睁睁眼，让那个孩子到我的小泥屋里来吧，我的娃儿没有了，他就像我亲生的一样啊……我那个娃儿活着时，俺一夜一夜搂着。他的小腿蹬啊蹬啊，一下一下蹬在妈的身上。我孩儿啊，老天爷你好狠的心哪！你就生生把我的孩儿领走啊，他还那么小那么小……"

这沙哑苍老的呼叫让人不能忍受。他们抹着眼睛走开了。

我凝视着他们的背影。肖潇叹一声："那个女医师昨天来我这里了。我们谈了很久……她说你离开医院时甚至没有跟她告别一声。"

"我们这之前已经谈得够多了。"

"她对你真的很好。让人感动……"

"她说了很多吗?"

"很多。包括你们小时候的事。"

我抬起眼睛望着远处,发现林子梢头缠上了轻纱似的白雾。

肖潇说:"她走的时候都哭了。"

"她多么漂亮。她站在人群里仍然让我吃惊。"

"真是漂亮。"

"可是你们都一样——不,你比她还要漂亮。"

肖潇的脸红了。我记得她很少在我的面前红过脸。

手捧鲜花的孩子

一

在即将离开的日子里,我和肖潇一起去廖家、去老骆夫妇那儿,尽可能多地陪伴他们一会儿。这是平原上最不幸的两个家庭,似乎连安慰也显得多余。因为消瘦,肖潇的两个眼睛显得更大。这双盛满了怜悯和温暖的眼睛长久地望向他们,望向秋天的原野……她一直想挽留我,或许是想让我看到一个转机、一个奇迹。

廖若仍无消息。秋叶落在地上,越积越厚,终于覆盖了所有的脚印。在那条弯曲的小路上,成熟的橡实开始跌落,很多浆果裂开,流出了糖汁……那个徘徊的少年终于再也没有出现。老骆夫妇常常在这条小路上遥望,他们开始失望了。

这天上午,我和肖潇刚走出学校大门,突然看到廖紫卫和妍子急匆匆赶来。他们告诉:"刚刚一会儿有人拍门,那个人急火火地闯进来,是附近村里的人,他进门就嚷:'逮住了,逮住了!'"

"逮住什么了?"

"说逮住了那个疯子。正拷问呢,问他廖若在哪儿。要知道他们一直在一块儿啊!我们就跟上跑出来……"

我的心怦怦跳了。我和肖潇也随上他们。廖紫卫夫妇领着我们一直向北。后来我才明白这是向河湾那儿跑。廖紫卫一边跑一边告诉:村里几个人正在河湾逮鱼,发现有人在树林后面喊,就立刻想起疯子是和失踪的孩子在一块儿的,就悄悄地围过去。可是逮住了才知道只有疯子自己。他们还到疯子那个小窝里去看过,小窝还是空的。新放上的食物都臭了,看来他们不总是待在一个地方……

跑了一会儿,前边迎过来那个村里人,他对廖紫卫说:"还不成。我们问那个孩子哪去了?你把他藏到了哪里?他就是不说。没办法,我们把他绑到了树上。"

肖潇喊了一声:"你们怎么能这样?"

那个人白她一眼,转身往回走了。我们紧紧随上。

快到河湾了,我们都听到了呼叫的声音——那的确是疯子的喊声;夹杂在呼喊中的是几声唾骂:"揍死你,揍死你这个狗娘养的!"

一阵啪啦啪啦的抽打声。

我觉得血液都涌到了头上……看到了,他被捆在一棵榆树上。那是一棵苍榆,不知长了多少年,上面满是一些疤痕;苍榆已经死了一半,干干的枝条落了一地。疯子被剥光了,剥得一丝不挂,被一些桑树根紧紧地捆成了一个球,挂在榆树半腰的一个杈子上。他身上给打破了,鼻子、脸,到处都流着血,头发被扯掉了好多……

我简直难以相信眼前的这一幕……我喝住了那些挥舞的棍子:

"停下！你们干什么？快解下来！"

"这家伙就是不说,他是装傻哩……"

"谁都知道他有病！折磨一个精神病人是犯罪！"

我这样喊时,肖潇脸色苍白得吓人。她完全惊呆了。几个打人的家伙先是愣了一下,后来就抄起了手。有一个问廖紫卫:"他是什么人哩？俺这是为你们审哩！"

我不知不觉间握紧了拳头。他们嚷:"嘿,这人还想试拳。"

那个领我们来的人劝解着,这才把他们推开。疯子全身颤抖。我和廖紫卫去解绳子,稍稍一碰他就尖声大叫,叫过后又一声不吭地咬牙。他狠狠地瞪我,瞪那几个打他的人……我们正给他解下最后几条桑树根。这树根捆得好紧好牢,他的手和脚都变得乌紫。人哪,瞧瞧多么狠,而且狠得没有来由……疯子大哭,我安慰他,把滑到沙土上的血迹斑斑的人搀起来。他大概所有的力气都用尽了,不知在树上挣扎了多久,这时躺在我的怀中,浑身打颤,手和脚都抽到了一块儿,紧紧护着胸口……

几个打人的家伙吭吭喷着鼻子,从河岸上拣了衣服穿上,拾了草丛中几条沾了沙土的鱼,骂骂咧咧。我们都没有在意那些人什么时候走开了,只是抱着受伤的人。他像个中弹的动物一样,蜷在我的怀里打抖。肖潇轻轻揩去他衣服上的脏东西。

他蠕动着,这时突然像被什么扎着了似的,在我的怀里一挣,大声喊叫:

"发大水了呀,发大水了呀——跑啊——撒开丫子跑啊——跑啊——发大水了呀——"

这喊声让人心惊肉跳。大家都不由自主地在这喊声里四处张望。

廖紫卫把旁边的衣服捡起来。给他穿衣服是多么难的一件事,薄薄的糟烂衣服被他三扯两扯就撕烂了。

他一直呼喊着,两臂像弹簧一样猛地展开又合拢。谁都没有力量束缚他。他喊着往上跳了一下,接着挣脱了我。他在离我几十步远的地方傲视着,大声呼喊,眼睛被阳光刺得流出了泪水。

我大声问了一句:"你真的看见廖若了吗?你们在一起吗?"

他满嘴白沫,呼叫着一跳,反身跑开了……

廖紫卫和妍子想去追赶,我阻止了他们:"我们追不上。他在野地里谁也追不上……"

我知道他一直慌慌逃离的,是那片呼呼涌来的无边的大水——那是尾随在雨神之后的一场灾难,是雨神美丽的披肩。这个失去了爱子的疯婆子啊,不知道自己这一趟驰骋给人间带来了如此大劫。沟满壕平,稼禾淹没,房屋倒塌,一群群老人孩子被搀着背着爬上高地。水啊,混浊的水啊,布满了整个世界,人们还嫌不足,还在将一把把眼泪添加进去。鸡狗鹅鸭跟在主人身后逃生,小猫爬向树梢。老人眼望天空呻吟不止:"雨神哪,你这个疯婆子啊,你满世界找自己的鲛儿,走到哪里就把大雨带到哪里,你就不知道,遭殃的还是咱老百姓啊!你捉不到旱魃,可你不该和旱魃一样作践庄稼人啊!天哪,雨神哪,可怜的疯婆子啊,你快些勒住白马的缰绳吧……"

我的耳畔仍然回响着声声呼号,这呼号曾让童年变得一片惊惧。那些发大水的日子啊,只要一听到"雨"字,平原上的人立刻色变,都相互瞅一眼低低询问:"听到喊'鲛儿'了吗?又有人看见她跑过去了吗?"接着是暗中寻访,以排除心中的恐怖。后来的日子里谣言四起,说什么的都有,人们再也没有安眠之夜了。等待中迎来的是什么?是持续的干旱,是大声诅咒旱魃;再不就是大水突然袭来——雨神把她白色透明的披肩一抡,一下覆盖了整个平原……

二

　　这天一早,严菲医师来到了我的住处。她有些不安和急促。要说的话似乎早就说完了。她说她知道我即将离去,这次是前来送别的。当她穿了白色的工作衣,戴了纤尘不染的帽子,提了医疗箱从车上下来的时候,我简直是吃了一惊。这会儿她一声不吭地为我听了心脏,试了脉搏,又为我量了血压,然后站起来:"很好。一切正常。"

　　我舒展卷起的衣袖时,她轻轻吻了吻我。

　　让我的双唇印在你的鹿眼上吧,让我重新感知那南瓜和雏菊混合在一起的香气吧……可是,当我的手触碰到她颈上的一刻,仿佛又看到了一双少年的眼睛:绝望、愤怒,永不饶恕。

　　临行前的这个夜晚难以安眠。我拥衣坐起,一直在窗前徘徊。好浓的原野的气息。这是大海与泥土、与植物混合一起的那种气味,我从少年时期就熟悉的一种味道。它与夜色一起围拢过来,像是潜隐了无数昨天的故事,正在与我交流和诉说。一层黄色的雾幔在月光下消退,远远近近的树梢显露出来,像连绵的山影积在一起。那是发出童年稚声的地方,有若有若无的鸣响掺和在风里。我的唇间仍然留有一丝他人的甘味,它在今夜慢慢变得淡弱,又会在黎明时分变为难忍的苦涩。一只孤鸟飞去,留下一点叹息,一丝翅膀的拍动。在无垠的流沙中,飞鸟划过的痕迹仿佛变成抽空的一根脉管,有什么在其间缓缓流动。我盯视和捕捉这天宇中的一条线,如同一个少年在仰视自己的风筝。今夜,没有一丝风。

　　大约在黎明前不长的一段时间里,我才模模糊糊睡去……睡梦中走入了一片如真似幻之地:我感到自己登上了沙岗,又一次踏上了荒原的那条小路——我发现它的四周开满鲜花,天哪,这是一片无边无际的花地!在这片让人不知如何是好的花地北端,就是那片蔚蓝的海洋,那儿,正有一群又一群洁白的鸟儿从四面八方飞来。

它们在花地、在大海的上方、在河的两岸,欢快地起起落落。它们的欢笑和歌唱播撒了整个平原。我在梦中一遍又一遍迎向花地和溢满飞鸟的天空,大声问道:"这一切都是真的吗?这有多么好啊!可是我们究竟在什么时候、用什么方法,创造出这么一大片——一大片生命欣然前往之地?"

是的,这才是我梦想的平原……

我极力辨认着各种飞鸟,它们是移动的花;我还极力辨认着荒野上的蓓蕾,这是大地的微笑。一切都蓬勃繁茂,无边无际,连接天涯……

> 我看到了你!我真切地凝视你
> 这花丛里、这簇拥中……
>
> 这个夜晚到处充满了
> 你的幽深的香气
> 我荒原的孩子啊
> 你用欢笑还一个清明的早晨
> 正像神灵亲手把太阳交与天空
> 美丽的短发飘飘的额头
> 在清晨留下了亲吻
>
> 你脚踏雨后彩虹
> 露珠洗亮了你的踝骨
> 那双闪着泪光的眼睛
> 永远照射着我的故地

谁在护佑谁在看守
　　这刚刚放飞的两只稚鹰
　　在邈邈无垠的银河之沙里
　　我害怕你们饥渴

　　母亲的呼号像银针落地
　　要等一百年后再来拾取
　　那生了双翼的童子啊
　　你们是漂泊的断线风筝
　　可知道从何处放飞
　　又将在何处消逝
　　…………

　　这个清晨,我像来时一样身负背囊,沿着那条小路往前……深秋时节,路边的野花还在闪烁。我忍不住弯腰采摘,把它们归结成一大束。

　　我穿过了那片小果园,在亲人的墓前放上了鲜花……

　　从岗顶看朝阳升起的东方,一片灿烂映得睁不开眼睛。我最后一次遥望身后那条小路,努力分辨在晨光中闪烁的一切——眼前的情景差点让我发出惊呼——我不得不再次搓揉眼睛,因为我不敢相信!

　　此时此刻的野椿树下,真的出现了一个徘徊的少年,他的怀中抱着一大束鲜花!

　　他的剪影再清晰不过了,我惊得合不上嘴巴。接着我喊了一声。

　　那个少年立刻回首——由于他身后映了强烈的阳光,这使我在逆光中看不清他的面庞;但这光线却把少年的轮廓再次勾勒得异常清晰……

我想离得更近一些。但我每前进一步,他仿佛就退离一步。他竟然离我越来越远了……他的举止完全像一个陌生的少年……只有这会儿我才怀疑起自己的眼睛:他不是廖若,不是。

他是谁?

陌生的少年,你为什么要在这条小路上徘徊?为什么要采摘那么多的野花?你把它们抱在了怀里——这么多的野花,你要献给谁呢?

我的视膜从此将烙上一个永久的映像:一个少年怀抱鲜花,微笑着,站在野椿树下。

陌生的少年!你为什么一大早就在这条小路上徘徊?

为什么?

为——什——么——

我一次次呼喊你的名字。

可是我听不到回答……

缀章：墨夜独语

一

对我来说，你永远是那个手捧鲜花的孩子……今天——怎么突然就到了"今天"？真快啊，仿佛只一眨眼，什么都晚了，如今只剩下了我一个人，只剩下了自说自话。我的孩子！我一辈子牵挂的人，你到底在哪？

我不敢相信，可又不能不信。那个吓人的传闻让我一下就蒙了。同事们后来说：我当时脸上没有一点血色，怔着，然后就失去了知觉。我醒来时是在一间山区医院里的，好心的山里人把我抬到这儿。他们说虚惊了一场，因为我一会儿就好了，医生还没有来得及输液我就缓过来了——这里的医生和别处的一样，接下病人的第一件事就是输液。

缓过来就是难受，我的心空了，荒了，什么指望都没有了。我坐着躺着都发呆，我一辈子都没有这么难受过啊。

我躺在小床上，泪水一串串流，他们问我怎么了，我不吱一声。我不能告诉他们，再说他们也听不明白，谁都听不明白。隐在我心中的一个秘密是，在上一年的早些时候，一个初夏，我一直装在心里的男人，突然离开了这个世界。而我直到今天才得到消息。我听到"准信儿"的时间，已经是来年的春天了。

老天，这个消息如果是误传、是假的多好啊！可惜——是真的。也就是说，你真的不在人间了。

我这辈子最大的遗憾最大的罪过，就是没能在你活着的时候，再去那个小果园一次。我没能看到你,因为我一再犹豫,害怕,羞愧,还有——虚荣。我总觉得还有时间,总是心存侥幸。可如今,真的只有靠一夜一夜地回想来留住你了。

我已经用这种方法度过了大半生,再对付几年,大概也就完结了。

二

你是个勇敢的孩子,一个坚强无畏的男子汉。与我不同,你一直没有放弃寻找——你后来一有机会就想找到我。一位小学老师在你心中会有这样的位置和分量,是我始料不及的。但不久我就知道了,知道你在找我。

当年我的突兀离去,对你和菲菲来说是怎么也想不到的。你们会痛苦,会觉得奇怪。但你们不会伤心太久——我那时想,你们也许会一点点忘记,因为新来的老师很快就会取代我;你们终将习惯没有我的校园。

我后来才知道自己错了。无论是她还是你,都不像我想的那样简单。我最后一直为自己的不辞而别追悔不已,却没有任何补救之方。我当时只能如此,因为我没有更好的办法离开,没有。我那时心里一遍遍告诫自己:不能再见到你们,也不能向你们告别——你们今天听了一定会一遍遍追问:为什么?

因为生不如死,因为疼痛,因为羞愧,因为恨,因为绝望,还因为怜悯。是啊,我不想让你们——还是两个孩子啊,这么一点点年纪就知道这些龌龊和不幸,不愿让你们心上结疤。特别是你,小小年纪经历得已经太多了,已经足够不幸了,我不能再让你知道这些、看到这些,不能让我的故事再一次装进你沉甸甸的心里。

就这样,我趁着开学前的一段时间,在天亮前,离开了园艺场子弟小学。

你却一直记住了我的微笑,我的面庞,我的声音。

我只愿永远从你的世界里消失。你会想起我,会笑着说到我——一个女音乐教师的故事。还好,她没有多少心酸故事和离奇故事,她只是教过你,和你好好相处过一段时间。

三

问题是我也忘不掉那所小学,忘不掉那里的一切啊。你们家的小小茅屋,在我看来既是苦难的象征,又是一个童话中的居所。它让我一辈子都不会忘记:棕黄色,屋顶又厚又大,屋墙矮矮的,远看像一个肥大的蘑菇。记忆中它总是爬满了豆角秧子,还有大个的南瓜结在上面。南瓜的颜色是火红的,直到瓜秧瓜叶全蔫了时它还要在屋顶上待好久呢,记得你告诉我:它待得越久就越甜。你说最好的大南瓜比红薯还甜,一层壳儿下面是粉粉的面面的瓤儿,烤了吃蒸了吃都好。

我没有吃上你们家的南瓜。

我总是小心地到你们家里去,就像有的人一样。大家都尽可能地回避着你们的小茅屋。我不是因为胆怯,而是怕给你们一家带来更大的不幸。他们一有不快就会迁怒于你们,那时你们的小茅屋在整个小平原上是如此悲哀:它成了所有坏蛋们发泄不快、发泄莫名焦虑和愤懑的一个处所。几乎所有人都可以这样做。我们所有人都该感到羞耻。可是反省的日子还远远没有到来,今天,也就是当年那些人,他们都长大了,有的已经过世,可是他们当中活下来的,并没有将这些大声地、一再地告诉自己的下一代。没有,什么都没有,他们现在又让自己无知的孩子牵上手,一直走到最下流的欢乐、走到最粗鄙的享乐之中了,而且心安理得。

这是我们最没有希望、最卑劣的方面。

这是我们最让人齿寒的方面。

因此我要说:我们这一代人不配有更好的命运。

回想起那些夜晚——我只有趁着夜色才敢走到你们家里去——在小茅屋里度过一段美好的时光。这样的时光再也没有了。通常你的父亲独自待在一间,你妈妈和外祖母和我们在一起说话。她们是世界上最善良的人,她们也是世界上最美丽的人。我听着她们说话,就像回到了自己的童年——童话的世界。冬天,她们会把火盆拨得旺旺的;同时灶里的炭火总是红红的,锅里正好蒸了山药和红薯。一种甘甜的气味、野草焚烧才有的香气,让人惬意极了。你外祖母的满头银发都被灶里的炭火映红了。你妈妈微笑着,她的笑容是我所看到的最美的。她的声音我一辈子都忘不了,那声音像小溪流水,清朗而透明。你这时候偎在外祖母身后,老人家正不知为什么小声叮嘱你呢。

许久了,我最向往的地方就是这间深棕色的小茅屋。它几乎装得下我所有的青春岁月,我所有的欢乐,我在那个平原上所有的幸福。写到这里,我的泪水忍不住流了下来。

愿所有逝去的人都安息吧。

四

我固执地认为,你不会先我而去。因为你在我心中还只是个孩子,手捧一束鲜花,就那样站在我的面前——我至今一闭眼还能看到你的身影、你的神情。你站在那儿,嘴巴微张,带着稍稍的惊异和欣悦,眼睫毛一动一动,直直地看着我……

那些传说多少有些矛盾——一个真真切切地说你不在了,说那一刻有人亲眼所见;而另一个传说中,你是在最后一刻离开的,后来一直往西,往西,如今已经抵达了高原。

如果后一个传说是真的该有多好。可怕的是,我没法确定其中任何一个的真伪。我只能说,你永远活着,是的,你与那片不朽的高原同生同在。

　　我的孩子,这会儿你的目光我都看得一清二楚。你在注视我,这样已经许久了。我的脸上热乎乎的,心跳加快。我忘记了自己的年龄,仿佛又回到了几十年前,又坐在了那架风琴旁。屋子里全是鲜花的清香,是你的呼吸。

　　我已经到了这样的年纪,再也不愿走到镜子前面。我老了,比一般人稍稍提前了一些,很快就将变得老态龙钟,一整天坐在那儿打瞌睡,想一些往事。我的头发稀疏,基本上全白了。我的腰弓了,走路十分吃力。我看上去比实际年龄要大多了,目光浑浊。我没戴眼镜,好像这样就能像原来一样——也许我藏在心底的,还有一个奢望,就是某一天在大街上相遇,彼此会一眼认出来……当然,这是不可能的,我也害怕与你相逢的一刻。

　　我说过,其实我知道你曾苦苦地找过我。那时我真想见到你,但犹豫了几次,还是忍住了。没有别的,我只想让你一直把我留在心里,留下那个原来的我。瞧我多么虚荣。可如今,我最渴望的事情就是见到你,可惜这大概永远也办不到了。

五

　　我现在必须告诉你,不再有任何隐瞒,告诉你我离开园艺场子弟小学到底是因为什么。你大概还记得那个秋天徘徊在校园里的黑影吧?我说那是一头野兽,还不如说那是最大的凶兆。野兽在打我的主意,它要伺机吞噬我。我其实早有所察觉,也知道这些人是谁、来自哪里。他们是周围村子里的人,平时与园艺场那些背枪的人搅在一起。这些人几年来都在折磨你们一家,他们把折磨小茅屋的人当成了自己的乐事。

　　我留你夜里做伴,实在是迫不得已。我既害怕,又自信。我不相信自己会让他们得逞,甚至想不论对方有多么凶暴,对我都无可奈何。这是青春的鲁莽。我那时最担心的是远在城里的那个家，是父母的命运。因为风声越来越紧，我们家在城里的日子开始不好过了。虽然我们家还不像你们的小茅屋，但也开始在北风中发抖了。我们家倒下来的一刻，我也就完了。我的命运与我们全家的命运连在一起。

我刚出现在园艺场里时，许多人都惊讶。因为当年没有多少城里人愿来这么偏远的海边工作。就为了赎罪似的，我没有商量父母就报名来了。谁知他们尽管舍不得我离开，最后也还是谅解了我。他们好像也知道自己是有罪的人，觉得亏欠自己女儿的太多了。他们都是老实人，一辈子都在辛苦工作，一个是教师，一个是街道医疗站的医生。他们惟一的罪孽、不可饶恕的罪过是从原籍带来的——我的爷爷是城市南边那片大山里最有名的财主，爷爷曾经拥有过几座大山、上万亩的土地。尽管爷爷早就过世了，但他遗留的巨大罪过却永远都没能消除。

先是爸爸妈妈的失业，后来又是遣返的恐惧——当年有个传言，说总有一天要把我们这样的人家从大城市一户户全都清查出来，然后一块儿遣返原籍。为什么？不知道。其中的一个解释是战争快要来了，一旦战争起来，我们这样的人家待在如此重要的大城市，那是极其危险的。什么危险？说法之一是我们这样的人家会一齐投向敌人，或趁机破坏这座城市。

尽管这样说，我们一家还是住在城里，只不过忐忑不安。爸爸妈妈都是出生在城里的人，他们对于回到大山里多少感到害怕，更多的，还有不解。他们觉得冤枉极了，因为他们完全不知道老一辈的生活，也不熟悉那片大山。

一开始我在园艺场子弟小学是颇受欢迎的。校长和同事对我都客气得很，他们喜欢我，对我和我出生的那座城市感到好奇，充满了友好之情。可后来事情就起了变化，这我心里知道，知道是因为他们一点点得知了我们家的事情。于是四周的笑脸再也没有了,有人好像开始躲避我。再后来,一些园艺场里的人就用眼斜着盯我,还议论起什么。难过的日子来了,一切才刚刚开始。

你记得我们一起过夜时,我曾经取来一个相册给你看吗?相册里有一个穿海军服的人——你记得吗?他是我城里的同学,参军后去了海岛要塞。我们从小就在一起,就是平常说的青梅竹马。当我得知他的驻地就离我们的海岸不远、他每次探家都要路过离我们这儿不远的一个车站时,我高兴得快要晕过去了。这该不是命中注定的吧?

他平时往这儿写信,还有,他来过我们学校。你会想象我多么幸福。这是我一生中最幸福的一段时光,有了这段经历,也许我不该再抱怨什么了。我们学校有人见过他,说他身着军装的样子真是帅气啊!没有人不羡慕我们,都说:人世间啊,还有这样完美幸福的一对!

我觉得空气中都是芬芳迷人的气息,都是他的气息。我那时无论多么辛苦都不觉得累,身上有使不完的劲儿。我几乎天天都要在心里与他对话,做每一件事都要在心里和他商量。我觉得没有比他再宽容再善解人意的了,因为我做的每一件事,他都赞同。

他信上说,他也像我一样,每一天都是高高兴兴的,每一天都在思念对方。

我常到海边上去,就为了远远地看一会儿海雾中的岛屿——从这边的海岸上还看不到他们的那个岛,但我一直看着海雾深处,就像看到了它一样。他来这里的时候,我们一块儿待在海边,他指给我看那个岛的方向。

可是后来我突然接到了他的一封信。

从这封信开始,我的生活就被划成了幸福和痛苦的两半。这之前我是被甜蜜淹没的,这之后一下掉进了苦海里,并且一天天挣扎着、一生都在挣扎。

你会想象这是一封怎样的信。他显然经过了极其痛苦的折磨,最后才下定决心写这封信。信上说:我们的关系不得不终止了,原因就是我出生在那样的一个家庭里,而他目前是一位军人,并且在——要塞!他的工作性质与我目前的情况简直是水火不容……我惊讶,害怕,慌得要死。我用了很长时间才冷静下来,最后不得不承认:他说的一切都对,因为他在"要塞"。

你不会怀疑我和他的判断。因为我们都从那个年代过来。这绝非后来的人所能理解。

无论是他还是我,都不会让这样的一种爱情关系毁掉最神圣的东西。我一天到晚默念着"要塞"两字。我们认为"要塞"就是献身,而且,这种献身,人的一生难得一次——那是绝对不可放弃的机会。是的,为了要塞,其他一切的一切都不可能讨论也不可能再想了。

就这样,我相信他和我一样,都在忍受一场煎熬。

也就在那些日子里,我一个人默默地、把所有的一切都咽下去了。最不能忍受的是后来——它很快就来到眼前了。

因为城里的事情不久就传到了这边,那时这种消息总是灵通极了。仿佛一下子,周围的气氛全变了,所有的目光都凝在了我的身上:惊讶、鄙视、警觉。可我心里的最大痛苦还在别处,在那个海岛上!眼前压过来的这些不容我喘一口气,连眼泪都不容掉一滴……而他们则乘机而来,落井下石……

六

我说过,爸爸妈妈最害怕的就是把他们遣返大山。他们对那里完全陌生,生下来一次都没有去过。他们做梦都想不到自己的下半生会与那个地方纠缠一起,并且无法解脱。他们日夜不安,就像等待一个判决。

　　一个春天过去,接着是一个夏天。秋天刚来,落叶铺地时,遣返的命令真的来了。爸爸妈妈慌忙收拾所有东西——这些东西是多半辈子积累下来的啊,却限期让他们在一个星期内清理完,然后走开……我当时没在他们身边,这是我一生都要后悔的事。我不知道他们那些日子该怎样难过、怎样痛不欲生。反正当时究竟怎样,都要后来去想象了。

　　我那时像别人一样天真,在心里痛恨战争。我想如果没有战争的威胁,也许就不会遣返我们一家了。我不敢想爸爸妈妈多半辈子过去了,回到一丛丛大山里该怎么过下去?妈妈可以为大山里的人看病,爸爸可以给山里孩子教书,可他们是带着屈辱回去的啊!我不知道他们将怎样度过大山里的日子,也不知道山里的人会不会饶恕他们。

　　这是我一生中最可怕的一段记忆。就在我们一家在城里忍受煎熬的同时,我也失去了自己的心上人——他因为恐惧,还有其他,再不敢和我有一丝联系。他当然不会来我这儿了,也不会写一封信。但我相信他像我一样,永远都不会忘记对方。我是他不得不放弃的爱,这是我一直确信的事。我也正因为深深爱着,才要远远地躲开,我不能让他受一点点牵连。

　　对我来说,最残酷的现实很快来到了。园艺场和周围村子里的人开始拒绝我、躲避我,甚至蔑视我。野兽准备吞噬我了。他们寻找一切机会,甚至直接威胁我说:如果我不依从他们,就要把我拖到会场上"陪斗"——就是让我和被批斗的人站到一起,将我和他们一样五花大绑起来。野兽们会做得出来,他们什么都干得出。

　　我对宿舍四周出现的黑影越来越害怕。

　　那些日子里我们是一对同病相怜的人,我的心和小茅屋系在一起。我知道这样的夜晚,只有你才是我最好的保护人。

好不容易熬到了假期。我急急回到城里去看爸爸妈妈,找到的却是一个空巢。邻居见我哭得伤心,就偷偷劝我,说你还是到老家——那片大山里去看看他们吧,人哪,就是这样的命,哭也没用,要紧是咬住牙关,好好活下来。

我当然要到山里。可奇怪的是我并没有找到他们的踪影。我按爸爸学校告诉的遣返地址找了一遍又一遍,结果还是不见他们的影子,到处都没有。我又一口气找到城里有关部门,向他们打听下落。他们说:"谁知道呢,我们也正在找呢,也许你爸妈半路上畏罪潜逃了!"我一听急坏了,害怕爸爸妈妈真的遇到了不测。

整个夏天都在找他们。没有,既没在城里,也没在老家。山里人听说过我们一家的事儿,知道如今他们这儿的大财主的后人在城里。有的山里老人听了我的叙说,满心同情,说:"孩子,见了你爸妈告诉他们,只管放心回老家哩,老家人会收留他们,你家到了什么时候,也是咱这里的人!"

山里老人的话让我记了一辈子。我这一生的大半,就是由这几句话决定的。

七

假期完了,只得返回学校。爸爸妈妈没有找到,我想他们大概太爱面子、太自尊,没有勇气回到原籍,去外乡流浪了……从此我的心日夜跟随他们,想着长长的苦路,想着他们可能受到的苦楚。

是的,他们是两个无比自尊的人。为了自己的尊严,他们将付出生命的代价,这在后来也许会得到一个明确的证明。

在学校里,我的生存环境更加恶化。

这就快到了我不辞而别的日子了。

在这个无比险恶的地方、在这个特殊的时期,我终于没能保护自己。他们得逞了——我一辈子牵挂的人啊,我必须告诉你,这就是事实。我当时只有用死亡才能抑制自己的绝望和疼痛。从城里想到乡下,想到海边,我觉得没有任何活下去的理由了。

但是在最后一刻,我想起了妈妈——我想让她在某一天能看到我;我还想到了爸爸,我知道他最放心不下的就是我。就因为他们,我把屈辱的泪水全吞到了肚里,咬咬牙,决定活下去。

那一天黎明时分我离开了。我走前想到了自己的学生,想到了你和菲菲……但天快亮了,不能再有一分钟的停留了。我必须走开了。

去哪里?我想了一夜,想的都是山里老人的那句话:到了什么时候,你一家都是咱这里的人。于是,我就直接奔着那片大山去了。从此,我就永远是个山里人了。

八

说到这里,我的孩子,你就该明白了全部。我走开了,可是我的心还没有走。我对这片平原,对这所子弟小学,无比仇恨又无比热爱。我爱这里的大海和林子,更忘不掉我和自己的心上人一起走在海边的那些夜晚和白天,也忘不掉我与小茅屋一家人的情感,忘不掉你——陪我过夜、按时送我一大束金黄色菊花的孩子。

我这一生都不会有婚姻。因为我已经把自己的心交给了那个身在"要塞"的人。我也不会有孩子,因为我在那漆黑的夜晚让你偎在身边,悉心照料过你,甚至被你在睡梦里吸吮过——你是一直被我当成孩子的!在这一个个夜晚,听着山里大风呜呜吹奏,想的常常就是我们紧拥一起的夜晚……那时真不愿让这样的夜晚结束,真想让这样的时光久驻不去——让我一直拍打你,让你安睡,看着你夹出一溜长长的眼睫毛,听你发出香甜的呓语。那时我的泪水在眼眶中旋转,后来终于洒在了枕巾上、洒在你黑亮的头发上。

我在灯光下一连几个小时端详你的睡姿、你棱角分明的嘴唇、有些深陷的眼窝。你发梢弯曲在前额上,让我一次次轻轻拂开,只为了亲吻一下你的额头。你在睡意蒙眬的时候会紧紧拥我,不管不顾地将头埋在胸窝那儿,嘴里喃喃梦语,叫着妈妈——这样一阵又睡过去。有一天你睡得太晚了,天大亮了你还没有醒,一线阳光透过窗户射在你的脸庞上——我一直看着,忽然觉得脸上一阵发烧,因为我意识到你睡着了,嘴里还在吸吮我的乳房。那时我有一个念头,就是一生都把你当成自己的孩子,惟一的孩子。这一刻的幸福足可抵消我全部的不幸,这一刻真的让我没有了痛苦,只有一种母亲才有的满足感。

我后来常常回味这种感受和情境,我承认,这是一生都不会忘记的特异的瞬间。

在大风呼号的山里冬天,特别是晚上,我紧紧裹着被子,一遍遍叫着你的名字,这样才能抵挡寒冷和恐惧,更主要的是——孤独。孤独才是最难忍的啊。

我就这样一年年忍下来。

九

我说过,我独自逃离了园艺场子弟小学,跑进了大山。从此我回到了爷爷生活过的地方——我从未见过的老人啊,如今又在护佑他的孙女了。可是老人做梦也想不到他过世那么多年之后、他生前与身后积累的财富,还会牵连自己的儿孙,使他们遭受意想不到的磨难。

我失去了公职,成为大山里的一个小学教师。这里的人真的收留了我,他们没有嫌弃我。山里人只记得我是那个老人的孙女,是遣返路上走丢了的那两个人的苦命的闺女。从此我简直是脱胎换骨,从头经历一切、学习一切,学会一个人在大山里过日子所需要的全部忍耐和毅力,还有智慧。我就这样活下来了。

　　我牵挂的人啊,他们让我日夜不安。我想爸爸妈妈,想他们的下落,为他们祷告。我还发过寻人启事。有一年冬天,听人说离这里几十里远的一个大河码头上曾出现了没人认领的尸首,一个淹死的男人,我就不顾一切地跑了去。那人的面孔已经没法辨认,但可以肯定不是我的父亲——死去的人好像更年轻一些……在后来的十几年里,类似的辨认还有许多次,最后都没有结果。

　　随着一年年过下来,我渐渐丧失了信心。如果我的爸爸妈妈活着,他们也该七十多岁了。除了他们,这期间我从来没有忘记你——我的孩子!多少次了,梦见最多的是你在我怀中的模样,醒来后就想你如今长成了怎样大的一个小伙子、你的模样——我甚至想过一旦你出现在我的面前,我还会不会像过去那样,紧紧搂住你而没有任何顾忌和羞愧……你是一个大小伙子了啊!

　　我无法更多地知道你的消息,但大约在进山十几年后,我在一个偶然的机会得知了,你竟然在到处找我——你去过那座城市,后来又来过大山——你几乎就在离我咫尺之处走开了,当然是我故意躲开的……这个夜晚我哭了一夜,为我的胆怯和懦弱、为我的不幸。那时我没有勇气让你看到,事后却又如此难过和悲哀!我羞于让你看到一副衰老的面容和屈辱的身体……

十

　　我设法让那个"要塞"的小伙子在我心中一点点死去。是的,随着时间的推移,他总有一天会、理所当然会——死去。因为我渐渐不再能够认同这样的一种说辞和现实:为了所谓伟大的"要塞"而抛弃青梅竹马的恋人!

　　可是让他在心中死去真是难极了。他的容颜甚至气味,都不能从我这儿消失。我思念他,他的一切:他的吻,他的男人的手臂的力量,还有他的关节粗大的手、手的粗鲁的抚摸……我多么爱他恨他不能割舍他,我直到今天也说不清楚。可是我固执地要让他在心中死去,因为我塞满了悲伤的胸间已经不再宽广,似乎只能装得下一个男人——你现在已经长大了,你才是一个真正的男子汉,所以,我的心只会给你留下,留下一个永恒的位置。

　　天哪,但愿这个夜晚的窃窃私语由我悄悄吐出,然后,消失得不留一丝痕迹——可惜后来的每一个夜晚都在重复,重复这样的私语。

　　剩下的问题是——你在哪里？你在高原？

　　你千万不能再从那儿离开了,千万不能……你在那儿,好让我想象一下高原——那个我从未抵达之地。你在黄土大岭间浪迹的日子,也是我为你一声声祷告的日子。我不再让你走失,不再让你迷路,不再让你忘记有过一个人,她接受过你金黄色的菊花。

十一

　　我梦中,你身旁就是一片金黄色的矗立,那大概就是高原的颜色了。我无法想象你在高原的生活,只像一个母亲牵念游子那样,为你忧心如焚。但我知道你有过那样的一个童年,就不会在任何磨难下面跌倒或呻吟。你会活下去,会与这些高大的黄土岭一起忍受风吹日晒。你因何而走,而消失,而决绝,都是不须多问的。我不知道你后来的家庭,后来的许多——你后来的诸多经历都与我无关。但我会将一切情感和信任倾注给你。这对我这样一个孤老婆子是毫无为难的事情。我只是担心,只是牵挂,我想知道:你是孤身一人,还是与众多的同伴一起？我明白你的容身之地,明白那里缺雨少水,贫瘠,却是更真实的我们的大地。

　　也许就因为那是我们的,你才最终与之融为一体,再不能将你从中呼唤出来。你隐在其中,老在其中,没有一个人为我们相互传递,传递大山与黄土岭之间的讯息。我盼望你归来吗？不,我不敢,我没有那样的奢望;我只盼望你真实地活下来。

在你白发苍苍的那一天,我一定还活着。

我活着干什么？当然是等你。

我为什么要等？当然是要和你生活在一起。我要像你的母亲、老妻、守护人——这诸多身份合而为一的一个人,紧紧地挨在你的身边,伸出双手爱护这个辛苦一生的、不屈的男人。

十二

至此,我承认了你是我心中隐秘的男人。因为你长大了,不可遏止地长得又高又大——我在臆想中测过你的身高,觉得你比要塞中的那个人还要高大俊美。我无法让你一直停留在童年,无法让你一直奔跑在那片记忆的果园里。

我从山风里听到了你的大声言说,那完全是一个成熟男子的声音。我盯住漆黑的夜色发出轻声细语:我的孩子,不,我的长得人高马大的男人哪,你还记得我吗？一定的,因为你在山地和平原寻找过我;你把记忆中的那个年轻的音乐教师的怀中塞满了鲜花,金黄色的菊花。啊,那花香啊,一辈子都让我陶醉。我现在才知道一个成熟的女人、一个饱受屈辱的女人、一个在盼望和拒绝中的女人,最后会变得怎样美丽又怎样可怜,怎样矛盾重重又怎样欲罢不能。我思念你吗？不,何止是思念,我是一夜夜地依偎你,与你合而为一——只有这样才能抵挡一阵阵的山风。你没有身临其境,就永远也不会明白这里的山风是怎样猛烈。大风从我的屋顶掠过时,就像响过了一阵滚雷。整个的小屋都在摇动,这是真的。

我说过,大山里的人那么厚道,他们真的收留了我。这些年来,他们没有欺负我、歧视我;他们眼里我是一个没爹没娘的孩子,是一个不幸至极的逃难女人。我一个人生活久了,他们开始不放心,后来就为我介绍了大山里最憨厚最健壮的男人。我感激他们,可我怎么会将自己嫁出去。

我对自己说:我有男人,我也有孩子。他们嘛,都在远方,很远的远方。如今我敢肯定他们在高原,他们在那里,一直用目光注视我。他们看着我的一举一动,神色庄重。

我的男人会有归来的一天吗?我问夜色,问自己,问窗外的星空。

我的回答是,我男人的归期就像我的生命一样长。

十三

我会一遍遍告诉自己:记住啊,你的男人正蒙受着不白之冤,正在世界上最辛苦最干渴的地方跋涉。所以,于是,然而——你自己想想吧,他在那边,你在这边,你该怎样生活、怎样活下去。

我的父亲和母亲,还有我的那个"要塞"上的可怜虫,我的未曾谋面的爷爷,当然还有你——我这生命之中纠缠的所有的人啊,他们差不多个个都是不幸的人。我有时想这真是奇怪,真是不可思议。这是怎样的一场人间聚会和遭逢。我们不可解脱不可分割地同处一体,牵念着,恨着,爱着,注视着,也彼此绝望着。

我看镜子里的面容,这无比困倦的心之荧屏。一切都隐在其中,都汇聚在一双眼睛中。这双眼睛曾经清澈如水,装满了大海白云,还有绿树红花。而今它执拗地盯着一个方向,仿佛要把人世间最大的一个谎言看穿。我苍老的面容啊,它多么巧妙地掩去了一颗火热的心。是的,它还像原来一样,还是那样跳动。我有时觉得世界上最脆弱的是一颗心,又觉得世界上最顽强的还是一颗心。看看吧,无情的磨损,五十年的猛烈摧折,它忧伤,恐惧,仿佛就要破碎了,可最后还是像年轻人一样咚咚狂跳。它真是不会衰老,不会疲惫,最终不会疲惫。上帝所使用的一切摧毁的方法,我都忍受了,接受了,经历了,收下了;可是我骗过了他老人家的是,除了一头白发和一脸深皱之外,其他一切照旧。我直到今夜还在火热地盼望,盼望你的笃笃敲门声——一个少年手捧一大束金黄色的菊花站在门外——我开了门,然后连人带花一下子拥入怀中……我就以这样无边无际的想象来陪伴自己。我只有如此。这是虚妄的生活,也是真实的生活。因为这种生活发生过,在你我之间发生过。除了你,这世上将没有一个人会理解,更难以想象。你,我,我们。我们永远真实而不是虚妄地,生活在一起。

我自豪而不安地想过、并一生记住的是,我对你的爱抚,还有——你的吸吮……天哪,那时我是一个姑娘,一个所谓的少女。我被触动的一刻像电流激溅全身。我的泪水伴着那么多的幸福和不安,还有羞愧,一下子奔涌而出。我在心里说,这是我真正的孩子,而不是梦中的孩子。你有可能知道,我的一生将无法从这种情境和温暖中走出,一点办法都没有。你的玫瑰花一样的小嘴偎在我的胸前,那个没有瑕疵的地方啊。那时我真的没有瑕疵,一点都没有。

我大你多少?我在心里问着,问得泪水潸潸。我惊讶地发现,我没有大到不可救药的地步。我可以是你的母亲,你的大姐,你无微不至的女人——真该死,我还是说出了这个字眼。可这是个什么时刻啊,我如果不说,就一辈子都没有机会说了,不能说一个字,不能。不,我还是要说,我的大孩子,我的男人。你永远不会死亡,而那个"要塞"的男人,却真的在我心中死去了。我们在长达几十年的时间里没有任何联系,我没有他的一点声息。开始的时候是心里害怕,是远远躲开,后来这颗心就凉了,冰凉冰凉。很惋惜,他真的死去了。

十四

我不能不一遍遍想着那个传言。那一场大离别至今如在眼前,它当然是真实的,曾轰轰烈烈,即便在一架架大山深处,我也感受和震惊于那个时刻。可是我不能接受、不能去想的,是你的离开——从这个世界上离开。我只会稍稍接受另一个事实,即你在高原上流浪……

从此"高原"两个字在我眼中化为了神圣和希望。我仰望它,直到永久。我在这儿驻足仰望,一动不动,如果会变为传说中的石人,那就快些变吧。你也会梦到一个白发女人,那就是我,我在极度的想念中一定会飞到你的梦境里啊。

这种情形随时都会发生。我就经常梦见我的爸爸妈妈,而且他们的模样越来越清晰。我知道,是他们的想念进入了我的心里——他们肯定也会梦见我。如今梦境比眼前的事情都要真实,相反我们却经常被眼前的事情所蒙骗。我许久以来都把黎明前的一段时间当成最美好的辰光,因为这是梦境频至的时刻。当我的白发将黑发渐渐覆盖的一天,我的凌晨就变得无限美好了。许多面容,许多身影,他们一下子涌到了脑际、眼前。我与他们交谈,还伸手抚摸他们。他们的体温、一个眼神,我醒来后都记得清清楚楚。

我在梦中把未曾经历的场景一一排列,于是看到了你火红的身姿。我惊讶极了,因为我从来没有见过通身火亮的男人!后来我看啊看啊,听到了冲天的嘶鸣,这才知道是怎么一回事。我的手捧鲜花的孩子啊,我的长得高高大大的男人啊,你在我的梦境里给镶了一道金边。你变得如此英俊而且不可抵挡。我一遍遍重温这样的梦境,最后深信不疑。是的,我知道了一切——那个夜晚,还有后来所有的夜晚。你是趁着一个最黑的夜晚走开的,夜色化成了你,你的翅膀。我愿你飞翔起来,高入云端,让凶恶的追逐者更加自卑和渺小。

我真想把你画下来,可惜我没有这样的能力。我在不能解脱之时曾求助于一个画师,想让他在我的描述下画出来,结果还是失败。我终于明白,世上没有一个人能画出我的孩子和我的爱人。我只能把你留在心上。

人们说:那个分别的场面浩浩荡荡,壮烈悲伤。

我因为不能与你一起去经历那一天,留下了终生的遗憾。

十五

我不能确切地得知,我在这个世界上是不是真的成了一个人?我把心中的一个闪念、一个思绪,还有我的心爱和痛恨,都于午夜记下来。这些笔记会于某一天随我而去。

可是,我想,难道人世间的所有隐秘——那些真正称得上隐秘的想念、私情,特别是铭心刻骨的爱和痛,都要这样不露一丝痕迹地湮灭吗?

你如果从高原上归来,见到我这个白发人,还会献我一束金黄色的菊花吗?

不知道。可是我却会一刻不停地拥住你,因为怕再一次失去你,这绝不允许,绝不允许……

1991年7月—2006年6月一至六稿于龙口、济南
2009年1月—12月七至八稿于万松浦